HEYNE <

DAS BUCH

Auf den Straßen von Boston prallen zwei Welten aufeinander. Hier die Gewöhnlichen, ganz normale Menschen, und da die magiebegabten Unorthodoxen. Das Department für Unorthodoxe Angelegenheiten wacht über das Zusammenleben, weshalb dort nur die mächtigsten und besten Magier und Hexen angestellt sind. Grimshaw Griswald Grimsby ist … keiner von ihnen. Nachdem Grimsby aus dem Department-Trainingsprogramm als »untauglich« aussortiert wurde, muss er sich jetzt als mittelmäßiger Hexer durchschlagen. Dabei hat er die Hoffnung noch nicht aufgegeben, irgendwann noch einmal eine Chance zu bekommen, sein Können zu zeigen. Diese Gelegenheit ergibt sich, als seine ehemalige Mentorin, auch als die gefährlichste Hexe aller Zeiten bekannt, nur ein paar Blocks von seiner Wohnung entfernt ermordet wird. Und Grimsby ist Verdächtiger Nummer eins. Schon bald zeigt sich, dass es viel schwerer ist, seine Unschuld zu beweisen, als gedacht. Ein paar höchst unorthodoxe Schritte sind dafür nötig, wie etwa ein Zweckbündnis mit einer lebenden Legende namens »Der Große Jäger« zu schließen. Von dem seltsamen Wesen der Anderwelt ganz zu schweigen, das ihm plötzlich folgt. Ob Grimsby das nun auf dem Plan hatte oder nicht – er steckt mitten in einem unglaublichen Abenteuer. Alles, was er jetzt tun muss, ist, den wahren Mörder zu finden, die Agenten des Departments abzuschütteln und am Leben zu bleiben. Eigentlich ganz einfach, oder?

DER AUTOR

James Butcher verbringt den größten Teil seiner Zeit an Orten, die gar nicht existieren – weil er sie sich ausgedacht hat. Er ist der Sohn des *New-York-Times*-Bestsellerautors Jim Butcher. James Butcher lebt in Denver und arbeitet gerade an seinem nächsten Roman.

JAMES J. BUTCHER

DEAD MAN'S HAND

DIE UNORTHODOXEN FÄLLE DES GRIMSHAW GRISWALD GRIMSBY

ROMAN

Aus dem Amerikanischen
von Thomas Salter

Deutsche Erstausgabe

WILHELM HEYNE VERLAG
MÜNCHEN

Titel der Originalausgabe: DEAD MAN'S HAND

MIX
Papier | Fördert gute Waldnutzung
FSC® C014496
FSC www.fsc.org

Penguin Random House Verlagsgruppe FSC® N001967

Deutsche Erstausgabe 04/2024

Redaktion: Claudia Fritzsche
Umschlaggestaltung: DAS ILLUSTRAT, München, unter Verwendung der Original-Coverillustration von Chris McGrath und eines Motivs von Shutterstock.com (Murhena)
Satz: satz-bau Leingärtner, Nabburg
Druck und Bindung: GGP Media GmbH, Pößneck
Printed in Germany
ISBN: 978-3-453-32288-2

www.heyne.de

*Dieses Buch ist guten Vätern gewidmet, sowohl denen,
bei denen wir das Glück hatten, sie bei uns zu haben,
als auch denen, bei denen wir alles tun würden,
sie wieder bei uns zu haben*

PROLOG

LESLIE MAYFLOWER BLICKTE aus seinem verdunkelten Wohnzimmer grimmig zwischen den verstaubten Streben der Jalousie hindurch und beobachtete die Straße. Dabei musste er seine verquollenen Augen zusammenkneifen, die Morgensonne verursachte einen wummernden Schmerz in seinem Hinterkopf.

Er war nicht sicher, was er mehr verfluchte: die Sonne oder die leere Flasche Whiskey in seiner Hand. Oder vielleicht die andere leere Flasche auf der Couch hinter ihm. Oder vielleicht die kaputte Flasche, die er vorige Nacht gegen den Kühlschrank geschleudert hatte.

Am leichtesten war es wohl, einfach sich selbst zu verfluchen.

Das Telefon klingelte, der Apparat schepperte dabei aufdringlich. Fast hätte er das Geräusch nicht erkannt. Die Kopfschmerzen wurden noch schlimmer – aber wenigstens wusste er jetzt, was er verfluchen sollte.

Er tastete nach dem Hörer, ohne dabei seine Augen vom Fenster abzuwenden. Die Station fiel dabei auf den Boden, er machte sich nicht die Mühe, sie aufzuheben, und hielt den Plastikhörer an sein Ohr.

»Ja.« Seine Stimme war ein Krächzen. Er konnte sich nicht erinnern, vor wie vielen Tagen er das letzte Mal gesprochen hatte.

»Damien Grieves hier. Ich möchte bitte mit Les Mayflower sprechen.« Die Stimme war ruhig und bestimmt. Und vertraut.

»Bastard«, knurrte Mayflower.

»Ah, du bist's«, antwortete Grieves.

»Kein Interesse.«

»Les, hör einfach zu ...«

Mayflower hörte nicht zu. Er ließ den Hörer fallen und stampfte so lange mit dem Fuß auf der Station herum, bis die blecherne Stimme am anderen Ende verstummte. Dann richtete er seine Aufmerksamkeit wieder auf das, was wirklich zählte.

Auf der anderen Straßenseite war Sarah dabei, ihre Rosen zurückzuschneiden. Die Kinder waren tagsüber in der Schule und sie hatte donnerstags frei. Normalerweise verbrachte sie ihre freien Tage in ihrem Garten und genoss es, die verwaiste Straße für sich allein zu haben, bis die anderen Nachbarn am Nachmittag zurückkehrten. Manchmal beobachtete er sie dabei, wie sie diese stillen Morgen verlebte, so friedlich, und fand darin selbst so etwas wie Frieden.

Die Tasche auf der Vorderseite seines Flanellbademantels fing an zu vibrieren, er zuckte kurz zusammen und machte sich instinktiv breiter, als müsste er gleich kämpfen. Dann zog er knurrend sein aufgebrachtes Mobiltelefon aus seiner Tasche und starrte auf den kleinen Bildschirm auf der Vorderseite. Dort stand nur: *Unbekannt.*

»Unbekannt am Arsch«, sagte er. Er schnaubte verächtlich und ließ das Telefon aufschnappen. »Fahr zur Hölle.« Er nuckelte ein letztes Mal an seiner Whiskeyflasche, wurde für seine Mühe aber nur mit ein paar Tropfen belohnt. Dann stellte er die Flasche neben die anderen, die auf seinem Couchtisch aufgereiht waren, und öffnete die Haustür. Er ging hinaus und schreckte dabei den Staub auf, der es sich über zahllose Tage hinweg in seinem Hauseingang bequem gemacht hatte und jetzt durch den grellen Lichtstrahl wirbelte, der sich von draußen ins Haus ergoss.

»Mayflower, bitte«, sagte Grieves, seine Stimme klang über das altertümliche Mobiltelefon noch kleiner und verrauschter als im Festnetz. »Es ist wichtig.«

Die Sonne schien mächtig sauer zu sein, dass Mayflower sein Versteck verlassen hatte: Sie intensivierte ihre Bemühungen, ihm den Kopf der Länge nach zu spalten. Mayflower richtete seine schlechte Laune auf Grieves. »Ich bin beschäftigt«, log er.

»Das kann warten.«

»Das kannst du nicht wissen.«

»Was auch immer es ist: Es kann warten. Ich habe was Wichtigeres.«

»Kümmer dich selbst drum. Ich bin im Ruhestand.« Er tat so, als inspizierte er die Stabilität seines Gartenzauns. Dabei kam er zum Ergebnis, dass der Holzzaun, an dem schon die Farbe abblätterte, in der Tat genauso klapprig war, wie es die Arschgeigen aus der Nachbarschaftsversammlung in ihren ständigen Briefen an ihn immer behaupteten.

»Typen wie wir sind nie im Ruhestand. Das weißt du.«

Mayflower versteifte sich sofort, er spürte, wie seine Zähne knirschten, und sein altes Herz begann zu klopfen. Nicht schneller, aber fester, als sei es plötzlich in stramme Drähte gewickelt. Das Blut, das es durch seinen Körper pumpte, schmerzte in seinen angespannten Muskeln. »Männer wie wir?«, sagte er, seine Stimme ein Flüstern. »Du und ich haben nichts gemeinsam, Hexer.«

»Das sehe ich anders …«

»Fahr zur Hölle, Grieves.«

Mayflower ließ das Telefon wieder zuschnappen und nahm

den Akku raus, dann stopfte er beides wieder in die Tasche seines Bademantels.

Auf der anderen Seite der Straße blickte Sarah auf und entdeckte ihn. Sie lächelte unter der breiten Krempe ihres Sonnenhuts hervor und winkte ihm mit einem dreckigen Handschuh zu. Ihm gelang es mit großer Mühe, ihren Gruß mit einem schmallippigen Lächeln zu erwidern – aber er spürte einen Stich im Magen und schlich wieder in die Dunkelheit seines leeren Hauses.

Er schloss die Tür hinter sich und lehnte sich mit dem Rücken dagegen. Er knurrte, zog eine Zigarette aus der zerdrückten Packung in seiner Bademanteltasche, zündete sie an und saugte tief die kratzige Hitze ein. Einen langen Moment hielt er den Rauch unten in seiner Brust, bevor er ihn wieder aus der Lunge strömen ließ, dann ging er in Richtung seiner zunehmend leeren Schnapsvitrine, um sich eine neue Flasche Whiskey zu holen.

Vor dem Kühlschrank blieb er jedoch stehen, seine Füße knirschten auf den Glasscherben der Flasche, die er letzte Nacht dort zertrümmert hatte. Das Gerät war weiß und schmucklos, wie eine leere Leinwand – bis auf einen einzelnen sonnenverblichenen gelben Post-it-Zettel in der Mitte. Der Klebestreifen hatte schon lang den Geist aufgegeben, also hatte er den Zettel mit einem Magneten festgepinnt.

Der Magnet verdeckte die obere Hälfte des Papiers, aber auf der unteren Hälfte stand: *Pass auf dich auf*, die Handschrift weiblich und schmerzhaft vertraut.

Er las den Zettel, immer und immer wieder. Dann atmete er tief ein und drückte die Zigarette auf seinem Handballen aus. Es tat weh, und alles was er denken konnte, war: *Gut*. Er steckte die halb gerauchte Zigarette wieder in die Packung, schnappte sich den Besen und kehrte das zerbrochene Glas zusammen.

Er war schon wieder auf dem Weg zur Schnapsvitrine, als er innehielt. »Du brauchst Wasser, Idiot«, krächzte er sich selbst an. Er füllte eine große Tasse mit Leitungswasser und zwang sich, das ganze Ding zu exen.

Dann, und erst dann, ging er zum Schnapsschrank und holte seine vorletzte Flasche Whiskey raus. Mit einem Knacken öffnete er den Deckel und nahm einen Schluck, bevor er es sich wieder an seinem Platz am Fenster bequem machte. Es gab wenig anderes zu tun, als dem Tag dabei zuzuschauen, wie er ihm langsam durch die Finger glitt.

In dem Moment hörte er das Geräusch eines Motors näher kommen. Es war nicht das heisere Grollen eines der alten Laster, mit dem die Post die Nachbarschaft patrouillierte, und auch nicht das leise Rauschen der typischen Vorstadtlimousine. Es klang sanft und leise, wie ein säuselnder Atem, als es sich näherte. Wäre es in seiner Straße nicht so still gewesen, hätte er es vielleicht nie kommen hören. Aber er hörte es. Und er erkannte es wieder.

»Bastard«, knurrte er und knallte die Jalousien zu, damit sich nur noch der dünnste Spalt Licht durchzwängen konnte. Er beobachtete die Straße und wartete.

Als das Auto schließlich in Sichtweite kam, sah er, dass es schnittig und schwarz war – und fast kein Licht reflektierte. Sogar die Fenster waren so dunkel, dass man sie kaum wahrnahm. Er musste an einen Käfer mit schwarzem Panzer denken. Das Auto schlich langsam die Straße runter, als würde es die Umgebung erkunden. Schließlich erreichte es Mayflowers Haus, bog in seine Einfahrt ein und parkte hinter seinem panzerartigen, heruntergekommenen Jeep.

Ein Jeep, dachte er stolz, der diesen schwarzen Käfer, dieses Plastikauto, mühelos zerquetschen könnte.

Die Wagentür ging auf und ein Mann in einem feinen und

teuren schwarzen Anzug stieg aus. Auf seiner Habichtsnase saß eine geschmackvolle Halbrandbrille.

Mayflower spuckte einen Fluch aus und nahm einen großen, großen Schluck aus seiner Flasche.

»Grieves«, murmelte er, der Schnaps brannte noch in seinem Atem. »Du Hurensohn.«

Grieves ging zu Mayflowers Tür und klopfte mit drei präzisen, identischen Handbewegungen an.

Mayflower erwog kurz, einfach nicht zu antworten. Einfach in seinem abgedunkelten Wohnzimmer sitzen zu bleiben und aus dem Fenster zu stieren, bis der Hexer wieder ging. Aber damit wäre die Sache nicht erledigt.

Drei weitere Schläge an der Tür, genauso exakt wie die zuvor.

»Ich weiß, dass du zu Hause bist, Les. Ich hab dich gerade angerufen.«

»Ich komme«, bellte er, stampfte zur Haustür und riss sie auf. »Was willst du hier?«

Grieves entgegnete ihm mit einem höflichen Lächeln: »Ich hab auf dem Weg hierher angerufen. Dachte mir schon, dass du einen Wutanfall kriegst und sofort auflegst.«

»Kannst gleich einen richtigen Wutanfall erleben«, sagte Mayflower leise.

Grieves strich seine Krawatte glatt, Mayflower bemerkte genervt, wie wenig die Drohung ihn getroffen hatte. »Ich bin nicht hier, um zu streiten. Ich wollte es dir selbst sagen, bevor du es von woandersher hörst.«

Er hielt inne. Irgendwas stimmte nicht. »Was?«

»Samantha ist tot.«

Mayflower hörte etwas zu seinen Füßen zerbrechen. Wie betäubt blickte er runter und sah, dass es seine Whiskeyflasche war. Einen langen Moment starrte er auf die Sauerei aus Scherben und Schnaps, bevor er wieder zu Grieves aufblickte.

»Wie?«, fragte er. Bei der Art Arbeit, die Samantha machte, ließ sich so etwas nie ganz ausschließen, das wusste er. Aber Samantha Mansgraf war taff gewesen, die taffste Hexe, der er je begegnet war, und er war sich fast sicher gewesen, dass sie ihn überleben würde – obwohl sie schon mindestens ein Jahrhundert älter war als er.

»Wir sind noch nicht sicher«, sagte Grieves. »Aber es war … übel.«

Mayflowers Lippe kräuselte sich zu einem verkrampften Lächeln. »Wie viele hat sie mitgerissen?«

Grieves runzelte die Stirn. »Ihr Körper war der einzige, den wir gefunden haben.«

Er starrte ihn an. »Das kann nicht sein.«

»Meine Leute waren sehr gründlich.«

»Mansgraf hätte einem einzelnen Angreifer mit den Zähnen die Kehle rausgerissen. Und wenn es mehrere waren, hätte sie sich vielleicht sogar die Mühe gemacht, ihre Hände zu benutzen.«

»Tja, du kennst sie besser als irgendjemand sonst.«

»Nicht besser als du. Du warst ihr Schüler. Bis du sie hintergangen hast.«

Grieves ignorierte seine Bemerkung. »Du warst ihr Partner«, fuhr er fort. »Sie hat mit mir kaum ein Wort gewechselt, seitdem du hingeworfen hast.«

»In den Ruhestand gegangen bin«, sagte Mayflower.

»Ich habe nie meine Einwilligung dazu gegeben.«

»Glücklicherweise hab ich nicht für dich oder das Department gearbeitet, also war deine Einwilligung nicht erforderlich.«

Grieves zuckte mit den Schultern und hob beschwichtigend seine Hände. »Okay, okay. Jetzt ist auf jeden Fall nicht der richtige Moment, um das zu diskutieren.«

»Warum bist du hier, Grieves?«, fragte Mayflower.

»Um dir die Nachricht zu überbringen.«

»Du hättest einen deiner Lakaien schicken können. Was bist du inzwischen, Direktor des Departments?«

Grieves ließ verärgert eine Augenbraue hochschnellen. »Stellvertretender Direktor.«

»O. k. Stellvertretend. Hättest trotzdem einen deiner Arbeitssklaven schicken können. Also. Warum bist *du* hier?«

Grieves atmete tief ein und zog den Kragen seines Jacketts gerade. »Um dich um Hilfe zu bitten. Du kanntest sie am besten. Wenn sie irgendeinen Hinweis oder ein Zeichen hinterlassen hat, bist du der Beste, um es zu finden.«

Mayflower musterte den Stellvertretenden Direktor einen langen Moment. Der Mann war nur noch wenige Beförderungen davon entfernt, bis er im Weißen Haus ein und aus ging. Er hätte jemand anderes schicken können, um Kontakt aufzunehmen – er hatte weiß Gott genug Leute dafür. Aber trotzdem, hier stand er, höchstpersönlich.

Das war aufschlussreich. Nur: für was? Darüber war sich Mayflower noch nicht klar.

Grieves' Gesicht war ausdruckslos, wie die Masken, die seine Auditoren immer trugen. »Ich suche nur Rat bei einem Freund.«

»Wir sind keine Freunde«, sagte Mayflower.

»Dann eben bei einem früheren Kollegen«, verbesserte er sich. »Kommst du?«

Mayflower drehte sich wortlos um und ging zu seinem nikotinvergilbten, sonnenverblichenen Sessel, Grieves ließ er einfach in der offenen Tür stehen. Er griff unter den Sessel und fand seinen schweren alten Revolver. Dann kramte er seine Schachtel mit selbst gemachter Munition hervor. Er ließ die Trommel aufschnappen, in einer Kammer steckte noch eine Bleipatrone. Das war Munition, um Männer zu töten, keine

Monster. Durch ein Tippen seiner Fingerspitze entfernte er die Patrone aus der Kammer und steckte sie in seine Tasche, bevor er die Trommel mit sechs seiner selbst gemachten Patronen bestückte. Sie waren handgefertigt, bestanden aus kalt bearbeiteten Eisenpatronen und seiner eigenen Mischung Schwarzpulver auf Silberfulminatbasis. Eisen und Silber, Hilfsmittel, auf die Leute wie er seit Jahrhunderten setzten. Er ließ die Waffe zuschnappen, stopfte noch ein paar Patronen in seine Tasche und steckte die Knarre in sein Schulterholster.

Das Gewicht gab ihm ein plötzliches Gefühl von Sicherheit, von Macht – aber es verging schnell wieder und wurde ersetzt durch eine bittere Übelkeit und Zweifel. Dem Hexer gegenüber ließ er sich nichts davon anmerken.

»Die wirst du nicht brauchen«, sagte Grieves und blickte kühl auf die Waffe.

»Das hat bis jetzt noch nie gestimmt.«

Der seufzte. »Okay. Ich fahre.«

»Ich auch«, sagte Mayflower, während er seinen Bademantel gegen das verlotterte Jackett eintauschte, das an einem Haken neben der Haustür hing. Es war viel schwerer, als es aussah, und passte nicht zu seiner Anzughose mit den Whiskeyflecken oder seinen Lederstiefeln, aber es war ihm egal. »Ich fahre nicht in deiner Plastik-Todesfalle mit.«

»Okay«, sagte Grieves, während er draußen geschmeidig in das schwarze Insekt kletterte. »Fahr hinter mir her.«

Mayflower knurrte nur und knallte die Tür seines Jeeps hinter sich zu. Mit etwas Übung und gutem Zureden erweckte er den Wagen grummelnd zum Leben und folgte dem dunklen, lichtverschluckenden Auto, während es sich zum nördlichen Rand von Boston aufmachte.

Die Fahrt war ruhig, aber Grieves gab ein zum Steinerweichen langsames Tempo vor, obwohl die Straßen nach der vormittäglichen Stoßzeit eigentlich relativ frei waren. Mayflower merkte, wie er sich mit jedem Kilometer fester an das Lenkrad krallte, bis seine Finger ganz taub wurden.

Mansgraf war tot.

Früher, in den alten Tagen, wäre da so was überhaupt möglich gewesen? Er war sich dessen nicht so sicher. Aber das war lange her. Dinge hatten angefangen, sich zu verändern. Und sie hatten sich einfach geweigert, damit aufzuhören.

Doch als Mayflower hinter Grieves' Wagen endlich am Tatort ankam, war er sich einer Sache absolut sicher: Mansgraf war nicht ohne Gegenwehr gestorben.

Das Lagerhaus, zu dem ihn Grieves führte, glich in fast jeder Hinsicht den anderen in der Umgebung – abgesehen von dem Kinderrestaurant ein paar Blocks weiter, einer auf unkonventionell getrimmten architektonischen Gräueltat. Das einzig Besondere an diesem spezifischen Lagerhaus war, dass das Gebäude aussah, als sei es innen mit einem brennenden Erdbohrer entkernt worden. Alle Fenster waren herausgesprengt, der Boden in einem Umkreis von Hunderten Metern mit verkohlten Glasscherben übersät. Schwarz geränderte Flammen flackerten aus den kaputten Fenstern und kletterten dann als brennend heiße aschfarbene Schwaden über das Metalldach. Die Fenster glichen Dutzenden erschrocken aufgerissener Augen mit zu viel Lidschatten.

Grieves parkte neben den Dutzenden Fahrzeugen des Departments, Mayflower hielt neben ihm. Er stieg aus dem Jeep und betrachtete die Szene.

»Wir denken, es ist irgendwann heute Morgen passiert, früh, vor Sonnenaufgang«, sagte Grieves und stellte sich neben ihn. »Warum sie hier war, wissen wir nicht genau.«

Mayflower blickte sich um. Ohne all die Inseln aus gelbem Absperrband, ohne die durcheinanderhetzenden Departmentsmitarbeiter in weißen Tatort-Schutzanzügen und ohne die Auditoren mit ihren weißen Masken, die Wache standen, wäre der Ort komplett verwaist gewesen.

»Sie muss gewusst haben, dass jemand hinter ihr her war«, sagte er. »Sie hat den Angreifer hergelockt, damit sie schweres Geschütz auffahren konnte, ohne irgendwelche Unbeteiligten zu gefährden.«

Grieves nickte. »Ein Feuerball war für ihre Verhältnisse schon subtil.«

»Hab sie mal ein Messer benutzen sehen«, sagte Mayflower. »Ein Feuerball ist gnädiger.«

Grieves setzte zu einer Antwort an, aber eine andere Stimme schnitt ihm das Wort ab.

»Grieves! Was macht dieser Kerl hier?« Ein Mann näherte sich, sein Anzug saß nicht ganz so gut wie der von Grieves. Sein blondes Haar wurde schon etwas dünn, an den kahlen Stellen schuppte sich seine Kopfhaut heftig.

»Das ist der Direktor des Departments, John Peters«, stellte Grieves kühl vor. »Das hier ist Les Mayflower, ein Berater …«

»Ich weiß sehr wohl, wer das ist«, sagte Peters. Die Säure in seiner Stimme hätte ausgereicht, um den Bordstein blank zu schrubben. »Er ist der Große Jäger.«

»Nicht mehr«, sagte Mayflower. »Jetzt bin ich nur irgendein Typ.«

»Das bezweifle ich.« Peters drehte sich zu Grieves. »Ich hab Sie gefragt, was er hier macht.«

»Externer Berater. Dachte, er könnte was bemerken, das uns entgangen ist.«

»Ich habe gesagt, kein unautorisiertes Personal! Muss ich Sie daran erinnern« – er warf Mayflower einen Blick zu – »wie heikel unsere Lage ist?«

»Natürlich nicht, Sir«, antwortete Grieves, gelassen wie immer.

»Aber ich denke, es wäre klug, zumindest seine Einschätzung der Dinge zu erfahren – wenn wir herausfinden wollen, was hier passiert ist.«

Peters blickte zwischen beiden hin und her. »Okay. Fünf Minuten. Dann ist er weg.«

»Wie Sie wünschen, Sir.«

Peters schüttelte den Kopf und murmelte etwas, bevor er davonstürmte.

»Netter Kerl«, meinte Mayflower.

»Er ist ein jähzorniges Arschloch. Aber er kriegt den Job erledigt. Auf seine eigene Weise.«

»Statt auf deine eigene Weise?«

Grieves zuckte mit den Schultern. »Niemand ist perfekt.« Er deutete auf das Lagerhaus. »Hier entlang.«

Er führte Mayflower durch die massenhaft herumwuselnden Mitarbeiter, die den Tatort durchkämmten. Jeder einzelne von ihnen ging Grieves instinktiv aus dem Weg, als er vorbeikam. Alle kannten sein Gesicht – und vermutlich erst recht seinen Ruf, einen hauchdünnen Geduldsfaden zu haben.

Drinnen sah das Gebäude aus wie eine zerstörte Sternwarte. Die Decke, die Wände, sogar der Boden waren vom Feuer schwarz verkohlt wie ein sternenloser Nachthimmel. Dutzende Stapel Holz- und Eisenkisten hatten sich in Asche verwandelt oder waren zu formlosen Häufchen aus grauer Schlacke geschmolzen, die Halle glich einer außerirdischen Hügellandschaft aus Dunkelheit. Über diese Landschaft verteilt, standen Pfützen, regungslos und hart wie gefrorene Teiche.

»Was ist das?«, fragte Mayflower.

Grieves bleckte seine Zähne zu einem bitteren wölfischen Lächeln. »Geschmolzenes Metall.«

»Könnten das die Waffen der Angreifer sein, vielleicht? Wo sind die Leichen?«

Grieves schüttelte den Kopf. »Bei den Temperaturen wären Fleisch und Knochen verbrannt. Wir sind dabei, die Überreste zu analysieren.«

Mayflower nickte und ging weiter, doch als er die Raummitte übersehen konnte, lief ihm ein kalter Schauer über den Rücken.

Dort auf dem Boden war ein perfekter Kreis aus hellem grauem Beton zu sehen, als hätte jemand einen Bühnenscheinwerfer mitten in die Dunkelheit gerichtet. Aber der Kreis war voller Blutlachen. Und in der Mitte, unter einer Plane, ließen sich die Umrisse einer vornübergebeugten Gestalt erkennen.

Mayflower spürte, wie ihm das Herz in der Brust knirschte und rappelte. Seine Hände hatte er unbewusst so fest zu Fäusten geballt, dass sich die kurzen Fingernägel in seine Handflächen bohrten. Er und Mansgraf waren keine Freunde gewesen. Sie hatten einander noch nicht einmal besonders gemocht. Aber sie waren Partner gewesen.

Und das war eine Verbindung, so tief wie Blutsverwandtschaft.

Die Szene – das ganze Blut, das so reichlich in der Mitte des sonst leeren Tatorts vergossen war – hatte etwas von einem sehr modernen Gemälde, das Mary zwar für interessant befunden hätte, aber nicht unbedingt als fürs Wohnzimmer geeignet.

Seine Beine wurden mit jedem Schritt schwerer, als er sich Mansgrafs Körper näherte. Es fühlte sich unwirklich an, dass sie wirklich tot sein sollte. Sie war immer so mächtig gewesen, so sicher, so weise. Und nicht zu vergessen: so paranoid, dass sie sogar ihre Zähne eigenhändig behandelt hatte.

Wie konnte das hier passiert sein?

Grieves blieb unmittelbar vor dem Ring aus nicht verrußtem Beton stehen. »Das Problem ist«, sagte er und schaute sich in dem ausgebrannten leeren Gebäude um, »sie war so ... gründlich, dass wir noch nicht darauf gekommen sind, wer oder was das hier angestellt hat. Die einzigen Hinweise, die wir haben, sind ihre Wunden. Und das hier.«

Er lenkte Mayflowers Blick, der immer noch wie gebannt die Gestalt im Kreis fixierte, zur Seite. Dort, auf dem verkohlten Boden, waren schmale Schleifspuren zu sehen, die Furchen in der Asche hinterlassen hatten.

»Krallen?«, fragte Mayflower.

»Würde den Kreis möglicher Täter kaum verkleinern, könnte aber sein. Oder vielleicht eine Klinge. Aber bei unserem aktuellen Wissensstand könnten es genauso gut Schlittschuhe sein. Das Einzige, was wir sicher sagen können, ist, dass diese Spuren entstanden sind, *nachdem* das Gebäude schon halb abgebrannt war. Und dass Mansgraf den Kreis nie verlassen hat.«

»Also hat ihr Angreifer überlebt«, folgerte Mayflower und ertappte sich dabei, wie er wieder den grauen Lichtkreis anstarrte.

»Das glauben wir auch«, meinte Grieves. »Aber wir können nichts mit Sicherheit sagen, bevor wir das hier nicht ins Labor gebracht haben. Danach haben wir vielleicht eine Ahnung, wer oder was sie erwischt hat.«

Mayflower verzog unbewusst das Gesicht, seine Lippen wichen dabei langsam von seinen Zähnen zurück.

Das Blut wurde schon dunkel, an vielen Stellen zog es sich in langen, dünnen Linien über den Beton, wie Farbspritzer vom Pinsel eines manischen Malers.

Dann entdeckte Mayflower ein paar Linien, die für ihn herausstachen. Linien, die an Stellen verliefen, wo sie nicht hätten sein sollen.

Er folgte ihnen mit seinen Augen, versuchte, nachzuvollziehen, wie sie dort hingelangt sein konnten. Dann fand er eine einzelne Blutspur, die den ganzen Weg zurück zu Mansgrafs Körper getröpfelt war.

»Du hast was über ihre Wunden gesagt?«, fragte Mayflower.

Grieves nickte. »Schnittwunden. Lang und tief. Könnten von allem Möglichen stammen. Sie werden schon analysiert.«

»Zeig's mir.«

»Les«, sagte Grieves und fing sich von Mayflower für den Gebrauch seines Spitznamens einen zornigen Blick ein. »Du musst dir das nicht antun …«

»Zeig's. Mir.«

Grieves seufzte. »Nun gut.« Er winkte den Gestalten in Tatortschutzanzügen, die im Kreis standen. »Heben Sie die Plane hoch.«

Sie gehorchten und zogen vorsichtig die blutverschmierte Abdeckung von der Leiche herunter.

Mayflower spürte, wie sein ganzer Körper sich vor Wut und Ekel verkrampfte, als wären seine Muskeln Sprungfedern und jemand hätte sie alle gleichzeitig um ein paar Umdrehungen angezogen.

Wenn da nicht unter dem Blut die Patchworkkleider sichtbar gewesen wären, die sie immer getragen hatte, hätte Mayflower sie nie erkannt.

Ihre Überreste glichen einem Kochschinken, den jemand während einer Achterbahnfahrt mit einem Spiralschneider bearbeitet hatte. Ihre Gliedmaßen waren mit langen Schnittwunden übersät, die bis hinunter auf die Knochen reichten.

Ihre grauen Augen starrten wütend ins Nichts. Ihr vom

hohen Alter gezeichnetes Gesicht war zu einer Grimasse aus Schmerz und Widerstand gefroren.

Mayflower zwang sich, seinen Blick von ihrem Gesichtsausdruck loszureißen.

Er richtete seine Aufmerksamkeit stattdessen auf ihre Hand. Und siehe da: Die seltsame Blutspur, die ihm aufgefallen war, führte direkt zum Zeige- und Mittelfinger ihrer rechten Hand, die vollkommen mit ihrem eigenen Blut bedeckt war.

Erneut zeichnete er die Spuren mit seinen Augen nach und begriff, was sie waren.

Mansgraf hatte eine Botschaft hinterlassen.

Es war nicht viel. Sie hatte wahrscheinlich nur ein winziges Zeitfenster gehabt, um ihre Botschaft abzufassen, bevor sie verblutete.

Mayflower grub tief in seiner verstaubten Erinnerung nach Hinweisen, was für Symbole das sein könnten. Dann erkannte er die Schrift. Es war Ogham. Altes Ogham. Eine Schrift, die einst dazu diente, sie in Steine einzugravieren. Mit Werkzeugen, mit denen man nur gerade Linien ritzen konnte. Aber Mansgrafs Linien waren nicht gerade. Sie hatte ihr Blut in langen, sich windenden Kurven von sich geschleudert, als hätte sie versucht, in einem Spiegelkabinett zu schreiben. Wahrscheinlich hatten sie die ganzen Leute hier in dem blutigen Chaos deshalb auch noch nicht als Schriftzeichen erkannt.

Er zermarterte sich sein Hirn, kramte alte Informationen hervor, die er schon über Jahre hinweg nicht abgerufen hatte.

Schließlich gelang es ihm, die Bruchstücke zusammenzufügen.

Mayflower drehte sich um und machte sich auf den Rückweg zu seinem Jeep.

»Was entdeckt?«, fragte Grieves.

»Nein«, log Mayflower.

Er hatte etwas entdeckt. Etwas Kleines und Simples.

Eine Aufforderung, die seine tote Partnerin bei ihren letzten Atemzügen mit ihrem eigenen Blut geschrieben hatte.

Töte Grimsby.

1

»ICH WEISS NICHT, was ich angestellt hab, um das zu verdienen«, sagte Grimshaw Griswald Grimsby, »aber es tut mir leid.«

Er starrte in dem gesprungenen Spiegel auf sein Tutu. Es war *pink*. Nicht rosa und auch kein ruhiges, natürliches, fröhliches Pink. Ein aggressives Pink. Die Art von Pink, die Babys zum Weinen brachte und Bienen anlockte. Der Stoff spannte fest über seinem T-Shirt, saß so stramm, dass er unangenehm gegen die blassen Brandnarben scheuerte, die einen Großteil seiner linken Körperhälfte entstellten.

Carla, die Managerin des Restaurants, zuckte mit ihren breiten Schultern. »Taco-Dienstage ziehen bei den Leuten nicht mehr so wie früher«, sagte sie. »Wir brauchen etwas Schockierendes, um aufzufallen.«

»Ich mache Zauberei«, sagte Grimsby und drehte seinen Rücken zum Spiegel, um die handgemachten tacoförmigen Flügel zu begutachten, die Carla ungeschickt auf der Rückseite des Tutus angetackert hatte. »*Echte* Zauberei. Wie ist das bitte weniger schockierend als das hier?«

»Zauberei kriegen die Leute überall«, sagte Carla. »Du bist nicht der einzige Hexer auf der Welt, Grimsby. Und du bist bei Weitem nicht der beste.«

»Warum hast du mich dann überhaupt eingestellt?«

»Du warst der einzige Bewerber. Also, wenn du weiter für Donalds Mächtiges Magisches Königreich des Essens arbeiten willst, dreh dich um und lass mich die Rückseite in Ordnung bringen.«

Grimsby wollte ganz sicher *nicht* weiter für Donalds Mächtiges Magisches Königreich des Essens arbeiten, aber er drehte sich trotzdem um und richtete seine Augen auf den Boden. Das Rüschenröckchen an dem Tutu störte ihn nicht so sehr wie der eng sitzende, einschnürende Stoff. Er tänzelte unbehaglich von einem Fuß auf den anderen und gab sich dabei Mühe, freizuschütteln, was er lieber nicht eingeklemmt haben wollte.

Carla hatte vorgeschlagen, seine Jeans durch durchsichtige Strumpfhosen zu ersetzen, aber er hatte beschlossen, dass das nicht infrage kam. Das Letzte was er den Leuten zeigen wollte, waren seine blassen, dürren Beine. Na ja, vielleicht das Vorletzte.

»Es ist nur ein Mal die Woche«, sagte Carla, »und nur bis der Taco-Dienstag wieder Fahrt aufnimmt! Obwohl, wenn es richtig gut läuft, müssen wir vielleicht einen Tacofee-Dienstag draus machen. Immerhin ist ja der Magische-Kuchen-Mittwoch ein Hit …«

Grimsby versuchte sich vorzustellen, das Kostüm in der absehbaren Zukunft einmal die Woche tragen zu müssen. Der Gedanke tat weh. Etwa so, wie es ihm wehgetan hatte, als er vor über einem Jahr sein erstes graues Haar entdeckt hatte. Mit neunzehn. Es war eine tiefe Verletzung mit einem Schmerz, der mit der Zeit nur noch schlimmer werden konnte.

»Wenn es so weit kommt, kündige ich.«

»Und gehst wohin?«, fragte sie und zupfte dabei an einer Falte in dem augenmörderischen pinken Stoff.

»Es gibt viele Unternehmen, die Unorthodoxe wie mich anheuern«, verteidigte sich Grimsby.

Sie schnaubte verächtlich. »Klar. Aber die stellen diese Leute nicht ein, *weil* sie Unorthodoxe sind, Grimsby«, sagte sie. »Sie stellen sie ein, *obwohl* sie Unorthodoxe sind. Therianer als Buchhalter. Vampire als Wachleute. Bis auf das Department – und vielleicht deren private Auftragnehmer – hat keiner ein Interesse daran, Hexen zu beschäftigen.«

Grimsby schnürte sich die Kehle zu, aber er schob trotzig das Kinn vor. »Du schon.«

»Keinen echten Hexer. Nur … einen wie dich«, sagte sie. Ihre Worte klangen nicht wie böse gemeint, aber dadurch taten sie irgendwie noch mehr weh. »Schließlich hast du mit deiner Lizenz kaum die Erlaubnis, überhaupt zu zaubern. Du darfst was? Teller drehen und diesen Trick mit dem Klebeband vorführen?«

»Das sind keine Tricks«, sagte Grimsby leise. Es war echte Zauberei. *Seine* Zauberei.

»Was auch immer. Hör mal: Niemand, der *keinen* Hexer will, wird dich einstellen. Und wer einen Hexer oder eine Hexe will, findet bessere. Du musst dich mit mir abfinden. Und ich mich mit dir.«

Er wollte widersprechen, aber sie hatte recht.

Er hatte einen Großteil seiner Kindheit darauf hingearbeitet, beim Department für Unorthodoxe Angelegenheiten unterzukommen. Nachdem sie ihn abgelehnt hatten, gab es nicht viele Alternativen für ihn. Fast einen Monat hatte er gebraucht, um diesen Job zu finden. Die Leute rannten gescheiterten Hexen nicht unbedingt die Türen ein, um ihnen Jobs anzubieten. Oder Hexen im Allgemeinen, um genau zu sein. Zauberei war außerhalb ihrer streng definierten Nutzung im Dienst des Departments rigoros reglementiert. Warum sollte also irgendwer einen Hexer einstellen, wenn ein Gewöhnlicher ausreichte?

Deswegen konnte er hier nicht einfach den Kram hinwerfen und abhauen, egal wie sehr er es wollte. Er brauchte die Arbeit. Dringend. So dringend, dass er es hinnahm, sich drei Tage die Woche – sagen wir vier – mit Kostümchen zu verkleiden. Und da waren die Feiertage noch nicht mitgerechnet, obwohl er nach dem Gerichtsprozess vom letzten Jahr seine Zweifel hatte, dass Carla ihn wieder als Santa Claus einsetzen würde. Er besaß ohnehin nicht die Statur dafür. Welcher Weihnachtsmann ist eins fünfundsechzig groß und wiegt sechzig Kilo?

Kein fröhlicher Weihnachtsmann, das war sicher.

Er starrte wieder seine Flügel an. Carla hatte dünnen, knallig gefärbten Stoff in die Windungen der Tacos geklebt, um die typischen Füllungen nachzuahmen. Sie hatte sogar großzügig roten, grünen und braunen Glitzer draufgestreut, um die Gewürze zu imitieren. Wo zur Hölle konnte man braunen Glitzer kaufen?

»Krötenzähne«, fluchte er leise.

»Warum fluchst du immer so seltsam?«, fragte Carla gelangweilt, während sie einen losen Flügel mit Nadeln wieder festtackerte. »Das törnt ab.«

Grimsby zuckte mit den Schultern. »Meine Mutter mochte keine Flucherei«, sagte er.

»Muss ein Hexending sein«, sagte Carla desinteressiert. »Fast fertig. Hier.« Als krönenden Abschluss gab sie ihm etwas in die Hand – ihm war, als würde sie den Dolch in der Wunde drehen: Es war ein Plastikschlauch, an dessen Ende mit Heißkleber eine Gummiavocado befestigt war.

»Ist das ein Radiergummi?«, fragte Grimsby und starrte traurig die Avocado an.

»Du hast es bemerkt? Verdammt! Ich hatte gehofft, es wäre subtiler. Na ja, soll zumindest ein Zauberstab sein. Brauchst du keinen Zauberstab für deine Tricks?«

»Es sind keine Tricks«, fauchte Grimsby.

»Meinetwegen«, sagte Carla mit einem Tonfall und einer leichten Neigung ihres Kopfes, die durchklingen ließen, dass es sehr wohl Tricks waren.

Er seufzte. »Nein. Dafür brauche ich keinen Zauberstab.«

»Oh. Hast du es mal probiert? Vielleicht würde es helfen bei deinen … deinen, du weißt schon.« Mit einer vagen Geste umfasste sie seine gesamte Erscheinung.

Er atmete tief ein und dehnte dabei den pinken Stoff bis ans Limit. »Ja. Vielleicht hilft es«, sagte er mechanisch.

»Gut.« Sie trat einen so großen Schritt zurück, wie es ihr die vollgestopfte Hausmeisterkammer erlaubte, und begutachtete ihn noch ein letztes Mal. »So, wie fühlst du dich?«

Er zupfte an dem knallengen Tutu. »Als müsste ich die Miete zahlen«, sagte er.

»Das wollte ich hören!«

Grimsby grummelte nur vor sich hin.

Tutu, Tacoflügel, Avocadozauberstab. Diese Kombination aus Gräueltaten verwandelte Grimsby, den sanftmütigen Kinderzauberer, in eine Schande, deren Name nur mit einem schreckerfüllten Flüstern ausgesprochen werden konnte: die Tacofee.

Jetzt war es Showtime.

Grimsby zwängte sich vorsichtig aus der Kammer und duckte sich unter der Kanonade von Ermahnungen weg, die ihm Carla hinterherrief, während sie die behelfsmäßige Umkleide aufräumte. Er ließ die Tür hinter sich zufallen, lehnte sich einen Moment dagegen und atmete tief ein. Er hatte irgendwie gehofft, die Luft wäre frisch und belebend. Stattdessen roch sie nur nach verbranntem Käse und machte ihn müde.

Von der anderen Seite des Gangs ertönte das Geräusch einer Klospülung, ein Mann trat aus der Toilettentür und wischte sich die Hände an der Vorderseite seiner Hose ab. Seine Augen trafen sich kurz mit Grimsbys, bevor sie auf sein Tutu und seine Flügel fielen. Der Mann verschluckte sich fast beim Versuch, sein Lachen zu unterdrücken. Dann schüttelte er den Kopf und ging wortlos weiter, an Grimsby vorbei, zum Speisesaal.

Grimsby plusterte seine Wangen auf. Mit peinlichen Situationen konnte er umgehen. Sonst hätte er es wohl in DMMKDE nicht so lange ausgehalten. Hin und wieder verkackte er seinen Einsatz oder brachte seine Zaubersprüche durcheinander. Er war schließlich auch nur ein Mensch – und nicht mal ein besonders guter.

Aber es hätte ihm besser gefallen, wenn Leute ihn nicht für Carlas modische Verbrechen, sondern wenigstens aufgrund seiner eigenen Fehler auslachten. Das hätte er wenigstens verdient.

Niemand verdiente die Tacofee.

Aber die Tacofee sollten sie kriegen, zu einem schrecklichen Preis.

Dem Mindestlohn.

Er richtete sich auf. Stolz war ein Luxus, aber er war auch relativ. Wenn Grimsby schon ein pinkes Tutu und Tacoflügel tragen musste, dann würde er sie verdammt noch mal richtig *tragen*!

Grimsby stolzierte mit erhobenem Haupt in den Essensbereich des Restaurants, der kaum mehr als ein Dutzend Sitzkojen und fünf oder sechs Tische umfasste. Dort saßen verteilt eine Handvoll Erwachsene, die sich leise unterhielten oder auf ihre Telefone starrten. Es war weitgehend das übliche Publikum aus ordentlich, aber leger gekleideten Erwachsenen – aber ein Mann stach heraus. Er war mager wie ein Skelett und so groß, dass sich Grimsby sofort wie ein Kind fühlte. Er stand in einer Ecke und kaute auf einer unangezündeten Zigarette rum, seine Augen von einer dunklen Brille verdeckt.

Grimsbys Erscheinen ließ einige Gäste aufblicken und entsetzt gaffen, aber nicht alle.

Nicht genug.

»Meine Damen und Herren und der Mann mit der feuchten Jeans!«, rief Grimsby aus voller Kehle, jeder Kopf drehte sich ruckartig zu ihm. »Willkommen in Donalds Mächtigem Magischen Königreich des Essens! Das Schicksal hat Ihnen das große Glück zuteilwerden lassen, sich hier in unserem schönen Land an diesem Dienstag der Tacos aufzuhalten, an dem der Kauf eines einzelnen Tacos Ihnen die reiche Ausbeute von zwei, ja richtig, zwei Tacos einträgt! Kaufet, kaufet die Tacos und verspeiset sie! Denn ich, die Tacofee, beziehe meine Zauberkraft aus anderer Menschen befriedigter Begierde nach Tacos!«

Damit erntete er im Raum nicht mehr als verdutzte Stille. Der Mann in der Ecke kaute weiter lautlos auf seiner Zigarette, ohne seine Augen hinter der getönten Brille von ihm abzuwenden.

Eine dürre Frau mit dichter Monobraue stand von ihrem Platz auf und stützte ihre Hände in die Hüften. »Wo zur Hölle waren Sie?«, fragte sie fordernd, ihr Tonfall klang eher, als spräche sie mit einem Kind als mit einem berufstätigen Erwachsenen. »Die Party von meinem Sohn hat vor zehn Minuten angefangen!«

»Ah, aber sehen Sie«, sagte Grimsby, »ich wurde aufgehalten.«

»Von was, du ekliger Schleimer?«, motzte sie dagegen.

Grimsby zuckte bei dem Wort leicht zusammen und bleckte seine Zähne, um sich so einen Gesichtsausdruck abzunötigen, der nur vor Gericht als Lächeln durchgehen würde. Mit einem guten Anwalt. Er spürte, wie sein Bedürfnis, sich vernünftig zu benehmen, langsam davonschwebte.

In seiner Fantasie benutzte es dafür die Tacoflügel.

»Von dem gar tragischen Umstand, dass Tacofeen keine Flügel haben, Madam, sondern nur Tacos«, sagte er. »Für das Fliegen nutzlose Hüllen, gefüllt mit Fleisch und anderen noch abscheulicheren Zutaten. Das Leben von uns Tacofeen ist ein Albtraum im Wachzustand. Und nachts? Da kommen die Bären.«

»Ach du lieber Gott«, sagte die Frau und rollte mit den Augen. »Sind Sie irre oder nur ein Idiot?«

»Die Indizien deuten zum größten Teil auf Letzteres«, sagte Grimsby, »aber nur zum größten Teil. Sorgen Sie sich nicht, Ma'am, ich bin der beste Tutu tragende Zauberer in einem Radius von mindestens zwei Meilen.«

»Was auch immer. Ich bezahl Sie nicht fürs Quatschen.«

»Streng genommen bezahlen Sie mich überhaupt nicht, Madam. Meine Dienste gehören vollständig zum garantierten Lieferumfang des Extravaganza-Geburtstagsmenüs von Donalds Mächtigem Magischen Königreich des Essens. Im Zweifel – also eigentlich immer – gelten die allgemeinen Geschäftsbedingungen.«

Sie schaute ihn finster an. »Dann erwarten Sie von mir mal lieber kein Trinkgeld, Feenjunge.«

»Natürlich nicht, Madam. Ich arbeite hier schon über ein Jahr. Ich kenne den Drill.«

Sie schnaubte verächtlich und entblößte dabei nikotingelbe Zähne mit frei liegenden Zahnhälsen. »Ein Jahr hier? Ich würde mich umbringen.«

Grimsby setzte erneut sein gerichtstaugliches Minimallächeln auf. »Wir suchen immer Mitarbeiter. Jetzt werden Sie mich entschuldigen: Ich habe eine Show zu absolvieren.«

Er stolzierte an der Mutter mit der Monobraue vorbei und vollführte dabei eine ungeschickte, aber dramatische Pirouette, die sie mit tacogewürzfarbenem Glitzer bestreute. Sie stammelte und stotterte wütend vor sich hin, und er beschleunigte seinen Schritt, ehe sie ganze Worte artikulieren konnte.

Bevor er die Tür erreichte, die zu dem riesigen Ex-Lagerraum, jetzt Spielraum, führte, legte sich eine kalte Hand auf seine Schulter.

»Mr. Grimsby«, sagte eine raue Stimme, »einen Moment Ihrer Zeit.«

Grimsby drehte sich um und erblickte den skelettartigen Mann vor sich. Und ein gutes Stück über sich: Der Mann sah aus, als wäre er locker zwei Meter groß, obwohl das vielleicht auch daran lag, wie er sich bewegte. Er trug ein zerknittertes Anzugjackett in verschiedenen Schattierungen von sonnenverblichenem Grau. Seine Anzughose war in einem unmodisch abweichenden Blauton gehalten. Sein Gesicht war eingefallen, als wäre er krank oder am Verhungern, seine Wangen waren mit weißen und schwarzen Stoppeln bedeckt, es sah aus wie ein krisseliges Störsignal auf einem altmodischen Fernseher.

Grimsby war sich nicht sicher, was er sagen sollte, also zögerte er kurz und neigte den Kopf. »Ich bin, äh, gerade beschäftigt.«

Selbst durch die dunklen Brillengläser konnte er sehen, wie die Augen des Mannes über sein Tutu glitten. »Offensichtlich. Aber es ist wichtig.«

»Okay, in Ordnung. Aber machen Sie schnell.«

»Mein Name ist Mayflower. Ich bin … beim Department. Ich habe ein paar Fragen an Sie.«

Beim Department? Das Letzte, was er vom Department bekommen hatte, war ein Brief mit einer präventiven Absage auf jede weitere Bewerbung und eine Lizenz für nur die grund-

legendste Zauberei. Das war vor über einem Jahr gewesen.
»Fragen? Zu was?«

»Zu wem. Samantha Mansgraf.«

Er schüttelte den Kopf. »Oh nein, mit der will ich nichts zu tun haben. Das letzte Mal, als wir gesprochen haben, hat sie mein Leben ruiniert. Ich will gar nicht wissen, was mir zustößt, wenn wir uns noch mal unterhalten.«

»Das war keine Bitte.« Der Mann schien ein paar Zentimeter zu wachsen, obwohl Grimsby sich das wahrscheinlich nur einbildete.

Grimsby spürte, wie er sich unweigerlich selber aufplusterte, mitsamt seinen Stoffflügelchen. Grobiane waren ihm schon immer gegen den Strich gegangen. »Sind Sie sicher? Klang nämlich für mich wie eine Bitte.«

»Sie irren sich.« Die Stimme des Mannes klang wie alter rostfreier Stahl: kalt, zeitlos und nicht sehr flexibel.

Grimsbys Stimme klang im Vergleich dazu eher wie eine in starkem Wind quietschende Schaukel, aber er weigerte sich, klein beizugeben. »Nein, ich glaube Sie sind derjenige, der sich irrt, wenn Sie denken, dass Sie hier einfach reinspaziert kommen und Forderungen an mich stellen können. Das Department hatte genug Gelegenheit, mich zu befragen. Stattdessen hat man mir nur einen Brief geschickt. Ich bin durch mit dem Department – und folglich auch mit Ihnen.«

Das Gesicht des Mannes verdunkelte sich, obwohl sein Ausdruck sich nicht wirklich veränderte.

»Jetzt gehe ich an meine Arbeit. Ich habe Rechnungen zu bezahlen.«

»Ich würde sagen, Ihre Rechnung ist überfällig.«

Normalerweise hätten die Worte Grimsby ein bewunderndes Kichern entlockt, aber so wie dieser Mann sie von sich gab, blieb ihm das Lachen im Hals stecken.

Trotzdem fand er den Mut, flapsig zu reagieren.

»Oh, wie gruselig«, sagte er und rollte mit den Augen. Obwohl es ihn Überwindung kostete. Der Mann war unmöglich groß, hager – und irgendwie jagte er Grimsby schreckliche Angst ein. Aber er wollte es sich um keinen Preis anmerken lassen. »Aber Sie haben vergessen, Ihre Sonnenbrille mit einer dramatischen Geste abzusetzen, während Sie es gesagt haben. Das hat Ihnen die Pointe ziemlich ruiniert.« Er wandte sich ab und trat durch die Glastür in das Spielzimmer.

Der Mann folgte ihm. »Ich werde nicht noch mal fragen …«

»Whoa!«, sagte Grimsby und streckte eine Hand aus. »Können Sie nicht lesen?!«

Mayflower blickte ihn finster an. »Was lesen?«

Grimsby deutete auf die Pappfigur von König Donald, die an die Wand geheftet war. Der König – der als Kopf eine Waffel hatte, warum auch immer – streckte sein königliches Zepter ungefähr auf Brusthöhe aus. Und ein Schild auf seiner Brust verkündete: *DU MUSST MINDESTENS SO JUNG SEIN, UM EINZUTRETEN*. Grimsby hatte die Höhe selbst eingestellt: Das Schild war gerade niedrig genug, um die Oberseite seines Kopfes zu streifen.

Mayflower zögerte. »Sie verarschen mich.«

»Tut mir leid, das ist nicht meine Regel«, sagte Grimsby und deutete auf King Donald. »Es ist königliches Gesetz.«

»Sie …«

»Königliches Gesetz!«, rief er, überquerte die Türschwelle und warf die Tür hinter sich zu. Während er sich entfernte, warf er einen Blick über seine Schulter und sah Mayflowers Silhouette im Glas der Tür. Sogar durch das Milchglas hindurch schienen die Augen des Mannes ihn so ruhig und genau im Blick zu behalten wie das Zielfernrohr eines Gewehrs.

Grimsby schauderte. Was konnte der Mann gewollt haben? Er hatte nicht damit gerechnet, jemals wieder vom Department zu hören – außer sie wollten ihm eine Geldbuße für den Missbrauch von Magie aufs Auge drücken. Aber was auch immer Mayflower im Sinn hatte: Grimsby war sich sicher, es würde ihm nichts als Ärger einbringen. Auch wenn ein Teil von ihm neugierig war. Egal was er Mayflower gegenüber behauptet hatte: Er wünschte sich nichts sehnlicher als noch eine Chance auf einen Job beim Department. Aber dazu würde es nie kommen.

Dafür hatte Mansgraf gesorgt.

Er schüttelte die Fragen und Zweifel ab und sah sich im Spielzimmer um. Es war Zeit, seine Arbeit anzugehen.

2

DMMKDE – WAS FÜR jedes Unternehmen ein schwaches Akronym gewesen wäre, vor allem aber für ein Etablissement für Kinder – war im Bebauungsplan einst nachträglich von einer Lagerhalle zu einem Restaurant umgewidmet worden. Dann hatte man einfach sämtliche Kisten und Paletten aus dem breiten dreistöckigen Gebäude rausgeräumt und dort das abscheuliche Königreich des Essens des Mächtigen Magischen Donald errichtet.

Der Beton war mit Kunststofffliesen und Kunstrasen zugedeckt, die Schächte für die elektrischen Leitungen waren einfach mit Sperrholz vernagelt und dann angemalt worden, um ihnen das Aussehen von Festungstürmchen zu verleihen. Die Decke mit den Glaspaneelen erstrahlte in knalligen Primär- und Sekundärfarben. Das graue Licht des kalten Herbsttages, das durch die bunten Dachfenster sickerte, tauchte den Kunstrasen des darunterliegenden Spielbereichs in einen seltsamen Farbton, von dem Grimsby etwas übel wurde.

In der Mitte der Lagerhalle hatte ein Architekt oder Ingenieur – auf alle Fälle jemand, der händeringend Aufträge suchte oder dem sein Psychiater das als Beschäftigungstherapie verschrieben hatte – das Schloss des Königreichs des Essens installiert. Das Schloss war der eigentliche Grund, warum Eltern die Reise zu diesem fast verlassenen Industriepark eine halbe Stunde außerhalb von Boston auf sich nahmen und dann für Essen bezahlten, das wie recycelte Pappe schmeckte. Und noch nicht mal wie durchaus sättigende Doppelwellpappe.

Die Pfefferkuchenzinnen des irren Essenskönigsschlosses, umgeben von einem Wehrgraben-Bälleparadies, ragten fast fünf Meter in die Höhe. Die Brüstung aus Eiswaffeln schraubte sich spiralförmig fast bis zur Decke, ihre Spitze war geschmückt mit einer schlaff herabhängenden Flagge, darauf das DMMKDE-Logo: eine Pizza, die eine edelsteinbesetzte Krone trug. Eine Zugbrücke in der Form eines halb gegessenen Kekses spannte sich über den Wehrgraben und führte in den geschützten Innenbereich des Schlosses.

Doch als Grimsby das Königreich betrat, sah er, dass das Schloss gerade angegriffen wurde.

Kinder krabbelten über die Zinnen und stürmten die Brücke. Sie schwammen im Bällegraben und kraxelten über die auf Federn montierten Schaukelpferdchen, stießen dabei die kostümierten Schaufensterpuppen um, die den königlichen Hofstaat darstellten. Chaos, Anarchie und Hochverrat im Reich des Essenskönigs.

Grimsby konnte das nicht durchgehen lassen.

So stand es schließlich in seinem Arbeitsvertrag.

Er war der Hofmarschall dieses Reiches, der in Elasthan gezwängte Wahrer der Sicherheitsbestimmungen, und vor allem: verantwortlich für jeden Schaden, der den Kindern in diesem Raum zustieß.

Zum Glück war er außerdem ein Hexer und das war manchmal nützlich.

Er atmete tief ein, um sich für das zu wappnen, was jetzt

auf ihn zukam. Er durfte keine Furcht zeigen, kein Zögern, und vor allem: keinen Stolz. Man konnte unmöglich die eigene Würde bewahren und sich gleichzeitig angemessen um Kinder kümmern. Das war ein universelles, vielleicht sogar kosmisches Gesetz.

Mit gut gefüllten Lungen brüllte er jetzt: »Meine Damenmädchen und Herrenjungs!«

Die Kinder hielten inne und Dutzende winzige Augenpaare wandten sich von der Plünderung des Königreichs ab und richteten sich stattdessen auf diesen pinken Neuankömmling mit seinen Tacoflügeln.

Es folgte eine bedeutungsvolle Stille, bis Grimsby schließlich sagte: »Wer will ein bisschen Zauberei sehen?«

Die Kinder antworteten mit Gegröle, Gekreische und Geschrei. Irgendein seltsames Kind trillerte sogar wie ein Vogel. Mit hektischer, uneleganter Leichtigkeit kletterten sie die Zinnen und Brüstungen herunter und rasten über die Felder aus smaragdgrünem Plastikgras auf Grimsby zu.

Er blieb standhaft auf der Stelle stehen, als sie auf ihn zustürmten. Manche kamen schlitternd ein paar Zentimeter vor ihm zum Halten. Andere knallten direkt in seine Beine. Er fing alle auf, die stolperten oder fielen, und versammelte sie um sich herum zu einem Halbkreis aus Kids mit klebrigen Händen und neugierigen Gesichtern.

Sie plapperten alle, selbstverständlich, mit ihm, miteinander oder einfach aus Prinzip. So etwas wie Stille existierte nicht, nicht im Königreich des Essens.

Er wedelte mit seinem Avocadozauberstab durch die Gegend und sagte dabei: »Kinder, Kinder«, immer und immer wieder. So gelang es ihm, viele Blicke auf sich zu ziehen und einige Kinder für einen kurzen Moment ihren Mund vergessen zu lassen. Endlich – als der Raum so nah am Zustand »still«

war, wie er es vielleicht je sein konnte – sprach er: »Wer von euch ist der Geburtstagsjunge?«

Ein ordentlicher Brocken von einem Jungen kam nach vorne und schubste dabei die kleineren Kinder aus dem Weg. Mit seiner Monobraue und der auffälligen Runzelfalte in der Mitte seiner glänzenden Stirn, die zusammen ein umgekehrtes T bildeten, kam er Grimsby bekannt vor. Er trug ein bedrucktes weißes T-Shirt mit seinem Gesicht, das mit einem digital hinzugefügten Partyhut geschmückt worden war. Darunter standen die Worte HAPPY BIRTHDAY, RICHIE!

Richie verschränkte seine pummeligen Arme und starrte Grimsby skeptisch an. »Welcher Dildo will das wissen?«, fragte er herausfordernd.

Grimsby zwang sich ein verwirrtes Lächeln ab und versuchte, sich nicht aus dem Konzept bringen zu lassen. »Na, die Tacofee, natürlich. Ich bin der Magier im Dienste des hochverehrten Königs, des Mächtigen Magischen Donald. Ich bin gekommen, um dir alles Gute zum Geburtstag …«

»Langweilig!«, verkündete Richie und erntete damit vereinzeltes Kichern von den Kindern. Er blickte sich selbstzufrieden um. »Dieser ganze Ort ist langweilig! Langweilig wie Dildos!«, sagte er.

Mehr Gekicher.

Etwas zupfte an Grimsbys Rock, er drehte sich um und sah ein kleines Mädchen, die ein ähnliches Outfit trug wie er selbst, obwohl ihre Flügel geschmackvoller und aus so etwas wie Seide gefertigt waren. Bei einem Wettbewerb, wem das Outfit besser stand, hätte Grimsby verloren. Allerdings nur knapp.

»Herr Tacofee«, sagte die kleine Miss Tutu mit einer winzigen Stimme. »Was ist Dildos?«

Grimsby öffnete und schloss seinen Mund mehrere Male,

bevor er schließlich antwortete: »Frag deine Mutter.« Die möglichen Folgen dieses Vorschlags hatte er nicht wirklich bedacht, merkte er dann. Er verzog das Gesicht und hoffte, sie würde den Rat ignorieren.

Das Mädchen nickte nachdenklich und reihte sich wieder in die Menge ein.

Unterdessen hatte Richie etwas zerlaufene Schokolade aus seiner Tasche gefischt und futterte sie mit einer klebrigen Pfote und starrte Grimsby dabei an. »Meine Mum hält mich für ein Kind. Aber ich bin jetzt zehn. Das sind *zwei* Zahlen. Ich bin zu alt für dieses Babyschloss und die Dildofee. Und *viel* zu alt für Zaubertricks.«

In Grimsbys Gesicht zuckte es peinlich berührt, als er sich kurz eine solche Fee vorstellte. Als wäre die Taco-Version nicht schon verstörend genug. Die Flügel allein … Er schüttelte den Kopf. »Absolut. Jeder Zehnjährige sollte Zaubertricks langweilig finden.«

»Auf jeden Fall«, sagte Richie. »Langweilig wie Dildos.«

»Ah«, sagte Grimsby und begriff, was hier wohl vor sich ging. Richie musste kürzlich nicht nur das Wort gelernt haben, sondern etwas noch Wichtigeres: dass er es nicht benutzen durfte. Deshalb verspürte er den unwiderstehlichen Drang, es in jeden Satz zu quetschen, so wie es jeder Junge tun würde. »Nun, du wirst begeistert sein zu hören, dass ich hier keine Tricks vorführe. Ich beherrsche nämlich die *echte* Magie.«

Die Kinder schnappten nach Luft und murmelten untereinander, und Grimsby nickte ihnen zu, um zu signalisieren, dass derlei Geflüster an dieser Stelle angemessen war.

Richie kniff seine Augen ganz schmal zusammen und schaute ihn skeptisch an. »Du meinst, du bist ein echter Hexer?«, fragte er. »Ist deswegen deine Haut so hässlich?« Er zeigte auf die linke Seite von Grimsbys Hals.

Grimsby versteckte instinktiv mit der Hand seine Narben. Seine Nervosität ließ sie jucken und brennen, bis runter zu seinen Fingerspitzen. »Nein. Das ist was anderes.«

»Was ist mit deinem Outfit? Ich wusste nicht, dass Hexen so dämliche Klamotten tragen.«

Grimsby zuckte mit den Schultern. »Echte Hexen ziehen an, was sie wollen.«

Richie schüttelte so heftig den Kopf, dass seine Backen schlackerten. »Ne-he! Mein Onkel arbeitet beim Department, dem mit den Hexen und den anderen Sonderlingen. Er sagt, die müssen Masken und Anzüge tragen, sonst drehen sie durch.«

»Das Department für Unorthodoxe Angelegenheiten«, sagte Grimsby mit demselben rein formal als Lächeln durchgehenden Gesichtsausdruck, mit dem er auch die Mutter des Jungen bedacht hatte. »Und dein Onkel hat nur teilweise recht. Die Masken haben praktische Gründe, aber die Anzüge sind freiwillig.«

»Wo ist dann deine Maske?«, wollte Richie wissen.

Die anderen Kinder murmelten alle ihre eigenen Zweifel bezüglich Grimsbys Legitimität vor sich hin. Na ja, manche Kinder. Den anderen wurde langweilig, und sie spazierten davon, um sich in den Bällegraben fallen zu lassen.

Grimsby tippte die absonderlich große runde Brille in seinem Gesicht an. »Masken können verschiedene Formen haben. Das hier ist meine.« Es stimmte. Die Gläser waren das Einzige, was ihm den direkten Blick ins Anderswo ersparte.

»Also würdest du ohne die Brille durchdrehen?«, fragte Richie.

»Allmählich«, sagte Grimsby. *Wenn ich lange genug überlebe,* ergänzte er in seinem Kopf.

»Nimm sie ab!«, brüllte ein Kind von hinten.

Grimsby schüttelte den Kopf. Kurz blitzte vor seinem inneren Auge das Anderswo auf, er erschauderte. »Das wäre ... eine schlechte Idee. Aber macht euch keine Sorgen: Ich kann auch mit Brille zaubern. Folgt mir!«, sagte er und ging entschlossen los.

Bevor er weit gekommen war, hatten die Kinder ihn schon wieder eingeholt und umschwärmten ihn. Sie rannten im Kreis, sprangen auf und ab und dachten sich unzählige andere Bewegungen aus, um die kritische Masse an überschüssiger Energie zu verbrennen, die sie in fast zwei Minuten Stillstehen aufgestaut hatten.

Grimsby watete sanft durch sie hindurch und versuchte dabei, niemanden umzustoßen. In der wuselnden Menge sah er die kleine Miss Tutu stürzen und im allgemeinen Getrampel verschwinden, wie eine kleine pinke Puppe in einem Wäschetrockner voll harter Ziegelsteine. Er bückte sich, schob die Kinder von Miss Tutu herunter, hievte die Kleine hoch und setzte sie auf seine Hüfte. Sie hatte die Augen weit aufgerissen, aber bis auf einen kleinen Riss in einem ihrer Flügel war sie unverletzt. Ihre Augen füllten sich mit Tränen und ihre Lippe bebte gefährlich. Es drohte ein Nervenzusammenbruch. »Hier«, sagte Grimsby und reichte ihr seinen Avocadozauberstab. »Warum nimmst du den nicht mal? Ich wette, du kannst besser damit umgehen als ich.«

Ihre Augen wurden noch größer, und ihr Mund formte ein überraschtes »O«, die aufgestauten Tränen waren vergessen. Sie packte den Zauberstab und wedelte damit wild herum. Sie richtete ihn auf Richie und murmelte was von brodelnden Kesseln und zischendem Feuer.

Grimsby merkte, dass er lächelte, während er das Mädchen trug und die anderen zum Innenhof des Plastikschlosses führte. Sie überquerten die Kekszugbrücke, die Dutzenden kleinen Füße klangen auf der hohlen Konstruktion wie Donnergrollen.

Im Innenhof hatte er übers Wochenende die Szene für die Show aufgebaut und irgendwie hatte sein Bühnenbild den Kinderansturm bis jetzt überstanden. Ein halbes Dutzend Schaufensterpuppen, die er mit alten Halloweenkostümen als Fürsten und Edeldamen verkleidet hatte, standen aufgereiht an den Wänden und blickten auf zwei weitere Gestalten, die in der Mitte des Innenhofs warteten. Diese beiden trugen über ihrer Kleidung Gummirüstungen, der eine in Silber, der andere in Schwarz: zwei Ritter, die einander regungslos in einem ewigen Showdown gegenüberstanden und darauf warteten, dass der andere endlich angriff.

»Sehet«, sagte Grimsby, »die Schlacht der Ewigkeit! Silberner Ritter gegen Schwarzen Ritter, Gut gegen Böse!«

»Dildo gegen coolen Typen!«, sagte Richie.

Grimsby fuhr fort, als hätte er es nicht gehört. »Heute werde ich sie mit Magie zum Leben erwecken – und wir werden sehen, wer obsiegt!«

Die Kinder bekundeten mit lautstarken »Ahs« und »Ohs« ihr Interesse und ihre Aufregung. Die kleine Miss Tutu hörte sogar kurz auf, mit dem Zauberstab zu wedeln, und starrte mit großen Augen auf die reglosen, schweigenden Ritter. Grimsby nutzte die Gelegenheit, um sie zwischen die anderen Kinder auf den Boden zu setzen, und wandte sich seiner Show zu.

Theatralisch versank er in Konzentration, die Hände dramatisch erhoben.

Er begann zu skandieren, sein Tonfall hob und senkte sich im regelmäßigen Takt seines Versmaßes: »Geschwärzter Stahl und silbern grell, wenn zwei Ritter im Duell, welcher sieget, dunkel, hell?«

Die Schaufensterpuppen bebten kaum wahrnehmbar.

Jetzt starrten die Kinder wirklich, sogar Richie gelang es nicht mehr, Desinteresse vorzutäuschen.

Grimsby grinste. »Kommt schon«, sagte er. »Ich brauch eure Hilfe. Sprecht mir nach: ›Welcher sieget, dunkel, hell?‹« Er wiederholte die Worte noch ein paar Mal.

Nach wenigen Momenten stiegen die Kinder mit ein. Ein paar der jüngeren Kinder verhaspelten sich, aber auch wenn ihre Zungen der Aufgabe nicht ganz gewachsen waren, ihre Herzen saßen am richtigen Fleck. Irgendwo aus der Menge ragte der Avocadozauberstab hervor und wurde aufgeregt hin und her geschwenkt.

Grimsby ließ seine Arme zittern, als ob er die ganze Kraft des Universums aufsaugen würde. Aber der Motor der Magie tankt kein Normalbenzin.

Grimsby beschwor seinen Impetus herauf, diese mystische innere Energie eines Hexers, spürte dessen Wärme wie eine Quelle in sich hochsteigen und sein Herz umschließen. Der Impetus breitete sich dann in seiner Brust aus und schwoll zu einer strahlenden Kraft an.

Grimsby zuckte etwas zusammen, als die Energie durch seine Gliedmaßen strömte. Dort, wo sie seine alten Brandnarben auf der linken Körperhälfte berührte, begann die Haut zu brennen. Ein paar Funken sprühten dabei aus den verwachsenen Narben. Mit großer Anstrengung unterdrückte er den Schmerz und lenkte den Impetus stattdessen zu seiner anderen Hand. Es war nicht leicht, so als würde man Wasser den Berg hinaufschaufeln, aber er schaffte es. Bald spürte er, wie sich seine rechte Hand durch den Impetus erhitzte, bereit war für seinen Befehl.

Er richtete seinen Fokus auf die Binderunen, die er überall auf den Schaufensterpuppenrittern verteilt hatte. Er konnte ihre Magie auf seiner Haut spüren, wie die dünnen Fäden eines Spinnennetzes. Mit seinem Impetus tastete er nach diesen Bindungen und folgte ihnen, bis er das erste Paar in der Kette fand.

Dann kam der einzige Teil des Zauberspruchs, der wirklich ausgesprochen werden musste: Er murmelte ein einziges Wort.

»Binde.«

Und mit diesem Wort begann das Schauspiel.

Das erste Paar der zahlreichen Bindungen, die er angebracht hatte, erwachte zum Leben. Dünne blaue Fäden aus Licht kreuzten sich zwischen den zwei Runen, wie kristalline Spinnenweben. Sie zogen die Schaufensterpuppen aufeinander zu und erweckten sie zum Leben, wie die Schnüre eines Marionettenspielers.

Die Schwerter der Ritter hoben sich zu einem wackligen Gruß, dank der Bindesprüche, die Grimsby zwischen den Armen der Ritter und der Decke platziert hatte. Mithilfe eines weiteren Paars von Binderunen drehten sich die Ritter zuerst zur Statue des Mächtigen Magischen Donald, danach zur versammelten Hofgesellschaft und den Kindern und dann schließlich zueinander.

Grimsby zog mit seinem Impetus an den Fäden, zupfte wieder und wieder an den Bindungen, suchte dabei jedes Mal neue Verbindungen aus, um den Rittern auf diese Weise das Zucken eines Lebensgeists einzuhauchen. Falls die Kinder die dünnen Fäden bemerkten, war es ihnen zumindest egal: Sie starrten wie gebannt auf die Show.

Die Ritter preschten aufeinander zu, ihre Holzschwerter donnerten mit einem ohrenbetäubenden Knall gegeneinander, der die Kinder zusammenschrecken ließ. Mit waghalsiger, grob choreografierter Hemmungslosigkeit schwang der Schwarze Ritter sein Schwert durch die Luft, immer wieder. Doch der Silberritter fing jeden seiner Schläge ab.

Die Kinder klatschten und jubelten. Richie – und ein paar der älteren Kinder, die sich um ihn versammelt hatten – feuerten den Schwarzen Ritter an. Der Rest bejubelte einfach die Show.

Dann schwang der Schwarze Ritter sein Schwert von oben herab, um dem Silbernen Ritter den Schädel zu spalten, der hob gerade noch rechtzeitig seine Klinge und parierte auch diesen Hieb. Aber noch während sie ihre Klingen über ihren Köpfen knirschend gegeneinanderdrückten, fasste der Schwarze Ritter in seine Rüstung und zog einen Dolch hervor.

»Pass auf!«, rief die kleine Miss Tutu.

Der Schwarze Ritter stieß mit dem Messer zu, die Klinge schoss mithilfe einer weiteren Bindung zwischen dem Dolch und dem Bauch des Silbernen Ritters nach vorne. Die Holzklinge bohrte sich tief in seinen Magen und blieb stecken – dank des gespannten Zauberfadens.

Die Kinder schnappten entsetzt nach Luft, der Silberne Ritter fiel auf die Knie. Grimsby löste mit seinem Impetus den Faden zwischen der Hand des Ritters und seinem Schwert, die Holzwaffe krachte zu Boden.

Der Schwarze Ritter stellte sich über ihn und richtete seine Klinge nach unten, wollte zum Todesstoß ansetzen. Dieses Detail war für Grimsby sogar der schwierigste Teil der ganzen Show gewesen, aber als die Kinder wie gebannt alle gleichzeitig nach Luft schnappten, war ihm das die vielen Stunden Tüftelei wert.

»Steh auf, steh auf!«, brüllten sie alle. Sogar Richies Bande aus größeren Kindern stimmte mit ein. Alle liebten den Unterlegenen.

Offensichtlich alle außer Richie.

Denn der Junge mit der Monobraue brüllte: »Erledige ihn! Fatality!« Immer und immer wieder.

Dann, als der Schwarze Ritter die Klinge nach unten stieß, drehte sich der Silberritter zur Seite und zog dabei das Messer aus seinem Bauch. Das herabsausende Schwert verfehlte ihn und der Silberritter stieß dem Schwarzen Ritter das Messer von unten ins Kinn.

Die Kinder hielten alle den Atem an, während die beiden Ritter einen kurzen Moment wie eingefroren wirkten.

Dann fiel der Schwarze Ritter um.

Die Kinder grölten zustimmend, klatschten und kreischten und brüllten so laut, dass Grimsby etwas zusammenzuckte.

»Der Silberne Ritter hat gesiegt!«, verkündete er.

Mehr Rufe und Applaus, aber als er sich umdrehte, sah er Richie vor sich stehen, die pummeligen Arme verschränkt und seine Lippen zu einem Flunsch verzogen. Seine gerunzelte Monobraue kündigte ein Stimmungsgewitter an.

»Ich wollte, dass der Schwarze Ritter gewinnt!«, erklärte Richie.

»Tut mir leid«, sagte Grimsby und empfand ein bisschen Genugtuung darüber, den Geburtstagsjungen enttäuscht zu haben. »Aber dieser Tag gehört dem Silberritter.«

»Es ist mein Geburtstag«, harrte Richie. »Und ich kriege, was ich will. Mach, dass der Schwarze Ritter gewinnt.«

Grimsby schüttelte den Kopf. »Der Gute gewinnt immer«, sagte er.

»Ne-he! Mein Dad sagt, die Netten verlieren immer und haben das auch verdient. Gute Typen sind dämlich. Die gewinnen nie.«

Grimsby runzelte die Stirn. Richie hatte natürlich recht. Manchmal, vielleicht sogar meistens, gewannen die guten Typen nicht. Aber das war in der echten Welt. »Hier im Mächtigen Magischen Königreich gewinnen sie, Junge«, sagte er.

»Ich hab Nein gesagt!«, kreischte Richie.

»Tja, wenn es mal ›*Richies* Mächtiges Magisches Königreich des Essens‹ heißt, dann kannst du sagen, was Sache ist. Den Silbernen Ritter köpfen. Die Schaufensterpuppen versklaven. Anführer einer diabetischen Schreckensherrschaft sein. Aber bis es so weit ist, liegt die Entscheidungsgewalt bei König Donald.« Er drehte sich um und rief der Statue über dem Spielschloss zu: »Was saget Ihr, Eure Hoheit?« Dann, ganz leise, murmelte er ein letztes Mal das Zauberwort: »*Binde.*«

Dieser letzte Spruch hätte eigentlich bewirken sollen, dass die Statue nickte. Aber nichts geschah. Der Waffelkopf neigte nicht mal sanft seine Krone. Die Statue blieb regungslos.

Die Kinder warteten alle und starrten König Donald an, aber der verharrte vollkommen still, als wäre er leblos. Und obwohl das zum Glück auch der Fall war, gehörte es eigentlich nicht zur Show.

Und es nahm Grimsby wirklich den Wind aus den Segeln.

Richie stieß ein verächtliches Grunzen aus. »Der ist noch nicht mal ein echter König! Er ist nur eine doofe Statue!«

Die anderen murmelten ihre Zustimmung.

Grimsbys Stirn bekam noch mehr Sorgenfalten. Hatte seine Bindung versagt? Hin und wieder gingen sie kaputt oder nutzten sich ab, insbesondere über lange Zeit hinweg. Aber vollkommen versagt hatte ihm keine mehr, seit er diesen Zauberspruch vor all den Jahren das erste Mal verwendet hatte. Bis heute war es einer der drei Sprüche, die ihm auch ohne Anleitung aus einem Grimoire gelangen. Sie waren für ihn fast wie ein Reflex.

Und jetzt hatte er auch dabei versagt.

Er spürte ein kleines angespanntes Zucken in seinem Bauch, ein bisschen wie der Schmerz in seinen Narben. Quälende Erinnerungen schossen ihm in den Kopf: wie er sich damals beim Department um eine Stelle als Auditor beworben hatte.

Auch damals hatte er versagt.

»Ich … ähm …«, stammelte er und starrte zum König hoch, als könnte jede Sekunde doch noch etwas passieren. Aber nichts dergleichen.

»Äh, äh, äh!«, brüllte Richie Grimsby an, wahrscheinlich hatte er seine Schwäche gespürt. »Stotterfee trifft's besser! Geh und heul in deine Dildos, Stotterfee!«

Grimsby schüttelte den Kopf. Er musste später herausfinden, was schiefgelaufen war. Wenn er Richie noch mehr Freiraum ließ, würden ihn die Kinder in Stücke reißen. Er wandte sich wieder dem Jungen zu. »Das Wort solltest du wirklich nicht benutzen vor …«

Er wurde dadurch unterbrochen, dass der Geburtstagsjunge ihm plötzlich die Brille vom Gesicht riss und sie auf den Boden warf. Richie sagte auch noch etwas Verächtliches, aber Grimsby konnte ihn nicht mehr hören. Weder ihn noch sonst etwas. Zumindest nichts von dieser Welt.

Sein Herz setzte für einen Schlag aus. Seine Maske war weg. Der dünne Schutz zwischen ihm und dem Blick ins Anderswo. Er kniff instinktiv die Augen zusammen, aber er spürte den unwiderstehlichen Drang, sie zu öffnen.

Als er es tat, hatte die Welt sich verändert.

3

OHNE SEINE SCHÜTZENDE Maske war Grimsby mit einem Schlag vom Anderswo umgeben.

Verschwunden waren das vertraute Plastik und der Geruch von Bratfett.

Stattdessen stand er mitten in einer Ruine. Dort, wo das Plastikschloss gewesen war, befanden sich jetzt bröckelnde Befestigungsmauern aus verwittertem Stein. Die Schaufensterpuppen der Hofgesellschaft hatten sich in elegante Statuen verwandelt, die sich in seinem Augenwinkel bewegten und ihn zu beobachten schienen. An ihrer Kleidung und ihren Gelenken konnte er seine Binderunen erkennen, wie kleine blaue Stickereien, die darauf warteten, von seinem Impetus erfüllt zu werden.

Hoch über ihm – viel höher, als der Raum in Grimsbys Erinnerung gewesen war – ragte die Königsstatue feierlich in die Höhe. Der waffelköpfige König war das Einzige, was sich nicht verändert hatte. Die Figur wirkte in dem neuen Setting wie ein lang vergessenes Spielzeug, das ein Riese in dieser verfallenen Ödnis vergessen hatte.

Verschwunden war dafür das bunte Dachfenster. Stattdessen sah die Decke aus wie die Reste eines riesigen Gewächshauses:

das skelettartige Gerüst einer Domkuppel, dessen Scheiben alle zerschlagen worden waren. Der Himmel war wolkenlos und rot mit einer schwarzen Sonne. Oder war es ein Mond? Alles hier schien zu leuchten – bis auf den Himmelskörper selbst. Dieser schien das Licht vielmehr zu verschlingen wie ein schwarzes Loch.

In der Ferne konnte Grimsby so etwas wie eine Stadt ausmachen: eine Skyline aus bröckelnden Bauten, die in einen ascheartigen Nebel gehüllt war. Eine entkernte, leblose Ruine. Aber sie war nicht leblos: Gestalten bewegten sich zwischen diesen entfernten Bauten hin und her. Manche davon waren Flugwesen und groß wie Jagdhunde. Andere waren so groß, dass sie als schwarze Silhouetten in den roten Himmel ragten, während sie zwischen den Türmen hindurchhuschten. Riesige skelettartige Gestalten, deren Arme so lang waren, dass sie damit die Sterne hätten auskratzen können – wenn denn welche am tiefroten Himmel gestanden hätten.

Grimsby stand unter Schock, die plötzliche surreale Intensität des Anderswo überforderte ihn.

Er sagte sich, dass das alles nicht echt war – und in einem gewissen Sinn stimmte das ja auch. Für *seine* Sinne aber wirkte es echt. Sehr echt. Ohne seine Maske konnte er es ja alles sehen, einschließlich der Kreaturen, die durch das Anderswo streiften.

Noch wichtiger: Sie konnten *ihn* sehen. Und obwohl er nicht vollständig in dem Anderswo war, konnten sie ihn jetzt erreichen.

Sie konnten ihn *erwischen*.

Er musste zurück in die normale Welt, bevor es zu spät war. Er war nicht darauf vorbereitet, sich gegen diese Kreaturen zu verteidigen. Nicht hier, nicht jetzt.

Er schaute hektisch um sich und suchte nach seiner Maske.

Die Kinder waren weg, an ihrer Stelle huschten winzige Schatten durch die Gegend. Es waren durchsichtige, fast formlose Gestalten, sogenannte Figmente, kaum mehr als vorüberziehender Rauch. Er konnte nicht erkennen, wo eines der Kinder anfing und das andere endete, geschweige denn welches von ihnen der Dieb war, der ihm seine Maske gestohlen hatte.

Dann entdeckte er etwas. Ein Schimmern von Gold und Glas. Seine Brille. Seine Maske.

Der Schatten, der sie an sich gerissen hatte, driftete damit davon und schwebte über dem Graben aus gefrorenem Blut, der die Schlossruine umgab. Grimsby nahm die Verfolgung auf und wich dabei nach besten Kräften den anderen Figmenten aus. Obwohl er sie kaum hören oder fühlen konnte, wusste er, dass sein Körper noch in derselben Welt war wie sie. Den Kindern, die diese Figmente repräsentierten, konnte er immer noch Schaden zufügen, wenn er nicht aufpasste. Aber Vorsicht hatte einen hohen Preis: Zeit. Und Zeit war im Anderswo eine tödliche Sache.

Er musste handeln. Jetzt, bevor irgendein Monster ihn witterte oder sah.

Er beschwor seinen Impetus herauf und spürte, wie die Energie ihn durchströmte. Dieses Mal war es keine einfache Wärme, der Impetus brannte wie ein Feuer in seiner Brust. Er konnte sehen, wie die Flammen in seinem Körper hochschlugen und um sich griffen, ein blau-grünes Feuer, das weder Stoff noch Fleisch verbrannte.

Als die Flammen aber die Narben auf seiner linken Seite erreichten, zischten sie und spuckten orange Funken und Rauch und Asche aus. Er versuchte, die Energie wie gewohnt umzulenken – aber im Anderswo war sein Impetus zu mächtig, um sich präzise steuern zu lassen. Die gruseligen Flammen wurden rot, als sie die Narben erreichten, Grimsby konnte sie durch seine Kleidung hindurch wie heiße Brandeisen aufleuchten sehen – auf dem Stoff entstand ein rot glimmendes Muster, das exakt die Umrisse seines Narbengewebes nachzeichnete. Er zuckte instinktiv zusammen, und seine Konzentration ließ nach, sein Impetus flackerte. Auf seinem Gesicht konnte er förmlich das Feuer spüren, das ihn damals, vor so langer Zeit, in seinem Apartment gezeichnet hatte.

Er hörte die Schreie seiner Mutter.

Er heulte auf und verdrängte die Erinnerungen, hielt sich den Kopf, als könnte er zerplatzen. Während seine Narben brannten und rauchten, spürte er, wie sich sein Impetus erschöpfte. Er ignorierte das Gefühl, richtete seine Aufmerksamkeit stattdessen wieder auf das Funkeln seiner Maske. Richies Schatten kletterte damit gerade über die kaputte Zugbrücke der Burg und näherte sich dem Innenhof.

Richies Schatten war zu weit weg für Grimsby, um ihn direkt zu erreichen, geschweige denn, um ihn mit einer Binderune zu versehen. Die anderen beiden Sprüche, die Grimsby beherrschte, waren in dieser Situation entweder nutzlos oder zu langsam. Er stöhnte frustriert auf und wünschte sich verzweifelt, dass seine Zauberkraft nicht so beschränkt wäre. Dann bemerkte er die schwachen blauen Lichter.

An Richie hatte er vielleicht keine Binderunen angebracht – aber dafür an fast jeder Puppe in seiner Umgebung, entweder am Körper oder an der Kleidung.

Grimsby konnte eine davon oberhalb der Burgmauer auf einem Wächter in Gummirüstung erkennen. Schwache Fäden aus blauem Licht führten von dieser Rune zum Burgtor, normalerweise ließ er damit die Schaufensterpuppen patrouillieren. Aber die Runen wirkten kraftlos und dumpf, die Fäden waren locker, wie uralte Spinnenweben, die im Wind flattern.

Grimsby trat schnell einige Schritte zur Seite, um Richies Schatten genau zwischen sich und die Schaufensterpuppe zu bringen, dann konzentrierte er sich auf ihre Bindungen. Er atmete tief ein, spürte seine Brust anschwellen wie einen Blasebalg am Schmiedeofen, dann kniete er sich hin und presste seine Handflächen fest auf den Boden. Nach einem Moment der Konzentration formte sich unter seiner rechten Hand eine leuchtende Binderune, die aussah, als sei sie mit geschmolzenem Kobalt auf den verwitterten Stein gemalt worden.

Grimsby lenkte seinen Impetus mit voller Kraft in seine Finger und streckte sie über der Rune aus. Innerhalb von Sekunden schossen unheimliche Flammen aus seinen Fingerspitzen.

»*Binde*«, sagte er, seine Stimme klang rau und ängstlich.

Dicke Bänder in Azurblau leuchteten zwischen der neuen Rune und den Runen der Schaufensterpuppe auf, sie wurde nach vorn gerissen und fiel von der Mauer. Dann schlitterte sie rasend schnell über den Boden, als würde sie von einem Kampfjet gezogen – direkt auf Richie zu.

In der Ferne drehte sich eine der skelettartigen Gestalten um und schaute in Grimsbys Richtung, als hätte sie sein einzelnes Wort gehört. Sie hörte auf, ziellos umherzuwandern, und eilte jetzt auf ihn zu, mit jedem ihrer riesigen Schritte kam sie einen Kilometer näher. Ihre Bewegungen ließen die Erde erbeben, ihre Umrisse verdeckten immer mehr von dem purpurroten Himmel.

Grimsby riss seinen Blick davon los und konzentrierte sich auf seinen Zauberspruch. Den Impetus, der durch seine Handfläche in die Rune strömte, reduzierte er gerade genug, um die Schaufensterpuppe etwas zu bremsen, als sie mit dem unförmigen Schatten kollidierte. Dann verstärkte er ihn wieder, wie ein Angler, der seine Leine einholt, wenn etwas angebissen hat. Die Gliedmaßen der Puppe verhakten sich mit dem Schatten und beide zusammen rasten auf Grimsby zu.

Der Skelettriese näherte sich immer weiter, seine riesigen Schritte waren langsam und zäh, als watete er durch dickes Öl. Seine Arme, Hunderte Meter lang, streckten sich nach Grimsby aus und schickten einen kalten, trockenen Wind voraus.

Schaufensterpuppe und Schatten schlitterten knirschend auf Grimsby zu und kamen dann direkt vor seinen Füßen zum Halten, gebremst von den zahlreichen kleinen Bindungsrunen, die alle gleichzeitig versuchten, sich in die größere Rune am Boden zu pressen. Grimsby entdeckte in der Hand des Schattens seine stark verformte Maske und riss sie ihm schnell aus der Hand.

Das titanische Skelett streckte seine gigantische Hand nach ihm aus und war kurz davor, ihn zu packen und zu zerquetschen. Hektisch schob sich Grimsby die verbogene Brille auf die Nase.

Das Anderswo verschwand.

Die kolossale Gestalt hatte sich in Luft aufgelöst, aber Grimsby spürte einen kalten Schauer wie eine plötzliche Welle durch sich hindurchströmen. Er war wieder zurück in Donalds Mächtigem Magischen Königreich des Essens, zwischen entgeisterten Kindern, die um Richie herumstanden, der unter einer billigen Schaufensterpuppe in einer noch billigeren Rüstung eingeklemmt war und hysterisch heulte.

Die Binderune auf der Puppe drückte den Jungen so fest gegen den Boden, dass sein Gesicht schon rot anlief und man das Plastik knirschen hören konnte. Grimsby wischte den Spruch weg, und die blauen Fäden lösten sich mit einem Schlag in Luft auf, woraufhin die Schaufensterpuppe auf den kalten Boden rollte.

Erst dann bemerkte Grimsby die Brandflecken auf seinem Tutu und seinem T-Shirt – dort, wo sein Impetus aus seinen Narben geströmt war. Die Energie hatte unförmige Löcher in den Stoff gebrannt und auf seiner Haut schwarzen Ruß hinterlassen. Das hässliche geschwollene Narbengewebe brannte immer noch schmerzhaft.

Richie, vom Gewicht der Puppe befreit, rollte sich jammernd zur Seite und kroch hektisch davon. Er krabbelte durch die Menge aus verängstigten und gebannten Kindern, japste panisch bei jeder kostümierten Gestalt, die ihm in den Weg kam. Er hatte es dabei so eilig, dass er den Bällegraben nicht sah und kopfüber hineinstürzte.

Niemand lachte. Alle starrten Grimsby an.

Er befahl seinen zitternden Gliedmaßen, zur Ruhe zu kommen. Wenn er ruhig blieb, blieben die Kinder ruhig. Aber das war leichter gesagt als getan, während sein Herz vor lauter Adrenalin raste und seine Kleidung noch rauchte.

Er atmete zitternd ein und ging zu Richie rüber, fasste hinunter, um ihn aus dem Graben zu hieven. Aber der Junge kraxelte nur panisch auf der anderen Seite hoch, sprintete dann durch die Milchglastür und ins Restaurant.

Grimsby schaute ihm hinterher, dann blickte er sich zu den anderen Kindern um. Es folgte eine lange angespannte Stille – und er verspürte den unwiderstehlichen Drang, sie zu brechen, auch wenn er dafür etwas Dummes sagen musste.

Also wedelte er theatralisch mit den Armen und sagte etwas Dummes.

»Ta-da …!«

4

»IN GOTTES NAMEN, ich sollte diesen Laden bis auf die Grundmauern niederbrennen!«, schrie Richies Mutter, die Frau mit der Monobraue.

Sie ließ eine ganze Flut von Beschimpfungen auf Grimsby niedergehen, der bei jeder neuen Verwünschung zusammenzuckte. Sie stand direkt vor ihm und spuckte bei fast jeder Silbe vor Wut. Er unterdrückte den Impuls, sich den angesammelten Speichel von der Brille zu wischen, aus Sorge, sie könnte ihre Anstrengungen, Gift und Galle zu speien, noch verdoppeln. Hinter ihr hatte sich eine kleine Gruppe Eltern versammelt, die nicht ganz so rasend wütend waren wie sie, aber dennoch aufgebracht.

»Ich werde Sie höchstpersönlich an einen verdammten Pfahl fesseln und Ihr Tunten-Outfit als Zunder benutzen!«, legte sie nach.

Grimsby erschauderte bei dem Gedanken. Er konnte sich zwar nur verschwommen an das Feuer erinnern, das ihn damals mit seinen Narben gezeichnet hatte – wohl aber an den Schmerz. Den durch die Verbrennungen – aber auch den, seine Mutter verloren zu haben. Er spürte, wie langsam auch in ihm Zorn aufstieg, aber er schluckte ihn runter.

Die Frau war wütend und hatte jedes Recht dazu. Richie hatte sich danebenbenommen, und Grimsbys Reaktion war durchaus notwendig gewesen, aber nur aufgrund seiner eigenen Inkompetenz.

Trotzdem. Die fünfzehn Minuten, die er nun schon das Geschrei der Frau über sich ergehen ließ, waren seiner Ansicht nach Buße genug. Mutter Monobraue sah das offenbar völlig anders.

Ihre Worte verschwammen in Grimsbys klingelnden Ohren zu einem einzigen wütenden Wirrwarr. Er sah rüber zu Carla, bettelte sie mit Blicken an, doch einzugreifen. Seine Managerin sah kurz von dem Stapel Papiere auf, in den sie sich vertieft hatte, bemerkte Grimsbys Blick – und tauchte hastig wieder in ihre Arbeit ab.

Vielleicht dachte sie, er könnte nicht sehen, dass die Seiten leer waren.

Also war er jetzt wohl auf sich allein gestellt. Dann sollte es eben so sein.

»Ma'am«, sagte er – es war das erste Mal, dass er sprach, seit sie ihre Tirade begonnen hatte. »Ich glaube, es reicht.«

Er sah, wie sich ihr Mund zu einem hämischen Grinsen verzog, als hätte sie nur darauf gewartet, dass er den Mund öffnete. »Wie können Sie es wagen?«, fuhr sie ihn an. »Ich sage, wann es reicht!«

»Weil Sie die Situation aus einer emotionalen Distanz betrachten?«, fragte Grimsby.

Sie schnaubte empört und trat einen Schritt zurück, als hätte er sie geschlagen. »Sie *Widerling*. Sie denken, nur weil Sie mit Ihren Händen rumfuchteln und ein paar Glitzerfunken hervorzaubern können, wären Sie besser als ich? Schauen Sie sich mal an! Schauen Sie sich diesen Laden mal an!« Sie gestikulierte wild herum. »Sie sind nichts. Sie sind nicht mal ein Mensch.«

Die ersten Antworten, die ihm in den Sinn kamen, schluckte er runter. »Ma'am, das ist unangemessen.«

»Mir egal, was angemessen ist!«, sagte die Mutter. »Es ist mein Kind. Ich bin nicht verpflichtet, vernünftig zu reagieren.«

Die Menge grummelte zustimmend.

Mutter Monobraue schien das anzuspornen. »Was haben Sie zu Ihrer Verteidigung zu sagen?«

Grimsby spürte, wie sich sein Magen verkrampfte. Sie hatten recht. Er hatte einen Fehler gemacht. Dafür musste er jetzt geradestehen.

Er sagte das Einzige, was er sagen konnte. »Es tut mir leid. Ich war in Panik und habe die falsche Entscheidung getroffen.«

Mutter Monobraue schnaubte verächtlich. »Sie glauben, so eine Entschuldigung bedeutet mir was? Nichts, was Sie sagen oder tun, kann jemals wiedergutmachen, was Sie angerichtet haben.«

Grimsby zögerte und runzelte die Stirn. »Warum führen wir dann dieses Gespräch?«, fragte er dann.

Sie schreckte etwas zurück, ihre selbstgerechte Tirade brach für einen Moment ab. Hinter ihr ertönte das Bimmeln der sich öffnenden Restauranttür, aber die Menge war zu dicht gedrängt, als dass Grimsby hätte sehen können, wer hereinkam.

»Ich will Gerechtigkeit!«, antwortete sie schließlich.

Eine Frauenstimme drang durch die aufgebrachte Menge wie ein Messer aus Eis. »Dabei können wir vielleicht behilflich sein«, sagte sie.

Die Menge drehte sich um und in den Raum kehrte Friedhofsstille ein. In der Tür standen zwei Gestalten in maßgeschneiderten und akkurat gebügelten grauen Anzügen. Sie trugen schlichte weiße Masken aus gehärtetem Kevlar, die nur ihre Augen frei ließen.

»Auditoren«, murmelte jemand.

Grimsby spürte, wie das Blut aus seinem Gesicht entfloh und sich in seinem pochenden Herzen versteckte. Auditoren waren Agenten des Departments mit dem Auftrag, die geltenden Gesetze durchzusetzen. Hexen, die von der Regierung mit Vollmachten ausgestattet waren und sich mit den Belangen der Unorthodoxen befassten. Wenn ein Gewöhnlicher einen anderen Gewöhnlichen ermordet hatte, rief man die Polizei. Wenn eine der beteiligten Personen Unorthodox war, dann rief man das Department und seine Auditoren. Und in diesem Gebäude gab es nur einen Unorthodoxen: ihn.

Seine Gedanken rasten. Hatte jemand sie angerufen? Waren die Auditoren wegen der Sache mit Richie hier? So schnell? Vielleicht hatten sie erfahren, dass er mit seiner Zauberei ganz knapp an der Obergrenze dessen operierte, was seine Lizenz ihm erlaubte. Hatte er das Gesetz so schlimm übertreten? Oder vielleicht hatte dieser Typ sie herzitiert. Der Kerl, der aussah wie eine aufgegebene Vogelscheuche. Schließlich waren Grimsbys Antworten auf seine Fragen nicht gerade kooperativ gewesen.

Wie war sein Name noch mal? Mayday? Manfred?

Grimsby schüttelte den Kopf. Der Name spielte wohl kaum eine Rolle. Es zählte nur, dass das Department gekommen war. Und sie konnten nur seinetwegen hier sein.

Sein hämmerndes Herz flutete seine Venen mit Blut und Adrenalin, aber er hatte keine Möglichkeit, es sinnvoll einzusetzen. Er konnte nicht weglaufen, und kämpfen würde er erst recht nicht. Das würde die Situation nur noch drastisch verschlimmern, angenommen, er überlebte. Er konnte nichts machen, rein gar nichts. Das Einzige, was er tun konnte, war: ruhig bleiben. Eine Herausforderung, bei der ein Adrenalinschub nicht gerade förderlich war.

Mutter Monobraue schien sich endlich wieder gefangen zu haben. »Ja, ähm, gut. Sie sind da«, sagte sie und musterte besorgt die ausdruckslosen Masken. »Dieser *Widerling* hat meinen Jungen mit irgendeinem teuflischen Zauberspruch angegriffen, und ich will, dass er verhaftet wird!«

Als die Frau das Wort *Widerling* ausspie, zuckte der zweite Auditor, ein großer, muskulöser Mann, kurz zusammen. Der weibliche Auditor hingegen wirkte gleichgültig. Sie nickte nur, als die Mutter ausgeredet hatte.

»Ich verstehe«, sagte sie schließlich. »Und Sie wollen das vor Gericht bringen?«

»Ich bring das so weit, wie es geht!«, antwortete Mutter Monobraue. »Ich werde eine verdammte Plakatkampagne starten, wenn ich muss. Gerechtigkeit für Richie!«

»Natürlich, Ma'am. Ich werde meinen Bericht mit einem Prioritätsvermerk versehen. Es sollte kaum mehr als ein paar Monate dauern, bis der Fall bearbeitet ist.«

»Ein paar Monate?«

»Recht schnell für eine solche Ordnungswidrigkeit. Solange der angeklagte Hexer« – sie deutete auf Grimsby – »nicht in Selbstverteidigung gehandelt hat, sollte der Prozess dann nur ein paar Wochen später durch sein.«

Mutter Monobraue stockte. »Selbstverteidigung?«

»Natürlich. Wenn der Angeklagte den Zauber dazu eingesetzt hat, um – ach, ich weiß auch nicht – sagen wir mal: seine gestohlene Maske zurückzuholen, wäre das vollkommen im Rahmen der mildernden Umstände, die im Statut für Unorthodoxe Freiheiten und Rechte gesetzlich festgelegt sind. In der Tat wäre es dann sogar andersherum und der Kläger würde vor Gericht wegen Körperverletzung belangt. Vielleicht sogar wegen versuchten Mordes.«

Mutter Monobraues Gesicht war plötzlich so blass, dass das dicke Make-up um ihre Augen wie eine Clownbemalung aussah. »Mord?«

Der weibliche Auditor nickte, zog einen Block hervor und kritzelte etwas darauf. »Und da der betreffende Junge noch minderjährig ist, würde die rechtliche Verantwortung für das Vergehen auf seinen gesetzlichen Erziehungsberechtigten übergehen. Das Gericht könnte es sogar für sinnvoll erachten, den Sohn eine Weile in staatliche Obhut zu nehmen, während das Verfahren läuft. Um sicherzustellen, dass der oder die Erziehungsberechtigte zurechnungsfähig war.«

»Oh.« Das Wort hatte dieselbe Form wie Mutter Monobraues Mund.

»Aber was schwafle ich hier schon wieder vor mich hin«, sagte der weibliche Auditor schließlich, und in ihrer Stimme klang ein Lächeln mit. Sie wandte sich Grimsby zu. »Dann kommen Sie mal mit, der Herr. Wir müssen einen Bericht verfassen.«

»Warten Sie!«, sagte Mutter Monobraue. »Vielleicht war ich etwas voreilig. Hab mich von der Löwenmama in mir leiten lassen.«

»Haben Sie?«, sagte die Auditorin und neigte ihren Kopf. Trotz ihrer Betonung war es keine Frage.

»Ja, ich denke schon. Niemand wurde verletzt. Vielleicht sollten wir das alles nicht so eng sehen und die Kirche im Dorf lassen.«

»Vielleicht sollten wir das tun«, stimmte die Auditorin zu. Sie richtete ihre Aufmerksamkeit auf die übrigen Eltern, ließ ihren Blick kurz auf jedem von ihnen ruhen. »Hat sonst noch jemand einen Vorfall, den er oder sie zu Protokoll geben möchte?«

Wieder Friedhofsstille.

»Gut. Haben Sie einen wunderschönen Tag.« Ihr Ton legte nahe, dass es Zeit war, wieder getrennte Wege zu gehen, aber sie selbst regte sich nicht. Sie wartete einfach.

Der Auditor hinter ihr hielt danach einige Minuten die Tür auf, während die Eltern eilig ihre Kinder einsammelten und sie aus dem Restaurant scheuchten. Nach kurzer Zeit war DMMKDE fast leer, bis auf Carla, Grimsby und die beiden Auditoren.

Die Auditorin ergriff wieder das Wort, dieses Mal war ihr Tonfall nicht ganz so dienstlich. »Miss, dürfte ich Ihren Angestellten ein paar Minuten beanspruchen? Wir müssen mit ihm reden.«

Grimsby runzelte die Stirn. Ohne die kühle Autorität, die davor wie Frost auf ihrer Stimme gelegen hatte, klang sie ihm irgendwie vertraut. Wie die Melodie eines Liedes, das er vergessen hatte.

Carla nickte hektisch. »Ja, natürlich. Wenn Sie irgendetwas brauchen, ich bin … hier.« Sie schloss fest ihre Bürotür hinter sich. Einen Moment später hörte Grimsby ein Klicken, als sie die Tür von innen zusperrte.

»Das ist schon besser«, sagte die Frau.

Er starrte sie einen Moment nachdenklich an, bevor er seine Augen im Erkennen weit aufriss. »Rayne?«, fragte er, seine Brust fühlte sich plötzlich wie ein Hornissennest an.

»Nenn mich bitte Auditorin Bathory«, sagte Rayne. Sie schaute sich einen Moment um, Grimsby konnte ihre stechend blauen Augen durch die Gucklöcher der schlichten Maske sehen. »Du arbeitest hier?«, fragte sie in vorsichtigem Ton.

Grimsby stellte plötzlich und mit Schrecken fest, dass er immer noch Tacoflügel und ein Tutu trug – und dass beides nicht mal mehr in gutem Zustand war, seit sein letzter Zauberspruch gewirkt und dabei mehrere Löcher in den Stoff gebrannt hatte. Er versuchte reflexartig, den Stoff mit der Hand glatt zu streichen, bürstete damit aber nur kleine Aschewolken in die Luft. Er öffnete den Mund, aber die hundert Ausreden, die sein Hirn überschwemmten, kamen raus als ein einziges gestottertes: »L-leider.«

Der Mann neben Rayne schnaubte verächtlich. »Passt zu dir«, sagte er. Auch seine Stimme kam Grimsby bekannt vor, aber diesmal brauchte er ein bisschen länger.

»Wilson«, sagte er dann und versuchte dabei gar nicht erst, den Abscheu in seiner Stimme zu unterdrücken.

»*Auditor* Hives, bitte«, entgegnete Hives, offensichtlich sehr stolz auf seinen Titel. Grimsby wusste trotz der Maske, dass Hives dieses verdammte selbstgefällige Grinsen im Gesicht hatte. Er konnte es förmlich hören.

Grimsby schaute einen Moment zwischen Hives und Rayne hin und her, sein Herz plumpste ihm in die Hose. »Also seid ihr zwei … Partner?«, fragte er.

Hives setzte zu einer Antwort an, aber Rayne kam ihm zuvor. »Ja«, sagte sie. »Vizedirektor Grieves hat uns beide beauftragt, dich zu befragen.« Sie zog Stift und Block aus der Innentasche ihres Jacketts.

Grimsbys unappetitliche Eifersucht wurde nur von seinem Misstrauen übertroffen. »Mich befragen? Warum? Erstellt das Department eine Dokumentation darüber, was man während der Ausbildung *nicht* tun soll?«

»Nicht … ganz«, antwortete Rayne. Sie machte sich ein paar Notizen, der Stift bewegte sich elegant in ihren grazilen Fingern. Sie hatte mal für ihn Klavier gespielt und sie war unglaublich gut gewesen. »Mr. Grimsby, können Sie uns sagen, wo Sie gestern waren?«

»Wo ich war?«, fragte er zurück und bemerkte, dass sie ihn plötzlich siezte. »Warum?«

Hives trat einen Schritt vor, um zu unterstreichen, wie viel größer er als Grimsby war. Das hatte er schon früher immer gemacht. »Beantworte einfach die Fragen, Grimsby.«

Dieser blickte wütend zu Hives hoch. »Nein, ich glaube, das mach ich nicht.« Der Auditor war einen guten Kopf größer als er und zwei Mal so breit, aber Grimsby hatte damals in der Ausbildung mitbekommen, dass Wilson wenig mehr zu bieten hatte als seine Masse.

Grimsby hatte allerdings auch mitbekommen, dass diese Masse eine Menge ausmachte.

»Ich könnte dich zwingen«, sagte Hives schlicht.

Grimsby lächelte. Es war ein Lächeln echter Belustigung.

Schon vor seiner Anstellung in DMMKDE hatte Hives ihn drangsaliert, zusammen mit anderen Klassenkameraden hatte ihm der Kerl während ihrer gemeinsamen Ausbildung körperlich und seelisch einige blaue Flecken zugefügt. Während seiner Zeit im Königreich des Essens war die Erinnerung daran so sehr verblasst, dass er jetzt fast nostalgisch wurde.

»Nein«, sagte er schlicht, »könntest du nicht.«

Hives kniff hinter der Maske die Augen zusammen. »Willst du wetten?«

Er zuckte mit den Schultern. »Wenn du's versuchst, ergeben sich zwei Möglichkeiten, Großer. Die erste: Du wirst von einem Typ im Tutu blamiert. Die zweite, zugegeben wahrscheinlichere: Du verprügelst einen Typen im Tutu. Keins von beiden lässt dich in einem besonders schmeichelhaften Licht erscheinen. Und noch wichtiger: Keine Version endet dreifach verflucht noch mal damit, dass ich das mache, was du willst.«

Sogar durch die Maske konnte Grimsby erkennen, wie Hives' Augen vor Wut hervortraten. Aber noch bevor er etwas sagen konnte, ging Rayne dazwischen.

»Grimshaw«, sagte Rayne mit ernster Stimme. »Bitte.«

Grimsby wandte sich von Hives ab, auch wenn es eine Weile dauerte. Der Kerl schien den halben Raum einzunehmen.

Grimsby blickte Rayne in die Augen und sah da noch was. Etwas, das sie ihm sagen wollte, aber nicht konnte.

Er seufzte und versuchte, sich an ein einziges Mal zu erinnern, wo Rayne sich bei etwas geirrt hatte. Aber ihm fiel nichts ein. »Ich war gestern hier«, sagte er endlich. »Die meiste Zeit. Montag bis Freitag und jeden zweiten Samstag bin ich von neun bis neun hier.«

Sie notierte das auf ihrem Block. »Gibt es hier irgendwelche Kameras, die das bezeugen können?«

»Kameras? Natürlich nicht. Die ›Schatzkammer‹ des Essenskönigs läuft nicht gerade über. Aber es sind meistens Dutzende Eltern und doppelt so viel Kinder da.«

»Sind welche davon Hexen?«, fragte sie.

Grimsby schnaubte verächtlich. »Keine Hexe mit einem Fitzelchen Selbstwertgefühl würde hier auch nur einen Fuß reinsetzen.«

Hives grunzte. »Und trotzdem arbeitest du hier.«

»Und trotzdem arbeite ich hier«, bekräftigte Grimsby, ohne ihn anzusehen. »Selbstwertgefühl muss man sich leisten können.«

»Wie ist es mit anderen Unorthodoxen hier?«, fragte Rayne. »Ist da jemand, der deine Angaben bestätigen kann?«

»Ich hab doch schon Nein gesagt. Aber es gibt mindestens fünfzig Gewöhnliche, die das könnten.«

Hives beugte sich zu Rayne. »Gewöhnliche hätten in diesem Fall nichts Relevantes sehen können. Und sogar ein Unorthodoxer wäre hier ein fragwürdiger Zeuge. Ihre Aussagen würden bei den Ermittlungen kein Gewicht haben.«

»Ermittlungen?«, fragte Grimsby. »Was für Ermittlungen?«

Rayne atmete tief ein. »Mr. Grimsby, kannten Sie eine Frau namens Samantha Mansgraf?«

Grimsbys Magen verkrampfte sich und sein Gesicht schloss sich an. »Du weißt, dass ich sie kenne.«

»Bitte führen Sie das weiter aus.«

»Warum? Ich hab dem anderen Kerl schon nichts gesagt. Warum sollte ich euch jetzt was erzählen?«

Rayne runzelte die Stirn. »Welcher andere Kerl?«

»Kann mich nicht mehr an seinen Namen erinnern. Irgendwas mit Blumen. Sagte, er arbeitet fürs Department. Fragte mich vorher wegen Mansgraf.«

Grimsby konnte wegen der Maske Raynes Gesichtsausdruck nicht erkennen, aber er spürte, dass irgendwas faul war.

»Lassen Sie uns bitte einfach noch mal Ihre Informationen festhalten, der Vollständigkeit halber. Bitte führen Sie aus, welcher Natur Ihre Beziehung zu Samantha Mansgraf war.«

Grimsby seufzte. »Sie war unsere letzte Betreuerin, als wir uns für das Department beworben haben. Aus einer Klasse von fünfzehn Leuten waren nur noch wir drei übrig. Dich und den Bizeps hat sie durchgewunken.« Er deutete auf Hives.

»Aber dich nicht?«, fragte der Bizeps selbstzufrieden.

Grimsby spürte eine lange unterdrückte Wut in sich aufflackern. »Du weißt ganz genau, dass sie es nicht hat. Sie hat mich rausgeworfen.« Seine Hände ballten sich so fest zu Fäusten, dass die Brandnarben an seinem linken Arm spannten. »Sie hat mir das Leben …«

»Mr. Grimsby«, warf Rayne dazwischen, um ihn zum Schweigen zu bringen. »Ist Ihnen bekannt, dass Samantha Mansgraf letzte Nacht ermordet wurde?«

Die Wut in seinem Bauch fiel mit einem Schlag in sich zusammen und machte dem Gefühl nackter, kalter Angst Platz. »Was?«

Hives machte einen Schritt auf ihn zu. »Rayne! Diese Information ist vertraulich und Teil einer laufenden Ermittlung.«

Rayne drehte sich zu Hives um und sah ihm einen langen Moment ruhig in die Augen.

»Ihr Körper wurde heute Morgen gefunden, auf der anderen Seite von genau diesem Gewerbegebiet«, erklärte sie, ohne den Blick von Hives abzuwenden – als wollte sie ihn herausfordern, sie am Sprechen zu hindern. »Weißt du irgendwas darüber?«

Die Erkenntnis traf Grimsby wie ein Baseballschläger am Hinterkopf und ein Flammenwerfer an der Wirbelsäule. Deswegen hatte das Department plötzlich ein solches Interesse an ihm!

Sie waren hier, um herauszufinden, ob er etwas mit dem Mord zu tun hatte.

»Natürlich nicht! Ich würde nie … Ich könnte nie …« Sein Kopf fand die Worte nicht, weil seine Gedanken so wild durcheinanderjagten. Mansgraf tot? Wie? Sie war die älteste und angesehenste Hexe im Department. Und wahrscheinlich auch die mit Abstand tödlichste. Wer würde sie ermorden wollen?

Und noch erschreckender: Wem würde das auch gelingen?

»Mr. Grimsby«, sagte Rayne und riss das Blatt von ihrem Block. »Wir melden uns.« Sie streckte ihm mit einer professionellen Geste die Hand entgegen, ihre Augen immer noch auf die von Hives gerichtet. Und auch der schien nicht willens oder dazu in der Lage, wegzuschauen.

Grimsby, immer noch unter Schock, streckte mechanisch seinen Arm aus und schüttelte ihre Hand. Die Berührung ihrer Haut fühlte sich für ihn wie ein sanfter Stromschlag an und hätte ihm an jedem anderen Tag Herzrasen verursacht. Aber in diesem Moment war sein Herz schon zu beschäftigt.

Es lief um sein Leben.

Mansgraf war tot. Auditoren vom Department waren hier, um ihn zu befragen.

Das konnte nur eins bedeuten:

Er galt als verdächtig.

»Danke für Ihre Zeit, Mr. Grimsby«, sagte Rayne wieder förmlich.

Als er aufblickte, starrte sie nun ihn an. Da stand irgendwas in ihren blauen, beinahe blaugrünen Augen, er konnte es trotz ihrer Maske erkennen. Irgendeine Angst oder eine Warnung. Er hatte noch nie erlebt, dass Rayne vor irgendwas Angst hatte – und das machte ihre Angst ansteckend.

Hives massierte seinen Hinterkopf und grummelte vor sich hin, anscheinend hatte er den Wettkampf um die Dominanz verloren, den die zwei Auditoren mit ihren Blicken geführt hatten. »Komm schon«, sagte er. »Wir müssen zurück und Bericht erstatten.«

»Natürlich«, sagte Rayne. »Mr. Grimsby, viel Glück.«

Grimsbys Kopf hämmerte und schwamm und drehte sich gleichzeitig, es grenzte schon an ein Wunder, dass er ein Nicken zustande brachte.

Er, verdächtig des Mordes an einer der meistrespektierten Hexen des Departments. Eine Hexe, von der aktenkundig war, dass es zwischen ihr und ihm böses Blut gab. Und um dem ganzen Schlamassel noch die Krone aufzusetzen: Er hatte kein Alibi, das bestätigen konnte, wo er sich zum Zeitpunkt des Mordes aufgehalten hatte. Schlimmer noch: Er war in der Nähe gewesen und hatte das freimütig zugegeben.

Wie betäubt blickte Grimsby Hives und Rayne hinterher, während sie das Restaurant verließen und in eines der eleganten schwarzen Department-Autos mit den matt getönten, undurchdringlich schwarzen Fenstern stiegen. Er schaute zu, wie sie wegfuhren, und blieb noch mehrere Minuten alleine und regungslos im leeren Restaurant stehen, bis er endlich registrierte, dass er etwas in seiner Hand hielt.

Es war ein Stück Papier.

Er öffnete seine verkrampfte Faust und sah, dass es das gleiche

Papier war wie das von Raynes Block. Sie musste es ihm zugesteckt haben, als er ihr die Hand geschüttelt hatte. Wie konnte ihm das entgangen sein? Wahrscheinlich, weil ihm gerade ohne Vorwarnung eine Ladung tonnenschwerer Backsteine auf den Kopf gekippt worden war, was sein Leben völlig verändern und vielleicht verkürzen würde.

Er strich den zerknüllten Zettel glatt und faltete ihn auseinander. Das Papier war feucht vom Schweiß in seiner Handfläche. Da stand nur:

Sei vorsichtig, das Department will bei dieser Sache jemanden bluten sehen. Leiste keinen Widerstand, benimm dich nicht verdächtig, und, bitte, bitte, sei nicht schuldig.

-R.

»Verdammter Welpenschwanz«, murmelte er. »Ich hasse Dienstage.«

5

IN GRIMSBYS MAGEN tobte ein Sturm aus gemischten Gefühlen.

Ihm war danach, sich auf den Boden zu legen und sich zu einer Kugel zusammenzurollen. Ihm war danach, die Faust in eine Wand zu rammen. Ihm war danach, etwas Wunderschönes kaputt zu machen.

Aber hauptsächlich fühlte er sich scheiße.

Die vergangene Stunde war ein Tornado aus Verwirrung, Angst und Schmerzen gewesen und er brauchte eine Pause.

»Grimsby?«, sagte Carla und steckte den Kopf aus der Tür ihres Büros. »Sind die Auditoren weg?«

»Ja.«

»Gut.« Sie atmete erleichtert aus, dann schaute sie auf die Uhr. »Wir haben nur eine Stunde, bis die nächste Party steigt. Ich will, dass du die Klos und das Schloss sauber machst und … und, du lieber Gott, mach dich selber auch mal sauber, wenn du schon dabei bist.«

Er atmete tief ein. Er wollte schreien und was Schweres nach ihr werfen, aber wo sonst konnte er seinen Lebensunterhalt mit Zauberei verdienen? Stattdessen sagte er nur: »Ja. O. k.«

»Und vergiss nicht, das Desinfektionsmittel zu verdünnen. Letztes Mal hast du zu viel benutzt. Ich bin nicht aus Geld. Oh, und …«, rief Carla ihm noch hinterher, aber er blendete sie aus.

Er ging aufs Männerklo, ließ die Tür hinter sich zuknallen und dämpfte so Carlas Stimme zu einem dumpfen Gemurmel. Dann ging er zum Waschbecken, stützte sich auf das kalte Porzellan und starrte in den gestrengen Spiegel. Er unterdrückte die Panik, die Spiegel in ihm auslösten: Spiegel bildeten die Verbindung zwischen dem Anderswo und der echten Welt. Aber solange er vorsichtig war, würde ihm nichts passieren.

Er schaute sich an. Es war eine Katastrophe. Sein dunkles Haar war so kurz geschnitten, dass es normalerweise nicht viel Pflege brauchte, aber jetzt sah es aus, als hätte jemand eine schwarze Katze halb gehäutet und ihr Fell auf seinen Kopf geklebt. Seine brennenden Narben hatten sowohl sein T-Shirt als auch das Tutu verkohlt und dabei mehrere Stellen an seiner linken Schulter und seinem Arm entblößt. Die Asche hatte der verwachsenen Haut unter diesen Löchern einen kränklichen Grauton verliehen. Seine Augen waren rot und verquollen, darunter verlief jeweils eine hellere Linie über die verrußten Wangen nach unten. Ihm wurde klar, dass er irgendwann im Lauf der Ereignisse geweint haben musste. Wahrscheinlich sogar vor Rayne.

Normalerweise wäre ihm das peinlich gewesen, aber jetzt hatte er für so ein Gefühl innen keinen Platz.

»Odds Bodkin, Grimsby«, schimpfte er mit sich. »Reiß dich zusammen.«

Er drehte den Hahn auf und spritzte sich kaltes Wasser ins Gesicht. Es tropfte milchig grau gefärbt zurück ins Waschbecken. Er packte eine Handvoll Papiertücher und befeuchtete sie, um sich damit die Asche abzuputzen. Einige Minuten und einen Stapel Papiertücher später war das Gröbste erledigt. Er sah wieder etwas mehr wie ein Mensch aus, auch wenn er sich nicht so fühlte.

Gerade als er die verdreckten Papiertücher in den Müll warf, schwang die Klotür auf, das plötzliche Quietschen der Türangeln zerriss die andächtige Stille.

Er blickte seinem Spiegelbild über die Schulter und sah den skelettartig abgemagerten Mann – Mayflower, das war sein Name. Sein schmales Gesicht war ausgemergelt, voller Schatten und wirkte wütend. Grimsby ging davon aus, dass der Mann nicht sehr zufrieden mit dem Ende ihrer letzten Unterhaltung war.

Mayflower stand einen Moment nur da und musterte Grimsby durch seine getönte Brille.

Grimsby spürte, wie seine ohnehin schon angespannten Nerven verärgert losfeuerten. »Ich schätze, ich hätte lieber nicht dreimal ›Langer Lulatsch‹ in den Spiegel sagen sollen«, sagte er.

Der Mann zeigte seine Zähne, aber er lächelte nicht. Vielleicht war der Witz irgendwie an ihm vorbeigegangen – auch wenn er dafür durch die zentimetergroße Lücke zwischen seinem Kopf und der Decke geschlüpft sein musste.

»Großartige Show heute«, sagte Mayflower.

Grimsby rollte mit den Augen und merkte, wie seine Schultern automatisch absackten. Gerade noch hatte er gedacht, er sei für heute durch mit den Belästigungen. »Was machen Sie hier?«, fragte er.

»Hab mich noch nicht entschieden.«

Grimsby gefiel der unheildrohende Tonfall des Mannes nicht. »Wer zum Jabberwocky sind Sie?«

»Das habe ich Ihnen schon gesagt.«

»Sie haben mich angelogen.«

»Hab ich das?«

»Ja. Die Auditoren eben hatten keinen blassen Schimmer, dass Sie hier waren. Und wo ich jetzt darüber nachdenke: Ihr Anzug sieht aus, als hätten Sie ihn aus einem Altkleidercontainer für Zeitreisende gefischt. Sie sind nicht vom Department, also wer sind Sie wirklich?« Er starrte dem Mann im Spiegel wütend in die Augen.

Mayflowers Spiegelbild öffnete auf einer Seite leicht sein Jackett, das Schulterholster einer Waffe kam zum Vorschein.

Grimsby spürte den Schock wie einen scharfen Stich. Er wirbelte herum und presste seinen unteren Rücken gegen das kalte Porzellan des Waschbeckens. Er zwang sich still zu stehen, obwohl er spüren konnte, wie sein Herz zwischen seinen Rippen schepperte.

Mayflower blieb noch einen Moment so stehen, um ganz sicherzugehen, dass Grimsby die Waffe gesehen hatte.

Grimsby hob seinen Blick vom Holster zu Mayflowers Gesicht. »Wer sind Sie?«

»Mein Name ist Leslie Mayflower«, sagte er. »Manche nennen mich den ›Großen Jäger‹.«

»Der Große Jäger ist nicht echt. Das ist ein Märchen.«

Mayflower sagte nichts dazu – und das war das Überzeugendste, was er hatte tun können.

Grimsbys Mutter hatte ihm früher Geschichten vom Großen Jäger erzählt. Manchmal, damit er einschlief. Manchmal, damit er sich anständig benahm.

Der Große Jäger war manchmal ein Held und manchmal ein Monster.

Aber er war immer ein Killer.

»Der Große Jäger – wollen Sie damit sagen, dass Sie die Figur aus dem Märchen sind?«

»Manchmal wünschte ich, ich wäre nur eine Märchenfigur.«

Irgendwas in den Augen des Mannes verriet Grimsby, dass er nicht log. Egal ob das, was er sagte, die Wahrheit war: Er glaubte es zumindest selbst. Und er hatte eine Waffe, die es Grimsby nicht sonderlich sinnvoll erscheinen ließ, seiner Behauptung zu widersprechen.

»W-Was wollen Sie?«, fragte Grimsby.

»Samantha Mansgraf.«

Grimsby runzelte die Stirn, während sich ein Schuss Verwirrung in seine Angst mischte und einen Cocktail ergab, der ihm langsam etwas zu vertraut wurde. »Vielleicht haben Sie die Nachricht nicht gehört. Sie ist tot.«

»Ich weiß. Was wissen Sie über ihren Tod?«

»Was? Nichts! Warum gehen alle davon aus, dass ich was weiß?«

Mayflower zog ein Foto aus seiner Tasche. Er hielt es hoch, es sah aus wie ein impressionistisches Gemälde in Rot und Schwarz auf grauer Leinwand.

Grimsby nahm das Foto und sah es sich genau an. »Ist das ein Rätsel, oder so was?«

»Sagen Sie's mir. Sie haben die Auditoren-Ausbildung gemacht. Lesen Sie es.«

»Was lesen?«, fing Grimsby an, dann schaute er genauer hin. Die Linien folgten einem Rhythmus, einer gewissen Ordnung. Er brauchte eine Weile, um es zu erkennen – es war Ogham, die alte Steinschrift. Hätte Mayflower nichts gesagt, hätte er sie nicht erkannt. »Ich … Ich kann es nicht entziffern. Ist 'ne Weile her.«

»Zwei Wörter. *Töte Grimsby*.«

Grimsby spürte, wie sein Körper taub wurde – bis auf die tausend kleinen Nadeln, die plötzlich versuchten, aus seinen Venen zu entkommen. »W-Was?«

»Geschrieben mit Mansgrafs Blut, mit ihren eigenen Händen,

mit ihren letzten Atemzügen«, sagte Mayflower. Dann zog er seine Waffe. Die Waffe sah alt aus, als wäre sie in einem anderen Jahrhundert entstanden, in einer Zeit, als die Welt einfacher und kälter war. »Die ist vollgeladen mit kalt geschmiedeten Hohlspitzpatronen aus gesegnetem Silber«, sagte er. »Damit kann ich Mansgraf ihren letzten Wunsch erfüllen.«

Grimsby starrte wie betäubt auf die Waffe in der Hand des Großen Jägers. So viel Angst er auch hatte, sein Gehirn klammerte sich an ein einziges Detail. »H-Hohlspitzpatronen?«

Es war kaum der richtige Zeitpunkt für so einen Gedanken, aber er war trotzdem ein wenig stolz auf sich.

Dieser Stolz verpuffte sofort, als Mayflower seufzte und die Waffe auf sein Herz richtete. »Der letzte Wunsch meiner sterbenden Partnerin war, dass ich dich töte. Nenn mir einen guten Grund, es nicht zu tun.«

Grimsby packte das Waschbecken noch fester, die Welt schien sich plötzlich zu drehen. Er versuchte, die richtigen Worte zu finden und daraus ein herzerweichendes Flehen zu machen, aber das Ergebnis war weniger beredt, als er es sich erhofft hatte.

»Ich … äh … mich … gut! Grimsby?«

Der Raum wurde dunkler. Sein Kopf drehte sich so schnell, dass Grimsby dachte, er flöge davon wie ein Hubschrauber. Es war alles überaus lästig.

Der Große Jäger ragte über ihm in die Höhe, der Lauf seiner Waffe schien groß genug, um die Welt zu verschlucken. Grimsby starrte hinein.

Dann, plötzlich, sah er nur noch die Decke.

Einen Moment später sah er gar nichts mehr.

6

MAYFLOWER STARRTE HINUNTER auf den bewusstlosen Scheißer in seinem zerfetzten pinken Tutu und seinen Schaumstoff-Tacoflügelchen. Dann zielte er mit der Waffe auf sein Herz.

Aber die Waffe fühlte sich seltsam schwer an. Er war überrascht, festzustellen, dass seine Hand zitterte.

Das sollte der Kerl sein, der Mansgraf getötet hatte?

Er schüttelte den Kopf. Niemals. Er hatte Mansgraf mal vierzehn Mann in genauso vielen Sekunden abfackeln sehen. Ein anderes Mal, bewaffnet einzig mit den Silberplomben aus ihren eigenen Zähnen, hatte sie einen Poltergeist getötet. Und er war dabei gewesen, als sie einen Vampir mit seiner eigenen abgetrennten Hand erwürgt hatte.

Und jetzt sollte ein Typ in einem Tutu sie erledigt haben? Ein kleiner Scheißer mit Schaumstoffflügeln? Ein Bürschchen, das schon bei einer bloßen Todesdrohung ohnmächtig wurde?

Das konnte unmöglich so sein.

Und trotzdem blitzten Mansgrafs letzte Worte vor Mayflowers Augen auf, geschrieben mit ihrem Blut. Lange, krakelige rote Striche aus einem Alphabet, das so alt war wie seine ehemalige Partnerin.

Töte Grimsby.

Ihr letzter Wunsch. Warum diese Bitte, wenn nicht, damit er ihren Tod rächte? Welchen Grund hätte sie sonst gehabt haben können?

Er schüttelte den Kopf. Irgendwas stimmte nicht.

Er konnte seinen Instinkten nicht mehr trauen, nicht so wie früher, aber sie sagten ihm, dass hier irgendwas faul war. Oberfaul. Und dieses Mal war er geneigt, auf sie zu hören.

»Gottverdammt noch mal«, murmelte er. Heute war einfach alles komplizierter als früher.

Er sehnte sich nach den Tagen, als es noch um Mord und Monster ging. Um Schwarz und Weiß. Aber das war lange her. Jetzt glich alles eher einem zusammengepanschten Grau. Vielleicht war es immer so gewesen, dachte er kurz, und er hatte es nur nicht wahrgenommen.

Nicht, bis Mary gestorben war.

Er knurrte und schüttelte den Kopf. Er hatte gehofft, dadurch die Erinnerungen rauszuschütteln, aber sie setzten sich einfach langsam auf dem Grund seines Gehirns ab, wie kleine Glassplitter, die in einer Whiskeyflasche schwimmen.

Er brauchte Zeit, um aus der ganzen Sache schlau zu werden. Aber er hatte keine. Das Department hatte Grimsby schon auf dem Schirm. Es würde nicht lang dauern, bis auch sie Mansgrafs Botschaft entschlüsselt hatten. Vor allem nachdem der Dussel bei den Auditoren herausgeplappert hatte, dass er ihn gesehen hatte. Wenn sie Grimsby festnahmen, bevor Mayflower die Wahrheit herausfinden konnte, würde er entweder nie die Chance bekommen, Mansgraf zu rächen – oder diesem kleinen Scheißer würde zu Unrecht die Schuld an ihrem Tod zugeschoben werden.

Das machte alles schrecklich kompliziert. Und er hasste es, wenn Dinge kompliziert waren.

Seine Tasche begann zu vibrieren. Er steckte die Waffe ins Holster und zog stattdessen sein Telefon hervor, ließ es aufschnappen und knurrte das Gerät an, während er verzweifelt daran rumfummelte, um den Anruf anzunehmen.

»Ja?«

»Mayflower«, sang Finleys rauchige Stimme über den billigen Lautsprecher. »Ich hab was, das dich interessieren könnte.«

Er grummelte zustimmend. Finley war eine Technikerin beim Department, die Mayflower ein paar Gefälligkeiten schuldete. Sehr viele Gefälligkeiten sogar. Sie war es, die ihm Grimsbys Infos aus den Akten des Departments gesteckt hatte. Sie war ein gutes Mädchen, und er hasste es, mit so was ihre Schulden einzufordern. Wenn sie nicht vorsichtig war, konnte sie sich dabei übel die Finger verbrennen. Im schlimmsten Fall würde das Department sie sogar als Gefahr einstufen. Aber er hatte nicht wirklich eine Wahl. Alles, was er tun konnte, bestand darin, die Angelegenheit schnell zu erledigen.

»Schieß los«, sagte er und stupste mit seinem Stiefel gegen Grimsbys Arm. Der Junge hatte seltsame Narben auf der linken Seite, wie von uralten Verbrennungen. Er war zu jung für so alte Narben. Und es sah aus, als hätten sich die Narben irgendwie durch sein Outfit gebrannt und dabei eine ziemliche Sauerei angerichtet.

»Ich hab mir alle Aufnahmen von Mansgraf zusammengeklaubt, die ich aus den letzten paar Tagen finden konnte. Nichts Großartiges, nur Videos von verschiedenen Überwachungskameras.«

»Und?«

»Und es fehlt was.«

Er wartete. »Muss ich raten?«

»Nein, dann würde das hier eine ganze Weile dauern. In all diesen Clips hat sie einen Koffer dabei. Schlicht, schwarz. Die aktuellste Aufnahme wurde vielleicht eine Stunde oder zwei vor ihrem Tod aufgezeichnet.«

Er knurrte und wartete, dass Finley fortfuhr.

»Na ja, am Tatort wurde kein Koffer gefunden.«

Er runzelte die Stirn. »Du denkst, wer oder was auch immer sie erwischt hat, hat ihn mitgenommen?«

»Vielleicht«, meinte sie. »Schwer zu sagen.«

»Ich halte die Augen danach offen.«

»Les«, sagte sie, ihre Stimme klang gedämpft, »da ist noch was.«

»Sag's mir, Finley.«

»Ich … Ich sollte dir das nicht erzählen. Verdammt, ich sollte es nicht mal selber wissen. Aber ich glaub, es ist wichtig.«

Er wartete schweigend. Er wollte sie nicht drängen, ihm die Information zu geben. Wenn es etwas so Sensibles war, wie sie nahelegte, könnte es ihre Karriere zerstören. Vielleicht noch mehr.

»Das Department hat versucht, es totzuschweigen, aber … Mansgraf hatte einen schwarzen Vermerk.«

»Was?«, fragte Mayflower. »Wie lange schon?«

Mit einem schwarzen Vermerk kennzeichnete das Department Unorthodoxe aus den eigenen Reihen, die außer Kontrolle geraten waren. Diese Kategorie war nur für Sicherheitsrisiken und Bedrohungen der höchsten Stufe gedacht. Er selbst hatte einige solche Individuen zur Strecke gebracht. Zur Hölle, auch Mansgraf hatte das. Das Vorgehen gegen Leute mit schwarzem Vermerk waren immer Tot-oder-lebendig-Aufträge, und meistens eher Ersteres als Letzteres.

»Fast zwei Wochen. Das Department hat es streng geheim gehalten.«

»Zur Hölle«, murmelte Mayflower. Das veränderte die Situation. Schon wieder. Wenn Mansgraf einen schwarzen Vermerk bekommen hatte, hieß das, dass sie sowohl vom Department als auch von ihrem Mörder gejagt worden war. Vorausgesetzt, dass dies nicht ein und dasselbe war. Sie war auf der Flucht gewesen, ohne Verbündete und Gott weiß was oder wer auf ihren Fersen.

Sie war allein gewesen.

Und sie war deshalb gestorben.

Er hörte seine Zähne knirschen, noch bevor er realisierte, dass er mit den Kiefern malmte. Sie hätte zu ihm kommen sollen. Er hätte ihr helfen können.

Bloß hatte er ihr gesagt, sie sollte genau das nicht tun. Das waren die letzten Worte gewesen, die er mit ihr gewechselt hatte. Er hatte ihr das Versprechen abgenommen, ihn in Ruhe zu lassen. Und das hatte sie getan. Obwohl es ihren Tod bedeutet hatte.

Noch ein Tod, der auf sein Konto ging.

»Verdammt noch mal«, flüsterte er, so leise, dass er nicht mal sicher war, ob er überhaupt etwas gesagt hatte. Mansgraf hätte zu ihm kommen sollen, scheiß auf das Versprechen. Sie hatte seine Hilfe gebraucht und er hätte sie ihr gewährt. Jedes verdammte Mal. Obwohl, vielleicht hatte sie ihn nicht gefragt, weil seine Hilfe in diesem Fall nichts geändert hätte.

Kurz erblickte er sich selbst im Spiegel des Herrenklos. Der Anblick in dem vollgespritzten Glas war nicht gerade schmeichelhaft. Wann war er so alt geworden? Zur Hölle, wann hatte er das letzte Mal was gegessen? Der Mann, der da aus dem Spiegel zurückstarrte, sah aus, als sei der Leichenbeschauer schon zur Hälfte mit seiner Einbalsamierung fertig. Den Großen Jäger, dessen Name manche Leute immer noch nur im Flüsterton über die Lippen brachten – den konnte er im Spiegel nirgends finden.

Vielleicht hatte Mansgraf ihn genau deswegen nicht um Hilfe gebeten. Vielleicht dachte sie, der Große Jäger sei schon tot.

Vielleicht hatte sie recht.

Mayflower schüttelte den Kopf. Später war sicher noch genug Zeit für Selbstzweifel. Genug Zeit für Trauer. Aber jetzt war die Zeit, um zu arbeiten. »Weißt du, warum sie den schwarzen Vermerk bekommen hat?«

»Nichts Genaues. Irgendwas mit einem Auftrag draußen in Salem. Irgendeine Mission, bei der Informationen gesammelt werden sollten. Ich arbeite an den Details.«

»Lass es«, warnte Mayflower. »Du hast dich weit genug aus dem Fenster gelehnt.«

»Richtig«, stimmte sie zu. »Also warum jetzt aufhören?«

»Finley, ich will nicht, dass du auch auf der schwarzen Liste landest.«

»Ich werde vorsichtig sein. Wenn es dich beruhigt, kann ich dir einfach *nicht* erzählen, was ich rausfinde. Aber ich werde graben, bis ich es finde, so oder so. Sonst sterbe ich vor Neugier.«

Er schüttelte den Kopf. Sie war ein smartes Mädchen. Zu smart. Das würde ihr noch zum Verhängnis werden.

»Sei einfach vorsichtig«, bat Mayflower. »Halt mich auch auf dem Laufenden. Wenn du meine Hilfe brauchst, dann rufst du an.«

»Klar, Les. Hast du selber irgendwelche Spuren gefunden?«

Er blickte runter auf den immer noch ohnmächtigen Jungen auf dem Boden. Der hatte angefangen, sich zu rühren, würde aber wahrscheinlich noch ein paar Minuten ausgeknockt sein. »Unbekannt.«

»Na ja, sei vorsichtig. Nicht dass was auch immer Mansgraf erwischt hat, dich auch noch drankriegt.«

Er zuckte mit den Schultern, obwohl sie das nicht sehen konnte. »Vielleicht. Fin, eins noch.«

»Ja?«

»Das Department wühlt sich durch das Material vom Tatort, die analysieren alle Daten, die sie haben, richtig?«

»Ja. Ein paar Dutzend Analysten sind darauf angesetzt.«

»Die Blutspuren enthalten eine Botschaft. Irgendeine Chance, es rauszuzögern, bis sie draufkommen?«

Sie ließ ein nachdenklich klingendes Geräusch hören. »In was ist die Botschaft geschrieben?«

»Ogham. Uralte Steinschrift.«

»Ja, ich denke, ich kann für das Reference Directory des betreffenden Alphabets ein paar Stunden lang einen falschen Pfad hinterlegen.«

Ein großer Teil des Satzes war ihm rätselhaft, aber die wesentlichen Wörter hatte er verstanden. »Für wie viele Stunden?«

»Sagen wir bis Mitternacht? Alles darüber hinaus könnte Misstrauen wecken.«

»Tu es. Ich brauche etwas Vorsprung.«

»In Ordnung. Sei vorsichtig, Les.«

Er grummelte und klappte das Telefon zu. Mit Vorsicht kam man nie richtig voran.

Er kniete sich hin und schleifte Grimsby zur Wand, um ihn aufzurichten. Es wäre der Sache nicht dienlich, wenn der Junge an seiner eigenen Kotze erstickte. Das Letzte, was Mayflower gebrauchen konnte, war noch eine tote Spur.

Oder noch einen toten Jungen, ermahnte ihn ein abgeschotteter Teil seines Gehirns.

Als er Grimsby über den Boden schleifte, ging die Klotür mit einem Quietschen auf und ein kugelbäuchiger Mann mittleren Alters betrat die Herrentoilette. Er blickte von Mayflower zu dem Tutu tragenden Grimsby, dann wieder zu Mayflower.

Als der Mann den Mund öffnete, wirkte er, als verfolgte er gerade eine besonders absurde Szene eines Theaterstücks, das er zuvor noch nie gesehen hatte. »Äh, Sie … Sie rauben gerade eine Zahnfee aus?«

Mayflower hob eine Augenbraue. »Der Bastard schuldet mir zweiunddreißig Cent.«

Dann stand er auf, stieg über Grimsby hinweg und spazierte an dem entgeisterten Mann vorbei.

Die Sache wurde immer komplizierter. Er musste weitere Erkundigungen einziehen.

7

GRIMSHAW GRISWALD GRIMSBY stieg auf dem Heimweg hart in die Pedale und raste mit dem Fahrrad die Straße entlang. Der Drehmomentzauber, mit dem er das Hinterrad belegt hatte, sprühte alle paar Meter vereinzelt grüne Funken und hätte eigentlich ausgereicht, ihn von selbst bis zur Haustür zu tragen. Aber Grimsby brauchte die körperliche Anstrengung, um seine Gedanken zu ordnen. Der Schweiß lief in Strömen an ihm herunter und gefror beinahe in der kühlen Herbstluft. Seine Kehle war schon ganz rau und trocken, aber er hechelte weiter, ohne langsamer zu werden.

Als er nach seiner Begegnung mit Mayflower erwachte, war der Mann einfach spurlos verschwunden. Grimsby war unsicher, ob er überhaupt jemals da gewesen war. Aber egal ob er sich den Großen Jäger nur eingebildet hatte oder nicht: Grimsby hatte in dem Moment keine andere Wahl gehabt, als sich direkt wieder an seine Arbeit zu machen.

Die Abendschicht in DMMKDE war schrecklich, aber er schob sogar noch Überstunden. Besser als zu Hause zu sitzen und sich von Sorgen auffressen zu lassen, dachte er. Als Grimsby schließlich am Abend die Klos fertig geputzt hatte, waren sie sauberer als jemals zuvor.

Aber damit waren ihm die Ablenkungen ausgegangen. Es gab keine geistlose Tätigkeit mehr, in die er seine wachsende Nervosität kanalisieren konnte. Ihm blieb nur die Heimfahrt zu seinem leeren Apartment.

Irgendwas verhedderte sich plötzlich in seiner Fahrradkette, und er spürte, wie der Rock seines Tutus abgerissen wurde. In seiner Eile hatte er am Ende der Schicht vergessen, dass er noch das Outfit trug. Mit quietschenden Reifen kam er zum Stehen und fiel dabei beinahe um. Die Bremse kämpfte schwer gegen den Drehmomentzauber am Hinterrad an, das Gummi der Bremsklötze quietschte an den Felgen, von den Zahnrädern und der Kette regnete es grüne Funken. Er versuchte abzusteigen, aber das Tutu hing fest und verhedderte sich immer weiter in den Zahnrädern.

Er knurrte und zog mit zunehmender Verzweiflung daran, steckte die ganze überschüssige Energie rein, die sich den Abend über in ihm aufgestaut hatte.

Als er es endlich schaffte, den Stoff aus der Mechanik zu zerren, klang sein Atem schon eher wie pfeifende panische Schluchzer. Die Tränen der Frustration auf seinen Wangen machten die kalte Luft noch beißender. Er ließ das Rad auf den Gehsteig fallen, das verzauberte Hinterrad drehte sich langsam weiter. Er riss sich die Stofffetzen, die vom Tutu-Rock noch übrig waren, von der Hüfte und warf sie auf den Beton. Nach den Schlägen, die das Kostüm hatte einstecken müssen, sah es jetzt aus wie das einschultrige Leotard eines Wrestlers. Ein plötzlicher Windstoß pustete die Stofffetzen in die nächtliche Dunkelheit. Grimsby spürte einen kalten Schauer, als tasteten sich kalte Finger an seiner Wirbelsäule hinauf. Es war nicht nur der Wind. Er hatte das Gefühl, dass ihn jemand beobachtete.

Er versuchte, das Gefühl abzuschütteln, und kletterte wieder auf sein Rad. Aber die Angst wollte sich einfach nicht ignorieren lassen, also nutzte er sie stattdessen als Motivation, um noch fester in die Pedale zu treten. Fast hätte er sich Sorgen gemacht, einen Strafzettel zu bekommen – wenn der Teil seines Hirns, der für Sorgen zuständig war, nicht ohnehin schon überlastet gewesen wäre. Seine Beine strampelten gnadenlos weiter, während der Rest von Grimsby einfach nur froh war, Hilfestellung zu leisten. Sein Kopf leerte sich allmählich.

Zwanzig Minuten später kam er bei Saul's Sandwiches verschwitzt zum Stehen und stieg wieder ab. Er sprintete mit dem Rad in die Gasse und fummelte verzweifelt mit der Kette herum, um es an die Eisentreppe zu sperren. Dabei stemmte er das sich immer weiter drehende Hinterrad hoch, damit es den Boden nicht berührte. Drei Stufen auf einmal nehmend, stürmte er die Treppe hoch, hastete zu seiner Wohnung und schaffte es beim dritten Versuch, den Schlüssel ins Schloss zu stecken. Als er krampfhaft den Schlüssel drehte, sprang die Tür unter seinem Körpergewicht auf, er fiel in das Apartment und trat hektisch die Tür hinter sich zu. Der kalte Fliesenboden der Kochnische fühlte sich unter seinem schweißnassen Rücken unglaublich gut an, also blieb er einfach liegen, während seine Brust sich hob und senkte.

Sein Herz raste. Das tat es schon seit Stunden, und es schien fest entschlossen, dieses Wahnsinnstempo aufrechtzuerhalten. Mehrere lange Minuten blieb er auf dem Boden liegen, gab seiner Lunge Gelegenheit, den Sauerstoffmangel in seinem Hirn wieder auszugleichen.

Als sein Herz wieder bei einer aus medizinischer Sicht vertretbaren Frequenz angelangt war, stand er mühsam auf. Er wollte das Licht anknipsen, aber hatte vergessen, dass die Glühbirne schon vor Wochen durchgebrannt war.

Ächzend rieb er sich mit der linken Hand die Schläfe, um die Kopfschmerzen zu lindern, die plötzlich in seinem Schädel wummerten. Den anderen Arm streckte er nach vorne aus und deutete mit der Hand durch den Raum. Er ließ seine Sinne über seine Fingerspitzen hinauswandern und tastete sich so durch die kalte Dunkelheit, bis er den richtigen Faden fand, der sich in seinen Fingern wie ein Teil eines warmen, verstaubten Spinnennetzes anfühlte.

»Binde«, murmelte er und schickte einen winzigen Funken seines Impetus in das Filament aus schlummernder Magie. Es leuchtete kurz auf und glich plötzlich weniger dem schlaffen Faden eines Spinnennetzes, sondern mehr einer gespannten Gitarrensaite.

Die Lampe in der hinteren Ecke des Raumes kippte ein paar Zentimeter nach vorne, als die Binderune am Zugschalter zur zweiten Rune am Fußboden gezogen wurde. Die Glühbirne flammte auf. Der winzige Funke Impetus war sofort aufgebraucht, der hauchdünne Zauberfaden zerriss und verblasste, die Lampe kippte wieder in ihre ursprüngliche Position zurück.

Das warme Licht zeigte seine Wohnung in all ihrer Pracht – wenn man unter Pracht eine großzügige Auswahl an leeren Essensboxen vom Lieferdienst, halb leeren Plastikbechern und einer dicken Schicht Dreckwäsche versteht. Er starrte auf den Saustall und war fast ein bisschen überrascht. Es war das erste Mal seit ein oder zwei Wochen, dass er nach seiner Schicht wach genug war, um noch irgendwas anderes zu machen, als nur auf der Couch zusammenzubrechen und einzuschlafen. Was er jetzt sah, war sogar für seine Verhältnisse eine Zumutung.

Er schüttelte den Kopf. Gerade jetzt hatte er ganz andere Probleme. Etwa das Problem, dass die einzige Person, der er jemals den Tod gewünscht hätte, zufälligerweise ermordet worden war. Ihm hatte eigentlich eher so etwas wie ein Herzinfarkt vorgeschwebt. Oder irgendwas, das besser zu einer

Hexe passte, wie beispielsweise von einem fliegenden Haus zerquetscht zu werden. Aber doch nicht Mord! Und vor allem kein Mord, für den er verdächtigt wurde!

Aber wenn er ehrlich war: Sogar in seinen dunkelsten Momenten hatte er Mansgraf nicht den Tod gewünscht. Nicht wirklich.

Er war nur so wütend gewesen, dass sie – das letzte Hindernis zwischen ihm und seinem Traumjob als Auditor – ihn gestoppt hatte. Ihre persönliche Evaluierung war es gewesen, die seine Kariere beendete, bevor sie begonnen hatte. Eine Karriere, auf die er sich jahrelang, ach was, sein ganzes Leben lang vorbereitet hatte. Der Grund war seine Schwäche in Sachen Magie gewesen, die die Brandnarben ihm zugefügt hatten, davon war er überzeugt. Während seine Haut und seine Muskeln sich von dem Feuer erholt hatten, war ihm das bei seinen magischen Fähigkeiten nie ganz gelungen. Aber sogar mit dieser Einschränkung hatte er die meisten seiner Klassenkameraden abgehängt, durch Arbeitseinsatz und Ehrgeiz. Mansgraf hatte das am Ende aber nicht gekümmert. Sie hatte ihn trotzdem durchfallen lassen. Und dafür gesorgt, dass er nie eine zweite Chance bekam.

Vergeben würde er ihr das nie, da war er sich recht sicher. Aber mit der Zeit hatte er begriffen, dass es mehr seine Schuld war als ihre. Er hatte gedacht, dass er trotz seines Magie-Handicaps die besten Hexen seiner Generation besiegen könnte.

Sie hatte beschlossen, dass er sich irrte.

Und sie hatte recht behalten.

Grimsby hatte nicht mal die Pyromantie richtig beherrscht, dabei war das noch die unterste Stufe der Magie. Manche sagen sogar: die erste Magie. Er konnte nicht mal einen Funken erzeugen, außer wenn er die Kontrolle über seinen Impetus verlor und dieser ihm in seine Narben rutschte. Nur sein Talent für die obskureren Zauber hatte ihn im Rennen gehalten – und der Erfindungsreichtum, mit dem er diese Sprüche einsetzte. Aber es hatte nicht gereicht. Es hatte keinen Unterschied gemacht. Es war egal.

Aber vielleicht war ja alles egal. Zumindest jetzt. Nach dieser Nacht.

Wenn das Department ihn zum Schuldigen am Mord an Mansgraf erklärt hatte, würden sie keine Zeit verschwenden: Sie würden ihn still und heimlich verhaften und einsperren. Oder noch schlimmer: Sie würden ihn ganz zum Schweigen bringen.

Er zitterte, obwohl er immer noch schwitzte.

Er musste was tun. Irgendwas. Aber was? Sich verstecken? Sie würden ihn finden. Weglaufen? Sie würden ihn einfangen. Den wirklichen Mörder finden? Beinahe hätte er gelacht. Er war ein Zauberer für Kinder. Ein Partyclown. Obwohl: Sogar Clowns waren meistens selbstständig. Er war kein Auditor, dafür hatte Mansgraf gesorgt. Er besaß weder die nötige Ausrüstung und Ausbildung, noch kannte er die passenden Zaubersprüche, um den Mörder eigenhändig zur Strecke zu bringen, er konnte nichts derart Drastisches tun. Aber er konnte nicht nichts tun.

Was blieb ihm also übrig?

Er schaute sich in seiner Wohnung um und wurde plötzlich von dem dringenden Bedürfnis ergriffen, die Bude blitzblank zu schrubben. Das war zumindest etwas, das er schaffen konnte. Und noch wichtiger: Er konnte es *jetzt* tun. Denn wenn er irgendetwas tun musste, warum nicht das?

»Wenn du wohnst wie ein irrer Killer, wird der Gerichtsgutachter dich auch als irren Killer einstufen«, murmelte er. Und das ergab für ihn Sinn – mehr als alles andere, was er an diesem Tag durchgemacht hatte.

Also putzte er.

Er stapelte den Müll auf den dreibeinigen Kaffeetisch in der Mitte des Zimmers. Als der Tisch gefährlich ins Kippen geriet, beugte er sich runter und schickte etwas mehr Impetus in den Bindespruch, der das schiefe dritte Tischbein am Boden fixierte. Die Stelle unter dem Bein begann, sanft zu leuchten, jetzt stand der Tisch stabil, und Grimsby stapelte weiter. Seine Wäsche warf er auf einen separaten Haufen am Boden. In den Waschsalon würde er später gehen.

Als er endlich den letzten Müll aufgeklaubt hatte, tat er, was er immer tat: Er beschwor seinen Impetus und streckte zwei Finger der rechten Hand aus.

Die Müllabfuhrgebühren waren hoch, und da die nächste Altstoffsammelstelle zwei Blocks entfernt war, hatte er sich eine andere Lösung ausgedacht. Obwohl er dafür streng genommen eine Genehmigung vom Department gebraucht hätte – die er nie bekommen würde –, hatte er einen neuen Zauberspruch geschaffen. Einen, auf den er stolz war und den er trotzdem niemandem zeigen konnte.

Er fasste vor sich nach unten und drückte seine beiden Zeigefinger fest auf den Holzboden. Dieser schien sich zu biegen, das Licht darüber schimmerte seltsam, wie Luft auf einem heißen Gehsteig oder wie Sternenlicht, das sich um ein schwarzes Loch schmiegt. Dann, ganz langsam, zeichnete er mit seinen Fingern einen etwa kopfgroßen Kreis.

»Loch.«

Und plötzlich färbte sich der Kreis, den er auf den Boden gezeichnet hatte, sehr dunkel, fast schwarz. Er glich einer flachen, schlichten Scheibe aus Obsidian. Als hätte sie jemand dort auf dem Boden liegen lassen und vergessen, damit die eine oder andere Comicfigur sie aufheben konnte.

Er nahm etwas Müll und warf ihn auf den Kreis – er

plumpste direkt hindurch. Grimsby war ein bisschen nervös. Bis jetzt hatte der Spruch seinen Zweck immer erfüllt und Dinge per Einbahnstraße irgendwohin ins Anderswo transportiert. Aber dieser Zauberspruch war wie ein Gerät Marke Eigenbau, anders als die altbewährten Binde- und Drehzauber, die er als Kind aus dem Zauberbuch seiner Mutter auswendig gelernt hatte. Die hatte er schon benutzt, bevor er überhaupt ganze Sätze bilden konnte.

Aber auch dieses Mal schien der Lochzauber zu funktionieren. Der Müll rutschte einfach durch. Keine Beschwerden, keine unerwünschten Nebenwirkungen. Grimsby grinste erleichtert und entsorgte dann nacheinander auch den Rest. Als die Wohnung endlich müllfrei war, wedelte er mit der Hand und trennte dadurch die Verbindung zwischen der Scheibe und seinem Impetus. Der dunkle Kreis verschwand einfach, wie eine platzende Seifenblase. Es blieb nur der leere Boden zurück.

Dann gab sich Grimsby wieder seinem Putzwahn hin und frischte bei dieser Gelegenheit auch gleich seine zahlreichen im Raum verteilten Zaubereien auf, indem er allen noch einen Schuss Impetus spendierte. Handwerker waren noch teurer als die Müllabfuhr. Und ehrlich gesagt ging es mit Magie leichter als mit Hammer und Nägeln, was in seinem Mietvertrag ohnehin verboten war.

Wann immer also etwas kaputtging, reparierte Grimsby es in Eigenregie.

Sein Kaffeetisch, seine Couch und sein Bücherregal wären wahrscheinlich schon lange zusammengebrochen, hätte er sie nicht mit zahlreichen Bindesprüchen gerettet. Sogar der Deckenventilator war im Eimer: Der Motor war durchgebrannt, also hatte Grimsby einen Drehspruch benutzt, wie bei seinem Fahrrad. Bis auf die Funken grüner Magie, die er sporadisch ausstieß, war das Ding so gut wie neu. Diese ganzen Zaubereien waren anders als der Spruch, den er in seiner Panik eingesetzt hatte, um Richie zu fangen. Sie waren komplexere Magie. Sie dauerten etwas länger, er musste die Runen mit den Fingern zeichnen, aber dafür war die Magie effizienter.

All seine Zaubersprüche brauchten Impetus als Brennstoff. Schnelle Sprüche – wie der, um seine verlorene Brille wiederzubekommen – verschossen seinen Impetus am ehesten wie Schwarzpulver: kurz, durchschlagend und dabei sehr viel Energie »verballernd«. Diese komplexeren Zauber hatten jedoch fast so etwas wie eine Batterie. Er konnte Energie in den Runen speichern, die der Zauber dann langsam verbrauchte, um seine Aufgabe zu erfüllen. Solange er diese Zauber ab und zu auflud, sie nicht übermäßig belastete oder gar aus Versehen beendete, hielten sie gewöhnlich Tage oder sogar Wochen.

Gewöhnlich war hier das Schlüsselwort.

Einmal war der Nachbar über ihm gerade beim Staubsaugen, als das Kabel des Geräts einen Kurzschluss verursachte. Dieser hatte den Drehspruch am Deckenventilator quasi umgepolt, weshalb sich dieser nun – anstatt langsam und für eine lange Zeit – kurz und schnell drehte. *Zu* schnell: Einer der abgebrochenen Arme des Ventilators steckte immer noch in der Gipswand, wie das Excalibur eines Do-it-yourself-Enthusiasten. Grimsby bekam das Teil ums Verrecken nicht aus der Wand gezogen. Aber der Vermieter würde den entsprechenden Betrag schon problemlos von seiner Kaution abziehen.

Alle anderen Sprüche hatten aber bis jetzt ganz gut funktioniert.

Er lächelte gedankenverloren, hatte kurz seine Sorgen vergessen.

Er war nun mal ein Hexer. Es machte ihn einfach *glücklich*, mit Magie umzugehen. Dafür war er geboren. Er wollte sein wie seine Mutter und beim Department arbeiten und Menschen mit Magie helfen. Aber das würde nie geschehen.

Also war das hier alles, was er noch hatte.

Magische Zahnräder und verzaubertes Klebeband.

Sein Lächeln schmeckte plötzlich bitter auf seinen Lippen und verschwand so schnell, wie es gekommen war.

Er atmete tief ein, nahm sich fest vor, die Luft nicht als Seufzer wieder auszustoßen, und betrachtete seinen Wäschehaufen. Er war zu groß, um alles auf einmal zum Waschsalon zu tragen. Also sortierte er seine Kostüme aus, etwa sein Outfit für den Magischen Kuchen-Mittwoch: eine blaue Robe und ein spitzer Hut, beide waren mit gelben Sternen geschmückt. Er schnüffelte daran, befand das Kostüm für sauber genug und warf es auf die Couch. Dann presste er den Rest der Wäsche in die winzige Kammer neben der Eingangstür seiner Wohnung. Die Kammertür knarrte immer und schloss nicht richtig. Er drückte sie zwei, drei Mal zu, aber sie sprang jedes Mal wieder auf. Gerade als er überlegte, einen Bindezauber anzubringen, versuchte er es ein letztes Mal, und der Drücker rastete ein.

Er blickte sich in seinem Apartment um. Ordentlich war es nicht unbedingt, aber es war auch kein Saustall mehr. Er war sich ziemlich sicher, dass er damit auf der Skala eines Gerichtspsychiaters exakt die schmale Lücke zwischen Psychopath und Soziopath treffen würde, diesen idealen Punkt, auch bekannt als »normal«.

Grimsby stopfte die übrigen schmutzigen Klamotten in einen Leinensack, zögerte kurz, riss sich den verkohlten Leotard vom Leib, der von seinem verfluchten Tutu übrig war, und schmiss auch ihn mit rein. Dann bekleidete er sich mit einem schlichten schwarzen T-Shirt und blauen Jeans und trat die Wohnungstür auf, stolperte in Richtung Außentreppe und ließ die Tür hinter sich zufallen.

Er hatte gerade das untere Ende der Treppe erreicht, als ihm auffiel, dass irgendwas nicht stimmte. Es dauerte einen Moment, bevor er begriff, was es war: Sein Fahrrad hatte sich von der Kette gelöst, war irgendwie drei Meter in die Gasse gerollt und dann umgefallen, das Hinterrad drehte sich unheilverkündend.

Er blickte sich um. Manchmal versuchten die Kinder aus der Nachbarschaft, das Rad zu klauen, aber bisher hatten sie nie die Kette aufgekriegt. Hatten sie es endlich hinbekommen, nur um dann nach ein paar Metern die Nerven zu verlieren?

Er grummelte und ging auf sein Fahrrad zu. Er konnte es ja nicht einfach mitten in der Gasse liegen lassen. Wenn es beschädigt oder richtig geklaut würde, könnte er sich kein neues leisten. Er schwang den Wäschesack über seine Schulter und kämpfte einen Moment lang mit dem Rad, weil er es in die richtige Richtung drehen wollte, damit er es zurück zur Treppe schieben konnte.

In dem Moment fuhr auf der Straße vor der Gasse ein Auto vorbei, die grellen Scheinwerfer erleuchteten einen kurzen Moment die Dunkelheit. In dem plötzlichen Licht entdeckte er im Augenwinkel irgendetwas an der mit Graffiti bedeckten Ziegelmauer. Striche, wo keine sein sollten. Aber als er seinen Kopf in die Richtung drehte, war das Auto schon vorüber, und die Gasse lag wieder im Dunkel.

Grimsbys Neugier gewann die Oberhand. Er näherte sich der vollgesprühten Mauer und hielt dabei sein Rad fest, damit es sich nicht davonmachte. Als seine Augen sich endlich an die Dunkelheit gewöhnt hatten, sah er vier Wörter, die in die über viele Jahre aufgesprühten Farbschichten geritzt waren. Vier einfache Wörter, die aussahen, als hätte sie jemand im Dunkeln hektisch mit einer Art Meißel in die Wand gekratzt.

Grimsby lief ein kalter Schauer über den Rücken. Die Wörter sahen aus wie frisch angebracht.

»Gefiel mir besser, als sie noch gesprüht haben«, murmelte er.

Er zuckte mit den Schultern, um das Zittern abzuschütteln, und drehte sich wieder weg, um sich um sein Rad zu kümmern.

Da wurde die Gasse erneut von den Scheinwerfern eines vorbeifahrenden Autos erhellt. Grimsby blickte auf den Boden, um nicht geblendet zu werden. In dem Moment bemerkte er, dass das Schloss seiner Fahrradkette nicht etwa aufgegangen oder einfach geknackt worden war.

Die Kette war mutwillig zerstört worden. Ihre verbogenen und zerbrochenen Metallglieder waren über den Betonboden verteilt.

Plötzlich war da ein Schatten, der vorher nicht da gewesen war.

Er wirbelte herum und sah jemanden am Anfang der Gasse stehen, zwischen ihm und der Straße.

Die Gestalt war groß. Größer sogar als dieser Mayflower. Sie war in lockere Stofffetzen gehüllt, die keinen Aufschluss über ihren Körperbau gaben.

Völlig regungslos stand sie da, sodass Grimsby kurz unsicher war, ob er sie sich vielleicht nur einbildete.

»H-Hallo?«, rief er.

Die Gestalt antwortete, aber ihre Stimme war so tief und verzerrt, dass er sie nicht verstehen konnte.

Dann streckte das fremde Wesen eine Hand zur Seite aus. Eine Hand mit drei Fingern, die bis zu ihren Knien reichten, an ihren Spitzen saßen ellenlange Klingen.

Grimsby blieb der Atem weg, seine Hände klammerten sich wie betäubt an seinem Rad und dem Kleidersack fest.

Das *Ding* machte einen langen, geschmeidigen Schritt nach vorne.

Grimsby wartete nicht auf den nächsten. Stattdessen schrie er auf und schleuderte dem Ding in einem von seiner Panik diktierten, etwas pathetischen Versuch der Selbstverteidigung seinen Wäschesack entgegen.

Die Gestalt wirbelte unfassbar schnell mit ihren Krallen vor sich herum, riss den Sack noch in der Luft in Fetzen, und in der Gasse regnete es Stoffkonfetti.

Der Verlust seiner ganzen Klamotten versetzte Grimsby einen kleinen Stich, aber immerhin hatte ihm sein schwächlicher Selbstverteidigungsversuch ein paar kostbare Sekunden Vorsprung verschafft. Er wirbelte sein Rad herum und sprang in den Sattel, trat wild in die Pedale und raste tiefer in die dunkle Gasse hinein. Vorsichtig streckte er die Hand nach hinten aus, pumpte mehr Energie in den Drehspruch am Hinterrad und spürte dabei, wie ihm der Impetus langsam ausging. Aber der magische Drehmoment verdoppelte sich: Der Hinterreifen sprühte grüne Funken wie ein Feuerrad bei einem professionellen Feuerwerk und das verzauberte Rad tat einen Ruck und schoss mit halsbrecherischer Geschwindigkeit durch die Dunkelheit.

Seine Reifen schlitterten gefährlich über den nassen Beton, trotzdem gelang es ihm, mit hektischen Lenkmanövern irgendwie die Kontrolle zu behalten und nicht gegen eine Wand oder einen der Müllcontainer zu schleudern – aber hinter sich konnte er seltsam klingende laute Schritte hören, als schleifte ein Auto eine stählerne Stoßstange knirschend über den Asphalt.

Das Geräusch war schrill und schrecklich – und kam immer näher.

Das Ding war schnell. Zu schnell. Sogar bei seinem rasanten Tempo würde es Grimsby bald erwischen.

Er hatte keine Zeit, nachzudenken, keine Zeit, nüchtern abzuwägen. Er hatte keine Idee, was für ein Ding das war. Sein einziger Plan war sein urmenschlicher Fluchtinstinkt. Ein hektischer Blick über die Schulter bestätigte ihm, dass das Ding direkt hinter ihm war und mit seinen langen Krallen nach ihm griff.

Auf offener Strecke würde er ihm nicht entkommen. Er musste improvisieren.

Vor ihm öffnete sich eine kleine Kreuzung in der Gasse. Er hatte nur diese eine Chance.

Sein Impetus stieg in ihm hoch und strömte durch ihn durch. Er hatte keine Zeit, ihn gezielt irgendwo hinzulenken, und spürte, wie sich Energie in seinen Narben staute und seine Haut ganz heiß wurde. Das Narbengewebe glühte sanft und zog in der dunklen Gasse eine Funkenspur hinter ihm her.

Er drückte mit dem rechten Daumen eine leuchtende Binderune in seine linke Handfläche. Als er und sein Verfolger dann die Kreuzung erreichten, streckte er den Arm aus und platzierte die zweite Rune an der Ecke des Gebäudes zu seiner Linken.

Zwischen zwei keuchenden Atemzügen röchelte er: »*Binde!*«

Schnüre aus blauem Licht formten sich, er spürte, wie sein Arm nach hinten gerissen wurde, als die Stränge die Runen zueinander hinzerrten. Statt gegen diese Kraft anzukämpfen, nutzte er sie und schwang seinen Körper und sein Rad an seinem festgebundenen Arm um die Ecke.

So hatte er plötzlich mit voller Geschwindigkeit eine Neunziggradwende nach links geschafft und war in die andere Gasse abgebogen. Die Bindung hatte ihm dabei fast den Arm ausgekugelt, aber er saß noch fest im Sattel. Er löste die Bindung und schoss ungebremst die Quergasse hinunter, die herunterbaumelnden Stränge der gelösten Binden schlugen auf dem Beton tiefblaue Funken, bevor sie sich langsam in nichts auflösten.

Das Ding hinter ihm erwies sich als weniger beweglich. Es war zwar schnell – schrecklich schnell – und viel größer als Grimsby. Aber mit seiner Masse konnte es nicht so ohne Weiteres einfach die Richtung ändern.

Grimsby hörte es über den Beton schlittern, als es versuchte, ihm zu folgen. Dann tat es einen lauten Knall, als wäre wenige Meter hinter ihm ein Auto gecrasht. Mülldeckel schepperten und Glas zersplitterte. Er konnte es sich nicht verkneifen, den Kopf danach zu wenden.

Kurz dachte er, das Ding hätte aufgegeben. Es war nicht mehr zu sehen.

Doch dann packten plötzlich seine Krallen die Gebäudemauer und die Ziegel zerbröckelten unter den Klingen. Der verhüllte Kopf der Kreatur blickte um die Ecke und schaute Grimsby kurz hinterher, bevor das Ding wieder die Verfolgung aufnahm. Es war dabei verstörend leise. Bis auf den metallischen Klang seines Körpers gab das Ding keinen Mucks von sich. Grimsby konnte es nicht mal atmen hören.

Es war still wie der Tod.

Grimsby schaute wieder nach vorne. Die Gasse war lang, und es kamen keine Kreuzungen mehr, die er zu seinem Vorteil hätte nutzen können. Er strampelte buchstäblich um sein Leben.

In der Ferne öffnete sich die Gasse in die weite Nacht. Er sah Straßenlaternen und hoffte vage, diese Lichter würden ihn vor der Kreatur retten. Ein Teil von ihm wusste, dass der Gedanke lächerlich war – der Rest von ihm sah es als seine einzige Hoffnung.

Er konzentrierte seine ganze Kraft auf die Beine und war plötzlich dankbar, dass er nie genug Geld für ein Auto gehabt hatte. Seine Knie und Schienbeine brannten vor Schmerzen, aber die Muskeln in seinen Oberschenkeln und Waden waren vom ständigen Fahrradfahren gestärkt und wollten nichts wie weg hier. Sein Drehmomentzauber ließ die Kette quietschen und knarzen und zog eine Spur aus grünen Funken hinter ihm her, während er auf die Lichter zuraste.

Das Ende der Gasse kam immer näher – genau wie das metallische Klirren der Krallen auf dem Beton.

Er war fast bei den Straßenlaternen, er hielt den Atem an und lehnte sich nach vorne, als müsste er eine Ziellinie überqueren.

In dem Moment tauchte vor ihm ein zweiter Schatten auf, fast so groß wie der erste.

8

GRIMSBY SCHRIE.

Es war auch wirklich das Einzige, was er tun konnte. Schreien und einfach direkt in das Ding hineinrasen, das ihm den Weg versperrte.

Schnell kam er zu einem Schluss: Wenn er schon zerfetzt wurde, dann sollten diese Kreaturen dabei zumindest auch ein paar blaue Flecken abbekommen. Außerdem bestand sein Adrenalin sehr hartnäckig darauf, dass alles unter Höchstgeschwindigkeit nicht infrage kam.

In dem Moment hob die Gestalt vor Grimsby den Arm. Ihre Hand war nicht mit Krallen bewaffnet, sondern mit einer Knarre in der Größe von Grimsbys Unterarm. Die Gestalt zielte und blieb dabei so stumm wie die Bestie hinter ihm.

Grimsby probierte es noch mal mit einem Schrei und verlor prompt sofort das Gleichgewicht. Sein Fahrrad machte einen Schlenker, dann wurde ihm der Lenker weggerissen, als er mit dem Vorderrad den Randstein erwischte. Das Vorderrad stellte sich quer, das Fahrrad bäumte sich auf und schleuderte ihn nach vorne. Er schlug hart auf dem Boden auf, rollte dann als wildes Durcheinander aus Gliedmaßen weiter und krachte in den Schützen hinein.

Seine Rippen knirschten ihm in die Schienbeine und Grimsby presste es die Luft aus der Lunge. Ein monströser Donnerknall hallte durch die Gasse und hinterließ ein Pfeifen in seinen Ohren, dann brach der Schütze über ihm zusammen. Grimsby spürte zwischen seinen eigenen Gliedmaßen fremde Beine, die wütend zappelten und traten, um sich zu befreien.

Eine grobe Stimme fluchte: »Gott verdammt!«, als der Fremde sich freigekämpft hatte und dann aufstand.

Grimsby, benommen und außer Atem, rollte sich zur Seite und erkannte Mayflower, der ihm einen Blick zuwarf, schärfer als jede Klinge, bevor er die Gasse hinunter auf die Kreatur lossprintete. In der tiefen Dunkelheit zwischen den Ziegelmauern sah Grimsby nur kurz die Krallen des Dings aufblitzen und ein Stück Stoff flattern. Dann verschwand die Kreatur tiefer in den Schatten.

Mayflower nahm mit gezückter Waffe die Verfolgung auf, sprang über das umgestürzte Rad und rannte in die Gasse. Aber als er die Kreuzung erreichte, an der Grimsby seinen Verfolger kurz abgeschüttelt hatte, blieb er stehen und blickte sich ratlos um, bevor er verbittert in den vollgemüllten Rinnstein spuckte.

Er kam langsam wieder zurück, ging dabei aber rückwärts und suchte mit den Augen die dunkle Gasse und die Dächer und Feuertreppen über sich ab. Seine Waffe hatte er inzwischen leicht gesenkt, aber sein Finger schwebte die ganze Zeit nur Millimeter über dem Abzug.

Grimsby hatte inzwischen genug Kraft gesammelt, um sich aufzusetzen. In seinen Ohren klingelte es schmerzhaft. Die Luft war mit weißem Rauch erfüllt, der wie Staub in seiner Lunge kratzte. Der einzelne Pistolenschuss hatte nach geschmolzenem Metall gestunken. Dieser Geruch brannte scharf in seiner Nase und seinem Mund, er röchelte und bekam bei jedem Atemzug einen Hustenanfall.

Mayflower langte endlich bei ihm an, aber statt anzuhalten, ging er weiter, bis er sowohl Grimsby als auch die Gasse im Auge behalten konnte, ohne seinen Kopf zu bewegen.

Dann blieb er stehen, seine Sonnenbrille auf die Stirn geschoben, und suchte mit seinen graublauen Augen weiter die Dunkelheit ab.

Grimsby setzte mehrmals zum Sprechen an – es waren hektische, erfolglose Versuche –, bis er endlich etwas rausbekam, was menschlicher Sprache ähnelte. »H-Hilf mir.«

»Hab ich schon«, knurrte Mayflower. »Jetzt überzeug mich davon, dass das keine Zeitverschwendung war.«

»Ich … Ich kann … Was war das?«

»Sag du's mir«, entgegnete der Große Jäger, mit Augen kalt wie Stein.

Grimsbys panische Verwirrung ließ gerade genug nach, dass sie aufsteigender Wut Platz machen konnte. »Wie zur doppelten Müh und Plage soll ich das wissen? Glaubst du, ich werde ständig von Monstern irgendwelche Gassen runtergejagt?«

»Ich habe schon oft gesehen, wie Abschaum von den eigenen Komplizen ermordet wird.«

»Komplize?«, sagte Grimsby mit sich überschlagender Stimme. »Du glaubst also nicht nur, dass ich weiß, was das für ein Ding war, sondern auch, dass ich in einer persönlichen Beziehung dazu stehe? Für wen hältst du mich?«

Mayflower sagte einen langen Moment nichts.

Grimsby stand auf, während er auf die Antwort wartete, das Brennen in seinen Muskeln verwandelte sich langsam in ein dumpfes Pochen, akzentuiert durch ein paar stechende Schmerzen.

Endlich sprach der Große Jäger: »Ich halte es für wahrscheinlich, dass es eben dieses Ding war, das Mansgraf getötet hat.«

Grimsby spürte seine Laune steigen. »Das ist großartig!«

»Das ist was?«, sagte Mayflower mit tiefer Stimme in einem lebensgefährlichen Ton.

»Nein, ich meine: Es wäre natürlich großartiger, wenn Mansgraf gar nicht getötet worden wäre. Aber das hier ist immer noch besser, als wenn Leute denken, *ich* hätte sie getötet. Verstehst du?«

»Dann sag mir eins, Hexer«, antwortete Mayflower. »Warum hat sie mit ihrem Blut deinen Namen geschrieben?« Er richtete die Waffe auf Grimsbys Brust. »Nenn mir einen Grund, warum ich dich nicht erschießen sollte.«

Die Schmerzen in seinem Körper verpufften, als er in den Lauf von Mayflowers Waffe starrte. Seine Beine spannten sich an, um wieder loszusprinten – aber wohin sollte er fliehen? Die ganze Fahrradfahrerei hatte ihn zwar fit gemacht, aber nicht so fit, dass er einer Kugel hätte davonlaufen können. Und kämpfen konnte er auch nicht: Das war schließlich der *Große Jäger*. Er wäre tot, bevor er auch nur einen einzigen Zauberspruch über die Lippen gebracht hätte. Er konnte nur versuchen, Mayflower irgendwie zu überzeugen.

Aber während er zusah, wie die Miene des Großen Jägers immer mehr versteinerte, schätzte er seine Erfolgschancen zunehmend geringer ein.

»Hören Sie mal, Mr. Mayflower, Sir«, sagte Grimsby förmlich und hob langsam die Hände. »Ich weiß nicht, warum sie meinen Namen geschrieben hat. Vielleicht will der wirkliche Killer mich als Sündenbock vorschieben?«

Mayflower schüttelte seinen Kopf den Bruchteil eines Zentimeters. »Nein. Dann würden die Winkel nicht passen. Die Nachricht kann nur von ihr sein. Versuch's noch mal.«

»Dann hat sie vielleicht nicht mich gemeint? Vielleicht war sie in Panik und hat sich deswegen verschrieben.«

»Ich hab ihr mal zugesehen, wie sie sich eine Kugel aus ihren eigenen Eingeweiden gegraben hat, sie hatte dazu nur einen mit Spucke polierten Löffel und eine Salatzange. Versuch's noch mal.«

»Mann, ich weiß es nicht!«, sagte Grimsby mit schwacher Stimme. »Vielleicht wollte sie mich mit in den Abgrund reißen! Sie hat mich bei meinen Prüfungen ohne Grund durchfallen lassen. Warum sollte sie mich nicht auch ohne Grund exekutieren lassen?«

»Sie hatte immer ihre Gründe.«

Dann meinte Grimsby, kurz gesehen zu haben, wie die Hand des Großen Jägers zitterte, fast unmerklich. Es wirkte beinahe wie ein ... Zögern.

»Du bist ... du bist dir nicht sicher, oder?«, fragte er vorsichtig.

Mayflower antwortete nicht.

Grimsby blieb bei der Sache. »Glaubst *du*, dass ich es war?«

»Es spielt keine Rolle«, sagte er. »Wenn Mansgraf etwas erledigt haben will, dann hat es einen guten Grund.«

»Aber gibt es den wirklich? Ich meine, ich weiß, sie war gefährlich. Aber heißt das auch, dass sie unfehlbar war? Hat sie sich nie geirrt?« Er versuchte, die Augen des Großen Jägers mit seinen eigenen Augen zu bannen. »Hast du nie einen Fehler gemacht?«

Mayflowers ganzer Körper erstarrte, einen Moment lang dachte Grimsby, der Mann sei in der Zeit festgefroren. Das einzige Lebenszeichen war eine kleine Abwärtsbewegung seiner graublauen Augen. Endlich ließ der Große Jäger langsam seine Waffe zur Seite sinken.

»Ich weiß nicht, was das für eine Kreatur war«, sagte Grimsby und deutete wieder in die Gasse. »Aber ich schwöre dir: Ich hatte nichts damit zu tun. Und ich hatte auch nichts mit Mansgrafs Tod zu tun.«

»Verdammt«, fluchte Mayflower. »Gottverdammt. Ich glaube dir.«

»Oh Jesus, danke!«, sagte Grimsby und musste sich wieder hinsetzen. Seine Beine zitterten und waren kurz davor, unter ihm zusammenzuklappen. »Ich kann es kaum erwarten, dass sich die ganze Sache aufklärt.«

Mayflowers Gesicht blieb hart. »Was meinst du damit?«

»Na ja, du kannst doch einfach das Department anrufen, oder? Ihnen sagen, dass ich es nicht war. Und dann ist alles wieder wie davor.«

»Nein.«

»Warum nicht? Du bist der *Große Jäger*. Arbeitest du nicht für das Department?«

»Ich arbeite für niemand«, knurrte Mayflower.

»Meinetwegen *mit* ihnen. Arbeitest du nicht mit dem Department zusammen?«

»Streng genommen«, bekannte Mayflower – in einem Tonfall, den man bei einem normalen Menschen vielleicht als ›peinlich berührt‹ bezeichnen würde, »bin ich inoffiziell hier.«

»Du bist *was*?«

»Ich bin seit Jahren in Rente. Und damit habe ich jede Befugnis im Department verloren.«

»Also was ist das dann hier, so was wie ein Hobby? Was im Namen von Oz machst du hier?«

»Ich musste wissen, ob du es getan hast.«

»Wozu? Warum hast du das nicht dem Department überlassen?«

»Weil«, sagte Mayflower, und seine Knöchel knackten, als er seine Waffe fester packte, »sie dich vielleicht am Leben gelassen hätten.«

»Oh«, schluckte Grimsby. »Also, ähm, wie bist du dann überhaupt auf mich gekommen?«

Er blickte grimmig. »Ein früherer ... Kollege hat mich an den Tatort geholt. Um zu sehen, ob mir irgendwas auffällt, was ihnen entgangen ist. Ist es auch.«

Grimsbys Kiefer sackte einen Zentimeter ab, als er kapierte. »Und du hast die Botschaft entdeckt, die sie dort hinterlassen hat.«

»Ja. Und es wird nicht lange dauern, bis auch das Department sie findet.«

»Kannst du ihnen nicht einfach sagen, dass du mich schon überprüft hast und ich sauber bin?«

»Niemand ist sauber«, schnaubte er verächtlich. »Und es würde eh nichts bringen. Sie würden einfach davon ausgehen, dass ich auch mit drinstecke. Sie würden uns beide wegen des Mordes verhaften.«

»Dann ... Was machen wir dann?«

»*Wir* machen gar nichts. Ich schlage vor, du suchst dir eine Leiter und das tiefste, dunkelste Loch, das du finden kannst. Da kletterst du rein und bleibst dort, bis das hier alles vorbei ist.«

»Das kann ich nicht! Ich habe einen Job und ... und ...«

Und was noch?

»Ich hab dich bei deiner Arbeit gesehen. In einem Loch wärst du besser aufgehoben.«

»Aber warte – was, wenn das Monster mich dort auch wieder aufspürt?«

Mayflower zuckte mit den Schultern. »Du solltest vielleicht dein Kardiotraining nicht schleifen lassen.«

»Aber warum? Warum hat es das Ding überhaupt auf mich abgesehen?«

»Ist wahrscheinlich irgendeine Bestie, die mitten in einem blindwütigen Blutrausch steckt.«

»Der zehn Minuten von meiner Arbeitsstelle begonnen hat, mit meiner früheren Lehrerin, die eine Botschaft mit meinem Namen hinterlassen hat. Hört sich das für dich nach ›blindwütig‹ an?«

Auf Mayflowers Stirn zeigten sich Sorgenfalten, so tief wie Canyons.

»Hör zu, ich hab keine Ahnung, was das Ding ist oder warum es hinter mir her ist. Aber zwei Sachen weiß ich. Erstens: dass ich schrecklichen Schiss habe. Zweitens: Wenn es Mansgraf besiegen konnte, dann hab ich echt null Chance.«

Der Große Jäger sagte nichts. Sein Gesicht wirkte wie versteinert, als würde er hinter seinen granitfarbenen Augen gerade irgendwelche komplizierten altertümlichen Gleichungen lösen.

Grimsby atmete ein und versuchte, seinen Mut zusammenzunehmen. Er war kurz davor, etwas zu sagen, was wahrscheinlich sehr, sehr dumm war. Aber er hatte wohl keine große Wahl – nicht wenn er überleben wollte, um einen weiteren Dienstag mitzubekommen.

»Bitte«, sagte er. »Ich brauch deine Hilfe.«

Sein Adrenalin war endlich abgeflaut und die kühle Nacht kroch durch seine durchgeschwitzten feuchten Klamotten. Er zitterte. Wenn Mayflower sich nicht bereit erklärte, ihm zu helfen, wusste er nicht, was er tun sollte.

Schließlich knurrte der graue Mann genervt. Dann steckte er seine Waffe in das Holster und öffnete den Mund. »Komm mit«, sagte er. »Mein Jeep ist in dieser Richtung.« Ohne ein weiteres Wort machte er auf den Hacken kehrt und eilte davon, seine Augen durchkämmten dabei die Nacht.

Grimsby spürte Erleichterung in sich aufsteigen und stand vom Boden auf. Er blieb kurz stehen und schaute sein Fahrrad an. Eigentlich wollte er es ungern zurücklassen. Er überlegte, ob er es verstecken sollte, aber der einzige geeignete Ort in der Nähe war die Gasse, aus der er gekommen war. Und da wollte er ganz sicher nicht noch mal rein. Er fühlte einen Stich der Reue, dann ließ er sein Rad liegen und wuselte, so schnell er konnte, dem Großen Jäger hinterher, seine schmerzenden Beine machten es ihm schwer, Schritt zu halten.

Mit dem Großen Jäger an seiner Seite würde alles wieder gut werden. Das musste es.

Oder nicht?

Er schüttelte die Zweifel ab und versuchte dasselbe mit der Angst, die sich tief in seiner Brust verschanzt hatte. Die Zweifel verschwanden fürs Erste. Die Angst blieb.

Sie erreichten einen dunklen Parkplatz in der Nähe. Mayflower führte ihn zu einem alten, verrosteten Jeep, der aussah, als hätte er den Zweiten Weltkrieg noch miterlebt. Vielleicht auch schon den Ersten. Und so robust wie das Teil aussah, würde es vielleicht sogar bis zum nächsten durchhalten.

Mayflower öffnete die Heckklappe und wühlte einen Moment im Kofferraum rum. Dann winkte er über seine Schulter Grimsby herbei. »Komm her.«

Grimsby tat es.

»Gib mir deine Hand.«

Grimsby tat auch das. Seine Erschöpfung befeuerte weder seine Neugier noch seine Aufsässigkeit. Er hätte wahrscheinlich sogar angefangen, Weihnachtslieder zu trällern, wenn Mayflower ihn dazu aufgefordert hätte.

Mayflower blickte kurz die wulstigen Narben auf Grimsbys Hand an, dann ließ er eine eiserne Handschelle um sein Handgelenk zuschnappen.

»Hey, was …«, fing der an, aber bevor er sich zur Wehr setzen konnte, machte Mayflower schon das Gleiche mit seinem anderen Handgelenk, sodass Grimsbys Hände vor seinem Körper gefesselt waren. »Was soll denn das?«

»Versicherung«, sagte Mayflower. Er deutete auf die fremden Symbole, die in die Handschellen eingraviert waren. »Wenn du die trägst, kannst du deine Magie nicht einsetzen.«

»Warum? Was, wenn du meine Hilfe brauchst?«

»*Deine* Hilfe?«, entgegnete er mit so viel Spott in der Stimme, dass es schmerzte wie ein Schlag in die Magengrube. »Es gibt hier zwei mögliche Szenarien, Junge. Das erste ist, dass du wirklich unschuldig bist und dich dieses Ding auch töten will.«

»Okay, also wie kann ich …«

»In diesem Szenario ist es bei Gefahr wahrscheinlicher, dass du beim Versuch, zu helfen, aus Versehen mich tötest, wenn du unvermeidlicherweise in Panik gerätst.«

Grimsby antwortete einen Moment nicht. Der Mann hatte wahrscheinlich recht. In der Tat hatte er schon vorher in Gefahrensituationen nicht gerade die beste Figur gemacht. »Und das zweite Szenario?«

»Das zweite Szenario ist: Du bist nicht unschuldig. Du hast diesem Ding geholfen, Mansgraf zu töten – und jetzt hat es sich entweder gegen dich gewendet, oder ihr versucht gemeinsam, mich auszutricksen. Und auch in diesem Szenario ist es für mich besser, wenn du keine Magie zur Verfügung hast.«

Grimsby runzelte die Stirn, aber er hatte kein wirklich gutes Gegenargument. Die Logik des Großen Jägers war einwandfrei. Aber das hieß noch lange nicht, dass er deswegen so ein Arsch sein musste.

Er öffnete den Mund, um trotzdem zu diskutieren, konnte jedoch an Mayflowers Gesicht ablesen, dass seine Entscheidung endgültig war. Protest hätte Grimsby wahrscheinlich einfach noch verdächtiger gemacht. Er knurrte frustriert, gab aber auf.

»Also, was jetzt?«, fragte er.

»Ich kenne vielleicht einen sicheren Ort, wo du erst mal untertauchen kannst. Vorausgesetzt, er wurde noch nicht kompromittiert.«

»Wo?«, fragte Grimsby.

»Mansgrafs Höhle.«

9

»HÖHLE?«, FRAGTE GRIMSBY. »Wer zur Hölle hat eine Höhle?«

Mayflower öffnete die Tür zum Rücksitz des Jeeps und half Grimsby einzusteigen – wobei man auch sagen könnte, dass er ihn vor allem reinschubste. »Du kanntest sie nicht sehr gut.«

Der Jeep roch nach Zigaretten und trockenem Leder. Die Polster waren von der Sonne ausgeblichen und an vielen Stellen durchgewetzt, sodass nur noch Stahl und zerfressener Schaumstoff übrig waren. Grimsby zählte mehr als ein Einschussloch im Metall.

»Stimmt wohl«, gab Grimsby zu. »Sie hat uns einen Monat lang geprüft und die ganze Zeit über fast kein Wort gesagt.«

Mayflower knurrte: »Klingt nach ihr.« Er schloss die Tür.

Erst als die Tür zufiel, bemerkte Grimsby, dass sie innen keine Griffe hatte – und dass die hintere Hälfte des Innenraums mit Gitterstangen abgetrennt war.

Mayflower kletterte auf den Fahrersitz und kramte eine Zigarette aus seiner Tasche.

»Hey, ähm, wozu der Käfig hier hinten?«

»Der ist dafür da, gefährliche Personen in Schach zu halten.«

Grimsby ruckelte auf der unbequemen Rückbank hin und her.

Es fühlte sich an, als wären sogar die Sitzpolster mit Gitterstangen versehen, um so den ganzen Rückraum einzuschließen. »Du hast mir schon Handschellen angelegt, kann ich nicht vorne sitzen?«

Mayflower sah über den Rand seiner Brille in den Rückspiegel und warf Grimsby einen kalten Blick zu. »Nein.«

»Hier hinten gibt es nicht mal einen Sicherheitsgurt!«

»Sicherheitsgurte sind dafür konzipiert, dass Insassen bei einem Zusammenstoß nicht durch die Windschutzscheibe fliegen«, antwortete Mayflower, als würde er aus einer Bedienungsanleitung zitieren.

»Ja. Und deswegen hätte ich gerne einen.«

»Das wäre redundant. Der Käfig reicht völlig. Du wirst nicht durch die Windschutzscheibe fliegen.«

»›Reicht völlig‹ würde ich dazu nicht sagen.«

»Dann solltest du vielleicht nicht den Fahrer ablenken«, meinte Mayflower und brachte den Jeep zum Laufen. Der Wagen klang, als sollte er eigentlich in einem Krankenhaus liegen, umgeben von seinen Liebsten. Aber irgendwie setzte er sich trotzdem in Bewegung.

Grimsby verkniff sich einen Fluch und versuchte, auf der Sitzbank eine bequeme Stelle zu finden. Aber es gab keine. Auch dafür sorgten die Eisenstangen des Käfigs.

Ohne Vorwarnung haute der Große Jäger einen Gang rein, und das alte Ungetüm heulte heiser auf, bevor es mit einem Ruck nach vorne schoss.

Grimsby hielt schützend die Hände vor den Kopf, während er bei jedem von Mayflowers abrupten Abbiegemanövern und seinen plötzlichen Beschleunigungen hin und her geschleudert wurde. Er kniff die Augen zu, ihm wurde langsam flau im Magen von dem unvorhersehbaren Schlingern des Jeeps. Mayflower fuhr, als wäre der Teufel hinter ihm her, und Grimsby war überzeugt, dass er an mehreren Stellen Reifengummi auf der Straße hinterließ.

Er bemühte sich, seine Gedanken auf etwas anderes zu richten.

»Also, damit ich das richtig verstehe«, sagte er und ignorierte dabei geflissentlich das flaue Gefühl in seinem Magen. »Mansgraf hatte eine Höhle?« Es half ihm nicht sonderlich gegen seine Übelkeit, dass das Auto nach Whiskey und Zigaretten stank. Und nach noch irgendwas, was sich am besten als das Gegenteil von Neuwagengeruch beschreiben ließ.

»Im Prinzip ja«, knurrte Mayflower nach einer Weile. »Eher ein sicherer Unterschlupf.«

»Nein, du hast ›Höhle‹ gesagt. Wie bei irgendeinem Superschurken.«

»Nenn es, wie du willst. Für dich könnte das der sicherste Ort in der ganzen Stadt sein. Wenn wir reinkommen.«

»Und das Department weiß nichts davon?«

»Nein.«

»Großartig. Und ich soll da bleiben, bis Gras über die Sache gewachsen ist?«

»Ja.«

»Okay, also hier habe ich ein Problem: Wenn es Mansgrafs sicherer Unterschlupf ist und Mansgraf ermordet wurde: Wie sicher ist dann ihr Haus?«

»Soll das ein Witz sein?«, fragte Mayflower mit Frost in der Stimme.

Grimsby zuckte mit den Schultern. »Kommt auf deine Pointe an, würde ich sagen.«

»Das Ding, das sie getötet hat, hat das aus gutem Grund nicht in ihrem sicheren Unterschlupf getan. Wenn wir da reinkommen, kannst du dort bleiben, bis ich den ganzen Rest geklärt habe.«

»Was meinst du damit: *Wenn* wir reinkommen? Hast du keinen Schlüssel?«

»Der Unterschlupf ist nicht abgeschlossen. Er liegt versteckt und ist von oben bis unten durch Fallen gesichert.«

»Dann: Warum dort? Warum nicht, ach, überall woanders?«

Mayflower antwortete nicht. Grimsby zwang sich, seine Augen einen Spalt zu öffnen, obwohl sein Magen dagegen protestierte.

»Das ist nicht die ganze Geschichte, stimmt's?«, fragte er.

Er hörte den Großen Jäger leise einen Fluch murmeln. »Ich würde auch dann hinfahren, wenn ich dich nicht dabeihätte. Ich muss mehr darüber rausfinden, womit Mansgraf beschäftigt war, als sie getötet wurde. Und ihr Unterschlupf ist der einzige Ort, an dem ich vielleicht Antworten finde.«

»Wie wäre es, wenn du mich dann irgendwo auf dem Weg absetzt?«

Er knurrte. »Weil Mansgraf eine Hexe war. Das heißt: Ich kann wahrscheinlich die Fallen nicht sehen, die sie aufgestellt hat. Du schon.«

»Also brauchst du *doch* meine Hilfe«, sagte Grimsby und empfand ein kleines bisschen Selbstzufriedenheit.

Das Gefühl verpuffte schnell wieder.

»Ich brauch deine Augen, Hexer. Den Rest von dir würde ich zurücklassen, wenn ich könnte«, sagte Mayflower. Dann tippte er an seine getönte Sonnenbrille. »Mit denen kann ich etwas Magie sehen, aber nicht so viel wie einer von euch. Du hältst die Augen offen. Und ich erledige den Rest.«

Grimsbys Ego fiel in sich zusammen und sein Ton wurde etwas unwirsch. »Du willst mir gar nicht helfen. Du benutzt mich nur, um in ihre Höhle zu gelangen.«

»Und du benutzt mich, um nicht von einem Monster zerfetzt zu werden. Wir benutzen einander. Menschen sind so.«

Ein bisschen mehr Intensität und sein stechender Blick hätte eine Furche in die Straße gebrannt. »Wenn wir reinkommen und ich finde, was ich brauche, kannst du bleiben, bis alles vorbei ist. Das ist gegenseitige Unterstützung.«

»Gegenseitige Abhängigkeit wohl eher.«

Mayflower schnaubte. »Vielleicht. Aber du hast keine große Auswahl, Junge.«

»Wie meinst du das?«

»Wenn das Department denkt, dass du Mansgraf getötet hast, werden sie sich nicht die Mühe machen, noch nach jemand anderem zu suchen. Wenn ich also nicht den echten Killer finde und die Sache in Ordnung bringe, wirst du bis ans Ende deiner Tage gejagt. Und mit deinen Überlebensfähigkeiten würde ich mir nicht die Mühe machen, die zweiwöchige Kündigungsfrist für deine Wohnung einzuhalten.«

Grimsby schluckte und verstummte.

In einem Punkt hatte der Große Jäger recht: Wenn er den echten Killer nicht erwischte, war Grimsby erledigt, egal wie sich die Dinge sonst entwickelten. Es war also in seinem ureigenen Interesse, zu helfen. Auch wenn das bedeutete, einen Unterschlupf zu suchen, der nach allem anderen als nach einem »sicheren Haus« klang.

Trotzdem brach ihm der kalte Schweiß aus bei dem Gedanken, in Mansgrafs Höhle einzudringen. Er hatte keinen Schimmer, was ihn dort erwartete, aber seine Fantasie förderte aus seinem Unterbewusstsein Bilder von gotischen Spitztürmen, monsterköpfigen Wasserspeiern und humpelnden Schergen namens Igor zutage. Mit dem rationaleren Teil seines Hirns stellte er sich vor, er träte auf eine falsche Stelle und verbrennte bei lebendigem Leib – oder er übersähe eine unsichtbare Barriere und würde zu Mus verarbeitet.

Die Version mit Igor und Co. gefiel ihm eindeutig besser.

Er schwieg, während eine Fantasie minütlich weitere schreckliche Bilder produzierte. Mayflower schien ganz zufrieden damit, ihn in seinem eigenen Saft schmoren zu lassen. Es dauerte nicht lang, bis der Jeep sich auf einem Highway einfädelte und die Bewegungen des Wagens so weit absehbar wurden, dass sich Grimsbys Magen etwas beruhigte.

Erst jetzt bemerkte er, dass die mit Runen versehenen Gitterstäbe auch über die Fenster reichten. Er war also in einer Metallkiste eingesperrt. Kleine Gravuren und Markierungen in Dutzenden alten Sprachen waren in das Metall eingearbeitet. Einige kannte er: Latein, Hebräisch, ein paar druidische Runen, sogar altes Ogham. Vielleicht hätte er sogar ein paar davon entziffern können, aber er war plötzlich erschöpft.

Eigentlich kein Wunder. Er war um Haaresbreite einem Monster entkommen, dann von einem Racheengel in Dirty-Harry-Montur bedroht worden, das gleich zwei Mal, und hatte dazu eine Zwölf-Stunden-Arbeitsschicht abgeleistet. Er hatte jedes Recht, müde zu sein – trotzdem drehten sich seine Gedanken immer noch wild im Kreis. Kaum zu glauben, dass das alles in so kurzer Zeit passiert war. Er war sich nicht einmal ganz sicher, dass er nicht jeden Moment zu Hause in seinem Bett aufwachen würde, nur um dann in irgendeinem lächerlichen Kostüm zu einer weiteren Schicht antreten zu müssen.

Und er war sich auch nicht ganz sicher, welches der beiden Szenarien der wirkliche Albtraum war.

Er ließ sich im Rücksitz zusammensacken, sein schmerzender Körper seufzte dankbar, auch wenn er es immer noch schrecklich unbequem hatte. Er lauschte dem Klang des Windes, der durch die Löcher der Karosserie strich, die bittersüße Melodie war seltsam beruhigend.

Bald verabschiedete sich heimlich sein Bewusstsein und ließ ihn glückselig betäubt zurück.

10

ALS GRIMSBY AUFWACHTE, brauchte er ein paar Momente, um zu begreifen, dass er geschlafen hatte. Hier waren keine Straßenlaternen oder andere Fahrzeuge mehr zu sehen und Mayflower lenkte den Jeep über eine dunkle Straße.

»Wo sind wir?«, fragte Grimsby und unterdrückte ein Gähnen.

»Fast da«, antwortete Mayflower.

Er bog von der Straße ab und fuhr auf ein leeres Grundstück aus rissigem, sonnenverblichenem Beton. Im Süden leuchtete der Nachthimmel über Boston, durch die Baumkronen und den niedrigen Wolkenvorhang hindurch konnte er gerade noch die größten Bauwerke der Stadt erkennen. Der benachbarte Highway war zu hören, aber nicht zu sehen.

Mayflower stieg aus dem Jeep und öffnete die Hintertür für Grimsby, der mit steifen Gliedern vom Rücksitz kletterte. Am Versuch, sich zu strecken, wurde er durch die Handschellen gehindert.

Am meisten fiel ihm auf, wie leer das ganze Areal war. Hier standen keine Mauern, keine Türme, es gab auch keine Befestigungen oder monströse Wasserspeier. Nicht mal eine Rinne im Boden, die als Wehrgraben hätte durchgehen können. Es war nur … leer. Es sah aus wie ein Parkplatz für Pendler, der vor langer Zeit aufgegeben worden war.

»Wow. Schön hier. Fort Knox wäre neidisch«, sagte Grimsby. Eine plötzliche Brise kühler Herbstluft fuhr in die Bäume und kroch durch sein T-Shirt und seine Jeans. Er zitterte und legte die Arme um sich, zumindest so weit, wie es mit seinen Ketten möglich war.

Mayflower ging schon den Gehweg ab und schwenkte dabei eine alte Taschenlampe, die aussah, als sei sie schwer genug, um jemanden damit totzuprügeln. »Es ist unter uns«, sagte er. »Ein alter Unterschlupf der Therianischen Befreiungsbewegung, bevor sie vor vierzig Jahren besiegt wurde.«

»Echt, Mansgraf hat in einem Bunker der Werwolf-Mafia gelebt?«, fragte Grimsby.

»Therianer, nicht Werwölfe.«

»Was ist der Unterschied?«

»Werwölfe befolgen immerhin ein Minimum an Ordnung und Regeln. Aber wie auch immer: Es ist ein *ehemaliger* Unterschlupf der Therianischen Mafia. Dafür haben wir damals persönlich gesorgt.« In seiner Stimme klang kurz etwas Nostalgie an, aber Mayflower schüttelte diese Gefühlsregung sofort wieder ab. »Aber mittlerweile ist es hier wahrscheinlich sogar gefährlicher als damals. Bleib in meiner Nähe. Und fass ja nichts an.«

Grimsby klimperte mit seinen Handschellen. »Das wird mir nicht allzu schwerfallen. Kannst du mir die Dinger nicht abnehmen?«

»Vergiss es.«

»Warum?«

Mayflower presste mit deutlichem Unmut seine Finger gegen die Stirn. »Weil ich dir nicht traue, Grimsby. Du bist ein Hexer. Du bist jung. Du bist dumm. Jeder einzelne Fakt wäre alleine schon genug Grund, um mich misstrauisch zu machen. Aber alle drei auf einmal? Tödlich.«

»Wenn ich ach so unglaublich inkompetent bin: Wozu dann die Handschellen?«

»Damit würde sogar eine Hexe wie Mansgraf keinen einzigen Funken Magie hinbekommen«, antwortete Mayflower. »Wenn du die trägst, bist du kein Hexer mehr. Nur noch jung und dumm.«

»Ich bin nicht dumm!«, behauptete Grimsby.

»Du hast dich von einem bewaffneten Mann, der dich noch vor ein paar Stunden umbringen wollte, mitten ins Nirgendwo kutschieren lassen. Allein. Mitten in der Nacht«, antwortete Mayflower.

Grimsby öffnete und schloss ein paar Mal den Mund, aber ihm fiel keine schlagfertige Antwort ein.

»Aber *so* jung bin ich auch wieder nicht«, brachte er schließlich hervor.

Mayflower murmelte einen Fluch und deutete auf einen dunklen Flecken Asphalt außerhalb des Lichtkegels seiner Taschenlampe. Dort ließ sich gerade eben die runde Form eines Gullydeckels erkennen.

Der Große Jäger ging hin und stemmte ihn mit verstörender Leichtigkeit auf. Er wirkte dabei seltsam entspannt, als wäre er nicht kurz davor, in das geheime Versteck einer Hexe zu klettern, das davor der Unterschlupf eines Syndikats krimineller Therianer gewesen war. Er leuchtete mit der Lampe in den Gully hinein.

Grimsby blickte über Mayflowers Schulter, sah aber nichts weiter als die Eisensprossen, die in die Wand des Betonschachts eingelassen waren und in die Dunkelheit führten. Die Wände und die verrosteten Sprossen waren mit jahrzehntealten Kratzspuren von Klauen übersät.

»Mir gefällt es hier ganz und gar nicht«, sagte Grimsby.

»Willst du stattdessen lieber ins Marriott-Hotel?«

»Na ja, wenn die auch eine geheime Hexenhöhle haben, würde ich nicht Nein sagen.«

Mayflower rollte unter seiner grauen Sonnenbrille mit den Augen. »Dieser Ort ist sicher, eben *weil* er abgelegen ist und *weil* es lebensgefährlich ist, hier einzusteigen. Wenn es für uns leicht wäre, dann wäre es das auch für jeden anderen.«

»Ich dachte, du kanntest Mansgraf gut. Hast du nicht, keine Ahnung, so was wie ein Passwort?«

»Klar. Das Passwort lautet: Halt's Maul und fass nichts an.«

Grimsby grummelte. »Es gefällt mir trotzdem nicht.«

»Gut«, sagte Mayflower. »Wenn es dir gefallen würde, wärst du ernsthaft geisteskrank.«

»Na ja, du wirkst aber schon so, als würde dir das Ganze Spaß machen. Was sagt das über dich?«

Mayflower warf ihm nur einen rätselhaften Blick zu. Und so was Ähnliches wie ein Lächeln.

»Vielleicht sollte ich hier warten«, fuhr Grimsby fort. »Schmiere stehen, was meinst du?«

»Wozu? Keiner weiß von diesem Ort. Mit etwas Glück wird es Wochen dauern, bis ihn jemand findet. Wenn überhaupt. Außerdem: Dein Sehvermögen könnte da unten hilfreich sein.«

»Bist du sicher? Deine Brille ist wahrscheinlich auch ganz gut, oder?«

»Mansgraf war eine Hexe, und eine verdammt gute.« Er zeigte auf die dunklen Gläser, die er trotz der nächtlichen Dunkelheit trug. »Ich kann damit ein bisschen was von dem erkennen, was sie vielleicht da unten versteckt hat. Aber nur genug, um es zu töten. Alles, was 'ne Nummer raffinierter ist als ein unsichtbarer Bär, wird mir entgehen. Da kommst du ins Spiel.«

Grimsby musste den harten Kloß runterschlucken, der plötzlich in seinem Hals feststeckte.

Mayflower hatte recht. Er konnte selbst mit seiner Sonnenbrille das Anderswo nicht mal ansatzweise so gut sehen wie eine Hexe. Und genau diese Fähigkeit hatte Hexen früher einen so hohen Stellenwert garantiert – vor langer Zeit, als die Leute noch viel schlimmere Dinge zu fürchten hatten als nur Hexen. Und daran hatte sich nicht groß was geändert. Dank dem technischen Fortschritt waren Menschen inzwischen mindestens so zerstörerisch wie Hexen. Und sogar einige ihrer sinnvolleren Fähigkeiten ließen sich mittlerweile kopieren. Aber bis heute konnte kein Mensch so gut in das Anderswo sehen wie eine Hexe. Grimsby konnte Dinge sehen, die kein Gewöhnlicher sehen konnte. Das machte ihn nützlich.

Aber jetzt gerade war ihm nicht so danach, nützlich zu sein.

Er wäre lieber nutzlos gewesen und hätte sich in einem Loch im Boden vergraben. Aber nicht in diesem. In einem sicheren Loch. Aber langsam hatte er das Gefühl, dass Sicherheit keine Option war. Noch nicht. Wenn er an einen sicheren Ort wollte, wo er Gras über diesen Wahnsinn wachsen lassen konnte, musste er wohl oder übel selber mit Hand anlegen.

»Okidoki«, sagte er, zum ersten Mal in seinem Leben, seine Stimme überschlug sich.

Mayflower knurrte. »Du zuerst.«

»Moment mal, was? Warum?«

»Du kannst sehen. Das haben wir doch schon durchgekaut.«

»Du hast die Waffe. Warum gehst du nicht zuerst?«

»Weil ich die Waffe habe«, antwortete er bloß.

»Das wirkt immer weniger wie ein sicherer Unterschlupf und immer mehr wie ein ›Lasst-uns-Grimsby-töten-Haus‹.«

»Also noch mal: Es steht dir frei, zu gehen. Du hast mich um Hilfe gebeten.«

»Du brauchst mich auch!«

»Oh nein, wirklich nicht. Ich tausche gerade einfach nur Rückenschmerzen gegen Kopfweh«, sagte Mayflower.

»Okay«, grummelte Grimsby. Er hob seine Hände mit den stramm sitzenden Fesseln und wischte sich über die Stirn. »Okay. Los geht's«, sagte er, ohne sich zu rühren.

Mayflower wartete ein paar Atemzüge, bevor er einen Seufzer ausstieß: »Sobald du so weit bist, Hexer.«

»Ja. Richtig.« Er kroch langsam auf allen vieren nach vorne und blickte in das Loch.

»In zehn Sekunden schubs ich dich rein«, kündigte Mayflower an.

»Dann erfährst du nie, ob da unten etwas ist oder nicht.«

»Ich werde hören, ob du auf was anderem landest als auf Beton.«

»Aber du …«

»Sechs.«

»Sechs? Ich glaub, dass war vier …«

»Drei.«

»Okay, ich mach ja schon!«

Während Mayflower verbissen weiterzählte, ließ Grimsby vorsichtig einen Fuß in das Loch baumeln und setzte ihn dann auf eine der Sprossen. Sie machte ein knarrendes Geräusch, das ihm den letzten Rest Zuversicht raubte, aber die Sprosse gab unter seinem Gewicht nicht nach.

Er ließ sich langsam sinken, belastete zögerlich die nächste Sprosse, prüfte ihre Stabilität, bevor er dasselbe bei der folgenden wiederholte. Es war ein langsamer, nervenaufreibender Prozess und nach gefühlt einer halben Stunde verschwand sein Kopf unter der Oberfläche.

»Nicht stehen bleiben, Hexer«, befahl Mayflower. »Ich mach jetzt das Licht aus.«

»Wie soll ich dann was sehen?«

»Benutz deine verdammte zweite oder dritte Sicht, oder wie ihr das nennt.«

»Oh, richtig.« Grimsby klammerte sich mit dem linken Arm an eine Sprosse und schloss die Augen, dann griff er mit der anderen hoch und fummelte sich die Brille von der Nase. Mit Handschellen eine beeindruckende Leistung, fand er.

Als er seine Augen öffnete, hatte sich die Welt verändert.

Die Wände waren nicht mehr aus Beton, sondern aus Schlamm und Stein, aber immer noch mit Kratzern übersät. Die Sprossen hatten das Aussehen von Knochen, sie standen wie Rippen aus der Wand und führten in die Tiefe. Die Luft roch nach nassem Hund, brennendem Öl – und Blut. In der Höhe konnte er im roten Himmel einen schwarzen Mond ausmachen, unter ihnen lauerte eine unruhig strudelnde Wolke aus weißen Schatten, ein dichter, feuchter Nebel, durch den sich kein Boden auch nur erahnen ließ. Er schaute zu Mayflower, aber der Große Jäger war zu einem verschwommenen Figment verblasst, eine Schattensilhouette seiner selbst. Grimsby hätte ihn nicht von anderen Figmenten unterscheiden können.

Das heißt, wäre da nicht die Waffe in seiner Hand gewesen. Die war jedoch verstörend klar zu erkennen.

Mayflower sprach, aber seine Worte wirkten verschwommen, als flüsterte er durch Watte und Regen hindurch. »Geh weiter«, sagte er, zumindest war es das, was Grimsby verstand.

Widerwillig kletterte Grimsby nach unten, tiefer und tiefer in die Dunkelheit. Je tiefer er runterkam, desto mehr zog sich der gruselige Nebel zurück. So ging es eine lange Zeit weiter. Zumindest fühlte es sich so an. Die seltsam zähflüssigen

Bewegungen des Anderswo und Grimsbys eigene Anspannung brachten sein Zeitgefühl völlig durcheinander.

Dann tat es einen ohrenbetäubenden Knall, Grimsby hörte Knochen splittern. Er hob den Kopf und blickte direkt in zwei riesige ziegenartige Augen, die ihn aus einer Nische im Stein heraus anstarrten, darunter ein grinsend aufgerissenes Maul voll scharfer Zähne. Sein Herz setzte aus, dann gab die Sprosse nach, an die er sich geklammert hatte.

Grimsby versuchte noch, sich zu fangen, und griff mit seiner zweiten Hand panisch nach der nächsten Sprosse – er hätte sie vielleicht auch erwischt, wären die Handschellen nicht gewesen. Sein Arm wurde kurz vor der Sprosse so abrupt von der Kette gebremst, als hätte er sie mit einer seiner Binderunen gefesselt.

Er verlor das Gleichgewicht und kippte nach hinten, wollte dabei mit den Händen an der Wand Halt finden, aber seine Gliedmaßen waren im Anderswo langsamer als seine Sinne, es fühlte sich an, als würde er in Sirup fassen. Dann versuchte er, sich mit dem Rücken an der Hinterseite des Schachts abzustemmen, aber dafür war Grimsby zu klein gewachsen und konnte sich nicht halten. Seine Füße rutschten von der unteren Sprosse ab und er stürzte den Schacht hinunter ins Ungewisse.

Im besten Fall war da unten solider Beton.

Im schlechtesten Fall: etwas ganz anderes.

Und in beiden Fällen: Überleben schien nicht allzu wahrscheinlich.

In jedem Fall sehr ungünstig, dachte er sich, während er im Zeitlupentempo des Anderswo in die Tiefe stürzte. Es gelang ihm, sich in der Luft zu drehen und nach unten zu blicken. Er wartete auf den unvermeidbaren Moment, in dem sich der Nebel teilen und er hart auf den Boden knallen würde.

Der Moment kam viel schneller als erwartet.

Der gruselige Nebel verschwand plötzlich und offenbarte ihm, dass der Boden keine zwei Meter entfernt war. Als Grimsby aufschlug, tat es zwar weh, aber es war nicht direkt tödlich. Einen langen Moment blieb er wie im Schock einfach auf dem Boden liegen. Sein Ego hatte mehr abbekommen als sein Körper, aber nicht viel. Einen Moment umgab ihn noch ein dünner Nebelschleier, der dann mit einem seltsamen Kichern verschwand.

In der Dunkelheit glaubte er kurz, das Gesicht mit den Ziegenaugen wieder zu sehen, wie es ihn anlächelte. Aber es war sofort wieder weg.

Er blickte hoch zu der Sprosse, die ihm unter der Hand weggebrochen war – sie war keine zwei Meter über ihm. »Ich hasse Dienstage«, ächzte er, obwohl es inzwischen wahrscheinlich Mittwoch war.

Er stützte sich auf seinen Ellbogen auf, was mit den Handschellen gar nicht so leicht war, und rollte sich dann wieder auf den Bauch: Vor ihm lag ein langer Gang, die Wände voller Klauenspuren und Brandflecken. Irgendwas regte sich in der Dunkelheit.

Mayflower hatte recht: Hier unten war etwas.

11

GRIMSBY STARRTE ANGESTRENGT in die nebelige Dunkelheit, bis Mayflower mit einem leisen Grunzen hinter ihm landete.

»Siehst du irgendwas?«, fragte er, seine Stimme klang im Anderswo verzerrt, wie ein Störsignal.

Grimsby nickte langsam. »Vielleicht. Ich glaube, da war was in der Dunkelheit, aber ich bin mir nicht sicher.« Auch mit seiner Anderswo-Sicht konnte er nichts entdecken.

»In der Dunkelheit ist immer was«, sagte Mayflower. »Davon sollte man ausgehen. Komm schon. Zu ihrem Labor geht's hier lang.« Sein Figment schlich mit vorsichtigen Schritten den Gang hinunter.

»Labor?«, fragte Grimsby.

»Wenn Mansgraf irgendeinen Hinweis auf ihren Mörder hinterlassen hat, dann dort.«

»Und was genau suchen wir?«

Mayflower zuckte mit den Schultern. »Notizen, Zeichen – alles, was sie vielleicht zurückgelassen hat, aus Versehen oder damit ich es finde.«

Grimsby nickte und ging weiter, aber er war keine zwei Meter weit gekommen, als ihn Mayflower am Arm packte.

»Stopp!«, zischte er mit kaum hörbarer Stimme.

Grimsby trat einen Schritt rückwärts und setzte sich die Brille wieder auf. Mayflower kniete vor ihm auf dem Boden. Er streckte vorsichtig seine Finger aus und tastete sich an einer unsichtbaren Linie entlang zur Wand.

Nur dass es keine unsichtbare Linie war.

Hätte der Große Jäger ihn nicht darauf aufmerksam gemacht, hätte Grimsby es nie gesehen: Ein paar Zentimeter über dem Boden verlief ein dünner Draht.

Mayflower folgte ihm bis zur Wand und untersuchte vorsichtig die Ziegel, bevor er drei entdeckte, die locker saßen. Er entfernte sie vorsichtig, arbeitete dabei aber so langsam, dass Grimsby kurz nicht sicher war, ob er sich überhaupt bewegte. Als Mayflower schließlich fertig war, lief ihm Schweiß die Stirn runter. Er legte die Steine zur Seite, in der Wand war jetzt ein Hohlraum sichtbar, etwa so groß wie Grimsbys beide Handflächen nebeneinander.

Mayflower zog ein Messer aus seinem Stiefel und stocherte damit vorsichtig in dem Loch rum, bevor er beruhigt aufatmete. Er fasste in den Hohlraum und zog etwas hervor, das aussah wie ein flacher grauer Ziegelstein, der seiner Breite nach konvex und der Länge nach konkav geformt war, das Mittelfeld war eingetieft. Darin stand in erhabenen Buchstaben: VORDERSEITE RICHTUNG FEIND.

Grimsbys Herz setzte für mehrere Schläge aus. »Ist … ist das?«

»Landmine«, sagte Mayflower. »Eine Claymore. Sprengstoff mit einer Explosionsrichtung. Zumindest hauptsächlich eine Richtung. Hätte uns beide getötet und den Tunnel einstürzen lassen.«

»Gut, dass du sie entdeckt hast, sonst wär' ich …« Er schauderte, wollte gar nicht darüber nachdenken. Dann blieb er stehen und starrte Mayflower fassungslos an. »Was machst du da?«, fragte er panisch, als Mayflower die Landmine in seine Jacke steckte.

»Was denn?«, fragte er.

»Du nimmst sie mit? Und steckst sie einfach so in deine *Tasche*?«

Mayflower dachte kurz nach, dann sagte er: »Du hast recht. Dumm von mir.« Er zog die Mine aus der Tasche und vergewisserte sich kurz, dass VORDERSEITE RICHTUNG FEIND von seiner Brust wegzeigte. Dann steckte er die Mine wieder ein. »So ist es besser.«

»Besser?«, fauchte Grimsby aufgebracht. »Du trägst eine Landmine rum, von der du *gerade eben* noch gesagt hast, sie hätte uns beide getötet!«

»Entspann dich.« Er hielt Grimsby etwas hin: einen kurzen Stab in der Größe eines Schlüssels. »Die ist harmlos ohne Zünder – oder einen Stolperdraht. Na ja, relativ harmlos.« Er runzelte die Stirn und blickte zurück zu dem Hohlraum, wo die Mine versteckt gewesen war. »Aus irgendeinem Grund hatte sie die Mine hier mit beidem versehen. Ich weiß aber nicht, wer da reingepasst hätte, um sie zu zünden. Auch ohne Draht war sie ...« Er führte den Satz nicht zu Ende und runzelte die Stirn.

Grimsby hörte ihm kaum zu, er schüttelte nur unentwegt den Kopf, ohne seine Augen von der Mine zu lösen. »Das ist nicht dein Ernst.«

»Was hast du? Plastiksprengstoff ist überraschend stabil. Für einen Sprengstoff.«

»Du hast also kein Problem damit, eine Landmine in deiner Tasche mit dir rumzutragen. Aber mir willst du nicht mal die Handschellen abnehmen?«

Mayflower zuckte mit den Schultern. »Die Landmine labert mir nicht die Ohren voll.«

»Wenn uns das Ding die Köpfe wegsprengt, haben wir beide keine Ohren mehr!«

»Wenn«, antwortete er schlicht. »Jetzt mach du deinen Job. Sieh dich um, Hexer.«

Grimsby schüttelte den Kopf. Mayflower musste geisteskrank sein. Aber da war er nicht der Einzige. Schließlich folgte er, Grimsby, dem Großen Jäger bereitwillig. Vorher hatte er das noch mit seinem Bedürfnis nach Sicherheit erklären können – aber jetzt? Obwohl er sich bei seinem Sturz fast das Genick gebrochen hatte und dann nur knapp einer Landmine entkommen war, verspürte er trotzdem nicht das Bedürfnis, umzukehren.

Im Gegenteil. Die Idee, tiefer in die Höhle vorzudringen, vermittelte ihm einen Nervenkitzel.

»Ich muss irre sein.« Er seufzte und nahm seine Brille wieder ab.

Das Anderswo fühlte sich im Vergleich zu dem Wahnsinn von gerade eben fast schon vertraut und normal an. Der Tunnel wirkte hier wie ein Abwassersystem aus einem vergangenen Jahrhundert. Überall alte Ziegelsteine, bröckelnder Mörtel und tropfendes Wasser. Schatten und Nebel kräuselten sich über schwarzen Pfützen, rotes Licht drang durch die Risse in der Tunnelwand.

Grimsby schaute sich um, aber bevor er einen Überblick gewonnen hatte, hörte er etwas durch die Dunkelheit krabbeln. Mayflower musste es auch gehört haben, denn sein Figment erstarrte und hob die nur allzu vertraute Waffe.

Das Geräusch kam aus dem Gang hinter der nächsten Biegung. Leise schlichen sie auf die Ecke zu. Dieses Mal hielt Grimsby nach Stolperdrähten Ausschau, in der Hoffnung, dass sie im Anderswo nicht unsichtbar waren. Sie kamen an eine Kreuzung im Tunnel. Mayflower machte einen Schritt an

Grimsby vorbei und blickte zu ihm zurück. Er nickte langsam und hielt dabei drei Finger hoch.

Dann zwei.

Dann einen.

Der Schatten des Großen Jägers rannte mit gezogener Waffe um die Ecke, und Grimsby stolperte hinter ihm her – obwohl er seine Zweifel hatte, wie er mit gefesselten Händen eine große Hilfe sein sollte. Er versuchte, eine gefährliche Miene zu machen, aber es wirkte wahrscheinlich eher so, als hätte er Verstopfung.

In einer Ecke des Gangs saß unter einer der wenigen funktionierenden Lampen eine schwarze Katze. Ihr Fell war lang und seidig – bis auf die Pfote, die sie sich leckte: Diese war mit irgendwas Rotem verklebt. Die Katze ignorierte sie geflissentlich und konzentrierte sich stattdessen ganz auf ihre Katzenwäsche. Zu ihren Füßen lag eine ausgeweidete Ratte, fast halb so groß wie die Katze selbst. Ihr Körper zuckte noch, aber ihr Blick war abwesend und leblos. Ihre Innereien schienen sich zu winden und zu schlängeln, als würden sie von einem sinkenden Schiff fliehen.

Grimsby erschauerte und sein Magen verkrampfte sich. Er sah weg und versuchte, das widerliche Bild abzuschütteln und es als eine Anderswo-Illusion abzutun. Es klappte nicht so richtig. Aber so eklig das Ganze war, atmete er doch erleichtert aus. »Muss Mansgrafs Haustier sein, oder so«, sagte er.

Mayflower hingegen entspannte sich nicht. Er hielt seine Waffe immer noch auf die Katze gerichtet.

Grimsby runzelte verwirrt die Stirn. »Bist du allergisch oder so was? Ist doch nur eine Katze.«

»Das ist keine Katze, Grimsby. Setz deine Brille auf.«

Er zuckte mit den Schultern, aber tat wie ihm geheißen. Die seltsame Welt aus Ziegeln, Nebel und rotem Licht verwandelte sich wieder in die Version mit Beton und Neonröhren. Es war ziemlich unspektakulär.

Bis auf die Katze.

Alles im Anderswo hatte so seltsam ausgesehen, dass eine normale Katze ihm keinen zweiten Blick wert schien – dabei hätte gerade ihre gewöhnliche Erscheinung bei ihm Alarm auslösen müssen. Jetzt, mit seiner irdischen Sicht, sah er ihre wahre Form.

Der einzige Teil, der wirklich Katze war, war ihr Kopf. Oder etwas präziser, ihr ausgeblichener Totenkopf.

Der Rest ihres Körpers sah aus wie eine Maschine, aber nicht wie ein Roboter aus einem Science-Fiction-Film. Er wirkte nicht wie die Arbeit eines Ingenieurs, eher wie das Werk eines Bildhauers, der auf einem Wertstoffhof aus dem vorhandenen Material Skulpturen fertigt. Der lange, dünne Körper wirkte, als sei er aus verbogenem Restmetall zusammengeschweißt worden. Es waren weder Zahnräder oder Seilzüge noch eine sonstige Mechanik sichtbar, aber trotzdem konnte sich die Katze bewegen. Ihre Zähne waren alte Nägel und ihre Krallen waren buchstäblich Rasierklingen. Sie hatte keine Zunge, aber dennoch tat sie so, als leckte sie ihre Pfote. Ein verstörendes Schauspiel.

Das Blut an ihrer Pfote und die tote Ratte zu ihren Füßen waren hingegen beide sehr real.

Grimsbys Magen rebellierte erneut, er brauchte kurz, um ihn wieder zur Ruhe zu bringen. Eine Katze, die eine Ratte erjagt hatte? Das war die natürliche Ordnung der Dinge – aber an dieser Kreatur war nichts natürlich.

»Was ist das?«, fragte er.

»Das ist ein Begleiter«, antwortete Mayflower.

Bei dem Namen klingelte was in Grimsbys Kopf. In der Ausbildung hatte er von diesen Wesen gehört, aber bis jetzt hatte er noch nie eins gesehen. Hexen, deren Fähigkeiten dazu ausreichten, um diese Geschöpfe zu schaffen, hielten sie als Diener und Haustiere. Sogar das Department setzte sie bei bestimmten Gelegenheiten ein, wie die Polizei ihre Hunde. »Vielleicht ist es Mansgrafs Begleiter?«, schlug er vor. »Wenn ich allein hier unten hausen müsste, hätte ich auch nichts gegen ein bisschen Gesellschaft.«

Mayflower schnaubte verächtlich. »Wahrscheinlich ist es das Klügste, sie abzuknallen«, sagte er und zielte mit der Waffe vorsichtig auf den Begleiter.

Die Kreatur hörte sofort auf, ihre Pfote zu lecken, und richtete ihren Blick auf Mayflower. Ihr langer Schwanz aus Kettengliedern begann zu zucken, genau wie bei einer aufgebrachten Straßenkatze – bis auf das metallische Rasseln, das sie dabei erzeugte.

»Das ist vielleicht keine so gute Idee«, sagte Grimsby.

»Warum nicht?«

»Na ja. Erstens glaube ich, dass sie dich verstanden hat. Sie ist also quasi ein intelligentes Wesen.«

Mayflower knirschte mit den Zähnen. »Das ist ein Begleiter, keine echte Katze. Ein verhexter Schädel, der auf einen Körper geschraubt wurde. Hat mehr mit einem Toaster gemein als mit einem Tier.«

Der Katzenschwanz peitschte immer aufgeregter.

»Du machst den Toaster wütend«, sagte Grimsby. »Schau mal, das ist hundertpro Mansgrafs Katze. Und wenn sie intelligent genug ist, dich zu verstehen, dann konnte sie auch Mansgraf verstehen. Vielleicht kann sie uns helfen.«

»Vielleicht auch nicht.«

»Sogar wenn nicht: Du warst mit Mansgraf befreundet. Willst du ihr Andenken ehren, indem du ihr Haustier abknallst?«

Mayflower warf ihm einen unheilverkündenden Blick zu. Grimsby lief ein kalter Schauer über den Rücken. Wenn der Große Jäger den Lauf der Waffe nur ein bisschen mehr zur Seite richtete, stünde Grimsby direkt in der Schusslinie.

Eine schreckliche Sekunde lang dachte Grimsby, dass Mayflower das wirklich tun würde. Aber dann spuckte dieser nur einen kurzen Fluch aus und senkte seine Waffe.

Die Katze ließ ihren augenlosen Blick zwischen den beiden hin- und herspringen, dabei drehte sie ihren Schädel unnatürlich weit, bevor sie in Grimsbys Richtung nickte. Dann nahm sie seelenruhig ihre tote Beute auf und tapste scheppernd in die Dunkelheit.

»Ich hasse diese Dinger«, sagte Mayflower. »Das ist pervers. Hat schon fast was von Geisterbeschwörung.«

Grimsby zuckte mit den Schultern. »Wenn ich mich recht erinnere, erwecken sie nicht die Seele des toten Tiers wieder zum Leben. Die benutzen sie nur, um damit eine Art magischen Abdruck herzustellen. Und die Magie imitiert dann das Lebewesen. Wie ... Musik, die in eine Vinylplatte gepresst wird. Und man braucht eine Menge Seelen, um so eine Kreatur überhaupt zum Leben zu erwecken. Dann erst kann der Zauberspruch die Kreatur nachbilden, wie eine Nadel die Musik in den Rillen der Platte. Die Seele ist also nicht gefangen, was viel besser ist als die Alternative.«

»Und was ist die Alternative?«, fragte Mayflower dunkel.

»Na ja, wenn man es vermasselt, bleiben Teile der Seele irgendwie ... stecken.«

»Versklavte Seelen«, der Große Jäger spie die Worte aus. »Das ist Geisterbeschwörung.«

Grimsby hob abwehrend seine Hände. »Hey, ich bin auch nicht dafür. Aber Begleiter sind nicht dasselbe wie Geisterbeschwörung.«

Mayflower schnaubte verächtlich. »Hexen.« Er schüttelte den Kopf und blickte den Gang hinunter, vorbei an der roten Pfütze, wo der Begleiter mit seiner Beute gesessen hatte. Am Ende des Gangs befand sich eine große doppelte Metalltür, die aussah, als würde sie in den Kühlraum einer Schlachterei führen. »Das ist ihr Labor. Was siehst du, Grimsby?«

Grimsby nahm seine Brille ab, um das Anderswo sehen zu können. Der Gang vor ihnen leuchtete in einem gespenstischen roten Licht, es war ein noch tieferes und blutigeres Rot als das des Himmels, den er vorher gesehen hatte. Was er hörte, klang, als pfiffe ein Wind durch den Tunnel, ein unheilverkündendes Geräusch, gleich einem Herbstwind voll toter Blätter – aber die Luft regte sich kein bisschen. Schatten huschten über die Wände, hielten kurz an, um ihm ihre gesichtslosen Köpfe zuzuwenden, bevor sie wieder verschwanden. Er zitterte. Das Anderswo war immer voller Schatten. Die meisten davon harmlos.

Aber nicht alle.

»Es ist … anders als vorher«, sagte er. »Da ist was, ich kann es aber nicht ganz erkennen.«

Mayflowers Figment drehte sich zu ihm um. Als der Schatten sprach, klang es wie ein entferntes Flüstern. »Dann geh näher ran, Hexer. Dein Job ist das Sehen.«

Grimsby schluckte. Er spürte, dass sich ein kalter Schweißfilm wie Tau auf seine Kopfhaut legte. Sogar mit seiner Sicht würde er nicht alles sehen können, welche Furchtbarkeiten eine erfahrene, gut ausgebildete Hexe hier im Anderswo versteckt hatte. Fallen. Oder Schlimmeres. Ganz zu schweigen von der etwas profaneren Gefahr durch eine weitere Landmine.

Er wollte nicht weiter, aber er konnte auch nicht einfach nur stehen bleiben. Jede Sekunde rückte das Department näher, und Mansgrafs Killer gewann mehr Zeit, um sich aus dem

Staub zu machen. Er atmete tief ein und ging los, arbeitete sich Zentimeter für Zentimeter voran. Seine Füße schabten über den Boden, seine Knie waren so steif, dass er sich kaum bewegen konnte.

Der Gang schien zu mäandern und sich zu verengen – Grimsby war nicht sicher, ob es nur seine Nerven waren oder ob das Anderswo ihm Streiche spielte. Diese seltsame Welt konnte einen schon mal aus der Fassung bringen. Die Rohre an den Wänden schienen sich, stählernen Schlangen gleich, zu winden und sich tiefer in die Erde zu graben, es wirkte, als pulsierten sie wie dicke Adern. Das rote Licht wurde dunkler und trotzdem intensiver, Grimsby musste die Augen zusammenkneifen, um überhaupt noch etwas zu sehen.

Plötzlich spürte er, dass er irgendeine Art Schwelle überschritten hatte. Der Boden unter ihm fühlte sich an, als bestünde er aus dünnem Glas. Dann brach Grimsby ein.

Er stürzte in die Tiefe.

Kälte hüllte ihn ein, erdrückte ihn, erstickte seine Schreie und betäubte seine Haut. Es war, als wirbelte er durch einen Schneesturm. Ein Schrei wie eine Wehklage erfüllte seine Ohren, wurde lauter und lauter, bis Grimsby verzweifelt zurückschrie, nur um etwas anderes zu hören. Der Lärm wurde so ohrenbetäubend, dass Grimsby fast vergessen hätte, dass er immer noch stürzte. Er hielt sich den Kopf, der sich anfühlte, als würde er gleich in tausend Stücke zerspringen.

Dann war es plötzlich still. Nichts. Nur schwarze Dunkelheit und Stille. Die Welt war jetzt ohne Licht, als wären tausend rote Glühbirnen auf einen Schlag ausgebrannt. Er warf seinen Kopf panisch hin und her, aber er konnte nichts sehen. Genauer gesagt konnte er weder etwas sehen noch hören oder fühlen. Sein Körper vermittelte ihm keine Sinneseindrücke, nichts. Grimsby war nicht mal sicher, ob er sich überhaupt bewegte. Er tastete nach seiner Brille, konnte sie aber nicht finden. Die Dunkelheit hüllte ihn vollständig ein, sie fühlte sich gleichzeitig schrecklich weit und grauenhaft eng an. Grimsby war nicht klar, was ihm mehr Angst einjagte.

Die Dunkelheit wurde plötzlich von einem schabenden Geräusch erfüllt, als kröchen Krallen über vertrocknete Knochen. Die schwarze Dunkelheit füllte sich langsam mit einem grauen dampfenden Nebel, dann erkannte Grimsby in den Schwaden tausend dicht gedrängte hungrige Gesichter. Der Nebel eilte auf ihn zu und umkreiste ihn, die Gestalten heulten und krächzten, blieben aber verborgen.

Dann hatte ihn der eiskalte Nebel umzingelt, kam immer näher: eine Wolke aus grapschenden, kratzenden Armen. Einer streifte Grimsbys Arm, und ein schrecklicher Schmerz schoss durch ihn hindurch – sein einziger Sinneseindruck in der stillen schwarzen Dunkelheit. Auf seiner Haut erschienen plötzlich Kratzer in der Form von Fingernägeln und knallrotes Blut troff aus den Wunden.

Grimsby kreischte und riss seine Arme und Beine an sich heran, er rollte sich so klein zusammen, wie er konnte, während der Nebel immer näher kam.

Plötzlich war er ziemlich sicher, dass er gleich sterben würde.

Dann stürzte sich der Nebel auf ihn wie eine gierige Lawine.

12

GRIMSBY SCHRIE UND schlug seine Arme schützend über seine Augen. Er machte sich ganz klein, er spürte, wie immer neue Risse in seiner Haut entstanden, jede Wunde etwas tiefer als die vorige.

Und als der rasiermesserscharfe Nebel gerade bis in seinen Hals und seine Lungen gekrochen war, zog er sich plötzlich wieder zurück. Es war, als hätte jemand den Nebel weggezerrt wie einen wilden Hund an seiner Leine. Kleine Nebelschwaden griffen noch hier und da nach ihm, aber einzeln glichen sie eher Dornen als Zähnen. Grimsby spürte, wie die Kälte nachließ. Aber der Schmerz blieb. Er lag da, ein zitterndes, elendes Häufchen, und hörte nur noch seine eigenen jammervollen Schluchzer.

Dann erhob sich in der Dunkelheit eine Stimme, sie klang wie das Quaken einer gigantischen Kröte, groß genug, um die Erde zu verschlucken.

»Der kleine Junge hat sich verirrt, kommt zum Lebkuchenhaus und hat keine Krümel, die ihn wieder nach Hause leiten.«

Grimsby zuckte zusammen und gab ein Geräusch von sich, das ihm trotz seiner Qualen peinlich war. Es war ein gurgelnder, flehentlicher und verzweifelter Hilfeschrei.

»Aber an was für eine Gretel du da geraten bist.« Trotz ihres tiefen, kehligen Tonfalls klang die Stimme seltsam fröhlich, wie ein Kind mit Mandelentzündung, das die Schule schwänzen und Eis essen durfte. »Aber er kann dir nicht helfen, hier in der Dunkelheit. Wudge aber schon.«

Der Nebel lichtete sich noch ein bisschen, nicht viel, aber genug, dass Grimsby auf seiner Haut keine kalten Krallen mehr spürte. Er lauerte noch in der Nähe, ein kalter Zug wehte über Grimsbys Haut, als hätte jemand direkt neben ihm die Tür zu einer Leichenhalle offen gelassen. Er röchelte zitternd nach Luft, es klang eher wie ein schmerzerfülltes Stöhnen. Langsam löste er die Arme von seinem Gesicht und öffnete die Augen.

Um ihn herum herrschte vollständige Dunkelheit – bis auf den Ring aus grauem Nebel, der ihn wie ein Hai umkreiste. Nur ein paar Meter entfernt leuchteten zwei Augen, die ihm irgendwie vertraut vorkamen. Der Nebel verdeckte die Augen immer wieder, wie Sturmwolken, die an zwei Vollmonden vorbeirasen. Die heulenden Gesichter im Nebel waren jetzt verschwommen, aber Grimsby konnte sehen, wie wütend sie darüber waren, dass sie ihn nicht mehr erreichen konnten.

Er versuchte, sich auf die Augen zu konzentrieren, die ihn von der anderen Seite des Nebels her ansahen. »W-Wer?«, brachte Grimsby heraus, seine Kehle zitterte noch vor Angst.

»Was für eine unhöfliche Frage. Aber noch unhöflicher wäre es, nicht zu antworten«, sagte die Stimme und rollte in einem unsichtbaren Schädel mit den Augen. »Du solltest Wudge danken und keine Fragen stellen.«

»Wudge?«, fragte Grimsby und musste sich dabei anstrengen, um in der schreienden Dunkelheit gehört zu werden. »Du bist Wudge?«

Die Stimme rollte noch mal mit den schwebenden Augen. Grimsby konnte jetzt erkennen, dass sie gelblich waren, mit

Iris wie von einer Ziege – wie die Augen, die er am Anfang gesehen hatte, als er in Mansgrafs Höhle geklettert war. »Der kleine Hexer hört nicht richtig zu. Vielleicht hätte Wudge sie besser nicht am Leben lassen sollen.«

Bei diesen Worten kam die wirbelnde Nebelwand wieder langsam näher, die Gesichter grinsten bedrohlich. Grimsby spürte wieder Panik in sich aufsteigen. »Nein, nein, warte! Ich bin still. Ich meine, ich versuch's zumindest.«

Der Nebel zog sich etwas zurück. »Gut, gut.« Unter den Augen kamen zwei lange Reihen aus Dutzenden leuchtenden nadelartigen Zähnen zum Vorschein, aber sie bewegten sich nicht mit der Stimme. »Warum bist du in die Höhle der Schlampe gekommen? Sie hat mir nicht gesagt, dass du kommst.«

Grimsby konnte nicht anders, als die Zähne anzustarren. Das Lächeln war breiter als die Augen. »Ich, ähm, ich suche nach einem Ort, wo ich mich verstecken kann.«

»Der Kleine ist in die Höhle der Löwin gekrochen, um sich dort zu verstecken? Sie ist es, vor der du dich verstecken solltest.«

»Du meinst Mansgraf?«

Die Augen funkelten wütend, der Mund verzog sich und spuckte grüne Funken. Dann stimmte das Wesen ein Schmählied: »*Die Schlampe, die Hexe, ein Stich für die Petze. Duck dich in den Graben, willst du die Schlampe haben, oder sie verhext dich und hängt dich an den Haken.*«

Als die Stimme mit ihrer seltsamen gesungenen Hasstirade fertig war, runzelte Grimsby nachdenklich die Stirn. »Ja, das klingt nach Mansgraf.«

Die Augen und der Mund schüttelten sich. »Warum suchst du Unterschlupf bei einer Frau, die Männer in Massen unter die Erde bringt? Kommt Wudge gefährlich vor. Sogar für so einen klitzekleinen Halbhexer wie dich.«

Grimsby ignorierte zähneknirschend die seltsame Beleidigung und verkniff sich den Hinweis darauf, dass er eine Zaubererlaubnis der Klasse D hatte und damit streng genommen ein ganzer Hexer war. »Sie ist nicht mehr gefährlich. Jemand hat sie getötet. Und der Typ, mit dem ich hier bin, versucht rauszufinden, wer es war.«

Die Augen weiteten sich. »Was?! Was sagt der Halbhexer da?«

»Sie ist tot. Mansgraf wurde letzte Nacht umgebracht und …«

»Was?!«, fuhr ihn Wudge an, aber bevor Grimsby antworten konnte, verschwand das Gesicht. Einen langen schrecklichen Moment war er wieder allein in dem Wirbel aus Nebel und Schatten. Und der Wirbel kam immer näher.

Seine Gedanken rasten. Hatte er die Stimme verärgert? Hatte er sie verschreckt? Er hoffte nicht. Es schien so, als sei dieser Wudge das Einzige, was zwischen ihm und dem hungrigen Nebel stand.

Einen winzigen Moment sehnte er sich nach gestern zurück, als alles noch einfacher war: zurück in die langweilige Welt von Donalds Mächtigem Magischen Königreich des Essens. Die Verletzungen, die er da jeden Tag kassierte, waren immerhin nur emotional und wurden ihm von Menschen zugefügt, die er sehen konnte.

Aus der Ferne hallte ein lang gezogenes Stöhnen wie von einer gigantischen Kröte durch die Dunkelheit. Es kam näher und näher und wurde lauter und lauter, bis es so ohrenbetäubend klang wie ein Chor aus riesigen Ochsenfröschen.

Dann tauchten die Augen wieder auf, darunter der griesgrämige breite Mund mit den Unmassen nadelartiger starrender Zähne. Grimsby hatte keine Ahnung, was Wudge war – aber er war definitiv weder ein Mensch noch ein Unorthodoxer. Zumindest hatte Grimsby noch nie einen Unorthodoxen wie ihn gesehen.

»Die Schlampe ist tot? Das kann nicht wahr sein!«, kreischte er. Das Gesicht wandte sich ab und schwebte wie eine tanzende Maske hin und her. »Wie kann sie es wagen, zu sterben und damit unsere Abmachung nicht zu ehren?«

Grimsby wollte auf keinen Fall, dass Wudge wieder ging. »Welche Abmachung?«, erkundigte er sich.

Das verärgerte Gesicht wandte sich ihm wieder zu, die gelben Ziegenaugen waren zu wütenden Schlitzen zusammengekniffen – aber der Zorn in der Stimme verrauchte langsam, jetzt klang sie eher erschöpft und traurig. »Nichts. Nichts, nichts, nichts. Wudge hätte es wissen müssen. Trau nie einer Hexe. Nie, nie, nie. Erst recht keiner Schlampe.« Seine Stimme klang immer mehr so wie ein Frosch, als schnürte ihm etwas die unsichtbare Kehle zu.

»Es … ähm, tut mir leid?«

Wudge drehte sich zu ihm und starrte Grimsby mit geröteten, feuchten Augen an. »Wudge denkt, er lässt den Geist dich jetzt essen.«

Diesmal war Grimsby an der Reihe, geschockt die Augen aufzureißen. Er ging davon aus, dass Wudge mit »Geist« den hungrigen Nebel meinte. »Was?! Nein! Warte!«

Sein Protest ging in dem schrecklichen Lärm unter, den der wirbelnde Geist veranstaltete, als er wieder näher kam: ein grauenhaftes Heulen und Kreischen, als würde eine Wolke aus rostigen Eisendrähten über einen Betonboden rasen. Der Wirbel schloss sich immer dichter um Grimsby, Wudges Gesicht verschwand zunehmend hinter der Wolke aus heulenden Fratzen.

»Warum sollte Wudge auf dich warten?«, hörte er Wudges Stimme durch den schreienden Nebel. »Niemand hat je auf Wudge gewartet.«

Der Geist senkte sich über ihn, die nebeligen Krallen wirbelten wie die Klingen in einem Mixer. Die Wolke würde ihn gleich zerfetzen – davon war er überzeugt. Er spürte diese Gewissheit so deutlich wie die metallenen Fesseln an seinen Handgelenken.

»Bitte«, flehte Grimsby, »ich will einfach wieder zurück!«

Eine lange Pause.

»Das will Wudge auch.«

Plötzlich schlossen sich die Augen, das Gesicht verschwand, und auch der Nebel um Grimsby verzog sich zurück in die Dunkelheit.

Dann öffnete Grimsby seine Augen. Er konnte sich nicht erinnern, sie geschlossen zu haben. Einen Moment lang starrte er verwirrt nach vorne. Wo kam auf einmal die Wand da her? Ach so. Er lag ja auf dem Rücken. Das war wohl die Decke. Was war passiert? Und warum tat ihm der Kopf so weh? Warum tat ihm alles weh?

Plötzlich tauchte über ihm ein Schatten auf und packte ihn am Arm. Er wehrte sich mit einer wilden, ziellosen Panik, aber der eiserne Griff lockerte sich nicht. Der Schatten hievte ihn auf die Beine und schob ihm etwas aufs Gesicht.

Und dann war das Anderswo verschwunden. Grimsby starrte Mayflower an, sein Kopf dröhnte.

»Was zur Hölle ist passiert?«, fragte Mayflower.

Grimsby blinzelte ein paar Mal, bevor er sich erinnerte, dass er eine Stimme hatte. Sein ganzer Körper schmerzte, vor allem seine Arme. »Ich weiß es nicht. Vielleicht war es irgendeine Falle, die Mansgraf gestellt hatte? Was hast du gesehen?«

»Du bist einfach ohnmächtig geworden und wie ein Stein auf den Boden gefallen«, antwortete Mayflower. »Dann hast du angefangen, zu stöhnen und dich im Dreck zu wälzen. War nicht sicher, ob es ein schlechter Traum war – oder ein richtig guter.«

»Schlecht«, sagte Grimsby. »Definitiv und absolut schlecht.«

Mayflower lockerte endlich seinen Griff. »Das habe ich mir dann auch gedacht, als du irgendwann angefangen hast zu bluten.«

Grimsby spürte plötzlich an der Stelle, wo Mayflower ihn zuvor gepackt hatte, einen stechenden Schmerz. Er blickte an sich runter und sah Blut durch den schwarzen Stoff seines T-Shirts sickern. Vorsichtig zog er den Ärmel zurück, um seine Schulter freizulegen. Der Stoff des T-Shirts war vollkommen intakt, aber die Haut darunter war mit Rissen und Kratzern übersät, die von Dutzenden scharfen kleinen Fingernägeln zu stammen schienen. Die Wunden pochten schmerzhaft, er spürte sie auch überall auf seinem Rücken – nur auf seinen Narben konnte er keine entdecken.

»Ich glaube, das war mehr als nur ein Traum«, sagte er.

Mayflower lenkte seinen Blick von Grimsbys Kratzern auf den Boden bei der Wand. »Sieht so aus, als wären wir nicht die Ersten gewesen, die hier reingestolpert sind.« Er kniete sich hin und hob etwas Kleines Weißes vom Boden auf. Er hielt es Grimsby hin: Es war der Schädel einer Ratte. Er war mit Einhieben übersät, manche so tief, dass sie den Knochen zersplittert hatten. »Du hattest Glück, dass es nicht so lange ging. Sonst hättest du wohl ein paar Kilo abgenommen.«

»Vielleicht alle«, meinte Grimsby, er starrte den Schädel an und nickte dabei unentwegt, ohne dass er was dagegen tun konnte. »Okay. Ähm, entschuldige mich kurz.«

Er drehte sich um und stolperte ein paar Meter den Gang hinunter, zurück in die Richtung, aus der sie gekommen waren. Dann begann er zu würgen. Er hatte an dem Tag nicht viel gegessen, also klatschte das meiste davon als saure Galle auf den Betonboden und vermischte sich mit dem grauen Staub zu einem gelblich schwarzen Schleim. Er stand ein paar Minuten vornübergebeugt da, bevor er endlich die letzten Reste

Galle ausgespuckt hatte. Dann wandte er sich wieder zu Mayflower um.

Der Große Jäger stand da und wartete überraschend geduldig. »Alles in Ordnung mit dir, Hexer?«, fragte er.

Grimsby zuckte minimal mit den Schultern, bei der Bewegung spannte seine Haut schmerzhaft.

»Gut. Denn jetzt müssen wir in ihr Labor reinkommen. Die wirklichen Gefahren erwarten uns vielleicht erst noch.«

»Oh, prima. Diese Fake-Gefahren öden mich echt an, diese Sachen, die mich immer nur *fast* umbringen. Damals, zu meinen Zeiten ...«, brabbelte Grimsby verzweifelt, als könnte er sich selber so beruhigen. Aber Mayflower war schon weiter den Gang hinunter.

Grimsby schüttelte den Kopf. »Ja, ich bin auf jeden Fall der Geisteskranke von uns beiden«, murmelte er und folgte dem Großen Jäger.

13

MAYFLOWER DEUTETE AUF die schwere Schiebetür, die in das Labor führte. »Siehst du was?«

Grimsby, noch immer mitgenommen von Mansgrafs letzter Falle, nahm die Brille ab und musterte hastig und nervös den Eingang. Die Stahltür hatte sich in eine verwitterte Holztür verwandelt, sie sah aus wie der Eingang zum Laderaum eines alten Schiffs. Er suchte nach subtilen Veränderungen im Licht und lauschte auf verdächtige Geräusche, aber er entdeckte nichts. Auch keine Runen, keine Anzeichen verdächtiger Bewegungen. Als er sich ganz sicher war, dass es hier nichts zu finden gab, setzte er seine Brille wieder auf und schüttelte den Kopf. »Nichts da.«

Mayflower nickte, packte den Griff und zog die Tür mit einem Ruck weit auf, die Waffe erhoben.

Der Raum dahinter wirkte wie eine ehemalige Zisterne. Er war rund mit einem Durchmesser von etwa sechs Metern, sowohl der Boden als auch die Decke bestand aus einem metallenen Gitterrost. In der Mitte des Raums führte eine Wendeltreppe jeweils nach oben und unten. Durch die Lücken in den Gittern konnte Grimsby erkennen, dass über und unter ihnen weitere Ebenen lagen, wie die Stockwerke in einem

Turm. Die Konstruktion war so hoch, dass er kein Ende erkennen konnte.

Diese Ebene war relativ karg, bis auf ein paar Tonnen und Kisten, die auf Paletten gestapelt waren. Manche davon trugen Aufschriften in obskuren Sprachen und Dialekten, die Grimsby nicht mal erkannte. Auf den meisten stand jedoch nur TRINKWASSER VON MRE.

»Ist … ist das hier ein Endzeitbunker?«, fragte Grimsby.

»Es ist ein Bunker für alles«, antwortete Mayflower. Er blickte hoch und runter. »Ihre Unterlagen sind oben, glaube ich, und das Labor liegt unter uns. Du übernimmst das Labor, ich schau mir die Unterlagen an.«

»Warte! Warum müssen wir uns aufteilen?«

Mayflower massierte sich die Stirn. »Ich habe wirklich nicht die Zeit, dich zu babysitten, Hexer. Lesen kann ich. Aber ich habe keine Ahnung, wie ein Labor funktioniert, vor allem nicht eines wie ihres.« Als er den Ausdruck von Grimsbys Gesicht sah, der wohl recht panisch war, fügte er hinzu: »In ihrem eigenen Labor wird sie wohl kaum Fallen aufgestellt haben. Was, damit sie dann beim Arbeiten selber reinstolpert? Das würde sie nicht tun. Wahrscheinlich.«

»Wahrscheinlich? Warum musstest du ›wahrscheinlich‹ sagen?!«

»Mansgraf war sprunghaft und unberechenbar. Und dazu verdammt paranoid. Bei ihr kann man nichts ausschließen. Hilf mir einfach, was zu finden, womit ich diese ganze Angelegenheit aus der Welt schaffen kann.«

»Augenfeuer noch mal«, fluchte Grimsby und linste durch das Gitter am Boden in das Dämmerlicht darunter. »Der Ort gefällt mir nicht. Kein bisschen.«

Mayflower knurrte genervt. »Hör mal, du musst dich hier einfach nur ein paar Tage verstecken. Dann kannst du zurück.«

Zurück, dachte Grimsby. *Zurück zu was?*

Sein Magen krampfte sich bei dem Gedanken zusammen. Es war, als hätte ihn jemand daran erinnert, dass er am Verhungern war. Nur dass es kein Essen war, das ihm fehlte.

Es war viel mehr.

Er versuchte, das Gefühl abzuschütteln, aber es klammerte sich in ihm fest. Also blieb ihm nichts übrig, als es zu ignorieren.

»Meinetwegen. Ich geh runter und schau dort. Aber wenn ich nicht zurückkomme, sag meiner Freundin, dass …«

»Lass gut sein. Ich weiß, dass du keine hast.«

»Touché. Dann sag meinen Freunden …«

»Letzter Versuch.«

»Oh Mann, okay. Sag einfach meinem Vermieter, dass ich diesen Monat etwas spät dran bin.«

Mayflower antwortete nicht und kletterte die Treppe hoch, grummelte dabei irgendwas von nutzlosen Dreckskerlen oder sonst was in der Art. Grimsby setzte ein Grinsen auf, um seine Angst zu überspielen, aber es gelang ihm nicht besonders gut. Er hatte das Gefühl, als bleckte er nur mit irrem Blick die Zähne.

Er war kurz davor, das Labor einer mächtigen, paranoiden und womöglich verrückten Hexe zu durchsuchen, die gerade ermordet worden war. Was auch immer er dort finden würde, wäre wahrscheinlich weder angenehm noch seiner Gesundheit förderlich.

Und sogar wenn alles klappte und Mayflower dann loszog, um den Killer zu finden und Grimsbys Unschuld zu beweisen: Er war sich nicht sicher, ob ihm die Idee gefiel, wieder in sein altes Leben zurückzukehren.

Die vergangenen Stunden waren gelinde gesagt schreckenerregend gewesen. Aber sie waren auch nicht nur das gewesen.

Sie waren anders gewesen. Aufregend. Und näher an dem, was es bedeuten musste, ein Auditor zu sein, als alles, was er je erlebt hatte.

Er trat auf die erste Treppenstufe nach unten und blieb instinktiv sofort wieder stehen, als er in das gruselige Dämmerlicht blickte. Dann schüttelte er entschlossen den Kopf und atmete mit zusammengebissenen Zähnen tief ein. Jetzt bot sich ihm endlich mal die Gelegenheit, wie ein echter Auditor zu arbeiten, und so ging er damit um?

Vielleicht hatte Mansgraf recht gehabt, was ihn betraf. Vielleicht hatte er tatsächlich nicht das Zeug zum Auditor.

Sein irres Grinsen erstarrte zu einer Grimasse und er knirschte angespannt mit den Zähnen.

Nein. Er würde sich keine Angst erlauben. Nun ja, zumindest nicht so viel Angst, dass er den Schwanz einzog.

Sie hatte sich in ihm geirrt, und er hatte jetzt die Chance, das zu beweisen. Auch wenn es nur eine sehr kleine Chance war. Auch wenn es nur für einen Tag war.

Und auch wenn er der Einzige war, dem er es damit beweisen würde.

Er riss sich zusammen und stapfte die Metalltreppe runter, sie schepperte unter seinen Schritten und denen Mayflowers über ihm. Auf dem Weg nach ganz unten musterte er jede Ebene genau und suchte nach einem Anhaltspunkt.

Die erste Ebene nahmen hauptsächlich Regale ein, die mit alten Büchern vollgestopft waren. Weitere Folianten lagen auf den zahlreichen Tischen, die überall auf dem Geschoss verstreut standen, aber sie waren alle mit einer dünnen Staubschicht bedeckt: Mansgraf hatte sie in der letzten Zeit wohl nicht benutzt. Grimsby warf einen Blick auf die Bücher, die sie draußen liegen gelassen hatte, aber ihre Titel waren in Sprachen, die ihm nichts sagten.

Zwischen den Büchern lagen haufenweise völlig ungeordnete Notizen, ein riesiges Durcheinander aus zerfledderten, vollgekritzelten Blöcken und Zetteln. Grimsby traute sich nicht, sie anzufassen, aber er konnte sehen, dass die Schrift ein hässliches Alphabet war, das er noch nie gesehen hatte – entweder sehr obskur oder Mansgrafs eigener Code. Aber egal, was von beiden es war: Er zumindest konnte nichts damit anfangen.

Die nächste Ebene roch nach Chemikalien und glich viel mehr einem richtigen Labor, als er erwartet hatte. Die Einrichtung hatte aber auch etwas von einem Raum in der Gerichtsmedizin. Regale und Arbeitstische aus blinkendem rostfreiem Stahl zogen sich an der runden Wand entlang. Der Gitterboden war mit Plastikfolie abgedeckt, wohl um verschüttete Flüssigkeiten aufzufangen. Die Phiolen, Bunsenbrenner, Schläuche und anderen Geräte waren penibel aufgereiht, ein krasser Gegensatz zu den unordentlichen Bücherstapeln im Stockwerk darüber.

Er inspizierte die zahlreichen Phiolen. Manche waren mit dickflüssigen Substanzen gefüllt, in anderen schwamm irgendetwas: Echsen, Nagetiere, Insekten und andere, weniger angenehme Kreaturen. Und Teile von Kreaturen. Andere Phiolen enthielten seltsame Flüssigkeiten, die ununterbrochen in Bewegung waren und vor sich hin blubberten. Wahrscheinlich ließen sich daraus irgendwelche Elixiere brauen, dachte Grimsby und verzog das Gesicht. Dieser Bereich der Hexenkunst hatte sich ihm nie erschlossen, ihn sogar ein bisschen angewidert.

Die nächste Ebene wirkte überraschend karg. Die Betonwände waren mit Stahlregalen vollgestellt, die mit Behältern verschiedenster Größen und Formen beladen waren: Kisten, Truhen, Tonnen, sogar ein, zwei Aktenkoffer. Sie türmten sich bis zur Decke, durch die das Plastik der darüberliegenden Ebene zu erkennen war.

Die Auswahl der Behältnisse selbst wirkte wie wahllos zusammengewürfelt, aber sie waren pedantisch genau arrangiert: An den Regalen war mit silbernem Klebeband immer exakt die Stelle markiert, wo das jeweilige Behältnis hingehörte, und keines berührte einen Nachbarn. Die abgegriffenen Oberflächen waren alle mit Symbolen beschriftet, mit Ketten umwickelt – und manche steckten sogar zusätzlich in maßgefertigten Eisenkäfigen. Grimsby brauchte einen Moment, um die Symbole zu erkennen: Sie ähnelten denen, die Mayflower in seinem Jeep-Käfig hatte.

Es musste irgendeine Art bindender Zauber sein, dachte er, aber nicht so wie sein eigener Bindespruch. Seine Magie brachte Dinge zusammen. Diese Magie hielt Dinge gefangen.

Schließlich bemerkte er eine Tür, die in die Betonwand der Zisterne eingelassen war. Sie bestand seltsamerweise aus Holz. Altes Holz, rau wie die Borke eines Baums, dazu dunkel und spröde, Grimsby bekam schon beim Hinschauen Splitter unter die Augenlider. In den Türrahmen waren Symbole eingebrannt, ähnlich denen auf den Kisten und anderen Behältern. Oben war eine kleine Vertiefung, ähnlich einem Knoten im Holz, aber es sah aus, als hätte sie mal ein geometrisches Objekt enthalten. Jetzt allerdings war die Vertiefung leer.

Er nahm rasch seine Brille ab und tauchte ins Anderswo ein, um zu sehen, ob er sonst noch etwas entdecken konnte – aber was er sah, ähnelte seltsamerweise weitgehend der wirklichen Welt. Die Tür und die Kisten waren sogar völlig unverändert – als könnte die verzerrende Kraft des Anderswo ihnen nichts anhaben.

»Dämlicher Halbhexer«, krächzte eine vertraute Stimme hinter ihm.

Grimsby wirbelte herum und hob die Fäuste in einer seltsamen Verteidigungshaltung, die jeder Kampfkünstler als schlechten Witz empfunden hätte.

Aus den Schatten unter der eisernen Wendeltreppe blickte ihn ein Paar gelbe Augen an, die zu horizontalen Schlitzen verengt waren.

»Wudge!«, zischte Grimsby. Nervös dehnte er seine Finger und beschwor instinktiv seinen Impetus herauf, aber die Handschellen begannen zu leuchten, und sofort brannte die Energie schrecklich heiß in seinen Händen, und jämmerliche Funken sprühten aus seinen Narben.

Wudge schnaubte verächtlich. »Sehr dämlicher Halbhexer«, sagte er.

»Was machst du hier?«, fragte Grimsby wütend.

Die Augen wurden noch schmaler, als sei Wudge genervt über die dumme Frage. »Sitzen.«

Grimsby beruhigte diese Antwort seltsamerweise. Bei ihrer letzten Begegnung hatte Wudge Grimsbys Leben in seinen Händen gehalten. Mit solchen Abhängigkeiten hatte Grimsby wenig Erfahrung. Aber ein bisschen klugscheißern? Das war schon eher sein Metier. »Nein, ich meine: Warum bist du hier? Was willst du?«

»Es spielt keine Rolle«, sagte Wudge, sein Krächzen klang seltsam pathetisch. »Die Schlampe wird es ihm jetzt nie geben.«

Grimsby starrte einen Moment lang hin, bevor er begriff, wie … winzig Wudge eigentlich war. Der Raum unter der Treppe, aus dem seine Augen hervorblickten, konnte nicht mehr als dreißig Zentimeter breit sein. »Was meinst du damit?«, fragte er, seine Arme immer noch in Verteidigungshaltung.

Die Kreatur seufzte, es klang inzwischen eher verzweifelt als genervt. »Die Schlampe hat etwas, das Wudge mehr wollte als alles andere. Sie sagte Wudge, sie würde es ihm geben, wenn Wudge ihr Haus bewacht. Aber jetzt ist sie weg und hat es mitgenommen. Wudge wird jetzt nie das bekommen, was er will.«

Grimsby verspürte einen Anflug von Sympathie für die Kreatur. Vielleicht sogar Mitgefühl.

»Ja, es war Mansgrafs Art, so was zu machen«, sagte er. »Mir hat sie auch das weggenommen, was ich am meisten wollte.«

Wudges riss überrascht seine gelben Augen auf. »Hat sie?«

Grimsby nickte und spürte, wie seine Anspannung von ihm abfiel. »Was wolltest du denn haben?«

Wudge streckte eine spindeldürre Hand aus der winzigen Einbuchtung, so lang wie Grimsbys, aber nur halb so breit. An den Spitzen seiner graugrünen Finger saßen Knubbel, die ihm ein bisschen vom Aussehen einer Comicfigur gaben. Grimsby wusste nicht, ob er ihn lustig oder abscheulich finden sollte, also wählte er sicherheitshalber beides.

Wudge deutete an ihm vorbei auf die Tür.

»Und was ist Wichtiges dahinter?«, fragte Grimsby.

»Alles«, sagte Wudge leise und zog seine Hand zurück.

»Rätselhaft. Aber was genau?«

»Wudge … ist sich nicht sicher.«

»Warum machst du sie dann nicht einfach auf?«, fragte er. »Irgendwas sagt mir, dass Mansgraf nichts mehr dagegen haben würde.«

»Nur ihr Schlüssel kann ihre Schlösser öffnen und mit genauso einem Schloss ist die Tür versperrt. Aber sie bewahrt den Schlüssel nicht hier auf. Zu gefährlich. Zu nah an den Kisten.«

»Wo ist der Schlüssel dann?«

Grimsby hörte Wudge in seiner dunklen Höhle mit seinen spindeldürren Fingern auf den Stufen rumtrommeln. »Wudge weiß es nicht. Die Schlampe ist schlau. Sie hat den Schlüssel mit einem Fluch belegt. Wenn er benutzt wird, verschwindet er und taucht am schlechtestmöglichen Ort wieder auf.«

»Und wo ist das?«

»Das hängt davon ab, wer danach sucht.«

»Also kommst du ohne Schlüssel nicht an das, was da drinnen ist.«

Wudges Augen nickten.

»Na ja, wenn du die Tür je aufkriegst und da drin meine Karriere findest, gib mir Bescheid, ja?«

»Vielleicht macht Wudge das.«

Grimsby schnaubte und schüttelte den Kopf. Trotz ihrer vorherigen Begegnung fing er an, Wudge zu mögen, was auch immer er war. »Warum kommst du nicht raus und zeigst dich, Wudge? Ich glaube, wir sollten uns einander richtig vorstellen.«

Wudge schaute ihn misstrauisch an. »Warum?«

»Weil das unter vernünftigen Menschen … okay: menschenartigen Wesen so üblich ist. Und ich weiß nicht, wie es mit dir aussieht, aber ich bin ein vernünftiges menschenartiges Wesen.«

»Wudge ist nicht vernünftig. Und Wudge ist nicht menschenartig.«

»Na ja, dann gehen mir auch schon die Argumente aus. Aber vielleicht machst du es trotzdem, um mir einen Gefallen zu tun?«

Wudge dachte einen Moment schweigend nach. »Einen Gefallen für einen Gefallen?«, fragte er dann.

Grimsby zuckte mit den Schultern. »Klar, Kumpel. Ein Gefallen für einen Gefallen.«

»So sei es«, sagte Wudge. Die Worte hatten ein seltsames Gewicht.

Grimsby beobachtete, wie Wudge langsam aus seiner Höhle unter der Treppe herauskroch. Zuerst streckte er zwei Arme nach vorne aus, die verstörend lang und dünn waren, wie bei einem ausgezehrten Kind, das zu schnell gewachsen ist. Dann zog er sich mit seinen knolligen Händen nach vorn und grunzte angestrengt, während langsam der Rest seines Körpers zum Vorschein kam.

Zuerst dachte Grimsby, er hätte einen knolligen, blassen Kopf, der mit zerzausten weißen Haaren bedeckt war. Dann begriff er, dass dies gar nicht sein Kopf war.

Es war eine große Zwiebel oder zumindest ein Teil davon.

Es wirkte, als hätte er sie ausgehöhlt und mit seinen dürren Fingern Löcher für die Augen reingebohrt. Wudge trug die Zwiebel anscheinend als Helm.

Er musste ziemlich herummanövrieren, um seinen großen Kopf mit dem Zwiebelhelm durch die Lücke zwischen den Stufen zu bekommen, aber als er es endlich geschafft hatte, rollte er mit einem wilden Purzelbaum nach vorne.

Er landete auf dem Rücken, alle Glieder weit von sich gestreckt, als wollte er gleich einen Schneeengel im Beton machen.

Dann richtete er sich auf, stand auf Füßen, die so lang und dürr waren wie seine Hände, allerdings hatte er sie mit schäbigen Lederstreifen umwickelt. Er bürstete sein einziges anderes Kleidungsstück ab – einen Lendenschurz aus Leinen, der um seine Hüften geschlungen war –, dann drehte er sich zu Grimsby um und pustete seinen eingesunkenen Brustkorb auf, bis es aussah, als würden seine Rippen gleich durch seine Haut platzen. Stolz richtete er sich zu seiner vollen Größe auf, was in etwa vierzig Zentimeter sein mussten. Wenn er auf seinen langen Zehenspitzen stand.

Er starrte Grimsby durch die zwei selbst gebohrten Löcher seines Zwiebelhelms mit seinen ziegenartigen Augen an und verzog seinen unglaublich breiten Mund zu einem Grinsen, das die nadelartigen Zähne entblößte.

»Sehet Wudge!«, verkündete er. »Letzter Ahne der Wudges. Bewohner der Dunkelheit und Beschützer der Höhle der Schlampe.« Seine langen ledrigen Ohren baumelten an beiden Seiten seines Kopfes herab und reichten fast bis zu seinen Ellbogen, was ihn ein bisschen wie einen haarlosen Hasen aussehen ließ.

Ein haarloser Hase mit *sehr vielen* Zähnen.

Grimsby starrte ihn einen Moment lang an, er musste das zugegebenermaßen unerwartete Erscheinungsbild erst verarbeiten. Die meisten Unorthodoxen konnten als Menschen durchgehen, wenn das Licht ausreichend gedimmt war. Vampire, Therianer, sogar Selkies und viele andere wirkten dann im ersten Moment gar nicht so andersartig.

Diese Ähnlichkeit hielt jedoch meist nicht lange.

Aber es gab noch andere Wesen, von denen er gehört, aber noch nie welche gesehen hatte: Wesen, die niemand je mit einem Menschen verwechseln würde. Und sie waren oft angsteinflößend. Mehr Monster als Unorthodoxe. Er hatte in den Nachrichten mal einen Gargoyle gesehen, die Aufnahmen dauerten nur ein paar Sekunden, doch in diesem kurzen Zeitraum – bis Auditoren es erwischten – hatte das Monster sechs Polizisten getötet und ein Gebäude zum Einsturz gebracht. Grimsby hatte eine Woche gebraucht, bevor er wieder ruhig schlafen konnte vor lauter Angst, dass in seiner Kammer ein Gargoyle lauern könnte. Das war erst vor ein paar Jahren gewesen.

Aber so was wie Wudge hatte er noch nie gesehen, nicht mal etwas in der Richtung. Niemand würde ihn für einen Menschen halten, aber er war auch nicht gerade ein Monster. Vielleicht eher etwas dazwischen. Obwohl: Wenn er so drüber nachdachte, traf das auf die meisten Unorthodoxen zu.

Er schüttelte seine Überraschung ab und streckte der kleinen Kreatur seine Hand entgegen.

»Grimshaw Grimsby, Hofmagier von Donalds Mächtigem Magischen Königreich des Essens«, verkündete er. »Schön dich kennenzulernen.«

»Eure Pizza schmeckt wie der Kaumagen eines Molchs«, sagte Wudge angewidert, dann schielte er misstrauisch auf Grimsbys ausgestreckte Hand und zupfte nachdenklich an seinem Ohr. »Wudge kann dir seinen Hut nicht geben«, sagte er schließlich bestimmt und wickelte seine langen Finger schützend um seinen Helm.

»Was? Nein, ich will deinen Hut nicht. Ich wollte nur, dass du mir die Hand schüttelst.«

Wudge hatte sein krötenartiges Maul so angeekelt verzogen, dass es breiter war als sein Kopf. »Der Halbhexer ist widerlich. Schüttel dir doch selbst die Hand.«

»Nein, so sagen sich Menschen Hallo. Man packt sich gegenseitig bei der Hand und schüttelt sie.«

»Warum?«

Grimsby runzelte die Stirn. »Keine Ahnung, aber so macht man das.«

Wudge grummelte und ergriff vorsichtig Grimsbys ausgestreckte Hand. Seine dünnen Finger waren überraschend kräftig, Grimsby dachte unwillkürlich, dass die kleine Kreatur ihn mühelos erwürgen könnte. Statt sie zu schütteln, wackelte Wudge mit seiner Hand nach links und rechts, als hätte er einen Krampf im Handgelenk.

»Da hast du's«, sagte Wudge immer noch misstrauisch. »Sie ist geschüttelt.«

»Ich lass das mal so durchgehen«, sagte Grimsby und löste seine Hand aus Wudges Fingern. »Also, was für einen Gefallen soll ich dir jetzt tun?«

Wudges Mundwinkel hoben sich langsam zu einem Lächeln, das Grimsby kurz schaudern ließ. »Später. Wudge wird es dir später sagen.«

»Was, wenn wir uns nie wieder begegnen?«, fragte Grimsby.

»Wudge wird dich finden. Wudge kann dich jetzt immer finden.«

»Oh. Nun ja, ähm, gut, schätze ich?« Etwas sagte Grimsby, dass es überhaupt nicht gut war, aber er schüttelte die Bedenken ab. Ein Problem nach dem anderen. Obwohl, eigentlich hatte er im Moment schon mehr als ein Problem. Korrekter musste es heißen: ab jetzt keine neuen Probleme mehr. »Meinst du, du kannst mir helfen, Wudge?«

»Wudge weiß es nicht. Kann dich nicht größer machen, wenn es das ist, was du willst.«

Grimsby blickte ihn finster an und streckte den Rücken durch. Seine Größe entsprach exakt dem Durchschnitt. Global betrachtet. »Nein, das meine ich nicht. Ich meine, ich muss meinem, ähm, Freund helfen, rauszufinden, was mit Mansgraf passiert ist.«

»Warum?«

»Weil ich glaube, dass was auch immer sie getötet hat, jetzt hinter mir her ist. Und weil – wenn ich den echten Mörder nicht erwische – ihre Freunde denken werden, dass ich sie umgebracht hab.«

Wudge kicherte tief und krächzend. »Der mickrige Halbhexer könnte nie die Schlampe töten.«

»Glaub mir, ich weiß das. Aber sie suchen jemanden, dem sie die Schuld anhängen können. Und das bin wohl ich. Außer ich kann ihnen was Besseres anbieten.«

»Ein ordentlicher Bissen Steak wäre was Besseres«, murmelte Wudge zu sich.

Grimsby gab vor, das nicht gehört zu haben. »Hat Mansgraf

in den letzten Wochen irgendwas Außergewöhnliches gemacht?«

Wudge zupfte nachdenklich an seinen ledrigen Ohren und knüllte sie dann beide in einer seiner spinnenartigen Hände zusammen. »Warum sollte Wudge dir helfen? Du schuldest Wudge ohnehin schon einen Gefallen.«

»Okay, das stimmt, schätze ich. Aber kannst du mir nicht einfach als Freund helfen?«

»Wudge ist nicht dein Freund. Und du bist nicht Wudges Freund.« Sein Ton war so sachlich, als hätte Grimsby behauptet, sie hätten beide eine blaue Haut.

Grimsby dachte einen Moment nach. »Na ja, irgendwie schuldest du mir schon auch was.«

Wudges große Augen zogen sich zu halbmondförmigen Schlitzen zusammen. »Inwiefern?«

»Du wusstest nicht, dass Mansgraf tot ist, bis ich's dir gesagt hab. Wenn ich das nicht getan hätte: Wer weiß, wie lang du hier unten auf sie gewartet hättest?«

Wudge dachte einen Moment nach. »Wer *könnte* das wissen?«, gab er zurück, als hätte er damit eine bedeutende Frage aufgeworfen.

»Nein … ich meine, du schuldest mir was, weil ich dir Zeit gespart habe.«

Als Wudge das Wort *schulden* hörte, wurden seine Augen noch schmaler, und er bleckte die Zähne.

»Nicht viel!«, fügte Grimsby eilig hinzu. »Aber genug, um mir zu sagen, was du weißt, denke ich.«

Die winzige Kreatur stöhnte. »Ach, meinetwegen. Aber nur, weil es Wudge langsam langweilt, mit dir zu reden. Drei Fragen, Halbhexer.«

Grimsby runzelte die Stirn. »Warum drei?«

»Weil es die beste Zahl ist. Jetzt nur noch zwei.«

»Willst du mich verarschen …«, setzte er an, brach aber schnell ab. Wudge nahm die Dinge anscheinend sehr wörtlich.

Wudge grinste einfach nur mit seinen vielen, vielen Zähnen und wartete.

»Okay, meinetwegen, Wudgey-Boy. Wo hat sich Mansgraf rumgetrieben?«

Wudge grinste, statt des üblichen Gekrächzes kam aus seiner Kehle plötzlich eine überraschend kindliche Gesangsstimme. »*In einer Stadt, wo alles schlief, da grub sie in den Boden tief. Doch du rätst nie, auf was sie stieß!*« Die Worte hatten ein unnatürliches Echo und verursachten Grimsby eine Gänsehaut. Er dachte, er hätte von irgendwoher Instrumente vernommen – aber keine, wie er sie jemals zuvor in seinem Leben gehört hatte.

Er zitterte, fast schon wollte er mit den Fragen aufhören. »Was hat sie gefunden, Wudge?«

Wudge setzte sein breitestes Lächeln auf und sagte: »Etwas, von dem sie schon zwei hatte. Jetzt erst mal auf Wiedersehen, Grimshaw Grimsby.«

Dann verschwand er.

Grimsby blinzelte. Wudge war einfach weg. Als hätte jemand einen Lichtschalter ausgeknipst, auf dem *Wudge* stand. Er fasste hoch, um seine Brille abzunehmen und ihn im Anderswo zu suchen, nur um sich zu erinnern, dass er die Maske schon die ganze Zeit nicht aufgehabt hatte. Irgendwie war die winzige Kreatur einfach verschwunden.

So was hatte er noch nie gesehen. Oder vielleicht präziser: So was hatte er noch nie *nicht* gesehen. In der normalen Welt konnten viele Dinge unsichtbar werden, deswegen war die Anderswo-Sicht der Hexen ja so nützlich. Normalerweise war Unsichtbares einfach im Anderswo, und eine Hexe konnte es ohne Maske sehen – ob sie wollte oder nicht.

Aber Wudge war einfach weg, als hätte er nie existiert. Einen Moment lang war Grimsby unsicher, ob er sich die seltsame Kreatur vielleicht nur eingebildet hatte. Er blinzelte mehrmals kräftig, setzte seine Brille wieder auf und blinzelte noch mal. Aber es änderte sich nichts.

»Grimsby!«, brüllte Mayflower von oben, als wäre es das hundertste Mal. »Hast du was gefunden?«

Er blickte hoch und sah Mayflower die Treppe herunterkommen.

»Ähm, vielleicht?«

14

GRIMSBY SCHILDERTE SEINE Begegnung mit Wudge und beobachtete dabei, wie Mayflowers Gesichtsausdruck sich bei jeder Silbe mehr verfinsterte. Als er geendet hatte, zog sich eine tiefe Falte über die Stirn des alten Mannes. Tief wie der Marianengraben.

»Du hast ein winziges … Ding mit Zwiebelhut gesehen. Und es hat dir ein Rätsel über Mansgraf erzählt?«

»Ja, im Prinzip. Na ja, halb Lied, halb Rätsel. Er hat sogar ziemlich gut gesungen, was mich überrascht hat.«

»*Das* hat dich überrascht?«, fragte Mayflower.

Grimsby zuckte mit den Schultern. »Der Winzling hatte 'ne Wahnsinnsstimme.«

Mayflower starrte ihn an. Die einzige Emotion, die Grimsby von seinem Gesichtsausdruck ablesen konnte, war Ärger.

»Du glaubst mir nicht.«

»Ich glaube, dass du bei deinem Sturz härter auf den Kopf gefallen bist, als ich dachte. Oder vielleicht nicht hart genug.«

»Ich hab mit ihm geredet. Er war Mansgrafs … Wachmann.«

»Ihr Wachmann.«

»Na ja, es ist ja nicht so, dass normale Sicherheitsdienste standardmäßig Nachtwächter für geheime Hexenhöhlen anbieten.

Um sich vor Unorthodoxen Gefahren zu schützen, braucht man was Unorthodoxes.«

»Ich habe so was nie gebraucht«, sagte Mayflower. Geistesabwesend strich er sanft mit der Hand über seine Waffe.

Grimsby beäugte das Schießeisen. Er hatte inzwischen so seine Zweifel, dass es sich dabei um eine herkömmliche Pistole handelte. »Trotzdem«, sagte er. »Sogar der *›Große Jäger‹* kann nicht an zwei Orten gleichzeitig sein.« Er malte mit den Fingern großzügig An- und Abführungszeichen in die Luft, als er Mayflowers Titel nannte.

Der Große Jäger knurrte: »Das Seltsamste an dieser ganzen Sache ist, dass du diesem … Wudge geglaubt hast. Auch wenn er echt war: Eine Kreatur des Anderswo würde niemals umsonst Informationen preisgeben.«

Grimsby fuhr sich mit der vernarbten Hand nervös durch die Haare und fühlte, wie auf seiner Kopfhaut der Schweiß ausbrach. »Was … was meinst du damit?«

»Ich meine, dass Kreaturen aus dem Anderswo hungrig sind. Und Menschen sind dämlich. Wenn sie einen Deal machen, endet es normalerweise damit, dass der Mensch tot und das Monster satt ist.«

»Ja, aber solche Deals, die brauchen ja einen Vertrag und so, richtig? Wie bei diesen betrügerischen Angeboten für Ferienwohnungen zur Teilzeitnutzung?«

»Nein. Die ganz altmodischen Mistkerle machen das vielleicht so. Das sind die richtig unheimlichen Fälle. Aber sogar eine freiwillige mündliche Zusage reicht aus, um einen einfachen Deal zu besiegeln.«

»Also, rein hypothetisch …«, fing Grimsby an.

Mayflower unterbrach ihn mit einem misstrauischen Seufzer. »Das hast du nicht wirklich.«

»Ich hab nur eingewilligt, ihm einen Gefallen zu tun …«

»Was für einen Gefallen?«, fragte er streng.

»Na ja, ich weiß noch nicht genau …«

»Du hast noch nicht mal gesagt, was du tun würdest? Und im Gegenzug hast du dir ein nutzloses Lied vorträllern lassen?«

»Na ja, streng genommen kostete das Lied nichts.«

»Was hast du dann für den Gefallen bekommen?«

»Ich, ähm, hab einen Handschlag bekommen«, sagte Grimsby.

»Einen Handschlag.«

»Ja. Das war's aber kaum wert. Ein bisschen feucht, kein Augenkontakt, sechs von zehn Punkten, was Handschläge betrifft.«

»Vollidiot«, sagte Mayflower und zog eine halb gerauchte Zigarette aus seiner Tasche, steckte sie sich zwischen die Lippen und kaute auf dem Filter rum.

»Ist ja nicht so, als hätte ich …«

»Sei still. Sei einfach still.« Mayflower zwickte sich in die Nasenwurzel und kniff seine Augen zusammen. »Du solltest lieber beten, dass dieses … Wudge-Ding den Gefallen nicht einfordert, während du noch lebst. Manchmal vergessen sie, dass Sterbliche, na ja, sterblich sind. Vielleicht vergisst er den Deal, bis du schon lange tot bist.«

»Du meinst, ich soll hoffen, dass er ihn, was, sechzig Jahre lang vergisst?«

»Sechzig Jahre?«, fragte Mayflower. »Du bist also ein Optimist?«

Grimsby setzte zu einer Antwort an, brach aber mittendrin ab. »Warte … war das ein Witz?«

»Kommt auf deine Antwort an.«

Er konnte sich ein kleines Lächeln nicht verkneifen. »Egal. Jetzt ist es so. Wird schon gut gehen.«

»Wird eher schlecht gehen«, antwortete Mayflower.

»Dann eben schlecht!« Grimsby warf dramatisch seine gefesselten Hände in die Luft und zuckte zusammen, als er dadurch ein halbes Dutzend Verletzungen wieder aufriss, die er sich bei seiner Begegnung mit dem kratzenden Nebel eingefangen hatte. »Es ist erledigt. Hör mal, was machen wir wegen Wudges Info? Mansgraf hat irgendwas gefunden, und zwar unmittelbar bevor sie verschwunden ist. Das kann kein Zufall sein.«

»Nein«, sagte Mayflower und ließ seinen Blick über die Stahlregale mit den Behältern schweifen. »Kann es nicht.«

»Was denn, du stimmst mir zu?«, fragte er überrascht.

Mayflower knurrte nur, während er die braunen Briefumschläge in seiner Hand durchblätterte und Grimsby einen davon zuwarf.

Der Umschlag rutschte Grimsby durch die Finger und die Blätter verteilten sich auf dem Boden. »Du kannst mir nicht einfach ohne Vorwarnung was zuwerfen!«

»Jesus«, sagte der Große Jäger und schüttelte den Kopf. Es klang halb wie ein Fluch, halb wie ein Flehen.

Grimsby murmelte vor sich hin, als er sich bückte, um die Blätter einzusammeln. Er sortierte sie grob und überflog sie dann. Es handelte sich um so was wie einen Antrag oder einen Bericht. Das meiste war in einem Fachchinesisch abgefasst, das endlos viele Worte machte, um nichts auszusagen. Aber eine Formulierung auf der Seite stach Grimsby ins Auge.

Darüber hinaus ist es meine Überzeugung, dass die Hand an diesen Koordinaten zu finden ist, im heutigen Salem, MA.

Salem. Für Hexen ein Ort mit einer wechselhaften Geschichte. Grimsby blickte zu Mayflower auf.

»Ich kapier's nicht. Ist das so was wie ein Bericht?«, wollte er wissen.

»Nein. Es ist ein Antrag auf die Genehmigung für eine Ausgrabung in Salem. Eine alte Begräbnisstätte.«

»Warte … eine Ausgrabung in Salem, sagst du?«

»Ja.«

»*Eine Stadt, wo alles schlief*«, zitierte Grimsby Wudges Lied und deutete auf die Karte von Salem, die dem Antrag beigefügt war. »*Da grub sie in den Boden tief.*«

Mayflower schnaubte, aber es klang diesmal nicht verächtlich. »Vielleicht ist an der Wudge-Geschichte doch was dran.«

»Du denkst, Mansgraf war dort?«

»Das tue ich.«

»Diese Hand, was auch immer das ist, das muss es sein, was sie gefunden hat«, sagte Grimsby. »*Etwas, von dem sie schon zwei hatte.*«

»Klingt plausibel.«

»Aber was ist *die Hand*?«

»Ich weiß es nicht. Aber sicher nichts Gutes.«

»Inwiefern?«

Mayflower deutete auf die einzige leere Stelle in den hohen vollgestellten Regalen. »Weil eine der Siegelkisten fehlt. Und ich weiß zufällig, dass Mansgraf einen Koffer dabeihatte, bevor sie starb.«

»Also, diese Hand, Mansgraf hat sie in den Koffer gesteckt? Aber warum?«

»Um sie zu schützen.«

»Vor was?«

»Vor allem«, sagte er und kaute nachdenklich auf seiner Zigarette. »Manche Gegenstände sind so mächtig, dass sie in einem Umkreis von mehreren Kilometern alles aus dem Anderswo anziehen. Wie Köderfische in einem Meer voller unsichtbarer, hyperintelligenter magischer Haie. Und manche Wesen können so was auch in unserer Welt spüren.«

»Du meinst, das Ding was mich gejagt hat – das Ding, das sie umgebracht hat –, hat es auch gespürt?«

Er runzelte die Stirn. »Nicht wenn es in der Siegelkiste war.

Das Monster muss auf einem anderen Weg davon erfahren haben.«

»Also. Wenn Mansgraf die Siegelkiste bei sich hatte, bevor sie getötet wurde: Wo ist der Koffer jetzt?«

Der Große Jäger antwortete nicht und hob stattdessen nur eine Augenbraue, als wartete er darauf, dass Grimsby sich seine Frage selbst beantwortete.

»Oh. Weil ihr Mörder den Koffer an sich genommen hat.«

»Das wäre meine Vermutung.«

»Woher wissen wir, dass ihr Mörder den Koffer nicht einfach aufgebrochen und den Inhalt herausgenommen hat?«

»Siegelkisten sind nichts, was man als Sonderangebot im Billigladen kriegt. Sie sind so konstruiert, dass nichts raus- und nichts reinkommt. Wenn es jemand schafft, so ein Ding ohne den zugehörigen Schlüssel zu knacken, dann nur eine Hexe, die noch fähiger ist, als Mansgraf es war. Und ich bezweifle stark, dass eine solche Person existiert. Und selbst wenn: Die Kreatur, die dich angegriffen hat, hätte es sicher nicht geschafft.«

Grimsby schüttelte den Kopf. »Ich kapier's nicht. Warum ist Mansgraf nicht einfach zum Department gegangen? Die hätten sie schützen können.«

»Weil Mansgraf einen schwarzen Vermerk bekommen hatte.«

»Einen schwarzen Vermerk? Was heißt das?«

»Es heißt, das Department hat sie gejagt. Deswegen ist sie untergetaucht. Und deswegen war sie auf sich allein gestellt.«

»Was? Warum?«

»Ich glaube, dieser Wudge hatte recht mit seinem Lied. Ich glaube, Mansgraf war dort, auf der Ausgrabung. Aber ich glaube, sie hat die Hand genommen, nach der man dort gesucht hat – bevor das Department sie an sich bringen konnte.«

»Genommen im Sinne von … gestohlen?«

»Ja.«

»Aber das macht keinen Sinn. Warum sollte sie was klauen, was dann ohnehin beim Department gelandet wäre?«

Mayflower sagte nichts. Er hob wieder nur eine Augenbraue, um Grimsby zum Weiterreden zu ermuntern.

»Außer sie wollte verhindern, dass das Department die Hand bekommt.«

»Das ist meine Vermutung.«

»Okay. Also diese Hand.« Er warf noch mal einen Blick auf den Antrag. »Mansgraf war schneller als das Department und hat sich mit der Hand aus dem Staub gemacht. Aber warum?«

»Könnte eine Vielzahl von Gründen gegeben haben. Mansgraf war eine paranoide alte Schachtel. Sie glaubte schon immer, dass jemand da draußen sie töten wollte. Das war so, seit ich sie kannte.«

»Na ja«, meinte Grimsby und hielt kurz inne. »Paranoid ist man genau genommen nur, wenn man sich mit so einer Annahme irrt.«

Mayflowers Blick verfinsterte sich, aber sein Ton blieb neutral. »Auch wieder wahr.«

»Also. Was ist die Hand? Eine Art Waffe?«

»Wahrscheinlich. Etwas, das niemand haben sollte.«

»Also wollte Mansgraf nicht, dass das Department die Hand in die *Hände* bekommt«, grinste Grimsby.

Mayflower sah ihn grimmig an. »Das ist kein Witz, Junge. Manche der Dinge in diesen Kisten hier können einen Menschen in den Wahnsinn treiben und zu schrecklichen Gräueltaten verleiten, das kannst du dir noch nicht mal vorstellen. Wir haben mal ein Messer gefunden, das einen Mann restlos um den Verstand gebracht hat. Es stiftete ihn dazu an, seine ganze Familie zu töten, sie anschließend zu häuten und in Stücke zu schneiden. Er hatte drei Kinder.«

Grimsby schauderte. »Okay … tut mir leid.« Ihm wollte sich der Magen umdrehen, was er gerade noch verhindern konnte. »Ich verarbeite Stress mit Witzen.«

»Ist mir aufgefallen. Schlechte Witze.« Mayflower schüttelte den Kopf und suchte mit seinem Blick die Siegelkisten ab, eine tiefe Furche stand auf seiner Stirn. Es waren Dutzende.

Grimsby schluckte. Er fühlte sich plötzlich unwohl, inmitten so vieler Kisten, in denen weiß Gott was lauerte. »Also, was jetzt?«

»Jetzt, wo ich von der Siegelkiste weiß, brauche ich nur eine Methode, sie aufzuspüren.«

Grimsby war plötzlich aufgeregt. Sie hatten was gefunden! Etwas, das vielleicht wirklich helfen konnte, diesen ganzen Albtraum zu beenden. »Und wenn wir die Kiste finden, finden wir auch die Hand und den Killer!«

Wenn sie den Killer fanden, hätte er seine Unschuld bewiesen.

Wenn sie die Hand fanden, würde das vielleicht noch viel, viel mehr bewirken.

Das erste Mal seit Langem riskierte er, dass ein Fünkchen Hoffnung in ihm aufstieg. Mansgraf hatte ihn daran gehindert, Auditor zu werden. Aber Mansgraf war fort.

Vielleicht gab es eine Möglichkeit, ungeschehen zu machen, was sie angerichtet hatte.

Vielleicht gab es eine Möglichkeit für *ihn*, etwas anderes zu sein.

Es war nur ein Vielleicht – aber das war mehr, als er seit langer Zeit gehabt hatte.

Grimsby bemerkte erst nach etlicher Zeit, dass Mayflower ihn anstarrte.

»Was?«, fragte er.

»Wir?«, fragte der Große Jäger schließlich.

Grimsby verzog sein Gesicht und grub verlegen seine Zehen in den Staub auf dem Betonboden. »Ich … ich meinte nicht …« Er redete nicht weiter. Nicht weil es ihm peinlich war. Sondern weil er begriff, dass er log, ohne es zu wissen.

»Du hast es nicht so gemeint?«

»Doch. Ich dachte … ich dachte, du könntest Hilfe gebrauchen.«

Das Gesicht des Großen Jägers war so unerbittlich wie Stein – und genauso emotional. »Du glaubst nicht, dass ich es alleine schaffe?«

»Nein … ich meine … hör zu: Je schneller wir diese Siegelkiste finden, desto schneller finden wir den echten Killer, und desto schneller kann ich … kann ich in mein altes Leben zurück.«

Mayflower musterte ihn einen Moment. Das Licht, das von der Ebene über ihnen durch den Gitterboden fiel, warf ein Muster aus Schatten auf sein Gesicht. »Hast es also eilig, wieder in die Fressbude zu kommen?«

»J-ja.«

»Lüg mich nicht an, Junge«, entgegnete er trocken. »Das wird dir um die Ohren fliegen. Und mich vielleicht umbringen.«

»Ich … na ja … okay, schon gut!« Grimsby warf seine Hände in die Luft. »Ich dachte, wenn diese Sache mit der Hand dem Department so wichtig ist, könnte ich …«

»Könntest du sie ihnen bringen, um so noch eine Chance zu bekommen, für sie zu arbeiten.«

Grimsby verzog das Gesicht, aber er nickte.

»Du weißt, dass Mansgraf gestorben ist, um das Ding von allen fernzuhalten? Das Department eingeschlossen?«

»Ich weiß, ich weiß!«, sprach Grimsby weiter. »Aber jetzt, wo sie weg ist, was sollen wir denn nun bitte machen? Die Hand hier unten ins Regal stopfen und hoffen, dass niemand sie findet? Das Department ist der sicherste Ort dafür.«

»Und diese gute Tat würde dir ganz nebenbei einen Job einbringen.«

Er stöhnte auf: »Ja, okay? Oz verhüte, dass mir mal was Gutes passiert! Das wäre mal ein Gegenteil-Tag. Der erste seit, sagen wir« – er blickte auf sein uhrloses Handgelenk – »immer. Hör mal, Mayflower. Du willst den finden, der deine Freundin getötet hat. Das verstehe ich …«

»Tust du das?«, kam scharf die Gegenfrage.

Plötzlich hatte Grimsby das Gefühl, sich gerade der gefährlichsten Falle zu nähern, seit er Mansgrafs Höhle betreten hatte. »Ich verstehe es gut genug«, sagte er entschlossen. »Aber das ist meine einzige Chance und ich muss sie nutzen.« Seine Stimme überschlug sich, als er die Worte herauspresste. »Ich … ich muss es tun.«

Mayflower starrte ihn einen langen Moment an. Er starrte, und Grimsby hätte schwören können, dass er kurz eine Erkenntnis über das Gesicht des Mannes huschen sah. Dann war sie wieder weg.

»Also. Wie finden wir die Siegelkiste?«, fragte der Große Jäger schließlich.

Grimsby öffnete und schloss ein paar Mal den Mund.

Bevor er irgendwas sagen konnte, hörte er Ketten klirren. Sie drehten sich beide um und sahen die Begleiter-Katze auf der Treppe stehen. Ihre großen leeren Augenhöhlen starrten sie gebieterisch an. Sie gab ein seltsames Geräusch von sich, eine Art Miauen.

»Ähm«, sagte Grimsby. »Sprichst du Kätzisch?«

»Bin ein Hundemensch«, sagte Mayflower.

Die Katze maunzte noch mal, das Miau klang verstörend gleich wie das davor. Dann drehte sie sich um, schoss ein paar Stufen nach oben und miaute noch mal. Im exakt gleichen Tonfall.

»Was hast du, Lassie?«, fragte Grimsby.

Der Schwanz der Begleiter-Katze zuckte ärgerlich, und sie lief die Treppe weiter hoch, bis Grimsby sie nur noch durch die Gitterstufen sehen konnte.

»Verfluchtes Ding«, spuckte Mayflower aus. »Ich hätte ihr vorher doch ein Loch in den …«

Er wurde davon unterbrochen, dass die Begleiter-Katze plötzlich die Metalltreppe wieder heruntergelaufen kam, ihre Rasierklingenpfoten klickten auf den Stufen – sie trug etwas Goldenes im Maul.

Sie legte das Objekt einen Meter vor Grimsby auf dem Boden ab, zog sich dann zur Treppe zurück und gab vor, ihre Rasierklingenpfote zu lecken. Grimsby schaute erst Mayflower an, dann den goldenen Gegenstand. Er zuckte mit den Schultern und ging hin, um ihn aufzuheben.

»Und, was hat das Monster uns gebracht?«, fragte der Große Jäger.

»Es sieht aus wie … ein raffinierter Kompass?«, sagte Grimsby zögerlich.

Er bückte sich und hob das Gerät auf. Es war massiv und überraschend schwer. Die Oberseite trug geheimnisvolle Verzierungen, aber nicht nach Hexenmanier. Das Teil wirkte eher wie das Werk eines Ingenieurs mit ausgeprägter künstlerischer Neigung.

Mayflower sagte einen Moment lang nichts. Dann: »Bring ihn her.«

Grimsby gehorchte und händigte dem Großen Jäger das goldene Instrument aus.

Der untersuchte es gründlich. »Ja leck mich doch«, murmelte er.

»Was ist das?«

»Mansgrafs Astrolabium. Kann mich noch erinnern, wie sie

es mal benutzt hat. Sie konnte damit Sachen aufspüren, an die eigentlich niemand herankommt. Wie nannte sie es mal? Sie sagte, es sei eine …« Er runzelte nachdenklich die Stirn, versuchte, sich zu erinnern. »Eine Wünschelrute?«

Grimsby riss die Augen weit auf. »Eine Wünschelrute? Bist du sicher?«

Mayflower nickte.

»Wenn das stimmt … Dann könnte es genau das sein, was wir brauchen! Mit einer guten Wünschelrute findet man fast alles,« behauptete Grimsby.

»Kannst du sie benutzen, um nach der Siegelkiste zu suchen?«

»Ich glaube schon. In der Ausbildung hab ich mal einen ähnlichen Zauber benutzt. Na ja, ein bisschen ähnlich, zumindest.« Er drehte sich zu der Begleiter-Katze, die auf der Treppe saß und so tat, als bemerkte sie ihn und Mayflower gar nicht. »Braves, ähm, Kätzchen?«, sagte er.

Die Begleiter-Katze miaute, obwohl Grimsby immer noch nicht verstand, wie sie das machte. Nervös streckte er seine Hand aus und streichelte über ihren Totenschädel. Zu seiner Überraschung erlaubte die Katze es ihm, sie ließ sich sogar dazu herab, sich leicht an seine Hand zu lehnen. Dann zuckte sie mit dem Schwanz, schlug nach seiner Hand und schoss davon.

»Gut, dass du sie nicht abgeknallt hast, hm?«, meinte Grimsby.

Mayflower knurrte. »Was brauchen wir für den Zauberspruch?«

»Wir müssen dem Astrolabium zeigen, was wir suchen. Dafür müssen wir irgendwie eine Verbindung zwischen beiden herstellen. Wie wenn man einem Kompass sagt, wo Norden ist. Ich, ähm, brauche was von der Person, die den Koffer hergestellt hat.«

»Also Haare oder abgeschnittene Fingernägel, so was?«

Grimsby schüttelte den Kopf. »Nicht ganz. Die sind organisch, klar, aber Haare sind nur aus Proteinen und Nägel aus Keratin. Um eine Verbindung zum Eigentümer zu haben, muss es mehr als organisch sein. Es muss etwas sein, das lebt. Oder mal gelebt hat.«

»Wie wäre es mit Blut?«, fragte Mayflower, seine Augen leuchteten.

Grimsby verzog angewidert das Gesicht, obwohl er sich durchaus widerlichere Optionen vorstellen konnte. »Ja, das würde gehen. Wenn Mansgraf die Kiste gebaut hat, könnten wir einfach zum Tatort gehen und was von ihrem …«

»Mansgraf hat ihre Siegelboxen nicht selber gefertigt. Wahrscheinlich aus genau diesem Grund. Sonst hätte man sie nur umbringen müssen, um mithilfe ihres Körpers die Siegelkisten zu finden.«

»Verdammt. Na ja, dann glaube ich nicht, dass wir …«

»Mansgraf hat sie nicht hergestellt«, wiederholte der Große Jäger. »Aber ich weiß, wer es war.«

15

ALS GRIMSBY AN die Oberfläche kletterte, spürte er einen kalten herbstlichen Windzug auf seiner verschwitzten Stirn. Er hievte sich hoch auf den bröckelnden Asphalt und legte sich kurz auf den Rücken, starrte in den bewölkten Nachthimmel und atmete tief durch.

Einen Moment später kam auch Mayflower ächzend die Leiter hochgestiegen, richtete sich auf und rollte seine Schultern. »Ich bin zu alt für so was, Leitern sind was für Kinder.«

»Gullylöcher erst recht«, sagte Grimsby. Es stieg ein plötzliches Gefühl von Macht in ihm auf, als er das Wort benutzte, das normalerweise für seinen Zauberspruch reserviert war. Es kostete ihn etwas Kraft, seinen Impetus zu unterdrücken. »Also, du glaubst, dieser … wie heißt er noch mal?«

»Ashmedai«, sagte Mayflower, er spie den Namen mehr aus, als dass er ihn artikulierte.

»Du glaubst, dieser Ashmedai hat Mansgrafs Siegelkisten hergestellt?«

»Ich weiß es.«

»Okay. Und du meinst, er wird uns einfach – was? Etwas von seinem Blut geben?«

»Nein, das glaube ich nicht. Aber es heißt nicht, dass wir keins bekommen.«

»Ich glaube, das ist illegal.«

»Er betreibt einen geheimen Sexkult-Nachtclub. Eine heimliche Blutabnahme ist wahrscheinlich das Legalste, was dort je passiert ist.«

»Also ist er ein Mensch?«

»Nein. Er ist ein Inkubus.«

»Ein Inkubus?«, fragte Grimsby.

»Die männliche Version eines Sukkubus. Ein Sexdämon.«

»Dämon? So was gibt es nicht.«

Mayflower nickte. »Nicht als Spezies, nein. Es ist eher eine Kategorie. Unsterbliche Dinge aus dem Anderswo. Sie ernähren sich oft von menschlichen Lastern. In diesem Fall von Lust.«

»Ein Dämon«, sagte Grimsby nachdenklich, schüttelte den Kopf, um sein Zittern zu überspielen. »Ich weiß noch nicht mal, ob Dämonen bluten.«

»Ich schon.«

»Oh.«

Mehr brachte Grimsby nicht heraus. Mayflower ging zu seinem Jeep, öffnete die Heckklappe und wühlte im Kofferraum rum.

»Und wie stellen wir das an?«, fragte Grimsby. »Reingehen und freundlich ›Bitte‹ sagen? Das wäre schon gefährlich, wenn wir es nicht mit einem Sexkult-Dämon zu tun hätten.«

»Hiermit«, sagte Mayflower, nahm eine Schachtel aus dem Kofferraum und öffnete sie. Darin lagen Dutzende von Talismanen und Glücksbringern aller Art. Er suchte einen davon aus – er glich einem angekokelten Knochen, der mit einem Lederband umwickelt war – und hielt ihn hoch.

»Grufti-Schmuck aus dem Ein-Dollar-Laden? Damit kämpfen wir gegen einen Dämon?«

Mayflower seufzte. »Es ist ein Talisman. Stammt noch aus den alten Zeiten. Sehr alten Zeiten. Ash hat Angst davor.«

»Warum?«

»Weil es sein eigener Knochen ist, er stammt von seinem kleinen Finger. Das letzte Mal, als ihn ein Normalsterblicher besiegt hat, hat der dabei das hier benutzt. Historisch betrachtet: Jedes Mal, wenn Ash den Arsch versohlt kriegt, fängt es mit diesem Ding an.«

Grimsby merkte, wie sich seine Lippen trotz seiner Anspannung zu einem Grinsen kräuselten. »Also ›ein ganz schlimmer Finger‹?«

Mayflower knurrte nur und hängte sich den Talisman um den Hals.

Grimsby zögerte. »Warte! Warum nehmen wir nicht einfach den Talisman, um damit den Wünschelrutenkompass einzunorden? Ich meine, da steckt doch ein Teil von ihm drin. Und ein Knochen ist, oder war zumindest, lebendiges Gewebe.«

Der Große Jäger runzelte die Stirn. »Ich glaub nicht, dass das klappt. Der Finger wurde schon vor Ewigkeiten verbrannt. Und Feuer hat normalerweise einen reinigenden Effekt, was Magie betrifft. Es verbrennt sie.«

Grimsby tastete nach den Brandnarben an seinem Arm. Gereinigt fühlten sie sich ganz und gar nicht an. Im Gegenteil. Eher unförmig, verformt, sogar falsch. Und das, obwohl er schon so lange mit ihnen gelebt hatte, dass er sie meistens gar nicht mehr bemerkte.

»Also, wir, ähm, spazieren einfach da rein und bedrohen ihn damit?«, fragte Grimsby. Jetzt, wo Mayflower ihm seinen Plan so vorbuchstabierte, bekam er plötzlich schwer Luft.

»Ja. Mit dem Ding können wir ihn sogar in seinem Hauptquartier abfackeln. Er würde Monate brauchen, bis er sich davon erholt. Jahre sogar, wenn ich seine Asche schön gründlich verstreue, indem ich sie aus einem Flugzeug schmeiße.«

»Ash zu Asche, Staub zu Staub«, murmelte Grimsby, der versuchte, seine aufgepeitschten Nerven mit albernen Witzen zu besänftigen. Er fragte sich, wann er angefangen hatte, so stark zu schwitzen? Und warum drehte sich sein Kopf so? »A-also wir haben Dämonenkryptonit. Prima. Toll.«

»Es wirkt nicht bei allen Dämonen. Nur bei ihm. Andere würden davon nicht mal einen Ausschlag kriegen.«

»Okay. Ash-Kryptonit. Auch gut. Prima. Toll ...«, sagte Grimsby eilig. Er hatte plötzlich Probleme damit, nicht umzufallen.

Mayflower nickte und schloss die Heckklappe. Dann ging er Richtung Fahrertür, blieb jedoch wieder stehen, als Grimsby ihm nicht folgte.

»Also?«, fragte der Große Jäger fordernd.

Grimsby versuchte, cool zu wirken. Er versuchte, nicht zu schnell zu sprechen. Beides ging in die Hose. »Also, damit ich das alles richtig verstehe: Wir machen einen kleinen Abstecher in einen illegalen Sexclub, um uns etwas Dämonenblut zu besorgen, benutzen es für einen Zauberspruch, mit dem wir eine gestohlene Siegelkiste aufspüren, in der etwas so irre Gefährliches eingesperrt ist, dass die gefährlichste lebende Hexe bereit war, ihr Leben zu beenden, damit niemand es in die Hände bekommt, und dann versuchen wir, das Ding zu töten, das die bis dahin gefährlichste noch lebende Hexe umgebracht hat?« Er schnappte verzweifelt nach Luft, weil er seine Lungen für diesen Ausbruch komplett leer gepumpt hatte. »Ist das grob der Plan?«

»Klingt so weit richtig.«

»Cool. Weißt du, noch vor ein paar Stunden hab ich einen Haufen Kinder in einer Plastikburg bespaßt und dabei ein Tutu getragen.«

»Und?«

»Und? Das hier ist geisteskrank. *Ich* muss geisteskrank sein.«

»Es war deine Idee, mitzukommen, Hexer. Du willst wieder in das Loch krabbeln und warten, bis ich zurück bin? Tu dir keinen Zwang an.«

Grimsby fand diese Option sehr verlockend. Da unten, mit einem Schutzbunker um sich rum, hatte es wie eine Tagträumerei gewirkt, sich einen Plan auszudenken, wie sie die Siegelkiste aufspüren und Mansgrafs Mörder fassen konnten. Doch jetzt hier oben, wo Mayflower darauf wartete, ihn zum Showdown in einem Dämonensexclub mitzunehmen, geriet das Ganze eher zu einem Albtraum. Er wollte sich gar nicht vorstellen, wie schwer es sein würde, ihren gruseligen Plan wirklich in die Tat umzusetzen.

»Und, Hexer?«

Grimsby starrte auf den Boden und ballte so fest die Fäuste, dass seine Knöchel knackten. Wenn er ein Auditor sein wollte, musste er sich auch wie einer benehmen. Er musste es sich verdienen.

»Ich bin bereit.«

»Nein, bist du nicht.«

Grimsby dachte einen Moment nach, dann stimmte er zu. »Nein, bin ich nicht. Los, gehen wir.«

Der Große Jäger sah ihn kurz prüfend an, dann nickte er. »Gut.« Er ging zur Fahrertür und deutete auf die Rückbank. »Steig ein.«

»Was? Nicht wieder auf die Rückbank!«

»Auf die Rückbank. Wieder.«

»Aber ein guter Beifahrer muss vorne sitzen, Schützenhilfe und so!«

»Schützenhilfe. Weißt du überhaupt, wie man eine Flinte benutzt?«

»Flinte? Warum Flinte …«

Mayflower griff ins Handschuhfach und zog eine abgesägte Schrotflinte von rund dreißig Zentimeter Länge heraus. »Hier, du Schütze«, sagte er.

»Okay. Dann eben nicht.« Grimsby kletterte auf die Rückbank und knallte die schwere Tür hinter sich zu.

Mayflower schwang sich auf den Fahrersitz und erweckte den Jeep zum Leben.

»Also, wo ist dieser dämonische Untergrund…« – Grimsby räusperte sich und spürte, wie er rot wurde – »…sexclub überhaupt? Wird ja wohl kaum im Navi eingetragen sein.«

»Im was?«

»Egal. Du weißt, wo es ist?«

»Klar. Wie sollten wir sonst da hinkommen? Halt dich fest.«

Mayflower ließ den Motor aufheulen, der Jeep hustete und stotterte kurz, als röchelte er auf dem Sterbebett, dann brüllte er überraschend auf. Anscheinend war er eher an den hochtourigen Bereich gewöhnt. Das Auto bretterte mit einer Seite über den Randstein und schlitterte dann auf die Seitenstraße, die zum Highway 93 führte. Kurz danach fädelte sich Mayflower in nördlicher Richtung auf dem Highway ein und sie fuhren auf die Lichter von Boston zu.

»Hast du keine Musik?«, fragte Grimsby und spürte, wie ihm von der Fahrweise schon wieder schlecht wurde.

»Natürlich«, antwortete Mayflower. Er rollte die Fenster runter, um den kalten Wind durch den Jeep heulen zu lassen.

»Ich meinte ein Radio, oder so!«, brüllte Grimsby gegen den Lärm an.

Mayflower schüttelte nur den Kopf und beschleunigte.

Grimsby klammerte sich an die Käfigstangen, um sich für Mayflowers plötzliche Überholmanöver und Spurwechsel zu wappnen. Er versuchte, die Fahrt dafür zu nutzen, seine Gedanken zu sortieren, aber in seinem Kopf verschwamm alles.

So viel hatte sich in so kurzer Zeit ereignet, dass er sich nicht sicher war, ob das alles wirklich geschehen war. Das letzte Jahr war wie ein trüber Nebel vorübergeschlichen, jeder Tag mehr oder weniger die gleiche Plackerei wie am Tag zuvor. Es hatte sich alles angefühlt, als würde es ewig so weitergehen. Als folgte sein Leben einem langweiligen Drehbuch, das er nicht umschreiben konnte.

Und plötzlich hatte sich auf einen Schlag doch so viel verändert – aber trotzdem: Grimsby empfand keine solche Erleichterung, wie er sie vielleicht erwartet hätte. Er war ein bisschen aufgeregt, klar. Und sogar etwas nervös.

Aber hauptsächlich war ihm schlecht.

Er war sich nicht sicher, ob er das Zeug dazu hatte. Sogar als seine Fähigkeiten ihren Höhepunkt erreicht hatten – in der Ausbildung, vor mehr als einem Jahr –, war er nicht gerade der talentierteste Schüler gewesen. Er hatte die Herausforderungen irgendwie bewältigt, vor die Mansgraf und andere Ausbilder ihn gestellt hatten. Aber er hatte dabei immer viel Haare gelassen, manchmal sogar mehr. Egal wie sehr er sich reingehängt hatte, seine Narben hatten ihn gebremst, im Vergleich zur Geschwindigkeit seiner Klassenkameraden. Für ihn waren sogar die Aufgaben, die den anderen leichtfielen, riesige Herausforderungen gewesen. Und jetzt, wo es nicht um eine Hausaufgabe, sondern um eine echte Herausforderung ging, zweifelte er, dass er bereit dafür war.

Und warum sollte er nicht zweifeln?

Er hatte die *Testaufgaben* vermasselt, die man lösen musste, um ein Auditor zu werden. Warum sollte er bei den wirklichen Aufgaben besser abschneiden? Es war ein Beruf, in dem diese Art hektischen Wahnsinns zur Tagesordnung gehörte – und wobei man immer einen kühlen Kopf bewahren musste.

Grimsby hatte nicht das Gefühl, dass sein Kopf diesen Anforderungen gewachsen war. Vom Rest seines Körpers ganz zu schweigen.

Vielleicht wäre er auf das heutige Abenteuer vorbereitet gewesen, wenn er das letzte Jahr damit verbracht hätte, neue Zaubersprüche zu lernen und zu üben – oder auch nur mal ins Fitnessstudio zu gehen. Aber er hatte keine Zeit gehabt.

Nein, das stimmte nicht. Er hätte die Zeit finden können. Er hätte sie sich nehmen können.

Aber er hatte nicht den Willen dazu aufgebracht.

Er war in seinem Sumpf aus Melancholie seltsam zufrieden gewesen. Es war kein gutes Leben, aber es war geordnet. Es war sicher. Und auch wenn es nicht immer leicht war, war es zumindest Routine – also, so was Ähnliches wie leicht, nur gefährlicher. Ein Jahr lang hatte er sich ständig gewünscht, die Dinge würden sich ändern. Er hatte nur nie erwartet, dass es wirklich passieren könnte. Und jetzt, wo es passiert war, war er sich nicht sicher, ob er bereit war.

Erst recht nicht, wenn das hieß, Dämonenblut zu klauen und damit ein Hexen mordendes Monster zu jagen.

Hätte ihn noch vor einer Woche jemand gefragt, ob er darauf Lust hätte, er hätte sich auf diese Chance gestürzt. Es klang nach *Abenteuer*. Er hätte wahrscheinlich geglaubt, dass so eine Mission aufregend und erfüllend sein musste.

Aber er war nicht aufgeregt. Und er war ganz sicher nicht erfüllt.

In allererster Linie hatte er einfach schreckliche Angst.

Ein falscher Schritt, eine falsche Bewegung, und alles war vorbei. Alles, in einem einzigen Moment.

Und das setzte ihm so schwer zu, dass er es bis in die Knochen spürte. Es machte ihm so schlimme Angst, dass es *wehtat.* Sein Magen benahm sich, als hätte er wochenalte DMMKDE-Pizza gegessen. Sein Kopf glich einem Schnellkochtopf auf dem Herd. Sogar seine Gelenke, die normalerweise nur in seinem linken Arm Probleme machten, fühlten sich überall so an, als wären sie voll grobem Sand. Als hätte er eine Grippe.

Er hatte immer geglaubt, dass er ein Abenteuer wie dieses herbeisehnte. Dass er dafür bestimmt war und nur ein grausames Schicksal es ihm versagte.

Jetzt war er nicht mehr so sehr davon überzeugt.

Aber es waren noch nicht mal die Dämonen und Monster, vor denen er sich am meisten fürchtete. Was ihm wirklich eine himmelschreiende Angst einjagte, war diese einfache Frage: Was würde ihm noch übrig bleiben, wenn er hier scheiterte?

Die Frage – und vielleicht die Antwort darauf – machte ihm mehr Angst als alle Ereignisse der letzten zwölf Stunden zusammen. Und er wagte nicht mal, ausgiebig darüber nachzugrübeln.

Konzentrier dich auf die anstehende Herausforderung, sagte er sich.

Hilf Mayflower, den Killer zu stellen. Finde die Hand, die Mansgraf gestohlen hat. Bring sie dem Department. Erst dann brauchst du darüber nachzudenken, was als Nächstes zu den blauen Funken kommt.

Er war fast ein bisschen erleichtert bei der Vorstellung, dass er vielleicht gar nicht lange genug leben würde, um sich über den letzten Teil den Kopf zerbrechen zu müssen.

Aber die Erleichterung hielt nur kurz vor, dann war ihm wieder übel.

Mayflowers Stimme schreckte ihn aus seinen Gedanken. »Wir sind fast da.«

Grimsby riss seine Augen von der Stelle in dem verrosteten Metall weg, die er seit einer gefühlten halben Stunde angestarrt hatte.

Mayflower hielt sich ausnahmsweise an das Tempolimit. Um sie herum wanden sich die kurvigen Straßen der Stadt, schmiegten sich in der Dunkelheit um die Wohnhäuser und Geschäfte, die dort eher nach zweckdienlichen als nach ästhetischen Gesichtspunkten gebaut worden waren. Viele Straßen stammten noch aus einer Zeit, als Pferde und Kutschen die bevorzugten Fortbewegungsmittel gewesen waren, und waren in einem dementsprechend chaotischen Zustand. Er roch den nahen Chelsea-River und im Süden konnte er gerade eben noch das Stadtzentrum in den Himmel ragen sehen.

Mayflower lenkte den Jeep durch eine Art Knoten aus Seitenstraßen, von dem Grimsby schwindelig wurde. Die groben Reifen donnerten über bröckelnden Asphalt und die darunterliegenden ramponierten Kopfsteine. Er wunderte sich, wie eine ganze Stadt sich so nach gordischem Knoten und altertümlich anfühlen konnte. Aber Boston bekam es hin.

»Halt dich an mich, wenn wir reingehen. Glotz niemanden und nichts an. Und am allerwichtigsten: Wenn dir irgendjemand was anbietet oder dich was fragt, sagst du Nein. Kapiert?«

»Nein.«

Mayflower warf ihm im Rückspiegel einen bösen Blick zu, aber Grimsby dachte, er hätte auf den Lippen des Mannes die Spur eines Lächelns gesehen. Ein richtiges menschliches Lächeln. Dann war es weg. »Mistkerl.«

Mayflower fand eine versteckte Gasse, gerade breit genug für den Jeep, bog ein und parkte ihn in einer Lücke zwischen überlaufenden Müllcontainern.

Mayflower kletterte raus und öffnete die Hintertür, damit Grimsby ebenfalls aussteigen konnte. Er zitterte in seinen blauen Jeans und seinem schwarzen T-Shirt, aber nicht nur wegen der kühlen Luft. Seine Kleidung war schweißnass, er versuchte, sich den unordentlichen dunklen Haarmopp aus der Stirn zu streichen. Er kniff die Augen einen Moment zusammen und nahm die Brille von der Nase, um sie an seinem T-Shirt zu putzen. Als er sie wieder aufsetzte und die Augen öffnete, stellte er fest, dass er die Schlieren auf den Gläsern dadurch nur schlimmer gemacht hatte.

Währenddessen hatte Mayflower seine Pistole aus dem Jackett gezogen und den Zylinder aufgeklappt, sein Mund bewegte sich mit, als er schweigend Patronen abzählte. Auf der Innenseite des Jacketts konnte Grimsby etwas glänzen sehen, im Licht der Straßenlaternen wirkte es silbrig.

»Was ist das?«, fragte er und deutete auf die Jacke des Großen Jägers.

Mayflower blickte erst grimmig, aber dann entspannten sich seine Gesichtszüge minimal. Langsam öffnete er sein Jackett, es kamen Schriftzeichen zum Vorschein, die mit silbernem Faden auf die Innenseite gestickt waren. »Siegel des Großen Jägers«, sagte er. »Meistens bevorzuge ich Kevlar, aber das hier hilft wenigstens gegen Magie.«

»Davon habe ich noch nie gehört.«

»Aus gutem Grund. Wenn jede Hexe das wüsste, würde eine von euch sofort nach einem Weg suchen, die Siegel zu umgehen.«

»Warum erzählst du es dann mir?«

Mayflower runzelte die Stirn, sein Blick hatte was Zweifelndes. Dann zuckte er nur mit den Schultern, als wäre die Frage damit erledigt. Stattdessen prüfte er den Hahn seiner Pistole, und als er damit zufrieden war, steckte er die Waffe in das Holster unter seinem Jackett.

»Bereit?«, fragte er.

»Nimmst du mir wenigstens die Handschellen ab?«, fragte Grimsby. Er hielt seine gefesselten Hände hoch und klimperte mit den versiegelten Ketten.

»Nein.«

»Komm schon. Was, wenn es da drin richtig übel wird?«

»Übel? Das ist kein Drogendeal wie in 'nem Fernsehkrimi. Es wird nicht ›übel‹ – außer, du machst es übel. Und die Wahrscheinlichkeit, dass du das machst, ist mit Handschellen geringer.«

»Ach, komm schon! Wie blöd kann ich mich denn schon anstellen?«

Mayflower hob nur eine Augenbraue.

Grimsby seufzte. »Meinetwegen. Aber nur als Warnung: Wenn mich irgendjemand wegen der Handschellen fragt, sage ich, es ist ein perverses Sex-Ding.«

Mayflowers Augen wurden etwas schmaler, bevor er seine graue Sonnenbrille aufsetzte.

»Komm jetzt. Und halt die Klappe.« Mit langen Schritten eilte er die Gasse hinunter, Grimsby musste sich anstrengen, um hinterherzukommen.

Sie waren einen halben Block weit gelaufen, als Grimsby in seiner Brust das Dröhnen tiefer, basslastiger Musik zu spüren begann. Als sie näher rankamen, konnte er sehen, dass sich auf dem Gehsteig eine ungeordnete Schlange aus ein paar Hundert plappernden, aufgeregten Menschen gebildet hatte. Die Schlange führte zu einer Doppeltür, die aussah, als stammte sie ursprünglich aus einer Kathedrale. Bewacht wurde die Tür von zwei Frauen. Die eine trug einen dunklen Anzug, die andere ein hautenges Lederoutfit – es war den Konturen ihres Körpers so exakt angepasst, dass der Vorstellungskraft nur eine einzige Frage offen blieb: ob sie Tattoos hatte.

Die Frau im Anzug war breit gebaut und groß wie eine Amazone. Ihre Schultern wirkten, als könnte sie mit ein bisschen Muskelanspannung den Anzugstoff reißen lassen – aber ihr Gesicht war seltsam fein, sie hatte eine Stupsnase und schmale Kiefer. Trotz der nächtlichen Stunde trug sie eine dunkle Sonnenbrille und stand regungslos hinter ihrer Partnerin.

Die zweite Frau besaß einen Körper, der Grimsby sofort erröten ließ. Ihr Bodysuit konnte ihren Busen kaum bändigen, der Reißverschluss war mit taktischer Präzision so weit geöffnet, dass garantiert alles und jeder auf ihren Ausschnitt starren musste. Ihre schmale Taille und die langen Beine zogen die Blicke fast aller Männer in der Schlange auf sich, Grimsby beobachtete, wie mehrere Frauen ihren abgelenkten Begleitern den Ellbogen in die Rippen rammten. Aber alle anderen Frauen, die Überzahl, waren genauso betört wie die Männer. Die Frau in dem engen Bodysuit trug ihr dunkles Haar in einem langen Zopf, der lebhaft auf ihren Schultern herumhüpfte, während sie die Schlange abschritt und dabei manche Gäste bat, aufzurücken und andere wegschickte.

Mayflower ignorierte die Schlange und überquerte mit der Ausstrahlung unbeirrbaren Selbstvertrauens die Straße. Grimsby folgte ihm und winkte dabei entschuldigend den Autofahrern zu, die ihretwegen bremsen mussten.

Mayflower näherte sich den Stufen zur Eingangstür, blieb dann aber plötzlich stehen. Sein Blick begegnete dem der Türsteherin im dunklen Anzug und er nickte. Sie antwortete mit einem knappen Nicken und richtete ihre Aufmerksamkeit dann auf Grimsby. Ihre feinen Züge verfinsterten sich leicht, Grimsby fragte sich, warum.

In dem Moment brachte die Frau im Bodysuit einige Pärchen zur Tür, die aussahen, als sollten sie eher bei einem Fotoshooting sein, als ihre Zeit in einem Nachtclub zu verschwenden. Sie ging an Mayflower und Grimsby vorbei und deutete die Treppe hinauf.

»Noch vier VIPs, Rora«, rief sie der anderen Frau zu, dehnte dabei mit einem seltsamen Akzent ihre Silben. »Mal sehen, ob wir die zu Stammkunden machen können.«

Rora nickte und ließ die Gäste ein.

Erst dann wandte sich die dunkelhaarige Schönheit Mayflower und Grimsby zu. »Bei allen Sternen, wenn das nicht der Große Jäger höchstpersönlich ist«, sagte sie zu Mayflower und neigte dabei ihren Kopf leicht, eine winzige Geste mit riesiger Anziehungskraft. »Ich dachte, du wärst tot.«

»Aby«, sagte Mayflower. »Ist 'ne Weile her.«

»Mehr als eine Weile«, sagte Aby. »Was willst du?«

»Ich muss mit Ash reden.«

Aby arrangierte ihre Züge zu einem Gesichtsausdruck, der etwas von einem bemalten Kirchenfenster hatte: undurchsichtig, kalt und wunderschön. »Warum?«

»Ich will einen Gefallen einlösen.«

»Ich glaube, die hast du alle verbrannt«, sagte sie. »Als du den letzten Club abgefackelt hast.«

Mayflower zuckte mit den Schultern. »Ich hatte Ash gewarnt, ihm gesagt, was ich machen würde, wenn er nicht aufhört. Er hat nicht aufgehört.«

»Bei dem Feuer wurden ein paar gute Mädchen verletzt.«

»Und Ash hat dafür aufgehört, Mädchen aus Übersee zu kaufen, und stattdessen endlich angefangen, sie anzustellen. Außerdem hatte ich euch beiden gesagt, was ich tun würde. Für den Rest kannst du Ash die Schuld geben.«

»Tu ich. Für seinen Anteil.«

»Gut. Jetzt bring mich zu ihm. Wir müssen reden.«

Aby entspannte ihren eisigen Gesichtsausdruck ein bisschen

und setzte dafür ein freches Grinsen auf. Sie warf einen Blick auf Grimsby. »Wer ist der Junge?«

»Niemand«, sagte Mayflower knapp.

Ihr Grinsen wurde breiter, und sie beugte sich vor, um Grimsby genauer zu betrachten. Als er sie so vor sich hatte, musste er all seine Willenskraft aufbieten, um nicht auf die Gegend um den Reißverschluss ihres Bodysuits zu starren. Stattdessen blickte er direkt nach oben in den wolkenverhangenen Nachthimmel.

»Ich mag ihn«, sagte Aby mit einem Schmunzeln. »Er ist unschuldig. Kein bisschen wie du.«

»Er ist nicht dein Typ«, sagte der Große Jäger.

»Nein. Aber ich könnte eine Ausnahme machen. Außerdem hätte ich sicher ein paar Mädchen, die interessiert wären. Und ein paar Jungs. Was meinst du, junger Mann?«

Grimsby war nicht sicher, ob er sich jemals so unwohl und gleichzeitig so geschmeichelt gefühlt hatte. Er traute sich aber nicht, zu sprechen, also schüttelte er einfach heftig den Kopf.

»Er steht nicht auf der Speisekarte,« sagte Mayflower. »Jetzt bring mich zu Ash.«

Der Ausdruck ihrer dunklen Augen veränderte sich, in der schwarzen Tiefe loderten plötzlich Flammen auf, wie zwei Lagerfeuer in einer mondlosen Nacht. »Jeder steht auf der Speisekarte«, sagte sie. Dann schmolz das Eis in ihrer Miene plötzlich wieder, als würde sie sich zusammenreißen. Langsam hob sie ihre Schultern, eine Geste, die Grimsby an einen sich rekelnden Panther erinnerte. »Aber wie du magst. Ist schließlich deine Angelegenheit. Folge mir, Großer Jäger, folge mir.« Sie ging ihnen voraus die Treppe hoch und schwenkte dabei ihre Hüften geradezu hypnotisch.

Grimsby machte einen Schritt, trat mit dem Fuß neben die Stufe und stolperte. Mayflower packte ihn mit eisernem Griff an der Schulter und bewahrte ihn davor, mit dem Gesicht voran auf den Boden zu knallen.

»Meine Güte, Grimsby«, zischte Mayflower. »Reiß dich zusammen.«

Grimsby wurde rot. Er wusste, dass er sich hatte ablenken lassen – aber so wirklich bereute er es nicht. »Richtig … richtig. Tut mir leid.«

Er starrte auf seine Füße, als er hinter Mayflower herging. Als er ein einziges Mal einen Blick nach oben riskierte, sah er, dass Aby ihn musterte. Zuerst wurde ihm ganz heiß dabei – aber der Blick in ihren Augen ließ ihn plötzlich erzittern.

Es war ein hungriger Blick. Und nicht auf die gute Art.

»Rora«, rief Aby der Frau im dunklen Anzug zu. »Bist du so lieb und übernimmst? Ich bringe diese beiden zu Ash.«

Rora hob eine Augenbraue, so dünn wie der Strich eines Fadenkreuzes, aber irgendetwas in Abys Blick hielt sie davon ab, weiter nachzufragen.

Aby öffnete die Tür, drehte sich zu Mayflower und Grimsby um und sagte mit einer übertrieben graziösen Geste, wobei das Dröhnen der Musik ihre Stimme beinah übertönte: »Willkommen in der Lounge, Jungs.«

16

DIE LOUNGE WAR dunkel – so dunkel, dass Grimsby die Augen zusammenkneifen musste und einen Moment brauchte, um sich an das Licht zu gewöhnen. Der Raum hatte etwas von einer Arena, in der Mitte war die leicht abgesenkte Tanzfläche, auf der sich dicht gedrängte Menschen im stampfenden Rhythmus der Musik bewegten. Scheinwerfer an den Wänden schickten im Takt Schlaglichter auf den Boden, halfen aber nicht wirklich bei der Orientierung. Grimsby sah, dass die meisten Menschen in sehr engen Gruppen tanzten, und in dem immer wieder kurz aufblitzenden Licht sah er Pärchen – manchmal mehr als nur Pärchen – Dinge anstellen, die ihn erröten ließen. Er blickte eilig weg.

Aby ging mit ihnen über einen erhöht angebrachten Laufsteg, der über die wimmelnde Tanzfläche führte wie eine Brücke über ein Meer aus Fleisch. Hände streckten sich von unten nach ihr aus und folgten ihr wie eine Meeresströmung. Sie blieb kurz stehen und ließ einige Fingerspitzen ihre Fußgelenke berühren, dann ging sie weiter. Die Hände gaben ihr nach und nach den Weg frei, die Bewegung glich einer sich brechenden Welle.

Jemand fasste nach Mayflowers Stiefel, der Große Jäger

stampfte im Vorbeigehen beiläufig auf die Hand und zermalmte sie unter seinem Absatz.

Grimsby trippelte ungelenk über den Laufsteg und versuchte dabei, den wenigen Armen auszuweichen, die sich in Abys und Mayflowers Kielwasser noch nach ihm ausstreckten.

Der Laufsteg umrundete eine Bar, die über der Tanzfläche thronte. Kellnerinnen in knappen dunklen Kleidern sammelten knallbunte Drinks vom Tresen und schlängelten sich mit ihren Tabletts elegant durch die Menge. Die Tanzenden streckten im Vorbeikommen die Finger nach ihnen aus und berührten die Kellnerinnen sanft, wie sie es schon bei Aby getan hatten. Sie waren nicht aggressiv, sie wirkten eher, als folgten sie einem überwältigenden Bedürfnis, weichen Stoff zu berühren. Grimsby war nicht einmal sicher, ob die tranceartig Tanzenden überhaupt merkten, was sie da taten.

Im Geflacker der Lichter sah Grimsby, dass die Augen der Kellnerinnen einen fast unnatürlichen Glanz hatten. Und genau wie Aby gaben sie sich immer wieder kurz den Berührungen der Gäste hin, ihre Augenlider schläfrig halb gesenkt – wie Löwinnen nach einer großen Mahlzeit.

Der Laufsteg hatte etwas seltsam Labyrinthartiges. Er teilte sich immer wieder und die neuen Pfade bogen in andere Ecken des großen Raums ab. Manche davon mündeten in Sitzecken, in denen Menschen in dichten Trauben neben- und aufeinandersaßen, andere führten zu Logen aus fast undurchsichtigem Glas, in denen auf Leinwände die Silhouetten von Frauen mit äußerst biegsamen Körpern projiziert wurden, die wie lebendige Kunstwerke komplizierte und fast unmöglich scheinende Posen einnahmen.

Grimsby spürte einen harten Schlag gegen seinen Arm. Er blickte rüber und sah, dass Mayflower ihn mit dem Ellbogen angestoßen hatte.

»Halte deine Hormone im Zaum, Junge«, flüsterte er. »Sonst wirst du es nicht wieder hier rausschaffen.«

Grimsby nickte eilig und versuchte, sich zusammenzureißen. Er blickte auf den Boden, in der Hoffnung, dort etwas Uninteressantes zu entdecken, worauf er sich konzentrieren konnte. Auf der Tanzfläche unter ihnen hatte die Menge etwas Platz frei gemacht für einen Mann und eine Frau, die beschlossen hatten, dass sie lieber unbekleidet weitertanzen wollten.

Grimsby biss sich fest in die Wange, schaute weg und starrte stattdessen nach vorn. Aber dort schwang Aby ihre Hüften. Er ballte seine Fäuste noch fester und bohrte die Fingernägel in seine Handflächen. Verzweifelt richtete er seinen Blick hoch an die dunkle Decke und war fast überrascht, dort keine nackten Menschen zu entdecken, die in den Dachbalken Gymnastik für Erwachsene trieben.

Die Decke war beruhigend.

Er starrte hoch in die Dunkelheit und ballte weiter seine Fäuste. Nur so konnte er sich auf das Weitergehen konzentrieren.

Es ging eine Weile gut – bis er fast direkt in Aby hineingelaufen wäre, als sie plötzlich vor einem Samtvorhang stehen blieb. Mayflowers kalte Hand packte ihn an der Schulter und zog ihn zurück, bevor er sie berührte. Als er runterblickte, wirkte Aby ein wenig enttäuscht.

»Ich würde euch bitten, in meiner Nähe zu bleiben«, sagte sie. »Das sind Separees. Ich lege Wert darauf, dass die Gäste dort nicht gestört werden.«

Mayflower gab ein Geräusch von sich, das nach Ekel klang.

Grimsby nickte nur und hatte dabei das Gefühl, seine Augen unnötig weit aufgerissen zu haben.

Aby führte sie durch den Vorhang, und plötzlich verebbte

die dröhnende Musik, stattdessen schwebten sanfte, verführerische Geigenmelodien durch den Raum. Sie befanden sich in einem langen Gang, der Boden war mit einem üppigen roten Teppich bedeckt, die Wände mit Kunstwerken geschmückt, die für Grimsbys Verhältnisse reichlich viele Details der menschlichen Anatomie abbildeten.

Eine Frau näherte sich, deren Kleidung das absolute Gegenteil zu Abys war: Statt in einer zweiten Haut aus schwarzem Leder zu stecken, war diese Frau mit dünnen Stofffähnchen behangen, die so gut wie durchsichtig waren. Sie machte einen sanften Knicks, aber bevor sie den Mund öffnen konnte, winkte Aby mit der Hand ab.

»Nicht jetzt, Marion. Ich habe Besuch für Ash.«

Die Frau hob eine Braue, widersprach aber nicht. »Wie du wünschst. Begehrst du noch irgendwas anderes?«

Aby setzte zu einem Kopfschütteln an, zögerte jedoch plötzlich und blickte hinter sich zu Mayflower und Grimsby. »Arienette soll vor der Mastersuite auf uns warten.«

Marion knickste erneut und glitt davon, ihr sehniger Körper dehnte sich dabei unter der dünnen Seide.

»Was führst du im Schilde, Hure?«, raunzte Mayflower Aby an.

Sie drohte ihm mit ihrem Zeigefinger. »Wie unhöflich. Normalerweise hat so eine Sprache ja durchaus ihren Reiz, aber aus deinem Munde, Großer Jäger?« Sie spitzte ihre Lippen zu einem übertriebenen Kussmund. »Ich hab fast den Eindruck, du meinst es wirklich so.«

»Beiß mich.«

»Das habe ich dir schon mehrmals angeboten«, sagte sie. »Und jetzt, wo du nicht mehr verheiratet bist …«

Mayflower hob die Hand, als wollte er in seine Anzugjacke greifen. »Kein Wort mehr.«

Aby lächelte triumphierend, zufrieden, dass sie ihn kurz aus der Fassung gebracht hatte. Sie tat, als verschlösse sie ihre Lippen mit einem unsichtbaren Schlüssel, und ließ diesen dann in ihren Ausschnitt fallen – wobei sie den Reißverschluss ganz nebenbei noch ein paar Zähne weiter öffnete. Dann ging sie weiter den Gang hinunter. Dieser Korridor wirkte endlos lang und kurvig. Auf beiden Seiten gingen Türen ab, durch einige hörte Grimsby die Geräusche von hektischem wildem Sex. Manchmal klang es, als hätten sich vier oder mehr Stimmen zu einem angestrengt stöhnenden Chor vereint. Er gab sich Mühe, an was anderes zu denken. Egal was.

Es gelang ihm nicht sehr gut.

Endlich gelangten sie an eine Wendeltreppe aus lackiertem Holz, die sich einige Stockwerke nach oben schraubte. Aby ging voraus, die Muskeln ihrer langen Beine spannten sich bei jedem Schritt verführerisch an. Mayflower folgte, seinen grimmigen Blick auf ihre Schulterblätter gerichtet. Grimsby blieb einen Schritt hinter ihm und suchte mit seinen Augen nach Orten, wo Aby ihre Beine gerade nicht hatte.

Auch das bekam er nicht sehr gut hin.

Am Ende der Treppe führte ein kleiner Flur direkt zu einer Doppeltür. Dort wartete ein Mädchen auf sie. Sie trug ein ähnliches Outfit wie Marion, bloß in einer etwas bescheideneren Version. Sie war jung, vielleicht sogar so jung wie Grimsby, aber ihr Gesicht war auf eine Weise alterslos, dass es sowohl zu einer reifen als auch zu einer ganz jungen Frau gepasst hätte. Sie blickte auf, ihre Augen schimmerten in einem unnatürlichen Silber, ihr seidiges Haar lag farblich irgendwo zwischen Bronze und Gold. Sie lächelte Aby warm an und befestigte nebenbei eine lose Haarsträhne mit einer Haarspange, auf der ein Origami-Kranich saß.

»Arienette«, sagte Aby. »Hier ist jemand, den ich dir vorstellen möchte.«

»Natürlich, Meisterin«, sagte Arienette, ihre Stimme klang wie sanfte Glöckchen an einem klaren Bach.

»Das ist Leslie Mayflower, der Große Jäger.«

Arienettes silberne Augen leuchteten kurz auf, dann erlosch das Licht darin vollständig. »Ah«, hauchte sie fast lautlos.

»Mayflower«, sagte Aby. »Das ist das Mädchen, das du zur Waise gemacht hast.«

Mayflowers Gesicht wurde hart. Einen Moment lang sagte er nichts und starrte Aby nur kalt an. Schließlich sprach er mit tiefer, harter Stimme. »Ich habe viele zu Waisenkindern gemacht.« Es klang kein Stolz, keine Überheblichkeit in seiner Stimme. Nur leise, harte Wahrheit.

»Ja, das kann ich mir vorstellen. Ich dachte nur, ihr beide solltet euch mal in die Augen schauen«, meinte Aby mit einem vielsagenden Lächeln. »Arienette, ich glaube du hast Gäste, um die du dich kümmern musst?«

Die silbernen Augen des Mädchens funkelten wieder, und Grimsby meinte, ein wildes Feuer darin zu erkennen, aber ihr Gesicht war so kühl wie ein Marmorgrabstein auf einem winterlichen Friedhof. »Ja, Meisterin.«

Sie drehte sich um und huschte die Treppe hinunter, ihre Augen so lange auf Mayflower gerichtet, bis sie außer Sichtweite war. Grimsby verspürte einen Stich von Eifersucht, weil sie kein einziges Mal in seine Richtung geblickt hatte. Er fand das selber lächerlich. Aber das Gefühl war trotzdem da.

Mayflower baute sich vor Aby auf, seine schroffen Augen brannten. »Warum?«

»Du hast den alten Club abgefackelt«, sagte Aby, wobei der flirtende und schmeichelnde Tonfall plötzlich aus ihrer Stimme verschwunden war. »Viele der Mädchen wurden verletzt. Eine hat den Brand nicht überlebt. Du hast die Mutter dieses Mädchens getötet. Sie verdient es, dein Gesicht zu kennen. Und du solltest dich an ihres erinnern, wenn du dich in den Schlaf säufst.«

Mayflower schwelte noch einen Moment vor Wut, dann schien das Feuer in ihm plötzlich zu verlöschen. Sein ganzer Körper sank ein winziges bisschen zusammen. Nicht viel, aber genug. Er brauchte nur kurz, um seine Fassung wiederzuerlangen, aber es war zu spät. Grimsby hatte es bemerkt.

Aby hatte es auch bemerkt. Sie lächelte.

Grimsby fühlte einen kalten Schauer über seine Haut kriechen. Er hatte noch nie zuvor erlebt, dass jemand den Großen Jäger aus der Fassung gebracht hatte – aber Aby hatte einen Treffer gelandet, und der hatte gesessen. Und sie hatte es mit einer unglaublichen Leichtigkeit getan.

Plötzlich überkamen Grimsby Zweifel. Ihm wurde klar, dass der Große Jäger doch nicht unbesiegbar war – und plötzlich fühlte er sich nicht mehr so sicher.

»Na dann, Jungs«, sagte Aby, nachdem sie ihren kleinen Sieg noch ein paar Sekunden ausgekostet hatte. »Dann lasst uns mal mit Ash plaudern.«

Sie öffnete die Türen und ein sanft beleuchtetes, luxuriös eingerichtetes Schlafzimmer kam zum Vorschein. Ein gigantisches Bett – »Doppelbett« wäre eine Untertreibung – dominierte die Mitte des Raumes, darum herum war aber noch reichlich Platz übrig. Die einzigen anderen Möbelstücke waren ein großer Kleiderschrank, eine gut gefüllte Bar – und eine seltsame Konstruktion aus Holz, Metall und vielen Riemen.

Grimsby wollte sich lieber nicht ausmalen, wofür sie diente.

Eine Wand bestand völlig aus Glas und man blickte direkt auf die pulsierende Tanzfläche darunter. Der dramatische Kontrast zwischen dem ruhigen Schlafzimmer und dem Toben im Club ließ beides unecht wirken. Obwohl die Menge sich zu etwas bewegte, was donnernde Bassrhythmen sein mussten, hörte und fühlte Grimsby nur die sanften Geigen.

Das Schlafzimmer war blitzsauber, aber es lag ein rauer, schwerer Duft in der Luft, den er nicht einordnen konnte. Ihm wurde davon etwas schwindelig.

Aby schloss die Türen hinter ihnen. »Seid ihr sicher, dass ich euch nichts zu trinken anbieten kann?«

Mayflower antwortete nicht.

Grimsby konzentrierte sich darauf, nicht umzukippen.

»Wo ist Ash?«, raunte der Große Jäger.

»Oh, er ist hier«, sagte Aby, etwas in ihrer Stimme verursachte Grimsby eine Gänsehaut – aber nicht auf die angenehme Art. »Er ist immer hier, richtig, Ash?«

Es ertönte keine Antwort.

Aby verließ die Bar und ging zum Kleiderschrank, sie bewegte sich dabei noch stärker wie eine Raubkatze, das Funkeln in ihren Augen wetteiferte mit dem Licht auf der Tanzfläche. Sie öffnete die Schranktüren und riss sie weit auf. Und dabei schnappte sie mit theatralisch gespielter Überraschung nach Luft.

»Ah! Da bist du ja, Ash!«

Grimsby brauchte einen Moment, um zu begreifen, mit wem oder was sie da redete.

Im Schrank hing ein abgetrennter Kopf. Er war auf einer Holztafel befestigt und gehörte einem Mann – oder hatte es zumindest einmal. Obwohl – genau genommen war es nicht wirklich der Kopf eines Menschen. Kurze gekrümmte Hörner ragten aus seiner Stirn. Den Mund bedeckte eine Metallplatte, die mit Bolzen befestigt war.

Ash war tot. Und das tiefe Loch, das sich plötzlich in Grimsbys Magen auftat, sagte ihm, dass sie gerade in eine Falle getappt waren.

17

GRIMSBY STARRTE DEN festgenagelten Kopf an und vernahm ein ängstliches Stöhnen. Überrascht stellte er fest, dass es sein eigenes war.

Mayflower hingegen rührte sich nicht. Er starrte nur Aby und ihre Trophäe an, dann runzelte er die Stirn. »Wann hast du den Laden übernommen?«, fragte er endlich.

»Vor ein paar Jahren«, antwortete sie, fasste hoch und strich mit ihren Fingern sanft über Ashs blasse Wange. »Verbring du mal ein paar Jahrhunderte mit irgendjemandem. Irgendwann willst du ihnen den Kopf abreißen.« Sie lächelte und berührte mit ihren Fingern eine Holzkiste unter der Trophäe. »Beiden.«

»Soll ich dich dann ab jetzt mit Madame Aby ansprechen?«, erkundigte sich Mayflower.

Aby zuckte mit den Schultern. »Nenn mich, wie du willst, Großer Jäger. Du wirst ohnehin nicht mehr lange Gelegenheit dazu haben.« Grimsby spürte etwas Kaltes an seinem Arm. Er schaute runter und erblickte Mayflowers Hand, die ihm den Schlüssel für die Handschellen hinhielt.

Er erstarrte.

Es gab nur einen Grund, warum Mayflower ihm die Fesseln abnehmen wollte: weil gleich etwas Furchtbares passieren würde.

So furchtbar, dass der Große Jäger nicht überzeugt war, dass er alleine damit fertigwürde. Und wenn Mayflower – der *verjabberwockte* Große Jäger – es allein nicht schaffte: Was bitte konnte Grimsby an Hilfreichem beisteuern?!

»Brennende Augen«, murmelte er, griff wie betäubt nach dem Schlüssel und fummelte damit an dem Handschellenschloss rum.

Mayflower blieb zwischen ihm und Aby stehen. »Ich werde dir nur eine einzige Chance geben, Aby. Gib uns den Kopf, und wir hauen ab, ohne Ärger zu machen.«

»Wozu willst du seinen Kopf?«, fragte sie und pirschte sich näher an ihn heran. »Ist nicht gerade sein bestes Stück. Außerdem: Wer hat gesagt, dass ihr überhaupt wieder von hier wegdürft?«

Mayflower seufzte, es klang eher müde als ängstlich. »Soll ich wirklich fragen, ob wir das auf die harte Tour machen wollen?«

Sie grinste hämisch und ihre Augen leuchteten auf wie glühende Kohlen. »Das ist die einzige Tour, die mir gefällt.«

Grimsby schaffte es, sich die Handschellen abzunehmen, und fand endlich die Sprache wieder. »Was für eine Hinter-den-Spiegeln-Scheiße läuft hier eigentlich ab …«

Genau in diesem Moment begann Abys Transmutation: Ihre Haut wurde dunkler, zuerst sah es aus, als errötete sie nur – aber dann wurde es zu einem hellen Pink, das sich im Anschluss in ein tiefes Dunkelrot verwandelte. Der enge Lederanzug schien wegzuschmelzen und entblößte langsam immer mehr rote Haut, bis Aby völlig nackt war.

Sie hatte keine Tattoos.

Das Leder floss über ihre Schultern und wurde zu einem von ihrem Rücken herabhängenden Umhang aus lebendiger Dunkelheit. Aus ihrem Kopf wuchsen gekrümmte Hörner wie die eines Ziegenbocks. Aus ihren Augen wich alles Licht, sie wurden vollkommen dunkel, bis auf zwei glühende Punkte. Ihre hochhackigen Stiefel gestalteten sich zu Bockshufen um. Sie lächelte und entblößte dabei strahlend weiße Fangzähne, leckte sich dann mit ihrer Schlangenzunge auf eine Art über die Lippen, die Grimsbys von Furcht vernebeltes Hirn restlos aus dem Gleichgewicht brachte.

Mit einer plötzlichen Bewegung stürmte sie vor, der dunkle Umhang auf ihrem Rücken trieb sie dabei an wie ein ledernes Segel in einem Sturm. Ihre schlanke Muskulatur spannte sich an, und aus ihrer Hand sprossen schwarze Krallen aus Obsidian, lang genug, um damit Gliedmaßen abzutrennen und Eingeweide herauszuschneiden.

Mayflower war fast genauso schnell. Mit der ersten Bewegung schubste er Grimsby zur Seite, mit der zweiten zog er die Waffe aus seinem versteckten Holster. Er machte einen Ausfallschritt und verlagerte sein Gewicht, um Abys Angriff zumindest abzufedern, auch wenn er es nicht schaffte, ihr ganz auszuweichen.

Aber die Frau – oder was auch immer – war schneller. Grimsby hatte sich nach Mayflowers Stoß kaum gefangen, als er den Großen Jäger vor Schmerz ächzen hörte. Er blickte hoch und sah Aby mit einer übermenschlichen Geschwindigkeit an ihm vorbeischießen.

Mayflower trug plötzlich mehrere Wunden im Gesicht. Drei lange, blutende Schnitte, der mittlere war gerade mal zwei Zentimeter an seinem Auge vorbeigegangen.

Aby hatte indes nichts von ihrer Dynamik eingebüßt und raste mit der Geschwindigkeit eines mitternächtlichen Hurrikans durch den Raum. Der Umhang aus Dunkelheit an ihrem Rücken trieb sie an und hinterließ dabei eine Spur aus züngelndem Rauch. Sie brachte sich für einen weiteren Angriff auf Mayflower in Stellung, und Grimsby konnte erkennen, dass der Große Jäger schon angeschlagen war.

Mayflower hob seine Waffe, als die Frau sich vor ihm aufbaute, aber obwohl sie direkt in seiner Schusslinie stand, drückte er nicht ab. Grimsby meinte, in Mayflowers blutüberströmten Augen so was Ähnliches wie Unentschlossenheit zu erkennen.

Aber genau in dem Moment sprang die Schlafzimmertür auf. Rora, die Türsteherin, fegte herein, eine Pumpgun in den Händen. Sie scannte den Raum mit ihrer dunklen Sonnenbrille und richtete die Waffe dann auf Mayflower.

Grimsby wandte sich um, immer noch fassungslos über den plötzlichen Gewaltausbruch. Sein Herz hämmerte so laut in seiner Brust, dass er kurz dachte, jemand hätte die Musik wieder umgestellt – von den lieblichen Geigen auf die donnernden Bässe unten im Club. Abys Schreie klangen noch in seinen Ohren, seine Haut war kalt und verschwitzt.

Seine Instinkte rieten ihm, wegzulaufen und sich zu verstecken. Unter dem riesigen Bett war genug Platz, es erschien ihm als besonders geeigneter Ort. Dort konnte er sich bestimmt für einige Sekunden in Sicherheit bringen – vielleicht sogar für eine ganze Minute, was ihm gerade wie eine Ewigkeit vorkam.

Doch stattdessen lief er in Richtung Tür, wie er überrascht feststellte. Die Frau mit der Pumpgun war so auf Mayflower konzentriert, dass sie Grimsby noch gar nicht bemerkt hatte. Er rannte auf sie zu und hörte sich dabei selber schreien.

Es war kein sehr männlicher Schrei, eher wie das kreischende Intro eines Horrorfilms, aber Grimsby konnte nicht anders. Sein Körper musste den Schrecken und die Angst irgendwie rauslassen und anscheinend waren lediglich seine Stimmbänder aktuell nicht vor massiver Dummheit gelähmt.

Jetzt hatte Rora ihn bemerkt und drehte sich zu ihm um. Die Schrotflinte knallte los, aber Rora hatte schlecht gezielt: Grimsby spürte einen Luftstoß über seinen Kopf hinwegzischen. Wäre er durchschnittlich groß gewesen, hätte die Ladung ihm wohl den Schädel zerrissen. Aber so jagte der laute Schuss ihm nur einen derartigen Schrecken ein, dass er sein Gleichgewicht verlor und mit ungebremstem Vorwärtsdrang auf Rora zustolperte, wobei er vergeblich versuchte, sich wieder zu fangen.

Die Frau sprang zurück und wich ihm aus.

Er stürzte mit dem Kopf voran auf den Boden, schoss einen Salto und blieb direkt vor der Tür liegen. Als er aufblickte, sah er, wie Rora eine neue Patrone in den Lauf schob und die Waffe auf seine Brust richtete.

Grimsby hob eine Hand und spürte seinen Impetus in sich hochsteigen. Er hatte keine Zeit, ihn zurückzuhalten oder zu kontrollieren, und etwas Magie flackerte aus seinen Narben. Er ignorierte die plötzlich aufflammenden Schmerzen und hob seine gute Hand, deutete mit einem Finger auf Rora und schrie: »*Dreh*!«

Ein Strahl grüner Energie schoss aus seinem Finger, ein armdicker horizontaler Tornado aus hagelkorngroßen Funken. Der Wirbel war so stark, dass er Fliesen von der Decke riss, den Teppich teilweise zerfetzte und alles in einem irren Strudel hinter sich herzog. Die machtvolle Mitte des Zauberspruchs traf den Lauf des Gewehrs und verriss Rora die Waffe leicht in der Hand, als sie gerade abdrückte. Der Schuss ging in den Boden neben Grimsby und schleuderte ihm scharfe Holzsplitter ins Gesicht. Aber durch den etwas verschobenen Winkel der Waffe riss der Rückschlag Rora die Pumpgun aus der Hand, Grimsby sah, wie sie die Zähne zusammenbiss, als ihr Finger sich im Abzugsbügel verfing und am mittleren Gelenk schrecklich verdreht wurde.

Darauf wechselte sie einfach die Hand, ohne einen Laut von sich zu geben oder Grimsby dabei aus den Augen zu lassen, und hob mit gefletschten Zähnen erneut die Waffe.

Grimsby kreischte und trat ihr die Tür ins Gesicht, sie taumelte in den Gang. Er stolperte benommen auf die Füße und schloss die Tür ab. Grimsbys Impetus loderte, er rief immer wieder »*Binde! Binde! Binde!*« und stempelte mit seinen Daumen parallele Runen auf die Türflügel, als wäre er ein menschlicher Tacker. Innerhalb von Sekunden hatte er die Türen mit einem halben Dutzend magischer Fäden versiegelt.

Ein heftiger Schlag traf die Tür. Dann noch einer. Und noch einer. Die Türen öffneten sich bei jedem Schlag kurz einen Spaltbreit, und man konnte dadurch Roras beträchtliche Körpermasse sehen, die sie als Rammbock gegen die Tür einsetzte – aber die blauen Fäden aus Magie spannten sich und ließen die Tür immer wieder zuknallen. Die Sprüche hielten vorerst, aber Grimsby konnte schon spüren, wie ihre Energie immer schwächer und weniger wurde.

Er drehte sich um und sah Mayflower mit dem Rücken zur Wand stehen, während Aby auf ihn zulief und ihn in die Ecke drängte. Plötzlich griff sie an und ließ einen Wirbel aus prügelnden schwarzen Krallen auf ihn los. Mayflower hob schützend die Arme. Als die Klauen auf seine Deckung trafen, erwartete Grimsby, rotes Blut aus den Schnitten strömen zu sehen. Stattdessen drang silbernes Licht aus den Rissen in Mayflowers Anzugärmeln. Die seltsamen schriftzeichenähnlichen Stickereien im Innenfutter leuchteten grell durch den Stoff.

Aby schrie, als das Licht sie berührte. Sie zuckte zurück und bedeckte ihre Augen. Der Vorhang aus Dunkelheit auf ihrem Rücken verwelkte und verbrannte im silbernen Licht, sie wurde nach hinten geschleudert und brach als Haufen aus biegsamen langen Gliedmaßen zusammen.

Mayflower brüllte Grimsby durch das Chaos zu: »Hol den Kopf!«

Grimsby, froh darüber, in dem ganzen Wahnsinn endlich eine klare Anweisung zu haben, rannte zum Schrank und riss ihn auf.

Die Tür zum Flur erzitterte unter weiteren machtvollen Schlägen. Die Bindungszauber hielten gerade eben noch, ihr Licht flackerte schwach, das Holz des Türblatts splitterte schon.

Grimsby wandte sich dem festgenagelten Kopf zu und schreckte instinktiv vor der makabren Trophäe zurück. Langsam streckte er seine Hände danach aus, sie zitterten und sträubten sich, das tote Fleisch zu berühren.

»Grimsby!«, brüllte Mayflower.

Grimsby zwang sich, die grausige Trophäe zu packen. Sie fühlte sich grotesk und gummiartig an, unecht, aber doch realistisch. Und seltsam warm. Er zerrte daran, aber sie rührte sich nicht. Er murmelte einen Fluch und zog fester.

»Verdammter Welpenschwanz, warum … willst … du …!«

Dann, mitten in Grimsbys Rückwärtsbewegung, öffnete Ashs abgetrennter Kopf die Augen.

Grimsbys Kehle entfuhr der angehaltene Atem als Kreischen.

Er erschrak so, dass er den Schrank erst umkippen sah, als es schon fast zu spät war. Er quiekte und sprang aus dem Weg, der Inhalt des Schranks purzelte heraus, und das Möbel knallte mit der Tür nach unten auf den Boden.

Aber der Kopf war noch drin. Grimsby war darüber zwar nicht gerade traurig, aber er wusste, dass sie ohne einen Körperteil von Ash den Ortungszauber für die Siegelkiste niemals hinbekommen würden.

Plötzlich krachte die Schrotflinte und alles andere klang im Vergleich auf einmal sehr leise.

Grimsby wandte sich um und sah, dass ein großer Teil der Tür einfach aufgehört hatte zu existieren. Und dann zerbarst noch einer. Er musste schnell handeln. Eklig oder nicht – er schüttelte sich –, sie brauchten diesen Kopf.

Er versuchte, den Schrank anzuheben und umzudrehen, aber der wog ein Vielfaches seines Körpergewichts und rührte sich keinen Millimeter. Grimsby überlegte, ob er einen Spruch einsetzen könnte. Dann verschwand ein weiterer Teil der Tür.

Die übrig gebliebenen Binderunen erloschen und rissen wie überstark gespannte Gitarrensaiten.

Ihnen lief die Zeit davon.

Dann erblickte er eine Kiste auf dem Boden, ihr Deckel stand leicht offen. Er begriff sofort, was ihr Inhalt war, und verspürte gleichzeitig Erleichterung und Ekel. Er hob die Kiste auf und rannte zu Mayflower.

»Hast du ihn?«, knurrte Mayflower, ohne seinen Blick von Aby zu lösen.

»Ja!«

»Gut.«

Der Große Jäger packte Grimsby an der Schulter und rannte los. Sie hielten direkt auf die riesige Glaswand zu, die den Blick auf die Tanzfläche freigab. Mayflower hob im Laufen seine Waffe und schoss auf das Glas. Ein faustgroßes Loch wurde sichtbar, ein Spinnennetz aus Rissen breitete sich über das Fenster aus – aber das Glas zerbrach nicht. Das Dröhnen von Musik drang durch die neue Öffnung herein, der Rhythmus schwer und treibend.

Hinter ihnen flog auf, was an Resten von der Tür übrig war, und drei Frauen in Anzügen und dunklen Brillen stürmten in den Raum. Zwei davon trugen kompakte Handfeuerwaffen, Rora immer noch ihre Pumpgun, der Zeigefinger ihrer rechten Hand hing schlaf herab.

Mayflower drückte noch zwei Mal ab, das Fenster bekam weitere Risse ab – aber das Glas zerbrach immer noch nicht.

Grimsby sah die Frauen mit den Schießeisen auf ihre Rücken zielen.

Sie würden es nicht schaffen.

Mayflower hob seinen Ellbogen vor den Kopf, während er weiter auf das Fenster zustürmte und dabei Grimsby hinter sich herschleppte, und der machte es ihm nach.

Sie krachten durch das Fenster, Glassplitter regneten auf sie herab, die Musik im Club dröhnte plötzlich mit voller Lautstärke, und in dem ganzen Chaos waren gerade eben noch Schüsse zu hören.

Dann fielen sie.

18

SIE STÜRZTEN IN einer glitzernden Wolke aus Glassplittern fast sechs Meter in die Tiefe. Grimsby hatte das Gefühl, dass die Zeit langsamer lief, während er durch die Luft taumelte und der Boden immer näher kam. Er wusste, dass dies das Ende sein würde, und nahm all seine Kraft zusammen.

Die Menge der aufgegeilten Tänzer gefror in ihren Bewegungen und alle starrten sie mit weit aufgerissenen Augen und Mündern an. Sogar die Musik war verstummt, aus den Lautsprechern ertönte nur noch dumpfes Rauschen. Die einzigen Geräusche waren das Gebrüll aus der Suite, die Schüsse – und Grimsbys Schreie.

Er spürte, wie die Hand auf seiner Schulter plötzlich an ihm zerrte und Mayflower sich dann wie ein Umhang um ihn wickelte. Sie landeten in einem Knäuel auf einem der Laufstege und rollten dann mit einem Knirschen über den Teppich aus zerbrochenem Fensterglas. Grimsby spürte, wie sich die Splitter Zähnen gleich in seine Haut bohrten, Dutzende blutende Wunden hinterließen und dabei einige der Verletzungen wieder aufrissen, die der Wirbel-Geist in Mansgrafs Höhle ihm verpasst hatte.

Einen köstlichen Moment lang lagen sie einfach nur da.

Stürzten nicht mehr, liefen nicht mehr, machten keine hektischen Bewegungen. Grimsby hob seinen Kopf, blickte sich um und sah eine verdatterte Menge.

Atemlose Stille erfüllte den Raum, Hunderte Blicke waren auf sie gerichtet: Tänzer, Kellner und sogar der DJ hinter seinem Altar aus elektronischen Geräten glotzten und glotzten.

Dann sah Grimsby, wie der DJ mit den Schultern zuckte und seine Faust auf das Keyboard vor sich drosch.

Der Bass heulte mit voller Lautstärke durch den Raum und die Menge grölte zustimmend.

Es wurde wieder getanzt.

Über ihnen in dem zerbrochenen Fenster tauchte Aby auf. Ihre Augen loderten wie Feuer, langsam breitete sie ihren schwarzen Umhang zu glühenden Flügeln aus.

Grimsby verspürte den Impuls, aufzustehen und einfach nur die schreckliche Schönheit anzustarren, bis sie auf ihn herabstürzte – es wäre ein würdiger letzter Anblick gewesen. Aber Mayflower zerrte an ihm und schaltete so Grimsbys Kampf-oder-Flucht-Reflex auf »Flucht«.

Sie rannten.

Ihre Füße donnerten über den Laufsteg, der Ausgang rückte immer näher, die Menge um sie herum wogte im Rhythmus des treibenden Basses wie ein lebendiges Meer aus winkenden Armen und Neonfarben. Hinter ihnen hechtete Aby graziös aus dem Fenster der Suite wie eine Turmspringerin und stürzte herab – doch kurz bevor sie auf dem Boden aufgeschlagen wäre, breitete sie ihre Flügel aus, schoss nach vorne und glitt auf einer Welle aus Rauch hinter Grimsby und Mayflower her. Sie war schnell. Sehr schnell. Grimsby riss seinen Blick von ihr los und konzentrierte sich darauf, beim Laufen noch einen Zahn zuzulegen.

Mayflower erreichte mit ein paar Metern Vorsprung die

Türen und stieß sie, ohne anzuhalten, auf. Grimsby stürzte direkt hinter ihm nach draußen in die kühle Nacht und ins blendende Licht der Straßenlaternen.

Die in der langen Schlange wartenden Gäste schnappten überrascht nach Luft, und es setzte ein aufgeregtes Gemurmel ein, während Grimsby und Mayflower schon über die Straße hetzten.

Plötzlich schrien die Gäste los.

Grimsby drehte sich um und sah Aby, die in voller Pracht in der Mischung aus Mondlicht und Neonröhren stand: Ihr nackter roter Körper war von einem weiten Umhang aus Schatten umrahmt, ihre verschnörkelten Hörner schlangen sich wie eine riesige Krone um ihren Kopf.

Grimsby merkte nicht, dass er dabei war, rückwärts weiterzugehen, bis er mit einem sehr harten Gegenstand kollidierte. Es war Mayflower, der sich mit der schwebenden Aby ein Blickduell lieferte.

In einer Hand hielt er den Talisman, in der anderen seine Pistole.

Aby schwebte in drei Meter Höhe über die Straße und hinterließ dabei eine Wolke aus dunklem Rauch, die trüb über die Straße wogte. Die vorbeifahrenden Autos konnten in der plötzlichen Dunkelheit nichts mehr sehen und legten mit lautem Gequietsche Vollbremsungen hin. Aby näherte sich Mayflower und schaute ihn mit schmalen Augen an.

Er hob den Talisman vor sich in die Luft. Der Knochen, der von dem Lederband in Mayflowers Hand baumelte, strahlte ein kaltes weißes Licht ab, wie eine Glühbirne. Dort, wo das Licht Abys Umhang aus Dunkelheit berührte, verbrannte es ihn und verursachte dabei ein Geräusch, das irgendwo zwischen zischendem Dampf und fernen Schreien lag.

Aby zuckte kurz vor dem Licht zurück, aber dann wurde

ihr Blick nur noch entschlossener, und sie kämpfte sich voran. Das Licht des Talismans wurde immer heller und ihre leuchtende rote Haut immer dunkler, und sie bekam Risse, wie heiße Kohlen, die mit Eiswasser bespritzt werden. Aby gab vor Schmerz ein angestrengtes Zischen von sich und brach ihren Angriff ab.

»Überleg's dir ganz genau, Schlampe«, brüllte Mayflower und trat einen Schritt auf sie zu. »Ist es das wirklich wert?«

Grimsby sah hektisch zwischen den beiden hin und her. »Ich dachte, es funktioniert nur bei Ash!«, fauchte er.

»Man nennt das einen Bluff«, fauchte der Große Jäger zurück. »Solange sie es glaubt, funktioniert es.«

Grimsby blickte auf den Talisman in Mayflowers Hand und sah, wie das Licht allmählich schwächer wurde. Nervös blickte er zwischen dem Großen Jäger und der Dämonin hin und her und hoffte, dass sie nicht noch näher kam und damit den schwachen Funken Magie ganz zum Erlöschen brachte.

Aber die Dämonin gab auf. Ihr Gesicht bebte kurz vor Wut, bevor es ganz kühl und ruhig wurde. »Bastard«, sagte sie. »Wir sind noch nicht fertig miteinander, du und ich.«

»Doch. Sind wir. Und jetzt dreh dich um und zieh ab in deinen Sexkerker, bevor dir was zustößt.«

Sie lächelte und ließ dabei kurz ihre Fangzähne aufblitzen, dann trat sie zurück, und ihr roter Körper verschwand in der dunklen Rauchwolke. Einen Moment später ertönte ihr kehliges Kichern.

Und dann ein wiederholtes metallisches Klicken, das sogar Grimsby sofort erkannte.

So klangen Magazine, die in Waffen einrasten.

»Scheiße«, knurrte Mayflower.

Abys Stimme schwebte durch die Dunkelheit. »Feuer.«

Die Schüsse ließen die Luft erzittern. Links und rechts über ihnen explodierten Ziegelsteine und ließen scharfe Splitter auf Grimsby herunterhageln. Menschen schrien. Reifen quietschten. Aby lachte.

Grimsby und Mayflower ließen sich auf den Boden fallen und krochen eilig weg. Weitere Schüsse zischten durch die Luft und durchlöcherten Abys Wolke aus Dunkelheit. Dann war der Feuersturm mit einem Schlag zu Ende. Die plötzliche Stille war ebenso verwirrend wie der vorherige Kugelhagel.

Eine raue Hand half Grimsby auf die Füße. »Lauf los, sofort!«, befahl Mayflower.

Wie wahnsinnig sprinteten sie über den knirschenden Gehsteig. Grimsby wagte einen Blick zurück und sah, dass sich die Dunkelheit gelichtet hatte. Stattdessen waren die drei Frauen zu sehen, die ihnen nachliefen und dabei ihre Waffen luden. Er drehte sich wieder nach vorne und versuchte, Mayflower einzuholen. Grimsby erreichte gerade die Gasse, als das Gewehrfeuer wieder losbrach.

Grimsby kreischte, als um ihn herum weitere Ziegel zerbarsten und Fensterscheiben zerplatzten. In der dunklen Gasse waren sie kurz in Sicherheit, aber Abys Frauen kamen immer näher. Mayflower sprang in den Jeep und rammte den Schlüssel in die Zündung.

Grimsby kam schlitternd an der Beifahrertür zum Stehen und wollte sie öffnen. Doch der Griff klemmte.

Er schaute in den Jeep und sah Mayflower, der ihn seltsam ruhig und konzentriert anblickte. Einen furchtbaren Moment lang dachte er, der Große Jäger wollte ihn einfach zurücklassen. Dann ertönte ein dumpfes Klicken und die Verriegelung löste sich. Grimsby riss die Tür auf, warf die Holzkiste in den Fußraum und hechtete auf den Beifahrersitz.

Kaum hatte Grimsby die Tür hinter sich geschlossen, knallte Mayflower den Rückwärtsgang rein, und der Jeep schoss die

Gasse hinunter. Grimsby hatte keine Zeit gehabt, sich irgendwo anzuklammern, und so schleuderte ihn die plötzliche Beschleunigung mit dem Kopf gegen das Armaturenbrett.

Benommen beobachtete er durch die Frontscheibe, wie die drei Frauen um die Ecke bogen und ihre Waffen in die Gasse richteten. Dann drückten sie ab. Metall traf auf Metall. Den Spiegel an der Beifahrerseite zerriss es buchstäblich zu einer Wolke aus Plastik und Glas. Ein anderer Schuss traf die Motorhaube. Der Motor gab ein Ächzen von sich, lief aber irgendwie weiter.

Mayflower beachtete die Schützinnen nicht, er starrte in den Rückspiegel, um den Jeep mit zunehmender Geschwindigkeit rückwärts durch die Gasse zu lenken. Der Jeep schleuderte vollgestopfte Mülleimer und -tonnen zur Seite und dabei Fontänen aus ranzigem, feuchtem Müll in die Luft, die dann auf den Wagen herabregneten. Der in der Luft hängende Gestank war derart stark und widerlich, dass Grimsby die Augen tränten.

Weitere Schüsse krachten durch die Gasse, plötzlich tat es einen Knall, als wäre ein riesiger Luftballon geplatzt, und der Jeep bekam Schlagseite.

»Verdammt«, fluchte der Große Jäger.

Endlich erreichten sie das Ende der Gasse und Mayflower ließ den Jeep mit quietschenden Reifen in die Straße schlittern und dabei wenden. Dann haute er den Vorwärtsgang rein, und sie schossen die Straße runter, weg von der Lounge, während die Felge des geplatzten Vorderreifens an der Fahrerseite Funken sprühte und auf dem Asphalt eine brennende Spur hinterließ.

Kurz waren nur das Knirschen von Metall und der Motor des Jeeps zu hören, dann atmete Mayflower tief ein und blickte grimmig zu Grimsby herüber. »Du hast den Kopf nicht geholt.«

Grimsby sackte in seinem Sitz zusammen. Das Klingeln in seinen Ohren wurde langsam leiser, der Adrenalinkick ließ nach, dafür wurde er von einer unglaublichen Erschöpfung übermannt. »Nein, aber ich …«

Mayflower schlug mit der Hand auf das Lenkrad. »Verdammt, Grimsby! Wir wurden fast getötet, mein Jeep ist im Arsch, und alles war umsonst!«

»Na ja, ich …«

»Ich wusste, ich hätte dich nicht mitnehmen sollen. Du bist weich. Zu weich. Das wird dich noch umbringen! Und mich dazu.«

»Hör zu …«

»Wir fahren zurück zum Unterschlupf, und dann bleibst du da, bis …«

»Halt's Maul!«, brüllte Grimsby und überraschte sich selbst damit.

Die noch größere Überraschung war allerdings, dass Mayflower wirklich verstummte.

Der Große Jäger schaute ihn erwartungsvoll aus dem Augenwinkel an.

»Wir sind nicht mit leeren Händen wieder abgezogen«, erklärte Grimsby.

In der Stille war ein surrendes Geräusch zu vernehmen. Grimsby spürte die Holzkiste zwischen seinen Füßen seltsam vibrieren.

»Was zur Hölle ist das?«, wollte Mayflower wissen.

Grimsby grinste – wobei sein Blick aber gleichzeitig was Angewidertes hatte – und hob die Kiste auf. »Erinnerst du dich, wie Aby sagte, sie hat Ashs Kopf genommen?«

»Ja.«

»Sie sagte ›beide‹.«

»Was zur Hölle soll das heißen …«

Grimsby öffnete die Kiste, damit Mayflower reinsehen konnte. Das Holz vibrierte in seinen Händen.

»Ist das das«, fragte Mayflower leise, »was ich denke?«

»Jepp. Das ist ein Penis.«

»Das hat sie nicht gemacht.«

»Doch, das hat sie. Und anscheinend hat sie ihn ... verstärken lassen.« Grimsbys Handflächen wurden von der heftigen Vibration in der Kiste langsam taub. »Sogar ziemlich. Er muss angesprungen sein, als wir weggelaufen sind.«

Das Surren ging weiter.

Mayflower fing an zu husten – oder zumindest klang es so. Dann begriff Grimsby, dass er lachte.

Der Große Jäger *lachte.*

Mayflower reduzierte seinen Ausbruch auf ein kratziges Hecheln. »Und das wird für den Zauberspruch reichen?«, fragte er dann.

»Ich denke schon, ja«, antwortete Grimsby und verkniff sich blöde Witze über die Dildofee.

»Nicht schlecht, Junge«, sagte der Große Jäger. »Nicht schlecht.«

Er verlieh seinen Worten dabei irgendwie großes Gewicht.

Grimsby wusste nicht, was er sagen sollte. Ausnahmsweise hatte er das Gefühl, das Angemessenste wäre, einfach nichts zu sagen. Aber er saß plötzlich etwas aufrechter und stolzer da.

Dann folgte eine Stille, die vielleicht bedeutsam gewesen wäre – wenn dabei nicht unbeirrt der Dämonen-Dildo vibriert hätte.

»Okay«, sagte Mayflower. »Jetzt mach ihn aus.«

»Nope. Niemals fass ich das Ding an.«

»Ich mein's ernst.«

»Ich auch. Mach du ihn doch aus!«, sagte Grimsby.

Mayflower sagte nichts und konzentrierte sich auf die Straße.

Grimsby schloss den Deckel der Kiste, stellte sie wieder zwischen seine Füße und gab sich alle Mühe, das Surren einfach zu ignorieren. Aber es war unüberhörbar.

»Wetten? Jetzt wünschst du dir, du hättest ein Radio«, sagte er.

Mayflower knurrte nur.

19

GRIMSBY SCHAUTE MAYFLOWER dabei zu, wie er die Muttern an dem völlig zerstörten Autoreifen löste. Das Loch im Mantel stammte von einer Kugel, aber Mayflower hatte mit den acht Kilometern Fahrt hinterher den Gummi zu Schrot vermahlen und auch noch die Felge ruiniert.

Bei Grimsby ebbte das Adrenalin inzwischen ab und hinterließ ein so tiefes Loch in seinem Magen, dass es schmerzte. Aber das Loch war nicht leer. Es war voll nervöser Angst.

Sie waren gerade eben mit ihrem Leben davongekommen. Und obwohl es in den letzten Stunden nicht seine einzige Begegnung mit dem Tod gewesen war, war es dieses Mal anders. Dieses Mal hatte Grimsby sich freiwillig darauf eingelassen.

Und ihm wurde schwindelig beim Gedanken daran, so was noch mal zu tun.

»Wie lang brauchst du für den Ortungszauber?«, fragte Mayflower schnaufend, während er die letzte Mutter löste.

Grimsby schüttelte sich kurz, um sich aus seinen Gedanken zu befreien. Sein Kopf war noch in der Lounge. »Nicht lang. Vielleicht ein paar Minuten.«

»In Ordnung. Können wir es hier machen?«

Er schüttelte den Kopf. »Nein. Nein, dazu muss ich in meine Bude.«

»Was?« Mayflower warf die letzte Mutter und das Radkreuz beiseite. »Brauchst du Zutaten, oder warum?«

Grimsby ging auf und ab, darum bemüht, sich in den Griff zu bekommen. »So was in der Richtung. Magie ist einfach … einfacher zu Hause. Ich weiß nicht, wie ich's dir erklären soll. Es fühlt sich einfach natürlicher an.«

Mayflower nickte.

Er war so unerschütterlich, der Große Jäger. Er hatte gerade dasselbe durchgestanden wie Grimsby, sogar noch mehr. Und trotzdem würde man es ihm nie ansehen. Wenn man von den Rissen in seinem Jackett und den Kratzern in seinem Gesicht mal absah.

Der Große Jäger war vor allem eins: fokussiert.

Grimsbys Magen krampfte sich zusammen. Er schämte sich für seine Angst. Im Jeepfenster konnte er sein Spiegelbild sehen. Er glich Mayflower kein bisschen. Er war nicht fokussiert. Er sah verlottert, verletzt und verprügelt aus. Seine Haare waren zerwühlt, die schwarzen Ringe um seine Augen waren noch auffälliger als sonst, weil Letztere so nervös wirkten und so weit aufgerissen waren. Nein, er wirkte nicht fokussiert.

Wenn er sich so ansah, wusste Grimsby, dass er vor allem eins war: ängstlich.

Das hier war ihm alles zu viel. Es war irrsinnig gewesen, sich das zuzutrauen. Er war völlig fertig, dabei hatten sie gerade erst angefangen. Er war nicht mutig genug. Nicht stark genug. Nicht klug genug.

Er war nicht genug.

Mansgraf hatte von Anfang an recht gehabt.

Er spürte, wie das bisschen Willensstärke, das er mühsam zusammengeklaubt hatte, zerfiel wie eine Sandburg in einem

Wirbelsturm. Er wandte sich von seinem Spiegelbild ab – er konnte es nicht ertragen.

Als er sprach, gab er sich Mühe, seine Stimme nicht umkippen zu lassen. Es klappte nicht. »Wenn wir bald loslegen, sollte ich den Spruch fertig haben … bevor meine nächste Schicht anfängt.«

»Schicht?«, fragte Mayflower und zerrte an der Felge. Sie war festgerostet. »Was zur Hölle meinst du mit ›deine Schicht‹?«

»Na ja, die Sonne geht schon bald auf«, sagte Grimsby. Ihm war kalt. »Ich muss zur Arbeit.«

»In dem Pizzaladen?«

»Wir haben auch Tacos.«

»Ich dachte, du wolltest Auditor werden. Und dass das hier deine große Chance sei.«

»Ja. Dachte ich auch.«

»Und?«

»Und? *Und?*«, fragte Grimsby zurück und spürte Zorn in sich aufsteigen. Seine Nerven waren bis zum Zerreißen gespannt. »In den letzten vierundzwanzig Stunden bin ich mehrmals fast getötet worden. Und mehr als einmal von dir, falls du das vergessen hast.«

»Hatte ich eigentlich. Worauf willst du hinaus, was ist dein Punkt?«

»Mein Punkt ist, dass das hier … das hier … das ist Irrsinn! Alles daran! Vollkommener Wahnsinn! Ist das dein Leben?«

»War es mal. Früher«, antwortete Mayflower mit einem seltsam nostalgisch klingenden Unterton in seiner Stimme.

»Aber du siehst schon, wie wahnsinnig das ist, oder?«

»Wahnsinn ist eine Frage der Perspektive. Für mich ist es wahnsinnig, in so einer fettigen Fressbude zu arbeiten.«

»Hör mal zu. Ich verbringe die meiste Zeit in einem schrecklichen Kostüm in einem schrecklichen Restaurant mit Auftritten vor nur minimal weniger schrecklichen Kindern. Ich weiß, was wahnsinnig ist. Aber *das*?« Er gestikulierte wild in die Richtung, aus der sie gekommen waren. »Sogar an meinen schlechtesten Tagen werde ich in meinem Job nicht von Monstern gejagt. Oder spaziere in Sukkubushöhlen. Oder klaue Dildos aus Dämonenhaut!«

»Dann erzähl doch mal, Hexer«, sagte Mayflower und ließ zugleich ein Ächzen hören, als er die Felge mit einem Fußtritt löste. »Wie sind deine besten Tage so?«

Grimsby öffnete den Mund, aber es kam nichts raus. Er schaute zu, wie die rostige Felge auf den kalten Gehsteig kippte, kreiselte wie eine Münze, dann scheppernd umfiel und zum Stillstand kam.

Der Große Jäger hob schweigend die Felge auf und trug sie zur Rückseite des Jeeps, dort begann er, den Ersatzreifen zu lockern, der unter der Heckscheibe angebracht war.

»Der Punkt ist«, sagte Grimsby und folgte Mayflower, »vielleicht … vielleicht ist das nichts für mich. Ich denke, sobald ich dir den Kompass eingerichtet habe, sollte ich zurück in mein altes Leben.«

Mayflower war einen Moment lang still. Schließlich hörte er auf zu schrauben und lehnte sich an den Reifen. »Bist du dir sicher?«

»Was? Was soll das heißen?«

Er zuckte mit den Schultern. »Hast dich da drin ganz gut gehalten. Nicht toll, aber du atmest noch. Und das ist verdammt viel mehr, als ich erwartet hatte.«

»Und?«

Mayflower richtete seine Aufmerksamkeit wieder auf den Reifen. Dann, nach einem Moment, seufzte er – es wirkte, als sei kurzfristig auch ein bisschen von seiner eisernen Härte weggerostet. »Hör mal, Junge«, sagte er, ohne von seiner Arbeit aufzublicken. »Das Leben ist ein Sturm auf hoher See. Du wirst von der Strömung mal hierhin, mal dahin gezogen und kriegst Tag für Tag die Seele aus dem Leib geprügelt. Wenn du Glück hast, findest du irgendwo eine Insel oder zwei.« Seine Stimme klang abwesend, fast müde, seine Augen starrten durch den alten Jeep hindurch ins Nichts – Grimsby hätte nur zu gern gewusst, was sie dort sahen. Aber dann waren sie mit einem Schlag wieder da, waren wieder scharf und kalt. »Aber das Meer steigt immer und die Inseln bleiben nicht bestehen. Das Beste, das absolut Beste, worauf du hoffen kannst, ist, dass du dir den Sturm selbst aussuchen kannst.«

»Inspirierend«, meinte Grimsby mit einem bitteren Geschmack im Mund.

»Es interessiert mich einen Scheiß, ob ich dich inspiriere. Ich muss es wissen.« Mayflower sah ihn nicht an, während er sprach, er lockerte den Ersatzreifen.

»Was wissen?«

»Deine Entscheidung. Jetzt« – er ächzte, als er das Reserverad von der Heckklappe zog – »hast du die Chance, dir deinen Sturm selber auszusuchen. Welchen willst du?«

Grimsby spürte, wie sich ihm die Kehle zuschnürte, plötzlich wollte er sich hinsetzen. Es war, als lasteten Mayflowers Worte schwer auf seinen Schultern. Nein, das Gewicht kam nicht von den Worten selbst. Sie hatten ihn nur an die Bürde erinnert.

Diese Bürde war der Grund, warum ihm das Atmen schwerfiel. Der Grund, warum er sich kaum bewegen konnte. Der Grund, warum er sich schwertat, morgens aufzustehen. Jeden Tag.

Mayflower blickte ihn schließlich wieder an und schien etwas in seinen Augen zu sehen. »Ich werde dir nicht sagen, welche Straße du langgehen sollst, Junge. Aber ich sag dir eins: Die Straße, die du nicht nimmst, ist die, die dir am meisten fehlen wird.«

»Also egal, welche ich nehme: Ich werde bereuen, dass ich mich nicht für die andere entschieden habe?«

Mayflower lächelte, ein aufrichtiges, trauriges Lächeln, das von alten Verletzungen kündete. »Das Leben ist ein Miststück.« Er ging zu der leeren Radaufhängung, setzte das Reserverad ein und begann, es festzuschrauben.

Grimsby schüttelte den Kopf und schaute in den dämmrigen Himmel – jetzt war er noch mehr verunsichert. Sein bisheriges Leben wollte er nicht behalten. Aber sein neues Leben fühlte sich so unwirklich an, so unerreichbar. So gefährlich. Es war aufregend, aber auch angsteinflößend, wohingegen seine bisherige Existenz vor allem in einer albernen Schufterei bestanden hatte. Das alte Leben war sicher, aber er fühlte sich mit jedem Tag leerer. Das zu überleben, war vielleicht gar nicht so viel einfacher als ein Leben als Auditor.

Mayflower zog jede Schraube zur Sicherheit ein letztes Mal nach, dann löste er den Wagenheber und warf sein Werkzeug in die Tasche. Er wandte sich zu Grimsby um und wartete. »Hast du dich entschieden?«, wollte er dann wissen.

Grimsby fühlte sich, als hätten ihn die Scheinwerfer eines Zugs erfasst. Der Große Jäger erwartete eine Antwort. Was sollte er tun?

Er dachte an das Adrenalin, die Furcht, die Panik. Er dachte daran, wie oft er knapp mit dem Leben davongekommen war – und fragte sich, wie oft das noch gut gehen würde. Er dachte an seine Narben und seine Schwäche, an Verantwortung und Risiko.

Und kam zu einem endgültigen Schluss.

»Ich … Ich kann nicht.«

Er starrte Mayflower an und wusste nicht, was er sonst noch sagen sollte. Jetzt fühlte er sich komplett leer, als wären diese Worte alles gewesen, was noch in ihm gesteckt hatte.

Ohne sie fühlte er sich ausgehöhlt, als könnte ihn die nächste Brise davontragen. In diesem Moment – vielleicht zum ersten Mal, seit das alles hier angefangen hatte – hatte er keine Angst. Dafür war kein Platz.

So voller Scham war er.

Grimsby stierte auf den Boden. Er wollte an Ort und Stelle zusammenbrechen, jeden Muskel erschlaffen lassen und schluchzend den Schmerz in seinem Bauch herausbrüllen.

Stattdessen stand er einfach nur da und wusste nicht, was er sagen oder tun sollte.

Mayflower sagte einen langen Moment nichts. Dann atmete er scharf aus. Vielleicht war es Enttäuschung. Vielleicht war es Erleichterung. Vielleicht war es auch gar nichts. Dann sprach er: »In Ordnung. Wir bringen dich nach Hause. Wenn du mir diesen Zauberspruch einrichten kannst, können wir … kann ich die Sache wahrscheinlich bis Sonnenuntergang durchziehen. Bis dahin bleibst du in Deckung.«

Grimsby nickte nur, er traute sich noch nicht mal, Mayflower in die Augen zu sehen.

Irgendwie war das schlechte Gewissen schlimmer als die Furcht. Als er Angst hatte, hatte er noch für was gekämpft. Es war ein panischer Kampf gewesen, aber ein Kampf. Jetzt hingegen fühlte er sich geschlagen. Er hatte hingeworfen. Er hatte aufgegeben.

Nur weil er Angst hatte.

Er sagte nichts, als er hinten in den Jeep kletterte.

Es gab nichts mehr zu sagen.

20

EINE HALBE STUNDE später bemerkte Grimsby, wie der Jeep langsamer wurde, als er die Augen öffnete, bog Mayflower gerade in die Gasse neben der Treppe zu seiner Wohnung ein und parkte. Sie stiegen schweigend die Treppe hoch, und ihr Schweigen dauerte an, während Grimsby den Zauberspruch vorbereitete.

Die gestohlene Kiste platzierte er mitten im Raum auf dem Boden – ihr Inhalt vibrierte immer noch. Grimsby schüttelte den Kopf, nahm das Astrolabium aus seiner Tasche und stellte es neben die Kiste.

Mayflower stand an der Vordertür und sah mit strengem Blick aus dem Fenster in den frühen Morgen.

»Was suchst du?«, fragte Mayflower, als Grimsby in die Küche ging und in dem Schrank unter der Spüle herumkramte.

»Etwas, das für den Spruch sehr wichtig ist«, sagte er, als er endlich ein Paar alte Gummihandschuhe fand, und hielt sie hoch. Sie waren recht dick, aber er hätte lieber noch dickere gehabt.

»Notwendig, hm?«, fragte Mayflower, seine Augen suchten dabei die Straße ab, als erwartete er einen Angriff.

»Ja, sehr sogar«, sagte Grimsby und wühlte in einer Schublade, bis er einen Filzstift mit feiner Spitze fand. »Was ist mit dir? Suchst du was Bestimmtes?«

Mayflower zuckte mit den Schultern. »Vielleicht. Das Department wird wahrscheinlich noch ein paar Tage brauchen, bis sie Mansgrafs Botschaft entdecken, aber man weiß nie. Wenn sie die Zeichen finden, müssen wir dich verstecken. Bevor sie dich finden.«

Grimsby erschauderte. »Brauchen sie dafür wirklich so lang?«

»Normalerweise nicht. Aber ich hab eine Kontaktperson im Department, die sie ein bisschen bremst.«

»Na ja«, meinte Grimsby und setzte sich neben die surrende Kiste auf den Boden. »Dann sollte ich mich mal an die Arbeit machen.«

»Würde ich auch sagen.«

Grimsby nickte und nahm das Astrolabium in die Hand. Dann begann er, mit dem Filzstift vorsichtig eine seiner Binderunen auf die Vorderseite zu malen. Diese Methode war langsamer als sein normales Vorgehen, bei dem er die Rune mit Zauberei druckte, aber so würde der Spruch viel länger halten. Die Fläche war winzig, aber mit seinen dünnen Fingern gelang ihm eine ausreichend detailgetreue Rune.

Dann öffnete er die Kiste und zog vorsichtig den dämonischen Phallus heraus. Dabei machte er ein Gesicht, als hätte er in eine Zitrone gebissen. Er stellte den Phallus neben das Astrolabium, aber der Dildo kippte um und rollte auf Grimsby zu. Er würgte, stellte das Ding wieder hin und hielt es am Boden fest.

»Hast du das schon mal gemacht?«, fragte Mayflower.

»Ich persönlich? Nein. Und habe ich schon mal zugesehen? Auch nicht.«

»Woher weißt du dann, wie es funktioniert?«

»Es ist … es ist eine Abwandlung eines der wenigen Zaubersprüche, die ich draufhabe. Es ist wie mein Bindespruch, aber statt zwei Punkte miteinander zu verbinden, verbindet der Spruch zwei Gegenstände. Und glücklicherweise ist dieses Astrolabium ohnehin schon dafür bestimmt, Dinge zu finden. Das ist schon die halbe Miete. Jetzt kommt es nur noch darauf an, dem Astrolabium zu zeigen, was wir finden wollen.«

»Wie man einem Suchhund eine Duftspur gibt.«

Grimsby nickte.

Dann beschwor er seinen Impetus herauf und spürte, wie sich dessen Wärme in ihm ausbreitete. Achtsam lenkte er die Energie von seinen Narben weg und ließ sie stattdessen in seine gesunde Hand strömen.

Er streckte die Hand aus und tastete mit seinem Impetus gleichzeitig durch das Hier und durch das Anderswo. Er begann zu suchen.

In der Nähe konnte er die Fäden seiner eigenen Zaubersprüche spüren, sogar die im Restaurant. Die Magie einer Hexe war ein Teil von ihr. Die Hexe und ihre Sprüche blieben miteinander verbunden, auch über große Distanzen hinweg. Aber so war es nicht nur mit Zaubersprüchen. Lebewesen hatten ähnliche Verbindungen, sowohl mit anderen Teilen von sich selbst als auch mit den Dingen, die sie erschaffen hatten.

Er streckte seinen Impetus weiter aus, um außerhalb des Netzes seiner Zaubersprüche nach Verbindungen zu suchen. Wie Augen, die sich im Dunkeln erst an das fehlende Licht gewöhnen müssen, wurde auch sein Impetus dabei immer empfindlicher. Nach ein paar Momenten spürte er etwas. Etwas, das am Rand seiner Reichweite lauerte. Als habe sein Impetus ein Spinnennetz berührt.

Vorsichtig tastete er die Stränge dieses neuen Spinnennetzes ab, ließ sie in seinen Sinnen Gestalt annehmen. Er spürte, dass einige der Fäden sich in viele Richtungen ausbreiteten, fast zu viele. Aber die stärksten Fäden führten direkt zur Lounge, wahrscheinlich zu Ashs abgetrenntem Kopf.

Grimsby zitterte und versuchte, den Faden zu ignorieren.

Da waren noch andere, aber sie ähnelten dem ersten zu stark. Er fragte sich kurz, in wie viele Stücke Aby Ash wohl zerteilt hatte.

Dann entdeckte er eine kleine Gruppe Fäden, die sich irgendwie anders anfühlten. Als seien sie aus einem anderen Material gewoben. Sie waren so dünn, dass er sie fast übersehen hätte – und sie führten alle zu Mansgrafs Höhle.

Schließlich fand er einen Faden, der diesen Fäden sehr ähnelte, aber ganz allein war. Das musste der Faden sein, der zu der Siegelkiste führte, dachte Grimsby – und damit hoffentlich auch zu Mansgrafs Mörder.

Er packte diesen Faden und zog daran. In seiner Handfläche spürte er nichts, aber er konnte es in seinem Impetus fühlen. Der Faden spannte sich wie eine Angelschnur um seine Finger und schnitt ihm in die Haut.

Er ignorierte den Schmerz und zog stärker, holte genug von dem Faden ein, dass er ihn um den Zeiger des Astrolabiums wickeln konnte. Das wiederholte er mit einigen Umdrehungen, bis der Faden zwischen Astrolabium und Siegelkiste fest genug war, um daran zu ziehen.

Dann ließ er den Faden los und schaute auf die Wünschelrute.

Einen langen Moment geschah nichts.

Dann begann die Rune auf dem Zeiger in einem sanften Blau zu leuchten, der Zeiger zuckte und kroch am Rand des Astrolabiums entlang, gezogen von dem magischen Faden im Anderswo.

Grimsby ließ seinen Impetus abebben, packte den Dildo zurück in seine Kiste und drückte die Spannverschlüsse fest zu.

Seine Hand fühlte sich taub an. Er zog die Gummihandschuhe aus und nahm sich vor, sie später zu verbrennen. Dann hielt er Mayflower das Astrolabium hin.

»Ich glaube, ich hab's.«

Mayflower nahm das goldene Gerät und sah es skeptisch an. Er drehte es hin und her. »Warum bewegt sich nichts?«

»Der Spruch hat keine unendliche Reichweite, aber wenn du ein paar Kilometer rankommst, sollte die Nadel sich einstellen.«

»Bist du sicher?«

»Nein. Aber das wäre meine Vermutung. Es müsste reichen.«

Mayflower schnaubte. »In Ordnung. Danke, Hexer«, sagte er dann und ging mit dem Astrolabium in Richtung Tür.

»Warte!«, bat Grimsby und überraschte damit sogar sich selbst. Mayflower weggehen zu sehen, fühlte sich an, als schlösse sich eine Tür für immer. Es war, als sähe Grimsby seine letzte Chance dahinschwinden. Seine letzte Chance, der Mensch zu sein, der er sein wollte.

»Was ist?«, fragte Mayflower. Wenn er die Dringlichkeit in Grimsbys Bitte gehört hatte, ließ er es sich zumindest nicht anmerken.

Grimsby wollte ihm sagen, dass er seine Entscheidung schon bereute. Er wollte ihm sagen, dass er mitkommen und den Job zu Ende bringen wollte. Er wollte ihm sagen, dass er sich dafür hasste, so ein Feigling zu sein.

Stattdessen sagte er: »Kannst du mich unterwegs bei meiner Arbeit absetzen?«

Mayflower seufzte. »Ja, warum nicht. Los.«

Grimsby schluckte den bitteren Geschmack auf seiner Zunge runter und schüttelte den Kopf. Es war besser so.

Dann erinnerte er sich, welcher Tag heute war. Er atmete tief ein und seufzte. »Warte kurz, ich muss mich noch umziehen.«

Mayflower zögerte, dann wurden seine Augen ganz schmal. »Umziehen?«

21

GRIMSBY KLETTERTE UNGELENK auf den Rücksitz des Jeeps, um dabei nicht seinen spitzen blauen Hut abnehmen zu müssen. Mayflower blickte ihn im Rückspiegel an, seine Lippen ganz schmal. Schließlich sagte er: »Das ist nicht dein Ernst.«

»Was?«

»Was zur Hölle soll das Kostüm darstellen?«

Grimsby zog die Aufschläge seiner Robe glatt, die so blau war wie der Hut und mit goldenen Sternen bedeckt. »Ich bin ein Hexenmeister. Heute ist Magischer Kuchen-Mittwoch. Zauberkuchen zum halben Preis. Auch bekannt als Papppizza.«

Mayflower seufzte und lenkte den Jeep aus der Gasse auf die Straße.

Sie schwiegen eine Weile und Grimsby blickte aus dem Fenster. Er war erschöpft. Seit der Nacht auf Dienstag hatte er nicht mehr geschlafen, sein ganzer Körper fühlte sich an, als hätte ihn jemand mit geschmolzenem Eisen übergossen und es dann aushärten lassen. Seine Muskeln waren schlaff, und sämtliche Körperteile wollten sich ein dunkles, warmes Plätzchen suchen, um dort für unbeschränkte Zeit in der Horizontalen zu verweilen. Aber er hatte keine Zeit. Irgendwann im Lauf des Tages würde er ganz vielleicht ein Stündchen Zeit für ein Nickerchen finden, aber es war unwahrscheinlich: Eltern kamen in Donalds Mächtiges Magisches Königreich des Essens, um möglichst viel Zeit *nicht* mit ihren Kindern verbringen zu müssen. Der Tag würde für Grimsby eher noch schlimmer werden, bis er endlich vorbei war.

Er versuchte, sich zu konzentrieren, seine Sinne zu schärfen – aber plötzlich schreckte er dadurch auf, dass jemand mit den Knöcheln gegen die Trennscheibe klopfte: Ihn hatte der Schlaf überwältigt. Grimsby blickte sich verpennt um und wischte sich den Sabber vom Kinn.

»Hm? Ja? Was?«, sagte er, als könnte er mit jeder Frage ein paar Extraminuten Schlaf rausschinden.

»Grimsby«, knurrte Mayflower und öffnete ihm die hintere Wagentür. »Wir sind da.«

»In Ordnung, alles klar.« Sein müdes Herz plumpste ihm in die Kniekehlen, aber er schob die Enttäuschung beiseite. Er wollte aus dem Auto klettern, aber Mayflower hielt ihn auf.

»Warte«, sagte er und grub in seiner Tasche.

Grimsby sah, dass die Landmine noch in Mayflowers Tasche steckte, und schüttelte den Kopf.

Endlich zog Mayflower ein zerknittertes Stück Papier aus seiner Tasche und hielt es ihm hin. Vielleicht war es mal eine Visitenkarte gewesen, aber auf dem zerknitterten Papier war weder ein Name noch eine Berufsbezeichnung zu sehen. Es stand nur eine Telefonnummer darauf.

»Was ist das?«

»Falls du mich mal brauchst.«

Grimsby nickte. »Danke, Mayflower.«

Der Große Jäger schnaubte und sah weg.

Grimsby kletterte aus dem Auto und schloss die Tür. Als der Jeep schließlich davonfuhr, hinterließ der zerfetzte Reifen an der Heckklappe eine Spur aus Gummikrümeln. Grimsby strengte sich an, um dem Jeep nicht hinterherzublicken, aber er konnte nicht anders.

Erst als der Wagen schon lange außer Sichtweite war, drehte Grimsby sich um und blickte auf die goldene Krone von DMMKDE. Er holte tief Luft und wappnete sich.

Monster, bewaffnete Frauen, grummelige Große Jäger – das war alles Neuland für ihn. Aber das hier, dieses Land aus goldbepinseltem Plastik, fordernden Eltern und erwartungsvollen Kindern: Das war sein Reich.

Er hatte gedacht, er würde sich ein bisschen stolz oder zufrieden fühlen. Mit Vertrautheit oder Bequemlichkeit hätte er auch leben können. Stattdessen war er nur müde und ausgebrannt.

Aber auch diese Empfindungen schüttelte er ab. »Die Arbeit ruft«, murmelte er, rückte seinen spitzen Hexenmeisterhut zurecht und ging hinein.

»Grimsby!«, brüllte Carla, schon bevor die Klingel der Eingangstür verstummt war. »Wo zur Hölle warst du?«

»Lange Nacht«, sagte er. »Unterwegs mit einem Fr… einer Person.«

»Dein Privatleben interessiert mich einen Scheißdreck.«

»Warum fragst du dann?«

Ihr Gesicht wurde rot vor Wut. »Mach dich einfach an die Arbeit. Das Frauenklo ist ein Saustall.«

»Als ich gestern gegangen bin, war es noch sauber.«

»Tja, so funktionieren Restaurants. Sie werden wieder dreckig.«

»Aber wir haben noch nicht mal offen. Und du bist die einzige Frau hier.«

Carla riss ihre Augen erst weit auf, dann wurden sie ganz schmal und ihr Gesicht noch röter. Aber dieses Mal war es nicht nur vor Wut. »Mach es sauber.«

Er zuckte mit den Schultern. »Meinetwegen«, sagte er, schüttelte den Kopf und machte sich auf den Weg zu den Klos.

Zwanzig Minuten kostete es ihn, das Damenklo zu putzen, er musste zuerst einen medizinischen Mundschutz rauskramen, bevor er loslegen konnte, ohne aufzustoßen und zu würgen. Außerdem brauchte er mehrere Binde- und Drehzauber.

Als er fertig war, steckte Carla ihren Kopf durch die Tür. »Besser. Übrigens, eine Frau hat angerufen und erzählt, dass angeblich die Zauberfee ihrer Tochter gesagt hat, sie solle ihre Mutter nach der Dildofee fragen.«

Grimsby hätte sich fast mit der flachen Hand an die Stirn geschlagen, erinnerte sich aber gerade rechtzeitig, dass er immer noch die dreckigen Gummihandschuhe trug. »Oh Mist, nein, ich meinte nicht …«

Carla winkte ab. »Je weniger ich darüber weiß, desto besser. Wir haben genug Ärger, da brauch ich nicht noch eine Anzeige wegen sexueller Belästigung. Ich hab ihr deine Kontaktdaten gegeben. Wunder dich also nicht, wenn sie Anzeige erstattet.«

»Als würde mich das wundern«, murmelte Grimsby. »Prima, was auch immer. Hör mal, die Frühschicht ist ja heute frei, also werde ich mal, ähm, meditieren gehen.«

»Meditieren?« Sie schaute ihn misstrauisch an.

»Ja. Ähm, um … meine Zauberkräfte wieder aufzuladen. Zwei oder drei Stunden an einem dunklen Ort, ungestört.«

Das war zum Großteil gelogen, aber auch ein bisschen wahr. Er musste sich ausruhen, damit er seine Zaubereien nicht durcheinanderbrachte, aber das lag eher daran, dass der Rest seines Hirns schon so durcheinander war.

»Meditieren kannst du in deiner Freizeit. Jetzt musst du dich auf die erste Show vorbereiten.«

»Ich dachte, die frühe Show ist nicht gebucht?«, sagte er und spürte, wie sich seine Hoffnung auf Erholung zerschlug.

»War sie auch nicht. Hat sich letzte Nacht geändert. Wir sind den ganzen Tag ausgebucht.«

»Oh, supi«, sagte Grimsby. »Warum die plötzliche Änderung?«

»Nach deinem Debakel mit dem Geburtstagsjungen gestern ist die Mutter zu mir gekommen, um sich zu beschweren. Sie wollte ihr Geld zurück. Aber ich hab sie zum Besuch einer weiteren Vorstellung überredet. Kostenlos.«

»Warte, doch nicht wieder der Junge von gestern?«

»Wahrscheinlich. Außer sie hat in der Zwischenzeit ein weiteres Balg rausgepresst.«

Grimsby stöhnte. »So läuft das nicht, Carla, das weißt du doch. Ich kann die Show nicht einfach so über den Haufen werfen.«

»Dann mach einfach die gleiche Show noch mal.«

»So läuft es auch nicht. Hast du je zwanzig Kinder für etwas still sitzen sehen, das sie erst gestern schon mal gesehen haben? Kinder, die außerdem voll auf Zucker und Adrenalin sind?«

»Nö. Interessiert mich auch nicht.«

Grimsby ließ nicht locker. »Die jüngeren Kinder wird es nicht so stören. Die schauen sich die gleiche Show dutzendmal hintereinander an. Aber die älteren? Denen ist langweilig, bevor ich überhaupt anfange.«

»Und?«

»Carla. Es gibt nichts Gefährlicheres als ein gelangweiltes Kind. Vertrau mir.«

»Tja, dann wirst du dich da wohl irgendwie durchwurschteln müssen. Änder die Show. Improvisier ein bisschen.«

»Ich kann nicht einfach ›die Show ändern‹! Es hat mich ein ganzes Wochenende gekostet, die Schaufensterpuppen aufzubauen und die Bindesprüche an ihren Kostümen anzubringen. Soll ich sie jetzt wie wild gewordene Profiwrestler durch den Raum fliegen lassen? Weißt du, wie schwer es ist, mit Magie einen Kampf zwischen Puppen zu choreografieren?«

»Mal Kinderfernsehen geguckt? Kann ja wohl nicht so schwer sein.«

»Carla …«

»Grimsby, halt einfach die Klappe. Ich hab dich nicht angeheuert, damit du rummeckerst. Ich habe dich eingestellt, damit du die Kinder ablenkst, bis ihre Eltern die Rechnung bezahlt haben. Jetzt mach deinen verdammten Job. Die ersten Gäste sind schon da.«

Sie verließ das Damenklo und knallte die Tür hinter sich zu.

Grimsby schüttelte den Kopf und zog sich die Gummihandschuhe und den Kittel aus. Wie zur Hölle sollte er sich jetzt aus der Affäre ziehen?

22

MAYFLOWER FAND IN der Nähe eine dunkle Gasse und parkte den Jeep. Es war kalt, die frostige Herbstluft pfiff durch die neuen Einschusslöcher. Er würde sie auffüllen müssen – wie die anderen. Nicht mehr lange, und die Karosserie bestand mehr aus Löchern als aus Stahl.

Aber noch war es nicht so weit.

Er schob seinen Sitz nach hinten und schloss die Augen. Der Mistkerl hatte recht, er brauchte etwas Schlaf. Ohne würde er langsamer sein und in seinem Alter konnte er sich das nicht leisten. Es könnte ihn das Leben kosten. Schlimmer noch: Es könnte jemand andern das Leben kosten.

Etwa den Jungen.

Grimsby war ein Feigling – aber er war ein Feigling, der freiwillig der Gefahr ins Auge geblickt hatte. Ein echter Mann hätte das vielleicht schweigend getan, ohne zu kreischen, aber dieses Schweigen würde er mit der Zeit lernen. Die innere Stärke, die notwendig war, um durchs Feuer zu gehen? Die hatte man oder eben nicht.

Der Junge hatte sie. Gott steh ihm bei.

Immerhin hatte Grimsby genug Verstand gehabt, abzuhauen, als es ruppig wurde.

Mayflower knurrte und rutschte auf seinem Sitz herum. Normalerweise fand er das brüchige Leder bequemer als sein eigenes Bett. Er hatte mindestens so viele Nächte darauf verbracht. Aber jetzt war er rastlos und das Leder unbequem.

Seine Brusttasche vibrierte. Er grummelte, zog das Telefon heraus und klappte es auf.

»Was?«

»Les«, sagte Finley, ihre Stimme klang angespannt. »Es gibt Ärger.«

»Ärger?«

»Das Department hat Mansgrafs Botschaft entschlüsselt. Sie haben einen Haftbefehl für diesen Grimsby-Jungen rausgegeben, nach dem du mich gefragt hast.«

Verdammt. »Wann?«

»Vor zehn Minuten. Warnstufe Rot. Sie wollen ihn festnehmen und wegen des Mordes verhören.«

»Haben sie alle die gleiche Info, die du mir gegeben hast?«

»Wenn nicht sogar mehr. Teile der Akte hatten eine höhere Geheimhaltungsstufe. Ich bekam keine Zugangsberechtigung. Aber sie kennen mindestens seine Privatadresse und die seiner Arbeitsstelle. Ein Einsatzteam ist schon auf dem Weg dorthin.«

»Wie viel Zeit habe ich?«

»Vielleicht zwanzig Minuten, bis sie in Position sind. Danach werden sie abwarten, bis so wenig Zivilisten wie möglich gefährdet werden, bevor sie loslegen.«

Mayflower war schon dabei, den Sitz nach vorne zu schieben und seinen Schlüssel ins Zündschloss zu fummeln. »Kannst du sie irgendwie ein bisschen aufhalten?«

»Nicht ohne mir die Kündigung einzuhandeln. Aber da ist noch was. Was Seltsames. Peters selbst leitet das Einsatzkommando.«

»Direktor Peters? Warum?«

»Keine Ahnung. Vielleicht hat er den Mord persönlich genommen? Ich weiß nur, dass er und ein halbes Dutzend Auditoren und noch mal doppelt so viele Agenten auf dem Weg dorthin sind. Wenn du deinen Jungen da rausholen willst, tu es jetzt.«

»Das mach ich«, knurrte Mayflower. »Danke, Fin.«

»Oh, eins noch, Les.«

Mayflower grummelte nur. Der Jeep war schon auf der Straße und fraß Asphalt.

»Ich hab ein paar der Aufzeichnungen entschlüsselt, die du mir gegeben hast. Mansgraf hatte einen monströsen Geheimcode, war fast schon ihre eigene Sprache. Aber ich konnte ein paar ihrer Notizen zusammenpuzzeln, über diese … Hand.«

»Und?«, fragte Mayflower voll nervöser Anspannung. Was auch immer die ›Hand‹ war: Wenn Mansgraf sie in einer Siegelkiste weggesperrt hatte, war sie definitiv gefährlich. Aber wenn er mehr darüber wusste, würde ihm das vielleicht dabei helfen, rauszufinden, wer diese Hand so dringend hatte haben wollen.

Es würde ihm helfen, Mansgrafs Mörder zu finden.

»Es ist buchstäblich gemeint: Eine abgetrennte und konservierte Hand – nach Art einer ›Hand of Glory‹, eine Totenhand, wie man sie früher Hingerichteten abgehackt und getrocknet hat. Aber ich weiß nicht, von wem die Hand stammte. Zumindest macht Mansgraf keine weiteren Angaben dazu, was sie ist oder was sie tut. Das Beste, was ich habe, ist eine einzelne Zeile.«

»Gib sie mir.«

»›Die Hand hat die im Griff, die sich nicht selbst im Griff haben‹, oder so was in der Richtung. Ich weiß nicht, was genau das heißen soll.«

Er schnaubte, während er ohne Vorfahrt über eine Kreuzung preschte und sich damit lautes Hupen und wütende Blicke einhandelte. »Danke, Fin.«

»Jederzeit. Sei vorsichtig, Les.«

Er legte auf und ließ das Telefon neben die Claymore-Landmine in seine Jacketttasche rutschen. Dann schaltete er in einen höheren Gang, drückte das Gaspedal bis zum Anschlag durch, um das Äußerste an Geschwindigkeit aus dem Jeep rauszuholen. Der alte Motor heulte empört auf, aber er gehorchte.

Immer noch mehr Stahl als Löcher, dachte Mayflower, während er auf das abstoßend hässliche Gebäude von DMMKDE zuraste.

23

GRIMSBYS NERVEN WAREN zum Zerreißen gespannt, und er war sich nicht ganz sicher, weshalb.

Die Haut an seinem Hals kribbelte und auf seinem unteren Rücken und unter seinen Armen hatten sich große Schweißflecken gebildet. Die Gäste von Richies zweiter Geburtstagsparty waren fast vollständig erschienen, nur der Geburtstagsjunge selbst hatte sich noch nicht blicken lassen – und schon jetzt war das Restaurant voll.

Zu voll.

Grimsby hatte noch nie so viele Erwachsene in dem Restaurant gesehen und zum ersten Mal überstieg ihre Zahl auch die der anwesenden Kinder. Jeder Elternteil brachte normalerweise im Minimum ein Kind mit, aber niemals kamen beide Eltern. Er war bisher einfach davon ausgegangen, dass immer der Elternteil antreten musste, der bei Stein-Schere-Papier verloren hatte, während dem Sieger ein Besuch in DMMKDE erspart blieb. Heute aber waren es fast zwanzig Erwachsene und nur halb so viele Kinder.

Das war für ihn der erste Hinweis darauf, dass etwas nicht stimmte.

Der zweite: Die meisten Erwachsenen hatten tatsächlich *Essen* bestellt. Noch schockierender: Sie machten Anstalten, es zu vertilgen.

Grimsby bekam fünfzig Prozent Rabatt auf das Essen in DMMKDE – und trotzdem überzog er lieber sein Konto, um sich Ramen aus der Tüte zu gönnen, als sich diesen Fraß anzutun. Bis auf ein einziges Mal. Und diesen Fehler würde er sein Leben lang nicht noch mal machen. Man ging nicht wegen des Essens in DMMKDE, sondern wegen des Plastikschlosses und des kostenlosen Babysitters. Das Geld für das Fast Food war nur eine Art Steuer. Es wirklich zu essen: der reine Wahnsinn.

Aber trotzdem saßen hier sechs oder mehr Erwachsene an ihren Tischen und stocherten auf ihren Tellern herum. Und keiner davon hatte ein Kind dabei.

Der letzte Hinweis, den Grimsby bei sich vermerkte, waren die Brillen. Alle trugen eine. Es war ein winziges Detail, eins, das ihm normalerweise nicht aufgefallen wäre. Brillen waren so eine Art Hintergrundrauschen: Man registrierte kaum bewusst, dass jemand eine trug.

Keiner dieser drei Hinweise wäre, für sich allein genommen, wirklich bemerkenswert gewesen. Aber alle drei? Die Kombination machte Grimsby nervös, auch wenn er nicht genau wusste, warum.

Er lief rum und gab vor, beschäftigt zu sein, warf den Kindern kleine lustige Zaubergesten zu und tat dabei so, als bemerkte er die verstohlenen Blicke der Erwachsenen nicht. Aber eigentlich war seine Aufmerksamkeit auf diese Fremden gerichtet. Diese Eindringlinge.

Erst als er draußen ein vollkommen schwarzes Auto vorbeifahren sah, kapierte er, was das für Leute waren: Agenten. Vielleicht sogar Auditoren. Jeder Einzelne von ihnen, alle vom Department. Das konnte nur eins bedeuten: Sie waren hinter ihm her.

Sein Herz begann zu rasen, und er zwang sich, ganz lässig zurück zu den Klos und der Umkleide zu schlendern. Als er die Kammer erreichte, schlüpfte er eilig hinein und schloss die Tür hinter sich. Er presste seinen Rücken gegen das dünne Holz und spürte, wie sein Herzschlag die Tür vibrieren ließ. Um irgendwie die panische Furcht zu vertreiben, die seine Gedanken vernebelte, versuchte er es mit Logik und Vernunft.

Das Department musste Mansgrafs Botschaft entschlüsselt haben. Sie hatten Grimsby in ihren Akten, also war es keine große Anstrengung, ihn aufzuspüren. Worauf warteten sie dann noch? Sie hätten ihn problemlos verhaften können. Er dachte an seine Ausbildung zurück. Ihm wurde klar, dass sie mit dem Zugriff wahrscheinlich nur warteten, bis möglichst wenig Zivilisten anwesend waren.

Er kicherte schwach.

Das Restaurant war sein einziger Schutz. Der Imageschaden, der aus einer Razzia in DMMKDE sowohl für das Department als auch für Hexen im Allgemeinen erwachsen könnte, war jetzt das Einzige, was seine Festnahme verhinderte.

Wenn er davor irgendwie entkommen wollte, musste er handeln – und zwar augenblicklich. Aber was sollte er tun? Sollte er überhaupt etwas tun? Das Department war doch der Freund und Helfer aller Unorthodoxen! Eine Art diplomatische Polizei, die innerhalb der Gesamtgesellschaft für Ordnung unter den Unorthodoxen sorgte. Und dieser Behörde sollte er jetzt misstrauen? Er dachte an Raynes Warnung vom Vortag, an ihren Zettel, der zerknüllt immer noch in seiner Tasche steckte.

Sei vorsichtig, das Department will bei dieser Sache jemanden bluten sehen. Leiste keinen Widerstand, benimm dich nicht verdächtig, und, bitte, bitte, sei nicht schuldig.

Mansgraf war eine geachtete, aber auch gefürchtete Hexe

gewesen. Es war also egal, ob die Beamten hier sie vergöttert oder Angst vor ihr gehabt hatten: Wenn sie dachten, Grimsby hätte sie getötet, war ihre oberste Priorität wohl kaum, ihn friedlich festzunehmen. Oder lebendig. Aber selbst wenn: Er würde alles verlieren. Es war schwer genug, als Hexer überhaupt einen Job zu finden – aber als Hexer, der verhaftet und des Mordes angeklagt worden war? Das würde sich in seinem Lebenslauf nicht gut ausnehmen.

Geflüchtet zu sein, aber auch nicht.

Aber das würde hoffentlich ohnehin nicht zu lange der Fall sein. Mithilfe des Ortungszaubers sollte Mayflower den Fall in ein paar Tagen aufklären können. Vielleicht brauchte er sogar nur ein paar Stunden. Das hieß: Wenn er es schaffte. Wenn Mayflower endete wie Mansgraf, dann wäre niemand mehr da, um Grimsbys Unschuld zu beweisen.

Nein, er konnte sich nicht verhaften lassen. Es war zu riskant. Er musste Zeit gewinnen. Aber ihm boten sich nicht gerade viele Optionen an. Einfach wegzulaufen, kam nicht infrage, das Department ließ Autos um das Gebäude patrouillieren. Er würde keine zehn Meter weit kommen, bevor sie ihn einsammelten. Und der einzige andere Ausgang …

Er blickte in den kaputten Spiegel. Den konnte er als Ausgang nutzen und ins Anderswo flüchten.

Eine der Scherben war groß genug, dass er zur Not hindurchpassen würde. Aber allein beim Gedanken daran krampften sich seine Eingeweide zusammen. Das Anderswo war vielleicht der einzige Ort, an dem es für ihn gerade noch gefährlicher war als hier. Und selbst wenn er ins Anderswo flüchtete: Das Department würde ihm sicher folgen.

Er schüttelte den Kopf. Es war zu riskant.

Aber was konnte er sonst tun?

Kämpfen konnte er ganz sicher nicht. Er hatte ein kleines

bisschen Erfahrung in Kampftechniken für Auseinandersetzungen Hexer gegen Hexe, aber das war lange her. Und obwohl er damals einige Sparring-Kämpfe gegen Hives, Rayne und ein paar andere Klassenkameraden absolviert hatte – gewonnen hatte er nie. Abgesehen davon waren diese Leute hier entweder Agenten – also Gewöhnliche, die speziell dafür ausgebildet waren, Hexen zu besiegen – oder Auditoren, die ihre Prüfungen bestanden hatten. Im Gegensatz zu ihm. Schon gegen einen einzigen Auditor hatte er kaum eine Chance, geschweige denn gegen ein halbes Dutzend.

Hieß: Kämpfen war keine Option.

Aber Fliehen auch nicht.

Das war es dann aber auch schon mit den Optionen, dachte Grimsby. Dann kam ihm eine dritte in den Sinn. Eine, die er jeden Tag einsetzte. Ständig musste er sich aggressive Eltern vom Leib halten, und wie schaffte er das? Kämpfte er? Floh er?

Nein. Er brachte sie aus dem Konzept.

Wenn ihm das auch bei den Auditoren gelänge, wenn er sie ausreichend ablenken und verwirren könnte – vielleicht würde ihm das genug Zeit verschaffen, um davonzukommen.

Er musste sich die Auditoren nur als streitsüchtige Kunden vorstellen. Kunden, die ihn fangen und nie wieder rauslassen wollten. Wirklich weit hergeholt war diese Vorstellung nicht, wenn er ehrlich war. Wahrscheinlich waren die Beamten nicht mal so ätzend wie Mutter Monobraue.

Sein Herzschlag beruhigte sich zwar nicht, aber seine Atmung ging wieder auf eine fast normale, menschengemäße Geschwindigkeit zurück. Jetzt musste er die Auditoren nur mit einer möglichst überzeugend verkackten Performance lang genug ablenken, damit er irgendeinen Fluchtweg finden konnte, bevor er verhaftet und für den Rest seines Lebens eingesperrt würde.

Mehr nicht.

Sein Atem wurde wieder schneller, und Panik stieg in ihm auf, aber er schloss die Augen und zwang sich, ruhig zu atmen.

In diesem Moment vernahm er eine vertraute krächzende Stimme. »Gefallen fällig, Halbhexer. Zahltag.«

Grimsby öffnete die Augen und sah Wudge in der Ecke der düsteren Kammer kauern – zwischen einem gelben Putzeimer und einem kaputten Besenstiel. Seine Ziegenaugen blitzten gelb auf, als er sich ins Licht der Glühbirne bewegte.

»Augenfeuer noch mal!«, fluchte Grimsby und atmete erschrocken aus. »Was machst du denn hier?«

Wudge grinste und zeigte dabei seine unendlich vielen scharfen Zähne. »Wudge will seinen Gefallen.«

»Hör mal, Wudge, das passt mir gerade wirklich gar nicht. Du glaubst nicht, was ich für einen Tag habe.«

Wudge runzelte die Stirn, seine Mundwinkel zogen sich nach unten. »Warum redet der Halbhexer so, als würde Wudge sich für sein Geschwafel interessieren? Du schuldest Wudge einen Gefallen. Und Wudge ist gekommen, um ihn einzufordern.«

»Was? Ich bin ein Partyclown auf der Flucht, kein Hexer. Was zur Hölle hab ich dir zu bieten?«

»Wudge hat ihn gefunden. Den Schlüssel.«

»Welchen Schlüssel?«

»Den Schlüssel zu allen Geheimnissen der Schlampe.«

»Du meinst den Schlüssel für die Tür in ihrem Unterschlupf?«

Wudge nickte, dabei schlackerten seine Schlappohren, die unter seinem Zwiebelhelm hervorbaumelten. »Und für die Kisten.«

Grimsby riss die Augen weit auf. »Die Siegelkisten?« Seine Gedanken begannen zu rasen. Wenn Mayflower die Siegelkiste fand, konnte Grimsby sie mit diesem Schlüssel öffnen und dem Department den gestohlenen Inhalt zurückerstatten. Vorausgesetzt, sie nahmen sich überhaupt die Zeit, ihm zuzuhören. Und erst musste er natürlich seine hoffentlich verwegene Flucht bewerkstelligen.

»Wudge, hör mal: Ich würde dir gerne helfen – aber ich kann nicht. Ich weiß nicht mal, ob ich es überhaupt hier rausschaffe, ohne verhaftet zu werden.«

Wudge schaute ihn misstrauisch mit seinen gelben Augen an, seine Krächzstimme wurde bedrohlich tief. »Du redest, als ließe Wudge dir eine Wahl.« Er streckte seine Hand aus, spreizte die spinnenartigen Finger und drehte die blasse Handfläche nach oben, sie sah aus wie ein umgedrehter Kronleuchter aus knubbeligen Knöcheln und groben Fingernägeln.

»Mir ist völlig egal, was du mir lässt, ich …«

Wudge ballte die Faust, und Grimsby hatte plötzlich das Gefühl, als schließe sich eine Hand um seinen Hals. Er konnte nicht sprechen, er bekam keine Luft mehr.

»Halbhexer hat keine Wahl«, krächzte Wudge. »Halbhexer hat zu gehorchen. Er gibt Wudge, was er ihm schuldet – oder er stirbt.«

Grimsbys Haut wurde ganz heiß, röchelnd taumelte er vorwärts durch die enge Kammer und warf dabei einen nassen Pömpel und einen Mopp um. Er sah nur noch ganz verschwommen, und ihm wurde langsam schwarz vor Augen, als würde jemand die Glühbirne dimmen. Verzweifelt streckte er den Arm nach Wudge aus, aber die Kreatur war verschwunden.

Einen Moment dachte Grimsby, so würde er sterben: Erstickt in einer Besenkammer. Als Hexenmeister verkleidet.

Dann hörte er über sich Wudges Stimme. »Triff deine Wahl, Halbhexer.«

Er blickte auf und sah Wudge wie eine seltsame, verstörende Puppe auf einem Regal mit Papiertuchrollen sitzen.

Langsam lockerte er seine geballte Faust, Grimsby saugte gierig Luft ein.

Er brach keuchend auf dem Boden zusammen und genoss kurz das süße Gefühl von Sauerstoff in seiner Lunge. Wudge beobachtete ihn, er hatte dabei seine spinnenartige Hand ausgestreckt, bereit, noch einmal zuzudrücken.

Grimsby setzte sich langsam auf und rieb sich seinen Hals. Die Haut war unversehrt, aber sein Rachen fühlte sich an wie nach einer Mandelentzündung. »Ich werde … Ich helfe dir. Aber nicht jetzt. Da draußen sind Leute, die mich nicht gehen lassen werden.«

Wudge blickte ihn wütend an, die Haare auf seinem Zwiebelhelm zitterten. Dann nickte er. »Wudge wird heute Nacht zurückkehren, wenn der Mond am höchsten steht. Dann wirst du ihm helfen.«

»Und wenn ich zu diesem Zeitpunkt in einer Zelle stecke?«

»Dann wird Wudge dein Leben beenden und deine Schuld wird beglichen sein.«

»Aber …!«, setzte Grimsby an, doch dann blinzelte er kurz, und Wudge war verschwunden.

Er atmete heiser aus, sein Körper zitterte vor lauter Adrenalin und Angst. Plötzlich war die Situation zugleich einfacher als auch komplizierter.

Jetzt war es erst recht keine Option mehr, sich vom Department festnehmen zu lassen. Denn nun spielte es keine Rolle mehr, ob sie ihn schuldig sprachen oder ihn für unschuldig befanden: Wenn er Wudge heute Nacht nicht half, war er tot.

Er musste hier raus und den Auditoren entkommen. Und er musste es tun, bevor sie ihren Zugriff starteten.

Plötzlich klopfte es an der Kammertür. Drei schnelle Schläge, dann eine Stimme. »Mr. Grimsby? Ich würde mich gerne mit Ihnen unterhalten.«

24

GRIMSBY ÖFFNETE DIE Tür, sehr bemüht, sich seine Nervosität nicht anmerken zu lassen. Auf der anderen Seite stand ein Mann in einem maßgeschneiderten schwarzen Anzug. Über seinen dunkel geränderten Augen trug er eine getönte Brille.

Der Mann schenkte ihm ein professionelles Lächeln. »Mr. Grimsby, mein Name ist Peters.«

Grimsby versuchte, seine Augenbrauen davon abzuhalten, bis an die Decke hochzuschießen – mit Erfolg, wobei ihm natürlich auch seine geringe Körpergröße zugutekam. »Es ist … ähm … schön, Sie kennenzulernen, Sir. Aber ich muss jetzt wirklich zurück an die Arbeit.« Er wollte sich an dem Mann vorbeidrücken, aber der rührte sich nicht. Peters war nicht groß, aber sein Verhalten ließ Grimsby wissen, dass es unklug wäre, sich gegen ihn aufzulehnen.

Peters behielt sein ruhiges Lächeln bei. »Gleich, gleich. Aber erst muss ich Sie bitten, mit mir mitzukommen.«

»Warum?«

»Ich denke, das wissen Sie. Ich hatte gestern ein paar meiner Auditoren losgeschickt, um mit Ihnen zu sprechen.«

»Ihre Auditoren?«

Peters' Lächeln wirkte das erste Mal aufrichtig, obwohl es immer noch kühl war. »Ja. Meine Auditoren. Department-Direktor John Peters, zu Ihren Diensten.«

Grimsby fiel das Kinn herunter. Der Direktor des Departments. Es gab vielleicht ein Dutzend Menschen, deren Rang höher war als seiner. Wenn überhaupt. Jeder Auditor im gesamten Bundesstaat war ihm unterstellt – es waren also definitiv *seine* Auditoren.

»Was?« Mehr bekam Grimsby nicht raus. Es war schon eine Leistung, dass er das eine Wort geschafft hatte.

»Nicht so wichtig. Wichtig ist, Mr. Grimsby, dass Sie mit mir mitkommen.« Peters drehte sich um und machte einen Schritt nach vorne. Mit seiner Körperhaltung brachte er ganz klar zum Ausdruck, dass Grimsby ihm zu folgen hatte.

Grimsby blieb jedoch stehen, allerdings eher vor Überraschung als aus Protest.

Peters blickte verärgert über seine Schulter. Es war ein Blick, den Grimsby kaum ertragen konnte. »*Jetzt*, Mr. Grimsby.«

Grimsby schüttelte sich. Sein Schreck und seine Angst verwandelten sich in Wut – wobei seine Angst etwas abnahm. Als er sich auch nach der zweiten Aufforderung nicht rührte, spielte Angst dabei die kleinere Rolle. »Ich glaube, nein.«

»Entschuldigen Sie?«

»Ich glaube, nein«, wiederholte Grimsby, seine Stimme zitterte dieses Mal ein bisschen weniger.

»Ich kann mit einem Nein nicht gut umgehen, Mr. Grimsby.«

»Gehen Sie damit um, wie Sie lustig sind, Mister«, entgegnete Grimsby. »Aber ich habe eine Arbeit zu tun.«

»Sie wollen das bestimmt nicht auf die harte Tour durchziehen«, warnte ihn Peters.

»S-Sie bestimmt a-auch nicht«, antwortete Grimsby und verschränkte die Arme.

»Was war das?«, fragte Peters, er hatte seine Augen ganz schmal gezogen.

»Sie wollen das bestimmt auch nicht auf die harte Tour durchziehen. Sogar noch weniger als ich. Warum würden Sie sonst mit mir sprechen?« Grimsbys Stimme überschlug sich leicht, aber er redete weiter. »Ich habe Ihre Leute da draußen bemerkt. Sie hätten mich jederzeit verhaften lassen können – aber nicht ohne damit bei all diesen Leuten großes Aufsehen zu erregen.«

»Warum sollte mich das interessieren?«

»Zuerst mal wegen der Schlagzeilen. Mir fallen auch auf Anhieb welche ein: *Auditoren stürmen Kinderrestaurant*. Oder vielleicht: *Hexen werden dich holen – und deine kleinen Kinder auch*. Ein großes Spektakel, über das alle Welt redet, ist das Letzte, was Sie wollen.«

Peters' Augen wurden noch schmaler, er blickte Grimsby giftig an. »Sie haben recht. Ein derartiges öffentliches Aufsehen nützt niemandem.«

»Und genau aus diesem Grund haben Sie den Zugriff auch noch nicht befohlen.«

»Mr. Grimsby, Sie haben die Wahl …«

»Nein. Es ist Ihre Entscheidung, Herr Direktor. Sie können entweder Ihre Leute hier reinrufen, damit sie mich verhaften – oder Sie machen den Weg frei und lassen mich meine Arbeit machen.«

»Ihre Arbeit? So nennen Sie das hier?« Er deutete auf Grimsbys Roben. »Ich jedoch nenne das eine Schande. Für alle Hexen.« Die letzten Worte sprach er mit geradezu verstörendem Respekt.

»Die einzige Person, über die ich damit Schande bringe, bin ich selbst. Und das ist mein Grundrecht als Amerikaner. Also, Kumpel, was soll's sein? Machen Sie mir den Weg frei – oder geben Sie den Befehl?«

Peters lächelte wieder, auch wenn er dabei seinen Gesichtsausdruck nur millimeterweit veränderte. Dann trat er zur Seite. »Sie haben nur etwas Zeit rausgeschunden. Meine Leute haben jeden Ausgang besetzt. Jede Tür, jedes Fenster.«

»Das glaube ich Ihnen aufs Wort«, sagte Grimsby, der angestrengt darum bemüht war, nicht mit schlotternden Knien an Peters vorbeizugehen. »Sagen Sie Ihren Leuten, sie sollen die Show genießen. Und bloß keine Tacos essen.«

Er drehte sich nicht noch mal um, vor allem weil ihm vor Peters' Krokodillächeln graute. Als er wieder in den Essensbereich trat, sahen an zwei Tischen alle Erwachsenen gleichzeitig auf – jetzt wusste Grimsby, wer die ›verdeckten‹ Agenten waren.

Viel Zeit hatte er nicht. Er musste fliehen, und zwar schnell. Peters Geduld hatte sicher enge Grenzen und die meisten Eltern würden bald aufbrechen. Ohne die zahlreichen Augenzeugen – die das Geschehen später vor Zeitungsreportern und Fernsehkameras maßlos übertreiben und aufbauschen würden – wäre Grimsby nicht mehr vor dem Zorn des Departments geschützt.

Aber er konnte eben nicht so einfach aus dem Gebäude spazieren. Das Einzige, was – schlimm genug – zwischen ihm und dem Department stand, war Donalds Mächtiges Magisches Königreich des Essens. Sobald er diesen sicheren Hafen verließ, konnten ein paar Agenten in Anzügen ohne großes Aufsehen zupacken und ihn in ein Auto mit abgedunkelten Scheiben verfrachten. Dann würde man ihn in eine Zelle sperren, mindestens für ein paar Tage – aber wenn er Wudge Glauben schenken sollte, würde er um Mitternacht tot sein.

Und nachdem er vorher in Wudges Würgegriff fast erstickt war, glaubte er ihm jedes Wort.

Er musste fliehen.

Und ihm blieb nur ein Fluchtweg – auch wenn er allein schon den Gedanken daran verabscheute.

Das Anderswo.

Aber die Auditoren und Agenten würden ihm sicher dorthin folgen. Er musste sich also etwas zur Ablenkung einfallen lassen, um einen Vorsprung zu gewinnen.

Er zwang sich, die Agenten und Auditoren nicht anzusehen, zumindest nicht intensiver als die gelangweilten Eltern, die verstreut an den Tischen saßen. Er setzte sein schönstes Showgesicht auf und lächelte übertrieben breit. »Abrakadabra, Alakazam und so weiter!«, sagte er laut und wedelte dabei mit seinen langen Ärmeln in der Luft herum. »Willkommen, meine Damen und Herren, im gelobten Land, das wir Donalds Mächtiges Magisches Königreich des Essens nennen! Wir sind so glücklich, Sie in unserem kalorienreichen, nährstoffarmen Land willkommen zu heißen!«

Er wanderte von Tisch zu Tisch, schaute jeder Person für eine den herkömmlichen sozialen Gepflogenheiten angemessene Dauer in die Augen – und hielt den Augenkontakt dann noch etwas länger, um so Dominanz zu etablieren.

Verwirrung und Verlegenheit breiteten sich aus. Das war perfekt, denn Grimsby war ein wahrer Virtuose im Umgang mit Verwirrung und Verlegenheit. »Blicket auf den Schmaus, der sich hier Euren Augen und Gaumen darbietet! Unsere reiche Auswahl an Leckerbissen: von Pizzas über Tacos bis hin zu unserer neuesten, absolut einmaligen Köstlichkeit: Nacho-Käse-Tiramisu.« Einige Erwachsene im Publikum machten keinen Hehl aus ihrem Ekel und er baute das in sein kleines Schauspiel ein. »Doch, doch, es ist wirklich legal!«, sagte er und verweilte kurz an einem Tisch mit Agenten. »Schreiben Sie an Ihren Kongressabgeordneten.« Er schaute mit seinem aufgesetzten, gekünstelten Lächeln von Agent zu Agent und beschwor dabei die kleinstmögliche Menge Impetus herauf. Hoffentlich fiel sie klein genug aus, damit die Auditoren in der Nähe sie nicht bemerkten.

»Was auch immer Sie tun: *Binden* Sie sich nicht an nur eine Speise.« Dabei platzierte er heimlich eine Rune auf der Unterseite des Agententischs, zwischen Klumpen getrockneten Kaugummis. Und es rührte sich nichts, kein empörtes Geschrei brach aus, keine Zaubersprüche wurden gebrüllt: Sein Zauber war wohl subtil genug gewesen. Andererseits war im Vergleich mit seiner abgedrehten Ansprache und seiner Zaubermeisterrobe wohl alles subtil.

Er setzte seinen Weg wie auch seine Tirade fort und verteilte dabei heimlich weitere Bindezauber. Keiner davon war besonders mächtig, aber dafür waren es viele. Es musste reichen. »Nicht vergessen: Gönnen Sie sich unser Schmatzen-bis-Sie-platzen-Buffet! Wenn Sie es schaffen, jedes Gericht auf der Karte ganz aufzuessen, ist Ihre Mahlzeit gratis – solange Sie die Erklärung mit dem Haftungsausschluss unterschreiben und das Essen bei sich behalten können.«

Weitere peinlich berührte Blicke. Er stolzierte durch den Essensbereich und bemerkte ein Tablett voll frisch gemachter Tacos, das auf der Küchendurchreiche wartete, an sein Ziel gebracht zu werden. Er schnappte sich das Tablett und setzte es den Agenten an dem anderen Tisch vor die Nasen. »Geht aufs Haus! Na kommen Sie schon, hauen Sie rein! Oder wollen Sie hier nur sitzen und Däumchen *drehen*?« Dabei drückte er mit seinem Daumen eine Drehrune auf die Unterseite des Tabletts und blieb noch kurz an dem Tisch stehen. »Bringen Sie Ihre Freunde mit! Bringen Sie die Familie mit! Was sag ich, bringen Sie auch Ihre Feinde her, wenn Sie wollen!«

Er wandte sich um und lächelte Peters unverschämt an, der in der Nähe des Eingangs lauerte. »Alle kriegen ihr Fett weg, hier in Donalds Mächtigem Magischen Königreich des Essens!«

Peters blickte grimmig zurück, seine eine Augenbraue zuckte.

Grimsby war kein Experte für menschliche Mimik. Anders als ein Pokerspieler kannte er sich mit den verräterischen Zeichen für unterschwellige Emotionen nicht aus. Aber er konnte normalerweise ganz gut erkennen, wenn er bei einem Menschen so viele Knöpfe gedrückt hatte, dass er gleich platzen würde.

Peters war gerade geplatzt.

Der Direktor hob die Hand an den kleinen Knopf in seinem Ohr und murmelte ein einziges Wort.

Mit einem Ruck standen alle Agenten auf. Die schwarzen Limousinen mit den abgedunkelten Scheiben auf dem Parkplatz wackelten plötzlich, als gleichzeitig sämtliche Türen geöffnet wurden. Unter den weiß maskierten Auditoren, die ausstiegen, erkannte er sofort die elegante Gestalt von Rayne. Und das neben ihr war ziemlich sicher Hives.

Hinter ihnen flog die Tür eines langen schwarzen Vans auf, und vier hundeähnliche Kreaturen sprangen heraus – mit Hundetotenköpfen, die auf Körper aus zusammengeschweißten Eisenresten montiert waren.

Ja, er war sich ziemlich sicher, dass er Peters gerade erfolgreich zum Platzen gebracht hatte.

Normalerweise brachte Grimsby für einen Bindezauber zuerst zwei Runen an, zwischen denen er dann mit dem Zauberspruch einen Strang aus Magie erzeugte, der die Runen dann wie ein Gummiband zusammenzog. Für kompliziertere Vorhaben verknüpfte er drei oder sogar vier Runen miteinander, um daraus ein Netz zu formen. In beiden Fällen stimmte er diese Bindungen normalerweise – in letzter Zeit vielleicht nicht mehr ganz so gewissenhaft – sehr exakt aufeinander ab und timte jeden Spruch sehr penibel. Dieses Mal hingegen sparte er sich Präzision und Kontrolle. Dieses Mal aktivierte er einfach alle Runen in Reichweite.

Alle auf einmal.

Jede einzelne davon hätte eine plötzliche heftige Bewegung erzeugt, etwa von der Stärke eines Faustschlags. Aber alle auf einmal? Plötzlich zuckten blaue Blitze überall durch den Raum und bildeten kurz ein Netz, bevor sie sich alle gleichzeitig spannten und das Restaurant ins Chaos katapultierten.

Tische flogen durch die Gegend, Pizzen schossen wie Wurfsterne durch die Luft, der Teller mit den Tacos rotierte wie ein verrückt gewordenes Karussell. Einem Agenten spritzte heißer Käse seitlich an den Kopf, er schrie auf und kratzte sich das Zeug panisch vom Gesicht. Ein anderer Agent wurde von dem umkippenden Tisch am Kinn getroffen und auf einen dritten Agenten geschleudert. Die normalen Kunden fingen an zu kreischen, etliche rasteten aus und machten das Durcheinander noch schlimmer.

Eine Agentin zog einen Taser unter ihrem Hemd hervor und zielte damit auf Grimsby. Sie drückte ab, aber die Projektile verhedderten sich in den Ärmeln seiner Hexenmeisterrobe. Der dicke blaue Stoff bewahrte ihn immerhin vor einem gewaltigen Stromschlag, wenn auch nur knapp.

Von draußen rückte die Verstärkung an, aber die ängstlichen Eltern stürmten mit ihren Kindern auf den Armen aus der Tür und versperrten so den Auditoren den Weg hinein. Grimsby hörte Hives und Rayne brüllen, aber ihre Worte gingen in dem allgemeinen Lärm unter.

Grimsby huschte geduckt durch die aufgebrachte Menschenmenge, um zurück in die Kammer zu gelangen. Zum Glück war er so klein. Er schaffte es durch die Menge und erreichte den Gang, aber dann entdeckte er im Augenwinkel Peters. Im Gesicht des Department-Direktors stand ein seltsamer Ausdruck, so etwas wie eine gewisse Befriedigung. Grimsby spürte plötzlich den Impetus des Mannes auf sich zuströmen, es war, als hätte jemand einen heißen Ofen aufgerissen. Flammen krochen aus Peters' Körper und ballten sich wie ein brennender Fehdehandschuh um seine Hand. Er lenkte sie auf Grimsby – und der begriff plötzlich, warum der Direktor so befriedigt wirkte:

Grimsby hatte seine Drohung wahr gemacht, und die Presse kam bei dem jetzt herrschenden Chaos voll auf ihre Kosten, dafür würde die flüchtende Menge schon sorgen. Das hieß aber auch: Es machte kaum noch einen Unterschied, ob Grimsby verhaftet wurde oder nicht.

Oder ob er starb, wenn er Widerstand leistete.

»Verbrenne!«

Flammen schossen in einem dicken Strahl auf ihn zu, als hätte Peters einen Feuerwehrschlauch mit brennendem Benzin auf ihn gerichtet.

Grimsby kreischte los und warf sich auf den Boden. Der Feuerball traf die Gipswand knapp über seinem Kopf und hinterließ ein schwarzes Loch, darin Rohre und brennende Kabel.

Die Flamme war unglaublich heiß, und obwohl sie ihn verfehlt hatte, spürte Grimsby in seinem Nacken Verbrennungen. Ein schrecklicher Schmerz schoss in seine alten Brandnarben, plötzlich sah er nur noch Feuer. Ihm wurde ganz kalt, so als hätte ihn jemand in Eiswasser getunkt – er konnte sich nicht mehr bewegen. Wie gelähmt starrte er die Flammen an, die aus dem Loch in der Wand züngelten. Er zitterte. Er wollte aufstehen und weiterlaufen, Hauptsache, weg vom Feuer, aber sein Körper streikte.

Das Feuer schien Grimsby heißer und näher an ihm dran

zu sein, als es wirklich war. Er hatte das Gefühl, als wellte sich die Haut auf seiner linken Körperseite und würfe Blasen, die Narben von seinem Hals bis zu den Fingerspitzen brannten mit der Erinnerung daran, wie sich *wahrer* Schmerz anfühlt. An die Wochen im Krankenhaus damals konnte er sich kaum erinnern, auch nicht an die Monate in der Rehaklinik, so viele Jahre lag der Brand zurück.

Aber an den *Schmerz* – an den erinnerte er sich genau.

Die Erinnerung war noch so frisch, dass er den Schmerz jetzt noch spüren konnte, obwohl Peters' Feuerstrahl ihn nicht mal berührt hatte. Grimsby schrie, das Einzige, was er noch konnte.

Dann ächzte und knackste die Wand. Eine Plastikrohrleitung hatte sich durch die plötzlich eindringende Hitze verformt, es bebte und klapperte kurz bedrohlich, bevor das Rohr platzte und Wasser herausspritzte wie aus einer blutenden Schlagader. Das kalte Wasser prasselte auf Grimsby herunter und wirkte in der Hitze auf ihn wie ein Elektroschock: Seine Gedanken waren auf einen Schlag wieder im Hier und Jetzt, in DMMKDE, bei den zahlreichen Auditoren, die immer näher kamen.

Er sah, wie Peters auf seine schwelende Hand blickte und eine neue Welle seines Impetus heraufbeschwor – Grimsby spürte sie in seiner Brust wie einen dröhnenden Bass. Die Flammen in Peters' Hand loderten auf. Peters richtete seinen Blick auf Grimsby.

Dieses Mal gehorchten Grimsbys Beine seinem Befehl, aufzustehen und wegzulaufen.

Stolpernd hastete er davon, die letzten paar Meter zur Umkleidekabine kroch er fast auf allen vieren. Er duckte sich in die Kammer und knallte die Tür hinter sich zu.

Die Türrahmen leuchteten an den Rändern hell auf, als ein weiterer Feuerstrahl vorbeischoss. Er hörte das plötzliche

Kreischen von Metall, als der Druck die Klotüren am Ende des Ganges aus den Angeln riss.

Grimsby schloss hektisch die Kammertür ab und ärgerte sich sofort über sich selbst: In dem Schloss war nur ein winziger Plastikbolzen. Er verfluchte sich für die Zeitverschwendung. Dann verfluchte er sich dafür, sich verflucht und damit noch mehr Zeit vergeudet zu haben.

Er riss sich aus dieser potenziellen Endlosschleife und stellte sich vor den Spiegel. Der war eigentlich recht groß, aber ein Teil seiner Oberfläche war von einem Netz aus dünnen Rissen bedeckt. Nur ein Bereich von etwa dreißig Zentimeter Breite und einem Meter Höhe war unbeschädigt.

Wenn der Spiegel noch weiter kaputtging, würde Grimsby nicht mehr durchpassen.

Er hoffte verzweifelt, dass der Spiegel halten würde, und nahm die Brille ab. Das Anderswo strömte in seine Sinne und er legte seine Handflächen auf das Spiegelglas.

In der engen Kammer war wenig, was sich im Anderswo ändern konnte.

Die Putzeimer waren aus Holz anstelle von Plastik, die zerbrochenen Besenstiele waren zerbrochene Lanzen, die nackte Glühbirne war jetzt eine Glaslaterne, ihr Licht ging von einer schlafenden Feuerfledermaus aus.

Der Spiegel war vollkommen undurchsichtig, wie Milchglas.

Grimsby beschwor seinen Impetus herauf und lenkte die Energie durch seine rechte Hand in das Glas. Er spürte, wie aus seinen Narben Energie herausrann, aber er hatte keine Zeit, sich über Effizienz Gedanken zu machen. Nach einer Sekunde wurde das Glas durchsichtig, wie schmelzendes Eis. Nach einer weiteren Sekunde konnte er das Spiegelbild des Raums sehen, nur er selbst fehlte darin.

Und nach der dritten Sekunde rutschte seine Hand durch das Glas, als sei es gar nicht vorhanden.

Die Tür hinter ihm flog auf, aber Grimsby wandte sich gar nicht erst um. Er zwängte seinen Oberkörper durch den intakten Teil der Scheibe, und sobald er seine Füße nachgezogen hatte, zerbrach der Spiegel hinter ihm. Das Splittern klang plötzlich ganz weit weg.

Dann war es verschwunden.

Er schaute hoch und sah durch das Loch im Steindach den roten Himmel mit der schwarzen Sonne, die vielleicht auch ein Mond war. Er setzte seine Brille auf, aber nichts geschah. Es war das Anderswo. Aber diesmal war es nicht nur ein Anblick.

Er war drin.

25

GRIMSBY LAG AUF dem sandigen Boden und atmete schwer. Als Erstes vernahm er das Echo eines fernen Wehklagens. Es kam ihm bekannt vor – ängstlich hielt er den Atem an, um zu lauschen, ob es näher kam. Das Heulen verstummte. Da war nur noch der Wind, der durch die Risse in den Wänden pfiff und die alten Holzwände knarzen ließ. Das Wehklagen ertönte nicht wieder.

Erleichtert atmete er auf und saugte dabei aus Versehen einen Mundvoll Sand ein. Er musste krampfhaft husten und setzte sich auf, um einen Batzen schwarzen Schleim auszuspucken. Er war immer noch in der Besenkammer – aber irgendwas war anders. Die Dimensionen stimmten nicht. Die Kammer war zu groß und viel zu hoch, sie wirkte wie ein krummer Kamin. Anstelle des einzelnen Regals war die Wand in mehreren Stufen abgetreppt, die mit seltsamem Nippes vollgestellt waren: wolkige Glaskugeln, geflochtene Strohpuppen. Hoch oben in der Decke klaffte ein Riss, durch den der rote Himmel schimmerte wie eine dünne Narbe.

»Der Halbhexer sollte sich ranhalten«, krächzte eine Stimme hinter ihm.

Er wirbelte herum und sah Wudge, der auf einem der Regale

saß, neben einem Glasgefäß mit Augäpfeln. Grimsby starrte die Kreatur böse an. »Was willst du jetzt schon wieder?«

Wudge setzte einen maßlos überraschten Blick auf. »Wie unhöflich gegenüber Wudge! Nach all dem, was wir zusammen durchgemacht haben!«

»Deinetwegen stecke ich überhaupt in diesem Schlamassel! Wenn du mir nicht eine Frist gesetzt hättest mit einer Morddrohung obendrauf, könnte ich jetzt friedlich auf dem Rücksitz eines Departmentwagens sitzen. Und wäre in Sicherheit.«

»Und hilflos«, sagte Wudge. »Wudge glaubt nicht, dass du das willst.«

»Oh? Das glaubt Wudge also nicht, hm? Was glaubt Wudge denn, was ich will? Bitte, erleuchte mich mit deiner zwiebelhütigen Weisheit!«

Wudges graue Lippen formten sich zu einem Lächeln – einem viel zu breiten Lächeln. »Der Halbhexer will Rache.«

Grimsby musste fast lachen. »Rache? Warum zur Hölle sollte ich mich rächen wollen? An wem überhaupt? Niemand hat mir was getan.«

»Oh doch, jemand hat dir ziemlich viel angetan. Jemand, den du kennst.«

»Wer?«, schnauzte Grimsby ihn an.

»Du«, entgegnete Wudge grinsend. »Der Halbhexer will sich an sich selber rächen.«

»Was soll das bitte heißen?«

»Wudge glaubt, dass du es weißt«, sagte das Wesen, sprang vom Regal und fiel locker das Fünfzehnfache seiner eigenen Körpergröße nach unten. Er landete auf beiden Füßen, ohne auch nur zu straucheln.

Grimsby setzte zu einer Antwort an, aber Wudge unterbrach ihn mit einem Tritt gegen sein Schienbein.

»Au!«, schimpfte Grimsby. »Wofür war das denn?«

Wudge deutete auf sein Handgelenk. »Die Zeit drängt, Halbhexer. Besonders hier.«

Grimsby schluckte. Wudge hatte recht. Fast hätte er es vergessen: Die Zeit im Anderswo verlief seltsam. Sie fluktuierte, je nachdem wie lange man sich aufhielt. Nach bis zu sieben Minuten im Anderswo waren bei der Rückkehr in die wirkliche Welt genau sieben Sekunden verstrichen. Blieb man länger, bis zu sieben Stunden, vergingen stattdessen draußen genau sieben Minuten.

Grimsby hatte das früher ein paar Mal ausgenutzt, um sich vor Prüfungen mehr Zeit zum Lernen zu verschaffen. Aber als ihn dabei fast mal eins der schrecklichen Anderswowesen erwischt hätte, hatte er eingesehen, dass ein effizientes Zeitmanagement in der echten Welt wohl die klügere Lösung war.

Nach sieben Stunden im Anderswo wurde es kompliziert.

Alles unter sieben Stunden waren draußen einfach sieben Minuten. Aber jede weitere Sekunde im Anderswo dauerte in der wirklichen Welt sieben Tage. Darüber hinaus hatte Grimsby gehört, dass in sieben Tagen oder mehr im Anderswo draußen sieben Jahre vergingen. Obwohl er stark bezweifelte, dass jemand in dieser magischen Welt überhaupt so lang überleben konnte. Je länger man dablieb, desto gefährlicher wurde das Anderswo.

Diese seltsame Logik bereitete Grimsby Kopfzerbrechen, und er versuchte für gewöhnlich, Experimente damit zu vermeiden. Aber er wusste von Hexen, die erst sieben Jahre nach ihrem Verschwinden aus dem Anderswo zurückgekehrt waren. Und Grimsby hätte darauf gewettet, dass hier der Aberglaube herrührte, man würde sieben Jahre Pech haben, wenn man einen Spiegel zerbrach.

Die wichtigste dieser Regeln war aber jetzt: Alles, was im ersten Zeitfenster nach seiner Flucht aus der wirklichen Welt dort passierte, würde hier im Anderswo in etwas unter sieben Minuten gleichzeitig geschehen. Das hieß, jede einzelne Person, die ihm in dieser Zeitspanne folgte, würde dann auch mit einem Schlag im Anderswo ankommen. Bis dahin musste er weg sein.

Um in die wirkliche Welt zurückkehren zu können, brauchte er noch einen Spiegel. Aber woher nehmen? In den Klos waren Spiegel, klar, aber es half ihm kein bisschen weiter, wenn er in nur ein paar Meter Entfernung von dort wieder ankäme, von wo er geflüchtet war. Er musste einen anderen Spiegel finden, um nach Hause zu kommen. Oder er musste riskieren, länger zu bleiben als geplant. Vielleicht *viel* länger.

Wütend schaute er Wudge an. »Schätze mal, dass du mir nicht verrätst, wo ich noch einen Spiegel finde?«

»Vielleicht macht Wudge das. Für einen zweiten Gefallen.«

Grimsby rollte mit den Augen und wandte sich ab. Weitere Schulden bei dieser Kreatur anzuhäufen, war das Letzte, was er jetzt gebrauchen konnte. Er würde selbst in der Nähe einen Ausgang suchen müssen. Vielleicht hingen bei der Tankstelle auf der anderen Straßenseite Spiegel in den Klos.

Er ließ Wudge in der Besenkammer zurück und trat auf den Flur. Auch hier war ihm der Grundriss vertraut, aber anders. So als hätte er DMMKDE einem talentfreien und noch dazu betrunkenen Künstler beschrieben, und der hatte das Gebäude dann nachgemalt. Der Flur war zu lang und seltsam gebogen. Die Poster an der Wand waren jetzt gestickte Porträts mit dunklen Umrissen. Grimsby hatte das Gefühl, dass sie ihm mit ihren dunklen Augen folgten, während er den Flur zum Essensbereich durchquerte.

Er lief schnell und nervös weiter. Aber als er um die Ecke bog, sah er etwas in einer Art Nest aus kaputten Tischen kauern. Er sprang zurück in den Flur und hielt den Atem an.

Dann lugte er vorsichtig um die Ecke, um die Kreatur genauer zu beäugen.

Das Wesen war unglaublich fett und überall an seinem Körper hingen schlabbrige Hautfalten herab. Die Haut war so blass, als hätte sie nie die Sonne gesehen. Es war über einen schwarzen Eisenkessel gebeugt und schöpfte sich mit einer schwabbeligen Pfote den Inhalt in den Mund. Der sah nach Nachokäse aus. Vielleicht war es auch Eiter.

Grimsby hatte keinen Schimmer, was für eine Kreatur das war. Er wollte sich lieber nicht bewegen, aber er hatte keine Wahl. Die Uhr tickte und sein Sieben-Minuten-Vorsprung würde bald verpufft sein. Er musste an der Kreatur vorbei und durch die Tür. Sie hatte ihm den Rücken zugedreht, mit ein bisschen Glück konnte er unbemerkt rausschlüpfen. Und wenn sie ihn bemerkte? Er hatte keine Ahnung, was dann passieren würde. Er beschloss, einfach darauf zu hoffen, dass er es nie erfahren würde.

Langsam schlich er zu den Türen am Ausgang. Deren klares Glas war jetzt mit Bildern von spielenden Kindern bedeckt, die sich aber bewegten. Ständig fielen die kleinen Gestalten hin und zerbrachen in tausend Stücke – oder sie wurden plötzlich von dunklen Kreaturen weggerissen. Und die Überlebenden spielten weiter, als wäre nichts geschehen. Grimsby wähnte, in seinem Kopf fast schon die kindlichen Schreie zu hören, wie sie zwischen Freude und Schrecken hin und her wechselten.

Als er es fast bis zur Tür geschafft hatte, vernahm er plötzlich ein Geräusch hinter sich. Er drehte sich um und sah Wudge. Die kleine Nervensäge trug ein breites Grinsen zur Schau und hielt eine Glasflasche in die Höhe. Grimsby schaute Wudge verwirrt an – und beobachtete dann mit Entsetzen, wie er grinsend die Flasche in die Luft schleuderte.

Grimsby traten fast die Augen aus den Höhlen, und er hechtete nach vorne, landete schmerzhaft auf Knien und Ellbogen, schaffte es aber gerade noch, seine Hände zwischen die Flasche und den Boden zu bringen. Verzweifelt jonglierte er die Flasche zwischen den Händen, bevor er sie endlich richtig zu fassen bekam.

Leider war er dabei nicht leise genug gewesen. Die Kreatur mit dem Kessel ließ ein überraschtes hustenartiges Geräusch ab und wandte sich zu Grimsby um. Ihr Gesicht glich einer Maske, die zu fest über den Kopf gespannt war: Sie hatte keine Gesichtszüge, nur murmelartige Augen und schlabbrige Backen. Jetzt grunzte und quietschte sie, packte den Kessel und stürmte auf ihn zu.

Grimsby schrie und wollte aus dem Weg krabbeln, in der Erwartung, dass ihn das Ding anspringen würde. Doch es raste weiter, an ihm vorbei, und krachte durch die Glastür. Die herabregnenden Stücke zersprangen auf dem Boden in winzige Splitter, die sich wie Maden wanden, bevor sie sich in scharf gezackte Scherben aus schwarzem Eis verwandelten.

Wie als Antwort auf das Zerbrechen des Glases ertönte wieder das seltsame Wehklagen, aber dieses Mal schwoll es zu einem durchgehenden Schrei an – und es klang viel näher. Sehr nah. Und aus dieser Entfernung erkannte Grimsby das Geräusch wieder.

Es war ein Geist. Genau wie das Ding, das ihn in der Falle in Mansgrafs Unterschlupf fast bei lebendigem Leibe aufgefressen hatte.

Eine tief verwurzelte existenzielle Urangst stieg aus seinen Eingeweiden in ihm hoch. Er erinnerte sich an die Kälte, an den kratzenden Nebel, der seine unsichtbaren Krallen in Grimsbys Haut geschlagen hatte. Die Wunden waren noch frisch genug, um die Gänsehaut jedes der Schnitte schmerzhaft zusammenzucken zu lassen.

Hektisch versuchte er, sich aufzurichten, sein Körper befahl ihm, irgendwohin zu fliehen, egal wohin – aber dann legten sich dünne Finger fest um seinen einen Knöchel und hinderten ihn am Aufstehen.

Er drehte sich um und blickte in Wudges harte Augen, die ihn mit ihren horizontalen Pupillen aufmerksam anstarrten. Seine eine Hand hielt Grimsbys Knöchel fest, die andere bedeutete ihm mit einem Finger über dem breiten Mund, still zu sein.

Grimsby hatte das Bedürfnis, das kleine Monster quer durch den Raum zu treten und um sein Leben zu rennen, aber er schluckte seine Urangst runter und atmete ruhig ein. Als klar war, dass er nicht abhauen würde, ließ Wudge sein Bein los und zeigte hinter der schwabbeligen Kreatur her, die durch die Tür geflüchtet war.

Grimsby blickte dem Monster mit seinem Kessel nach. Sosehr sich das Wabbelding auch beeilte, es wurde immer langsamer, während es eine Straße überquerte, die nicht die entfernteste Ähnlichkeit mit ihrem Gegenstück in der wirklichen Welt aufwies. Die Straße war lang und karg, die aufgemalten Markierungen waren schon lange von scheuerndem Wind und der schwarzen Sonne abgetragen. Die Risse im Gehsteig bewegten sich und veränderten ständig ihre Form, wie Eis, das immer von Neuem auftaut und einfriert. Die Straße war breiter als die wirkliche. Viel breiter.

Der Schwabbel hatte es schon halb über die Straße geschafft, als der rote Himmel sie schlagartig verdunkelte. Die Kreatur blickte kurz hoch, kreischte noch mal und rannte noch verzweifelter weiter, um sich in Sicherheit zu bringen.

Dann stürzte eine lebendige Dunkelheit aus dem Himmel, als hätte jemand ein Lasso in die Luft geschleudert und damit eine Sturmwolke gefangen. Die Dunkelheit raste wie ein

Falke im Sturzflug herab. Über die graue neblige Oberfläche der Wolke krochen Hunderte Gesichter, in denen sich gleichzeitig Hunger, Qualen und Ekstase abzeichneten. Die Dunkelheit stürzte sich auf den Schwabbel, das vertraute Wehklagen erfüllte die Luft. Die einzigen Geräusche, die Grimsby über den Schrei des Geistes hinaus hören konnte, war das erstickte Quietschen des Schwabbels. Nach nur wenigen Sekunden verstummte auch das vollkommen. Erst dann wurde auch das Wehklagen leiser. Die Wolke stieg wieder hoch. Dort, wo zuvor die unförmige Kreatur gewesen war, lag nur noch der schwarze Kessel umgekippt auf dem Boden. Gelber blubbernder Schleim floss über den Asphalt.

Grimsby musste aufstoßen, schaffte es aber, nicht zu kotzen. Er zitterte. Obwohl der Schwabbel alles andere als menschlich gewesen war: Grimsby wusste genau, was für eine entsetzliche Furcht das Wesen empfunden haben musste. Nur zu gut erinnerte er sich an seine eigene über die Maßen schmerzhafte Begegnung mit dem Geist.

Der Geist flog immer höher in den Himmel und verschwand außer Sichtweite. Aber Grimsby war unsicher, ob er verschwunden war oder sich nur unter die anderen Wolken gemischt hatte.

Erst als Wudge tief einatmete, traute sich Grimsby, selbst auch wieder Luft zu holen.

»Augenfeuer noch mal«, flüsterte er. »Was zur Hölle hat das Ding angelockt?«

»Sie werden von kaputtem Glas angezogen«, erklärte Wudge.

»Warum?«

»Kaputtes Glas bedeutet oft: kaputter Spiegel. Und das heißt: leckere Hexen«, sagte Wudge und bildete mit seinen Fingern kauende Kiefer nach.

»Was hatte dann der Geist in Mansgrafs Höhle zu suchen?«

»Die Schlampe hielt ihn dort gefangen. Gut, um Körper loszuwerden.«

»Hatte sie das Problem häufiger?«

Wudge lächelte sein Bärenfallen-Lächeln. »Oft genug.«

Grimsby schauderte und suchte im roten Himmel nach dem Geist, aber so wie es aussah, war die Luft rein. Er konzentrierte sich wieder darauf, einen weiteren Spiegel als Ausgang zu finden.

Wahrscheinlich war in dem Haus einer, das in der wirklichen Welt eine Tankstelle war. Aber das Gebäude auf der anderen Straßenseite sah völlig anders aus. Grimsby wusste ziemlich sicher, dass die Tankstelle keine Turmuhr besaß. Oder Kathedralenfenster. Und als Uhr gab der Turm nicht viel her, da alle drei Zeiger auf der Sieben stehen geblieben waren – was vielleicht auch schlicht daran lag, dass alle anderen elf Zahlen fehlten.

Am meisten Sorgen bereitete Grimsby allerdings, dass die Tankstelle auf der anderen Straßenseite stand.

Er schaute zu, wie der letzte Rest gelben Schleims aus dem umgekippten Kessel sickerte, und konnte dabei in seinem Kopf fast die Schreie des sterbenden Schwabbels hören, als der Geist ihn ins Jenseits gerissen hatte.

»Solange kein Glas zerbricht, rückt der Geist nicht an?«, fragte er Wudge.

Die winzige Kreatur nickte. »Sie können nichts sehen. Sie spüren nur was in der Nähe. Solange den Geist nichts anlockt, sollte er wegbleiben.«

Grimsby nickte. Eigentlich hatte er schon seine Zweifel an Wudges Ehrlichkeit, aber das Mini-Monster hatte ihm gerade geholfen. Irgendwie. Abgesehen davon: Grimsby schuldete ihm noch einen Gefallen. Wudge würde ihn ja wohl kaum in den Tod schicken, bevor er ihn zurückzahlen konnte.

Oder?

Er schüttelte den Kopf. Große Wahl hatte er ohnehin nicht. Die Zeit war knapp und er musste schleunigst das Anderswo verlassen.

Er ging eilig über die Straße – zu ängstlich, um zu laufen und damit Aufmerksamkeit auf sich zu ziehen, zu nervös, um langsam und vorsichtig zu sein. Ihm war klar, dass das die vielleicht schlechteste Variante war, aber zu mehr konnte er seine zittrigen Beine nicht überreden.

Wudge hielt neben ihm Schritt, seine riesigen, mit Lederstreifen umwickelten Füße klatschten auf den sich verschiebenden Beton.

Grimsbys Angst wurde zu einer Mischung aus Unmut und Zorn. »Warum läufst du mir nach?«

Wudge zuckte mit den Schultern. »Mir ist langweilig.«

»Warum gehst du nicht alleine den Schlüssel holen, wenn dir so langweilig ist?«

»Wudge weiß, wo der Schlüssel ist. Aber alleine kann er ihn nicht holen. Wudge braucht einen Hexer.«

»Warum ich? Gibt es keinen anderen Hexer, den du damit belästigen kannst?«

Wudge zuckte mit den Schultern. »Vielleicht. Aber der Halbhexer schuldet Wudge schon einen Gefallen. Außerdem: Die meisten Hexen sind langweilig und klug. Der Halbhexer ist keins von beiden.«

»Oh, wie nett von dir. Danke, edler Herr, für Ihre liebenswürdige Ermutigung.«

Wudge runzelte die Stirn. »Der Halbhexer ist definitiv keins von beiden.«

Grimsby grummelte. Sie kamen an dem umgekippten Kessel mit dem gelben Schleim vorbei und gingen um die Pfütze herum, die sich in den Rissen im Beton ausbreitete. Wudge tunkte einen seiner knubbeligen Finger in die Substanz und probierte sie, aber er verzog angewidert das Gesicht und spuckte sie sofort wieder aus.

Plötzlich fing es an zu regnen. Ein dünner, sprühender Nieselregen, der den kalten Boden mit öligem schwarzem Wasser bedeckte. Oder zumindest hielt Grimsby es zunächst für Wasser. Aber als er beobachtete, wie sich die Flüssigkeit mit der gelben Pampe vermischte, begriff er, dass sie nicht schwarz war. Sie war dunkelrot.

»Ist das …?«, fragte Grimsby, führte den Satz aber nicht zu Ende, während seine Füße durch die anschwellende tiefrote Pfütze platschten.

»Blut, jepp«, bestätigte Wudge und wischte sich die Flüssigkeit von seiner graugrünen Haut. »Hüte dich vor den Wolken, Halbhexer. Die meisten bleiben oben, aber nicht alle.«

Grimsby würgte und zog sich seinen spitzen blauen Hut tiefer ins Gesicht. Er blickte hoch auf die sich sammelnden Sturmwolken. Es waren mehr als vorher, aber sie schienen ganz zufrieden mit ihrer Höhe. Fürs Erste.

»Der Wetterbericht sagt: bewölkt mit der Aussicht auf Enthauptung«, murmelte er.

Dann ächzte und stöhnte die Turmuhr auf der anderen Straßenseite. Das runde Ziffernblatt begann, sich langsam zu drehen, und die Zeiger folgten ihm. Als es wieder einrastete, stand die Sieben dort, wo bei einer normalen Uhr die Acht war, die Zeiger holten sie klappernd ein.

»Sieben Minuten …«, fing Wudge an, aber er wurde unterbrochen.

Hinter ihnen, in DMMKDE, hörten sie Glas splittern. Einen Moment später bellten Hunde. Die Auditoren waren gekommen, ihre tierischen Begleiter im Schlepptau, und damit beschäftigt, ihre eigenen Spiegel zu zerschlagen.

Über ihnen trübten sich die Wolken, Wehklagen ertönten, zu laut, um von nur einem Geist zu stammen. Mehrere Wolken senkten sich langsam nieder, als wäre der rote Himmel auseinandergebrochen und stürzte jetzt herab.

Grimsby und Wudge waren immer noch in der Mitte der Straße.

Wudge blickte sich mit weit aufgerissenen Augen um. »Viel Glück, Halbhexer«, sagte er und verschwand.

Grimsby war allein. Zumindest bis auf all die Dinger, die ihn töten wollten.

»Welpenschwanz«, fluchte er.

26

GRIMSBY SPRINTETE LOS wie ein Irrer und traute sich dabei nicht, in den herabstürzenden Himmel hinaufzublicken. Die Straße wurde immer dunkler, als verdeckte eine plötzliche Sonnenfinsternis die schwarze Sonne, und es wurde mit einem Mal viel kälter.

Das Hundegebell hinter ihm wurde lauter.

Er riskierte einen Blick über die Schulter und sah drei Bestien aus dem Anderswo-DMMKDE stürzen. Sie sahen nicht aus wie die Begleiter, die er eben noch in der wirklichen Welt gesehen hatte. Stattdessen waren es geschmeidige, haarlose, dunkelhäutige Hunde, in deren Augenhöhlen orange Lichter brannten.

Hinter ihnen im Gebäude sah er zwei Auditoren, die er trotz ihrer Masken als Hives und Rayne erkannte. Sie blickten hoch in den dunklen Himmel und beschlossen, lieber drinnenzubleiben.

Grimsby schaute wieder auf das rettende Gebäude vor ihm. Der hohe Turm mit seiner Uhr schien sich wie ein Riese über ihn zu beugen und ihn verächtlich anzugrinsen, während die Welt auf ihn herabstürzte.

Hinter sich hörte Grimsby Krallen auf Beton klackern und er wurde von einer tiefen instinktiven Furcht überwältigt. Sie rammte ihm Eiszapfen in die Wirbelsäule und setzte seine Beine in Brand, damit er schneller lief.

Und er lief schneller.

Als er sich dem Gebäude näherte, war es inzwischen um ihn herum fast völlig dunkel. Er blickte hoch und sah einen Geist oder vielleicht mehrere auf sich herabstürzen: ein wogender Nebel aus hungrigen Händen, die sich alle nach ihm ausstreckten. Ihm fehlten keine vier Meter zum Eingang, er war fast in Sicherheit. Er erreichte die Tür und fummelte verzweifelt an ihrem Griff, um sie zu öffnen.

Er war zu langsam.

Der Geist überrollte ihn wie eine Welle aus Rasierklingen. Er spürte, wie sich der Geist in seine Kleidung und seine Haut krallte und ihn zerfetzte, ähnlich den Dornen eines Rosenbuschs in einem Wirbelsturm. Es war zu dunkel, er war blind. Er schrie, hatte aber keine Stimme mehr. Verzweifelt hämmerte er gegen die Tür und tastete blind nach dem Griff.

Die Angst half ihm, sich noch einmal aufzubäumen und kraftvoll nach vorne zu werfen, seine Schultern voraus, dabei spürte er, wie sich Dutzende Finger in seine Haut bohrten und an ihm zerrten. Er krachte in die Tür, aber sie öffnete sich nicht. Er versuchte es noch mal, aber es half nichts. Der Geist zerrte jetzt mit aller Gewalt an ihm, er verlor langsam das Gleichgewicht. In wenigen Momenten würde ihn die Wolke vom Boden reißen und in roten Regen verwandeln.

Mit einem allerletzten verzweifelten Ruck warf er sich gegen die Tür.

Er spürte, wie sie unter seinem Gewicht nachgab. Er stürzte aus der Dunkelheit, taumelte in das Gebäude hinein und fiel auf den Boden. Sein Hals schmerzte vom Schreien, sein Körper zitterte vor Schmerz und Anstrengung. Einen Moment lang blieb er auf dem Boden liegen und atmete durch. Die Tür hinter ihm führte in absolute tintenschwarze Dunkelheit, als hätte jemand den offenen Türrahmen mit einem schwarzen Seidenlaken zugehängt. Aber der Geist überquerte die Schwelle des Gebäudes nicht.

Draußen heulten die Hunde auf, es klang täuschend echt, ganz wie ihre lebendigen tierischen Vorbilder. Er hörte das Geräusch von Krallen, die Fleisch zerfetzten, und Pfoten, die verzweifelt auf dem Boden scharrten. Er verspürte einen Anflug von Mitgefühl für die Begleiter-Hunde.

Zumindest bis einer davon wie aus dem Nichts durch die dunkle Tür gesprungen kam. Seine glatte Haut hatte Risswunden und war an manchen Stellen komplett zerfetzt, sodass darunter der aus Metallstücken zusammengeschweißte Körper sichtbar war. Sein Kiefer hing tief, als hechelte er nach Luft, aber er hatte keine Zunge. Er besaß nur dunkle Zähne, die aussahen wie scharfkantige Obsidianscherben.

Der Begleiter blickte ihn mit seinen brennenden Augen an und pirschte sich an. Hautfetzen hingen wie verschlissene Sofapolster an ihm herab. Grimsby kroch auf Hintern und Händen rückwärts davon, mit seiner blutigen Robe wischte er dabei feucht über den Boden. Plötzlich stieß er mit dem Rücken an eine Wand. Der Begleiter kam langsam näher, dabei fielen die Hautfetzen von seinem Körper und gingen in Rauch auf. Dabei wurden die Bewegungen des Hundes immer langsamer und träger. Er war verletzt und das setzte ihm etwas zu.

Grimsby hätte froh sein sollen, aber er war selber auch nicht gerade in Topform. In der kalten Luft konnte er die dünnen blutenden Schnitte an seinen Wangen spüren. Blut – entweder vom Regen oder sein eigenes – war seine Stirn hinuntergeflossen und nur zum großen Teil in den Augenbrauen hängen geblieben, der Rest brannte in seinen Augen. Die Schnittwunden, die seinen Körper übersäten, waren zwar nicht tief, aber dafür lang, und sie bluteten immerhin so stark, dass Grimsby schon ganz schwindelig war.

Er versuchte, sich innerlich zu stählen, aber es kam ihm eher vor, als würde er sich, statt eine Rüstung aus Stahl anzulegen, in Alufolie wickeln. Trotzdem gelang es ihm, langsam aufzustehen, ohne dass er dabei den Begleiter auch nur eine Sekunde aus den Augen ließ. Die Geister draußen zogen langsam ab und durch den sich verflüchtigenden Nebel konnte er Hives und Rayne herbeilaufen sehen.

Zu spät wurde ihm klar, dass er nicht mehr auf den Hund geachtet hatte.

Denn der Begleiter hatte gemerkt, dass seine Wachsamkeit nachließ, und sprang ihn sofort an. Sein kleiner Körper wirkte in der Luft überraschend kräftig, trotz der Wunden, die der Geist ihm zugefügt hatte.

Grimsby riss eine Hand hoch und schrie heiser: »*Dreh!*«

Mit einem Mal schoss grünes Licht aus seiner Hand und die Funken wirbelten durch die Luft wie ein leuchtender Propeller. Der Drehzauber ging ein paar Zentimeter daneben und streifte den Begleiter nur, aber es reichte, um seine Flugbahn gerade so weit zu verändern, dass er nicht mit den Zähnen voran auf Grimsby losstürzte, sondern mit dem Schädel.

Der eiserne Begleiter war schwer und stark. Grimsby wurde nach hinten geworfen und purzelte gemeinsam mit dem Fake-Hund über den Boden. Der knurrte und schnappte nach Grimsbys Gliedmaßen, aber wie durch ein Wunder konnte dieser den gefletschten Zähnen ausweichen.

Er kam auf seinen Rücken zu liegen, wodurch der Begleiter die Oberhand gewann, er drückte ihn mit den Pfoten hinunter und wollte mit seinen Obsidianzähnen Grimsby an die Kehle. Nur indem dieser seine Hände mit der Macht der

Verzweiflung gegen die Brust des Begleiters stemmte, konnte er die schnappenden Kiefer auf Abstand halten.

Er ächzte, während der Hund weiter auf ihn eindrang. Grimsbys Arme fingen an, unkontrolliert zu zittern, sie waren kurz davor, schlappzumachen. Ihm ging die Kraft aus. Er musste irgendetwas tun. Sonst würden der Hund oder die heranstürmenden Auditoren ihm seine Flucht vereiteln.

Er beschwor seinen Impetus herauf und ließ seine letzte Kraft in den Zauberspruch fließen.

Seine Fingerspitzen erglühten und er berührte mit der rechten Hand das Brustbein des Begleiters. Ein Symbol leuchtete dort auf. Dann drückte er dem Tier das Gegenstück dazu von unten an den Kiefer.

Seine Hände rutschten dabei leicht ab und die bedrohlichen Zähne des Hundes kamen noch näher. Grimsby presste den Spruch durch seine zusammengebissenen Zähne: »*Binde!*«

Scharfe Obsidianspitzen bohrten sich von oben in seinen Unterarm, aber die untere Zahnreihe konnte sich an dem Angriff nicht mehr beteiligen. Die Kreatur wand sich und zappelte, als ein azurblauer Lichtfaden ihren Unterkiefer zu ihrer Brust zog und ihn dabei ungesund überdehnte. Die glatte Haut riss und bröckelte immer mehr, wie altersschwacher Gummi, während der Begleiter verzweifelt mit seinem Kiefer nach Grimsby schnappte. Je mehr er sich anstrengte, desto mehr Haut löste sich ab.

Endlich ließ die Kraft des Fake-Hundes nach, als zerfiele seine Mechanik zu Rost, und als sein letztes Stück Haut in Rauch aufging und die orangen Augen erloschen, brach der Begleiter regungslos auf Grimsby zusammen.

Der wollte erleichtert einatmen, aber dafür war der Hunde-Überrest auf seiner Brust zu schwer. Er musste ziemlich zappeln, um unter dem Biest hervorzukriechen. Als er es endlich geschafft hatte, verkündete ihm das Geräusch heranstürmender Schritte auf Beton, dass er jetzt keine Zeit hatte, um sich auszuruhen. Doch als er aufstand, drehte sich der Raum unverschämterweise plötzlich um ihn. Grimsby taumelte tiefer in das Gebäude hinein und suchte nach dem Gang, der ihn dorthin führen würde, wo in der wirklichen Welt die Klos mit ihren Spiegeln waren.

Er stolperte durch die finsteren Korridore und ignorierte dabei die Schatten, die ihm wie Kakerlaken aus dem Weg liefen. Er krachte durch eine Tür in einen Raum, ziemlich sicher das Herrenklo. Drinnen war es kalt und karg, es gab nur einen breiten Spiegel und eine Reihe Toilettenkabinen. Darin standen jedoch keine Klobecken, sondern nur Sockel aus Stein – als wäre dem Universum das Geld ausgegangen, bevor es einen Bildhauer mit der Innenausstattung beauftragen konnte.

Grimsby torkelte zum Spiegel und presste seine blutigen Hände auf das Glas. Er begann mit der Beschwörung seines Impetus, um durch den Spiegel in die wirkliche Welt zurückschlüpfen zu können.

Sein Spiegelbild verschwand und kurz flackerte die wirkliche Tankstellentoilette mit normalen Klos darin auf. Dann verblasste die Erscheinung langsam wieder.

Grimsbys riss die Augen weit auf und versuchte, mehr Energie in den Spiegel zu lenken, aber die Scheibe wurde blank. Dann tauchte sein eigenes mitgenommenes Selbst wieder in dem Glas auf.

Er hatte keine Kraft mehr. Sein Impetus war aufgebraucht. Bis er sich etwas erholt hätte, würde er kaum mehr als ein sanftes Glimmen erzeugen können.

Hallende Schritte, die näher kamen. Hives und Rayne waren auf dem Weg.

Er saß in der Falle.

27

GRIMSBY BLIEBEN NUR noch wenige Sekunden, bis die Auditoren ihn eingeholt haben und verhaften würden – und ihn damit unwissentlich Wudge auslieferten. Aber ohne ausreichend Impetus, um durch den Spiegel fliehen zu können, steckte er fest. Er brauchte eine lange Pause, um neue Kraft zu tanken – Zeit, die er nicht hatte. Die Auditoren hatten ihn in die Ecke gedrängt.

Dann kam ihm ein Gedanke.

Das mussten sie ja nicht wissen.

Er biss die Zähne zusammen und sammelte so viel verzweifelten Mut, wie er nur irgend konnte. Dann schlug er mit der Faust auf den Spiegel. Fest.

Seine Knöchel schoben sich schmerzhaft ineinander, als seine Faust auf die Oberfläche prallte, und der Spiegel erbebte. Mehr nicht.

Er schlug noch mal zu, diesmal noch fester. Irgendwas knackte und seine Hand explodierte vor Schmerzen. Aber der Spiegel blieb heil.

In einem letzten verzweifelten Versuch bog er erst den Kopf zurück, um Schwung zu holen, kniff dann die Augen fest zusammen und rammte seine Stirn mit Wucht in den Spiegel.

Risse krochen langsam über die Oberfläche der Scheibe – dann zerbrach das Glas und zerbarst in Dutzende Stücke.

Sein Kopf und seine Hand taten schrecklich weh, Grimsby taumelte in eine der Klokabinen, kletterte auf den Steinsockel darin und schloss leise die Tür hinter sich. Dann wartete er.

Es dauerte nicht lang. Ein paar Sekunden später donnerten Schritte in den Raum. Er hörte zwei Personen schnaufen. Dann stampfte ein Fuß heftig auf dem Boden auf.

»Verdammt!«, hörte er Hives sagen. »Er hat es in den Spiegel geschafft. Er ist zurück in der echten Welt.«

»Wahrscheinlich«, antwortete Rayne, ihre Stimme klang ruhig und nachdenklich. »Aber wir haben unser erstes Zeitfenster noch nicht verpasst. Wenn wir jetzt aufbrechen, haben wir immer noch sieben Minuten Vorsprung.«

»Warte, was?«

Rayne seufzte und schlug einen Tonfall an, den sie bei Grimsby während ihrer Ausbildung mehr als einmal benutzt hatte – er verspürte einen Anflug von Nostalgie, gemischt mit ein bisschen Eifersucht. Diesen Tonfall sparte sich Rayne für Momente auf, in denen sie jemandem etwas beibringen musste, das sie einfach fand, der andere aber nicht kapierte. »Das erste Zeitfenster: Weniger als sieben Minuten im Anderswo bedeuten, dass draußen sieben Sekunden vergehen. Grimsby ist im zweiten Zeitfenster: Er wird sieben Minuten später, als er reingegangen ist, in der echten Welt ankommen. Wenn wir das Anderswo noch in unserem ersten Zeitfenster verlassen, kommen wir exakt sechs Minuten und dreiundfünfzig Sekunden vor ihm drüben an. Dann kannst du dich vor diesen Spiegel stellen und einfach auf ihn warten.«

»Ähm. Stimmt«, sagte Hives, aber Grimsby war ziemlich sicher, dass Hives es nicht ganz kapiert hatte.

Um fair zu sein: Grimsby kapierte es auch nicht ganz. Die

Zeit im Anderswo fühlte sich an, als würde sie ganz normal vergehen, und erst wenn man in die echte Welt zurückkehrte, war die Zeit völlig durcheinander. Grimsby war plötzlich heilfroh, dass er den Spiegel nicht hatte benutzen können – sonst wäre er direkt einem wartenden Hives in die Arme gelaufen.

»Im nächsten Raum hängt noch ein Spiegel. Schlüpf da durch und schneid ihm den Weg ab.«

»Was ist mit dir?«

»Ich finde einen anderen und folge dir. Zuerst muss ich noch meine Begleiter einsammeln.«

Hives wirkte zögerlich, aber nach einem Moment entfernten sich seine Schritte. Ein paar weitere Augenblicke später hörte Grimsby Glas splittern.

Raynes Schritte entfernten sich ebenfalls und kurz darauf vernahm Grimsby erneut das Geräusch von zerbrechendem Glas.

Endlich konnte er beruhigt wieder weiteratmen, er entspannte seine Muskeln und ließ sich erschöpft kurz in sich zusammensinken. Dann stand er auf, öffnete die Tür und überlegte, wie er als Nächstes vorgehen sollte.

Im selben Moment packte Rayne zu und nahm ihn in den Schwitzkasten.

Sie war viel schneller, als er es in Erinnerung hatte: Bevor er überhaupt kapierte, was los war, hatte sie ihn schon um die eigene Achse gewirbelt, mit dem Gesicht nach unten auf den Boden geknallt und ihm ihr Knie in den Rücken gestemmt. Seine Rippen wurden unter ihrem Gewicht schmerzhaft auf den Boden gequetscht.

Rayne blieb in dieser Position und wartete geduldig darauf, dass sein heiseres Husten nachließ. Als es so weit war, schnalzte sie mit der Zunge. »Du hältst wohl nicht allzu viel von mir, hm, Grimshaw?«

»Woher wusstest du es?«, fragte er, seine Stimme quietschte wie Kreide auf einer Tafel.

»Ich dachte mir schon, dass dir nach der Aktion in DMMKDE der Saft ausgehen würde. Verdammt, ich hatte dir gar nicht zugetraut, dass du überhaupt so weit kommst. Du warst schon immer ein Federgewicht in der Magie.«

Er verzog sein Gesicht vor Schmerzen – und die rührten nicht nur von ihrem Knie in seinem Rücken her. »Ich wurschtel mich halt so durch.«

»Stur wie immer.«

»Was jetzt? Verhaftest du mich?«

Sie schwieg einen langen Moment. »Nenn mir einen Grund, warum ich es nicht tun sollte.«

»Weil ich nicht glaube, dass das Department im Anderswo die Gerichtsgewalt hat.«

»Nenn mir einen Grund, der mir nicht egal ist.«

»Weil ich nichts getan habe.«

»Du hast mehrere Auditoren angegriffen.«

»Mit Tacos! Außerdem haben sie angefangen.«

»Du bist vor einem Sondereinsatzkommando des Departments geflüchtet, das dich festnehmen sollte.«

»Weil ich nicht die Zeit habe, ein paar Tage in einer Zelle herumzugammeln und darauf zu vertrauen, dass ein Haufen stümperhafter Vollidioten einen Fall löst, von dem sie denken, sie hätten den Täter schon verhaftet.«

»Vollidioten?«

»Ihr habt euch alle von einem Kinderzauberer in einem Hexenmeisterkostüm an der Nase herumführen lassen.«

»Nicht alle«, erwiderte Rayne und bohrte ihr Knie ein bisschen tiefer in seine Rückenwirbel.

»Ja, okay! Schon gut«, korrigierte er sich mit schmerzverzerrtem Gesicht. »Die meisten von euch.«

Er spürte ihren Seufzer mehr, als er ihn hörte. »Grimshaw, warum musstest du so ein Fass aufmachen? Warum konntest du nicht die Füße still halten, wie ich es dir geraten habe?«

»Hättest du die Füße still gehalten?«

»Natürlich. Hör mal, ich verstehe …«

»Nein«, entgegnete er und fühlte Wut in sich hochsteigen, während sie ihn noch immer auf den Boden gepresst hielt. »Tust du nicht. Du verstehst es nicht.«

Irgendwas in seiner Stimme ließ sie sich beruhigen, und er spürte, wie sie den Druck auf seinen Rücken verringerte.

»Wenn du ich wärst«, setzte er wieder an, »und man hätte dir das Einzige genommen, was du dein ganzes Leben lang haben wolltest: Würdest du dann die Füße still halten? Und wenn du deine Tage in einem Fast-Food-Schuppen zubringen müsstest? Wo nur das Essen noch widerlicher ist als die Kunden? Hättest du dann die Füße still gehalten?«

»Nein«, antwortete sie leise.

»Nein. Du hättest jede Gelegenheit genutzt, egal wie winzig, um etwas anderes zu machen. *Mehr* zu machen. Ich habe …« Er verstummte, sein Magen verkrampfte sich, ihm wurde schlecht. »Ich habe verdammt noch mal versucht, mehr zu sein.«

»Du wirst nicht mehr, wenn du tot bist.«

»Ich wäre aber auch nicht viel weniger«, sagte er leise.

Sie schwieg erneut. Dann: »Sag mir, dass du es nicht getan hast.«

»Ich hab es nicht getan.«

»Nein.« Sie nahm ihr Knie aus seinem Rücken, drehte ihn um und zog ihn hoch, bis sie auf Augenhöhe waren. Sie hatte immer noch die weiße Maske auf, aber er konnte ihre Augen sehen: Sie waren weit aufgerissen und bohrten sich in seine, bettelten um die Wahrheit. »*Sag mir*, dass du es nicht getan hast.«

»Rayne«, sagte er, »ich habe es nicht getan. Das könnte ich gar nicht, ich …« Seine Stimme brach, und er musste ein paarmal husten, bevor er weitersprechen konnte. »Ich glaube nicht, dass ich jemandem so etwas antun könnte. Nie. Nicht mal ihr.«

Rayne nickte langsam. »In Ordnung. Ich bin vielleicht eine Idiotin, dir das zu glauben. Aber in Ordnung.«

Sie half ihm richtig auf die Beine, aber als er stand, drehte sich plötzlich alles in seinem Kopf, und er war kurz davor, umzukippen. Er bekam mit, wie sie ihn am Arm packte und ihn stützte.

»Du bist im Arsch, Grimsby.«

»Wirklich? Weil – ich fühl mich noch schlimmer als das.«

»Du solltest dich ausruhen.«

Er schüttelte den Kopf, aber davon nahmen Schwindel und Übelkeit nur zu. »Ich habe keine Zeit, ich muss eine Frist einhalten …«

»Du hast wirklich nicht aufgepasst, als wir das Anderswo im Unterricht durchgenommen haben, oder? Du hast Zeit.«

»Was meinst du?«

»Du bist im zweiten Zeitfenster. Sieben Minuten bis sieben Stunden im Anderswo ist alles dasselbe. Solange du das Anderswo verlässt, bevor sich das zweite Zeitfenster schließt, werden auf der anderen Seite nur sieben Minuten vergangen sein.«

»Und nach über sieben Stunden?«

Ihre Augen lächelten. »Dann verlierst du Zeit. Du kommst sieben Tage später wieder raus. Wenn du hierbei den Überblick verlierst, kann dir eine Menge Zeit flöten gehen.«

»Und danach?«

»Mehr als sieben Tage hier sind in der wirklichen Welt sieben Jahre. Aber deswegen würde ich mir keinen Kopf machen.«

»Wirklich? Ich hab nämlich schon das Gefühl, dass ich mir deswegen Sorgen machen sollte.«

»Nein. Du würdest hier ohnehin keine Woche überstehen. Die meisten würden das nicht. Je länger du hierbleibst, desto gefährlicher wird das Anderswo.«

»Und du willst, dass ich hierbleibe und ein Nickerchen mache? Was, wenn ich verschlafe? Ich will nicht erst nächste Woche wieder aufwachen.« *Oder tot*, dachte er, getötet von Wudge oder irgendeinem beliebigen Anderswo-Monster.

»Keine Sorge, ich schiebe hier fast jede Woche Überstunden. Ich bleibe bei dir und halte Wache. Und wecke dich, wenn du gehen musst.«

»Warum? Warum hilfst du mir?«

»Weil du es niemals schaffen wirst, wenn ich es nicht tue.« Sie lachte, aber es war ein verhaltenes Lachen. Und ein bisschen traurig. »Genau wie in alten Zeiten.«

Er wollte widersprechen, aber sie führte ihn zur Wand und drückte ihn sanft nach unten auf den Boden, damit er sitzen und sich anlehnen konnte. Sie war stark, aber behutsam – und sich zu wehren, klang nach einer Menge Anstrengung, auf die er eh keine Lust hatte. Also ließ er es geschehen.

»Nur ein paar Stunden, okay?«, sagte er.

»Natürlich«, antwortete Rayne. Sie begann noch mit einem anderen Satz, aber alles verschwamm vor seinen Augen, und er versank in wohltätiger Dunkelheit.

28

GRIMSBY SPÜRTE, DASS etwas an ihm rüttelte und versuchte, ihn aus seinem traumlosen Schlaf zu wecken. Er grummelte und wollte mit einem schlaffen Arm danach schlagen, um, was auch immer es war, zu verscheuchen – aber irgendwas war um ihn herumgewickelt und schränkte seine Bewegungsfreiheit ein. Seine Gedanken sprangen sofort zu einer Doku, die er mal gesehen hatte: über eine Spinne, die ihre Beute mit Gift so stark betäubt, dass sie ihr Opfer halb auffressen kann, bevor es aufwacht.

Sofort begann er, wild um sich zu schlagen, um sich gegen die Spinne zur Wehr zu setzen – oder waren es sogar mehrere?

»Grimsby!«, brüllte Rayne. »Hör auf!«

Er beruhigte sich und öffnete die verschlafenen Augen einen Spalt. »Oh. Du bist keine Spinne«, sagte er.

»Nicht im Moment«, bestätigte sie.

Ihm wurde klar, dass es sich bei dem Spinnennetz lediglich um Raynes Jackett handelte, das sie über ihn gebreitet hatte. Er gab es ihr zurück und streckte sich, sein Körper knackte und knirschte. Seine Beine schmerzten und die Knöchel seiner rechten Hand waren unangenehm dick geschwollen. Vor allem aber war sein Hals so trocken, dass es sich anfühlte, als hätte sich ein beidseitig gespitzter Bleistift darin quergestellt.

»Du hast eine Stunde, bis dein Zeitfenster sich schließt, Grimshaw. Bis dahin solltest du längst von hier verschwunden sein.«

Er nickte. »Nebenan müssten noch ein paar Spiegelausgänge sein.«

Sie schüttelte den Kopf. »Du musst weiter weg als nach nebenan. Hives wird dort auf dich warten und er hat einen Vorsprung. Wenn er nah genug steht, um das Glas zerbrechen zu hören, weiß er, dass du's bist.«

»Okay, also soll ich weiter weg als …« Er verstummte. Sein Atem kondensierte plötzlich. Kurz danach erreichte ihn die Kälte, wie eine Wand aus unsichtbaren Fühlern, die allmählich näher rückte. Er bekam eine Gänsehaut.

Rayne bemerkte es auch und ging zur Tür, um vorsichtig in den Gang zu spähen.

Grimsby trat zu ihr, schlich dabei instinktiv. »Was ist …«, fing er an, aber Rayne zog ruckartig den Kopf zurück und presste ihm die Hand auf den Mund. Ihre Haut fühlte sich in der Kälte fieberheiß an.

Sie blickte ihm direkt in die Augen, ihre waren weit aufgerissen, aber nicht vor Angst. Sie war wachsam. Sie war bereit. Sie war ein Auditor.

Grimsby hatte nur Angst. Und plötzlich war ihm das ein bisschen peinlich.

Er schluckte beide Gefühle runter, als sie ihren Arm ausstreckte und Grimsby neben sich an die Wand drückte. Sie hatte den Atem angehalten, was ihm als Hinweis darauf reichte, dass er still sein sollte.

Ein paar Momente standen sie wie festgefroren da.

Dann hörte Grimsby den ersten Schritt.

Er klang wie ein Flüstern oder wie Seide, die sanft über einen Stein fließt. Das Geräusch kam näher – und Grimsby spürte, wie die Luft immer kälter wurde. Schon bald schmerzte sie auf seiner Haut wie ein frostiger Wind. Grimsby merkte, wie er am ganzen Körper zu zittern begann, und zwang sich zur Ruhe.

Er schaute an Rayne vorbei und konnte in dem engen Winkel gerade eben durch die offene Tür sehen. Das Licht schien mit der Temperatur schwächer zu werden, aber er konnte dunkel eine Gestalt erkennen.

Das Wesen war ganz entschieden weiblich, mit fast zu stark gerundeten Kurven und Haaren, die glatt wie ein seidener Vorhang herabfielen.

Aber da hörte die Ähnlichkeit mit einem Menschen auch schon auf.

Die glatte Haut hatte die Farbe eines sternenlosen Mitternachtshimmels, es fehlte ihr jede Spur von Wärme oder Blut. Sie wirkte mehr wie ein schwarzer Himmel als wie menschliche Haut: Sie verschluckte jedes Licht so vollständig, dass Grimsby nur die Konturen der Gestalt ausmachen konnte. Auf der Haut zeichneten sich keine Muskeln ab, keine Wölbungen – da war nur ein menschengestaltiges Loch, das ins Nichts führte.

Grimsby sah, wie das Wesen vor der Tür stehen blieb. Er hielt den Atem an. Seine Lungen brannten. Er war nicht sicher, ob sich der Raum gerade wirklich verdunkelte oder ob ihm aus Sauerstoffmangel schwarz vor Augen wurde.

Dann ging die Gestalt weiter, ihre nackten Füße glitten sanft über den Boden, bis sie aus seiner Sicht verschwunden war.

Grimsby riskierte es, einzuatmen, der Raum erwärmte sich langsam wieder. »Was zum blauen Funken war das?«

»Ich … ich weiß es nicht genau«, antwortete Rayne. Er konnte an ihrer Stimme hören, dass es ungewohnt für sie war, etwas nicht zu wissen. »Ich hab so etwas noch nie gesehen. Aber es kam mir bekannt vor.«

Grimsby holte das Zittern nach, das er vorher unterdrückt hatte – das vor Kälte und das aus Angst. Er brauchte ein paar Sekunden, bevor er sich ausgezittert hatte. »Ich denke, wir sollten hier lieber früher als später abhauen. Warum nehmen wir nicht beide den Spiegel im anderen Klo?«

Rayne schüttelte den Kopf. »Das würde mich umbringen«, erklärte sie nüchtern.

»Was?«

»Mein Zeitfenster hat sich etwa sieben Sekunden nach deinem geöffnet. Das heißt: Auch wenn du und ich gleichzeitig hier abhauen, kommen wir beide exakt sieben Minuten später an – relativ zu unserer jeweiligen Abreise.«

»Und?«

»Also: Wenn wir denselben Spiegel nehmen und du dort sieben Sekunden vor mir ankommst, machst du den Spiegel kaputt, bevor ich es rausschaffe. Und ich bin dann entweder tot oder irgendwo zwischen dem Anderswo und unserer Welt gefangen. Was wahrscheinlich aufs Gleiche rausläuft.«

»Oh. Ja. Natürlich. Das war mir klar.«

Sie hob eine Augenbraue. »Also wolltest du mich umbringen?«

»Ja, okay, ertappt. Es war mir nicht klar.«

»Ich weiß.« Sie grinste. »Also egal, welchen Spiegel du nimmst: Ich muss einen anderen nehmen.«

»O. k. Also gehst du durch den nebenan und ich such mir meinen eigenen.«

Sie schüttelte den Kopf. »Nein, du nimmst den nebenan. Halt einfach die Augen auf wegen Hives. Er wird nicht genau wissen, wann du zurückkommst. Aber sobald er das Glas zerbrechen hört, bist du verraten. Ich finde einen anderen Rückweg. Ich kann hier besser auf mich selbst aufpassen als du.«

»Du weißt nicht mal, was das eben für ein Ding war!«

»Du auch nicht. Da also Wissen in dieser Gleichung keine Rolle spielt, ist Gewandtheit der entscheidende Faktor. Oh, und wer hätte das gedacht: Auch da bin ich die bessere Wahl.«

Er blickte sie grimmig an, aber wirklich widersprechen konnte er ihr nicht. Sie war schlicht gesagt einfach immer schon die Bessere gewesen.

»Meinetwegen. Ich nehme den Klospiegel. Du …«

Sie neigte ihren Kopf und deutete damit ihr berufliches Interesse daran an, was er zu sagen hatte.

Ihr rein berufliches Interesse.

Irgendwas in seiner Brust ziepte, als sei dort eine Gitarrensaite gerissen.

Plötzlich erinnerte er sich an das eine Mal, als ihre Lippen seine berührt hatten. Jetzt fragte er sich, ob er es nur geträumt hatte. Dann wurde ihm bewusst, dass es keine Rolle spielte: Erinnerung oder Tagträumerei, das Ergebnis war dasselbe.

Es war lange her. Es war nichts. Er schüttelte sich, ihm fehlten auf einmal die Worte. Es kam ihm lächerlich vor, dass er je auch nur zu hoffen gewagt hatte, für sie mehr als nur ein Freund zu sein.

Er wollte etwas sagen, wollte sie fragen, ob sie sich auch an den Kuss erinnerte, einfach um zu wissen, ob es ihn wirklich gegeben hatte. Stattdessen schüttelte er nur den Kopf. »Pass … auf dich auf. Okay?«

Ihre Augenwinkel kräuselten sich, vielleicht lächelte sie unter ihrer Maske. »Genau das habe ich vor, Grimshaw.«

Er nickte und stand einfach nur da, versuchte, seine Gedanken von diesen verstaubten schmerzhaften Erinnerungen loszureißen. Dann schlich er sich allmählich langsam davon. In der Luft hing immer noch die Kälte, die das seltsame Wesen zurückgelassen hatte.

»Und Grimshaw?«, rief Rayne leise.

Er drehte sich um, unverbesserlich hoffnungsvoll.

War das ein Zögern, bevor sie weitersprach? Oder hatte er es sich nur eingebildet?

»Pass du auch gut auf dich auf«, sagte sie.

29

GRIMSBY RISS SICH zusammen und schlüpfte durch den Spiegel.

Die Kälte fiel sofort von ihm ab und die warme Luft auf der anderen Seite brannte herrlich auf der Haut. Aber als er seinen Fuß auf der anderen Seite abstellen wollte, plumpste er ungelenk nach unten: Er hatte präzise die Lücke zwischen zwei Waschbecken erwischt und hing jetzt unelegant zwischen den Schüsseln. Im selben Augenblick, als sein Körper den Kontakt zum Spiegel verlor, hörte er das Glas hinter sich zerspringen. Scherben regneten auf ihn herunter und prallten von seiner blauen Robe ab auf die Ablage und dann in die Waschbecken, wo sie die Lichtschranken der Wasserhähne aktivierten, die sich sofort öffneten.

Die beiden Frauen mittleren Alters, die gerade vor dem Spiegel ihre Haare und ihr Make-up richteten, waren zu Tode erschrocken.

Sie kreischten und schrien und stoben zum einzigen Ausgang.

»Verzeihung!«, rief Grimsby ihnen nach, aber seine Entschuldigung ging in ihrem Geschrille unter.

Er blieb einen Moment ruhig zwischen den Becken hängen, um seinen Körper an die Wärme und das Gewicht der wirklichen Welt zu gewöhnen. Nach ein paar Stunden im Anderswo erschienen ihm das glänzende Linoleum und der Geruch nach Desinfektionsmittel seltsam tröstlich.

Aber als er zwischen den Waschbecken herauskletterte, öffnete sich die Tür zum Frauenklo. In ihrem Rahmen stand jedoch keine Frau, sondern der Kleiderschrank Hives in seiner vollen Breite. Seine Augen hinter der Maske waren weit aufgerissen und blutunterlaufen, Grimsby konnte sehen, dass sein Hals und seine Haare nass geschwitzt waren. Wahrscheinlich war er hergesprintet, als er den Lärm von Grimsbys Ankunft gehört hatte.

»Wurde aber auch Zeit«, begrüßte ihn Hives, sein Atem ruhig und entspannt. »Ich hatte schon Angst, du hättest dich verlaufen.«

Grimsby spürte, dass seine Haut vor der vertrauten Angst kribbelte. Denselben Tonfall hatte er während ihrer gemeinsamen Ausbildung schon oft in Hives' Stimme gehört – und jedes Mal war darauf eine Tracht Prügel gefolgt.

»Hives«, sagte er. »Es ist nicht, was du denkst.« Er bemühte sich, ruhig und selbstbewusst zu klingen. Leider bekam er es nur gedrückt und brüchig hin.

»Lass mich raten: Du warst es nicht? Du bist unschuldig, und Mansgrafs wirklicher Mörder hat versucht, dir das Ganze anzuhängen?«

Grimsby war trotz des unverblümten Sarkasmus in Hives' Stimme ein bisschen überrascht. Niemand sonst war bis jetzt auch nur ansatzweise auf die Idee gekommen, ihn für unschuldig zu halten, bis er selber das Thema aufgebracht hatte. »Ja.«

Hives' Gesicht war zwar von der Maske bedeckt, aber Grimsby konnte ihm sein Grinsen von den Augen ablesen. »Die Sache ist die, Grimy: Es ist mir schnurz.«

Grimsby schluckte. Den Appell an Hives' Vernunft konnte er sich wohl schenken.

»Also. Wir haben jetzt zwei Möglichkeiten: Entweder du sagst mir, wo die Siegelkiste ist – oder ich vermöbele dich so lange, bis ich sicher bin, dass du es nicht weißt.«

»Warum gehen wir nicht direkt zu dem Part, wo ich sage: ›Ich weiß es nicht‹?«

Hives schüttelte den Kopf. »Wenn ich dich zum Department bringe, bekomme ich so oder so eine Beförderung. Aber wenn ich obendrein die Siegelkiste abliefere, krieg ich noch eine.«

»Zwei Beförderungen an einem Tag?«, fragte Grimsby, denn er konnte sich die sarkastische Bemerkung einfach nicht verkneifen. »Wow, wenn du dir dann noch ein paar dazuverdienst, kommst du vielleicht auf einen höheren Rang als Rayne.«

Hives' Augen wurden schmal und sein Grinsen war wie weggewischt. »Besser, als die Hexen-Hure für den Plastikkönig eines miesen Fast-Food-Schuppens zu geben.«

»Da kann ich dir nicht widersprechen«, räumte Grimsby ein. »Aber ich hab eine schlechte Nachricht für dich: Ich hab keine Ahnung, von was für einer Siegelkiste du sprichst.«

»Ich glaub aber schon«, sagte Hives.

»Nope. Ehrlich. Schau.« Er streckte die Arme in den Ärmeln seiner voluminösen Robe aus und schüttelte sie. »Kein Ass im Ärmel.«

»Wenn *du* die Siegelkiste nicht hast, dann weißt du aber, wer sie hat und wo sie ist. Ich weiß nämlich, dass dich der alte Kumpel von Mansgraf kontaktiert hat. ›Maiglöckchen‹ oder so ähnlich. Du wirst mir erzählen, was du ihm erzählt hast.«

Grimsby konnte sich ein Grinsen nicht verkneifen. Mayflower, der gefürchtete Große Jäger, verkam zum Maiglöckchen.

»Was grinst du, Grimy?«

»Sonst noch was?«

Hives runzelte wie erhofft verwirrt die Stirn. »Was?«

»Ich sagte: ›Sonst noch was?‹ Ich soll dir erzählen, was ich Mayflower erzählt habe, sonst …? Du musst wirklich lernen zu verhandeln. Sonst bringst du es in diesem Business nicht weit.«

Hives machte ein paar schwerfällige Schritte auf ihn zu. »Sonst schlag ich dir die Fresse zu Brei.«

Grimsby bildete sich ein, das Blut in seinem Mund schon schmecken zu können, aber er ignorierte es. »Nicht schlecht. Sehr bildhaft, muss ich schon zugeben. Kurz und prägnant. Aber du musst wirklich noch einen draufsetzen. Mein Gesicht ist jetzt schon fast Brei.«

Hives' Blick wurde noch wütender und er kam noch näher. Grimsby schluckte den Kloß aus nervöser Angst in seinem Hals runter. Aus der Distanz hatte Hives gar nicht so riesig gewirkt. War er schon immer so groß? Und warum wurde er immer größer?

Grimsby fing an, panisch draufloszufaseln. »Ich meine, du glaubst ja gar nicht, was ich für einen Tag hatte. Ehrlich gesagt, Gesichtsbrei wäre eine winzige Unannehmlichkeit, verglichen mit ein paar anderen Verletzungen, denen ich heute gerade so entgangen bin.«

»Tatsächlich?«, fragte Hives und machte nur wenige Meter vor Grimsby halt.

Irgendwie hatte Grimsby über seinem Herumgefasel vergessen, vor Hives' herannahender Masse nach rückwärts auszuweichen. »Ja, tatsächlich. Also warum überspringen wir nicht ein paar Stufen in deinem Plan? Ich geb dir die Highlights: Zuerst drischst du auf mich ein. Als Nächstes sage ich dir nichts. Als Drittes machst du einen Fehler. Und am Schluss hau ich dir eine rein, so fest, dass du k. o. gehst.«

»Ich hab eine bessere Idee«, sagte Hives.

Sein dicker Arm schoss mit unfairer Geschwindigkeit nach vorn und packte Grimsby an der Kehle. Mit seinen langen Fingern konnte er Grimsbys Hals fast ganz umfassen. Er hielt die andere Hand hoch, und Grimsby spürte eine Welle von Impetus, als Hives ein einziges Wort sprach:

»*Brenne.*«

Die Hand des Auditors flackerte auf und Feuer umhüllte sie wie eine Decke.

Grimsby blickte auf die Flammen und spürte, wie sein Herz zu hämmern begann. Er konnte die Hitze schon im Gesicht spüren.

Hives' Augen lächelten zwar, aber aus seiner Stimme klang sarkastische Besorgnis. »Oh. Oh nein. Fast vergessen. Du hast ja diese panische Angst vor Feuer, nicht wahr?«

Grimsby schaute wie gelähmt zu, als Hives seine brennende Hand immer näher an sein Gesicht heranbrachte. Die Narben an seinem Hals und seinem Arm fühlten sich an, als wollten sie davonkriechen. Seine linke Hand begann zu zittern, die Gelenke unter der vernarbten Haut schmerzten.

»Jetzt geb *ich dir* die Highlights«, sagte Hives ganz entspannt und selbstbewusst. »Ich werde dir ein paar Fragen stellen und du wirst sie beantworten. Jedes Mal wenn mir deine Antwort nicht gefällt, erinnere ich dich daran, warum du nur eine wehleidige Kakerlake bist, die es nicht verdient hat, ein Hexer zu sein. Verstanden?«

Grimsby antwortete nicht, er konnte nicht. Er hörte Hives' Worte kaum. Seine gesamte Aufmerksamkeit war auf das Feuer gerichtet.

»Ich hab gefragt: Verstanden?«, sagte Hives. Er kam mit dem Feuer noch ein paar Zentimeter näher.

Die heiße Luft brannte in Grimsbys Gesicht und er verzog

den Mund. Er hasste sich für seine gewaltige Angst. Aber die Hitze, die Flammen, die Erinnerungen: Er war völlig paralysiert. Er konnte kaum atmen – und das nicht wegen der Hand an seiner Kehle. Hätte Hives ihn nicht am Hals gepackt, wären wahrscheinlich sogar Grimsbys Beine unter ihm weggeklappt. Nur ein tiefes Quieken drang aus seiner zugeschnürten Kehle.

Hives lächelte, ihm schien das als Antwort zu reichen. »Gut. Also: Wo ist die Siegelkiste?«

Grimsby schüttelte den Kopf und bog den Kopf dabei so weit vom Feuer weg, wie er nur konnte. Aber es war nicht weit genug. »Ich … Ich weiß es nicht.«

»Mansgraf hatte sie bei sich, bevor sie starb. Aber sie hatte sie nicht mehr, als sie tot war. Und sie hat deinen Namen am Tatort niedergeschrieben, wie du weißt.«

Die Flammen waren jetzt sehr nah. Grimsby bekam den allzu vertrauten Geruch von verbrannten Haaren in die Nase. Dieses Mal schüttelte er nicht nur den Kopf, sondern seinen ganzen Körper. »Ich weiß es nicht! Wir haben entdeckt, dass eine Siegelkiste aus ihrem Lager fehlte. Also habe ich einen Ortungszauber gemacht, um sie zu finden.«

Hives' Augen wurden schmal. »Wo ist der Orter?«

Grimsby schluckte. Er wollte reden wie ein Wasserfall, vielleicht würde er mit einem Wortschwall das Feuer löschen oder zumindest ein paar Zentimeter von seinem Gesicht wegbringen können. Doch stattdessen kniff er den Mund zu. Der Große Jäger hatte das Astrolabium mit dem Zauberspruch. Mayflower war sein einziger Verbündeter. Und obwohl der Große Jäger ihn ein paar Mal fast erschossen hatte, konnte Grimsby sich nicht dazu überwinden, den Mann zu verraten.

»Hat nicht funktioniert«, hustete er. »Kennst mich doch, bin ungeschickt mit Magie.«

Hives' Hand drückte fester zu und schnitt ihm das Wort ab. »Nein, das glaube ich dir nicht. Wo ist der Orter, Grimsby?«

»Verloren! Futsch! Ist das nicht einfach das Blödeste? Wenn du das Ding verlierst, mit dem du andere Dinge findest? Ich weiß! Ich mach dir einen Orter, um den Orter zu orten. Das wird alles richten …«

Hives' brennende Hand kam noch näher und plötzlich gingen Grimsby die Worte aus. Er presste seinen Körper ganz fest an die Wand, als könnte er sich darin vergraben.

»Wo ist er?« Inzwischen brüllte Hives, das Feuer loderte bei jeder Silbe auf. *»Du. Wirst. Es. Mir. Sagen.«*

Die Hitze brandete gegen Grimsbys Wange, er biss die Kiefer so fest zusammen, dass er glaubte, seine Zähne würden brechen. Er schaffte es, den Kopf zu schütteln, obwohl sein ganzer Körper wie wild zitterte. Dabei stand er so aufrecht, wie er es mit wackligen Knien konnte.

»Nein«, sagte er, seine Stimme war kaum mehr als ein Flüstern. »Werde ich nicht.«

Mit einem Schlag war Hives nicht mehr so grauenerregend. Es war, als hätte jemand einen Schalter umgelegt. Das Feuer jagte Grimsby immer noch so viel Angst ein, dass er den nächsten Brunnen finden und reinspringen wollte – aber Hives stellte nur noch ein ärgerliches Hindernis aus Fäusten dar.

Und sie spürten beide, dass sich die Stimmung gedreht hatte.

Hives trat leicht nach hinten. Dann zog er Grimsby an der Kehle ein Stück von der Wand weg und ließ ihn wieder dagegenkrachen, sein Hinterkopf knallte schmerzhaft gegen die bunten Fliesen.

Grimsby sagte sich, dass es sicher nicht so schlimm war, wie es sich anfühlte – aber sein Schädel dröhnte, und er sah plötzlich nur noch verschwommen. Er hörte Hives' Stimme wie durch einen Nebel.

»Wo ist der Orter?«, raunzte er.

Grimsby blickte hoch. Einen Moment lang dachte er, er könnte den Tod hinter Hives stehen sehen. Den Tod höchstpersönlich, den mit der Sense. Er war groß und dünn wie ein sterbender Nadelbaum, bedrohlich und kalt wie ein Wintersturm.

Das Seltsamste daran: Er war nicht sicher, ob er halluzinierte. Hatte ihm Hives buchstäblich den Verstand aus dem Kopf geschlagen? Aber als seine Sicht sich wieder klärte, wusste er: Er bildete sich gar nichts ein. Grimsby lächelte.

»Wo ist er?«, raunzte Hives noch mal.

Als Grimsby den Mund bewegte, schmeckte er Blut auf seiner Zunge, und irgendwas knirschte zwischen seinen Zähnen, aber er lächelte trotzdem. »Hinter dir.«

Hives drehte sich um und bekam prompt ein Knie in den Bauch gerammt. Es war Mayflowers. Hives' Hand löste sich von Grimsbys Hals, aber die andere loderte auf. Flammen züngelten nach Grimsby, eine davon schnappte wie die Schnauze eines Wolfs nach ihm. Er kreischte und riss den Ärmel seiner blauen Robe hoch, um sein Gesicht zu schützen.

Inzwischen hatte Hives seine brennende Hand mit einem wilden Haken nach Mayflower geschwungen, aber er war aus dem Gleichgewicht geraten. Er brachte keine Kraft hinter den Schlag, die größte Gefahr ging von den Flammen aus, die zwischen seinen Fingern herausleckten.

Mayflower fing den Schwinger am Ellbogen ab, Hives packte mit seiner brennenden Hand Mayflowers Arm. Aber obwohl die Hand des Auditors lichterloh brannte, perlte das Feuer einfach wie Trockeneis vom Mantel des Großen Jägers ab. Wie sie beide so mit verschränkten Armen dastanden, wirkte das, als würden sie gerade altmodische Ehrenbezeugungen austauschen.

Dann knallte Mayflower Hives mit seiner freien Hand die Pistole gegen den Unterkiefer.

Hives' Maske flog durch den Raum wie ein Gespenst, das zu spät zum Bewerbungsgespräch kommt.

Der junge Mann ging zu Boden, das Feuer in seiner Hand erlosch mit einem Zischen.

Mayflower hielt Hives' Arm noch einen Moment lang fest und verdrehte ihn auf eine schmerzhaft aussehende Weise. Aber als der Körper des Auditors erschlaffte, ließ er den Arm fallen.

Grimsby starrte, sein Herz raste, seine Haut brannte noch in Erinnerung an die Hitze.

Er starrte geschockt auf den Haufen, der vor wenigen Momenten noch Hives gewesen war. Der Auditor war Grimsby in fast jeder Hinsicht überlegen, aber zweieinhalb Sekunden mit dem Großen Jäger, und er lag bewusstlos am Boden.

Wie?

»Grimsby«, sagte Mayflower ruhig.

»Ja?«

»Du brennst.«

Grimsby blickte an sich runter und stellte fest, dass der Ärmel seiner Robe brannte, von dem Moment her, als er damit sein Gesicht geschützt hatte. Die Flammen waren relativ klein, da das Material der Robe mehr aus Plastik bestand als aus Stoff.

Er kreischte trotzdem auf und schlug sie hektisch aus.

30

GRIMSBY MUSSTE FAST rennen, um mit Mayflower mitzuhalten. Die grelle Nachmittagssonne verwirrte ihn: Seine innere Uhr war überzeugt, dass es inzwischen dunkel sein müsste – aber das Anderswo hatte diese Stunden gefressen, ohne sie in der wirklichen Welt vergehen zu lassen.

Jetzt hörte er Sirenen näher kommen, und einen Block hinter sich sah Grimsby eine Reihe schwarzer Autos, die DMMKDE umzingelt hatten.

»Augen nach vorn, Junge«, schnauzte Mayflower.

Grimsby wandte sich von der Szene ab und empfand eine seltsame Mischung aus Schuldgefühl und Genugtuung, dass auch Richies zweite Geburtstagsparty schon wieder in einer Katastrophe geendet hatte.

Sie erreichten den Jeep und Mayflower öffnete Grimsby die Beifahrertür. Wenige Sekunden später startete hustend und spuckend der Motor, und gerade als Grimsby sich den Gurt angelegt hatte, schoss der alte Panzer davon und hinterließ eine kleine schwarze Rauchwolke.

Mayflower fuhr in einem überraschend vernünftigen Tempo. Keine quietschenden Reifen, keine abrupten Richtungswechsel. Einfach eine entspannte, ruhige Fahrt. Es passte ganz und gar nicht dazu, dass er sich mit weißen Knöcheln ans Lenkrad klammerte, oder zu seinen ständigen hektischen Blicken in den Rückspiegel.

»Danke …«, fing Grimsby an, aber Mayflower schnitt ihm mit einer Handbewegung das Wort ab.

»Leise. Sind noch nicht in Sicherheit.«

Grimsby nickte und ließ sich auf das sonnendurchwärmte Polster des Sitzes sinken. Das Leder war ungefähr so weich wie ein Ziegelstein, aber gerade genoss Grimsbys Körper vollkommen überwältigt den Luxus, keine Muskeln einsetzen zu müssen. Obwohl er im Anderswo ja ein kurzes, angespanntes Nickerchen hatte halten können, hätte er ein weiteres schon wieder gut vertragen. Vielleicht wäre das eine Option, nachdem er einen Berg Essen verputzt hatte.

Nach wenigen Minuten waren keine Sirenen mehr zu hören und Mayflower lockerte seinen angespannten Griff um das Lenkrad. Der Große Jäger atmete so tief aus, dass Grimsby sich fragte, ob er etwa die ganze Zeit die Luft angehalten hatte.

»Woher wusstest du, wo ich bin und dass ich Hilfe brauche?«, fragte Grimsby.

»Ich hab eine Quelle im Department.«

»Ist das dieselbe, die gesagt hat, es würde einige Tage dauern, bis das Department Mansgrafs Notiz entschlüsselt hat?«

Er nickte.

»Ich fürchte, diesbezüglich hat sich deine Quelle geirrt.«

»Sieht ganz danach aus. Aber ohne sie würde dir dieser Auditor immer noch die Seele aus dem Leib prügeln.«

Grimsby dachte daran, wie dringend Hives die Siegelkiste finden wollte. Und er dachte an die Hitze, so nah an seiner Haut, dass er sie jetzt noch in seinen Narben spüren konnte. Er überlegte, wie weit Hives wohl gegangen wäre, und schauderte.

»Danke«, sagte er. »Dass du mich gerettet hast.«

Sie fuhren ein paar Minuten schweigend weiter, bevor Mayflower sprach. »Junge, wenn es mir darum ginge, dich zu retten, würde ich dich in Mansgrafs Höhle stecken und nie wieder zurückblicken.«

»Was tust du dann hier?«, fragte er.

Mayflower knurrte nur.

»Oje, du hast dir Sorgen um mich gemacht?«

»Das habe ich nicht gesagt.«

»Du hast es aber auch nicht *nicht* gesagt.«

»Ich habe mir keine Sorgen um dich gemacht«, behauptete Mayflower mit Bestimmtheit.

»Also kann ich gut auf mich selbst aufpassen – ist es das, was du sagen willst?«

Mayflower knurrte wieder.

»Na ja, komm schon. Eins von beiden muss es sein«, insistierte Grimsby und lächelte breit.

»Kennst du den Trick, wie man am besten den Sturz aus einem fahrenden Auto überlebt?«, fragte Mayflower.

»Ähm, nein, ich glaube nicht.«

Mayflower entriegelte die Türen des Jeeps. »Dann würde ich an deiner Stelle lieber die Klappe halten.«

Grimsbys Lächeln wurde noch breiter, aber er beschloss, sein Glück nicht weiter herauszufordern.

Nach einer Weile sprach Mayflower wieder: »Was war vorhin überhaupt mit dir los? Der Bursche ist ein Schrank, aber ich hab dich schon größeren Typen Paroli bieten sehen.«

»Hast du?«

»Na ja, du hast mir Paroli geboten, als wir uns das erste Mal begegnet sind. Ich bin größer. Aber bei dem Auditor dachte ich, du würdest gleich aus den Latschen kippen. Warum?«

»Ich … ich will nicht darüber reden.«

»Tja, Pech gehabt, Junge.«

»Was?«, fragte Grimsby überrascht.

»Das hier ist keine Therapiestunde. Wir hängen aneinander fest, bis diese Geschichte erledigt ist. Und ich muss wissen, was dich so triggert. Damit ich nicht dabei draufgehe, wenn du das nächste Mal schlappmachst.«

Grimsby schluckte eine freche Antwort runter.

Mayflower wollte ihn schließlich gerade nicht quälen – obwohl er sich auch nicht großartig Mühe gab, nett zu sein. Er war pragmatisch. Und direkt. Außerdem hatte er recht. Er hatte ein Recht darauf, es zu erfahren.

»Ich hab ein … ein Problem. Mit Feuer. Feuer und ich vertragen uns nicht so gut.«

»Tatsache?«

»Ja.«

Mayflower schnaubte. »Warum?«

»Als … als ich noch ein Kind war, kam meine Mutter bei einem Feuer ums Leben. Ich auch fast.« Er hielt den linken Arm hoch und schob den Ärmel seiner billigen blauen Robe herunter, um Mayflower die Narben zu zeigen.

Mayflower nickte. »Die sind mir schon aufgefallen. Nicht schlecht.«

»Nicht schlecht?«, fragte Grimsby leicht aufbrausend. »Meine ganze linke Seite ist voller Narben!«

»Wir alle haben Narben, Junge. Manche kann man sehen.« Er zog den Kragen seines Hemdes ein Stück runter, um Grimsby den Anfang einer lange verheilten Schnittwunde zu zeigen. Und als er das tat, bemerkte dieser zum ersten Mal die Dutzenden kleineren Narben an Mayflowers Händen und am Hals. »Und andere … andere kann man nicht sehen.«

Letzteres führte er nicht weiter aus, aber Grimsby nahm irgendwie den Schmerz wahr, der in seinen Worten mitschwang.

Es war der Schmerz über den Verlust von jemandem. Ein Schmerz, den er selbst nur allzu gut kannte.

»Der Punkt ist«, sagte Mayflower und versteckte seine kurz preisgegebene Verletzlichkeit wieder hinter einem grimmigen Blick, »du steckst einiges ein, wenn du durchs Leben gehst. Und solang du danach wieder aufstehst, gehst du gestärkt daraus hervor.«

»Ich fühle mich nicht stärker. Ich fühle mich nur müde.«

Mayflower lächelte. Ein schwaches und bitteres Lächeln, aber es war ein Lächeln.

»Ich habe deine Unterhaltung mit dem Auditor gehört. Wie er nach mir und dem Orter gefragt hat.«

»Ja. Sie wissen wohl von der Siegelkiste.«

»Und du hast nicht mal erwogen, ihm zu sagen, dass ich den Orter habe?«

»Erwogen? Ich war zwei Sekunden davor, ihm deinen mittleren Namen zu verraten. Wenn ich den wüsste.«

»Aber du hast es nicht.«

»Nein, ich schätze nicht. Hey, warte mal! Wie lange hast du uns beobachtet?«

Mayflower zuckte mit den Schultern. »Lange genug.«

Grimsby rieb sich die anschwellende Beule an seinem Hinterkopf. »Hätte es dich umgebracht, dazwischenzugehen, *bevor* er mir den Schädel zertrümmert hat?«

»Ich wollte sehen, was du machst.«

»Was?«, fragte Grimsby und merkte, wie Zorn in ihm hochstieg.

»Du, das Feuer, die Fragen, die der Bursche ständig wiederholt hat: Ich wollte sehen, was du machst.«

»Ich war zu Tode erschrocken und konnte vor Angst nicht mehr klar denken! Da kannst du von mir doch nicht erwarten, dass ich irgendwelche vernünftigen Entscheidungen treffe!«

»Eben. Was tust du, wenn du vor Angst nicht mehr klar denken kannst? Das ist der vielleicht beste Maßstab, an dem man einen Mann messen kann.«

Grimsby schaute wütend, aber sagte nichts. Das Motto *Besser spät als nie* hatte in seinem Leben selten so gut gepasst wie in den letzten paar Tagen. Und auch wenn Mayflower zwei Mal spät dran gewesen war, als er Grimsby das Leben gerettet hatte: Das war besser als die Alternative. Er wartete ab, bis er sich etwas beruhigt hatte, bevor er weitersprach.

»Na dann. Und wie hab ich mich angestellt?«

»Passt schon«, sagte Mayflower und zuckte mit den Schultern.

Grimsby war nicht sicher, wo auf der Skala zwischen Mistkerl und dem Gegenteil von Mistkerl das lag. Aber es klang nicht allzu schlecht, und er wechselte lieber das Thema, bevor er seine Wertung am Ende wieder verschlechterte. »Hast du mit meinem Ortungszauber schon was anfangen können?«

»Nein«, sagte Mayflower und deutete auf das Astrolabium, das mit Klebeband auf dem Armaturenbrett fixiert war. »Hat noch nicht angeschlagen. In gewisser Weise ist es gut, dass du wieder mit dabei bist.«

»Warum?«

»Wenn das verdammte Ding nicht funktioniert, will ich dich in meiner Nähe haben. Damit ich mich an dir schadlos halten kann.«

Grimsby grinste. »Sehe ich ein. Hab's dir aber schon gesagt: Die Reichweite ist nicht endlos. Aber sobald du ein paar Kilometer in der Nähe der Kiste bist, müsste er anschlagen.«

»Wir werden sehen.«

»Bis dahin: Ich verhungere. Wie steht's mit dir?«

Mayflower schaute, als hätte ihn jemand gerade ans Atmen erinnert. »Ich könnte was Essbares vertragen.«

Er lenkte den Jeep über eine Kreuzung zu einem Burgerladen. Grimsby konnte ihn riechen, bevor er ihn sehen konnte. Es roch nicht wie die Burger in DMMKDE. Hier duftete es nach echtem Fleisch, nicht nach verbrannter Pappe. Sein Magen fühlte sich an, als wollte er aus seinem Körper springen, um vor ihnen am Restaurant zu sein.

Ihm lief das Wasser im Mund zusammen, und seine Hände zitterten bei der plötzlichen Erkenntnis, dass er kurz vor dem Verhungern gewesen war.

Sie fuhren zum Take-away-Schalter, und Mayflower knurrte eine Bestellung in die Gegensprechanlage, die das Wort *Triple* enthielt. Nach einem kurzen Blick auf Grimsby bestellte er noch mal das Gleiche.

Sie hatten an dem Schalter schon ein paar Minuten hinter einem anderen Auto gewartet, als Grimsby plötzlich etwas klicken hörte.

Er blickte zum Astrolabium auf dem Armaturenbrett. Es bewegte sich. Die Kompassnadel am Rand zitterte und drehte sich langsam.

Sie zeigte Richtung Norden.

Auch Mayflower sah es. Ohne ein Wort haute er den Gang rein und bretterte über den Randstein, um an dem Wagen vor ihnen vorbeizukommen. Er raste durch eine Hecke, schwenkte wieder um auf die Hauptstraße und beschleunigte den Jeep, die Augen dabei auf die Nadel des Astrolabiums gerichtet.

Grimsby blickte nur sehnsüchtig über seine Schulter auf den immer kleiner werdenden Burgerladen, das Wort *Triple* hallte in seinem Kopf nach.

31

GRIMSBY HATTE KEINE Ahnung, wie Mayflower es fertigbrachte, auf verstopften Straßen genauso schnell zu fahren wie auf der Autobahn, aber irgendwie schaffte er es. Noch beeindruckender war, dass er dabei nicht einmal die Aufmerksamkeit der Polizei auf sich zog. Dafür erntete er jedes Mal wütendes Hupen, wenn er fast – aber immer nur fast – andere Autos rammte. Als das Astrolabium plötzlich die angezeigte Richtung änderte und stattdessen direkt hinter sie wies, stampfte er heftig auf die Bremse, und sie kamen mit quietschenden Reifen mitten auf einer Kreuzung zum Stehen.

Grimsby wurde in seinem Sitz nach vorne geschleudert, aber sein Gurt bewahrte ihn davor, durch die Windschutzscheibe zu fliegen oder sich den Kopf am Armaturenbrett aufzuschlagen. Die plötzliche Vollbremsung ließ das Handschuhfach aufklappen, wobei ihm die abgesägte Schrotflinte auf die Füße fiel, was ihn so sehr hochschrecken ließ, dass er sich den Kopf an der Wagendecke stieß.

»Was zur blauen Flamme, Mayflower?«, fragte Grimsby und schob die Schrotflinte so vorsichtig zurück ins Handschuhfach, als wäre sie eine ausgebüxte Schlange.

Mayflower antwortete nicht gleich, sondern blickte grimmig umher. »Die Siegelkiste muss ganz hier in der Nähe sein.«

»Großartig. Aber können wir uns wenigstens einen Parkplatz suchen? Vielleicht ohne einen Aufstand anzuzetteln? Ich glaube, der Sattelzug da drüben bereitet sich gerade drauf vor, uns eine Lektion in Physik zu verpassen.«

Mayflower grummelte und wendete den Wagen um, aber die Nadel des Astrolabiums zitterte schon wieder und deutete mit einem Mal in eine völlig andere Richtung. »Verdammt noch mal«, fluchte der Große Jäger, und der Motor heulte heiser auf, als sie wieder losjagten.

Ein paar Minuten später passierte dasselbe schon wieder. Grimsby hatte Angst, dass sie ganz allein inzwischen gleich mehrere nachmittägliche Verkehrsstaus verursacht hatten.

»Wo zur Hölle ist das Ding?«, knurrte Mayflower. »Dein Ortungszauber ist im Arsch.« Er stellte den Jeep unter einer Zugbrücke ab.

Grimsby nahm das Astrolabium auf. Er untersuchte es und fühlte auf der goldenen Oberfläche den warmen Puls seines Impetus. »Ich glaube nicht. Eigentlich sollte es funktionieren.« Er blickte sich um, und plötzlich spürte er, wie das Astrolabium in seiner Hand erneut zuckte. Genau in dem Moment ächzte und ratterte die Brücke über ihnen, als ein Zug darüberraste.

»Was ist?«

»Ich glaube, die Siegelkiste ist in einem Zug«, sagte Grimsby und deutete auf die Waggons, die auf den Gleisen über ihnen vorbeirauschten.

Mayflowers Augen wurden schmal, aber nach einem Moment grummelte er zustimmend: »Macht Sinn.«

»Inwiefern macht das denn bitte Sinn?«

»Wo kann man sich vor aller Augen besser verstecken, als an

einem Ort, der ständig in Bewegung ist? Öffentliche Verkehrsmittel sind langsamer, aber das Risiko, bemerkt zu werden, ist niedriger. Wer auch immer die Siegelkiste gerade hat: Wenn die Person zu lange an einem Ort bleibt, wird sie vielleicht entdeckt. Aber mit dem Zug kann sie ständig in Bewegung bleiben – und abspringen, sobald Gefahr droht.«

Grimsby nickte. »Das macht vielleicht wirklich Sinn. Aber was will die Person ohne Schlüssel mit der Siegelkiste anfangen?«

»Weiß ich nicht. Ich bin mir auch immer noch nicht sicher, wie der Mörder überhaupt an Mansgraf rangekommen ist. Aber das ist mir auch egal. Wer auch immer die Kiste in seinem Besitz hat, hat sie umgebracht. Und ich werde denjenigen finden.«

Er legte den Gang ein und fädelte sich wieder in den Verkehr ein.

»Wo fahren wir hin?«

»Südbahnhof. Mit deinem Kompass da können wir den Zug finden, in dem die Kiste ist.«

»Und was dann? Willst du den Schurken in einem fahrenden Zug voller Passagiere einfach abknallen?«

»Ja.«

»Was, wenn du danebenschießt?«

»Werde ich nicht.«

»Aber was, wenn doch? Oder was, wenn wer-auch-immer taffer ist, als du denkst? Und dann sind wir in einem Zug voller Zivilisten, und er entscheidet sich plötzlich, einen Feuerball auf uns zu schleudern?«

Mayflower schwieg grimmig, hatte die Stirn gerunzelt.

»Wir können den Kerl identifizieren. Aber wir können nicht einfach hingehen und ihm sagen, er solle sich auf den Tod vorbereiten«, sagte Grimsby.

»Was schlägst du also vor?«

»Wir finden den Zug, finden den Typen, dann warten wir in seiner Nähe, bis der Waggon ein bisschen leerer wird. Wir behalten ihn im Auge, für den Fall, dass er abhauen will, aber sonst warten wir nur ab. Und erst wenn niemand sonst mehr da ist, kriegst du deinen Showdown. Wenn du den Mumm dazu hast.«

»Wie bitte, was?«

»Ich sag's ja nur. Als du bei Aby den Abzug drücken wolltest, hast du's nicht geschafft.«

»Sie hatte nur Glück.«

»Und deswegen hat deine Hand gezittert?«

»Du hältst jetzt besser die Klappe.«

»Ich sag's ja nur. Ich weiß, wie es ist, wenn man Angst hat. Vertrau mir.«

Mayflower packte das Lenkrad fester.

»Ich weiß nicht, was passiert ist, dass du so geworden bist. Und ich muss es auch nicht wissen. Aber du musst zugeben, dass du dich nicht voll unter Kontrolle hast, was diese Waffe betrifft.«

»Sei. Still.«

»Es ist okay …«, fing Grimsby an, aber Mayflowers Hand schoss vor und packte ihn an seiner Robe. Der Große Jäger drehte den Stoff so ein, dass er Grimsby die Luft abschnürte, dabei hielt er die Augen immer noch auf die Straße gerichtet.

»Du weißt einen feuchten Dreck von mir, Hexer. Also spar dir deinen Psychoscheiß!«

Er ließ Grimsby los. Der rang einen Moment hustend und spuckend nach Atem, dann öffnete er den Mund, um weiterzusprechen – aber Mayflower bedeutete ihm mit einem knappen Kopfschütteln, lieber davon abzusehen.

Grimsby atmete tief ein und schaute aus dem Fenster. Er

musste wohl einfach darauf vertrauen, dass Mayflower sich unter Kontrolle hatte, wenn sie den Mörder stellten.

Sonst … na ja, sonst war er sich nicht sicher, ob er ihn würde aufhalten können.

Nach ein paar Minuten Stillschweigen kamen sie am Südbahnhof von Boston an, einem eleganten alten Gebäude. Die mehrstöckige geschwungene Fassade war durch zahlreiche Fenster gegliedert, davor erhoben sich Säulen im neoklassizistischen Stil. In den geschweiften Dachgiebel über dem Tympanon war eine Uhr mit einem Ziffernblatt aus weißem Marmor eingelassen, die von der Skulptur eines Adlers bekrönt war. Die eisernen Zeiger der Uhr erinnerten Grimsby an sein bevorstehendes Treffen mit Wudge. Sein Magen krampfte sich zusammen, und er versuchte, den Gedanken daran zu verdrängen, ob er es pünktlich schaffen würde – oder was passieren würde, wenn nicht.

Mayflower lenkte den Jeep in ein nahe gelegenes Parkhaus, dann beschwerte er sich grummelnd über die langen Reihen makelloser moderner Autos, während er nach einem freien Parkplatz suchte. Als er endlich einen ergattert hatte, musste Grimsby sich durch einen schmalen Spalt zwängen, um mit der Tür nicht den SUV neben ihnen einzudellen.

»Was ist der Plan?«, fragte Grimsby.

Mayflower blickte nur genervt drein, und während sie schweigend durch das Neonröhrenlicht der Tiefgarage gingen, glaubte Grimsby kurz, Mayflower würde einfach gar nicht mehr mit ihm sprechen. Aber endlich machte er doch noch den Mund auf: »Wir finden den Zug, in dem er ist. Dann ziehen wir ihn raus.«

»Und wenn er keine Lust hat, sich rausziehen zu lassen?«

Mayflower schnaubte verächtlich. »Dann … dann warten wir, bis die Zivilisten abhauen.«

Grimsby nickte. »Gut. Das ist gut.«

»Dämlich ist das.«

»Aber es ist das Richtige, oder?«

Mayflower schüttelte den Kopf. »Ich weiß es nicht«, sagte er angestrengt. »Wahrscheinlich.«

Sie quetschten sich durch die Menschenmenge. Die meisten Leute drängten sich direkt am Anfang der Bahnsteige, um sich im Bahnhofsgebäude vor dem unbequemen kalten Herbstwind zu schützen.

Grimsby kam schlecht voran, bis er sich einfach in Mayflowers Kielwasser begab. Es war, als würde die Menge dem Mann unbewusst Platz machen. Und diejenigen, die nicht automatisch zur Seite sprangen, taten es, sobald Mayflowers Blick sie traf.

Mayflower sah über die Schulter zu Grimsby, seine heisere Stimme ging fast im allgemeinen Lärm unter. »Irgendwas?«

Grimsby zog das Astrolabium aus der Tasche und hielt es ganz still, damit sich die Nadel ausrichten konnte. Sie zeigte zuerst nach links, wanderte dann aber langsam in die andere Richtung. »Wenn die Siegelkiste wirklich in einem Zug ist, dann sollte er da drüben in den Bahnhof einfahren.«

Mayflower nickte. »Die Worcester-Strecke. Okay, komm schon.«

Sie kämpften sich zu dem Bahnsteig durch, wo die Pendlerzüge ankamen. Sie warteten. Alle paar Minuten fuhr ein Zug ein und Mayflower schaute zu Grimsby. Nachdem er die Reaktion des Astrolabiums überprüft hatte, schüttelte Grimsby dann den Kopf, und sie warteten weiter.

Nachdem ein paar Züge so ein- und wieder hinausgefahren waren, bemerkte Grimsby, dass Mayflower nicht länger die Gleise beobachtete. Seine Augen durchkämmten langsam den überfüllten Bahnhof.

»Was ist los?«, fragte Grimsby.

»Sie haben uns.«

»Was? Sie haben uns was?«

»Sie haben uns entdeckt.«

Grimsby riss die Augen weit auf und wirbelte den Kopf hin und her, ohne genau zu wissen, wonach er suchen sollte.

»Halt den Kopf still!«, zischte Mayflower, ohne seinen eigenen zu bewegen. »Sie werden zuschlagen, wenn sie glauben, dass wir sie entdeckt haben.«

»Wer?«

»Agenten.«

»Mehr davon? Jetzt schon?«

»Das Department lässt wahrscheinlich alle Zugstrecken überwachen, seitdem du sie abgehängt hast. Rechnen wohl damit, dass du die Stadt verlassen willst.«

»Was machen wir?«

»Ruhig bleiben, still stehen, den Kompass im Auge behalten. Wenn wir den richtigen Zug verpassen, kriegen wir vielleicht keine zweite Chance.«

»O-okay.«

Grimsbys Knie wackelten ein bisschen, aber weniger, als er erwartet hätte. Er war nicht sicher, ob sein Adrenalinpegel nach dem letzten Angstschub noch nicht wieder hoch genug angestiegen war oder ob sein Körper langsam eine gewisse Resilienz dagegen aufgebaut hatte.

Noch ein Zug fuhr ein. Grimsby überprüfte das Astrolabium, aber es war wieder nicht der richtige.

Als er aufblickte, war Mayflower verschwunden.

Er musste auch noch den kleinsten Rest Selbstdisziplin aufbieten, um sich nicht wie ein ängstliches verlorenes Kind hektisch umzuschauen. Er zwang sich, mit langsamen, entspannten Kopfbewegungen nach Mayflower Ausschau zu halten. Es hätte leicht sein müssen, ihn in der Menge herauszufinden – der Große Jäger war fast einen ganzen Kopf größer als die anderen Leute im Bahnhof –, aber Grimsby entdeckte weder ihn noch die Agenten.

Plötzlich zuckte das Astrolabium in seiner Hand wieder. Hinter ihm glitt mit dem Rückenwind einer Herbstbrise ein Zug in den Bahnhof. Grimsby blickte auf die vergoldete Armatur und sah, wie der Zeiger sich direkt auf den letzten Waggon richtete.

Wieder suchte er nach Mayflower – und wieder konnte er ihn nicht ausmachen.

Eine Lautsprecherdurchsage ertönte, die Türen des Zugs öffneten sich, und Passagiere strömten auf den Bahnsteig. Grimsby musste sich dagegenstemmen, um nicht von dem Sog mitgerissen zu werden.

Dann entdeckte er Mayflower plötzlich auf der anderen Seite des Bahnsteigs. Er näherte sich von hinten zwei Männern, die trotz der schummrigen Bahnhofsbeleuchtung dunkle Brillen trugen. Plötzlich fiel einer von beiden hin. Der andere drehte sich um, und Grimsby sah abrupte, aber seltsam ruhige Bewegungen, als würden sich Mayflower und der Agent die Hände schütteln. Aber irgendwas sagte ihm, dass sie einander nicht freundlich begrüßten.

Eine Stimme warnte über die Lautsprecher, dass jetzt die letzte Chance sei, in den Zug einzusteigen.

Grimsby blickte zurück zu dem Zug: Er war fast leer. Nur etwa ein Dutzend Passagiere waren noch an Bord – und keiner davon sah aus, als hätte er Mansgraf getötet. Aber das Astrolabium beharrte darauf, dass sich die Siegelkiste im letzten Waggon befand.

Grimsby blickte wieder zu Mayflower, der jetzt auf einer Bank neben dem Mann saß, mit dem er gerade eben gekämpft hatte. Das linke Glas seiner Sonnenbrille war zerbrochen und das Auge dahinter schwoll bereits ordentlich an.

Der Große Jäger drehte sich zu Grimsby, und er musste in seinem Gesicht gesehen haben, dass es dieser Zug war. Mayflower schüttelte den Kopf. Die Botschaft war eindeutig: *Steig nicht ein!*

Er hatte recht. Alleine wäre das Selbstmord. Grimsby hatte keine Idee, wer oder was in dem Zug war – und erst recht keinen Plan, was er tun sollte, wenn er den Mörder und die Siegelkiste fand. Er wollte nicht einsteigen. Er wollte sich von der bunten Mischung aus Pendlern mitreißen lassen und sich dann mit Mayflower besprechen. Vielleicht einen neuen Plan aushecken – einen, bei dem er nicht alleine und unbewaffnet sein würde.

Es war die richtige Entscheidung, das wusste er. Der Zug konnte eine Falle sein. Oder schlimmer: ein Hinterhalt. Darauf war er nicht vorbereitet, vor allem nicht im Alleingang. Er war kein Auditor und er war nicht der Große Jäger.

Er war nur ein gescheiterter Hexer, ein Möchtegern mit einem Knochenjob, um den ihn niemand beneidete.

Er war schwach, er war dämlich, und vor allem: Er hatte Angst.

Wirklich, er wollte auf diese rationale innere Stimme hören, die aus seinem Bauch und aus seinem Hinterkopf zu ihm sprach und ihn anflehte: Bleib einfach, wo du bist.

Aber er hatte diese Stimme satt.

Er hatte ihren Klang satt, hatte es satt, wie sie ihn den ganzen Tag volljammerte und vollheulte, wie ein ständiges Hintergrundgewimmer. Er hatte es satt, dass sie ihm immer Zweifel und Angst einredete. Hatte es satt, dass sie ihn beherrschte.

Lang genug hatte er auf sie gehört. Viel zu lang.

Also beschloss er – nur um dieser nörgelnden Stimme, die er als seine eigene erkannte, eins auszuwischen –, in den Zug zu steigen.

Er wandte sich von Mayflower ab und kletterte bei der letzten Aufforderung der Ansage in den Waggon. Ein Blick über seine Schulter verriet ihm, dass Mayflower verschwunden war – schon wieder.

Grimsby blickte sich in dem Zug um. Von dem etwa einen Dutzend Menschen im Abteil schaute ihn nur ein einziger an. Ganz hinten. Zumindest wirkte es so, als könnte es theoretisch sein, dass er ihn anschaute. Der Schatten seines Huts verbarg sein Gesicht.

Grimsby hustete und richtete sich auf, er bemühte sich, entspannt zu wirken. Er belegte einen Platz in der Ecke und versuchte, die Passagiere genauer unter die Lupe zu nehmen. Kurz bevor die Türen sich schlossen, streckte eine Gestalt noch die Hand dazwischen und drückte sie wieder auf. Die Person stieg ein, und Grimsby glaubte kurz, Mayflower hätte es doch noch geschafft.

Aber das war nicht Mayflower.

Die Gestalt war noch größer als der Große Jäger, als sie einstieg, ächzte der Waggon unter ihrem Gewicht. Der Kopf war mit einem grauen Tuch umwickelt und von einem schlappen Cowboyhut bedeckt. Die Gestalt richtete ihren verhüllten Kopf auf Grimsby – und der spürte die stechenden Augen auf sich, obwohl er sie nicht sehen konnte. Da war irgendwas, das Grimsby nicht einordnen konnte. Irgendwas Bedrohliches und zugleich Vertrautes.

Der Mann suchte sich einen Platz am anderen Ende des Abteils und saß regungslos da, als der Zug mit einem Ruck losfuhr.

Grimsby blickte hinunter auf das Astrolabium und war verwirrt. Der Zeiger deutete auf die Gepäckablage an der Seite des Abteils. Ganz hinten konnte Grimsby im Schatten einen schlichten schwarzen Koffer erkennen.

Die Siegelkiste.

Sie lag einfach da, direkt vor seinen Augen. Er hatte damit gerechnet, die Kreatur anzutreffen, die ihm vor seinem Apartment aufgelauert hatte – vielleicht versteckt in einem leeren Gepäckabteil oder sonst wo. Aber die Kiste war unbewacht.

Eine Erkenntnis traf ihn heiß und schmerzhaft wie ein Blitz:

Das Astrolabium hatte ihn natürlich nicht zu Mansgrafs Mörder geführt, sondern zu der Siegelkiste.

Womit er und Mayflower nicht gerechnet hatten, war, dass Mansgraf selbst vielleicht den Koffer im Zug verstaut hatte. Aus genau demselben Grund, warum nach Grimsbys und Mayflowers Ansicht der Killer den Zug benutzte: um unentdeckt zu bleiben.

Sein Blick wanderte wie von selbst zu der verlotterten Gestalt am anderen Ende des Abteils – und ihm wurde plötzlich eiskalt.

Wenn Mansgraf die Siegelkiste kurz vor ihrem Tod versteckt hatte, damit sie ihrem Verfolger nicht in die Hände fiel, dann hieß das: Der Mörder suchte sie genauso wie Grimsby. Aber ohne Magie wäre es fast unmöglich, sie zu finden.

Also warum nicht einfach dem Hexer folgen, der auch schon danach suchte?

Und genau das hatte er getan.

Das da hinten war also Mansgrafs Mörder.

Für Grimsby stand nur noch eine Frage offen: Wie sollte er das überleben?

32

ANGSTSCHWEISS LIEF GRIMSBY den Rücken runter und klebte sein Hemd an seine Haut und den Plastiksitz. Er war allein mit dem Killer.

Worauf wartete der Mann? Wenn er mit Mansgraf fertiggeworden war, konnte er Grimsby mit links abschlachten – und alle anderen Passagiere gleich dazu.

Grimsby hoffte, dass der Mörder einfach noch nicht bemerkt hatte, dass seine Tarnung aufgeflogen war. Vielleicht hatte er die Siegelkiste noch nicht entdeckt und wartete darauf, dass Grimsby sie sich holen wollte.

Wenn das der Fall war, würde Grimsbys Glück nur so lange anhalten wie die Geduld des Killers.

Grimsby blickte nach oben – er traute sich nicht, den Mann anzusehen. Aus Angst, dass er ihn sonst anstarren würde. Aus Angst, dass der Mann – wenn er ihn anstarrte – vielleicht Verdacht schöpfte. Und aus Angst, dass der Mann – wenn er Verdacht schöpfte – einen Kampf anfangen würde, der Grimsby und vielleicht ein paar andere Leute das Leben kosten würde.

Zusammengefasst: Er hatte einfach Angst. Und still zu sitzen und in die Luft zu gucken, war wesentlich leichter, als irgendetwas zu unternehmen.

Aber er konnte nicht einfach nur dasitzen und nichts tun. Er musste die Initiative ergreifen, sonst würde es der Mörder tun. Er musste irgendwas unternehmen. Aber erst musste er Informationen sammeln.

Er ließ seinen Blick langsam durch das Abteil wandern, nahm sich die Zeit, ihn ein Weilchen auf einer älteren Frau mit großem Strohhut und einem jungen Mann mit Rucksack auf dem Schoß ruhen zu lassen. Ein paar Sekunden lang starrte er den leeren Sitz mit den seltsamen Flecken an, dann das beschlagene Fenster mit dem Haarriss.

Schließlich gestattete er sich, den Mann anzusehen.

Er saß für sich alleine. Er trug einen alten Anzug und einen Mantel, der für das Wetter viel zu dick war. Der Mantel war nicht alt, aber selbst Grimsby hätte ihn als unmodern erkannt. Die Hände steckten in unförmigen braunen Handschuhen, die für das Herbstwetter ebenfalls übertrieben dick waren. Die Schuhe, auch sie in Übergröße, waren seltsam sauber, als wäre ihr Besitzer nicht weit darin gelaufen.

Jetzt, wo Grimsby noch einmal hinsah, kam es ihm vor, als sei der Anzug ein, zwei Nummern zu groß. Der Stoff warf seltsame Falten, was dem Mann das Aussehen einer Vogelscheuche verlieh. Zu guter Letzt musterte Grimsby den Hut, der wirkte, als hätte sein Träger ihn vor dreißig Jahren einem Ölmagnaten aus den Südstaaten gestohlen. Die breite Krempe warf einen tiefen Schatten über seinen in den grauen Schal gewickelten Kopf.

Der Hut war leicht nach hinten geneigt, Grimsby konnte zwischen Krempe und Schal einen Streifen Dunkelheit sehen. Augen erkannte er keine, aber konnte förmlich spüren, wie ihn der Mann mit zwei brennenden Punkten durchbohrte.

Er schaute schnell weg und starrte stattdessen auf den fleckigen, leeren Stuhl, während er sich anstrengte, mit seinen

Gedanken irgendeinen Zusammenhang zwischen all den Details herzustellen.

War sein Verfolger eine Hexe? War der Schal seine Maske? Oder trug er einfach eine Verkleidung? Und wozu eine Verkleidung? Hatte er Angst, erkannt zu werden? War er überhaupt ein Mensch?

Nein. Das hier war Mansgrafs Mörder. Er konnte kein Gewöhnlicher sein. Entweder war er eine sehr fähige, erfahrene Hexe – oder etwas vollkommen anderes. Aber mit dem Schal war es unmöglich, zu erkennen, was es ein könnte.

Obwohl – vielleicht konnte er durch den Schal hindurchsehen und so besser einschätzen, mit wem er es hier zu tun hatte.

Grimsby schloss die Augen und nahm die Brille ab, stellte sich mental auf das Anderswo ein. Nach seinem letzten Ausflug dorthin hatte er das Anderswo eigentlich ein paar Tage lang meiden und auch nicht reinschauen wollen. Aber es musste sein.

Er öffnete seine Augen und gab ihnen kurz die Gelegenheit, sich an das rote Licht zu gewöhnen. Dann suchte er erneut den Zug ab.

Die Plastikinnenverkleidungen des Waggons, die Werbetafeln, die ungepolsterten Sitze: verschwunden. Stattdessen war alles voller schwarzem Metall, Rohren und Nieten. Dampf strömte aus kaputten Ventilen, in der Dunkelheit zwischen den Rohren krabbelten winzige Kreaturen herum.

Draußen raste die Stadt vorbei: hohe, dunkle Bauten mit zahlreichen Balken und Stützen, die keinem statischen Zweck zu dienen schienen. In den leeren Straßen wanderten ein paar der gigantischen skelettartigen Wesen herum, aber sie schienen ihn nicht zu bemerken. Grimsby atmete rasch erleichtert auf.

Die anderen Passagiere waren verschwunden, ersetzt durch schwache dreidimensionale Schatten, die immer wieder auftauchten und verblassten. Er war allein im Abteil.

Bis auf den Mann am anderen Ende.

Als Erstes fiel Grimsby auf, dass dessen Anzug jetzt modischer wirkte und der Hut ein brandneuer Fedora war – aber die Krempe warf immer noch einen genauso tiefen Schatten. Die Kleidung saß besser, der Körper wirkte voller und sportlicher, fast durchtrainiert.

Und weiblich.

Es war unterschwellig, aber nachdem Grimsby ein bisschen genauer hingesehen hatte, glaubte er, dass der Killer – zumindest im Anderswo – eigentlich eine Frau war.

Er war außerdem ziemlich sicher, dass sie kein Mensch war. Nicht mal ansatzweise. Menschen und die meisten Unorthodoxen strahlten im Anderswo Wärme aus. Er konnte ihre Anwesenheit spüren, auch wenn er sie nicht immer sehen konnte. Wie Kerzenflammen in der Arktis. Deswegen fühlten sich so viele Kreaturen, die im Anderswo lebten, zu Menschen und Hexen hingezogen.

Aber diese Frau hatte keine Flamme. Keine Wärme. Sie – oder *es* – war irgendwie leer. Sie verströmte sogar eher Kälte, aber die Kälte hatte etwas Zeit gebraucht, um bei Grimsby anzukommen. Er brauchte einen Moment, um zu realisieren, dass er diese Kälte schon einmal gespürt hatte.

Bloß war es letztes Mal viel deutlicher gewesen, weil er und diese Kreatur damals *im* Anderswo gewesen waren.

Diese Kreatur war dasselbe Wesen, das ihn und Rayne vor wenigen Stunden in der Anderswo-Tankstelle beinahe erwischt hatte. Grimsby konnte ihr Gesicht nicht sehen und ihr mitternachtsschwarzer Körper war unter der Verkleidung versteckt. Aber an die zwei brennenden Punkte, diese stechenden

Augen, an die erinnerte er sich genau. Die Kreatur starrte ihn mit ihrem gesichtslosen Blick an. Fremd, undurchschaubar, abwartend.

Ihn packte die Angst. Und egal wie sehr er sich bisher um Vorsicht bemüht hatte – jetzt konnte er seine Augen nicht mehr von diesem kalten Blick abwenden. Obwohl Grimsby ihr Gesicht nicht sehen konnte, war er sicher, dass die Kreatur mit einem Lächeln auf seinen sichtlichen Schock reagiert hatte.

Er fummelte sich seine Brille wieder auf die Nase, um ihre Anderswo-Erscheinung nicht länger sehen zu müssen.

Was die Kreatur war, wusste er immer noch nicht. Aber dafür wusste er eines: Er musste unbedingt von ihr weg. Sein Bedürfnis, woanders zu sein als sie, war so existenziell wie das Bedürfnis nach Nahrung oder Sauerstoff.

Er spürte, wie der Zug langsamer wurde, als er auf den ersten Halt zufuhr.

Er spannte seine Beinmuskulatur an, um möglichst schnell aufstehen zu können. Sobald sich die Türen öffneten, würde er aufspringen.

Er konnte seinen Blick nicht von den gespenstischen Augen losreißen, aber im Augenwinkel sah er, wie sich die Türen öffneten. Doch als er aufstand, schüttelte das Ding ganz langsam den Kopf. Die Botschaft war klar und eindeutig.

Nein.

Grimsby bekam davon so einen Schreck, dass er auf halbem Weg zwischen Aufstehen und Sitzen erstarrte. Mehrere aussteigende Pendler starrten ihn kurz neugierig an, bevor sie ausstiegen. Die Türen, seine einzige Fluchtmöglichkeit, schlossen sich wieder. Der Zug nahm Geschwindigkeit auf.

Grimsby ließ sich wie ferngesteuert in seinen Sitz zurückfallen.

Mehrere Haltestellen zogen vorbei, aber er traute sich nicht mal, die Kreatur auch nur einen Moment lang aus den Augen zu lassen, um die Namen der Stationen zu lesen. Sie spielten ohnehin keine Rolle. Er musste einfach nur hier raus, so schnell wie möglich. Aber als er im Stillen diesen Entschluss fasste, schüttelte die Kreatur erneut den verhüllten Kopf. Sie ballte die Handschuhe kurz zu Fäusten, ließ sie dann wieder locker und deutete dabei mit einem leichten Kopfnicken auf die anderen Passagiere.

Auch diese Botschaft war klar.

Grimsby wurde immer kälter. Wenn er ausstieg, während noch andere Menschen an Bord waren, brachte er sie damit in Gefahr, das wusste er. Wer oder was auch immer diese Kreatur war: Grimsby hegte ernsthafte Zweifel, dass sie irgendwelche Hemmungen hatte, Unschuldige zu verletzen. Dass sie ihn noch nicht angegriffen hatte, lag wahrscheinlich nur daran, dass sie lieber nicht mit einem Massaker an Zivilisten das Department aufscheuchen wollte, wenn es sich vermeiden ließ.

Aber mit jeder Haltestelle blieben weniger und weniger Zeugen übrig und Grimsbys Magen krampfte sich mehr und mehr zusammen. Er zermarterte sich das Hirn, um irgendeine Fluchtmöglichkeit zu finden, mit der er die anderen Passagiere nicht in Gefahr brachte. Aber ihm fiel keine ein. Seine einzige Option bestand darin, abzuwarten und sich gedanklich auf seinen Tod vorzubereiten.

Es dauerte nur zwei weitere Haltestellen, dann verließ der letzte potenzielle Augenzeuge den Zug. Die Türen schlossen sich und Grimsby war mit dem Monster allein. Sie trennten nur ein paar Meter.

Der Zug setzte sich mit einem Ruck in Bewegung und rollte auf ein Gleis, das parallel zur Straße verlief.

Die Kreatur erhob sich. Langsam, Finger für Finger, zog sie sich den übergroßen Handschuh von ihrer einen Hand. Darunter kamen lange Krallen zum Vorschein. Auch diese erschienen ihm bekannt:

Es waren dieselben Krallen, vor denen er in der Gasse vor seiner Wohnung geflüchtet war.

Grimsby saß wie gelähmt da, während die Kreatur den anderen Handschuh auszog. Sie streckte ihre Krallenfinger.

Er saß in der Falle.

Die Kreatur ging auf ihn zu, ganz langsam, fast entspannt. Sie rieb ihre Krallen aneinander, es klapperte und quietschte schrill.

Grimsby zwang sich aufzustehen, aber mit seinen wackligen Knien konnte er sich in dem ruckelnden Zug fast nicht auf den Beinen halten. Er blickte sich nach irgendetwas um, womit er sich verteidigen konnte. Auf der anderen Seite des Waggons entdeckte er die Notbremse: ein Hebel unter einer Glasscheibe mit großen roten Buchstaben darauf. Wenn er die erreichte und den Zug stoppte, konnte er wenigstens den Versuch unternehmen, davonzulaufen.

Die Kreatur folgte seinem Blick zur Notbremse und schaute dann wieder zu Grimsby. Sie schüttelte erneut langsam den Kopf.

Nein.

Grimsby wappnete sich und atmete zittrig ein. Die Notbremse befand sich hinter dem Monster. Er musste also an ihm vorbei, das Glas zerbrechen und dann den Hebel umlegen. Die Kreatur war um einiges schwerer als er, nur deswegen hatte er sie damals in der Gasse schließlich abhängen können. Mit etwas Glück würde die abrupte Notbremsung sie so aus dem Gleichgewicht bringen, dass er einen kleinen Vorsprung gewann.

Sie standen sich gegenüber, kaum zwei Meter voneinander getrennt.

Die Kreatur trat einen Schritt auf ihn zu.

Grimsby legte los.

Er beschwor seinen Impetus herauf und fühlte die Wärme in seinem Bauch hochsteigen und durch seinen Körper strömen. Er hatte lange nichts gegessen, aber das Nickerchen im Anderswo hatte ihn immerhin so weit gestärkt, dass der Impetus nicht sofort wieder versiegte.

Die Kreatur musste den Impetus irgendwie gespürt haben. Sie blieb einen Augenblick stehen, dann stürzte sie lautlos auf ihn zu, ihre Krallen auf seine Eingeweide gerichtet.

Grimsby lenkte den Impetus in seine Hand und schrie: *»Dreh!«*

Ein Wirbel schoss durch die Luft. Hätte er die Kreatur an der Hand oder im Gesicht getroffen, hätte sie höchstens kurz die Orientierung verloren. Aber Grimsby zielte stattdessen auf ihren vorderen Fuß, mit dem die Kreatur gerade abspringen wollte.

Der Wirbel traf sein Ziel. Wäre sie ein Mensch gewesen, hätte die Kombination aus Zauberspruch und Körpergewicht vielleicht gereicht, um der Kreatur den Knöchel zu brechen. Aber sie war kein Mensch und so brachte sie der Spruch nur leicht aus dem Gleichgewicht.

Aber Grimsby hatte Glück: In genau diesem Moment fuhr der Zug um eine Kurve, wobei er sich zur Seite neigte, und die Kreatur, ohnehin schon leicht in Schieflage, verlor beim Absprung vollkommen die Kontrolle.

Bei seinem Sprung verpasste das Monster Grimsby und knallte neben ihm in die Sitze.

Das Metall quietschte und das Plastik knarzte unter seinem Gewicht.

Grimsby wich knapp einer wild um sich schlagenden Kralle aus.

Er packte eine der silbernen Haltestangen und begann sich zur Notbremse zu hangeln. Sie war nicht weit entfernt, aber die ganzen Sitze und Pfosten bildeten bei der ruckeligen Fahrt einen richtigen Hindernisparcours.

Auf halbem Weg blickte er sich schnell um: Die Kreatur hatte mit ihren Krallen eine Haltestange gepackt und mühte sich ab, um wieder auf die Füße zu kommen.

Grimsby schaute wieder nach vorn und konzentrierte sich auf den Hindernisparcours – aber plötzlich traf ihn irgendetwas am Unterschenkel, und er geriet ins Taumeln. Er bekam gerade noch einen herabbaumelnden Ledergriff zu fassen, aber der Schwung des Sturzes ließ ihn unkontrolliert zurückschaukeln.

Er sah, dass die Kreatur eine Haltestange abgerissen und ihm zwischen die Beine geworfen hatte. Plötzlich krabbelte sie wie eine Spinne über die Rücklehnen der Stühle, die Nähte an ihrer Verkleidung rissen auf, und Grimsby sah irgendetwas Metallisches darunter hervorblitzen.

Kreischend ließ er den Ledergriff los, plumpste auf den Wagenboden und kroch hektisch auf allen vieren in Richtung Notbremse.

Auf dem Weg packte er die abgerissene Haltestange, stand auf und rammte sie in das Glas über der Notbremse. Aber noch bevor er an dem Hebel ziehen konnte, hörte er, wie das Monster auf ihn zustürzte.

Verzweifelt schwang er die Metallstange in einem weiten Bogen blind hinter sich.

Die Spitze streifte einen Sitz, und die Stange wurde in einem seltsamen Winkel nach unten gelenkt, aber Grimsby hatte wieder Glück: Die Kreatur war noch auf allen vieren und das Metallstück krachte ihr direkt an den Kopf.

Die Wucht des Treffers erschütterte Grimsbys Arme von den Fingern bis in die Schultern.

Der Schlag ließ die Kreatur zurücktaumeln und riss ihr den Schal und den Hut vom Gesicht. Grimsby erstarrte.

Die Kreatur hatte einen verkohlten schwarzen Totenkopf, der auf einer wirbelsäulenartigen Metallkonstruktion montiert war. Als die Kreatur sich vom Schlag erholt hatte und die leeren Augen auf ihn richtete, begriff er, was sie war: ein Begleiter.

Ein menschlicher Begleiter.

Dieser hatte sich von dem Treffer erholt und kam jetzt wieder auf ihn zu. Grimsby war wie gelähmt. Ihm war schlecht bei dem Gedanken an all die Gräueltaten, die nötig waren, um so eine Kreatur zu erschaffen.

Einen *menschlichen* Begleiter.

Obwohl die Kreatur wohl kaum noch etwas Menschliches in sich hatte.

Um aus einem Tier einen Begleiter zu machen, musste die Prozedur Dutzende Male wiederholt werden: Die Seele eines sterbenden Tiers wurde durch den Totenkopf kanalisiert, bevor sie ins Jenseits verschwand, was auch immer das hieß. Nach zahlreichen Wiederholungen entstand dann eine Hülle, die mit Magie animiert werden konnte, ohne jedoch wirklich zu leben.

Aber bei einem menschlichen Begleiter würde man die Falten, die das Leben vorher einmal verursacht hatte, nie ganz ausbügeln können: die Gedanken, die Schmerzen, die Ängste. Menschen waren schlicht zu komplex. Man konnte also von einem Sterbenden bestimmt ebenfalls einen Abdruck machen. Das Ergebnis wäre dann aber keine glatte Hülle – es wäre eher eine Falle. Es würde kleine Teilchen des schwindenden Bewusstseins einfangen und an sich reißen.

Übrig bliebe ein Wesen mit dem Verstand eines Kindes, das aber ständig die letzten schmerzhaften Momente vor seinem Tod durchlebte. Immer und immer wieder. Und wenn so ein gequältes *Ding* einen Körper erhielt, der für Gewalt und Zerstörung gedacht war …

Na ja, dann kam dabei wohl ein echtes Monster raus.

Grimsby konnte plötzlich den *Hass* spüren, der von dem Begleiter ausging. Eine tief reichende brodelnde Emotion, die nichts Urmenschliches mehr an sich hatte. Das Ding hasste ihn und würde ihn töten.

Außer er unternahm etwas dagegen.

Er drehte sich wieder zu der Notbremse und streckte den Arm danach aus. Hinter sich hörte er den Klang von sich verbiegendem Metall, und gerade als Grimsbys Finger den Hebel der Notbremse berührten, krachte ihm ein herausgerissener Sitz mit Macht in die Seite. Die Wucht ließ ihn in den hinteren Teil des Abteils taumeln. Sein unkontrollierbarer Vorwärtsdrall wurde erst von einem Pfosten gebremst, gegen den er mit dem Kopf knallte. Ihm wurde kurz schwarz vor Augen.

Als er wieder klar sehen konnte, stand die Kreatur nur noch einen Meter von ihm entfernt. Irgendwie hatte Grimsby es geschafft, die Metallstange in der Hand zu behalten, und hob sie jetzt mit einer hilflosen Verteidigungsgeste hoch.

Der Begleiter baute sich vor ihm auf und klickte bedrohlich mit den Krallen, wie eine Katze, die mit einer verstümmelten Maus spielt. Seine leeren Augenhöhlen verstrahlten Zorn und Bösartigkeit.

Worte hallten aus dem hohlen Totenkopf, es klang, als riefe jemand durch einen langen Gang. *»Es ist nicht vorbei.«* Die Stimme verzerrte die Worte und betonte sie seltsam, wodurch sie fast ihre Bedeutung verloren. Es war mehr ein Mantra als eine Aussage.

Grimsby begriff, dass es sich dabei nur um eins handeln konnte: die letzten Worte der sterbenden Person.

Sie trafen ihn bis ins Mark und ratterten laut durch seine Gedanken. Aber er musste den Worten widersprechen: Es war sehr wohl vorbei. Zumindest für ihn.

Die Kreatur hob ihre Krallen und legte die Spitzen zusammen, um sie ihm in die Kehle zu stoßen.

Er wollte reagieren, weglaufen, kämpfen – aber er war immer noch wie benommen, sein Körper fühlte sich an, als sei er weit von ihm selbst entfernt. Ihm Bewegungen befehlen zu wollen, kam dem Versuch gleich, Morsezeichen durch eine Wand aus Wattebäuschen zu hämmern.

Der Begleiter stieß mit der Hand zu – aber bevor der Schlag Grimsby traf, ertönte ein ohrenbetäubender Knall.

Glas zerbarst und regnete auf sie herab, der Begleiter wurde nach hinten geschleudert, flog strudelnd in den Durchgang und landete zwischen den Sitzen.

Grimsby blinzelte und erhob sich mühsam, obwohl die pochende Beule auf seinem Hinterkopf ihm deutlich signalisierte, dass das lebensmüde war.

Das Fenster am hinteren Ende des Waggons war kaputt und kalter Wind peitschte durch die leere Öffnung. Und hinter dem Waggon erblickte Grimsby Mayflowers Jeep, der mit röhrendem und keuchendem Motor hinter dem Zug herraste.

Aus dem Fenster auf der Fahrerseite hing ein langer, skelettartig dünner Arm mit einer rauchenden Pistole in der Hand.

Im Fahrersitz saß Mayflower und brüllte Grimsby irgendetwas zu.

Grimsby verstand ihn in dem ganzen Lärm nicht, aber die

Botschaft war nahe liegend, während der Jeep über die Gleise polterte und näher und näher zu dem Zug aufschloss.

Spring.

Grimsby schluckte und näherte sich dem Fenster. Ihm war schwindelig, als er auf den Sitz kletterte – und plötzlich hielt er inne. Dort, unter einer Schicht aus Glassplittern, stand die Siegelkiste. Er hatte sie fast vergessen.

Er packte sie und ließ die verbogene Metallstange fallen. Die Kiste war leichter, als er erwartet hatte. Vorsichtig hob er einen Fuß auf den Fensterrahmen.

Es war eine wacklige Angelegenheit, Grimsby konnte keine Stelle ohne spitze Glaszähne finden, um sich festzuhalten. Mit dem Schuh trat er einige der herausstehenden Scherben weg und platzierte dort seinen zweiten Fuß, dann streckte er die Hand nach dem Jeep aus.

Mayflower brachte den Wagen noch dichter heran, die Stoßstange des Jeeps war nur noch wenige Zentimeter von Grimsby entfernt.

Dann machte der Jeep einen Ruck und eine weitere Explosion ließ die Luft erbeben.

Grimsby zuckte bei dem Schuss zusammen, als er sich umdrehte, sah er noch, wie der Begleiter zur Seite flog – ob er getroffen oder nur in Deckung gegangen war, konnte Grimsby nicht erkennen.

Mayflower brüllte wieder etwas, aber Grimsby war darauf konzentriert, mit seiner Hand den Jeep zu erwischen. Er kam aber immer noch nicht ran. Hinter sich hörte er, wie der Begleiter sich rührte – und plötzlich warf er vor lauter Angst und Verzweiflung jede Vorsicht über Bord.

Grimsby ließ einfach los und sprang aus dem Zugfenster, seine freie Hand verzweifelt ausgestreckt, um irgendwo Halt zu finden.

Fast wäre er unter den Wagen gerutscht und zwischen Unterboden und Gleisen zu Mus zerquetscht worden, aber er bekam gerade noch eins der Vorderlichter zu fassen.

Einen schrecklichen Moment lang schleiften seine Füße über den Boden und zerrten ihn fast unter den Wagen. Der Schotter im Gleisbett knallte schmerzhaft gegen seine Knöchel und riss ihm einen Schuh vom Fuß. Irgendwie gelang es Grimsby, ein Bein auf die Motorhaube zu schwingen und hochzuklettern. Er drückte sich so flach, wie er konnte, und blieb liegen, seine eine Hand fest um den Griff der Siegelkiste geschlossen.

Mayflower steckte die Waffe in sein Holster und streckte die Hand nach dem Koffer aus. Grimsby gab ihn ihm und hatte jetzt beide Hände frei, um sich festzuklammern.

Der Große Jäger hielt die Geschwindigkeit des Jeeps konstant, damit Grimsby ungeschickt über die Motorhaube in den Wagen klettern konnte. Er erreichte die Beifahrertür, bekam sie auf und brach erschöpft im Sitz zusammen.

Mayflower drückte ihm den Koffer in die Hand.

»Bist du okay?«

»Ja, ich … PASS AUF!«

Seine Warnung kam zu spät.

Der Begleiter hatte Anlauf genommen und war auf sie zugesprungen, sein Metallkörper segelte überraschend graziös durch die Luft.

Mayflower legte eine Vollbremsung hin, aber es war zu spät: Der Begleiter krachte auf die Motorhaube, ließ sich darüberrollen und knallte gegen die Windschutzscheibe.

Der Große Jäger griff nach seiner Waffe, aber der Begleiter stach eine Metallkralle durch das Glas und nagelte Mayflowers Arm am Sitz fest.

Dieser schaffte es gerade eben noch, den Jeep unter Kontrolle zu halten, und brüllte: »Grimsby! Schrotflinte! Schrotflinte!«

Grimsby trat wie betäubt gegen das Armaturenbrett und das Handschuhfach mit der abgesägten Schrotflinte darin klappte auf.

Er packte sie und richtete sie auf den Begleiter, dessen Umriss sich auf der von Rissen durchzogenen Windschutzscheibe abzeichnete.

Grimsby wollte den Finger auf den Abzug legen – und entdeckte zwei davon. Er drückte sie sicherheitshalber beide.

Nichts passierte.

»Hahn! Hahn!«, brüllte Mayflower und wehrte eine zweite Kralle ab, die nach seinem Hals stach.

Grimsby sah die Mechanik am hinteren Ende des Doppellaufs und spannte die Hähne.

Dann zielte er erneut und drückte ab.

Noch nie hatte er ein derartig lautes Geräusch gehört.

Der Knall war so ohrenbetäubend, dass Grimsby beinahe nicht registrierte, dass ihm der Rückschlag der Waffe den Kolben ins Zwerchfell donnerte und ihm die Luft aus der Lunge presste.

Die Kugeln trafen mehr oder weniger ihr Ziel, und der Begleiter wurde von der Motorhaube geschleudert und flog strudelnd neben die Gleise, zusammen mit Mayflowers Windschutzscheibe und einem der Scheibenwischer.

Der Große Jäger riss das Lenkrad herum und zielte mit dem Jeep auf den taumelnden Begleiter. Das Fahrzeug polterte überraschend sanft über die Schienen und rumpelte dann heftig, als seine Reifen den Begleiter überrollten.

Mayflower beschleunigte und lenkte den Jeep zurück auf die Straße, der Begleiter blieb zunächst regungslos liegen. Mayflower presste eine Hand auf seinen blutenden Arm und atmete angespannt durch die zusammengepressten Zähne.

Grimsby blickte zurück und sah mit Entsetzen, wie das Ding wieder aufstand. Der schwarze Totenkopf schaute ihnen mit seinen leeren Augenhöhlen hinterher, als sie davonrasten.

33

GRIMSBY LIESS SICH schlaff in den Beifahrersitz sinken. Sein Körper brannte und sein Herz hämmerte. Die Beule an seinem Hinterkopf – von seinem Zusammenstoß mit dem Pfosten im Zug – fühlte sich an, als wüchse ihm daraus eine neue Wirbelsäule. Seine Ellbogen und Hände taten ihm noch weh von der Erschütterung, als er dem Begleiter mit der abgebrochenen Metallstange eins übergezogen hatte, seine Rippen schmerzten von seiner Landung auf der Motorhaube, und nach dem Rückschlag der Schrotflinte gegen sein Zwerchfell fiel es ihm immer noch schwer, tief Luft zu holen. Sein Atem war flach und ging schnell. Aber immerhin konnte er seine Augen schließen.

Nach ein paar Minuten spürte er, wie Mayflower den Jeep vorsichtig zum Stehen brachte.

»Grimsby«, sagte Mayflower, und seine Stimme klang angespannt. »Pack die Schrotflinte weg, bevor wir verhaftet werden.«

Er hatte fast die Waffe in seinem Schoß vergessen. Er zwang sich, die Augen zu öffnen, und stopfte die Schrotflinte wieder ins Handschuhfach.

»Handle verantwortungsbewusst«, sagte Mayflower. »Lad sie zuerst nach.«

Grimsby fand im Handschuhfach eine Schachtel Munition und nahm zwei Patronen raus, aber nachdem er eine Weile an der Flinte herumgemurkst hatte, schüttelte er den Kopf. »Weiß nicht, wie.«

Mayflower schnaubte und nahm ihm mit der linken Hand die Waffe ab. Sein rechter Arm hing schlaff herunter. Grimsby war überrascht über die große Menge Blut.

»Geht's dir okay?«

»Ich komm schon klar.« Es klang nicht nach einer Beteuerung, sondern mehr wie eine nüchterne Tatsachenbehauptung.

Der Große Jäger ließ einhändig die Läufe aufschnappen, entfernte die leeren Patronenhülsen und warf sie auf den Rücksitz, dann lud er die Schrotflinte nach und gab sie zurück.

»Nicht den Hahn spannen«, warnte er. »Sonst bläst mir das Ding den Kopf weg, wenn ich über ein Schlagloch fahre.«

Grimsby packte das Gewehr wieder ins Handschuhfach und drückte es zu. Diese Bewegung allein kostete ihn ungeheure Kraft, aber er widerstand dem Bedürfnis, die Augen zu schließen. »Wir sollten dich zum Arzt bringen.«

Mayflower schüttelte den Kopf. »Mit so was belästige ich meinen Arzt nicht.« Er biss die Zähne zusammen, öffnete seine Tür, kletterte aus dem Jeep und ging zum Kofferraum.

Grimsby wusste, dass er sofort einschlafen würde, wenn er sich nicht irgendwie bewegte, also kletterte er steif aus dem Wagen und folgte dem Großen Jäger.

Mayflower zog die Heckklappe, im Kofferraum stand ein alter Angelkoffer in einer Farbe, die wahrscheinlich seit den Siebzigern nicht mehr verwendet wurde. Der Große Jäger fummelte kurz an dem Verschluss rum, aber mit seinen blutigen Fingern rutschte er ständig ab.

»Lass mal«, sagte Grimsby und schob, ohne nachzudenken, Mayflowers Hand beiseite, »ich mach das schon.«

Mayflower knurrte zwar, protestierte aber nicht.

Grimsby ignorierte die glitschige Blutschicht auf dem Verschluss und öffnete den Angelkoffer. Die zahlreichen Fächer waren mit Mullbinden, Pflastern und anderem Verbandszeug, Nadeln, Pinzetten und jeder Menge sonstigem medizinischen Zubehör vollgestopft, das Grimsby nicht kannte.

Mayflower kramte einen Moment darin herum, dann nahm er eine Rolle mit schwarzem Faden, eine medizinische Zange und eine Nadel heraus. Dann packte er eine Flasche mit einer braunen Flüssigkeit, schüttete was davon auf die Wunde – und nahm dann einen tiefen Schluck. Er bot Grimsby die Flasche an, aber der winkte ab.

Hochprozentiger Alkohol auf nüchternen Magen war das Letzte, was er jetzt brauchen konnte.

Mayflower warf die Flasche zurück in den Kofferraum und ließ sich mit seinem ganzen Gewicht auf die Ladefläche des Jeeps fallen, sodass die Federung kurz nachgab. Er fummelte ein paar Minuten lang schweigend mit der Nadel und dem Faden rum, aber Grimsby traute sich dieses Mal nicht, ihm zur Hand zu gehen. Er hatte ohnehin keine Ahnung, was er hätte tun müssen.

»Das war ein Begleiter«, sagte Grimsby schließlich.

»Jepp.«

»Ein menschlicher Begleiter.«

»Jepp.«

»Was … Wie? Warum?«

Mayflower zuckte mit den Schultern. Er hatte endlich den Faden in die Nadel eingefädelt und packte sie mit der medizinischen Zange. Einen Moment lang tastete er mit regungslosem Gesicht an der Wunde rum, das einzige Anzeichen von Schmerz war, dass er kurz tief einatmete. Grimsby musste den Kopf abwenden, als der Große Jäger begann, seine eigene Wunde zu nähen.

»Fragst du, weil du eine Antwort haben willst? Oder nur, um zu fragen?«

»Beides. Glaube ich. Vielleicht keins von beiden.«

»Ein menschlicher Begleiter ist nützlich, schätze ich. Wahrscheinlich viel klüger als der aus einem Tier. Kann Dinge, die sie nicht können. Und fällt nicht so auf.«

»Aber damit ... würde man ein Monster erschaffen!«

»Das ist dir also aufgefallen?«

»Ich meine, bei einem gewöhnlichen Begleiter ... wenn ein Tier stirbt, kannst du seine entschwindende Seele durch den Schädel lenken. Es ist wie ... Es ist wie bei diesen alten Phonographen. Die, die das, was sie hören, in eine dieser schwarzen Scheiben ritzen?«

»Vinyl.«

»Ja, was auch immer. Der Punkt ist: Du machst es nicht nur einmal. Du machst es ganz oft, mit verschiedenen Seelen, bis die eingeritzten Kanäle ganz glatt und gleichmäßig sind. So bekommst du weniger das Tier, als eher einen Eindruck des Tiers. Sonst können Teile der Seele ... hängen bleiben. Dann kriegst du lauter Probleme, weil das Tier dieselben Neigungen hat wie zuvor im Leben.«

»Klar.«

»Aber mit einem Menschen – da kannst du das nicht auf diese Art machen. Es würde Dutzende Seelen brauchen, vielleicht mehr, um so was durchzuziehen. Menschen sind einfach zu unterschiedlich. Zu kompliziert. Ganz zu schweigen davon, dass die meisten Menschen viel älter sind als die meisten Kreaturen, die in Begleiter verwandelt werden. Man hätte nur einen Versuch, aber – vor allem wenn der Tod nicht freiwillig ist ... das wäre ... das wäre ...«

»Ein Monster.«

»Ja.«

»Tja. Aber immerhin schön, zu wissen, dass die Theorie wohl stimmt.«

»Aber wer macht so was? Wer erschafft etwas so Verdrehtes und Schreckliches?«

»Ich hab eine Theorie.«

»Nämlich?«

»Eine Hexe.«

»Na ja – ja. Natürlich muss es eine Hexe gewesen sein. Kannst du das noch etwas eingrenzen?«

»Nope.«

»Oh, prima.«

»Immerhin haben wir die Kiste.«

»Oh, stimmt, das hatte ich fast vergessen.« Grimsby eilte zurück zum Beifahrersitz, zog den Koffer hervor und brachte ihn Mayflower – dabei versuchte er, den grausigen medizinischen Eingriff zu ignorieren, mit dem der Große Jäger immer noch beschäftigt war.

»Ist er noch verriegelt?«

In das Leder waren zwei Verschlüsse eingearbeitet, einer auf jeder Seite des Griffes. Grimsby probierte beide. Sie ließen sich nicht öffnen. »Ja.«

Unter dem Griff saß ein Schlüsselloch, in dessen Messingoberfläche fast unsichtbar feine Symbole eingraviert waren.

»Na ja«, sagte Grimsby, »immerhin haben wir den Koffer. Und die … was auch immer da drin ist.«

Mayflower stach die Nadel erneut in seine Haut. »Das bringt mir gar nichts.«

»Was?«

»Ich will die verdammte Kiste nicht, Grimsby!« Er spuckte in den Straßengraben. »Ich will den Kopf von der Person, die meinen Partner getötet hat. Selbst wenn der Begleiter das *Ding* war, das sie ermordet hat: Ich will den erwischen, der den

Begleiter geschaffen hat.« Sein Ton wurde immer härter, bis er die Worte fast nur noch durch seine zusammengebissenen Zähne spie. Seine Hand stach dabei immer wieder die Nadel durch die Wundränder in seinem Arm und zog den Faden straff.

Endlich ließ er Nadel und Zange fallen, verknotete den Faden und biss ihn ab. Er schüttete mehr braune Flüssigkeit auf die Wunde und hob dann die Flasche wieder an seine Lippen, aber diesmal nahm er nicht nur einen kleinen Schluck. Er soff die Flasche leer und knallte sie anschließend mit Wucht auf den Boden, Grimsby sprang erschrocken zurück.

»Aber jetzt«, sagte Mayflower und starrte die Glasscherben an, »haben wir keine Anhaltspunkte mehr. Keinen Ort, den wir ausspähen können, niemand, den wir ausquetschen können – und nur einen einzigen Hinweis: Es war eine Hexe. Und wahrscheinlich nicht du.«

»Das ist mehr, als wir gestern hatten.«

»Und es ist immer noch nichts.« Er schüttelte den Kopf. »Ohne irgendein Gerät, womit wir den verantwortlichen Hurensohn orten können, hab ich ungefähr genauso große Chancen, ihn zu treffen, wenn ich in die Luft ballere.«

Grimsby wusste nicht, was er sagen sollte. Mayflower hatte recht. Die Siegelkiste war ihre einzige Spur gewesen. Und obwohl sie diese jetzt gefunden hatten, hatte sie sie nicht zu der Person geführt, die hinter alldem steckte.

»Na ja, es gibt auch eine gute Nachricht«, meinte Grimsby.

»Und die wäre?«

»Wenn der Kerl bereit war, für diesen Koffer Mansgraf zu töten – die gefährlichste Hexe der ganzen Ostküste –, dann wird er ziemlich sicher auch versuchen, uns zu töten, um ihn wiederzubekommen.«

Mayflower nickte. »Ja. Vielleicht.« Er wirkte wirklich besänftigt, zumindest ein bisschen.

»Das ist die richtige Einstellung! Wir müssen einfach … nicht schlafen, schätze ich?«

»Ich hab gestern geschlafen. Ich halte das durch.«

»Oh, prima. Na ja, weißt du, ich schlafe ja gerne jeden Tag.«

»Du Gierschlund.«

»Schuldig. Aber jetzt will ich erst mal ein richtiger Gierschlund sein: Ich will den nächsten Laden finden, der totes Getier verkauft – und alles aufessen, was sie haben.«

Mayflower nickte. »Keine schlechte Idee.« Er nahm Grimsby den Koffer ab und warf ihn in den Kofferraum. »Komm schon, ich geb einen aus.«

Grimsby fühlte das erste Mal seit Langem Aufregung ohne Angst und rannte zur anderen Seite des Jeeps.

Dort saß Wudge auf der Motorhaube und schaukelte mit seinen übergroßen Füßen. In der Hand hielt er Grimsbys verlorenen Schuh.

Er schleuderte ihn nach Grimsbys nacktem Fuß. »Zeit, ranzuklotzen, Halbhexer«, sagte Wudge. »Oder Zeit, zu ersticken.«

»Wudge!«, sagte Grimsby und erinnerte sich plötzlich an seine Abmachung mit der winzigen Kreatur. »Wie läuft's bei dir, Großer?« Er sammelte seinen Schuh vom Boden auf und steckte seinen Fuß hinein.

Wudge runzelte die Stirn. »Wudge nicht groß.«

Grimsby wollte antworten, war aber etwas abgelenkt, als er sah, dass Mayflower von der anderen Seite des Jeeps aus seine Waffe auf Wudges Hinterkopf richtete.

»Keine Bewegung«, sagte er.

Wudge ignorierte das und drehte sich um, sodass der Lauf direkt zwischen seine beiden ziegenähnlichen Augen zeigte. Er stupste die Waffe mit einem Finger an, dann leckte er den Finger mit seiner langen, sehnigen Zunge ab. Er setzte sein verstörendes Grinsen auf. »Zu jung. Wudge hat keine Angst davor«, sagte er, dann winkte er genervt ab und wandte sich wieder Grimsby zu. »Es ist an der Zeit, dass der Halbhexer seine Abmachung ehrt.«

Mayflower warf Grimsby einen vielsagenden Blick zu. »Das ist also das Ding, mit dem du einen Deal abgeschlossen hast?«

Grimsby bemühte sich, mit einem Blick zu antworten, der so etwas wie Selbstvertrauen ausstrahlen sollte. Aber es fühlte sich mehr wie eine Art angespannte Verzweiflung an. »Ja. Darf ich vorstellen? Mayflower, Wudge. Wudge, Mayflower.«

Wudge warf nur einen kurzen Blick auf den Großen Jäger, kratzte sich dabei mit einem knubbeligen Finger unter einem seiner Schlappohren. »Warum sollte Wudge interessieren, wer das ist?«

Grimsby atmete tief ein. »Hör mal, Wudge, heute war ein Jabberwocky von einem Tag. Können wir das nicht ein andermal machen?«

Wudge schüttelte den Kopf, die langen Ohren schlackerten unter seinem Zwiebelhelm, als könnte er damit fliegen. »Nein, nein, nein! Es muss heute Nacht sein, Halbhexer. Heute Nacht, heute Nacht!«

Grimsby stöhnte. »Warum heute Nacht? Warum unbedingt jetzt, nach den achtundvierzig stressigsten und schrecklichsten Stunden meines Lebens – zumindest abgesehen von diesem Zwei-zum-Preis-von-einem-Geburtstagsspezial in DMMKDE?«

»Wie kann man Geburtstage verkaufen?«, fragte Wudge leise, eher an sich selbst gerichtet, dann schüttelte er den Kopf. »Nein. Es muss heute Nacht sein! Aber Wudge weiß, wo. Wudge weiß, wo sie ihn versteckt hat.«

»Wo sie wen versteckt hat?«, fragte Grimsby.

Wudge bleckte seine Zähne zu einem Grinsen. »Wo die Schlampe ihren Schlüssel versteckt hat.«

Grimsby hielt instinktiv den Atem an. Wenn Wudge ihre Hilfe brauchte, um an den Schlüssel zu kommen, dann hieß das, dass der Schlüssel greifbar war. Ohne den Schlüssel war die Siegelkiste nicht wirklich sicher, denn wer den Schlüssel hatte, konnte damit den Koffer finden.

Er schaute zu Mayflower, der immer noch mit versteinerter Miene Wudge anstarrte. Langsam steckte er seine Waffe zurück in das Holster.

»Wo, Wudge?«, fragte Grimsby. »Wo hat sie den Schlüssel versteckt?«

Wudges Grinsen wurde noch breiter.

*

»Woher wissen wir überhaupt, dass es derselbe Schlüssel ist?«, fragte Grimsby und klammerte sich ängstlich fest, als Mayflower mit einer weiteren Vollbremsung in eine Kurve schlitterte. Der Große Jäger trug den Arm in einer alten Schlinge, aber das hatte seinen Fahrstil nicht sonderlich beeinflusst.

»Sie hatte nur den einen«, sagte Mayflower. »Für alle ihre Siegelkisten – und für alles, was sie sonst noch in ihrem Unterschlupf weggesperrt hatte.« Er schaute den handgeschriebenen Zettel an, den Wudge ihnen gegeben hatte. Es war keine Adresse, zumindest keine, die das Postamt anerkennen würde. Aber Mayflower wirkte zuversichtlich, dass er wusste, wo er den Ort finden würde.

»Nur einen einzigen Schlüssel? Was, wenn sie ihn verloren hätte?«

»Das ist so ein bisschen der Sinn der Sache«, antwortete Mayflower. »Der Schlüssel ist verflucht.«

»Natürlich ist er das. Warum auch nicht? Lass mich raten:

Er verwandelt deine Finger in Karotten? Oder man verliebt sich unsterblich in die Kunst der erotischen Töpferei?«

»Sei kein Vollidiot. Es ist ein Verschwindensfluch.«

»Ein was?«

»Mansgraf hatte nur den einen Schlüssel – einen einzigen verdammten Schlüssel, der jedes verdammte Grauen befreien konnte, das sie je weggesperrt hat. Stell dir mal vor, der gerät in die falschen Hände! Was für einen Schaden jemand anrichten könnte, wenn er den Schlüssel bekäme und damit jedes Schloss öffnet, das er findet. Also hat sie ihn mit einem Fluch belegt.«

»Und das ist weniger dämlich als ein sexy Töpfereifluch?«

Mayflower seufzte. »Sobald er ein Schloss geöffnet hat, ist er weg. Puff. Und dann taucht er an irgendeinem schwer zugänglichen Ort wieder auf, den nur sie kennt.«

»Definiere ›schwer zugänglich‹.«

Er zuckte mit den Schultern. »Es ist nie zwei Mal derselbe Ort. Und das macht es so schwer, ihn zu finden. Letztes Mal brauchte sie meine Hilfe, um den Schlüssel zu holen.«

»Wo war er?«

»Jerusalem.«

»Oh ja. Das ist ein Stückchen weit weg.«

»Ja. Also müssen wir den Schlüssel holen und ihn benutzen, bevor er wieder verschwindet.«

»Aber – was ist mit Wudge?«

»Was soll mit ihm sein?«

»Er will meine Hilfe, um den Schlüssel zu holen.«

»Und?«

»Und – und ich vermute, er will ihn für was Bestimmtes. In Mansgrafs Versteck gibt es eine Tür, da will er durch.«

Mayflower schüttelte entschieden den Kopf. »Das können wir nicht zulassen.«

»Was? Warum nicht?«

»Weil das nur auf zwei Arten ausgehen kann. Und beide sind schlecht. Die erste: Er benutzt den Schlüssel, haut durch die Tür ab, der Schlüssel verschwindet, und wir gucken in die Röhre.«

»Und die zweite?«

»Er öffnet eine Tür, die er nicht öffnen sollte, der Schlüssel verschwindet, *und* etwas Schreckliches kommt in unsere Welt.«

Grimsby schluckte. »Was schlägst du dann vor? Wir helfen ihm nicht? Du weißt, dass ich ihm einen GEFALLEN schulde, ja? In Großbuchstaben! Er kann mich töten, wenn ich einen Rückzieher mache.«

»Du hast ihm versprochen, dabei zu helfen, den Schlüssel zu holen?«

»Genau.«

»Dann machen wir das. Wir helfen ihm, den Schlüssel zu holen – und dann nehmen wir ihn ihm wieder weg.«

»Du meinst, wir klauen ihn ihm?«

»Es ist nicht seiner, also wäre es kein Diebstahl. Außerdem: Wir lösen deinen Teil der Abmachung ein, bringen den Schlüssel in Sicherheit – und er lässt keine Schwarzen Männer durch die Tür spazieren.«

Grimsby wand sich in seinem Sitz. »Du schlägst also vor, ihn zu betrügen.«

»Ich schlage vor, das Richtige zu tun.«

»Für mich fühlt es sich nicht richtig an.«

»Trotzdem. Es ist das Einzige, was wir tun können.«

Grimsby wurde still, ihm war plötzlich übel.

Mayflower ließ nicht locker. »Grimsby! Wir können nicht zulassen, dass das kleine Monster den Schlüssel benutzt und ihn wieder verschwinden lässt. Wer weiß, wo er wieder auftaucht?

Außerdem: Wer auch immer die Siegelkiste haben will, sucht auch den Schlüssel. Wir müssen ihn zuerst kriegen.«

»Und du hoffst, dass derjenige dann vielleicht auftaucht und du doch noch eine Chance auf Rache bekommst?«

»Da hast du verdammt recht.«

Grimsby blickte aus dem Fenster, seine zusammengekniffenen Augen tränten vom Fahrtwind, der durch die kaputte Windschutzscheibe hereinpfiff. Sein Magen schlug Saltos, aber jetzt lag es nicht an Mayflowers Fahrstil.

»Kriegst du das hin?«, fragte Mayflower.

Es fühlte sich nicht richtig an. Er hatte Wudge sein Wort gegeben. Es stimmte schon: Er hatte ihm nur versprochen, dass er ihm helfen würde, den Schlüssel zu holen. Aber ihn sofort wieder zurückzuklauen, fühlte sich genauso schlimm an, wie zu lügen. Schlimmer sogar. Wudge hatte ihn um Hilfe gebeten. Und wenn jemand seine Hilfe brauchte … er hatte plötzlich einen sauren Geschmack auf der Zunge.

»Grimsby!«, bellte Mayflower. »Kriegst du das hin?«

Er starrte die vorbeiziehenden Ladenfronten und Wohnungen an. Im Augenwinkel sah er, wie Mayflower ihn anblickte.

»Wir bringen den Schlüssel irgendwo hin, wo er sicher ist«, sagte Mayflower. »Du gibst dem Department die Siegelkiste und bekommst vielleicht die Chance, ein richtiger Auditor zu werden.«

Grimsby dachte sehnsüchtig an die weiße Maske und den schwarzen Anzug, den Respekt, den beide ihm in der Hexengemeinde einbringen würden – vielleicht sogar Beliebtheit. Er stellte sich vor, jeden Tag Magie einzusetzen, um Menschen zu helfen. Wie es wäre, sein Handwerk außerhalb des Kinderrestaurants zu perfektionieren. So lang hatte er schon davon geträumt und jetzt war es zum Greifen nahe.

Er musste nur danach greifen.

»Ich … Ich krieg das hin«, antwortete er.

Und dann wurde ihm schlecht.

34

DER ALTE JEEP hielt an einem leeren Bürgersteig. Grimsby kletterte heraus, sein Körper war steif vom angespannten Sitzen. Aber er streckte sich nicht, drückte nicht das Kreuz durch: Geradestehen fühlte sich unangemessen an, bei dem, was er vorhatte. Er blickte an dem heruntergekommenen mehrstöckigen Wohnhaus hoch, vor dem sie gehalten hatten. Die alten Backsteine waren über die Jahre ausgeblichen, die vielen Fenster entweder mit Brettern vernagelt oder einfach nur kaputt. Sogar der Gehsteig vor dem Gebäude bröckelte, während der Rest der Nachbarschaft mehr oder weniger normal wirkte.

»Was ist das für ein Ort?«, fragte Grimsby, als Mayflower aus dem Jeep stieg.

»Irgendeine aufgegebene Ruine«, antwortete er und ging zum Kofferraum, an dem immer noch der zerdergelte Reifen hing. Er deutete auf ein Schild an der Eingangstür, und Grimsby konnte unter den hingeschmierten Graffiti gerade eben entziffern, was da stand:

GESCHLOSSEN AUF ANORDNUNG DES DEPARTMENTS FÜR UNORTHODOXE ANGELEGENHEITEN. Das Schild war über dem eisernen Querriegel angebracht, mit dem die Eingangstür versperrt war.

»Warum sieht es aus, als wäre das Haus schon seit zwanzig Jahren abgeriegelt?«

Mayflower zuckte mit den Schultern. »Das Department hatte Wichtigeres zu tun, schätze ich mal. Außerdem wurde dieses Gebäude wahrscheinlich beschlagnahmt. Lohnt sich wohl nicht, den Laden auf Regierungskosten zu säubern. Was auch immer da drinnen ist.«

»Was auch immer da drinnen ist?«, fragte Grimsby. »Du meinst, da ist was drinnen und das Department hat deswegen bisher noch nichts unternommen?«

»Wahrscheinlich. Es gibt einige Widerlinge, die sich nicht gerade anständig benehmen, die man aber trotzdem nicht aus ihrem Haus werfen kann. Und wenn in und um das Gebäude herum keine Morde gemeldet wurden, dann ist es billiger, es einfach nur stehen zu lassen, als sich darum zu kümmern.«

»Du hast gesagt, es gibt viele Gebäude da draußen, die noch in viel schlimmerem Zustand sind?«

»Oh ja.«

»Wie kann das Department so etwas zulassen?«

Mayflower sah ihn an und hob eine Augenbraue, als hätte Grimsby gefragt, wie die Sonne aufgeht. »Es ist kosteneffizient.«

Grimsby schauderte. Bürokratie und Monster sollten eigentlich nichts miteinander zu tun haben – doch irgendwie kamen sie offenbar trotzdem immer zusammen. »Wie kommen wir rein? Hast du einen Rammbock im Jeep?«

»Ja, aber ich werde keine Hand frei haben«, sagte er, als er die Siegelkiste und ein paar Handschellen aus dem Kofferraum nahm.

»Was willst du denn damit?«

»Willst du den Koffer lieber unbeaufsichtigt im Auto lassen? Nein. Wir haben dafür geblutet. Der kommt mit.«

Mayflower nahm die Siegelkiste in die linke Hand und kettete sie an seinem Handgelenk fest. Mit dem Arm in der Schlinge sah es einigermaßen grotesk aus, wie er den Koffer hielt, aber dadurch hatte er seine rechte Hand frei für die Pistole.

Dann lief er zu einer dunklen Gasse an der Seite des Gebäudes. Grimsby folgte ihm eilig.

Das Mietshaus besaß an beiden Seiten in den Gassen mehrere Türen, die früher wahrscheinlich als Notausgänge gedient hatten. Anders als die Eingangstür vorne waren sie nur mit Sperrholzplatten vernagelt.

»Mach dich nützlich«, forderte Mayflower und zeigte auf die Tür.

Grimsby verspürte sofort den Drang, ihm Widerworte zu geben, aber dann bemerkte er, wie blass Mayflower war. Der Große Jäger hatte sich an die Wand gelehnt und die Augen geschlossen. Seine Haut war trotz der Kälte schweißnass, sein Atem ging flach und schnell.

»Bei dir alles in Ordnung?«, fragte Grimsby.

»Mach einfach die verfluchte Tür auf, Hexer«, sagte er, ohne seine Augen zu öffnen.

Grimsby verkniff sich seine freche Antwort und erinnerte sich daran, wie oft Mayflower ihm in den vergangenen vierundzwanzig Stunden das Leben gerettet hatte. Er beschwor seinen Impetus herauf, die Wärme seiner Magie fühlte sich in der herbstlichen Kälte angenehm an. Seine Narben sprühten Funken und wurden schon heiß, also beeilte er sich. Er drückte seinen Daumen in die Mitte der Sperrholzplatte und befestigte dort eine sanft leuchtende Binderune, zwei weitere folgten, eine links und eine rechts davon. Dann platzierte er eine größere Rune, etwa so wie seine Hand, auf der Gassenwand gegenüber und verband sie mit den anderen dreien.

»Geh zur Seite«, warnte er den Großen Jäger.

Mayflower grummelte zwar genervt, tat aber wie geheißen.

Dann pumpte Grimsby so viel Energie in die Runen, wie er nur konnte, und sagte: *»Binde!«*

Er sprang zur Seite, um nicht ins Aktionsfeld der Runen zu geraten. Fäden aus Magie leuchteten auf und zogen die Runen zueinander, das Sperrholz knarrte kurz, dann brach ein großes Stück heraus, das Teile der Tür mit sich riss und durch die Gasse zu der großen Rune flog, wo es wie magnetisch angezogen an der Wand hängen blieb. Danach ging alles ganz schnell, denn auch das restliche Sperrholz rauschte zur großen Rune und legte sich an der gegenüberliegenden Wand auf einen Haufen, als hätte sich die Schwerkraft um neunzig Grad verlagert.

Nur am Türrahmen waren noch ein paar Sperrholzstücke übrig, dort, wo man die Platte festgenagelt hatte.

Grimsby atmete ruhig ein und ließ seinen Impetus abschwellen. Seine Narben brannten, aber der Schmerz war nicht schlimmer als ein übler Sonnenbrand. Er würde schnell wieder vergehen.

Mayflower würdigte Grimsbys Tat mit keiner Silbe. Er drückte einfach den Notausgang auf und trat in die Dunkelheit – in einer Hand den Koffer, in der anderen seine Waffe.

Grimsby zögerte kurz, bevor er ihm in das Gebäude hinterhereilte. »Bist du sicher, dass wir hier einfach reinspazieren sollten?«

»Statt was zu tun?«, knurrte der Große Jäger. »Den Laden abfackeln und die Asche durchsieben? Hab ich auch schon überlegt. Aber es würde Stunden dauern, bis das Feuer aus wäre – und ein paar Tage, bis wir uns dann durch die Reste buddeln könnten. Außerdem würde die Polizei eingreifen.«

»Äh. Nein. Das meinte ich nicht.«

»Oh.«

»Ich meinte: Bist du sicher, dass du mitkommen willst?«

»Was ich *will*, spielt keine Rolle. Nur die Fakten: Wir brauchen diesen Schlüssel. Und du bist die wandelnde Inkompetenz auf zwei Beinen.«

»Wow, danke.«

»Nimm's nicht persönlich, Hexer. Fast alle sind inkompetent.«

»Ich komm ganz gut zurecht!«, sagte Grimsby und bemühte sich dabei erfolglos, selbstbewusst zu klingen.

»Nimm das einfach«, sagte Mayflower und drückte ihm eine Taschenlampe in die Hand. »Und versuch, sie wenigstens nicht fallen zu lassen.«

»Du … selber nicht fallen lassen«, murmelte Grimsby, aber Mayflower ging schon durch den dunklen Flur.

Grimsby schaltete die Taschenlampe ein und folgte ihm. Der Flur war lang, schmal und fast leer, bis auf die identischen Türen auf beiden Seiten, die mit Plastikziffern nummeriert waren.

»Woher wissen wir überhaupt, wo wir suchen sollen? In dem Gebäude sind locker hundert Wohnungen.«

»Wir fangen im Keller an.«

»Was? Warum da?«

»Wenn in einem Haus irgendein grausiger Bastard sein Unwesen treibt, ist er in neun von zehn Fällen im Keller. Ich hab mir schon einen Haufen Zeit und viele Tetanusspritzen gespart, indem ich unten angefangen und mich dann nach oben gearbeitet hab.«

Grimsby schluckte. »Oh, prima. Ich kann's kaum erwarten.«

Plötzlich wehte kalte Luft von rückwärts durch den Flur. Keine sanfte Brise, sondern ein starker Wind, der Grimsby Gänsehaut verursachte und ihm die Zähne klappern ließ. Die Windstöße rissen gleich mehrere Zimmernummern aus den

Holztüren. Fast wäre Grimsby die Taschenlampe aus der Hand geflogen, als er herumwirbelte, um zu sehen, ob in der Dunkelheit hinter ihnen etwas lauerte. Aber dort war nichts. Dann hörte er ein tiefes, kratzendes Röcheln – doch das war nur Mayflower, der verächtlich schnaubte.

»Das war nicht ohne«, sagte er und schüttelte sich wie ein nasser Hund. »Ich weiß nicht, wo der Schlüssel ist. Aber hier drin ist was.«

»Was ist es?«

»Guck mal ins Anderswo, Hexer. Vielleicht kannst du was rausfinden.«

Grimsbys verzog, ohne es zu wollen, spöttisch das Gesicht. »Ich halte das für keine so gute Idee.«

»Ich geb dir Deckung. Schau rein und komm sofort wieder raus. Wir puzzeln dann das zusammen, an was du dich erinnerst.«

Er schüttelte den Kopf, es fiel ihm jedoch kein gutes Gegenargument ein. Er holte tief Luft. »In Ordnung«, sagte er, schloss die Augen und schob seine Brille auf die Stirn. Als er seine Augen öffnete, hatte sich die Welt verändert.

*

Das Gebäude stand in Flammen.

Es war kein echtes Feuer. Es war irgendetwas anderes. Als wänden sich überall Fäden aus Licht und griffen um sich. Das seltsame Feuer bewegte sich und kroch über die Wände, die Flammen wirkten wie pulsierende Venen aus Hitze. Es hatte sich gleich einer flammenden Haut über die Wände gelegt und verwandelte den Flur in einen brennenden Tunnel.

Es roch nach verbrannter Haut.

Grimsby hörte Schreie. Ein Chor aus sieben schmerzverzerrten Stimmen hallte durch den brennenden Flur, eine davon war ihm so vertraut, dass es Grimsby bis ins Mark traf.

Dann verstummten die Schreie mit einem Mal und das Feuer verschwand. Die Flammen erloschen und hinterließen aschgraue verkohlte Wände, die bei der Hitze aufgeplatzt und mit Rissen überzogen waren. Aus ihrer Tiefe drang ein Leuchten hervor, es ähnelte einem Bett aus grünen Kohlen. Hände aus Schatten und Asche schossen aus den dunkelsten Winkeln der Risse hervor und griffen nach Grimsby.

Er kreischte auf und sprang weg, aber die Hände waren überall. Egal wohin er sich bewegte, streckten sich immer mehr Hände nach ihm aus, packten ihn mit durchsichtigen eiskalten Fingern. Dort, wo sie seine Narben berührten, brachen die Wundmale in Flammen aus. Ihr Griff war eisern, doch als er sich daraus lösen wollte, glitten seine Hände durch die fremden Hände hindurch wie durch Rauch.

Ein vertrauter kalter Schmerz schoss über seine Haut.

Er zappelte und schrie, während die Hände ihn zur Wand zerrten. Er wurde mit dem Rücken an die Wand gepresst und weitere Schattenfinger krochen hervor. Sie fuhren über sein Gesicht und drangen in seinen Mund, er bekam keine Luft mehr und spürte, wie sich in seinem Hals Brandblasen bildeten.

Dann bebte der Boden unter ihm. Die aschebedeckten Balken erzitterten, und schwarze Flocken segelten herab, wie der Schnee aus einem Krematorium.

Trotz seiner höllischen Schmerzen bemerkte er, wie der Boden unter ihm wegbrannte. Der Teppich zerfiel mit leisem Rascheln zu Funken und Staub, die Dielen zerbrachen und stürzten in die Dunkelheit, nur die schwelenden Stützbalken blieben übrig.

Dann entdeckte er in der Dunkelheit unter sich eine Gestalt.

Ein weiterer Schatten tauchte auf und griff nach seinem Gesicht. Grimsby wollte den Schatten wegstoßen, aber die Arme hielten ihn zurück.

Einen Moment später kippte seine Brille von der Stirn zurück auf seine Nase und die Welt um ihn herum wurde wieder normal. Mayflower stand vor ihm. Der Große Jäger klopfte auf Grimsbys linkem Arm herum.

Er brauchte einen Moment, um zu begreifen, warum: Sein Arm brannte.

Grimsby schrie auf, warf sich auf den Boden und wälzte sich hektisch hin und her, um die Flammen zu ersticken. Innerhalb weniger Momente hatte er sie gelöscht.

Mayflower blickte auf ihn herab, sein Atem war schwer und seine Stirn schweißnass. »Was zur Hölle war das, Hexer?«

Grimsby stand auf und fummelte verlegen an den Löchern herum, die das Feuer in seine Kleidung gebrannt hatte. »Tut mir leid, ich … ich weiß nicht. Ich hab die Scheuklappen fallen lassen und … es war zu viel.« Seine Stimme krächzte, als hätte er zu viel Rauch eingeatmet. Er zitterte immer noch. Aber er war nicht sicher, ob das an seiner Erschöpfung lag – oder an der Überdosis Terror in den vergangenen Tagen.

Mayflower trat schnaufend einen Funken auf dem Teppich aus. »Vorsicht, das Haus ist aus Zunder!«

Grimsby schluckte. Er konnte sich kaum etwas Schlimmeres vorstellen, als in einem brennenden Gebäude festzustecken. Einmal im Leben reichte aus. »Die gute Nachricht: Ich glaube unser Verbrecher ist unten.«

»Macht Sinn.« Mayflower blickte sich um, bis er eine Tür mit einem Treppensymbol entdeckte. »In Ordnung.« Er überprüfte kurz seine Waffe und nickte dann zufrieden. »Lass uns hingehen und ihm Hallo sagen.«

Grimsby schluckte. Er wollte den Kopf schütteln. Er wollte

weglaufen und in den nächsten Fluss springen. Stattdessen nickte er. »Okay, machen wir.«

Er erkannte seine eigene Stimme kaum wieder – und das lag nicht an dem Rauch, den er eingeatmet hatte. Irgendwas lag in seinem Tonfall. Es klang hart. Nicht hart wie Eisen, schon ein bisschen zerbrechlicher, aber immerhin. Er hatte diesen Tonfall noch nie vernommen, zumindest nicht bei sich selbst.

Mayflower zögerte kurz und blickte ihn mit erhobener Augenbraue an. Dann nickte er und ging vor ins Treppenhaus.

35

DIE TREPPE SCHRAUBTE sich fünf oder sechs Etagen über ihnen in die Höhe, ein Stockwerk unter ihnen lag der Eingang zum Keller. Die kargen Betonmauern im Treppenhaus wirkten seltsam abgearbeitet, als hätte jemand sie mit großer Anstrengung geschrubbt.

Grimsby fuhr mit dem Finger an der Wand entlang, zog ihn jedoch sofort ruckartig wieder zurück: Die Mauer war verstörend warm, wie menschliche Haut. »Was hältst du hiervon?«, fragte er und richtete die Taschenlampe auf den verschrammten Beton.

Mayflower ließ seinen Blick über die Wand schweifen und zuckte dann mit den Schultern. »Haben das Gebäude wahrscheinlich auf alten Grundmauern errichtet. Die sind vielleicht drei- oder viermal so alt wie der Rest des Hauses.« Er stieg vorsichtig, aber gelassen die Treppe hinunter, seine Augen tasteten dabei die Dunkelheit ab.

»Irgendeine Idee, womit wir's hier zu tun haben?«, fragte Grimsby.

»Muss was Körperloses sein.«

»Woher weißt du das?«

»Na ja, Monster mit Körper pflegen Leute zu verspeisen. Das

verursacht üblicherweise eine ziemliche Sauerei. Dafür ist das hier alles zu sauber. Also muss es was Körperloses sein.«

»So was wie ein Gespenst?«

»Nein, eher ein Spuk. Eine Art Fluch wahrscheinlich. Nicht von einem Toten ausgehend, sondern von vielen Menschen, die gleichzeitig gestorben sind. So eine Tragödie kann Risse zwischen den Welten hervorrufen. Und manchmal kriecht ein Spuk da hindurch. Sie sind fies. Und sie dulden niemanden in ihrem Territorium. Aber dafür bleiben sie auch meistens dort. Wahrscheinlich ist das Gebäude deswegen abgesperrt.«

»Was könnte so viele Tode auf einmal verursacht haben?«

»Du wärst überrascht, wie oft so was passiert. Durch ein Gasleck, einen Amoklauf, ein eingestürztes Gebäude.« Mayflower hielt inne. »Was ist das?«, zischte er und blickte die Treppe runter.

Grimsby richtete das Licht der Taschenlampe nach unten, aber da war nichts zu sehen außer einer schweren Metalltür.

Dann ging ihm auf, was der Große Jäger meinte. Durch die Lücke unter der Tür drang ein wenig Licht, als würde auf der anderen Seite ein kleines Lagerfeuer brennen oder vielleicht eine Fackel.

»Mach das Ding aus«, flüsterte Mayflower und schob die Taschenlampe zur Seite.

Grimsby schaltete sie aus. Sie standen in der Dunkelheit und starrten auf den dünnen Streifen aus orangem Licht unter der Tür.

Sie warteten kurz, bis sich ihre Augen an die Dunkelheit gewöhnt hatten, dann stiegen sie die letzten Stufen hinab. Mayflower drückte sich links von der Tür an die Wand. Grimsby machte es auf der rechten Seite genauso.

Der Große Jäger signalisierte ihm, sich still zu verhalten. Er spitzte die Ohren. Grimsby tat es ihm gleich, vernahm aber zunächst nur das heftige Pochen seines angstvollen Herzens.

Dann hörte er ein Knacken. Und noch eines. Es klang nach brennendem Holz. Langsam hörte er auch ein durchgängiges tiefes Rauschen heraus, schwankenden Luftdruck, ab und zu wieder ein Knistern oder Knacken.

Mayflower deutete zu Grimsby. Dann zeigte er auf die Tür. Dann tippte er zweimal auf sein Handgelenk und hielt drei Finger hoch.

Drei Sekunden.

Grimsbys Herz setzte einen Schlag aus, aber er riss sich zusammen und versuchte, sich zu konzentrieren.

Das war die erste Sekunde.

Dann bereitete er sich mental darauf vor, die Tür zu öffnen, damit Mayflower hindurchstürmen konnte.

Das war die zweite Sekunde.

Dann wurde ihm mit einem Schlag klar, dass er diese Tür schon einmal gesehen hatte.

Das war die dritte Sekunde.

»Los!«, zischte Mayflower.

Grimsby war so erschüttert von seiner plötzlichen Erinnerung, dass er die Tür nicht aufbekam. Sie erzitterte unter seinem Gewicht, als er sich dagegenwarf, aber blieb zu. Das Licht auf der anderen Seite flackerte auf und erlosch dann. Grimsby fummelte in der Dunkelheit panisch am Türgriff herum, bis es endlich »Klick« machte und die Tür weit aufflog.

Mayflower stürmte mit gezückter Waffe hinein und suchte mit den Augen den Raum ab. Grimsby folgte ihm.

In der völligen Dunkelheit war es schwer, irgendetwas zu erkennen. Grimsby hing gedanklich immer noch bei der Tür: Wo hatte er sie schon mal gesehen? Und wann? Die Erinnerung hatte sich in der staubigsten Ecke seines Hirns versteckt –

fast so, als wollte sie nicht gefunden werden. Grimsby war so abgelenkt, dass er Mayflower in den Rücken knallte.

»Hexer. Taschenlampe«, sagte der Große Jäger.

»Richtig«, murmelte er und fingerte auf der Suche nach dem Schalter in der Dunkelheit blind an dem Teil herum. Als er ihn endlich gefunden hatte, war er einen Moment lang sogar vom schwachen Licht der Taschenlampe geblendet.

Das Erste, was ihm danach auffiel, waren die Rohre. Sie verliefen überall in großen Strängen über Wände und Decke. Manche waren schlicht braun, aber viele hatte man vor langer Zeit in einem Feuerwehrrot gestrichen, das jetzt abblätterte. Alle Rohre führten zu einer einzigen Stelle am Ende des Raums: zu einem riesigen, voluminösen Boiler.

Der Boiler glich einer eisernen Spinne, die im Zentrum eines Rohrnetzes saß. Der Kessel war groß genug, um Grimsby ganz aufzunehmen. Die Konstruktion jagte ihm Angst ein und er schwenkte die Taschenlampe weg. Dadurch fiel der Lichtstrahl auf einen Haufen Müll, der zwischen ein paar Metalltanks mit Flüssigkeit gestopft war.

Am Rand lehnte ein Messingschild. Grimsby las die Aufschrift und erstarrte.

Mayflower schritt den Raum ab und machte dabei vorsichtig einen Bogen um die Stapel aus Kisten und Flaschen mit sich wellenden Etiketten. Wahrscheinlich Putzmittel und anderer Hausmeisterkram.

Sein Blick fiel auf den Boden vor dem Boiler. »Grimsby«, sagte er, »Licht.«

Aber Grimsby hörte ihn nicht. Nicht wirklich. Seine Augen und die Taschenlampe waren immer noch auf das Messingschild gerichtet.

Drei einfache Worte standen da: LATERNEN-LICHT-APARTMENTS.

Mayflower forderte ihn noch mal auf: »Grimsby! Licht!« Aber der bemerkte ihn kaum.

Seine Lippen sprachen lautlos die Worte mit, während er wieder und wieder das Schild las.

Laternen-Licht-Apartments.

Sein früheres Zuhause. Das letzte wirkliche Zuhause, das er je gehabt hatte. Das Zuhause, wo er seine vielen Narben davongetragen hatte.

Das Zuhause, in dem seine Mutter gestorben war.

»Grimsby! Licht …«

Plötzlich wurde der Raum in Licht getaucht.

Mayflower schrie los.

Dieses Mal hörte Grimsby ihn. Aber vielleicht schon zu spät.

Er drehte sich nach ihm um und sah Flammen aus der offenen Klappe des Boilers auf Mayflower schießen wie aus einem Drachenmaul. Sie strahlten eine Hitze aus, die auf Grimsbys Haut und in seinen Augen brannte. Mayflower hatte es geschafft, im Augenblick der Explosion einen Arm schützend vor sich hochzureißen. Silbernes Licht strahlte aus dem Innenfutter seines Jacketts und verband sich mit dem monströsen orangen Feuerschein zu einem grellen Leuchten.

Grimsby konnte in dem gleißenden Licht gerade eben erkennen, wie Mayflower vom Boiler weggeschleudert wurde. Der Große Jäger taumelte erst über die Stapel aus Kisten und Putzmitteln und brach dann zusammen. Plötzlich war es wieder dunkel.

Vor dem Boiler nahm langsam eine Kreatur Gestalt an, so als kotzte die vergitterte Klappe sie aus, eine furchtbare Mischung: ein großer Anteil Monster und gerade so viel Mensch, um noch schrecklicher zu wirken. Der Leib schien schlangenartig, aber der als solcher erkennbare Oberkörper besaß zwei

Paar Arme. Jede der vier Gliedmaßen endete in einer leuchtenden Kralle, lang genug, um damit vier Menschen oder fünf Grimsbys aufzuspießen.

Das Wesen hatte kein Gesicht, in der Mitte seines Kopfes klaffte stattdessen ein Loch, so dunkel wie eine Pupille. Das Loch weitete sich und zog sich wieder zusammen, wie die Nase eines Hundes, der eine Fährte aufnimmt. Der Körper war aus sich windenden Flammen geflochten und bewegte sich mit schlangenartiger Eleganz.

Grimsby stand einfach nur da wie gelähmt und starrte auf die Erscheinung. Noch nie hatte er Feuer gesehen, das sich so bewegte. Sogar in seinen Albträumen war das Feuer zwar böse, oft verfügte es sogar über einen eigenen Willen. Aber es war nie *ein Lebewesen*. Es hatte nie eine Form angenommen, die ihn jagen und fangen konnte.

Aber jetzt schon. Dazu kamen zwei spitze, brennende Krallen.

Ein abgelegener und vernachlässigter Teil seines Gehirns merkte kurz an, dass er wohl jetzt ein paar Albträume mehr haben würde. Der Rest seiner kleinen grauen Zellen war jedoch hilfreicher.

Sie sagten ihm, er solle schreien.

Also tat er es.

Der Schrei hatte gerade seine Lippen verlassen, da drehte sich das gesichtslose Gesicht schon zu ihm um. Das Loch in der Mitte verengte sich, als würde ihn ein Zielfernrohr ins Visier nehmen.

Das Ding bewegte sich auf ihn zu, auf seinem Schwanz und den Krallen glitt es sanft über den Boden. Dabei zog es eine Feuerspur hinter sich her – überall da, wo seine brennenden Krallen den Boden berührten, loderte eine Flamme auf. Dort, wo diese Flammen etwas Brennbares fanden, verschlangen sie es und wurden immer mehr – und in dem Kellerraum herrschte wahrlich kein Brennstoffmangel.

Grimsby wandte sich um und wollte weglaufen. Er wollte nichts sehnlicher, als die Stufen hochsprinten, die Tür hinter sich zuknallen und dann weiterlaufen, bis er bis zur Hüfte im Atlantik stand. Aber in der Drehung sah er aus dem Augenwinkel Mayflowers Körper, der im Schein des sich ausbreitenden Feuers auf dem Boden lag.

Mayflower war bewusstlos, umklammerte aber mit einer Hand immer noch seine Waffe. Blut sickerte aus einer Wunde auf seiner Stirn. Sein verletzter Arm war aus der Schlinge gerutscht, die Siegelkiste hing an dem Metallreif um sein Handgelenk. Er lag auf einem Haufen zerdrückter Pappkartons, wie ein sanft schlummernder König auf seinem durchgesessenen Thron. Grimsby kapierte. Es war eine einfache Tatsache:

Wenn er davonlief, würde Mayflower sterben.

Und einen winzigen Moment lang dachte er, er könnte damit leben. Ein bedauernswertes Opfer, aber ein Preis, den zu zahlen er bereit war. Ihm wurde kurz kalt, er fühlte sich wie eine nasse Hand in einer eisigen Brise.

Aber was für ein Mann war er, wenn er jetzt einfach weglief? Was für ein Mensch würde dann aus ihm werden?

Was auch immer, er wollte es nicht herausfinden.

Als er sich in Bewegung setzte, lief er nicht zur Treppe und damit weg von der Feuerschlange.

Er rannte zu Mayflower – und damit auch ein bisschen von der Feuerschlange weg.

Er erreichte den alten Großen Jäger und postierte sich zwischen der Schlange und seinem ohnmächtigen Freund, um den Kampf aufzunehmen.

Auch wenn er noch nicht recht wusste, wie er das anstellen sollte.

Sein Blick fiel auf die Rohre über sich und er hatte eine Idee. Hier war schließlich ein Boiler. Und um Wasser zu erhitzen, brauchte es erst mal welches.

Er beschwor seinen Impetus herauf und bemerkte in der brennenden Hitze kaum die Funken und den Schmerz in seinen Narben. Er richtete einen Finger auf eine Ansammlung von Rohren zwischen ihm und der Schlange und schrie: »*Dreh!*«

Die Energie schoss aus seinem Finger wie ein Diskus. Die Scheibe aus grünen Funken wirbelte durch die Luft und knallte direkt in die Rohre.

Die Rohre quietschten und sackten leicht ab, aber das war's dann erst mal.

Der Spuk kam immer näher, Grimsby konnte schon die brennende Luft riechen und hörte den Betonboden unter der Schlange knacken.

Dann platzte endlich eins der Rohre. Schwarzes Wasser voll uralter Rostablagerungen schoss aus der Öffnung.

Der schmutzige Strom raste direkt auf die Kreatur zu, aber der Spuk war überraschend schnell: Er glitt mit verstörender Leichtigkeit aus dem Weg. Nur ein kleiner Schwall traf seinen Körper und ließ ein winziges Stück seiner brennenden Haut steingrau werden, bevor das Wasser in einer Dampfwolke verpuffte.

Der Spuk begann, sich wieder auf sie zuzubewegen, aber das Wasser bildete eine Pfütze um Grimsby und Mayflower. Die Schlange glitt ein Stückchen weit hinein, zuckte dann jedoch mit einem Zischen zurück, die Krallen an einem ihrer brennenden Arme war versteinert.

Einen kurzen Moment wähnte sich Grimsby in Sicherheit.

Dann schlitterte die Kreatur mit ihrem brennenden Körper ganz nah an den Rand der Pfütze heran. Das Wasser begann, innerhalb von Sekunden zu blubbern und zu dampfen, dabei verbrannte es den Beton.

Das Monster kam Zentimeter für Zentimeter näher, ließ dabei immer mehr Wasser verdampfen, um einen Pfad zu ihnen anzulegen.

Grimsby brauchte einen Plan, und zwar sofort.

Dann entdeckte er etwas. Ein paar Meter entfernt hing ein alter Feuerlöscher an der Wand. Grimsby wagte nicht, die Pfütze zu verlassen, aber der Spuk war schon nah genug, dass er den Rost in dem verdampfenden Dreckwasser riechen konnte.

Erneut beschwor er seinen Impetus herauf und schleuderte einen Drehspruch auf den Feuerlöscher. Der Zauber streifte ihn zwar nur, aber es reichte, um ihn von der Wand zu reißen. Grimsby hielt die Luft an, als der Feuerlöscher auf den Boden fiel und dort noch mehrere Male aufprallte. Er hoffte inständig, dass das Gerät dabei nicht kaputtgegangen war.

Der Zylinder fiel scheppernd um und rollte einen glorreichen Moment lang auf Grimsby zu – wurde aber dann einen Meter vor der Pfütze von seinem eigenen Schlauch gebremst.

Es musste reichen.

Grimsby blickte kurz zu der Kreatur, es fehlte ihr kaum ein Meter, um ihn mit ihren Krallen erwischen zu können. Zwar schoss noch immer dreckiges Wasser aus den Rohren, es verpuffte aber sofort auf dem inzwischen heiß gewordenen Beton.

Grimsby sprang mit einem Satz aus der schützenden Pfütze und griff nach dem Feuerlöscher.

Die Kreatur beobachtete seine Bewegung und schlug mit ihren feurigen Krallen nach ihm.

Grimsby konnte dem Schlag ausweichen, stolperte dabei aber und landete mit dem Gesicht voran in der Schmutzwasserpfütze. Er streckte den Arm aus und reichte mit den Fingerspitzen gerade eben an den Feuerlöscher.

Die Kreatur umrundete jetzt die Pfütze, sie hatte es auf seinen ausgestreckten Arm abgesehen. Ihm blieb keine Zeit mehr, näher an den Feuerlöscher heranzurobben, er hatte nur noch eine Möglichkeit:

Mit den Fingerspitzen platzierte er eine Binderune an der Seite des Feuerlöschers und kroch dann wie verrückt zurück zu Mayflowers ohnmächtigem Körper.

Die Kreatur schlug mit ihren messerscharfen Krallen nach seinen Beinen und verfehlte sie nur um wenige Zentimeter. Das schwarze Loch in ihrem Gesicht loderte wütend auf.

Grimsby wartete nicht darauf, dass das Monster seinen Weg durch das Wasser fortsetzte. Mit dem Daumen drückte er eine zweite Rune in seine linke Handfläche. Dann schloss er die rechte Hand zu einer Faust, bündelte seine Magie und brüllte: »*Binde!*«

Der Feuerlöscher hob ab und flog kurz auf Grimsby zu, aber die Bindung hatte nicht genug Kraft: Der Feuerlöscher knallte auf halber Strecke zu Boden und der Verschluss krachte gegen den Beton. Etwas knirschte und dann erfüllte ein Zischen die Luft. Weißer Nebel sprühte aus dem Feuerlöscher wie Sprudel aus einer geschüttelten Flasche. Der Druck der austretenden Löschflüssigkeit ließ den Feuerlöscher wild rotieren, während er weiter über den Boden auf Grimsbys Hand zuschlitterte.

Grimsby zuckte zusammen und streckte die Hände aus, um ihn aufzufangen. Der Feuerlöscher traf seine Finger mit einer solchen Wucht, dass er die Erschütterung bis in den Ellbogen spürte. Reflexartig zog er die Hand zurück, aber das Gerät war immer noch mit seiner Handfläche verbunden und wurde wie von einem Magneten mitgerissen.

Das wäre weniger schlimm gewesen, wäre die Löschflüssigkeit nicht immer noch mit einem derartigen Druck aus dem Riss in der Hülle geschossen, dass der ganze rote Zylinder in seiner Handfläche wirbelte wie ein Tambourstab.

Nur einen Meter entfernt arbeitete sich der Spuk schon durch die letzten Reste des Wassers und glitt vorwärts, seine sichelartigen Krallen ausgefahren wie ein Greifautomat in einer Spielhölle.

Grimsby kreischte und wollte den Feuerlöscher festhalten, um damit auf seinen Gegner zielen zu können. Aber er bekam das Ding nicht unter Kontrolle, die Haut in seiner Handfläche war von der Rotation schon ganz zerschunden.

Ihm blieb nichts anderes übrig, als mit der rechten Hand sein linkes Handgelenk zu packen und so die Handfläche mit aller Kraft auf den Spuk zu richten. Der Feuerlöscher war schwer, aber er verlor durch das Ausströmen der Flüssigkeit immer mehr Gewicht, und so schaffte es Grimsby, ihn zwischen sich und die Schlange zu heben.

Das Monster blieb abrupt stehen, und das dunkle Loch in seinem Kopf weitete sich plötzlich, als sei der Spuk überrascht und gleichzeitig neugierig. Dann bekam er einen Schaumstrahl an die Brust und quietschte wie eine Maus in der Falle. An der Stelle, wo der Löschschaum ihn getroffen hatte, verwandelte sich die brennende Haut des Spuks in verkohlte Asche.

Grimsby atmete kurz erleichtert auf. Ihm war nicht klar gewesen, ob der Feuerlöscher überhaupt eine Wirkung haben würde. Jetzt hatte er wenigstens ein paar Sekunden zum Nachdenken gewonnen.

Dann aber drehte sich der Feuerlöscher in seiner Hand immer langsamer, der Löschschaum verkam von einem dichten Vorhang zu einem traurigen Strahl.

Der Spuk wartete geduldig darauf, dass Grimsbys Waffe versagte.

Dieser suchte wie wild nach etwas anderem, egal was.

Aber während er seinen Blick abgewandt hatte, ging der Feuerlöscher aus.

Der Spuk stürmte los und rammte ihn.

Grimsby wurde nach hinten geworfen und landete vor den Kartons auf seinem Rücken. Der leere Zylinder in seiner Handfläche schlug auf dem Betonboden auf und klang wie eine Beerdigungsglocke. Der Spuk richtete sich vor ihm auf und breitete seine vier krallenbewehrten Arme weit aus, wollte zum letzten vernichtenden Schlag ansetzen.

In dem Moment löste sich ein Schuss aus Mayflowers Waffe.

Der Knall war so laut, dass Grimsby instinktiv versuchte, seine Ohren mit den Händen zu bedecken – und sich dabei den immer noch damit verbundenen Feuerlöscher seitlich gegen den Kopf drosch.

Der Spuk erstarrte und blickte mit weit aufgerissenem Loch-Gesicht auf seine Brust hinunter. Genau in der Mitte, dort, wo die Löschflüssigkeit seine brennende Haut zuvor in Asche verwandelt hatte, klaffte jetzt ein glühendes Loch. Es hatte etwa die Größe von Grimsbys Daumen und stieß pulsierend eine lavaartige Flüssigkeit aus, als würde der Spuk bluten.

Dann wurde das Loch dunkel. Mit einem Mal glich die Haut um die Wunde erstarrender Lava. Dieser Versteinerungsprozess schritt langsam voran, die Haut knackte, und die Kreatur erschauerte. Verzweifelt kratzte sie mit ihren Krallen an sich selbst herum, schlug dabei aber nur oberflächliche Kerben in ihre sich verhärtende Haut. Der Spuk bäumte sich ein letztes Mal auf und wurde dann zu einer Statue aus Vulkangestein.

Grimsby starrte das Monster an, sein Herz rumpelte wie ein loser Motorblock in seinem Brustkorb. Er blickte über seine Schulter und sah Mayflower noch immer kraftlos zwischen den Kartons liegen, seine rauchende Pistole war direkt auf die Körpermitte des Monsters gerichtet.

Grimsby stotterte, als er sprach. »Ich wü-würde mal sagen, den ha-hast du ka-kaltgestellt, hm?«

Mayflower warf ihm einen eisigen Blick zu, dann ließ er den Arm sinken.

Der Raum leuchtete immer noch in Orange – die Flammen, die der Spuk entfacht hatte, griffen immer weiter um sich.

Grimsby spürte eine schreckliche, vertraute Angst in sich aufsteigen. Er war schon einmal bei einem Feuer in diesem Gebäude gewesen – und gerade eben mit dem Leben davongekommen.

Er war nicht gerade zuversichtlich, dass er auch ein zweites Mal so viel Glück haben würde.

Er sprang auf und wischte dabei die Bindung von seiner Hand, um den Feuerlöscher loszuwerden. Dann eilte er zu Mayflower und streckte ihm die Hand entgegen. Zu seiner Überraschung ergriff sie der Große Jäger.

Grimsby zog ihn auf die Füße. »Wir müssen hier raus«, sagte er dann und starrte ängstlich auf das sich ausbreitende Feuer.

»Alles der Reihe nach«, antwortete Mayflower. »Du besorgst den Schlüssel. Und ich bring das hier zu Ende.«

»Aber ich habe keine Ahnung, wo der Schlüssel ist!«

»Such an der schlimmstmöglichen Stelle«, sagte er. Dann lehnte er sich zurück und trat mit voller Wucht gegen die Statue.

Der Stein war weicher, als er aussah, und der Große Jäger brach mit seinem Stiefel ein großes Stück heraus. Die Figur wackelte einen Augenblick, stürzte dann um und zerbarst auf dem Boden.

Nach kurzer Bedenkzeit rannte Grimsby zu dem voluminösen Boiler. Er war zwar immer noch groß, aber ohne den darin lauernden Spuk wirkte er auf Grimsby viel kleiner. Die Metalltür stand einen Spaltbreit offen, der Ofen war voller Asche – aber irgendetwas darin glitzerte.

Grimsby stocherte mit dem Finger vorsichtig in den Kohlen herum: Sie waren kühl. Er begann, darin zu wühlen, und ertastete sofort etwas Kleines, Hartes. Er zog es heraus: Es war ein Schlüssel, kaum anders als Millionen andere Schlüssel. Er war aus stumpfem, verkratztem Metall. Das einzig Bemerkenswerte daran war, dass sein Bart keine Zähne hatte. Wie ein Rohling, nur eben nicht neu.

Er hörte das Feuer knacken und dachte plötzlich mit Schrecken daran, dass er sich in einem brennenden Gebäude aufhielt. Die Hitze nahm zu, und er konnte den Schweiß spüren, der aus seinen Poren strömte und seine Kleidung durchfeuchtete. Er nahm den Schlüssel fest in seine Hand und drehte sich wieder zu Mayflower um.

Der Große Jäger war damit beschäftigt, die größeren Teile des versteinerten Spuks unter seinem Absatz in kleine Stücke zu zertreten. Er wandte sich Grimsby zu, und seine Augen weiteten sich, bevor sie mit einem Mal ganz schmal wurden. Er zielte mit dem Revolver direkt neben Grimsby.

Grimsby sprang instinktiv zur Seite und erwartete aus irgendeinem Grund, eine Spinne zu sehen.

Stattdessen erblickte er die winzige Gestalt von Wudge, der zu ihm hochstarrte. Der Kleine hatte seine Hand ausgestreckt, die Handfläche nach oben gedreht, und machte eifrig Bewegungen mit seinen spinnenartigen Fingern.

»Gut gemacht, Halbhexer«, sagte Wudge. »Deine Schuld ist beglichen. Jetzt gib Wudge den Schlüssel.«

Grimsby blickte auf das Stückchen Metall in seiner Handfläche. Dann wieder zu der Kreatur mit dem Zwiebelhelm. »Wudge …« setzte er an, aber plötzlich tat es einen lauten Knall, und ein Lichtblitz schoss durch den Raum. Grimsby zuckte zusammen und hob die Arme schützend vor seine Augen. Eine Hitzewelle rollte über ihn hinweg, aber wie er überrascht feststellte, war ihm sonst nichts passiert. Das Feuer hatte wohl irgendeine Chemikalie gefunden, die ihm schmeckte, und wollte dies allen mitteilen. Grimsby schluckte nervös. Das Feuer konnte jeden Moment noch mehr leckere Nahrung finden.

Wudge gestikulierte erneut mit seinen ausgestreckten Fingern. »Schlüssel!«

Mayflowers tiefe Stimme brüllte heiser durch den Keller. »Tu's nicht, Hexer!«

Wudges Augen richteten sich auf den Großen Jäger und wurden ganz schmal, dann blickte er zurück zu Grimsby. »Du hast Wudge gesagt, du würdest ihm helfen, den Schlüssel zu kriegen. Du hast es ihm versprochen.«

Grimsby hielt den Schlüssel so fest, dass sich seine Hand verkrampfte. Er hatte es dem kleinen Wesen in der Tat versprochen. Doch da war keine Unorthodoxe oder magische Verpflichtung, an die er gebunden war. Es würde keinen Fluch oder sonst irgendein schreckliches Ende bedeuten, wenn er dieses Versprechen brach. Doch wenn er Wudge den Schlüssel aushändigte, würde dieser noch ein weiteres Mal verschwinden. Sie würden ihn vielleicht niemals wiederfinden – und er hätte keine Chance, dem Department die ominöse Hand zu bringen und sich so in den Augen der Auditoren zu beweisen. Er würde nie einer von ihnen werden.

Aber er hatte es versprochen.

Er legte den Schlüssel in Wudges Handfläche.

Das dürre Geschöpf wirkte fast überrascht, dann nickte es Grimsby zu. »Danke, Halbhexer. Auf Wiedersehen.«

Und dann verschwand Wudge einfach. Und der Schlüssel mit ihm.

Der Schlüssel, der die Siegelkiste öffnen konnte. Der Schlüssel, für den er und Mayflower fast gestorben waren. Der Schlüssel, der den ganzen Albtraum hätte beenden können.

Dieser Schlüssel war jetzt fort.

Er drehte sich zu Mayflower, der einen zornigen Blick auf ihn gerichtet hielt – und seine Waffe. Er ließ die Waffe sinken und schüttelte den Kopf. »Verdammt, Grimsby.«

Die Decke knackte, als die Flammen um sich griffen. Grimsby spürte den Rauch in seinen Augen und seinem Hals brennen. »Wir müssen hier raus, sonst …«

Eine weitere Explosion. Dieses Mal so nah, dass Grimsby durch die Luft geschleudert wurde. Er knallte mit der Schulter voraus in die Ziegelwand, in dem Moment sah er, dass sich ein Stützbalken aus der Decke löste und im Herabstürzen Mayflower am Kopf erwischte.

Der Große Jäger ging zu Boden wie ein nasser Sack.

Der ätzende Gestank von Chemikalien erfüllte die Luft, Grimsbys Augen tränten, und sein Atem kratzte ihn im Hals. Er hustete schmerzhaft, als er sich auf die Füße kämpfte, bemüht, den Schmerz in seiner Schulter zu ignorieren. Er stolperte zu Mayflower hinüber, der wie ein zerquetschter Käfer unter dem brennenden Balken lag. Der einzige Grund, warum der Balken den Großen Jäger nicht entzweigerissen hatte, war die Siegelkiste an seinem Handgelenk: Irgendwie – entweder mit Geschicklichkeit oder Glück – hatte Mayflower sie zwischen sich und das Holz gebracht und damit die Wucht des Schlages verteilt.

Grimsby konnte kaum klar denken. Er wusste nicht, ob der Große Jäger noch lebte, und er hatte keine Zeit, es herauszufinden. Er packte den brennenden Balken und spürte sofort, wie das heiße Holz seine Handflächen und Finger verbrannte. Er schrie auf, dachte aber nicht daran, das Teil loszulassen. Stattdessen stemmte er sein ganzes Gewicht gegen das Holz. Es bewegte sich den Bruchteil eines Zentimeters, aber das reichte natürlich nicht.

Er taumelte zurück, seine Augen tränten, seine Lungen brüllten nach sauberer Luft. Er wollte am liebsten einfach zur Treppe laufen und aus diesem Albtraum fliehen. Aber er weigerte sich.

Er würde Mayflower nicht zurücklassen.

Seine rechte Hand krümmte sich vor Schmerzen, die rot verbrannte Haut wies schwarze Ascheflecken auf. Als er sie wieder gegen das Holz pressen wollte, streikte sie. Seine linke Hand hingegen schmerzte zwar ein bisschen, war jedoch kaum verletzt. Die vernarbte Haut hielt die Hitze anscheinend besser aus. Er legte seine linke Hand direkt auf den Balken und die rechte auf den Handrücken der linken.

Dann drückte er mit beiden Händen, so fest er konnte, und schrie laut vor Anstrengung.

Der Balken bewegte sich von Mayflowers Körper runter.

Grimsby konnte kaum noch klar denken oder sich bewegen, aber er packte den Großen Jäger einfach unter den Achseln und zerrte ihn in Richtung Treppenhaus – er flehte dabei, dass kein weiterer Balken herabstürzen und sie treffen würde.

Er keuchte unter Mayflowers Gewicht. Der Große Jäger war nicht breit gebaut, aber groß und muskulös. Egal wie und wo Grimsby ihn anfasste, sein schlaffer Körper war sperrig und schwer zu bewegen. Schließlich kam ihm die Idee, sich Mayflowers Arme wie die Träger eines Rucksacks über die Schultern zu werfen und ihn daran zur Kellertür zu ziehen. Er konnte hören, wie die Beine des Großen Jägers hinter ihm über den Boden schleiften.

Das Feuer hatte sich inzwischen so weit ausgebreitet, dass der ganze Keller in flackerndes orangefarbenes Licht getaucht war. Grimsby hörte Balken knacken und Beton bersten und bemühte sich, die nur allzu vertrauten kalten Schauer zu ignorieren, die ihm über Hals und Narben liefen. Er hatte in diesem Gebäude schon einmal fast sein Leben verloren.

Er würde verhindern, dass es dafür heute passierte.

Endlich erreichte er die Tür zum Treppenhaus, seine schweißnassen Haare klebten ihm inzwischen an der Stirn. Er trat mit unsicheren Beinen nach dem Türgriff, um Mayflower nicht niederlegen zu müssen. Nach mehreren Versuchen traf er den Griff endlich im richtigen Winkel und die Tür sprang auf. Er taumelte durch und schlug dabei versehentlich Mayflowers Stirn gegen die Tür. Der Große Jäger knurrte leicht, reagierte aber sonst nicht. Grimsby dachte bei sich: Wenn der alte Mann mit nur einer zusätzlichen Beule aus der Sache rauskommt, war das ein Erfolg.

Seine Brille war von der Hitze und seinen Ausdünstungen beschlagen, weswegen er die Person, die sich am oberen Ende der Treppe postiert hatte, zunächst nicht wahrnahm.

»Grimsby«, rief eine laute Stimme nach unten. »Gib mir die Siegelkiste.«

Er blickte hoch und sah auf dem Treppenabsatz über ihnen einen breit gebauten Mann mit weißer Maske stehen. Hives.

36

GRIMSBY SPÜRTE, WIE ein vertrautes Gefühl in ihm hochstieg: die mit Nervosität gemischte Angst vor seinem alten Kontrahenten, der ihn bei allem, was zählte, übertroffen hatte.

Er hustete und krächzte empört: »Was ... was machst du denn hier?«

»Du bist nicht der Einzige, der einen Ortungszauber benutzen kann. Jetzt her mit der Siegelkiste.«

Grimsby blickte ihn entgeistert an und sah hinunter auf den Koffer, der immer noch an der Handschelle von Mayflowers linkem Handgelenk baumelte.

Der Koffer war seine letzte Chance auf einen Job beim Department – und die würde Grimsby sich nicht nehmen lassen. Nicht nachdem er so weit gekommen war.

Eine Welle heißer Luft strömte aus dem Heizungskeller, als eine weitere Kiste voll Reinigungschemikalien Feuer fing und explodierte. Er hörte etwas brechen und auf den Boden stürzen, das gesamte Gebäude ächzte und wackelte kurz.

Ihm blieb keine Zeit für einen Versuch, Hives zu überreden. Und selbst wenn das Haus nicht gebrannt hätte, wäre eine Diskussion wohl zwecklos gewesen: Hives wollte dasselbe wie er – und nur einer von ihnen konnte es haben.

Doch Hives hatte sich nicht mit wahnsinnigen Sukkuben angelegt, um den Koffer aufzuspüren.

Hives hatte nicht mit monströsen menschlichen Begleitern gekämpft, um die Siegelkiste in die Hände zu bekommen.

Und Hives hatte nicht verzweifelt alles aufs Spiel gesetzt für die Möglichkeit, die Dinge zum Guten zu wenden.

Grimsby schon. Und er war nicht bereit, jetzt aufzugeben.

»Fahr zur Hölle«, entgegnete er Hives.

Hives kniff seine Augen zusammen. »Du kannst mich nicht besiegen, Grimsby. Das konntest du früher noch nie – und du wirst es niemals schaffen.«

Grimsby zerrte Mayflower neben die Tür und legte ihn dort ab. Seine Schultern brannten, seine Unterarme waren verkrampft von der Anstrengung, seinen Freund aus der Gefahrenzone zu schleifen. Seine Lendenwirbelsäule würde ihn morgen früh umbringen.

Wenn Hives das nicht jetzt gleich erledigte.

»Stimmt schon, das konnte ich nie«, gab er zu, rückte seine Brille zurecht und baute sich am Fuß der Treppe auf. »Aber sieh doch selbst:« Er deutete auf die zahlreichen Schrammen, Schnittwunden und blauen Flecken, die seinen Körper bedeckten. »Heute ist mein Glückstag.«

Hives schnaubte verächtlich, dann schloss er konzentriert die Augen, und eine Woge unangenehm warmer Energie rollte von ihm herüber, wie die Hitze aus einem offenen Schmelzofen. Sein Impetus war fast so heiß wie das Feuer hinter Grimsby, dessen Nerven vor Schreck doppelt so stark zitterten.

Er versuchte mit aller Macht, die Angst abzuschütteln, und beschwor seinen eigenen Impetus herauf. Seine Energie war kein Schmelzofen wie Hives', aber der Impetus war immerhin stärker, als er erwartet hatte. Die Energie strahlte von ihm ab und verdrängte sowohl Hives' Kraft als auch die Hitze des

Feuers. Sie fühlte sich fast kühl an, außer auf seinen Narben: Dort flackerte die Energie und sprühte Funken, die verwachsene nackte Haut glühte auf wie Kohlen.

Grimsby verzog vor Schmerzen das Gesicht, er packte seinen linken Arm mit seiner rechten Hand und drückte zu, als könnte er so den Impetus abschneiden. Doch stattdessen fühlte er nur ein Stechen in der rechten Handfläche, als die Funken in die verbrannte Haut schossen.

Hives erhob den Kopf und warf ihm einen verächtlichen Blick zu. »Immer noch derselbe Krüppel wie früher? So eine Schande. Hinterher werde ich wahrscheinlich ein schlechtes Gewissen haben. Wenigstens ein bisschen.«

»Mach dir mal meinetwegen keinen Kopf«, presste Grimsby durch seine zusammengebissenen Zähne hervor.

Hives hob die Hand, Grimsby spürte, wie der Impetus seines Gegners anschwoll.

Was ihn nicht überraschte. Hives war schon immer der Typ gewesen, der als Erster wilde Schwinger loslässt und versucht, einen billigen Treffer zu landen.

Grimsby hatte Hives nur einmal verlieren sehen: gegen Rayne. Sie hatte ruhig und souverän jeden seiner Zaubersprüche entschärft, bis er völlig erschöpft war und sich kaum noch auf den Beinen halten konnte. Eine kluge Vorgehensweise.

Nur war Grimsby leider jetzt schon völlig erschöpft. Er konnte kaum mehr stehen, außerdem zogen ihm seine Narben jede Sekunde etwas von seinem Impetus ab. Und sogar mit der nötigen Energie besaß er weder Raynes Timing noch ihr Fingerspitzengefühl. Die ersten paar Zaubersprüche würde er vielleicht noch abwehren können – aber wenn ihn nur ein einziger erwischte, war er erledigt.

Hives schien ihm dabei zuzusehen, wie er in seinem Kopf verzweifelt all seine Optionen durchging – und kam wohl zum selben Schluss wie er. Der Auditor hob seine Hand, aus seiner Handfläche züngelten schon kleine Flammen, ähnlich wie beim Entzünden eines Gasbrenners. *»Brenne!«*, rief er.

Feuer rauschte aus Hives' Hand, ein wild lodernder Strahl, der über einen Meter weit nach vorne schoss. Die Spitze der Flamme glich den schnappenden Kiefern eines Wolfs, der hungrig auf Grimsby zuraste.

Er schreckte zurück und wandte sein Gesicht instinktiv von der Hitze ab und dann streckte er die rechte Hand vor. *»Dreh!«*

Seine Kraft manifestierte sich schneller, als er erwartet hatte. Grüne Energie verwirbelte sich handschuhartig um seinen Unterarm und seine Hand und schnellte dann wie ein nach dem Kontrahenten geworfener Fehdehandschuh nach vorne. So machtvoll, dass es sogar Grimsby überraschte. Der Energiestrahl wirbelte Staub auf und riss den Putz von den Wänden, der in einem wilden Strudel hinter ihm herflog.

Dann traf der Strahl den Flammenwolf direkt ins offene Maul. Grimsby hörte ihn zischend aufschreien, als der Strom ihn von innen zerfetzte. Der Feuerstrahl zerfranste und fiel in sich zusammen, nur rund einen Meter von Grimsby entfernt.

Überall auf dem Boden und an den Wänden brachen kleine Feuer aus. Manche verglühten schnell, andere jedoch breiteten sich aus. Grimsby musste sich schier mit Gewalt daran hindern, panisch auf die Brandherde zu schielen, er zwang sich zur Konzentration auf Hives.

Der Auditor schien erstaunt, dass Grimsby seinen Zauberspruch abgewehrt hatte. Oder einfach nur genervt. Er hob seine Hand und spreizte die Finger. *»Erdrücke!«*, brüllte er.

Eine Aura aus azurblauem Quecksilber trat hervor, wie eine größere Nachbildung seiner Hand, und raste mit erschreckender Geschwindigkeit auf Grimsby zu. Bevor er zur Seite springen konnte, traf sie ihn und donnerte ihn in die Wand.

Er knallte mit dem Hinterkopf und dem Rücken gegen die Rigipswand, mit solcher Wucht, dass sie ihm den Atem aus der Lunge presste. Keuchend schnappte er nach Luft, um sich aus der magischen Hand zu befreien, aber er war zu benommen.

Hives machte mit der ausgestreckten Hand ein paar Schritte die Treppe hinunter und zwang Grimsby immer heftiger gegen die Wand.

Grimsby spürte den Putz hinter sich bröckeln und nachgeben, bis seine Schulterblätter gegen die darunterliegenden Holzlatten drückten.

Hives hatte Mayflower erreicht und beugte sich zu ihm hinunter, um mit seiner freien Hand die Kette der Siegelkiste zu packen. Er murmelte etwas und Grimsby spürte kurz einen Impetus anschwellen. Die Verbindung zwischen Mayflower und dem Koffer zerbrach, aber genau in diesem Moment flackerte die Kraft der magischen Hand ein bisschen schwächer.

Grimsby holte gierig ein wenig Atem, trat schnell einen Schritt zur Seite und klebte etwa einen Meter neben sich eine Binderune an die Wand, dann presste er das Gegenstück dazu in seine Handfläche.

Hives' magische Hand hatte bereits wieder ihre volle Kraft erreicht, er presste ihn damit erneut an die Wand und quetschte ihm die Luft aus der Lunge.

Hives schien Grimsbys Zauberspruch nicht bemerkt zu haben. Er hob die Siegelkiste auf und blickte Grimsby mit harten Augen an. »Du bist ein Verräter, Grimsby. Am Department und an deiner eigenen Gemeinschaft. Du verdienst den Namen ›Hexer‹ nicht.«

Grimsby gab ihm einen finsteren Blick zurück, während er heftig nach Atem rang.

Hives wirkte angewidert, als er zusah, wie Grimsby allmählich unter dem Druck seiner magischen Hand erstickte. Aber anscheinend besaß er doch nicht den Mumm dazu, Grimsbys Sterben mitzuverfolgen. Er schaute kurz weg.

In dem Moment gelang es Grimsby, gerade genug Luft in seine Lunge zu saugen, dass sie für ein einziges Wort ausreichte:

»Binde!«

Die Energie zerrte schmerzhaft an seinem Arm und zog ihn unter der erdrückenden magischen Hand heraus.

Plötzlich ungebremst rutschte diese nach vorne und der Quecksilberzauber knallte in die Wand.

Hives wirbelte herum und entdeckte, dass Grimsby sich befreit hatte. Er brüllte und rannte auf ihn zu, die magische Hand löste sich unterdessen auf.

Grimsby hing an seinem Arm an der Wand, der blaue Faden leuchtete zwischen der Rigipswand und seiner Handfläche. Es fühlte sich an, als wäre sein Arm kurz davor, am Ellbogen abzureißen. Er schaffte es, auf die Beine zu kommen, doch seine rechte Hand klebte immer noch an der Wand. Er hatte keine Zeit, den Bindespruch zu lösen, und richtete deshalb verzweifelt seinen linken Arm auf Hives – seinen Narbenarm, mit dem er kaum die erbärmlichste Magie erzeugen konnte. Aber er war alles, was Grimsby noch aufbieten konnte.

Krächzend rief er: »Dreh!«, und sein Impetus strömte zu seiner linken Handfläche. Doch als er die Narben darunter berührte, schossen bunte Flammen daraus hervor: in Rot, Blau, Orange, Schwarz und weiteren Farben. Die Magie pulste aus seinem Arm wie Blut aus einer verletzten Arterie – er konnte spüren, wie seine Kraft zeitgleich nachließ.

Endlich formte sich der Drehzauber in seiner Handfläche, aber er war kaum größer als eine Münze und knisterte nur jämmerlich mit winzigen grünen Funken. Der Zauber schoss auf Hives zu und traf ihn in der Brust, bewirkte aber rein gar nichts.

Dann war Hives schon bei Grimsby, und sein erster Faustschlag erwischte ihn knapp unterhalb der Rippen, die Wucht des Schlages hob Grimsby zentimeterweit vom Boden.

Er war sich ziemlich sicher, dass Hives ihm danach noch unzählige Schläge verpasste, aber nach den ersten Treffern verlor er die Übersicht.

Schwinger und Haken prasselten auf ihn ein, in den Magen, ins Gesicht. Er baumelte hilflos von der Wand wie ein Sandsack, gefesselt von seinem eigenen Bindespruch, unfähig, an Verteidigung auch nur zu denken.

Er ging, so gut er konnte, mit den Schlägen mit, um ihnen von ihrer Kraft zu nehmen. Wenn er in den vergangenen Tagen auch nur eins gelernt hatte, dann war das »einstecken und weitermachen«. Aber die Prügel hörten einfach nicht auf, und nach einer Weile war er zu schwach, sie abzufedern. Also steckte er einfach weiter ein.

Hätten die Schmerzen ihn nicht so abgelenkt, wäre Grimsby vielleicht überrascht gewesen, wie lang er sich auf den Beinen hielt. Hives drosch weiter auf ihn ein. Bald spürte Grimsby, wie sein Körper aufgab. Nach ein paar weiteren Schlägen vergaß er sogar, wie nah ihm das Feuer war.

Schließlich spürte er seinen Bindezauber kurz flackern und dann reißen. Seine Hand war frei. Ohne ihren Halt fiel er zu Boden wie ein Stein.

Er landete mit dem Gesicht voran auf dem Beton, seine Brille bohrte sich ihm in die Wangenknochen.

Er hörte Hives über sich schwer atmen.

»Du warst immer neidisch auf mich«, sagte der Auditor zwischen mehreren Atemzügen. »Wolltest immer, was ich hatte. Was ich mir erarbeitet hatte. Tja, weißt du was, Grimsby? Du verdienst es nicht. Du bist ein beschissener Mensch und ein noch beschissenerer Hexer. Und heute ist dein letzter Tag auf Erden.«

»Du – du würdest mich nicht töten«, sagte Grimsby mit kaum hörbarer Stimme. Es klang allerdings eher wie eine Hoffnung als nach einer glaubwürdigen Aussage.

»Sei dir da nicht so sicher«, entgegnete Hives in einem seltsamen Tonfall.

»Du bist kein Killer, Hives!«, sagte Grimsby und kämpfte sich auf seine Ellbogen. Er starrte durch seine verbogene, verkratzte Brille hoch zu Hives.

Hives verzog das Gesicht, fast als verspürte er einen Anflug von Reue. »Du wärst nicht der erste Hexer, den ich für diese Siegelkiste töten musste, Grimsby.«

Grimsby erstarrte und seine Gedanken überschlugen sich. Ihm war nur eine weitere Hexe bekannt, die von der Siegelkiste gewusst hatte. Und die war tot.

»Du warst das also?«, fragte er. »Du hast Mansgraf ermordet?«

»Mit ein bisschen Unterstützung von einem gemeinsamen Bekannten: dem Schwarzschädel.« Durch die Aussparungen der Maske konnte Grimsby einen seltsamen Ausdruck in Hives' Augen erkennen. Irgendwas in Richtung Angst. »Die verdammte Frau wollte den Koffer ums Verrecken nicht rausrücken. Sie hat kein einziges Wort mit mir gesprochen, sogar als der Schwarzschädel sich über sie hergemacht hat.«

»W-Warum?«, fragte Grimsby.

»Warum? Weil … weil ich musste, darum.« Er schüttelte den Kopf, als müsste er das bisschen verbliebene Reue auch noch abschütteln. »Außerdem: Ich hab die krasseste Hexe der Ostküste erledigt. Weißt du, was das aus mir macht?«

»Einen Idioten«, antwortete Grimsby, der Blut in seinem Mund schmecken konnte.

»Einen Idioten?«, fuhr ihn Hives an. Er nahm einen Schritt Anlauf und trat Grimsby in die Rippen, der sich vor Schmerzen krümmte und sich in Embryohaltung zusammenrollte.

»Tja, lieber bin ich ein Idiot, als hier drin draufzugehen. Leb wohl, Grimsby.«

Hives drehte sich um und begann, die Treppe hinaufzusteigen.

Grimsby lag auf dem Boden und spürte in jedem Zentimeter seines Körpers Schmerzen, und zwar die volle Bandbreite: Sie reichte von einem leichten Ziehen bis hin zu Höllenqualen. Er hatte das Bedürfnis, seine Augen zu schließen, die Schmerzen hinter sich zu lassen und die friedvolle Dunkelheit zu umarmen. Ihm war bewusst, dass er dann in dem Feuer verbrennen würde. In seinem früheren Zuhause, wie es sein Schicksal ihm vielleicht schon vor all den Jahren zugedacht hatte.

Und einen Moment lang war er damit im Reinen.

Die Dunkelheit hüllte ihn allmählich ein, und er versuchte nicht, sie aufzuhalten.

Es hatte fast etwas Poetisches.

Dann fiel sein Blick auf Mayflower, der immer noch ohnmächtig an der Wand lehnte. Der Mann konnte nicht sprechen, aber Grimsby hörte dennoch seine Stimme. Worte, die der Große Jäger so nie zu ihm gesagt hatte, die aber trotzdem nach ihm klangen.

Stirb kämpfend oder stirb als Feigling.

Und nur ein einziges Mal in seinem ganzen von Gott verlassenen Leben wollte Grimsby kein Feigling sein. Nur ein einziges Mal wollte er keine Angst haben.

Er presste seine gesunde Hand auf den Boden.

Nur ein einziges Mal.

Er presste seine Narbenhand auf den Boden.

Nur. Ein. Einziges. Mal.

Dann stemmte er sich hoch und kam auf die Knie. Ein langer, dünner Blutfaden rann von seinen Lippen und bildete auf dem Boden eine Pfütze. Er bemerkte, dass er mit einem Auge nichts mehr sehen konnte, und hoffte, dass es nicht auf Dauer so sein würde.

Er blickte hoch und sah Hives die Treppe hinaufsteigen, die Siegelkiste in der Hand. Der Auditor blieb stehen und drehte sich zu ihm um, in seinen Augen brannten Verzweiflung und Rage.

»Du willst sterben wie ein Mann?«, fragte er in angespanntem Tonfall. »Von mir aus.«

Er stieg die Treppe wieder hinab, seine Schritte langsam und entschlossen. Grimsby malte benommen mit seinem Blut einen Kreis auf den Boden, etwa einen halben Meter groß. Aber bevor er mehr tun konnte, war Hives bei ihm, ließ den Koffer fallen und packte ihn am Hals.

Grimsby spürte, wie sich Hives' Finger um seinen Hals schlossen und zudrückten, bis Knochen und Knorpel aneinander knirschten.

Er verkrallte sich verzweifelt in Hives' Handgelenken, aber sein Gegner war einfach zu groß und zu stark für ihn.

Ihm wurde wieder schwarz vor Augen, aber diesmal kämpfte er mit allen Mitteln dagegen an. Er trat um sich und strampelte, auch wenn jeder Muskel in seinem Körper protestierte.

Hives knurrte und drückte fester zu.

Grimsby hatte das Gefühl, ihm würde jeden Moment der Kopf platzen.

Ein letztes Mal beschwor er seinen Impetus herauf. Er spürte die Wärme in seinem kalten Körper hochsteigen. So erschöpft und ausgelaugt er auch war, besaß er doch noch genug Kraft für einen letzten Zauberspruch. Aber er konnte nicht sprechen, brachte keinen Zauberspruch über seine Lippen.

Also presste er stattdessen seine linke Hand auf das eine Augenloch in Hives' Maske und ließ auch noch den allerletzten Funken Kraft in seinen linken Arm strömen.

In seine Narben.

Feuer schoss aus seiner Haut – und einiges davon aus seiner Handfläche.

Die Hitze reichte vielleicht nicht, um die Haut unter der Maske zu verletzen, aber Grimsby sah, wie bunte Flammen durch das Augenloch krochen und die Maske von innen beleuchteten. Und er sah den Schrecken in Hives' Augen.

Der Auditor jaulte, riss die Hände an sein Gesicht und ließ dabei Grimsbys Hals los.

Grimsby hustete und spuckte ein bisschen Blut, dann sah er, dass Hives mit einem Fuß mitten in seinem roten Kreis stand.

»*Loch!*«, rief er heiser.

Der Kreis wurde zu einem schwarzen Loch, und Hives' Fuß fiel hinein, was ihn auf ein Knie zwang.

Grimsby mühte sich benommen auf die Beine und hob den Koffer hoch.

Hives blickte zu ihm auf und hielt sich immer noch erschrocken die eine Seite seines Gesichts.

Grimsby packte den Koffer mit beiden Händen und knallte ihn mit voller Wucht gegen Hives' Kopf. Der erste Schlag verrückte die Maske und Hives zog die Hände weg. Der zweite riss ihm die Maske vom Kopf.

Nach dem dritten Schlag brach der Auditor zusammen.

Grimsby verpasste ihm zur Sicherheit noch zwei weitere Hiebe. Dann brach er hustend an der Wand zusammen und rang verzweifelt nach Luft. Er ließ den Koffer auf den Boden fallen und starrte Hives' ohnmächtigen Körper an. Als er bemerkte, dass die Kraft seines Zauberspruchs nachzulassen begann, zog er schnell Hives' Fuß aus dem Loch.

Er war nicht sicher, ob das Loch den Fuß sonst ausgespuckt oder ihn einfach abgetrennt hätte. Und obwohl er nur allzu große Lust verspürte, Hives endlich die lang verdiente Tracht Prügel zu verpassen, hatte er keineswegs die Absicht, ihn zum Krüppel zu machen.

Eigentlich wollte er jetzt nur still dasitzen und ganz ruhig atmen, doch da drang aus dem Heizungskeller noch ein lautes Knacken, und das Gebäude ächzte.

Er musste hier raus, und zwar schleunigst – bevor das Gebäude über ihnen zusammenstürzte.

Er kämpfte sich auf die Füße und machte sich erneut an die schwierige Aufgabe, den ohnmächtigen Mayflower mitzuschleppen. Jetzt war es sogar um einiges anstrengender als zuvor, aber Grimsbys Körper war ohnehin nur ein einziger Schmerz, also machte es kaum einen Unterschied, wenn noch ein bisschen was dazukam.

Stufe für Stufe schleifte er Mayflower die Treppe hoch, dann hinaus in die Gasse, dann auf die Straße.

Er lehnte sich kurz gegen eine Ziegelwand, um durchzuschnaufen.

Auch jetzt hätte er sich am liebsten auf die Knie sinken lassen und geschlafen, aber er zwang sich, auf den Beinen zu bleiben.

Er starrte das Gebäude an. Das Feuer kletterte langsam nach oben und war schon fast im sechsten Stock angekommen. Rauch quoll aus fast jedem Fenster. In der Ferne hörte er Sirenen, aber er hatte keine Ahnung, wie weit entfernt sie noch waren – und ob sie überhaupt hierher unterwegs waren.

Grimsby schüttelte den Kopf und schluckte seine peinigende Angst runter.

Und dann ging er wieder rein.

Mehrere Minuten später kam er aus dem brennenden Gebäude – und hatte Hives auf seinen Schultern. Ihn zu stemmen, war noch schwieriger gewesen als Mayflower. Grimsby hätte es auch nicht geschafft, wenn er nicht mit allerletzter Kraft noch ein paar Binderunen rausgewürgt hätte, um den ohnmächtigen Kleiderschrank die Treppe hinaufzerren zu können.

Und schließlich betrat er sein einstiges Zuhause ein letztes Mal, um die Siegelkiste zu retten.

37

GRIMSBY VERLIESS MIT der Siegelkiste in der Hand das brennende Gebäude. Er hustete schmerzverzerrt und war ziemlich sicher, dass ein Großteil seiner Haut mit einer klebrigen Paste aus Ruß und Schweiß überzogen war. Aber er hatte die Laternen-Licht-Apartments überlebt, und das schon zum zweiten Mal.

Er kehrte zu der Mauer zurück, wo er Hives und Mayflower deponiert hatte. Der Große Jäger war wach. Er hatte sich aufgerichtet, saß mit dem Rücken gegen die Wand gelehnt und starrte Hives finster an. Seine Pistole hatte er im Schoß liegen. Grimsby konnte erkennen, wie sich die Adern an seinen Schläfen unter der Anspannung und Wut verdickten, als würden sich unter der Haut eiserne Sehnen zu Kordeln zusammendrehen.

Er blickte nicht einmal auf, als Grimsby bei ihm anlangte.

Grimsby setzte die Siegelkiste ab und wischte sich die schwarzen Handflächen an seinen Hosen ab. Es brachte nicht wirklich etwas. »Wie geht's deinem Kopf?«, erkundigte er sich, seine Stimme war immer noch heiser von Hives' Würgegriff und dem ganzen eingeatmeten Rauch.

Mayflower antwortete einen langen Moment nicht. Schließlich sagte er: »Ich hab ihn gehört, Grimsby.«

Grimsbys verschwitzte, vollgerußte Haut fühlte sich plötzlich ganz kalt an. »Was gehört?«

»Verarsch mich nicht, Junge«, sagte der Große Jäger, seine Stimme scharf wie ein Rasiermesser. »Ich habe sein Geständnis gehört. Dass er Mansgraf getötet hat.«

»Hör mal, Mayflower, bleib ruhig. Wir wissen noch nichts Genaues.«

»Ich weiß genug«, sagte Mayflower. Er hob die Pistole und zielte damit auf Hives' Herz.

Grimsby reagierte, ohne nachzudenken. Er warf sich zwischen den Großen Jäger und seine Beute. »Tu's nicht!«

»Aus dem Weg, Junge!«, knurrte Mayflower.

»Nein. Du kannst ihn nicht einfach so töten.«

»Warum nicht?«

»Es wäre falsch. Er ist erledigt. Kaputt. Besiegt. Lass ihn. Das Department wird ihn verhaften und wir bringen das Ganze in Ordnung.«

»Er ist ein Hexer und ein Auditor. Er wird nie die Strafe kriegen, die er verdient.«

»Und wer bist du, das zu entscheiden?«

»Sein Henker. Aus dem Weg, Grimsby.«

»Nein«, sagte er und blieb zwischen Hives und Mayflower stehen. Als Einziger von ihnen dreien, der noch auf den Füßen stand, versperrten in erster Linie seine Beine Mayflower die Schusslinie. »Ich lass nicht zu, dass du das tust.«

»Zulassen? Junge, diese Waffe schießt dir direkt durch deine Knie und tötet trotzdem noch den Bastard hinter dir. Du bist nicht in der Position, mich an etwas zu hindern.«

»Du würdest mich nicht töten.«

»Dich töten? Wahrscheinlich nicht. Aber deine Kniescheiben zertrümmern, um den Mörder meiner Partnerin zu töten? Wahrscheinlich schon.«

»Ich hab dir das Leben gerettet, Mayflower. Du schuldest mir was.«

Mayflowers Augen wurden ganz schmal. »Wie oft hab ich dir in den letzten zwei Tagen das Leben gerettet?«

»Und ich stehe in deiner Schuld für jedes einzelne Mal, das tue ich. Aber du schuldest mir auch was. Tu's nicht.«

Die Anspannung in Mayflowers Gesicht verstärkte sich deutlich. »Grimsby. Weg.«

»Nein.« Seine Beine zitterten, aber er blieb stehen.

Als der Große Jäger wieder sprach, war seine Stimme kaum mehr als ein Flüstern.

»Bitte.«

Grimsby zögerte, er war völlig baff. Noch nie hatte er Mayflower »Bitte« sagen hören, noch nie hatte in seiner Stimme so eine Hilflosigkeit gelegen. Und plötzlich begriff er, dass er gerade die Oberhand hatte. Das erste Mal saß er auf dem Fahrersitz und nicht Mayflower.

In seinem Magen brodelte es. Er war durcheinander, ihm war schlecht.

Mayflower hatte ihn gerade um etwas *gebeten*. Als wären sie ebenbürtig. Grimsby wollte ihm seine Bitte erfüllen, mehr als alles andere, einfach um ihn dafür zu ehren, dass er überhaupt so zu ihm gesprochen hatte.

Aber er konnte es nicht.

Wenn er zur Seite trat, war Hives tot. Und dann wäre es nicht Mayflower, der ihn getötet hatte. Nicht wirklich.

Es wäre Grimsby selbst.

Er blickte Mayflower in die Augen. Sie waren hart, aber sie schienen ihn auch anzuflehen. Er musste das hier tun, Grimsby konnte es ihm ansehen. Ob es eine Frage der Ehre war oder der Gerechtigkeit oder etwas ganz anderes – *er brauchte* es.

Aber deswegen war es noch längst nicht richtig. Wie konnte es das auch sein?

Er nahm einen tiefen, aber zittrigen Atemzug.

»Nein.«

Mayflowers Augen wurden stumpf und er blickte weg. Sie wussten beide, dass es vorbei war. Der Große Jäger senkte seine Pistole und ließ den Kopf hängen.

Grimsby war überrascht, wie elend ihm zumute war. Er hatte gerade ein Leben gerettet. Zwei sogar. Aber er empfand keinen Stolz, keine Freude. Es fühlte sich an wie ein kalter Klumpen Kohle in seinem Magen, der gegen seine Innereien rieb und sie langsam abscheuerte.

Er war immer noch ziemlich sicher, dass er das Richtige getan hatte.

Aber warum fühlte es sich dann so scheußlich an?

»Mayflower, ich …«, setzte er an.

»Es spielt keine Rolle«, entgegnete der Große Jäger.

Er sprach mit derselben kalten Gleichgültigkeit wie immer. Aber irgendwie traf sie Grimsby tiefer als sonst.

Er verzog das Gesicht und drehte sich weg. Dann hob er die Siegelkiste auf, und sie warteten schweigend, bis die Sirenen näher kamen.

Rote Feuerwehrwagen fuhren vor und spuckten eine scheinbar endlose Reihe von Männern in gelben Jacken aus, die dann einen scheinbar endlosen Strom von Löschwasser auf das brennende Haus niedergehen ließen. Grimsby erinnerte sich danach vage, dass sie gefragt hatten, ob jemand von ihnen verletzt war und ärztliche Hilfe brauchte. Er hatte den Kopf geschüttelt. Sie fragten, ob sonst noch jemand in dem Gebäude war. Erneutes Kopfschütteln. Und dann, nach ein paar hektischen Minuten, hatten die Männer das Feuer unter Kontrolle.

Grimsby beobachtete, wie sie den schwelenden Block aus Ziegeln so lange mit Wasser beschossen, bis er kalt und schwarz war. Er zitterte. Das hier war mal sein Zuhause gewesen, aber das war lange her. So lange, dass er nicht mal wusste, was das eigentlich bedeutete.

Irgendwann später tauchte ein schwarzer Van des Departments auf.

Peters stieg zusammen mit vier maskierten Auditoren aus. Die Hexen waren ungewöhnlich groß und strahlten eine derartige Kälte aus, dass die Feuerwehrmänner einen großen Bogen um sie machten.

Grimsby hatte das Bedürfnis, wegzulaufen. Bei seiner letzten Begegnung mit dem Department hatten sie versucht, ihn zu verhaften. Aber die Auditoren machten nicht den Eindruck, dass sie auf eine Konfrontation aus waren.

Stattdessen kam Peters ruhig auf sie zu. »Ich dachte mir schon, dass Sie beide das sind.«

Mayflower sagte nichts, er studierte nur die Risse im Betonboden.

Grimsby trat ungeschickt einen Schritt nach vorne. »Sir, Wilson Hives ist verantwortlich für den Mord an Mansgraf. Er hat es sowohl mir gegenüber als auch …«

Peters wischte seine Worte mit einer Handbewegung weg. »Ja, ja. Es ist offensichtlich geworden, dass das zutrifft. Eine Schande aber auch.« Er neigte den Kopf und betrachtete Hives' ohnmächtigen Körper. »Der Bursche war so vielversprechend. Na ja.« Sein Blick fiel auf die Siegelkiste in Grimsbys Hand. »Und ich schätze, das ist das verloren gegangene Spielzeug, richtig?«

»Na ja, streng genommen ist es nicht der Koffer, sondern sein Inhalt.«

Peters blickte ihn mit erhobener Augenbraue an und sagte nichts.

»Ich meine, ähm, ja. Ja, Sir, das ist es.«

»Gut.« Er winkte die Auditoren hinter sich herbei, sie hoben Hives hoch und trugen ihn zu dem schwarzen Van. Peters streckte die Hand nach der Siegelkiste aus.

Grimsby zögerte und blickte zu Mayflower hinüber. Mansgrafs letzte Tat war es gewesen, die Siegelkiste vom Department fernzuhalten. Es fühlte sich falsch an, sie jetzt einfach rauszurücken. Wie Verrat – nicht an Mansgraf, sondern an Mayflower.

Aber was sollte er sonst machen? Die Lage war nicht so, als dass er ihnen den Koffer jetzt noch verweigern könnte. Peters und seine vier Auditoren hätten vermutlich Einwände erhoben. Außerdem war die Hand noch in der Siegelkiste. Ohne Mansgrafs Schlüssel war sie nutzlos. Und in Sicherheit. Und wer konnte schon wissen, wo der Schlüssel wieder auftauchen würde, nachdem Wudge ihn benutzt hatte.

Peters schien sein Zögern zu bemerken. »Wissen Sie, Sie benehmen sich nicht im Geringsten so, wie ich es nach Ihrer Akte erwartet hatte.«

Grimsby schürzte die Lippen, er war etwas perplex. »Entschuldigen Sie?«

»Mansgraf. Sie hat einen persönlichen Vermerk in Ihren Bericht geschrieben. Nur sieben Wörter. ›Mittelmäßiger Hexer. Anständiger Mensch. Nichts fürs Department.‹«

Grimsby bekam einen trockenen Mund. Sieben Wörter. Sieben achtlos hingekritzelte Wörter, die ihn seinen Traum gekostet hatten. Den Traum, Auditor zu werden. Sieben Wörter hatten bewirkt, dass er sich mühselig das Geld für eine Mahlzeit am Tag und ein Dach überm Kopf zusammenkratzen musste.

Sieben Wörter hatten sein Leben ruiniert.

Nur sieben Wörter.

Er wollte sich eigentlich nichts anmerken lassen, verzog aber doch unweigerlich das Gesicht. *Mansgraf,* dachte er verbittert. *Was wusste sie von mir?*

Er hielt Peters die Siegelkiste hin.

Der lächelte. »Danke. Wie ich schon sagte, ich glaube, sie hat sich geirrt. Vielleicht sind Sie doch fürs Department geeignet.«

Grimsbys Herz machte einen Sprung. »Wirklich?«

Peters nickte. »Wissen Sie was, warten Sie ein paar Tage ab, bis sich alles beruhigt hat. Dann reichen Sie eine neue Bewerbung ein. Ich werde mich persönlich darum kümmern.«

»Ich … danke Ihnen?«, sagte er. Seine Dankbarkeit war echt, aber das galt genauso für den Schock. Er hatte nicht gedacht, dass es wirklich so ablaufen würde, dass er vielleicht wirklich eine zweite Chance bekäme.

Aber hier war sie.

Er wurde ein bisschen rot im Gesicht und starrte Peters mit weit aufgerissenen Augen an. Um nicht das Gleichgewicht zu verlieren, fasste er hinter sich und tastete blind nach der Wand.

Peters schmunzelte. »Aber gerne. Jetzt gehen Sie nach Hause und erholen Sie sich. Sie haben es wirklich verdient.«

»Ja, Sir. Danke … Sir.«

Peters nickte und wandte sich zum Gehen. Dann kletterte er in den Van und fuhr davon.

Grimsby konnte kaum atmen. Er bekam eine neue Chance, er bekam ein neues *Leben*. Alles würde besser werden. Absolut alles.

Mayflower schnaufte neben ihm und stand auf. »Glückwunsch«, sagte er, in demselben Tonfall, in dem man Hinterbliebenen bei einer Beerdigung sein Beileid bekundet.

»Komm, lass mich dir helfen«, sagte Grimsby und streckte dem taumelnden Großen Jäger die Hand entgegen.

Mayflower schlug mit seiner Handfläche gegen Grimsbys Brust und schubste ihn weg. »Mir geht's prima.«

»Du bist ein Wrack. Lass mich dich zu einem …«

»Mir geht's *prima*«, wiederholte der Große Jäger, dann sagte er so leise, dass es vielleicht nur für ihn selbst bestimmt war: »Mir geht's immer prima.« Und machte sich schwankend zu seinem Jeep auf.

»Dir geht's nicht prima«, beharrte Grimsby und folgte ihm. »Du bist nicht in der Verfassung, um zu fahren. Ich ruf dir ein Taxi.«

Mayflower ignorierte ihn und erreichte die Fahrertür des Jeeps. Ungelenk kletterte er auf den Fahrersitz und knallte die Tür hinter sich zu.

Grimsby runzelte besorgt die Stirn, als er durch die fehlende Windschutzscheibe mit ihm sprach. »Mayflower, lass mich dir helfen.«

Mayflower blickte ihn an – mit Augen, so kalt wie die ausgebrannte Ruine, aus der sie gerade entkommen waren. »Peters hat recht. Mansgraf hatte sich in dir getäuscht. In jedem Punkt. Glückwunsch.«

»Was meinst du damit?«

Der Jeep erwachte hustend zum Leben. »Ich meine damit: Leb wohl, Grimsby.«

Grimsby schaute dem Haufen kugeldurchlöcherten Stahls hinterher, wie er einen Satz nach vorne machte, unter Ächzen die Gasse verließ und dann auf die Straße fuhr. Und weg war.

Grimsby war alleine. Und er fühlte sich so einsam, wie seit seiner Kindheit nicht mehr.

38

GRIMSBY TRÄNTEN VON den Abgasen des davonfahrenden Jeeps die Augen. Es lag definitiv an den Abgasen. Er hustete und bemühte sich, dem Wagen nicht hinterherzublicken, aber es gelang ihm nicht wirklich gut.

Er war nicht sicher, wie viel Zeit vergangen war, bis schließlich zwei Polizisten an ihn herantraten und ihm ein paar Fragen stellten. Die meisten davon drehten sich darum, wer er war und was er hier gemacht hatte. Grimsby gab ihnen instinktiv vage Antworten, die zwar Stirnrunzeln hervorriefen, aber keine weiteren Fragen provozierten. Die Beamten mussten ihm an seinem verrußten und zerschlagenen Gesicht abgelesen haben, dass er ein Opfer der Ereignisse war – welcher auch immer.

Als die Polizisten seine Angaben notiert hatten, boten sie ihm an, ihn nach Hause zu fahren. Er lehnte ab und zog stattdessen zu Fuß los. Er brauchte Zeit zum Nachdenken. Außerdem lernte er bei jedem Schritt völlig neue Varianten von Schmerz kennen – und er hatte das Gefühl, jede, aber auch jede einzelne davon zu verdienen.

Sein Zuhause, oder besser: sein Apartment, lag ein paar Stunden entfernt. Die Nacht war kühl, aber nicht kalt, die Luft war wie Salbe auf seinen Schrammen, Beulen, alten und neuen Verbrennungen sowie den anschwellenden blauen Flecken in seinem Gesicht und an seinem Hals. Er war müde. Und er hatte Hunger.

Aber vor allem war er traurig.

Er hatte jetzt alles, was er sich nur zwei Tage zuvor noch gewünscht hatte. Er war nicht mehr der Hauptverdächtige in einem Mordfall. Er hatte den wirklichen Mörder gefunden, ihn gestellt und den Behörden übergeben. Und das vielleicht Beste von allem: Er bekam eine zweite Chance auf einen Job beim Department.

Warum also hatte er dann das Bedürfnis, zusammenzubrechen und sich mitten auf dem Gehweg zu einer Kugel zusammenzurollen?

Er kannte die Antwort, bevor er die Frage überhaupt formuliert hatte.

Mayflower.

Seit Grimsby ihm begegnet war, hatte der Mann ihm unzählige Male das Leben gerettet, wenn auch ganz klar aus Eigeninteresse. Er hatte als Einziger an Grimsbys Unschuld geglaubt, wenn auch innerlich widerstrebend. Und er war der einzige Freund gewesen, den Grimsby seit Jahren gehabt hatte, auch wenn der Große Jäger das wahrscheinlich nicht gewusst hatte.

Und während Grimsby alles bekommen hatte, was er wollte, hatte Mayflower nicht nur nichts bekommen, sondern auch noch draufgezahlt.

Er war Grimsby gegenüber immer anständig gewesen, mehr als irgendjemand je zuvor. Aber sobald Grimsby die Zügel in die Hand bekommen und die Kontrolle übernommen hatte, war er sofort auf seine eigenen Wünsche konzentriert gewesen, anstatt darüber nachzudenken, was dem Großen Jäger zustand. Oder was er ihm schuldete.

Jetzt hatte er also alles, was er wollte. Aber er verdiente keinen Bruchteil davon.

Und deshalb fühlte er sich elend.

Aber was hätte er anders machen können?

Einfach zur Seite treten und zusehen, wie Mayflower Hives eiskalt abknallte? Nein. Aber das wäre die einzige Form von Gerechtigkeit gewesen, die den Großen Jäger zufriedengestellt hätte. Es war nicht Grimsbys Schuld, dass der alte Mann unbedingt Blut vergießen wollte. Warum sollte er ein schlechtes Gewissen haben, nur weil er ihn davon abgehalten hatte?

»Weil er dein Freund war, Idiot«, murmelte er zu sich selbst. »Und du hast ihn hängen lassen.«

Er hätte Mayflower helfen können, eine Lösung zu finden, die keine mörderische Selbstjustiz beinhaltete. Aber das hatte er nicht. Er hatte Hives dem Department übergeben, ohne zu zögern, ohne zu fragen.

Und die Siegelkiste gleich mit.

Mansgraf hatte alles darangesetzt, um den Koffer nicht in falsche Hände geraten zu lassen. Noch nicht mal in die des Departments – und Grimsby hatte diesen letzten Wunsch der Sterbenden ignoriert. Er hätte die Kiste verstecken und so tun können, als wüsste er nichts von ihrer Existenz. Oder sie vielleicht Wudge anvertrauen können, damit der sie irgendwo verschwinden ließ. Stattdessen hatte er die Siegelkiste einfach dem Department ausgehändigt. Und das alles für einen Job, von dem er nicht mal sicher war, ob er ihn wirklich verdiente.

Und es hatte ihn seinen einzigen Freund gekostet – obwohl er auch nicht sicher war, ob er ihn wirklich verdiente.

Grimsby konzentrierte sich jetzt eine Weile nur darauf, einen Fuß vor den anderen zu setzen. Jeder Schritt brannte in seinen Beinen und schickte schmerzhafte Erschütterungen durch seinen ganzen Körper. Seine ausgelaugten Muskeln flehten nach einer Pause, aber er verschaffte ihnen nur noch mehr Arbeit. Mehr Schmerz.

Und er konnte nur denken: *Gut so.*

Als er endlich an Saul's Sandwiches vorbeikam und in die Gasse zu seiner Wohnung einbiegen wollte, war es schon dunkel. Irgendwas ließ ihn stehen bleiben. Er drehte sich um und sah im fahlen Mondlicht die Worte, die vor zwei Tagen in die Wand gekratzt worden waren.

ES IST NICHT VORBEI.

Das Bild des menschlichen Begleiters blitzte vor seinem inneren Auge auf. Schwarzschädel, so hatte Hives ihn genannt. Er war immer noch da draußen. Er hatte ihm schon einmal in seiner Gasse aufgelauert.

Er konnte ihn auch wieder finden.

Grimsby duckte sich in eine dunkle Ecke, von der aus er sein Zuhause im Blick behalten konnte. Er wartete eine Weile in seinem Versteck und beobachtete die Umgebung, ob ihm etwas verdächtig erschien. Aber er konnte nichts entdecken. Er war noch nicht mal sicher, was überhaupt verdächtig gewesen wäre.

Mayflower hätte es gewusst.

Er zuckte zusammen, als er einen Stich in seiner Brust verspürte.

Nachdem er ein paar weitere Minuten gewartet hatte, verlor sein schmerzender Körper die Geduld.

Grimsby war so müde und kaputt, dass es ihm fast schon gnädiger erschien, in Fetzen gerissen zu werden, als noch länger dort hocken zu bleiben.

Er schlich sich zu der Treppe, die zu seiner Wohnung hinaufführte, Augen und Ohren gespitzt. Aber alles war still. Also rannte er, so schnell er konnte, die Treppe hoch, stürmte in seine Wohnung und schloss die Tür hinter sich.

Erst nach einem Moment und als das laute Hämmern seines Herzens nachgelassen hatte, vernahm er plötzlich ein Geräusch in der dunklen Wohnung.

Etwas weinte.

Und es kam von seiner Couch.

Er erstarrte. In der Dunkelheit lauschte er auf das Schniefen und Heulen. Irgendetwas war mit ihm im Raum. Und die einzigen Menschen, die jemals sein Apartment betreten hatten, waren Mayflower, sein Vermieter und ein übertrieben aggressiver Vertreter, der nicht einsehen wollte, dass sich der Bewohner eines Einzimmerapartments keinen kompletten Satz überteuerter Messer leisten konnte.

Er beschwor ein winziges bisschen von seinem Impetus herauf und sogar das war nach den Anstrengungen der letzten Stunden ein Kraftakt. Ganz vorsichtig aktivierte er den Bindungszauber an der Ecklampe. Der Schaltzug wurde nach unten gezogen und mit einem Klicken ging das Licht an.

Er erwartete, auf seiner Couch ein Monster zu sehen und angegriffen zu werden, aber da war nur ein Knäuel aus Decken. Nervös näherte er sich und bemerkte zwischen den Decken plötzlich ein paar lange, mit Lederstreifen umwickelte Füße.

»Wudge?«, fragte Grimsby.

Die Decken rührten sich, und zwei blutunterlaufene, ziegenähnliche gelbe Augen schauten hervor. Das winzige Wesen schniefte und krächzte genervt: »Was.«

Grimsbys Herz wurde ein paar Schläge pro Sekunde langsamer. »Uff, puh, du bist's nur.« Er verschnaufte kurz, dann runzelte er die Stirn. »Was machst du hier? Ich dachte, du wärst inzwischen längst über alle Berge.«

Wudge antwortete nicht, stattdessen stieß er einen Klageschrei aus und vergrub sein Gesicht wieder in den Decken.

Grimsby verzog das Gesicht. »Entschuldige, entschuldige!« Er spürte, wie Sympathie für das kleine Wesen in ihm hochstieg. Es war schwer, kein Mitgefühl zu empfinden mit einem Lebewesen, das weinen konnte – auch wenn dieses Lebewesen ihn vor nicht allzu langer Zeit fast erwürgt hätte. »Was ist passiert, Wudge?«

»W-Wu-Wudge …«, stotterte der Winzling, seine Stimme klang gedämpft durch die Decken. »W-Wu-Wudge …«

Grimsby wartete geduldig darauf, dass die kleine Kreatur endlich ganze Wörter herausstotterte.

Schließlich hob Wudge den Kopf. »Wudges Tür war … sie war …« Er atmete tief ein, seine Unterlippe bebte einen Moment – und dann heulte er wieder los. »Sie war leer! Sie war unecht!« Er vergrub sich mit seinem Zwiebelhelm wieder zwischen den Decken, Grimsby hörte ihn murmeln und schluchzen.

Er runzelte die Stirn. »Was meinst du mit: Sie war leer?«

»W-Wudge hat versucht, die Tür aufzuschließen«, stammelte er, »und als er das gemacht hatte, ist der Schlüssel verschwunden. Dann hat Wudge die Tür geöffnet und … und … und auf der anderen Seite war nichts!«

»Du meinst, dahinter war eine Betonwand?«

Wudge wackelte leicht mit dem Kopf, vielleicht war es ein Nicken.

»Die … die Schlampe hat Wudge angelogen. Sie … sie hatte gar keine Tür.«

Grimsby verspürte plötzlich noch mehr Mitgefühl. Mansgraf hatte anscheinend auch Wudge das genommen, was er sich am meisten wünschte: die Tür. Wohin auch immer sie führte. Wie es schien, hatte Mansgraf Talent als Träumezerstörerin.

Er setzte sich neben Wudge auf die Couch. Sanft tätschelte er den Berg aus Decken, um den Winzling zu trösten. »Tut mir leid, Mann. Das ist voll scheiße.«

Wudge erstarrte einen Moment unter Grimsbys Berührung. Dann holte er ein paarmal zittrig Atem und murmelte: »J-ja. Das *ist* scheiße.«

»Hier, schau mal. Ich hab was, das mir hilft, wenn alles scheiße ist.« Grimsby beugte sich vor und schaltete seinen kleinen Röhrenfernseher an. Er zappte durch die Kanäle, bis er einen ohne Bildstörung fand. Es lief irgendein alter Western.

Wudge riss die Augen weit auf. »Winzige Bilder?«

»Winzige Geschichten. Hast du Hunger, Wudge?«, fragte er. »Ähm, isst du überhaupt?«

Wudges Augen lugten aus dem Stapel Decken, lösten sich aber nicht vom Fernseher. »Wudge isst.«

Grimsby stand mühsam auf und humpelte die paar Schritte in die Küche. Er öffnete den Kühlschrank, aber das einzig Genießbare darin war eine halbe Flasche Wasser. Sonst gab es da nur eine Pappschachtel von einem Lieferdienst, deren Inhalt inzwischen eher in die Kategorie »Biowaffe« fiel.

»Dann das Übliche«, murmelte Grimsby. Er öffnete den Küchenschrank. Dort standen ein Salzstreuer und eine fast leere Großpackung mit Instant-Ramen-Nudeln zum Heiß-Übergießen. Nur ein Päckchen war noch übrig. Grimsby knurrte der Magen, er starrte die Nudeln einen Moment lang sehnsüchtig an. Dann grummelte er und schüttelte den Kopf. Er packte das quadratische Päckchen Ramen. »Hast du Ramen schon mal probiert?«, nuschelte er.

»Ob ich schon mal Bilderrahmen probiert hab? Ich bin doch kein Holzwurm.«

Grimsby riss die Packung auf und hielt das Viereck aus getrockneten, zusammengepressten Nudeln über die Couch, damit Wudge sie sehen konnte. »Nein, ob du RA-MEN schon mal probiert hast.«

Wudges Spinnenfinger rissen ihm die Nudeln aus der Hand und er hörte ihn laut knirschend kauen.

»Nein, die muss man erst koch…« Er seufzte und schüttelte den Kopf.

Es folgten weitere hektische Kaugeräusche und Gegrummel. Endlich sprach Wudge: »Wudge mag Rahmen«, sagte er widerwillig.

Grimsby konnte sich ein Lächeln nicht verkneifen. »Gut.«

Er bemerkte, dass die Tür zur Kammer leicht offen stand – schon wieder. Er trat sie ins Schloss und kehrte zur Couch zurück.

Wudge saß jetzt aufrecht, die Decken eng um sich gewickelt, als hätte er eine Robe mit Kapuze an. Mit seinen knubbeligen Fingern spielte er an seinen langen Schlappohren herum und glotzte in den Fernseher. Seine Augen waren so blutunterlaufen, dass sie fast ganz rot waren – bis auf die gelben Iris um seine horizontalen Pupillen.

Grimsby war erneut überrascht, wie winzig klein Wudge war. »Also, Mansgraf hat dich übers Ohr gehauen, hm?«

Wudge schüttelte den Kopf. »Nein, nein. Sie hat Wudge nirgendwo gehauen. Sie hat ihn betrogen. Sie hat ihn benutzt. Sie hat Wudge *angelogen*.« Das Wort klang aus seinem Mund wie eine Verwünschung, er flüsterte es nur, als hätte er Angst, andere könnten es hören.

Grimsby nickte. »Ja, wir alle lügen mal.«

Wudge schüttelte den Kopf. »Menschen sind bös-schreckliche Wesen.«

»Hey, nicht alle!«

»Aber alle Menschen lügen.«

»Na ja …«, setzte Grimsby an – und dann fiel ihm nichts mehr ein. »Das ist nicht der Maßstab, mit dem ich Leute als böse schrecklich kategorisieren würde. Hast du denn noch nie gelogen, Wudge?«

Wudge starrte auf den Fernseher und strich sich mit den Fingern über seinen Zwiebelhelm. »Einmal«, sagte er schließlich.

Grimsby schossen mehrere Nachfragen durch den Kopf, aber er verkniff sie sich. Jetzt war nicht der richtige Moment. »Manchmal ist Lügen gar nicht so schrecklich.«

»Inwiefern?«

Er rang einen Moment nach Worten. »Es ist … es ist nur so, dass es manchmal gar nichts bringt, die Wahrheit zu kennen. Es tut nur weh. Manchmal tröstet eine Lüge. Auch wenn man weiß, dass es eine Lüge ist.«

Wudge runzelte die Stirn. »Lügen sind falsch«, beharrte er. Es klang, als hätte Grimsby behauptet, Steine wären weich.

»Normalerweise, ja. Aber ab und zu sind sie okay, glaube ich.«

»Wann zum Beispiel?«

Er dachte kurz nach. »Etwa wenn beide Leute wissen, dass es eine Lüge ist.«

»Das ist dann aber keine sehr gute Lüge.«

Er zuckte mit den Schultern. »Kommt drauf an, was du damit erreichen willst. Was Mansgraf gesprochen hat, war eine böse Lüge. Sie hat gelogen, um dich auszutricksen …«

Er erstarrte.

»Warum hat Mansgraf Wudge angelogen?«

Grimsby hörte ihn kaum. »Mansgraf hat gelogen«, sagte er wieder, als hätte er einen Geist gesehen und der ihm gerade den Geldbeutel geklaut.

»Was faselt der Halbhexer da?«

Er schaute Wudge an. »Mansgraf hat *gelogen*!«

Wudge runzelte die Stirn. »Wudge dachte, wir hätten diese Tatsache schon festgestellt.«

»Nein! Nein, nein, nein! Sie hat gelogen! Sie hat dich angelogen, mich, alle!«

»Wudge gerät durcheinander.«

»Sie hat uns alle glauben lassen, dass die Hand in der Siegelkiste sei. Und wir haben einfach geglaubt, dass es am meisten Sinn macht, sie dort drin zu verwahren. Nicht, weil die Hand da wirklich gut aufgehoben war. Sondern, weil wir *glaubten*, dass es so wäre.«

Wudge runzelte die Stirn und knusperte weiter an den Ramen.

Grimsby starrte den dreibeinigen Kaffeetisch an, seine Gedanken überschlugen sich. Wie kann man etwas vor allen verstecken, wenn alle zu wissen meinen, wo es ist?

Die Antwort war einfach: Genau dort nun gerade nicht.

Je länger er darüber nachdachte, desto mehr Sinn ergab das Ganze. Warum hatte Mansgraf Mayflower nicht einfach eine Nachricht hinterlassen, wo die Siegelkiste war? Warum hatte sie ihn stattdessen zu Grimsby geschickt? Weil die Hand gar nicht in der Siegelkiste war. Zumindest war sie es nicht mehr. Mansgraf hatte alle davon überzeugt, dass sich die Hand in dem Koffer befand – also waren alle die ganze Zeit diesem Köder, dieser falschen Fährte gefolgt. Einer Fährte, die eigentlich nie an ein Ziel führen sollte. Ein Koffer in einem Bahnwaggon. Um den zu finden, brauchte man ein Wunder – oder den weisen Großen Jäger und einen Hexer mit etwas Glück. Und außerdem benötigte man zur Vervollständigung dieser falschen Fährte einen weiteren Köder: den Schlüssel. Einen Köder, der sich wegteleportierte, sobald er benutzt wurde.

Ohne Mayflowers Wissen über den Hersteller der Siegelkiste, hätte es eines Wunders bedurft, um dem Koffer auf die Spur zu kommen. Dazu addierte sich Wudges unerklärliches Glück, mit dem er den Schlüssel aufgetrieben hatte – und damit waren es schon zwei Wunder, die dem Department oder Hives hätten zu Hilfe kommen müssen, um die Siegelkiste zu finden.

Wie dumm sie wohl geguckt hätten, wenn sie diese beiden Wunder vollbracht hätten, und die Siegelkiste wäre leer gewesen! Wie viel Zeit sie dabei vergeudet hätten!

Er sprang auf und begann, um seine Couch herumzulaufen.

Aber was hatte Mansgraf dann wirklich mit der Hand gemacht? Sie hätte dafür einen Ort finden müssen, wo niemand sie jemals suchen würde. Aber auch das wäre notgedrungen nur eine Übergangslösung, denn das Risiko, dass jemand zufällig darauf gestoßen wäre, war zu groß. Sie musste die Hand jemandem anvertrauen, der für sie darauf achtgab.

Jemandem wie Mayflower.

Mansgraf hatte mit ihrem Blut eine Art Abschiedsbrief geschrieben – und der musste für Mayflower gedacht gewesen sein. Aber sie musste geahnt haben, dass andere ihn ebenfalls zu Gesicht bekommen würden. Also hatte sie ihre Botschaft verklausuliert. *Töte Grimsby* würde alle davon überzeugen, dass er irgendwas mit der Sache zu tun hatte. Das Department würde ihn verhaften und Zeit damit verschwenden, ihn zu verhören. Also war er auch nur eine weitere falsche Fährte? Aber wenn er eine falsche Fährte war, was war die eigentliche Botschaft?

Sie hatte in Ogham geschrieben, einer groben Steinschrift, die dazu gedient hatte, gerade Linien in Steine zu meißeln. Aber sie hatte verschlungene Linien mit ihrem eigenen Blut gezogen – schon eine kleine Abweichung der Form konnte den Inhalt einer solchen Botschaft verfälschen.

Aber wenn sie nicht *Töte Grimsby* geschrieben hatte, was dann?

Er bemerkte, dass sich die Kammertür schon wieder einen Spaltbreit geöffnet hatte, und drückte sie fest zu, damit der Bolzen endlich einrastete. Ein Bindespruch würde helfen, aber er war gerade viel zu aufgeregt, um sich darum zu kümmern.

Grimsby zermarterte sich das Hirn, versuchte, sich die Ogham-Linien vom Tatort in Erinnerung zu rufen. Sie purzelten in seinem Kopf durcheinander. Er nahm das Foto aus seiner Tasche, das Mayflower ihm bei ihrem ersten Treffen gegeben hatte, und starrte es an, lehnte sich dabei auf die verkratzte Arbeitsplatte der Küchenzeile. Was hatte er übersehen?

Er bemerkte, wie Wudge zu ihm herüberwatschelte und mit der Leichtigkeit einer Katze auf die Arbeitsfläche sprang, obwohl er immer noch in die Decken eingewickelt war. Wudge starrte das Foto in Grimsbys Hand an und schnaubte verächtlich: »Der Halbhexer findet sich selber wohl ganz schön toll, hä?«

»Was?«

Wudge antwortete nicht, sondern schnappte sich einfach das Foto und faltete daraus einen Kranz.

»Hey – lass das!«, verlangte Grimsby, aber Wudge ignorierte ihn.

Dann setzte er Grimsby die Papierkrone auf. Er lachte, ein dünnes, krächzendes Kichern. Seine Stimme war noch heiserer als sonst, aber dafür war das Gelächter noch herzhafter.

»Was machst du da?«, schimpfte Grimsby, genervt, dass ihn das kleine Wesen so von seinen Gedanken ablenkte.

Wudge schaute verdutzt aus seinen Decken. »Das hast du doch selbst geschrieben: King Grimsby.«

Grimsby starrte ihn verwirrt an. Dann fiel bei ihm der Groschen. In einer direkten Ogham-Transkription sahen die Schriftbilder *töte* und *König* fast gleich aus.

König Grimsby.

Und plötzlich wusste er, wo die Hand war.

Mansgraf hatte überhaupt nicht ihn gemeint. Sein Name war eine Koordinate. Und dasselbe galt für das andere Wort, das sie gewählt hatte. Die Hand war dort, wo Grimsby und König sich trafen. Und es gab nur einen solchen Ort.

Donalds Mächtiges Magisches Königreich des Essens.

Er hob Wudge hoch und drückte ihn kräftig. Die kleine Kreatur war zu verdattert, um sich gleich zu wehren, und da hatte Grimsby sie schon wieder auf den Küchentresen gesetzt und eilte zu seinem Telefon. Er zog den zerknüllten Zettel mit Mayflowers Telefonnummer heraus und wählte.

39

ERST ALS MAYFLOWER zu Hause ankam, erinnerte er sich, dass er keinen Whiskey mehr hatte. Aber er war zu erschöpft, um noch mal rauszugehen und sich welchen zu holen.

Der Junge hatte ihn verraten.

Er hätte es wissen müssen. Verdammt, eigentlich hatte er es gewusst, aber er war weich geworden. Die einzige Hexe, auf die er sich immer hatte verlassen können, war Mansgraf gewesen. Sie hatte ihn angelogen, klar. Aber sie hatte alle angelogen. Wenn es darum ging, was sie wollte und was der Preis dafür sein konnte, hatte sie immer mit offenen Karten gespielt.

Grimsby nicht.

Mayflower war es egal, dass Grimsby allein die ganze Anerkennung dafür eingeheimst hatte, Mansgrafs Mörder gestellt zu haben. Mayflower scherte sich schon lange nicht mehr um seinen Ruf. Ihn störte, dass der Mörder immer noch atmete. Ihm war egal, warum der Scheißkerl Mansgraf umgebracht hatte. Ihm war egal, ob ihm ein Begleiter dabei geholfen hatte oder ob er es mit seinen eigenen Händen getan hatte. Hives hatte eine ehrenhafte Frau getötet – und dafür verdiente er ein paar Kugeln in die Brust.

Stattdessen befand sich der Mörder im Gewahrsam des Departments.

Er ließ sich in seinen abgewetzten Liegesessel plumpsen und lauschte auf die Knarzgeräusche seines alten Hauses. Er kannte sie alle, hatte so viel Zeit damit verbracht, in der Dunkelheit zu sitzen und darauf zu lauschen.

Hives' Prozess würde den Department-Gesetzen folgen – und die Schlappschwänze verhängten selten die Todesstrafe. Sie würden ihn irgendwo wegsperren, wahrscheinlich würde er eine verlängerte Haftstrafe kassieren, die nach Bedarf abgekürzt werden konnte, je nachdem wie nützlich er ihnen war. Achtzig Jahre Haft würde er wahrscheinlich kriegen – aber für Hives würde das vielleicht auf nur fünf oder zehn Jahre hinauslaufen. Hexen konnten die Zeit manipulieren. Mayflower wusste nicht wie, aber es war so. Es war pervers. Alles unterhalb der Todesstrafe war damit nur ein Klaps auf die Finger.

Das hatte Grimsby wahrscheinlich nicht gewusst. Die meisten Leute wussten es nicht. Wenn sie wüssten, dass Hexen so an der Zeit herumschneiden können, würde es sie sehr nervös machen. Die meisten Menschen glaubten einfach, dass Hexen länger leben als Gewöhnliche.

Aber egal, was Grimsby wusste: Mansgrafs Mörder war immer noch am Leben – und die Schuld daran trug der Junge.

Außerdem hatte er dem Department die Siegelkiste einfach so ausgehändigt, ohne auch nur ein paar Fragen zu stellen. Mayflowers Partnerin war dafür gestorben, damit niemand diesen Koffer in die Hände bekam, inklusive das Department. Und Grimsby hatte ihn einfach herausgegeben. Und als Belohnung hatte ihm Peters höchstpersönlich ein Jobangebot gemacht.

Der Junge hatte alles bekommen, was er wollte. Und Mayflower konnte nicht anders: Er war verbittert darüber, dass es ihn alles gekostet hatte, wofür er gekämpft hatte. Er selbst würde leer ausgehen, ohne Rache, ohne Gerechtigkeit.

Und er hatte eine weitere Partnerin verloren.

Er knurrte.

Nein. So konnte es nicht enden.

Hives war noch nicht in Sicherheit. Sie würden ihn abtransportieren und eine Weile in Untersuchungshaft stecken. Vielleicht würde Mayflower dort an ihn rankommen und ihn abknallen können, bevor irgendjemand ihn aufhalten konnte. Es war vielleicht zu spät, um die Siegelkiste zu retten und Mansgrafs letzten Willen zu ehren. Aber es war noch nicht zu spät für Rache.

Und ihn würde es nur eine Kugel und sein Leben kosten.

Ein echtes Schnäppchen.

Er ging zu seinem Festnetzapparat, aber er hatte ganz vergessen, dass er den ja nach Grieves' Anruf zerstört hatte. Er grummelte, setzte sich wieder in den Sessel und klappte sein Mobiltelefon auf. Mühsam gab er auf der Tastatur Finleys Nummer ein. Er vertippte sich dabei mehrmals, aber im dritten Anlauf kriegte er es hin.

Es klingelte zwei Mal, bevor Finley abnahm. »Hey, Les«, sagte sie. »Was gibt's?«

»Ich muss wissen, wo sie den Auditor Hives vor seinem Prozess festhalten.«

Sie kicherte unsicher. »Ähm, alles okay bei dir, Les?«

»Gib mir einfach die verdammte Info!«

»Welche Info? Warum soll Hives bitte einen Prozess bekommen?«

»Peters und ein paar andere haben ihn gerade hopsgenommen, für den Mord an Mansgraf. Es sollte inzwischen im System sein.«

»Okay«, antwortete Finley in zweifelndem Ton. Aber Mayflower hörte ihre Finger in enormem Tempo über ihre Tastatur rasen. »Les, hier steht nicht das Geringste von der Verhaftung eines Department-Mitglieds.«

Mayflowers Augen wurden schmal. Irgendwas stimmte hier nicht. »Wo ist Hives dann?«

»Wenn ich raten müsste? Stalkt seine heiße Partnerin, Rayne. Kann's ihm nicht verübeln, hab selber auch schon mein Glück bei ihr versucht.«

»Du meinst, es ist nichts darüber im System zu finden? Keine Verhaftung, keine Akte, kein Bericht? Rein gar nichts?«

»So viel Nichts, als hätte es nie irgendwas gegeben. Bist du sicher, dass mit dir alles in Ordnung ist? Klingst nicht so.«

»Ich bin okay.«

»Du klingst gar nicht gut. Irgendwas Schlimmes ist passiert, oder?«

»Ja.«

»Willst du drüber reden?«

»Nein. Ich will jemandem direkt in seine gottverdammte Fresse schießen«, knurrte Mayflower und ließ das Telefon zuschnappen.

Kein Bericht über die Verhaftung, keine Aufzeichnungen. Wie konnte das sein?

Dann wurde es ihm klar.

Peters hatte Hives nicht verhaftet.

Er hatte ihn gerettet.

Auf einen Schlag war Mayflower alles klar, als wäre seine Blindheit einfach von ihm abgefallen wie der Schorf von einer Wunde. Natürlich hatte Hives Mansgraf nicht getötet! Der Blödmann hatte ja sogar bei einer Prügelei mit *Grimsby* den Kürzeren gezogen. Mansgraf hätte ihn bei lebendigem Leib aufgefressen.

Peters jedoch besaß das nötige Wissen und die Fähigkeit, es mit Mansgraf aufzunehmen. Aber warum die eigene Haut aufs Spiel setzen, wenn er einen Handlanger schicken konnte? Einen, der zu wenig wusste, um ihn belasten zu können. Noch besser wäre es, ihm gar nicht erst die Gelegenheit dazu zu geben, ihn zu belasten. Ihn die Arbeit machen zu lassen und ihn dann loszuwerden.

Aber nein, das machte auch keinen Sinn. Warum hatte Peters Hives nicht einfach den Kopf für ihn hinhalten lassen? Der Junge musste irgendwas Wichtiges wissen. Und Peters wollte nicht riskieren, dass Hives auspackte. Hatte er ihn also verschwinden lassen? Nein. Auch das ergab keinen Sinn. Mayflower und Grimsby wussten beide, was passiert war. Wenn Hives kein Prozess gemacht wurde, würden sie irgendwann Fragen stellen. Sie würden herumstochern.

Ein kalter Angstschauer ließ seine Haut kribbeln.

Es gab nur eine logische Erklärung für Peters' Handlungsweise: In seinem Plan durften weder Mayflower noch Grimsby am Leben sein, um Fragen zu stellen.

Das alte Haus knarzte in der stillen Nacht.

Aber dies war kein ihm bekanntes Knarzen.

In dem kleinen Stück Fenster, das nicht vom Vorhang verdeckt war, spiegelte sich auf einmal eine Bewegung.

Mayflower stürzte sich vorwärts aus seinem Sessel und knallte auf den Kaffeetisch, zwei von dessen Beinen brachen ab. Er rollte sich auf die Seite und zog dabei seine Waffe.

Hinter seinem Sessel stand eine zerlumpte Gestalt, die ihre Krallen gerade genau an der Stelle in das Polster gerammt hatte, wo noch eine Sekunde zuvor seine Kehle gewesen war. Die Kreatur riss wütend ihre Krallen aus dem Stoff und schleuderte den Sessel durch das Zimmer, als wäre es eine leere Whiskeyflasche.

Mayflower spürte eine harte, brennende Wut in seinem Magen auflodern. Der Begleiter. Dieses *Ding* hatte es gewagt, in sein Zuhause einzudringen und ihn anzugreifen.

In diesem Moment entschied er, dass dies die letzte Handlung der Kreatur sein sollte.

Er hob die Waffe und feuerte.

Die Hohlspitzpatrone pfiff durch die Luft, die Kreatur riss schützend die Arme vors Gesicht. Der Schuss traf den Begleiter dort, wo seine Arme sich kreuzten, und schleuderte ihn rückwärts in die Küche. Dort knallte er in den Esstisch und zerschmetterte dabei ein Dutzend leere Whiskeyflaschen.

Mayflower stand auf und rannte in die Küche. Das Ding versuchte verzweifelt, sich auf seinen zerfetzten Armen aufzurichten, um hochzukommen.

Es blickte zu dem Großen Jäger auf, und seine Kapuze fiel ihm herunter, ein menschlicher Totenkopf kam zum Vorschein.

»Bitte, tu's nicht«, flüsterte der Begleiter mit einer Stimme, in der tiefer Schmerz widerhallte – seine letzten Worte, als er noch ein Mensch gewesen war.

Mayflower schoss dem Begleiter direkt zwischen die Augen.

Dessen Kopf explodierte und verteilte überall im gesamten Raum Knochensplitter. Der Begleiter sackte schlaff auf dem Boden zusammen, sein Körper war nur noch ein Haufen aus Metallresten.

Mayflower hielt die Waffe noch ein paar Momente auf die Kreatur gerichtet und verschnaufte. So musste es Peters gelungen sein, Mansgraf zu ermorden. Ein verkleideter Begleiter wäre vielleicht nah genug an sie rangekommen, bevor sie ihn bemerkt hätte. Vor allem wenn er dabei Hilfe erhalten hatte – von einem miesen kleinen Auditor, der unbedingt ein Held sein wollte.

Seine Brust vibrierte, und er dachte kurz, er hätte doch was abbekommen. Dann knurrte er und klappte das Mobiltelefon auf. »Was?«

Grimsbys Stimme klang dünn aus dem Lautsprecher. »Ähm … hi, Mayflower. Hier ist … ich bin's. Ich weiß, du bist sauer. Zu Recht. Aber hör mal …«

»Grimsby, ich hab jetzt keine Zeit für deine lauwarmen Entschuldigungen. Peters hat gerade …« Mayflowers Stimme blieb ihm kurz im Hals stecken.

Wenn Peters' Plan aufgehen sollte, musste er beide Zeugen beseitigen. Der erste war Mayflower.

Der zweite Grimsby.

»Nein, hör mir zu!«, beharrte Grimsby. »Die Hand ist nicht in der Siegelkiste! Die Botschaft hatte einen Rechtschreibfehler: ›König Grimsby‹ muss es heißen, es sind Koordinaten! Das ist der Ort, wo ein König und ich aufeinandertreffen. Verstehst du? Sie hat die Hand im Restaurant versteckt!«

»Grimsby«, sagte Mayflower und gab sich dabei alle Mühe, die Ruhe zu bewahren. »Wo bist du?«

»In meiner Wohnung, warum?«

Mayflower war schon aus dem Haus gesprintet und kletterte in seinen Jeep, während er sprach. »Raus. Du musst da sofort raus!«

»Was? Warum?«

»Weil ich glaube, dass Peters hinter der ganzen Sache steckt. Und er hat gerade versucht, mich umbringen zu lassen – und ich glaube, du bist als Nächster dran.«

»Peters?«, fragte Grimsby, seine Stimme wurde etwas leiser, als er sich vom Telefon wegdrehte. »Oh. Oh nein.«

»Grimsby, hau ab!«, sagte der Große Jäger und trat das Gaspedal durch. »Ich komme …«

Grimsbys Schrei am anderen Ende unterbrach ihn.

40

GRIMSBY WAR BEI Mayflowers Worten zu Eis erstarrt.

Dann hatte er bemerkt, dass die Tür zur Kammer schon wieder leicht offen stand.

Normalerweise nervte ihn das nur, aber jetzt jagte es ihm instinktiv einen Heidenschrecken ein.

Raus. Du musst da sofort raus! Mayflowers Worte hallten in seinen Ohren nach, aber es war zu spät.

Die Tür schwang knarrend auf. Zuerst konnte Grimsby in der dunklen Kammer nichts erkennen – aber dann blitzte etwas: Licht, das sich auf klingenartigen Krallen widerspiegelte.

An der Innenseite der offenen Tür erblickte Grimsby ein Gekrakel aus Tausenden kleinen Kratzern: Zeichnungen von verstümmelten Strichmännchen, wie aus der Therapiesitzung eines armen psychisch schwer kranken Kindes.

Zwischen den schrecklichen Bildchen waren immer und immer wieder vier Wörter eingeritzt:

ES TUT SO WEH.

Grimsby fühlte benommen, wie ihm das Telefon aus der Hand glitt und auf den Boden fiel. Wie lange lauerte der Begleiter schon dort in der Kammer? Der Gedanke jagte ihm fast so viel Angst ein wie das Ding selbst.

Der Begleiter trat langsam aus der Kammer und breitete dabei seine langen, hässlichen Arme aus. Sein Metallkörper war völlig in zerfetzte Lumpen gehüllt – aus der Dunkelheit der tiefen Kapuze leuchtete sanft ein weißer Totenkopf.

»Oh«, murmelte Grimsby. »Oh nein.«

Der Begleiter neigte den Kopf weit zur Seite, als wollte er seine Halswirbel knacken lassen, nachdem er zu lange eingezwängt war. Dann spreizte er fast schon übertrieben bedächtig die langen Krallen – anscheinend war die Kreatur zum selben Schluss gekommen wie Grimsby selbst: Er steckte in der Falle.

Die Kammer lag neben der Eingangstür, der Begleiter stand also direkt zwischen Grimsby und seinem einzigen Fluchtweg. Einen winzigen Augenblick lang verspürte Grimsby den Impuls, zum Fenster zu rennen und rauszuhechten. Aber er wusste, dass er es niemals schaffen würde, dem Monster davonzulaufen, wenn er vorher zwei Stockwerke tief auf den Betonboden gestürzt war.

Seine Knie wurden weich, wie benommen bewegte er sich zögernd rückwärts zur Wand.

Bei jedem Rückwärtsschritt von Grimsby trat der Begleiter einen Schritt nach vorn.

Bis Grimsby schließlich mit dem Rücken gegen die Wand stieß und nicht länger ausweichen konnte. Doch der Begleiter ging weiter.

Schließlich blieb er stehen, als wollte er zum Sprung ansetzen. Grimsbys Kehle entrang sich in böser Vorahnung ein verzweifeltes Stöhnen.

Der Begleiter sprang.

Grimsby schrie.

Und noch vor zwei Tagen hätte er es vielleicht bei diesem Schrei belassen.

Aber jetzt war er ein anderer Grimsby.

Ob das daran lag, dass er sich durch die ständigen Angsterfahrungen der letzten Tage einfach daran gewöhnt hatte, wie an einen schlecht sitzenden, scheuernden Schuh, oder dass er wirklich so etwas Ähnliches wie Mut entwickelt hatte, hätte er nicht sagen können.

Wie auch immer: Der Begleiter sprang, Grimsby schrie – und dann startete er einen Gegenangriff.

Sein Schrei verwandelte sich auf halbem Weg in einen Zauberspruch und er keuchte ein angestrengtes »*Binde!*«.

Hätte er versucht, neue Bindungen zu erschaffen und anzubringen, hätte ihn das zu viel Zeit gekostet. Wäre er nicht in seinem Zuhause gewesen, hätte ihm die Kraft gefehlt. Aber hier und jetzt war er weder zu langsam noch zu schwach.

Er griff nach der nächsten Bindung, einer, die er vor ein paar Wochen angebracht hatte.

Zwischen seiner Lampe und der Eingangstür leuchtete ein blauer Faden auf, Grimsby lenkte so viel Impetus in die Bindung, dass der Strang auf Kleinfingerdicke anschwoll und sich spannte.

Die Lampe wurde vom Boden hochgerissen und durch den Raum geschleudert. Sie erreichte zwar nicht so viel Tempo, wie Grimsby gehofft hatte, aber zusammen mit der Geschwindigkeit des Begleiters, der in genau die entgegengesetzte Richtung flog, tat es beim Zusammenstoß einen befriedigenden Wumms, und Grimsby hörte irgendwas knirschen.

Die Lampe hatte sich zu einem unförmigen Metallknäuel verbogen, der Begleiter war robuster. Der Treffer ließ ihn aber immerhin in der Luft zur Seite strudeln und unkontrolliert auf den Boden krachen, wo er mit seinen Krallen wild um sich schlug, tiefe Kerben in Grimsbys Boden kratzte und großflächige Stücke aus der Rigipswand riss.

Grimsby verzog das Gesicht, schob den Gedanken an seine Mietkaution beiseite, und dann startete er einen Fluchtversuch zur Tür. Seine Aufmerksamkeit war dabei so ausschließlich auf den Begleiter und seine tödlichen Krallen gerichtet, dass er mit dem Fuß am Kabel der verbogenen Lampe hängen blieb. Das Kabel wickelte sich um seinen Knöchel und hätte ihn fast zu Fall gebracht.

»Verdammter Fliegenpilz«, fluchte er und zerrte an dem Kabel herum, um den Fuß freizubekommen.

Als er es fast geschafft hatte, sah er im Augenwinkel etwas auf sich zurasen. Er wirbelte herum und empfand eine Millisekunde lang Erleichterung, als er sah, dass es nicht der Begleiter war – bis er überrascht feststellte, dass da sein eigener Kaffeetisch auf ihn zuflog.

Er wollte ausweichen, aber eines der lädierten Tischbeine traf ihn an der Stirn und brach ab.

Grimsby spürte, wie der Boden gegen seinen Hinterkopf knallte, bevor er noch begriff, dass es ihn umgehauen hatte.

Der Begleiter kämpfte sich wieder auf die Beine, fand allerdings keinen weiteren Kaffeetisch, den er nach Grimsby hätte schleudern können, also hielt er auf Grimsby zu. Ihm war die Kapuze heruntergerutscht und ein weißer Totenkopf starrte Grimsby mit leeren Augenhöhlen an.

Das ist nicht Schwarzschädel, dachte Grimsby bei sich.

Demnach musste es mehrere Begleiter geben. Aber wie viele?

Es blieb ihm jedoch keine Zeit, weiter darüber nachzudenken. Bei diesem Begleiter reichte der Metallkörper bis hoch zum Nasenbein, er glich einem Maulkorb aus Eisenschrott. Das Monster baute sich über ihm auf und blickte auf ihn herab.

Grimsby verfolgte benommen, wie es einen zweizackigen Stahlfuß auf seine Brust stellte und ihn in die Dielen presste. Dann holte das Ungeheuer mit einer Kralle aus, um ihm damit das Gesicht und den Hals zu zerschlitzen.

»Hey, Armleuchter!«, krächzte eine Stimme hinter dem Begleiter.

Sogar der leblose Totenschädel wirkte überrascht, er wandte sich um und bekam ein Knäuel vollgerotzter Decken ins Gesicht geschleudert. Wudge schwang sich wie ein kleiner Tarzan an den Deckenlianen um den Kopf des Begleiters und wickelte ihn darin ein.

Das Monster war kurz abgelenkt, während er Wudge zur Seite schleuderte und versuchte, sich die Decken vom Kopf zu reißen. Grimsby spürte, wie der Begleiter dabei den Fuß ein wenig von seiner Brust hob. Er atmete tief ein, beschwor seinen Impetus herauf und richtete die Hand auf den langsam laufenden Deckenventilator: *»Dreh!«*

Der Ventilator erbebte kurz durch die überschüssige Magie und beschleunigte dann seine Rotation auf eine gefährliche Geschwindigkeit. Als der Begleiter seinen Kopf endlich aus den nassen Decken befreit hatte, bildeten die Flügel des Ventilators schon einen verschwommenen blauen Strudel, aus dem grüne Funken schossen.

Grimsby pumpte so viel Kraft in den Spruch, wie er konnte – und plötzlich hörte er irgendwas in dem Gerät knacken. Der wild wirbelnde Ventilator stürzte von der Decke auf den Begleiter nieder.

Der lehnte sich zurück, um auszuweichen, aber einer der Flügel traf ihn an der Schläfe, dort, wo die Knochen am dünnsten sind: Knochensplitter regneten auf Grimsby herab, als sich der Ventilatorflügel durch die Augenhöhle des Monsters bohrte und dann auf halbem Weg durch die Nase stecken blieb.

Das Ungeheuer erstarrte, ein jähes Zucken durchlief seinen Körper – und dann brach es auf Grimsby zusammen, der schwere Metallhaufen presste ihm die ganze Luft aus den Lungen.

Grimsby strampelte und schaffte es, sich zumindest ein bisschen herauszuwinden, damit er wieder atmen konnte, aber er kriegte den schweren Begleiter nicht von seiner Brust runter. Das Monster musste locker hundertfünfzig Kilo wiegen. Wie oft würden noch schwere Sachen auf ihn stürzen?

»Wudge«, fragte er mit angestrengter Stimme, »ein bisschen Hilfe?«

Wudge schaute ihn an und hob eine Augenbraue. »Hat der Halbhexer noch mehr Bilderrahmen?«, wollte er wissen.

»Nein, aber ich …«

»Dann hat Wudge genug geholfen«, antwortete der Winzling, kletterte auf den liegenden Begleiter und machte es sich dort bequem, um wieder auf den Fernseher zu starren. »Wudge will die winzigen Geschichten sehen.«

Grimsby ächzte und strampelte noch etwas, aber dann verließ ihn einfach die Kraft. Also ruhte er sich etwas aus – so gut das eben ging, unter der Leiche eines Monsters, das ihn gerade fast getötet hatte.

41

GRIMSBY HÖRTE, WIE jemand die Tür eintrat. Aber über den Berg aus Metallschrott, unter dem er begraben lag, konnte er nicht sehen, um wen es sich handelte.

Einen Augenblick hatte er Angst, dass es ein weiterer Begleiter war, der die Sache hier zu Ende bringen sollte. Aber dann hörte er Mayflower knurren.

»Was zur Hölle ist hier passiert?«, fragte er.

Grimsby verrenkte seinen Hals und konnte Mayflower durch die Wohnung gehen und mit gezogener Waffe über ihm stehen bleiben sehen. »Hey, Les. Würdest du mit anpacken? Wudge ist keine große Hilfe.«

»Wudge hat geholfen! Jetzt ist er fertig mit Helfen«, verkündete der Kleine. Er hatte sich seine zerfetzten Decken zurückgeholt, streng genommen waren es ja eigentlich Grimsbys zerfetzte Decken, und sich wieder darin eingewickelt. Er saß auf dem Rücken des Monsters – und somit indirekt auf Grimsbys Brust – und starrte auf den Fernseher.

Mayflower blickte erst Wudge an, dann Grimsby. »Du … du hast ihn getötet?«

»Streng genommen hat er ja nicht wirklich gelebt, richtig?«, ächzte dieser.

Mayflower trug einen seltsamen Ausdruck im Gesicht, den Grimsby nicht einordnen konnte. »Ich dachte, du wärst schon tot, bis ich hier ankomme«, meinte er dann leise.

»Nope. Aber vielleicht bin ich's bald, wenn nicht bald jemand dieses verjabberwockte Ding von mir runterhievt!«

Mayflower schüttelte seinen seltsamen Gesichtsausdruck ab und wuchtete den Begleiter zur Seite.

Dabei purzelte Wudge von seinem Thron und rollte über den Boden. Er drehte sich zu Mayflower um und fauchte ihn an, seine unzähligen nadelartigen Zähne gebleckt.

Der Große Jäger richtete seine Waffe auf Wudge, doch der Winzling schnaubte nur verächtlich und richtete dann seine Aufmerksamkeit wieder auf den Fernseher.

Grimsby setzte sich für einen Moment auf, damit seine Durchblutung wieder in Gang kam. Seine Glieder waren ganz taub, sein Brustkorb schmerzte von der Anstrengung, die es ihn gekostet hatte, sich unter dem schweren Metallkörper des Begleiters noch zu heben und zu senken. »Wir müssen … sofort … in DMMKDE«, röchelte er.

Mayflower blickte ihn grimmig an. »Was?«

Grimsby ächzte. »Donalds … Mächtiges Magisches … Königreich des Essens.«

»Warum zur Hölle müssen wir da hin?«

Endlich gelang es Grimsby, genug Luft zu holen, um einen vollständigen Satz hervorzustoßen. »Da hat sie sie versteckt. Die Hand.«

»Was redest du da? Die Hand ist in der Siegelkiste.«

Grimsby schüttelte den Kopf. »Nein, ist sie nicht. Mansgraf wollte nur, dass alle Leute das glauben. Sie wollte Zeit schinden, damit du die Hand finden kannst.«

»Wie kommst du da drauf?«

Grimsby blickte sich kurz in seinem verwüsteten Apartment

um. Er verspürte eine kleine Zornesaufwallung über das ganze Chaos, nachdem er sich neulich erst so viel Mühe beim Aufräumen gegeben hatte. Schließlich fand er unter einem umgekippten Stapel Bücher das Foto von Mansgrafs Botschaft.

»Hier, schau mal. Wir lagen beide daneben. Da steht nicht *Töte Grimsby*. Da steht *König Grimsby*.«

»Bist du sicher?«

»Wudge!«, rief Grimsby. »Ich besorg dir mehr Ramen-roh-Menschen, wenn du Mayflower sagst, was hier steht.«

Wudges Ohren zuckten. Er kam herübergewatschelt und riss Grimsby mit seinen Spinnenfingern das zerknüllte Foto aus der Hand. »Da steht König Grimsby«, sagte er bestimmt. »Das ist eine sehr alte Steinschrift, aber Wudge hat sie schon mal gesehen.«

Mayflower blickte die winzige Kreatur misstrauisch an. »Wo?«

Wudge runzelte die Stirn. »Wudge war schon da, als die Menschen-Dinger sie noch benutzt haben.«

Mayflower wirkte einen Moment lang, als wollte er widersprechen, dann schüttelte er den Kopf. »Okay, meinetwegen. König Grimsby. Und warum sollte sie das schreiben? Hast du einen königlichen Cousin, von dem ich nichts weiß?«

»Es ist keine Botschaft. Es sind Koordinaten. Wie Buchstaben und Zahlen auf den Achsen einer Landkarte. König und Grimsby. Und wo treffen sich die beiden?«

Mayflower nickte, er hatte es kapiert. »Deine Fressbude.«

»Königreich des Essens«, korrigierte ihn Grimsby. »Und ich glaube, ich weiß auch, wo sie die Hand versteckt hat.«

Der Große Jäger schaute Grimsby einen langen Moment an, und Grimsby konnte den Widerwillen in seinem Gesicht förmlich sehen, die Hemmung, ihm noch einmal zu vertrauen. Schließlich hatte Grimsby ihn verraten, indem er die Siegelkiste herausgerückt hatte. Sie war zwar leer gewesen, aber das hatte Grimsby zu diesem Zeitpunkt ja noch nicht gewusst.

Mayflower wandte sich zum Gehen, und Grimsby fürchtete einen Augenblick, er würde ihn allein hier zurücklassen. Aber schließlich warf Mayflower einen Blick über seine Schulter und sah ihn fragend an: »Kommst du?«

Gleich darauf saßen sie schon im Jeep und rasten durch die mitternächtlichen Straßen. Grimsby fühlte sich auf dem Beifahrersitz fast schon fehl am Platz. Bequem war das Teil ohnehin nicht, aber er war noch nie so kalt gewesen. Grimsby schwitzte trotzdem, und die Nachtluft fegte durch die fehlende Windschutzscheibe, sodass er zitterte und zum Wärmen die Arme um sich schlug.

Mayflower hatte noch kein Wort gesagt, seit sie aufgebrochen waren. Seine Augen waren auf die Straße gerichtet, seine dunkle Brille auf der Nase leicht runtergeschoben, damit er in der Nacht darüber hinwegblicken konnte.

Grimsby wand sich vor Schuldgefühlen auf seinem Sitz. »Es tut mir leid«, sagte er, »die Sache mit Hives.«

Mayflower sagte nichts.

»Und dass ich Peters die Siegelkiste einfach so übergeben habe. Ich wusste nicht … ich konnte nicht wissen …. dass er irgendwie mit drinsteckt.«

Der Große Jäger schwieg.

»Aber vielleicht wendet es sich ja doch noch zum Guten, oder? Wir kriegen die Hand, und dann kannst du entscheiden, was damit geschieht. Wir melden dem Department die Sache mit Peters. Und vielleicht erwischen sie ihn noch.«

Nichts.

»Also ist nicht alles schlimm, oder?«

Mayflower holte tief Luft. »Grimsby«, sagte er. »Halt verdammt noch mal endlich dein Maul.«

Grimsby zuckte zurück, als hätte er ihm einen Schlag versetzt.

»Ich will deine Entschuldigung nicht. Ich will nicht, dass du mir sagst, dass alles okay wird. Ich bin alt genug, um es besser zu wissen.«

»Aber ich …«

»Du hast mich angelogen. Du hast mir gesagt, du stehst hinter mir – und als es drauf ankam, hast du mir stattdessen ein Messer in den Rücken gerammt.«

»Das ist nicht fair, ich habe …«

»Was?«, fragte er kalt. »Was. Hast. Du.«

Grimsby wusste nicht, was er darauf antworten sollte. Und selbst wenn er es gewusst hätte: Seine Stimme hätte ihm wohl den Dienst versagt. Mayflower war im Recht. Er, Grimsby, hatte entschieden, Hives auszuliefern – und der Schuss war nach hinten losgegangen. Er hatte die Siegelkiste herausgerückt – und auch das war ihnen um die Ohren geflogen. Und wozu? Um seine Unschuld zu beweisen? Um auf ein falsches Versprechen für einen Job beim Department reinzufallen?

Am Ende hatte er nichts gewonnen. Aber es hatte ihn Mayflowers Vertrauen gekostet. Etwas, von dem er nicht mal gewusst hatte, dass er es hatte.

Aber obwohl er eben erst begriff, dass es weg war: Fast noch nie hatte er etwas so sehr vermisst.

»Es tut mir leid«, wiederholte er noch einmal mit leiser Stimme.

»Ist mir egal.«

Der Rest der Fahrt verlief in Kälte und Stille.

Sie hielten unter dem hohen Schild mit der Krone und den Namensbuchstaben für das Königreich des Essens. Das Gebäude war dunkel, bis auf die immer beleuchtete Küche, und es war weit und breit kein Auto in Sicht. Trotzdem war irgendwas faul. Grimsby konnte es spüren, als krabbelte eine Spinne durch seine Nackenhaare.

Er kämpfte mit sich, ob er etwas darüber zu Mayflower sagen sollte. Aber er war innerlich immer noch zu tief getroffen von den Worten des Großen Jägers. Also biss er sich auf die Zunge und ignorierte das Gefühl. Schweigend folgte er Mayflower zum Restaurant.

An der Eingangstür klebte ein Poster vom Mächtigen Magischen Donald, das die schon lange überzogenen Öffnungszeiten verkündete. Mayflower probierte es an der Tür – und sie schwang auf.

Grimsby runzelte die Stirn. Da stimmte was nicht. Carla war sehr diszipliniert mit dem Zusperren. Es war das Einzige, das sie wirklich gern machte. Entweder hatten sie unglaubliches Glück, und sie hatte es ausnahmsweise vergessen – oder hier war irgendwas oberfaul.

»Das gefällt mir nicht«, warnte Grimsby.

»Leise, Hexer«, knurrte Mayflower, zog aber vorsichtshalber seine Waffe. »Wo lang?«

Grimsby deutete auf das Spielzimmer.

Das Licht der Straßenlaternen warf lange Schatten, als sie durch den Sitzbereich gingen. Sie erreichten die Tür zum Spielzimmer mit dem Schild von König Donald, der mit ausgestreckter Hand die erlaubte Höchstgröße für seine Gäste anzeigte.

Mayflower packte den Pappkönig und warf ihn quer durch den Raum.

Im Spielzimmer war es dunkel. Schwaches Mondlicht sickerte durch das bemalte Dachfenster und färbte das Reich des Essenskönigs und seinen Hofstaat aus Schaufensterpuppen bunt. Viele Figuren standen nicht an ihrem Platz, dort, wo Grimsby sie zurückgelassen hatte, aber das war nichts Besonderes. Kinder versuchten im Lauf des Tages oft, sie zu entführen, weswegen sämtliche Puppen Fingerabdrücke von fettigem Essen und Schokolade auf den Kostümen trugen – aber solange sie die Binderunen nicht beeinträchtigten, die Grimsby direkt in die Stoffe ihrer Kleider eingearbeitet hatte, konnte er mit den Flecken leben.

»Und jetzt?«, fragte Mayflower.

Grimsby schloss die Augen und nahm die Brille ab, um mal eben ins Anderswo zu peilen.

Er ignorierte die schwarzen Umrisse der Puppen und die Schatten der wirklichen Welt, seine Augen fielen sofort auf die Statue von König Donald.

Er wirkte als Einziger völlig unverändert, das Anderswo hatte offenbar keinen Einfluss auf ihn.

Genau wie bei der Siegelkiste.

Grimsby war das bei seiner Vorstellung an Richies Geburtstag nicht bewusst gewesen, aber wahrscheinlich hatten deswegen seine Bindesprüche bei der Statue nicht funktioniert. Mansgraf hatte die Hand im hohlen Körper der Statue versteckt und diese mit irgendeinem Schutzzauber versehen. Und der hatte wohl Grimsbys Zauber abgewehrt.

Er setzte schnell die Brille wieder auf. »Da«, sagte er. »Die Statue.«

Mayflower nickte und sie gingen auf das Schloss zu. Hohe Pommesmauern flankierten die gestufte Rampe, die zum König hinaufführte. Sie überquerten die Keksbrücke und stiegen eine Treppe hoch, die den dunklen Schlosshof umrundete. Grimsby stolperte in der Dunkelheit mehrmals und zog damit gemurmelte Flüche vom Großen Jäger auf sich.

Sie gingen um die Wehrtürme herum, die mit ihren fast drei Metern Höhe Kindern beeindruckend groß erschienen. Neben dem hünenhaften Mayflower bemerkte Grimsby zum ersten Mal, wie seltsam die Proportionen des Schlosses gewählt waren.

Die letzten Stufen leiteten sie zum Thron, auf dem die Statue saß.

Grimsby war selten hier oben gewesen, eigentlich nur das eine Mal, als er den König mit seinen Bindezaubern ausgestattet hatte. Er musste seine Augen in der Dunkelheit sehr anstrengen, bis er entdeckte, dass die Hand des Königs, die ein Zepter aus Lakritze hielt, ein bisschen schief stand. Er trat näher heran und sah, dass die Hand abgesägt und dann mit Klebeband wieder befestigt worden war. Er zog daran, um die Hand abzunehmen, aber das Klebeband sprühte Funken und versetzte ihm einen heftigen elektrischen Schlag – wie ein kaputter Trafo.

Er zuckte zurück und steckte seinen verbrannten Finger in den Mund. »Ich glaube, das ist es.«

»Kriegst du die Statue auf?«, fragte Mayflower hinter ihm.

»Vielleicht. Lass es mich probieren.«

Er nahm wieder die Brille ab und der Raum erstrahlte in dem gruseligen tiefroten Licht des Anderswo. Er ignorierte den zerbröckelnden Turm unter seinen Füßen und die Gestalten, die in seinen Augenwinkeln vorbeihuschten. Im Gegensatz zum König selbst wirkte das Klebeband im Anderswo verändert. Auf seiner Oberfläche leuchteten sanft bernsteinfarbene Runen in der zunehmend vertrauten Handschrift von Mansgraf.

Das meiste davon konnte Grimsby nicht entschlüsseln, aber in zwei Punkten war er sicher: Es war ein Zauberspruch. Und er enthielt Mayflowers Namen.

»Ich glaube, *du* musst sie öffnen«, sagte er, seine Stimme zwitscherte seltsam in der Welt des Anderswo.

Er drehte sich zu dem großen Schatten hinter ihm um, den er an seiner Waffe als Mayflower erkannte. Der Schatten drängte sich an ihm vorbei und beugte sich vor, um den Zauberspruch zu untersuchen.

In dem Moment bemerkte Grimsby einen seltsamen Geruch – wie eine Mischung aus nasser Kleidung und verwesendem Fleisch. Er verzog angewidert das Gesicht und sein Blick fiel auf den Innenhof.

Er war voller Leichen.

Entsetzt schaute er weg, und dabei entdeckte er die Mitglieder des königlichen Hofstaates, die sich vor den Schlossmauern aufgereiht hatten und zu ihm hinaufstarrten. Die fast zwei Dutzend Fürsten, Edeldamen und Ritter hatten alle dieselbe Körperhaltung eingenommen. Es wirkte, als warteten sie auf etwas.

Er schauderte, setzte sich schleunigst die Brille auf, und die Welt des Anderswo versank wieder in gesegneter Dunkelheit.

Dann hob sich am Himmel die Wolkendecke, die den Mond verhängt hatte, und sein silbernes Licht strahlte hell durch das Dachfenster.

Grimsby sandte seinen Blick wieder hinunter in den Innenhof, um sich zu vergewissern, dass dort keine Leichen lagen. Es stimmte.

Es waren tatsächlich keine Leichen, sondern die Schaufensterpuppen. Ihre nackten Plastikkörper waren zerkratzt und verstümmelt und auf einen großen Haufen geworfen.

Sein Hirn konnte nicht ganz fassen, was hier los war. Wenn das hier im Innenhof seine Schaufensterpuppen waren, wie konnte es dann angehen, dass vor den Mauern immer noch die Angehörigen des königlichen Hofstaats standen und ihn anstarrten?

Nur dass sie jetzt größer waren, als er sie in Erinnerung hatte. Ihre Haut glänzte und das Licht des Sichelmondes spiegelte sich darin wider. Und sie alle hatten Krallen, die reglos an ihren Seiten hingen.

Menschliche Begleiter.

Sie hatten die Schaufensterpuppen ausgezogen und waren in ihre Kostüme geschlüpft.

Grimsby stieß einen Laut des Erschreckens aus, aber Mayflower schien ihn nicht gehört zu haben. Der Jäger pulte das Zaubersiegel an der Hand des Königs ab, als wäre es herkömmliches Klebeband. Grimsby spürte eine kleine Erschütterung der Magie, als der Zauberspruch verschwand.

»Les …«, flüsterte Grimsby und hielt sich dabei so still wie möglich. »Les!«

»Was?«, knurrte Mayflower und drehte sich um. Er hatte eine kleine Box in der Hand, aber es war keine Siegelkiste, sondern gewöhnliches Holz. Sogar ohne seine Anderswo-Sicht konnte Grimsby spüren, dass von diesem Behältnis etwas Ekelerregendes ausging.

Mayflower erstarrte sofort, als er sich umgedreht hatte. Der Große Jäger brauchte keine Hexensicht, um zu erkennen, was geschehen war, ihm reichte der Lichtschein.

Allerdings wäre es angenehmer gewesen, wenn ihnen das helle Licht früher zu Hilfe gekommen wäre – bevor sie sich in diese Sackgasse manövriert hatten. Jetzt steckten sie in einem Plastikschloss fest, das von einer Armee mordlüsterner Monster wie aus Halloween-Restbeständen umzingelt war.

42

»SIND DAS …?«, fragte Grimsby, der das Wort nicht herausbrachte.

»Begleiter«, spie Mayflower es aus.

Grimsby duckte sich hinter die Plastikzinnen, in der vergeblichen Hoffnung, dass sie ihn nicht entdeckt hatten. »Was machen wir jetzt?«

Mayflower kauerte sich neben ihn und überprüfte seine Waffe. »Wir werden in Fetzen gerissen«, sagte er, »und reißen dabei selber so viele mit, wie wir können.«

»Ich meinte: Was machen wir, um zu überleben?«

Der Große Jäger warf Grimsby einen offenen, aber nicht gerade ermutigenden Blick zu. »Werden wir nicht.«

»Irgendwas müssen wir doch tun können!«

»Schon eines von diesen Biestern ist schnell und stark genug, um dich in zwei Stücke zu reißen, bevor du weißt, was Sache ist. Und da draußen lauern fast zwanzig davon.«

»Ich hab eins besiegt!«, wehrte sich Grimsby.

»Das war ein Glückstreffer. Kriegst du auch plus siebzehn Glückstreffer hintereinander hin?«

Grimsby schluckte und lugte über die Mauer. Die Begleiter standen immer noch da, als warteten sie auf etwas. Wie das

Wachsfigurenkabinett einer Hofgesellschaft aus missgestalteten Monstern.

Dann wurde ihm bewusst, dass die Ungeheuer die Kleider der Schaufensterpuppen trugen. *Seiner* Schaufensterpuppen.

»Eigentlich«, sagte er, »ja, doch. Ein paar Glückstreffer krieg ich schon noch hin.«

»Was?«

»In jedem der Kostüme habe ich eine meiner Binderunen angebracht. Für die Show. Vielleicht kann ich sie benutzen, um die Sache mit der Schnelligkeit der Ungeheuer zu regeln. Sie zumindest lang genug hinhalten, damit du ...«

»Damit ich zielen und schießen kann«, beendete Mayflower seinen Satz. »Könnte klappen.«

»Warum ... du weißt schon ... *mordifizieren* sie noch nicht?«, fragte Grimsby.

Durch die Tür zum Essensraum war kurz eine Bewegung sichtbar.

Mayflower knurrte. »Ich weiß, warum.« Er brüllte: »Peters! Ich weiß, dass Sie hier sind. Kommen Sie raus!«

Es folgte eine lange Stille. Grimsby sah, wie die Krallen der menschlichen Begleiter vor gespannter Erwartung zuckten.

Ein Schatten zeigte sich in der Tür zum Restaurant, dann trat Direktor Peters ein. Er trug wie immer einen Maßanzug. Geschäftsmäßig gediegen, aber nicht modisch. Eine dunkle Sonnenbrille verdeckte seine Augen. Mit völliger Gelassenheit schritt er zwischen den wartenden Begleitern hindurch und verschränkte die Hände hinter seinem Rücken.

»Meine Herren«, begann er, als spräche er vor einer Gruppe von Geschäftsleuten, deren Konzern er gerade übernommen hatte. »Ich glaube, Sie haben etwas, das mir gehört.«

Grimsby blickte auf die Holzkiste in Mayflowers Hand. Er konnte immer noch die Energie der Hand darin spüren. Und sie verursachte ihm eine Gänsehaut. So als hätte die Hand neben ihren fünf echten Fingern noch weitere, unsichtbare, die sanft über seine Haut strichen.

Mayflower sah Grimsbys Blick und kniff die Augen zusammen. Er steckte die Kiste in sein Jackett, blickte hinunter zu Peters und zog seine Waffe. »Ich hab wirklich was für Sie. Aber ich glaub, es ist nicht das, was Sie erwarten.«

Peters lächelte gelangweilt. »Sie sind wirklich nicht besonders unberechenbar, Mr. Mayflower …«

Er wurde unterbrochen, als Mayflower ihm ins Herz schoss.

Zumindest versuchte der Große Jäger es.

Doch Zentimeter vor Peters' Brust traf die Kugel auf etwas Unsichtbares und sprühte Funken. Sie wurde weit zur Seite hinüber abgelenkt und bohrte sich in die Ziegelwand der früheren Lagerhalle.

Peters wischte sich die Funken vom Jackett und räusperte sich. »Wie ich gerade sagte. Nicht unberechenbar.«

»Ich habe noch mehr Kugeln«, knurrte Mayflower.

»Nicht genug, das kann ich Ihnen versichern. Außerdem: Ich bin nicht gekommen, um mit Ihnen zu diskutieren.«

»Lassen Sie mich raten: Sie sind da, um mich zu töten?«

»Nein, seien Sie nicht so theatralisch. Ich bin hier, um mit Mr. Grimsby zu sprechen.«

Mayflowers Augen verengten sich, und sein Blick schoss nach unten, wo Grimsby kauerte.

»Der Junge? Der ist weg. Ich bin allein, Hexer.«

»Nein, das glaube ich Ihnen nicht. Kommen Sie raus, Mr. Grimsby. Ich weiß, dass Sie da sind.«

Grimsby streckte den Kopf über die Pommeswand.

»Ah, da sind Sie ja«, sagte Peters. »Ich dachte, wir hätten eine Abmachung, Mr. Grimsby.«

»Sie haben mich angelogen!«, entgegnete dieser.

Peters zuckte mit den Schultern. »Hab ich das? Inwiefern? Mein Angebot steht noch. Sie geben mir den Verräter und die Hand, und ich gebe Ihnen einen Job.«

»Verräter? Sie arbeiten doch selbst nicht für das Department.«

»Stimmt nicht. Ich bin tatsächlich der Leiter der Bostoner Abteilung des Departments. Es ist eher ein Ehrentitel als eine wirkliche Berufsbezeichnung. Aber das ist mehr als ausreichend, um Sie in eine entsprechende Position zu bringen.«

»Ich will nichts von Ihnen!«

»Ich glaube, das stimmt auch nicht. Sie wollen ein Ziel, eine Bestimmung? Kann ich Ihnen geben. Sie wollen ein neues Leben? Kann ich Ihnen geben. Sie wollen überleben?« Er warf einen Blick auf seine wartenden menschlichen Begleiter. »Im Moment scheine ich alle Trümpfe in der Hand zu halten.«

Grimsby schluckte seine Angst runter. »Also auch den Schwarzen Peter?«

Peters zuckte genervt mit einer Augenbraue. »Wie auch immer. Sie haben bewiesen, dass Sie ein junger Mann von enormem Erfindungsreichtum sind. Und Ihr kleiner Kampf mit Hives hat mir gezeigt, dass Scharfsinn und Entschlossenheit auch Talent und Stärke besiegen können.«

»Wovon sprechen Sie eigentlich?«

»Kurz und bündig: Ich würde Ihnen lieber einen Job geben, als Sie zu töten. Das gilt auch für Sie, Mr. Mayflower. Aber ich gehe davon aus, dass das bei Ihnen nicht zur Debatte steht.«

Mayflower schoss noch mal auf Peters und fluchte, als seine Kugel wieder von dessen Schutzzauber abprallte.

»Das dachte ich mir. Also, Mr. Grimsby: Was sagen Sie zu meinem Angebot?«

Grimsby wollte Peters eine Abfuhr erteilen, aber er merkte, dass er innerlich zögerte. Er schwebte in Lebensgefahr, und

Peters bot an, ihm nicht nur buchstäblich das Leben zu retten, sondern ihm auch noch seinen Lebenstraum zu erfüllen.

Das klang leider verlockend.

Überhaupt nichts Verlockendes hatte allerdings die Vorstellung, Mayflower noch mal zu enttäuschen. Das erste Mal zehrte innerlich immer noch an ihm, die Schuld fühlte sich an wie ein eisernes Joch um seinen Hals. Ein zweites Mal wollte er sich das nicht antun – und Mayflower hatte ihm bisher noch nicht mal die erste Enttäuschung verziehen.

»Ich denke, Sie können Ihre Karten nehmen und sie sich in den Arsch stecken«, rief Grimsby zu Peters hinunter, seine Stimme klang dabei vor Angst zwar ein bisschen schrill, aber entschlossen, wie er selbst erstaunt feststellte.

Grimsby blickte zu Mayflower hinüber und sah, dass der Große Jäger die Waffe auf sein Herz gerichtet hatte. Mayflower warf ihm unter gerunzelten Brauen einen misstrauischen Blick zu, aber dann nickte er einmal und senkte die Waffe.

Das dämpfte zwar Grimsbys Überzeugung etwas, dass er die richtige Entscheidung getroffen hatte. Aber er entschied, dass er dem Großen Jäger seine Skepsis wohl kaum übel nehmen konnte. Schließlich hatte er selber einen Moment lang an sich gezweifelt.

»Eine Schande«, meinte Peters und wirkte dabei aufrichtig enttäuscht. »Dann bleibt mir wohl keine Wahl.«

»Sieht so aus«, rief Mayflower ihm zu.

»Nun ja.« Der Direktor wandte sich vom Schloss ab und gab den Ungeheuern ein Signal. »Tötet sie.«

Auf einen Schlag setzten sich sämtliche Begleiter in Bewegung. Manche eilten mit langen Schritten nach vorne; andere ließen sich auf alle viere fallen und galoppierten auf die Plastikmauern zu. Alle hatten sie die Krallen ausgefahren und ihre blicklosen Augenhöhlen auf den Hexer und den Großen Jäger gerichtet.

Mayflower zielte auf das nächste Monster, und nach einem Moment, der Grimsby wie eine Ewigkeit vorkam, drückte er ab. Die Kugel traf den als Bauer verkleideten Begleiter direkt in den Kopf – der Schädel explodierte, und der Begleiter fiel leblos auf den Boden.

Dann visierte Mayflower den nächsten an.

»Irgendeine Chance, dass du schneller schießen kannst?«, fragte Grimsby und bemühte sich, dabei nicht schwach und verzweifelt zu klingen. Es klappte nicht.

»Ich hab nur noch fünf Kugeln«, sagte Mayflower.

»Aber da sind noch sechzehn Begleiter!«

Der Schuss krachte und Grimsby zuckte zusammen. »Fünfzehn. Also solltest du besser mit anpacken.«

Grimsby stieß einen frustrierten und ängstlichen Seufzer aus. Er blickte über die Wand und sah, dass die Begleiter ihnen schon gefährlich nahe gekommen waren. Einer nahm gerade Anlauf, um über den Bällegraben zu springen.

Grimsby beschwor seinen Impetus herauf. Die Wärme strömte von seiner Brust durch seinen Körper. Er ignorierte die Funken aus seinem Narbenarm und versuchte, die Bindungen zwischen den Kostümen zu erspüren, mit denen er sonst die Puppen tanzen ließ, um die Kinder zu bespaßen. Der Begleiter, der ihnen schon am nächsten war, war mit dem ersten verbunden, den Mayflower erledigt hatte. Grimsby tastete mit seinem Impetus nach den Verbindungsfäden, fand den richtigen und zog ihn straff.

Zwischen dem toten Begleiter und seinem voranstürmenden Partner, der gerade über den Graben gesprungen war, leuchtete plötzlich ein Lichtstrahl auf. Der leblose Körper flog plötzlich nach vorne, im Gegenzug wurde das Monster auf der anderen Seite des Grabens wieder zurückgerissen: Es verlor das Gleichgewicht, fiel rückwärts in den Graben und ließ dabei bunte Plastikbälle über den Boden hüpfen.

Einen Moment später, als er im Bällegraben gerade wieder Boden unter den Füßen gefunden hatte und sich aufrichtete, knallte ihm von hinten die Leiche des anderen rein. Er wollte sich durch wüstes Gestrampel von dem toten Begleiter befreien, verhedderte sich dabei aber nur noch mehr.

Noch ein Schuss, und noch ein Begleiter ging kopflos, als bloßer Haufen Metallschrott, zu Boden.

Grimsby fand noch einen Bindefaden, zog daran und lenkte so einen Begleiter mitten im Rennen direkt in ein Klettergerüst, was schrecklich verbogene Metallteile bei beiden Beteiligten bewirkte.

»Wir brauchen einen Plan«, ächzte Grimsby, sein Impetus laugte ihn schon aus. »Wir können das nicht mehr lange durchhalten.«

»Der Plan ist: Wir ziehen das hier bis zu unserem Ende durch,« sagte Mayflower und erschoss den vierten Begleiter.

Mayflower hatte also vier Ungeheuer erledigt, Grimsby zwei ausgebremst. Das ließ noch viel zu viele übrig.

Ihm kam eine Idee.

»Die Hand!«, sagte Grimsby, zog an einer Bindung, und zwei sprintende Begleiter kollidierten mit einer Explosion aus Metallspänen, erhoben sich aber sofort wieder. »Wir können die Hand benutzen!«

»Was redest du da?« Noch ein Schuss, noch ein Begleiter ging zu Boden.

»›Die Hand hat die im Griff, die sich nicht selbst im Griff haben‹«, zitierte Grimsby Mansgrafs Beschreibung. »Wenn damit nicht diese Typen gemeint sind, weiß ich nicht, wer sonst.«

»Nein!«, knurrte Mayflower. Ein Begleiter hatte die Mauer

erreicht und war dabei, sie hochzuklettern. Er bohrte seine Krallen in das Plastik und fand dadurch Halt.

Mayflower jagte ihm eine Kugel in den Kopf.

»Es ist unsere einzige Chance!«, beharrte Grimsby und fand eine Bindung, mit der er einen Begleiter von der Mauerkante riss. Der stürzte auf den Rücken und blieb zunächst hilflos liegen wie eine umgekippte Schildkröte. »Vertrau mir!«

Mayflower blickte ihn an, und Grimsby erkannte in den Augen des Großen Jägers sofort, dass er ihm nicht vertraute. Nicht mehr.

Selbst in all dem Lärm, dem ganzen Chaos und der Angst spürte Grimsby den Schmerz, den der Blick in ihm auslöste. Er hatte Mayflowers Vertrauen gebrochen – und jetzt würde er wohl nie mehr die Gelegenheit bekommen, es wiedergutzumachen.

»Grimsby …«, fing Mayflower an, aber dann blickte er über Grimsbys Schulter und riss plötzlich die Augen weit auf.

Grimsby schaute gar nicht erst nach, was Mayflower gesehen hatte, sondern warf sich lieber gleich nach vorne. Etwas Hartes traf ihn an der Seite, fest genug, dass er seine Rippen knacken hörte. Sein Sprung wurde zu einem unkontrollierten Taumeln und plötzlich stürzte er von der Wand hinab in den Innenhof mit den entstellten Schaufensterpuppen.

Wäre das Gebäude ein echtes Schloss gewesen, hätte er den Sturz nicht überlebt.

Aber es war Donalds Mächtiges Magisches Papp-Königreich des Essens und sein Sturz ging nur etwa zwei Meter tief. Grimsby landete vergleichsweise weich auf dem Haufen Schaufensterpuppen, aber er war nicht sicher, ob eine Landung auf dem Gummiboden viel gefährlicher gewesen wäre.

Ein Schmerz explodierte in seiner Seite, als wäre er auf eine Claymore-Landmine getroffen. Der Schmerz war so heftig, dass er kurz Sternchen sah – und seine Konzentration auf die Bindezauber verlor.

Oben auf der Mauer sah er Mayflower stehen – und ihm gegenüber denselben schwarzköpfigen Begleiter, der Grimsby damals vor seinem Apartment aufgelauert und ihn auch in dem Zug angegriffen hatte. Schwarzschädel kletterte über das letzte Stück Mauer und richtete sich dann auf, er war genau so groß wie Mayflower.

Grimsby sah, wie Mayflower die Waffe hob und abdrückte, den Lauf direkt auf Schwarzschädels rechte Augenhöhle gerichtet.

Der Schuss saß, Funken sprühten, Schwarzschädels Kopf fiel nach hinten. Grimsby spürte für einen Moment eine winzige Hoffnung in sich aufkeimen.

Doch dann sah er, dass der Schädel des Begleiters noch vollkommen intakt war. Schwarzschädel zuckte nur kurz, lehnte sich vor – und eine völlig deformierte Pistolenkugel fiel klappernd aus seiner Augenhöhle.

Mayflower war nicht weniger verblüfft als Grimsby. Der Große Jäger ließ die Deckung sinken.

Und Schwarzschädel schlug zu. Er traf Mayflower mit seinen Krallen direkt in die Brust und schleuderte ihn zur Seite.

Mayflower flog von der Mauer und landete ein paar Meter neben Grimsby auf dem Boden.

Seine Waffe glitt ihm aus der Hand.

Grimsby spürte eine eisige Kälte, als Schwarzschädel seinen leeren Blick auf ihn richtete.

Weitere Begleiter schafften es auch auf die Mauer und wollten sich unbedingt endlich über ihre Beute hermachen – doch Schwarzschädel hob seine Kralle, und alle blieben stehen.

Das gewaltige Monster sprang herunter, der Boden erzitterte bei seiner Landung. Er spreizte die langen Krallen und hielt dann auf Grimsby zu.

43

GRIMSBY SAH, WIE Schwarzschädel ihm immer näher kam. Das riesenhafte Ungeheuer baute sich über ihm auf, eingerahmt vom grellen Hintergrund des bunten Dachfensters im Mondlicht.

Peters erschien im Torbogen der Hängebrücke, er wirkte dabei, als könnte er das Ende eines langweiligen Meetings kaum erwarten. »Stopp«, befahl er.

Schwarzschädel drehte sich halb zu ihm um, dann machte er noch einen Schritt auf Grimsby zu.

»Ich habe *Stopp* gesagt!«, Peters wurde lauter.

Der Begleiter zuckte kurz, als wäre er irgendwie berührt, dann erstarrte er. Seine hohle Stimme hallte aus dem Totenschädel. *»Es ist nicht vorbei.«*

»Ja, ja«, sagte Peter und winkte gereizt ab. »Empfindliche Wesen, diese Anthro-Begleiter. Wiederholen ihre letzten Worte immer und immer wieder. Sehr ermüdend.« Er schüttelte den Kopf und sah Grimsby an. »Letzte Chance«, erklärte er. »Der Große Jäger ist tot oder wird es bald sein. Aber Sie müssen nicht auch noch hier sterben. Ich will nicht mehr Hexenblut vergießen als unbedingt nötig, Mr. Grimsby.«

Grimsby kämpfte sich mühsam auf die Beine und hielt sich

dabei seine verletzte Seite. Er hatte keine Ahnung, wie gebrochene Rippen aussehen – aber jetzt konnte er ziemlich präzise beschreiben, wie sich so etwas anfühlt.

»Sie sind stark. Das ist gut.« Peters richtete seine Augen auf Mayflowers Körper und streckte dabei seine Hand zu Grimsby hin, als würde er ihm eine Opfergabe darreichen. »Bringen Sie mir die Hand und ich werde Ihnen helfen.«

Irgendwie glaubte Grimsby ihm sogar. Er hatte zwar keine Ahnung, ob es daran lag, dass Peters wirklich die Wahrheit sagte, oder ob er einfach ein guter Lügner war. Aber er glaubte ihm, dass dies die letzte Möglichkeit für ihn war, diese Nacht zu überleben. Und das klang ansprechend.

Er wandte sich um zu Mayflower, der nahe bei ihm immer noch leblos auf dem Boden lag. Die Schmerzen in Grimsbys Rippen verteilten sich in der ganzen Brust. War Mayflower denn überhaupt noch am Leben? Bei einem Normalsterblichen hätte er keine Hoffnung mehr gehabt. Aber Mayflower war kein Normalsterblicher.

Trotzdem, egal ob tot oder lebendig: Welche Wahl hatte er denn noch? Er war allein, er war unterlegen – und somit praktisch ohne den geringsten Handlungsspielraum. Und selbst wenn der Große Jäger überlebte: Was konnte er überhaupt noch ausrichten? Ohne Waffe, ohne Patronen und durch unzählige Verletzungen gehandicapt, war Mayflower wirklich sehr weit davon entfernt, irgendjemanden retten zu können.

Das galt leider auch für Grimsby.

Es blieb hier zwar noch jede Menge zu retten, doch niemanden weit und breit, der dafür infrage kam.

Grimsby schluckte und humpelte zu Mayflower rüber.

»Gut«, sagte Peters ermunternd. »Sehr gut.«

Grimsby war nicht sicher, was er überhaupt vorhatte. Peters' Angebot hallte laut durch seinen Kopf und übertönte all seine

Gedanken, während seine zunehmende Angst und Hoffnungslosigkeit ihn förmlich anschrien, doch endlich zuzustimmen. Er blendete die Versuchung aus. Zuallererst musste er wissen, ob Mayflower überhaupt noch lebte.

Inzwischen war er nah genug heran, um Mayflowers Gesicht sehen zu können – und sein Körper fühlte sich plötzlich doppelt so schwer an. Der Große Jäger war ein Wrack. Sein Gesicht war von einem Vorhang aus Blut verdeckt. Der Schwarzschädel hatte ihm mit seinen Krallen drei klaffende Wunden in die Brust geschlagen, so tief, dass sie eher schwarz als rot wirkten. Seine Haut war blass. Zu blass. Und er lag vollkommen regungslos da.

Grimsby fühlte sich plötzlich, als nähme er alles aus wachsender Entfernung wahr.

Der Große Jäger hatte so mächtig gewirkt, so als könnte ihn nichts aufhalten.

Und trotzdem war er weg.

Das konnte doch unmöglich sein.

Grimsbys Beine trugen ihn an Mayflowers Seite, er blickte hernieder auf seinen gefallenen Freund. Dabei hatte er sich von Peters und seinen Mordgesellen abgewandt, er konnte spüren, wie sich ihre Blicke in seinen Rücken bohrten. Aber es war ihm egal. Völlig egal.

Die Angst, die Schmerzen, die Erschöpfung – sie waren verschwunden.

Übrig blieben nur noch ein hässliches leeres Gefühl in seinem Magen und zwei glühende Kohlestückchen in seinen Augenhöhlen.

Plötzlich blinzelte Mayflower und öffnete ein Auge, es sah aus wie eine Marmorkugel, umgeben von Blut und Asche. Er starrte Grimsby an und bleckte seine blutverschmierten Zähne.

Erleichterung überkam Grimsby und er kniete sich neben den Großen Jäger hin.

Peters hinter ihm rief: »Beeilung, Mr. Grimsby.«

Mayflower richtete seinen Blick zum Direktor, dann wieder zurück auf Grimsby. Er hustete schwach und flüsterte: »Tu es.«

»Was?«, fragte Grimsby.

»Nimm das Angebot an. Rette dich.« Er versuchte, die Worte auszuspeien, doch stattdessen tröpfelten sie nur rot zwischen seinen blutigen Lippen hervor.

Grimsby berührte mit seinen Fingern sanft Mayflowers Brust, der Große Jäger zuckte zusammen. Grimsby öffnete sein Jackett, um an die Innentasche mit der Holzkiste zu gelangen.

»Hexer«, stöhnte Mayflower anklagend.

Grimsbys Lippen kräuselten sich. Er zog die Kiste mit der Hand aus Mayflowers Tasche. Dabei bemerkte er den anderen Gegenstand, der im Futter von Mayflowers Jackett versteckt war. Plötzlich fühlte er so etwas wie Hoffnung in sich aufblitzen.

Die Claymore-Landmine und ihr Zünder.

Er zog beide Gegenstände heraus, holte schnell die Hand aus der Kiste und steckte sie dafür Mayflower in die Tasche. Die Hand hatte sich kalt angefühlt, wie schmutziges Eis. Er konnte sie noch spüren, es war, als streckte sie sich nach ihm aus. Er hätte sie nur zu packen brauchen. Grimsby schauderte und war froh, sie wieder los zu sein. In die Kiste packte er anstelle der Hand die Claymore-Mine.

»Was machst du da?«, knurrte Mayflower schwach.

»Etwas Dummes«, sagte Grimsby. »Sehr, sehr Dummes.«

Er beschwor ein winziges bisschen von seinem Impetus herauf, genug für sein Vorhaben, aber so wenig, dass Peters es nicht bemerken würde. Dann klebte er eine Binderune auf die Claymore-Mine, direkt über die Aufschrift VORDERSEITE RICHTUNG FEIND.

Grimsby atmete zitternd ein. »Du kriegst nur einen Versuch«, flüsterte er und drückte dem Großen Jäger den Zünder in die Hand. »Warte, bis ich ganz nah an Peters dran bin. Sonst dringen wir nicht durch seinen Schutzschild.«

Mayflower blickte ihn zunächst grimmig an, doch als er es kapierte, weiteten sich seine Augen leicht. »Du musst weit genug weg«, sagte er. »Zehn Meter mindestens.«

Grimsby schnaubte und platzierte eine weitere Bindung zwischen seinem eigenen Gürtel und dem Boden neben Mayflower.

Der Große Jäger nickte ganz leicht, dann verfiel er wieder in Regungslosigkeit. Hätte Grimsby nicht kurz zuvor das Feuer in seinem einen Auge gesehen, hätte er ihn vielleicht ein zweites Mal für tot gehalten.

Er stand auf und wandte sich zu Peters um, die Holzkiste mit der Landmine in den Händen.

Peters hatte sein professionelles Lächeln aufgesetzt. »Sie haben die richtige Entscheidung getroffen, Mr. Grimsby. Wir haben viel zu besprechen.«

Grimsby ging langsam und entschlossen auf Peters und Schwarzschädel zu. Da es wahrscheinlich seine letzten Schritte waren, hatte er keine Eile.

Nach allem, was er durchgemacht hatte, war's das jetzt.

Sein letztes Gefecht.

Jetzt musste er nur noch nah genug an Peters herankommen, um ihm die Claymore-Mine mit der Binderune zu verpassen und dann an der anderen Bindung zu ziehen, um schnell möglichst weit wegzukommen, bevor Mayflower die Landmine zündete.

»Ja, ganz einfach«, murmelte er. »Einfach einem mächtigen Hexer die Landmine wie eine Torte ins Gesicht klatschen.

Easy.« Vielleicht war es auch etwas überambitioniert, wenn er aufs Gesicht zielte. Die Position war zwar das Topkriterium in der Geschäftswelt, aber bei einer Sprengung kam es vielleicht nicht so sehr darauf an.

Er musste nur halbwegs nah ran.

Als er sich Schwarzschädel näherte, holte er ganz tief Luft, – es kostete ihn seine gesamte Selbstbeherrschung, sich freiwillig in Reichweite des Monsters zu begeben. Es schien aus Vorfreude zu zucken, aber ein Warnlaut von Peters reichte, und Schwarzschädel hielt seine Krallen wieder still.

Grimsby war schon fast nah genug heran, um Peters zu erreichen, als Schwarzschädel plötzlich seinen Arm ausstreckte und ihm den Weg versperrte.

»Das ist nah genug«, sagte Peters. »Öffnen Sie die Kiste.«

Grimsby erstarrte. Peters wusste, dass irgendwas nicht stimmte. Irgendwie wusste er es. Grimsby war nicht nah genug an ihm dran. Wenn er jetzt die Kiste fallen ließ und die Bindung aktivierte, die ihn aus der Gefahrenzone bringen würde, reichte die Wucht der Explosion vielleicht nicht aus, um Peters' Schutzschild zu zerstören. Selbst wenn Grimsby dann die Explosion überlebte und die Anthro-Begleiter sie nicht in Fetzen rissen: Peters würde es ganz sicher tun.

»Die Kiste, Mr. Grimsby«, sagte Peters, so ruhig wie ein Chirurg. »Öffnen Sie sie.«

Er musste etwas unternehmen, bevor es zu spät war. Er konnte nicht nah genug an Peters ran, also blieb ihm nur eine Option.

»Bevor ich das tue, müssen Sie mir was verraten«, sagte er.

Peters ließ einen kurzen, müden Seufzer hören, dann sah er Grimsby prüfend an. Irgendwie wurde Grimsby sehr deutlich bewusst, dass der Mann gerade abwog, was ihn weniger Zeit kosten würde: Grimsby bei Laune zu halten – oder ihn einfach zu töten. Glücklicherweise tendierte er wohl zu ersterem Verhalten.

»Natürlich, Sie haben sicher viele Fragen.«

»Was sagt der Magier zur Hexe?«

Peters' Augen verengten sich. »Was?«

Grimsby schlug Schwarzschädel auf die Brust und klebte damit dort die zweite Bindung an.

Der Direktor blickte ihn wütend an, er musste Grimsbys Spruch bemerkt haben.

Grimsby öffnete die Kiste und brüllte: »Ta-da!«

Peters öffnete den Mund, doch bevor er einen Zauberspruch über die Lippen brachte, schrie Grimsby seinen heraus.

»*Binde!*«

Ein Faden aus blauem Licht leuchtete zwischen Schwarzschädel und der Claymore auf. Die Landmine flog aus der Kiste und heftete sich – die Sprengrichtung nach vorn – an Schwarzschädels Brust.

Peters brüllte irgendwas, aber Grimsby war zu sehr abgelenkt, es zu hören: Er hatte schon die zweite Binderune aktiviert und wurde zu Mayflower zurückgezerrt.

Aber bevor er außer Reichweite war, wickelte sich etwas Hartes und Starkes um seine Brust und hielt ihn fest, scharfe Klingen bohrten sich in seine Haut, und ihm blieb die Luft weg.

Schwarzschädel hatte ihn gepackt und hielt ihn fest, während Grimsbys Bindung schmerzhaft an seinem Gürtel zerrte.

»Mayflower! Tu es!«, rief Grimsby, aber seine Stimme war erstickt und nicht laut genug. Er blickte zu ihm hinüber: Mayflower lag auf einen Ellbogen gestützt, die blutige Hand hatte er um den Zünder geschlossen.

Aber der Große Jäger drückte nicht auf den Knopf.

Er starrte nur. Ein einzelnes weißes Auge in einem blutroten Gesicht.

Peters schnaubte verächtlich und schüttelte den Kopf. »Ein kühner Versuch, Männer. Aber ich befürchte, dass Sie selbst damit meinen Schutzschild nicht durchbrechen könnten.« Er drehte sich zu Schwarzschädel um und deutete auf die Landmine, er blieb dabei aber trotz seines Schutzzaubers mehrere Schritte auf Abstand. »Entferne das Ding.«

Schwarzschädel zerrte mit seiner freien Hand an der Mine herum, aber jedes Mal, wenn er sie wegzog, ließ die Bindung sie wie ein Gummiband zurückschnalzen. Das Monster wirkte fast frustriert, während es hilflos an dem Sprengsatz rumfummelte.

»*Es ist nicht vorbei!*«, wiederholte er.

»Ein Aufenthalt, mehr nicht«, meinte Peters. »Ihr geliebter Großer Jäger drückt ohnehin nicht auf den Zündknopf. Nicht wenn Sie hier in der Nähe sind.«

»Seien Sie sich da nicht so sicher«, röchelte Grimsby. Er spürte, wie sich der Stoff um die Krallen des Begleiters mit seinem Blut vollsog.

»Ich bin mir ziemlich sicher. Sonst hätten Sie es schon längst getan, stimmt's, Mr. Mayflower?«

Mayflower antwortete mit einem winzigen Kopfschütteln und ließ seine Hand auf den Boden sinken.

»Dachte ich mir«, sagte Peters. »Das hier dauert schon viel zu lange.« Er trat einen Schritt vor und hob die Hand. Sie leuchtete in einem feurigen Licht auf. »Offensichtlich sind Sie beide mir nicht von Nutzen. Also müssen Sie entsorgt werden.«

»Sie hätten mir nicht so nah kommen sollen«, flüsterte Grimsby.

»Und warum bitte nicht?«, schnauzte ihn Peters an.

Grimsby aktivierte die Bindung, die er als erste platziert hatte und die weder von Peters noch von Mayflower bemerkt worden war.

Ein seidendünner blauer Faden blitzte auf, sein eines Ende war an Grimsbys Handfläche befestigt.

Das andere am Zünder der Landmine.

»Denn in Donalds Mächtigem Magischen Königreich des Essens ...«

Das kleine Plastikteil flog lautlos durch die Luft und landete in Grimsbys Hand.

»... gewinnen immer die Guten.«

Peters riss die Augen auf und wollte von Schwarzschädel wegspringen.

Grimsby drückte auf den Knopf.

Die Welt wurde weiß.

44

GRIMSBY WAR FAST überrascht, dass er die Augen öffnen konnte. Doch er bereute es sofort. Sein Kopf fühlte sich an, als hätte jemand in seiner Abwesenheit mehrere Presslufthämmer reingestopft. Aber es gab ohnehin nicht viel zu sehen. Nur ein paar schwebende Farbkleckse und der verschwommene Umriss eines Deckenfensters.

Er wollte sich schon fast auf die Seite rollen und die Augen wieder schließen, aber dann drehte er den Kopf und sah, dass einer von Schwarzschädels Armen einzeln neben ihm lag.

Plötzlich erinnerte er sich wieder daran, wo er war und was passiert war. Ängstlich blickte er an sich selbst hinunter, in der Erwartung, seinen Körper unvermittelt an der Hüfte enden zu sehen.

Aber er war seltsamerweise intakt.

Irgendwie hatte er die Explosion überlebt.

Er war fast euphorisch, bis er sich umsah und feststellte, dass noch etwa ein Dutzend von Peters' Anthro-Begleitern übrig waren. Sie verharrten regungslos auf dem Fleck und warteten auf Anweisungen ihres Meisters.

Aber Peters lag irgendwie formlos in der Nähe auf dem Boden. Die Explosion musste auch ihn erwischt haben.

Grimsbys Magen verkrampfte sich – er hatte Peters getötet. Er wollte hier und jetzt seinen ohnehin schon leeren Magen vollends leer kotzen. Er war fast erleichtert, als Peters sich rührte.

Bis er begriff, was das bedeutete.

Der Zauberbann, der Peters vor Mayflowers Kugeln bewahrt hatte, musste ihn auch vor dem Sprengsatz geschützt haben. Und er hatte wohl dicht genug bei Grimsby gestanden, sodass der Zauber auch ihn gerettet hatte.

Als Peters aufstand, den Kopf schüttelte und seine kaputte Brille zurechtrückte, wusste Grimsby, dass es endgültig vorbei war.

Sie hatten verloren.

Der Department-Direktor verfügte immer noch über seine sämtlichen Körperteile, eine Handvoll Begleiter und hatte sicher keinen Mangel an Magie.

Grimsby hingegen hatte nur seinen Optimismus und Kopfschmerzen.

Auch Grimsby schaffte es mit einer Mühe, auf die Beine zu kommen, auch wenn er kaum das Gleichgewicht halten konnte. Da war irgendein seltsames Geräusch, aber bei dem lauten Rauschen und Klingeln in seinen Ohren konnte er es nicht zuordnen.

Peters wandte sich unterdessen zu ihm um und warf ihm einen giftigen Blick zu. Er streckte eine Hand nach der Seite aus, und ein blaues Feuer erschien in seiner Handfläche, ähnlich der Zündflamme eines Gasbrenners.

Grimsby versuchte angestrengt, etwas von seinem Impetus heraufzubeschwören, aber er war alle. Zwar sprühten schwache Funken aus seinen Narben, doch es strömte keine Wärme in ihm hoch. Seine Magie war völlig aufgezehrt.

Dann hörte er wieder das Geräusch. Verzerrt, aber irgendwie vertraut.

Er drehte sich und realisierte, dass Mayflower ihn anschrie. Der Große Jäger hatte sich im Liegen ein paar Meter über den Boden zu ihm hingerobbt und dabei eine rote Blutspur hinterlassen. Er hielt etwas in die Luft und winkte damit.

Die Hand.

Grimsby war immer noch so in seinem Dämmer, dass er fast zurückgewinkt hätte.

Dann wurde das Klingeln in seinen Ohren leise genug, dass Grimsby Peters hinter sich reden hören konnte.

»Tötet ihn.«

Das Dutzend Ungeheuer stürmte in Formation los und sie streckten ihre Krallen nach Grimsby aus.

Mayflower warf die Hand.

Ihre konservierte Haut schillerte in grotesken Farben, als die Hand durch die Luft flog.

Grimsby streckte instinktiv den Arm danach aus. Und dann – sei es dank Mayflowers präzisem Wurf, Grimsbys übermäßigem Anteil am Glück der Dummen oder ein bisschen von beidem, gemischt mit einem Wunder – fing er sie tatsächlich.

Das schwere tote Fleisch traf auf seine linke Handfläche und er packte zu.

Peters schrie und lenkte seine brennende Hand auf Grimsby. Ein Feuerstrahl aus wirbelnden Flammen schoss an den vorwärtsstürmenden Begleitern vorbei auf ihn zu.

Grimsby fühlte, wie die Hand mit ihren eisigen Tentakeln gierig nach ihm griff. Er hatte diese kalte Macht schon einmal gespürt und war davor zurückgeschaudert.

Aber dieses Mal erwiderte er den Griff und packte die Hand.

Grimsby hatte nie zuvor eine Schlange angefasst, aber so stellte er es sich vor. Die Kälte kroch in seine Hand, legte sich eisig um seinen Unterarm. Die Haut auf seinen Narben sprühte keine Funken – sie wurde kalt und grau.

Ein blasses blaues Licht leuchtete aus seinen Narben, eine Farbe, wie er sie noch nie gesehen hatte. Ihm wurde schlecht. Nebel strömte aus seiner Haut, der Raum wurde auf einen Schlag kälter.

Alles war so ruhig, so dumpf. Er hatte Zeit, in jedem einzelnen arktischen Moment zu verweilen – bis ihm plötzlich Peters' herbeischießender Zauberspruch wieder in den Sinn kam.

Doch als der Strahl aus blauem Feuer auf den Nebel um Grimsby traf, prallte er wie von einer Wand davon ab. Das Feuer schrie und toste, als der Nebel es hungrig verschlang, die kalte Wolke schwoll an.

Grimsby spürte, wie seine Erschöpfung auf einmal verschwunden war, ersetzt durch etwas Hässliches, Sprödes, Erbarmungsloses. Ein Gefühl von Macht erfüllte ihn, als könnte er mit jedem seiner Worte die Realität nach seinem Willen formen.

Er wandte sich den heranstürmenden Begleitern zu und sprach, Nebel strömte dabei aus seinem Mund.

»Stopp.«

Er war nicht überrascht, als sie gehorchten.

Peters' Gesicht verzog sich in unkontrollierten Emotionen, es war seine erste erkennbare Gefühlsregung, seit er am Tag zuvor im Restaurant bei dem Gespräch mit Grimsby die Geduld verloren hatte. Aber dieses Mal war es nicht Wut oder Frustration.

Es war Angst.

Grimsby empfand eine große, ingrimmige Genugtuung darüber, den Mann derart in Angst und Schrecken versetzt zu haben. Aber trotz seines Gefühls von grenzenloser Macht und Kontrolle war ihm schlecht.

Peters' Angst verwandelte sich in Panik, er hob die Hand und schoss mit Gebrüll einen weiteren Feuerstrahl ab. Aber der konnte Grimsby genau so wenig anhaben wie die Flammen des vorigen.

Grimsby richtete die Hand, *seine* Hand, auf die Ungeheuer und dann auf Peters. Langsam klappten die Finger zurück, bis nur noch der Zeigefinger ausgestreckt war. »Haltet ihn auf.«

Die Begleiter wendeten sich sofort gegen ihren früheren Herrn und Meister.

Mit einem Schrei taumelte Peters hektisch rückwärts davon und richtete seinen Feuerstrahl auf seine vorherigen Verbündeten – doch obwohl ihre Kostüme verbrannten: Ihre Metallkörper trugen keinen Schaden davon.

Der erste Begleiter erreichte Peters, sein Feuerstrahl erlosch.

Immer mehr Monster umgaben den Direktor, Grimsby hörte ihn vor Schmerzen schreien.

Die menschlichen Begleiter ließen sich Zeit.

Grimsby spürte, wie sich seine Mundwinkel zu einem Lächeln hoben. Aber es war nicht *sein* Lächeln.

Es war das von jemand anderem.

Ein plötzlicher Schrecken überkam ihn. Eine Mischung aus Angst und Abscheu, wie er sie noch nie gefühlt hatte. Alle Monster, die er bisher gesehen hatte, waren in der Außenwelt gewesen.

Dieses neue Monster aber war in ihm.

Das Gruseligste daran war jedoch, dass er nicht sicher war, ob dieses Monster auf die Hand zurückging – oder ob es schon immer in ihm geschlummert hatte.

Und er glaubte nicht, dass er dieses Monster besiegen konnte.

Es war zu stark. Es war überwältigend. Und er war allein.

Plötzlich packte ihn eine Hand an der Schulter, sie fühlte sich an wie Feuer.

Er drehte sich um und sah Mayflower, verletzt und blutüberströmt, aber seine Augen waren kalt und klar.

Die Kälte in Grimsby zuckte einen Augenblick vor der Wärme der Hand zurück, er verspürte den Drang, sie wegzuschlagen oder seine neu gefundenen Untergebenen auf diese schmerzhafte Wärmequelle zu hetzen.

Mayflower musste es in Grimsbys Gesicht gesehen haben. Sein Griff wurde fester, seine Augen brannten. »Kämpf dagegen an, Junge. *Kämpf.*«

Grimsby spürte Gefühle in sich aufsteigen. Warme Gefühle, die gegen die eiskalte Zufriedenheit ankämpften. Er fühlte Wärme in seinem Bauch, ein flüchtiges Fünkchen Wärme in einem Körper, der ansonsten so kalt wie eine Leiche geworden war.

Er griff nach dem Funken, hüllte ihn in seinen Impetus, um ihn vor der gierigen Kälte zu schützen. Der Funke wuchs zu einer Flamme heran, und Grimsby spürte, wie die Flamme ihrerseits seinen Impetus wachsen ließ. Das blaue Licht und der Nebel, die aus seinen Armen strömten, fingen an zu zischen, als plötzlich orange Flammen aus seinen Narben züngelten.

Die Hitze vertrieb das Gefühl der Taubheit. Es tat weh, aber der Schmerz fühlte sich angenehm vertraut an. Es war Grimsbys Schmerz. Vielleicht das Einzige, was wirklich ihm gehörte. Und plötzlich, in dieser Hitze, fand er sich selbst wieder.

Er wandte sich den Begleitern zu und befahl ihnen: »*Stopp!*« Die Stimme war seine. Das erkannte er an dem leichten Zittern darin.

Die Begleiter gehorchten – und sofort wehrte sich die kalte Präsenz in seinem Inneren und schwoll wütend wieder in ihm an. Reif überzog seine Haut, als die Kälte wieder die Oberhand gewann. Es fühlte sich herrlich taub an. Sie eröffnete ihm einen Ausweg. Vom Schmerz, vom Schrecken, von allem.

Das kalte Licht in seinen Narben breitete sich langsam wieder aus und erstickte die mühsam heraufbeschworenen Funken aus Wärme, diese schmerzhafte Glut, von der seine Magie all die Jahre gezehrt hatte.

Einen Moment lang gab Grimsby der Kälte nach, es war, als würde er von seinem Leid erlöst. Es wäre alles so leicht, so schmerzlos.

Dann fragte er sich, was von ihm übrig bliebe, wenn der Schmerz verschwunden war. Was bliebe von Grimsby, wenn er der Kälte erlaubte, ihm seine Angst und seine Unsicherheiten zu nehmen?

Die Antwort war eindeutig. Und sie machte ihm Angst.

Nichts.

Dann, als Reaktion auf seine Angst, zuckte die kalte Präsenz in ihm zusammen. Als wäre Angst, als wäre jede Art von Emotion ein heißes Eisen, vor dem die Kälte zurückweichen musste.

Grimsby verstärkte seinen Angriff auf die Kälte mit Emotionen, er kramte jede einzelne warme, bewegende Erinnerung heraus.

Seine schwierige Freundschaft mit Mayflower, die Schuldgefühle, weil er ihn verraten hatte.

Die Angst und den Nervenkitzel, die seine Rivalität mit Hives in ihm erzeugt hatte, die Genugtuung, ihn besiegt zu haben.

Die Hitze, die ihm ins Gesicht schoss, jedes Mal wenn er Rayne sah.

Sein Mitgefühl mit Wudge, der sein Zuhause verloren hatte.

Der Verlust seiner Mutter.

Jede wundervolle oder schmerzhafte Erinnerung fachte das Feuer in seinen Narben weiter an und vertrieb das kalte Licht und den Nebel.

Die Finger der Hand spreizten sich und zuckten, Grimsby konnte den Schmerz dieses anderen Ichs spüren.

Das Feuer breitete sich von seinen Narben her aus und verbrannte den Nebel und die Kälte. Die Hand wand sich verzweifelt in seiner. Sie versuchte, die Macht und die Kälte wieder in ihn hineinzudrängen, sie versprach ihm Dinge, die er kaum erfasste, mit einer Stimme ohne Worte.

Der Stimme einer Frau.

Er schüttelte den Kopf und sprach das mächtigste Wort, das er kannte.

»Nein.«

Er ließ die Hand los. Sie fiel mit der Handfläche nach oben auf den Boden, für einen Augenblick krümmten sich die Finger noch wie die Beine einer sterbenden Spinne. Dann lag sie still.

Er starrte sie einen Moment lang an, sein ganzer Körper zitterte.

Er wäre zusammengebrochen, aber Mayflower stützte ihn mit eiserner Hand.

»Ich … ich …«, stieß Grimsby hervor und schluchzte unkontrolliert.

»Du hast das gut gemacht«, sagte der Große Jäger. »Wir werden überleben.«

Grimsby nickte und beruhigte sich ein bisschen.

Ein krampfartiges Husten schallte durch den Raum. Grimsby drehte sich zu Peters um, der inmitten einer Horde erstarrter Monster lag: Sein letzter Befehl an sie, »*Stopp*«, wirkte noch.

Um Peters herum breitete sich langsam eine große Blutpfütze auf dem Boden aus. Grimsby wurde übel. Er realisierte plötzlich, was er getan hatte. Aber er konnte sich nicht abwenden, er starrte weiter darauf. Das Blut. Das zerfetzte Fleisch.

Es war seine Schuld.

Mayflower sah ihn an und drehte ihn um. »Nicht hinschauen«, sagte er. »Bleib hier.«

Grimsby gehorchte. Er war ohnehin zu verletzt und zu müde für irgendetwas anderes.

Der Große Jäger humpelte zurück, um seine Waffe vom Boden aufzuheben. Er zog das Magazin heraus und ließ die sechs leeren Hülsen auf den Boden fallen. Dann grub er in seiner Tasche und zog eine letzte Patrone heraus. Es war keine der speziellen Hohlspitzpatronen, die er davor benutzt hatte. Sie bestand aus einfachem, reinem Kupfer. Er schob sie ins Magazin und ging an Grimsby vorbei auf Peters zu.

Grimsby verspürte kurz den Drang, dem Großen Jäger hinterherzuschauen – aber von Peters' feuchtem Röcheln blieb er dann doch lieber abgewandt. Er ließ Mayflower aus seinem Sichtfeld verschwinden und heftete seinen Blick fest auf die Hand, die, in einer Geste des Leids und der Qual erstarrt, vor ihm auf dem Boden lag.

Peters' Röcheln verstummte.

Einen Moment später ging Mayflowers Waffe los.

Grimsby zuckte zusammen, aber er schaute nicht hinüber. Er hörte, wie Mayflower zurückkam und neben ihm stehen blieb. »Ist … ist er …?«

»Tot«, bestätigte Mayflower.

»Hab ich … ich …?« Er konnte es noch nicht einmal aussprechen.

»Nein«, antwortete der Große Jäger bestimmt. »*Ich* habe ihn getötet.«

»Aber …«

Mayflowers raue Hände packten ihn an den Schultern und drehten ihn so herum, dass er ihm direkt in die Augen sehen konnte. »Du hast ihn nicht getötet, Grimsby. Ich war's. Zur Hölle, eigentlich hat er sich selbst getötet, verdammt noch mal. Aber das ist wichtig: *Du* hast ihn jedenfalls nicht getötet. Kapiert?«

Grimsbys Blick fiel wieder auf die am Boden liegende Hand, und er wusste, dass er das Ganze nicht wirklich verstand. Er war auch nicht sicher, ob er dem Großen Jäger Glauben schenkte.

Mayflower wollte gerade etwas sagen, aber dann zögerte er, und sein Kopf ging hin und her wie bei einem alten Bluthund.

»Das Department ist da«, sagte er.

»Was? Woher weißt du das?«

Er tippte sich ans Ohr. »Ich weiß es eben.«

Der Gedanke, dass das Department die Hand jetzt doch bekommen würde, ließ Grimsby zusammenschaudern. »Wir dürfen sie ihnen nicht überlassen.«

»Sie könnte unser einziger Verhandlungsposten sein, um dich wieder aus diesem Schlamassel rauszukriegen«, erklärte Mayflower.

»Ist mir egal.«

Mayflower zögerte kurz, dann nickte er. »Was sollen wir machen?«

Grimsby kniete sich hin und zeichnete einen Kreis um die Hand – er gab sich dabei große Mühe, dem bleichen Stück Fleisch nicht zu nah zu kommen. Seine Hände waren so mit Dreck und Blut befleckt, dass seine Finger eine braune Spur auf dem Boden hinterließen. Als er den Kreis fertig hatte, berührte Grimsby dessen Rand und flüsterte:

»*Loch.*«

Der Beton innerhalb des Kreises verwandelte sich in ein schwarzes Nichts und die Hand fiel hinein.

»Wo führt das hin?«, fragte Mayflower.

»Ich weiß es nicht.«

Er dachte kurz nach, dann nickte er. »Gut.«

Die Öffnung verschwand wieder, in dem schmutzumrandeten Kreis war nur blanker Beton zu sehen.

Plötzlich hörten sie das Zerbrechen von Glas, als die Eingangstür eingeschlagen wurde, darauf folgte lautes Geschrei, als Agenten in schwarzen Anzügen und Auditoren mit weißen Masken das Königreich des Mächtigen Magischen Donald stürmten.

Grimsby setzte sich auf den Boden und hielt so lange die Hände hoch, bis ihm endlich jemand Handschellen anlegte und ihn abführte.

45

»**SIE BEHAUPTEN ALSO**, dass Mansgrafs Botschaft uns ablenken sollte, damit Mayflower die echte Spur verfolgen konnte?«, fragte Rayne, ihr Stift raste dabei ununterbrochen über das Papier.

Grimsby stöhnte, seine Stimme hallte in dem winzigen Betonraum. »Ja. Meinen Namen hat sie nur benutzt, weil ich in der Nähe der Stelle war, wo sie die Hand versteckt hatte.«

Während er sprach, blickte er zu dem Spiegel rüber, der die eine Wand bedeckte. Rayne saß ihm am Tisch gegenüber, aber sie führte lediglich die Vernehmung durch. Er war sicher, dass sich der wirkliche Kommandant hinter der Scheibe aufhielt. Daher benutzten sie beide auch die förmliche Anrede.

»Und was ist mit der Hand passiert, Mr. Grimsby?«

»Verdammtes Augenfeuer«, fluchte er. »Noch mal: Ich weiß es nicht.«

»Ja, das sagten Sie schon mal – aber Sie haben es immer noch nicht weiter ausgeführt.«

»Ja, weil ich's nicht weiß! Peters tauchte auf, plötzlich waren überall Monster und Explosionen, und ich hab jede Menge Schläge und Tritte kassiert. Ich hab Glück, dass ich noch lebe.

Wie zur blauen Flamme soll ich Protokoll führen über irgendwelche Körperteile, die noch nicht mal meine sind?«

Rayne nickte nur ruhig. »Natürlich, Mr. Grimsby, natürlich.« Sie machte sich noch ein paar Notizen. »Und dieser … Begleiter mit dem schwarzen Schädel, den Sie gesehen haben. Was ist mit dem passiert?«

»Ich denke mal, dass die Explosion ihn in einen Haufen Metallschrott verwandelt hat. Sie müssten seinen Körper doch gefunden haben.«

»Mm-hmmm«, sagte sie und schrieb emsig weiter.

»Sie haben ihn gefunden, oder?«

»Es tut mir leid, aber darüber darf ich Ihnen keine Auskunft geben.«

Sie hatten ihn also nicht gefunden. Grimsby erschauderte. Hatte Schwarzschädel es geschafft, davonzukriechen? Wo war er hin? Warum war er nicht wie die anderen Begleiter erstarrt?

Er zitterte, als die Worte des Ungeheuers in seinem Kopf ertönten.

Es ist nicht vorbei.

Er schüttelte das Gefühl ab. Später würde ihm genug Zeit bleiben, um sich darüber den Kopf zu zerbrechen. »Also wird mir das angelastet, was mit Mansgraf passiert ist?«

»Aus Sicht des Departments hat es sich eindeutig herausgestellt, dass Peters irgendwie in die ganze Angelegenheit involviert war. Und bis wir eine gründlichere Untersuchung abgeschlossen haben, werden wir davon absehen, irgendwelche Prozesse anzustrengen.«

»Tja, ich hab da so meine Zweifel, ob Peters überhaupt in der Verfassung ist, vor Gericht auszusagen.«

»Das ist korrekt.« Ihre Stimme klang kühl, ruhig und gleichförmig, wie die einer Maschine. Aber Grimsby meinte ein paar

Risse in der harten Schale auszumachen, als sie von ihrem Notizblock aufblickte. »Und was ist mit Wilson Hives?«, wollte sie wissen. »Haben Sie irgendwelche Kenntnisse bezüglich seines Aufenthaltsorts?«

Mit dieser Frage hatte Grimsby nicht gerechnet. »Was? Nein. Sie meinen ... Sie meinen, Ihre Leute haben ihn nicht gefunden?«, stammelte er.

Sie schüttelte den Kopf, ihre blaugrünen Augen bohrten sich in seine.

Er spürte, wie sich ein Schuldgefühl in seinem Magen wand, als wäre es ein Wurm. An Hives hatte er kein einziges Mal mehr gedacht, seit Peters ihn hatte abführen lassen. Jetzt erinnerte er sich an die hochgewachsenen Gestalten, die den Direktor bei Hives' Verhaftung begleitet hatten – ihm wurde klar, dass es verkleidete menschliche Begleiter gewesen sein mussten. Ihn schauderte, dann beschrieb er Rayne die Szene.

Sie sagte nichts, während sie seine Worte mitschrieb, aber ihr Gesicht wirkte etwas angespannt.

Grimsbys Magen verkrampfte sich. Hives war aller Wahrscheinlichkeit nach tot. Egal was für ein Arschloch er gewesen war: Das hatte er nicht verdient.

»Es ... es tut mir leid«, sagte er. »Ich weiß, er war dein ... Ihr Partner ...«

Sie schüttelte seine Worte ab, ihr Gesicht wurde wieder zu einer undurchdringlichen Maske. »Danke, Mr. Grimsby.«

Ihre Kälte irritierte ihn, brachte ihn dazu, das Thema fallen zu lassen und sich in Schweigen zu hüllen. »Was passiert jetzt mit mir?«, erkundigte er sich schließlich.

Sie führte eine Hand ans Ohr und sagte sehr lange nichts. Grimsby bekam mit, dass sie einem Knopf in ihrem Ohr lauschte, aber er konnte nichts verstehen.

Es war fast zwei Tage her, seit das Department ihn verhaftet hatte, und in der Zwischenzeit war ihm vor allem langweilig gewesen. Stundenlang in einer kahlen Zelle sitzen und warten. Er hatte wahrscheinlich ein Dutzend Mal seine Aussage gemacht und war dabei sehr bemüht gewesen, sich nicht zu widersprechen. Er musste nicht lügen, das erleichterte es ihm.

Der schwierige Teil bestand darin, die wichtigen Wahrheiten wegzulassen.

Etwa, was mit der Hand passiert war. Oder welche Rolle Wudge gespielt hatte.

Letzteres war Mayflowers Vorschlag gewesen. Er hatte damit argumentiert, dass allein eine wahrheitsgetreue Beschreibung von Wudge ausgereicht hätte, um Grimsbys Glaubwürdigkeit beträchtlich infrage zu stellen. Das hatte Grimsby überzeugt – dazu die Vorstellung, den irren Winzling vor Gericht aussagen zu lassen.

Doch selbst nach all den Stunden wusste er immer noch nicht, was sie mit ihm vorhatten. Von der Ungewissheit würde er sicher Magengeschwüre bekommen, dachte er.

Rayne nickte der Stimme in ihrem Ohr zu und wandte sich dann wieder an Grimsby. »Sie werden entlassen.«

»Entlassen?«, wiederholte Grimsby, überwältigt von der Einfachheit ihrer Aussage.

»Ja. Mit der Auflage, dass Sie in der nächsten Zeit in Boston bleiben. Vielleicht tauchen bei unseren Ermittlungen neue Indizien und Beweise auf, die die Situation verändern. Aber bis dahin können Sie in Ihr altes Leben zurückkehren.«

Grimsby war unentschieden, ob er eher erleichtert oder verzweifelt sein sollte.

In sein altes Leben zurückkehren.

Was sollte das überhaupt bedeuten?

Er war sich ziemlich sicher, dass das Department DMMKDE nach dem Vorfall geschlossen hatte. Und selbst wenn nicht:

Seine letzte Schicht hatte damit geendet, dass er ein absolutes Chaos verursacht hatte und dann vor den Behörden geflohen war. Und das war gerade mal drei Tage her. Die Wahrscheinlichkeit, dass er in sein altes Leben zurückkehren konnte, tendierte in Richtung null.

Und selbst wenn er es könnte: Wie sollte er nach all dem, was er in diesen drei Tagen erlebt hatte, in sein altes Leben zurückkehren?

Er war ein anderer geworden. Er hatte neue Narben davongetragen – und nicht nur auf seiner Haut.

Das ganze Erlebnis war ein Albtraum gewesen – aber es war noch mehr als das: etwas Großes. Etwas Wichtiges.

Wie sollte er in sein altes Leben zurückkehren, wenn er sich selbst kaum wiedererkannte?

Er schaute Rayne an und sie musste ihm seine Gefühle vom Gesicht abgelesen haben. Sie schob kurz ihre Brille nach unten und schaute ihm direkt in die Augen. Sie sagte nichts, aber ihr Gesichtsausdruck an sich war eine Entschuldigung.

Es gab nichts, was sie für ihn tun konnte.

Er merkte, wie er in sich zusammensackte, fast als würde ihm die Luft rausgelassen. Er blickte weg, spürte Scham und Verzweiflung in sich hochsteigen. Er wusste nicht, was er tun sollte. Aber er würde nicht umkippen.

Nicht hier, nicht vor ihr. Nicht hier, nicht vor diesem Spiegel.

Denn wenn er das zuließ, würde er damit nur ihre Zweifel an ihm bestätigen.

Rayne stand auf und verabschiedete sich, bevor sie ging, aber Grimsby hörte es kaum. Er starrte nur auf den Tisch und bemühte sich, stark zu bleiben.

Es klappte nicht.

46

MAYFLOWER BLICKTE GRIMMIG durch das Glas, seine Lippen bebten vor Zorn. »Der Junge verdient was Besseres, Grieves.«

Damien Grieves stand neben ihm, die Hände professionell hinter dem Rücken verschränkt. »Ihm das Gefängnis zu ersparen, ist das Beste, was ich unter diesen Umständen herausholen kann, Les.«

Mayflowers Muskeln spannten sich an, und sein verletzter Arm, der in einer Schlinge an seinem Hals hing, zuckte sofort vor Schmerzen zusammen. »Wir beide wissen, dass das Bullshit ist.«

»Ich bin nur der Stellvertretende Direktor. Mir sind die Hände gebunden.«

»Und wer zur Hölle wird Direktor, wenn sie Peters ersetzen?«

Grieves rückte seine modische Anzugjacke zurecht und hob die Augenbrauen. »Es steht mir nicht zu, mich dazu …«

»Du. Wir wissen beide, dass du die Stelle kriegst.«

»Welche Ehre, Les. Ich wusste ja gar nicht, dass du so fest an mich glaubst.«

Mayflower verspürte das Bedürfnis, Grieves eine runterzuhauen, aber er unterdrückte es. Er würde Grimsby damit keinen Gefallen tun. Und den frischen Nähten an seinen zahlreichen Wunden auch nicht. Aber seine Laune hätte es sicher enorm gehoben. »Hältst du mich für einen Idioten?«

»Ich bitte dich, Les! Natürlich nicht.«

»Du wusstest über Peters Bescheid. Die ganze Zeit. Du wusstest es.«

Zum ersten Mal sah ihm Grieves direkt in die Augen, sein Gesichtsausdruck war dabei so neutral, als wäre er nur eine Schemazeichnung aus dem Maschinenbau. »Ich hab nicht die geringste Ahnung, wovon du redest.«

»Warum hättest du mich sonst da mit reingezogen? Warum hättest du mir sonst von Mansgraf erzählt, obwohl du dich damit explizit Peters' direktem Befehl widersetzt hast?«

»Eine kleine informationspolitische Nachlässigkeit meinerseits.«

»Bullshit. Du wusstest, dass Peters da mit drinsteckte. Vielleicht kanntest du nicht alle schmutzigen Details, aber du wusstest genug. Du wusstest, dass bei meiner Mitwirkung die Wahrscheinlichkeit steigen würde, Peters auf die Schliche zu kommen und ihn auffliegen zu lassen. Und du wusstest ebenfalls, dass du dann sein Nachfolger wirst.«

Grieves' Gesicht war eine Maske, ebenso glatt und undurchdringlich wie die weißen Dinger, die seine Auditoren trugen. Er ließ seinen Blick durch den Raum huschen, um sich zu vergewissern, dass niemand außer ihm und Mayflower anwesend war. »Ich bin nur froh, dass ein Mann, der seine Macht so sehr missbraucht hat, sein Amt verloren hat. Und wenn infolgedessen die Entscheidung fallen sollte, dass ich mich als Kandidat für seine Nachfolge eigne – dann freue ich mich auch darüber.«

Mayflower hatte einen fiesen Geschmack auf der Zunge und musste sich davon zurückhalten, auf den Boden zu spucken.

»Du bist eine verdammte Schlange, Grieves. Du willst nicht zugeben, dass du mich benutzt hast? Meinetwegen. Aber du bist ein Volltrottel, wenn du ein Talent wie den Jungen auf die Straße wirfst.« Er deutete durch die Scheibe auf Grimsby. Der saß zusammengesunken auf seinem harten Stuhl, den Kopf auf der Brust, und starrte den Tisch an, an den er mit Handschellen gefesselt war.

»Ich habe Mansgrafs Bericht über ihn gelesen. ›Mittelmäßiger Hexer. Anständiger Mensch. Nichts fürs Department.‹ Kurz und auf den Punkt, wie immer.«

»Sie hat sich geirrt.«

»Hat sie das?«

Mayflower blickte auf Grimsby, dann nickte er entschlossen. »Größtenteils.«

Grieves schüttelte den Kopf. »Ich kann nicht einfach irgendwelche unberechenbaren Leute wie Grimsby einstellen. Was sollen die Leute denken?«

»Das was auch immer du ihnen sagst«, entgegnete Mayflower grimmig.

»Vergiss es«, antwortete Grieves. Dann lächelte er zum ersten Mal.

»Du schuldest mir noch was«, sagte Mayflower.

»Tu ich das?«

»Ohne mich – zur Hölle, ohne Grimsby – wäre Peters noch hier. Und du wärst immer noch sein Laufbursche.«

Grieves' Lächeln verschwand so schnell, wie es aufgetaucht war. »Ich erinnere mich nicht an irgendeine Abmachung diesbezüglich.«

»Du bist wirklich ein Hurensohn, Grieves.«

Er schnalzte mit der Zunge. »So schreckliche Manieren. Dennoch: Dich würde ich trotzdem gerne anheuern. Genau wie früher.«

»Ich hab schon Nein gesagt«, sagte Mayflower. Er gab sich Mühe, ruhig zu klingen – aber seine Stimme knurrte schon leicht, und seine Hand zitterte. Wäre Grimsby ihm nicht dazwischengegangen, hätte er Hives erschossen, und Peters wäre mit dem Mord an Mansgraf durchgekommen. Seine Instinkte waren so eingerostet, wie er am Anfang dieses Abenteuers befürchtet hatte. Ein Wunder, dass kein Unschuldiger seinetwegen gestorben war.

Nein, dachte er und schüttelte entschlossen den Kopf. *Ich kann nicht zurück in dieses Leben.*

Egal wie dringend er es wollte.

»Du bist dir da ganz sicher?«, fragte Grieves mit selbstgefälligem Grinsen.

»Seh ich aus wie jemand, der von jetzt auf gleich seine Meinung ändert?«, fragte Mayflower, sauer, so aus seiner Grübelei gerissen zu werden.

Grieves warf einen Blick auf Grimsby und lächelte. »Oh, ich glaube, man kann dich mit Argumenten überzeugen.«

Mayflower verstand die Andeutung und spürte wieder Wut in sich hochsteigen. »Du bist wirklich ein Hurensohn, Grieves.«

47

GRIMSBY SASS AUF seiner kaputten Couch und starrte durch den alten Fernseher hindurch. Irgendein alter Schwarz-Weiß-Western lief, aber er schenkte ihm keine besondere Beachtung. Neben ihm hockte Wudge gebannt auf der Sofakante und knabberte an einem Quadrat aus getrockneten Ramen.

»Wudge gefällt der Teil, wo sie aufeinander schießen«, sagte er und hüpfte auf dem Polster hoch und nieder.

»Sie schießen in jedem Teil des Films, Wudge«, antwortete Grimsby abwesend.

Wudge kicherte zustimmend.

Grimsby richtete seinen Blick auf das Loch in der Decke, wo der Deckenventilator gehangen hatte.

Das Department hatte ihn letzte Nacht fast ohne ein Wort hier abgesetzt. Seitdem hatte er kein Auge zugetan. Und nicht nur deshalb, weil er Wudge nicht von seiner Schlafcouch runterkriegte.

Er hatte versucht, Carla bei DMMKDE zu erreichen, aber da lief nur eine automatische Ansage: Angeblich war das Königreich des Essens auf absehbare Zeit wegen »Modernisierungen« geschlossen – was auch immer das heißen sollte. Zumindest war er damit offiziell arbeitslos.

Er hatte keine Ahnung, was er jetzt tun und wie er über die Runden kommen sollte – und so hatte er seit seiner Heimkehr gelangweilt einen Western nach dem anderen verschwommen an seinen Augen vorbeiziehen lassen, während er grübelte.

Jetzt allerdings starrte er nur noch ins Leere. Er hatte in keinen Tunnel geblickt, und schon gar nicht in einen, wo es Licht am Ende gab. Keine Lösungen, keine Hoffnung.

Nur grobkörnige Bilder von guten Typen, die Jagd auf böse Typen machten.

Er hatte wirklich mal geglaubt, dass es so einfach wäre. Jetzt wusste er es besser.

Als es drei Mal an seiner Tür klopfte, wurde er plötzlich aus seinem Dämmerzustand gerissen. Er stand auf und ging zur Tür, dabei musste er einen großen Schritt über das riesige Ungeheuer machen, das immer noch zerstört auf dem Boden lag. Es war zu schwer für Grimsby, und Wudge verlangte für seine Hilfe beim Schleppen mehr Ramen, als Grimsby sie sich leisten konnte.

Er ging an der offenen Kammer vorbei – nach seiner Rückkehr hatte er die Tür aus den Angeln gehoben und in die Gasse neben dem Haus geworfen. Die verstörenden Bilder, die der Begleiter dort eingeritzt hatte, waren ihm zu viel gewesen.

Er drehte das Türschloss auf, ließ aber die Sicherheitskette eingerastet, und öffnete die Tür einen Spaltbreit. Da stand Mayflower.

Grimsby fühlte sich einen Moment lang überfordert. Er hatte den Großen Jäger nicht mehr gesehen, seit sie beide verhaftet worden waren. Doch dann löste er schnell die Sicherheitskette und öffnete die Tür – dabei suchte er nach den richtigen Worten.

Aber er fand nur »Äh« und »Hi«.

Mayflower nickte. »Grimsby.« Er blickte an Grimsby vorbei auf den Fernseher und nickte. »Guter Film.«

»Ist er das?«

»Ja.«

Es folgte eine lange Stille, die Grimsby nur schwer ertragen konnte. »Ja, also, freut mich, zu sehen, dass es dir besser geht«, sagte er.

Mayflower hob kurz seinen Arm, den er noch in einer Schlinge trug, und zuckte mit den Schultern. »Ja. Das Department hat anständige Ärzte.«

»Also … was machst du hier?«

Erst jetzt fiel Grimsby auf, dass Mayflower anders gekleidet war als früher. Jackett und Hose waren nicht vogelwild zusammengestellt, stattdessen trug er einen gut geschnittenen tiefblauen Anzug. Das Hemd darunter war nicht aus kariertem Flanell, sondern makellos sauber und weiß. Nur seine braunen Motorradstiefel waren noch dieselben.

Er schüttelte genervt den Kopf. »Kleiderordnung des Departments. Weißt ja, wie das ist.«

Grimsbys Magen zuckte zusammen und er bekam einen sauren Geschmack im Mund. »Nein, weiß ich nicht.«

»Na ja. Du wirst es früh genug satthaben.« Er hielt Grimsby ein kleines schwarzes Quadrat aus Leder hin.

Er nahm es und drehte es geistesabwesend zwischen den Fingern. Es war ein Lederetui. Als er es öffnete, entdeckte er darin den silbernen Stern des Departments. Darunter steckte ein kleines Messingschild mit einer Namensgravur.

Dort stand: *G. G. Grimsby, Auditor.*

Vor lauter Überraschung rutschte ihm das Etui aus der Hand und fiel auf den Boden. Er starrte darauf hinab, die Zahnräder in seinem Hirn ratterten zwar, aber irgendwie waren sie ineinander verkeilt. »Das … das … das …«

»Ist deine«, sagte Mayflower und ging ächzend in die Knie, um die Marke aufzuheben. »Wenn du sie willst.«

»Meine?«

Er nickte. »Aber zuvor eine kleine Warnung: Sie wollen dich zu dem härtesten, gemeinsten und übellaunigsten Bastard im ganzen Department einteilen.«

»Zu wem?«, fragte Grimsby, immer noch verwirrt.

Mayflower seufzte und schüttelte den Kopf. »Zu mir, du Vollpfosten. Also, das Angebot liegt auf dem Tisch. Jetzt musst du dich entscheiden: Willst du den Job noch?«

Der Gesichtsausdruck des Großen Jägers hatte etwas Angespanntes, als belastete ihn etwas, aber Grimsby konnte nicht erkennen, was. Aber er war durch die Marke auch viel zu sehr abgelenkt – und plötzlich war er verunsichert: Solange er sich zurückerinnern konnte, hatte er eigentlich immer nur Auditor sein wollen.

Jetzt war der Job zum Greifen nah – und stattdessen kreiste eine Frage durch seinen Kopf. Nicht, ob er dazu bereit war. Und nicht, ob er dafür gut genug war. Es blieb nur eine letzte Frage offen.

Wollte er den Job noch?

Nach allem, was er in den vergangenen Tagen durchgemacht hatte – sämtliche knappen und noch knapperen Angelegenheiten: Er hatte das alles überstanden, weil er keine Wahl gehabt hatte. Er hatte es geschafft, weil er sonst gestorben wäre.

Jetzt hatte er die Wahl. Und er hätte nie gedacht, dass sie ihm so schwerfallen würde.

Zwei Pfade: einer gefährlich, der andere traurig.

Mayflower sah ihm seine Unentschlossenheit an. »Der Pfad, den man nicht nimmt, ist der, den man am meisten bereut«, sagte er. »Aber das macht den Pfad noch längst nicht richtig.«

»Und woher weiß ich, welcher der richtige ist?«, fragte Grimsby. »Woran erkenne ich das?«

Der Große Jäger verzog seine Mundwinkel zu einem Grinsen. »Das ist der Trick, Junge. Du findest den richtigen Pfad nicht. Du *schaffst ihn*. Egal welchen du nimmst: Folge ihm, folge ihm konsequent. Und dann wird für dich alles gut.«

Grimsby hatte keine Worte mehr.

Die Zeit, zu reden, war durch. Es war an der Zeit, zu entscheiden.

Er atmete tief ein und nahm dann die Marke entgegen, die der Große Jäger ihm hinhielt.

Mayflower nickte bedeutungsvoll. »In Ordnung. Los geht's.«

»Wohin?«

»Deinen Anzug holen, Auditor Grimsby.«

EPILOG

»SIND SIE SICHER?«, fragte Damien Grieves. Er zwang sich, kühl und gefasst zu sprechen, obwohl sich ihm die Kehle zuschnürte, als er durch den Zwei-Wege-Spiegel in den abgedunkelten Verhörraum blickte.

»Es wäre das Beste, Herr Direktor«, sagte Auditor Bathory, Grieves konnte auch in dem schwachen Licht die Sorgenfalten auf ihrer Stirn erkennen. »Jemanden Vertrautes zu sehen, könnte unvorhersehbare Reaktionen hervorrufen.«

Damien sagte nichts. Elizabeth »Rayne« Bathory war einer seiner scharfsinnigsten Auditoren, obwohl sie noch nicht lange beim Department war. Er traute niemandem wirklich, aber er traute ihrer Einschätzung dieser Angelegenheit.

»Nun gut«, sagte er und ignorierte seinen rasenden Puls. »Fahren Sie fort.«

Auditor Bathory nickte und betrat die abgedichtete Kammer, die eine Art Luftschleuse zwischen Beobachtungsraum und Verhörraum bildete. Grieves konnte sie in dem düsteren Licht kaum sehen. Sie hatte vorgeschlagen, dafür zu sorgen, dass so wenig Stimulation wie möglich vorhanden war, um das Subjekt nicht zu verstören.

In der Mitte des Raums stand ein Stahltisch, der am Boden

festgeschraubt war. Rayne ging darauf zu und setzte sich auf den Stuhl, der dem Zwei-Wege-Spiegel am nächsten war. Der Raum war still. Grieves hörte über die im Raum verteilten Mikrofone nur das Rascheln von Stoff, als Rayne ihren Platz einnahm. Die dunkle Gestalt auf der anderen Seite des Tisches blieb regungslos.

»Subjekt zeigt keinerlei Reaktion«, sagte Rayne. »Bitte um die Erlaubnis, zu beginnen.«

Damien biss sich auf die Zunge. Dieser Plan war riskant. Das Subjekt – er musste sie so nennen, um einen klaren Kopf zu bewahren – hatte bis jetzt niemandem gegenüber irgendwelche Reaktionen gezeigt, abgesehen von gelegentlichen winzigen Bewegungen. Sie waren unsicher, ob sie – es, korrigierte er sich – überhaupt ein Bewusstsein besaß.

Er atmete tief ein, dann nickte er, lehnte sich vor und drückte den Knopf der Gegensprechanlage. »Erlaubnis erteilt.«

Auditor Bathory legte eine schwarze Plastiktüte auf den Tisch, aus der sie zwei Gegenstände aus Patchworkstoff nahm: eine Robe und einen schlappen Hut mit Spitze.

Auf der anderen Seite des Tischs rührte sich etwas.

Rayne legte die Kleidungsstücke auf die Tischplatte und schob sie in die Mitte.

Die Gestalt ihr gegenüber zuckte.

Dann folgte eine lange, angespannte Pause. Dann das Kreischen von Metall auf Metall.

Damien bildete sich ein, er könnte in der Dunkelheit die Augen sehen: wie zwei schwarze Löcher im Weltraum, vollkommen dunkel und vollkommen leer.

»Reaktion bestätigt«, sagte Rayne. Ihre Stimme war ruhig, aber Damien konnte sehen, wie sich ihr Körper anspannte. Als erfahrener Auditor unterdrückte sie die Regung sofort. »Erlaubnis, fortzufahren?«

Phase zwei war noch gefährlicher. Es konnte gut sein, dass Auditor Bathory auf sein nächstes Wort hin einen grausamen Tod starb, dass ihr Körper aufgeschlitzt und ihre Gedärme über den Spiegel verteilt wurden, durch den er jetzt blickte. Die Agenten, die draußen bereitstanden, würden nicht schnell genug sein, um ihr zu helfen. Und sogar Damien konnte ihr mit seiner Magie kaum helfen.

Er spürte kurz, wie seine Entschlossenheit sich verabschieden wollte, aber dann nagelte er sie fest, als würde er einen Irren an den Schiffsmast binden, um einen Sturm zu überstehen. Bathory – nein: Rayne – kannte die Risiken. Und sie hatte sich trotzdem freiwillig für den Versuch gemeldet – weil sie wusste, welche Bedeutung er für das Department haben könnte.

Oder für ihn.

Sein Finger war weiß und taub, als er den Knopf der Gegensprechanlage drückte. »Erlaubnis erteilt.«

Dann drückte er den Knopf daneben – der die Fesseln der Kreatur löste.

Der Tisch surrte laut und bebte dann leicht, als die eingebauten Fesseln aufsprangen. Auditor Bathory zuckte kaum wahrnehmbar. Sie wappnete sich für einen Angriff – aber da kam nichts. Keine plötzliche Bewegung, keine Schläge. Nur Stille.

Dann erschien ganz, ganz langsam eine Hand aus der Dunkelheit, eine Hand aus Metallresten, die mit silbernen Platten zusammengehalten wurden – seltsam filigran und wunderschön. Die Hand senkte sich auf die Robe und den Hut und zog beide zurück in die Dunkelheit. Dann war da mehr Bewegung, Damien hörte das Rascheln von Tuch auf Stahl. Dann: Stille.

Damien hatte einen trockenen Mund, als er den Knopf der Gegensprechanlage betätigte. »Fahren Sie fort mit der finalen Phase.«

Rayne nickte, ohne sich umzudrehen. Sie zog einen Block und einen Stift hervor und legte sie auf den Tisch.

»Können Sie mich hören?«, fragte sie.

Einen Moment lang kam keine Antwort. Dann erklang ein einzelnes Ping, als ein Metallfinger auf den Tisch tippte.

Rayne kritzelte eine Notiz, dann fuhr sie fort. »Wissen Sie, wo Sie sind?«

Noch ein Tippen auf den Tisch.

»Wissen Sie, wer Sie sind?«, fragte Rayne.

Es folgte eine weitere Pause. Diesmal war sie so lang, dass Damien schon dachte, sie würden überhaupt keine Antwort erhalten – bis endlich ein weiteres Tippen ertönte, diesmal sanfter.

Damien merkte, wie er sich unweigerlich nach vorne lehnte, sein Körper war angespannt.

Rayne sammelte sich für die letzte Frage.

»Ist Ihr Name Samantha Mansgraf?«

Die Gestalt auf der gegenüberliegenden Seite des Tischs lehnte sich nach vorn, bis der Patchworkhut sichtbar wurde. Er saß auf einem Totenkopf, der noch frisch und pinkfarben war und von einem Netz aus dunklen Adern voller geronnenem Blut überzogen war. Schwarze Runen bedeckten den Schädel, unerklärlicherweise in Mansgrafs eigener Handschrift.

Ein kalter Hauch wehte durch den Raum, wie ein Winterwind durch eine verlassene Stadt. Er kam von dem Begleiter.

Damien gefror das Blut in den Adern, und er begann zu zittern, als das Ding in einem Tonfall zwischen Kichern und Fluchen Mansgrafs letzte Worte flüsterte:

»Fleisch und Blut.«